Malcolm Lowry

1947

〔英〕马尔科姆·劳瑞 ◎ 著
刘晓丹 ◎ 译

火山下

北京理工大学出版社
BEIJING INSTITUTE OF TECHNOLOGY PRESS

阅读·时光
READING TIME

致爱妻玛格丽。

奇异的事物虽然多，却没有一件比人更奇异；他要在狂暴的南风下渡过灰色的海，在汹涌的波浪间冒险航行；那不朽不倦的大地，最高的女神，他要去搅扰，用马的女儿耕地，犁头年年来回地犁土。

他用多网眼的网兜捕那快乐的飞鸟、凶猛的走兽和海里的游鱼——人真是聪明无比；他用技巧制服了居住在旷野的猛兽，驯服了鬃毛蓬松的马，使它引颈受轭，他还把不知疲倦的山牛也养驯了。

他学会了怎样运用语言和像风一般快的思想，怎样养成社会生活的习惯，怎样在不利于露宿的时候躲避霜箭和雨箭；什么事他都有办法，对未来的事也样样有办法，甚至难以医治的疾病他都能设法避免，只是为了免于死亡，他才会徒然地求救，但他已经计划逃走，计划摆脱各种疾病的侵扰。

——索福克勒斯《安提戈涅》

我羡慕狗和蟾蜍的境遇，如果我的生活像狗或马的境遇那样，我也会心甘情愿，因为我知道，它们没有灵魂，不会受罪恶或地狱的永恒诱惑而沉沦堕落，而我的灵魂则会在地狱毁灭。不，虽然我看到了这一点、感知到这一点，也会为此而心碎，可最令我悲哀的是：我找不到我渴望得到救赎的全部灵魂。

——约翰·班杨《罪人受恩记》

不断努力进取者皆可得拯救。

——歌德

1

两条山脉由北向南贯穿墨西哥全境。山脉之间，山谷与高地众多，其中一个山谷海拔 6 000 英尺[①]，两侧各有一座火山，瓜华那华克镇(Quahuanahuac)就坐落在这个山谷里。小镇位于北回归线以南，更确切地说，位于北纬 19 度地带。该纬线以西是太平洋上的勒维拉格吉多群岛（Rivillagigedo）；再往西是夏威夷最南端；以东是位于大西洋海岸的祖科斯港(Tzucox)，与尤卡坦半岛上英属洪都拉斯[②]毗邻；再向东是位于孟加拉湾的印度加戈纳特镇(Juggernaut)。

小镇的城墙建在山上，修建得很高；镇上的街巷曲曲折折、断断续续，道路蜿蜒。一条宽阔的美式公路由北进入小镇，便淹没在城镇的街巷之中，出了小镇就变成了羊肠小道。瓜华那华克镇上有 18 座教堂、57 家酒吧、一个高尔夫球场，至少有 400 个公共或私人泳池，泳池的水由山上的水源源不断地补给着。镇上还有很多豪华旅馆。

出了小镇，可见一座山，山略高于小镇。密林赌场酒店就在这

---

① 英尺：英制长度计量单位，1 英尺 ≈ 0.304 8 米。
② 英属洪都拉斯：原始居民为玛雅人，16 世纪沦为西班牙殖民地，1786 年英国取得对该地管辖权，称为英属洪都拉斯。1981 年脱离英国独立，改名伯利兹，首都为贝尔墨邦。

座山上,靠近火车站。酒店远离公路主干道,被众多花园和露台环绕。站在露台上瞭望四野,视野开阔。酒店虽修建得富丽堂皇、宛如宫殿,却难掩衰败之象。这里已不再是赌场,在酒店的酒吧里,连掷骰子、喝酒都成了禁忌活动。酒店里萦绕着那些家破人亡的赌徒的鬼魂。气派的奥林匹克大游泳池里也不见游泳的人——跳板形影相吊,上面空无一人;回力球场杂草丛生,已然废弃;两个网球场只在旺季时才会开放。

1939年11月亡灵节①这天,将近日落时分,两个身穿白色法兰绒运动装的男子坐在酒店的大露台上喝着茴香酒。二人打完网球又打了会儿台球。他们的防水网球拍已经裹上了防水套,歪斜着放在球拍夹中:医生的球拍是三角形的,另一个男子的球拍是正方形的。送葬的队伍走出公墓,沿着酒店后方的山坡徐徐走来。队伍越走越近,二人耳边传来了哀恸的挽歌。他们回头看那些送葬的人,过了一会儿,哀悼队伍渐行渐远,只能借着他们手中的烛光才能看到,烛光在远处的秸秆堆之间摇曳。阿图罗·迪亚兹·维吉尔医生(Arturo Diaz Virgil)把手里的茴香酒瓶塞给了同伴 M. 雅克·劳埃尔先生(M. Jacques Laruelle),他向前探了探身子,神情专注。

在他们下方稍稍靠右的地方便是宁静祥和的小镇。此时的小镇沐浴在红色的晚霞中。小镇的投影犹如众多幻象那样,在空寂的血色泳池中消散、弥漫。从二人坐的位置静观小镇,小镇是那样平静。

---

① 亡灵节:每年10月31日起,墨西哥举国欢度"亡灵节",又称"死人节";11月1日是"幼灵节",祭奠死去的孩子,11月2日是"成灵节",祭奠死去的成人。墨西哥的"亡灵节"类似于西方"万圣节",却体现了浓厚的印第安民族文化特色。

只有像 M.劳埃尔先生现在那样静心聆听，才能听到远处那个飘忽、混乱的声音。那声音虽然独特，却似乎与哀悼者微弱的低语声、铃声融为一体，它像歌声那样起伏不定。他们还听到了有节奏的踏步声，从哀悼仪式传来的响声和恸哭声已然持续了一整天。

雅克·劳埃尔先生又倒了一杯茴香酒，这种酒总让他感觉像在喝苦艾酒。喝完了酒，他的脸上泛着潮红，拿着酒瓶的手微微颤抖。酒瓶上的商标是一个花花绿绿的魔鬼，凶神恶煞地向他挥舞着干草叉。

"我本想劝他离开这儿，去醒醒酒的。"维吉尔医生说了个法语单词，不过这个词他说得磕磕巴巴的，索性又换成了英语，"可那天我在舞会上也觉得很难受。真的，那滋味儿别提有多难受了，我都快撑不住了，可我毕竟是个医生，还得装出一副安然无恙的样子。你还记得吧？那天我们也打网球了。对了，我在领事家的花园里看到了他，就派了个孩子去他家，告诉他如果他愿意来我家坐一会儿，我会不胜感激的。如果他来不了，而且还没醉得昏死过去，就请他给我写个便条。"劳埃尔先生听了，并没有言语，只是笑了笑。

"可是他们已经走了。"医生接着说，"对了，那天我还想问你来着，你在他家是否看到过他。"

"阿图罗，你来电话的时候，他在我家呢。"

"我知道。只是那天晚上我们都喝得酩酊大醉，我还以为领事只是和我一样，觉得不舒服而已。"维吉尔医生边说边摇了摇头，"不只是身体上的不舒服，还有一部分是灵魂上的。你那位朋友真可怜，千金散尽，却接连遭受悲惨境遇的打击。"

劳埃尔先生喝完了酒，起身走到矮墙前，两手分别放在两个球拍上。他先是低头看了看，又环顾四周：空寂的回力球场，球场上杂草丛生；萧索的网球场、靠近酒店大堂中央的喷泉旁，一位种植仙人掌的农民在饮马；一男一女两个年轻的美国人在一楼走廊里打乒乓球。去年今天发生的事情，如今已恍如隔世；会让人以为当下的恐怖事件已将它吞噬，如同吞下一滴水珠，然而事实并非如此。尽管个人的悲剧促使他的人生走向虚幻、变得毫无意义，可是他依然记得：曾经个人的人生也存在价值，并非如公报中的勘误那样遭人厌恶。想到这儿，他点燃了一支烟，在他左边东北部的地方，越过山谷、跨过马德雷山脉①那些石阶，是波波卡特佩特（Popocatepetl）火山②和伊克斯塔奇华托（Ixtaccihuatl）火山③。它们巍然屹立，在夕阳的映衬下蔚为壮观。再近一些，也许在距他十英里④远的地方，依稀可见盘踞在丛林之后的托马林村（Tomalin）。村子里升起袅袅的蓝色轻烟，有人在烧木柴。在他前面，即美国公路的另一侧，是成片的田地和果园，一条河流和阿尔卡潘辛格公路蜿蜒其间。河流和公路之间有片森林，监狱的岗楼位于森林之上，公路逐渐消失在远处如人间天堂般胜景的紫色群山中。瓜华那华克镇有家电影院，电影院建在一处斜坡上，位置很显眼。影院投出的一束束灯光时而明亮时

---

① 马德雷山脉：墨西哥主要山脉，泛指从东、西、南三面环绕墨西哥高原的三条山脉的总称。从墨、美边界开始，东、西马德雷山脉东西两岸平行向南延伸。在哈瓦卡州与东西走向的南马德雷山汇合，继续向南进入危地马拉境内。该山脉富藏铁、铝、银、金等矿产。
② 波波卡特佩特火山：位于墨西哥境内，在墨西哥城东南约72公里处，海拔超过5 400米，为仅次于奥里萨巴山的墨西哥第二高峰。波波卡特佩特火山也是世界上最活跃的火山之一。
③ 伊克斯塔奇华托火山：墨西哥第三高峰。
④ 英里：英制单位，1英里≈1.61千米。

而暗淡。

"没有爱,怎么生存?"劳埃尔先生说。"这就像刻在我家墙上那句蠢话说得那样。"

"算了,我的朋友,别去想这些烦心事儿了,"他身后传来了维吉尔的声音。

"可是,我的朋友,伊芙回来了!这一点我怎么都想不明白,她居然回来找那个男人!"劳埃尔先生一边说,一边走到桌子旁边,给自己倒了一杯特华坎牌矿泉水,接着说:

"为健康干杯!"

"我看是该为浪费生命干杯!"他的朋友若有所思地回答。

劳埃尔先生看着医生,医生倚在折叠躺椅上,打着呵欠。他那张黝黑的墨西哥人的脸庞冷峻、帅气,应该说非常帅气;深棕色的眼睛透着和善,还有些许单纯,就像你在特万特佩克(Tehuantepec)地区看到的奥萨坤(Oxaquenan)孩子那漂亮却带着忧伤的眼睛(特万特佩克真是个好地方,那里都是女人工作,男人们却成天在河里泡澡)。医生双手小巧、手腕纤细,他把手腕一翻,露出几根粗实的汗毛,让人惊愕。"我早就把这事儿忘得一干二净了,阿图罗,"他一边用英语说,一边优雅却略显紧张地用手指抽出了嘴里的香烟。他意识到手上戴的戒指有点儿多,又开口道,"此外……"劳埃尔先生听着听着,发现自己手里的香烟也熄灭了,于是又给自己倒了一杯茴香酒。

"借个火儿。"维吉尔医生听到朋友的请求,像魔术师般迅速地从兜里掏出了一个打火机。那打火机是打着的,好像在他兜里的时候就已经打着了,他直接从兜里掏出了团火焰似的。接着,他伸出打火机为劳埃尔先生点香烟。打火机刚伸过去,香烟似乎就已点着了。

他突然问劳埃尔先生道:"难道你从不去教堂,为那些逝者祷告吗?那些孑然一身的可怜人,他们又该向哪个神明祷告呢?"

劳埃尔先生听了,无奈地摇了摇头。

"去教堂的人都是那些无所依傍的可怜人,"医生有意放慢了语速,他收起打火机,灵巧地转过手腕,看了看表,接着说,"咱们走吧,"又用西班牙语说了一遍,"咱们走吧!"他笑起来,打着哈欠,睡意十足,身体前倾,头枕在两手上了。接着他起身走到矮墙边,和劳埃尔先生站在一起,深吸了一口气,说道:"啊,我就喜欢一天中的这个时候:夕阳西下,众人欢歌、众犬狂吠……"

劳埃尔先生听后大笑起来。在两人交谈时,南边的天空天色突变,风雨骤起,哀悼者已经离开了山冈。天空中有秃鹫在盘旋,它们睡眼惺忪,顺风飞翔。"那么就今晚八点半见了,我可能去电影院待一小时。"

"好啊,那今晚就在我们平时碰头的地方见啦。你可知道,我还是不相信你明天就走。"医生说着,伸出手,劳埃尔先生紧紧地握住了医生的手,医生嘱咐他:"晚上尽量赶过来,要是你来不了,请你相信:我时刻把你的健康放在心上。"

"到时见!"

"到时见!"

劳埃尔先生独自站在公路边。四年前,他从洛杉矶出发,驱车沿这条公路完成了那段漫长、疯狂却又美妙的旅行。他当时也没想到这段旅程竟能成行,而想到未来,他又感到茫然无措。在那段旅途中他踌躇过,不知哪条路才是他的归途。他看到超载的小公共汽车从身边驶过,在开到瓜华那华克镇之前先经过了一个谷地。今晚,他不想再走那条路了,索性穿过马路、朝车站的方向走去,尽管坐火车让他徒生离愁别绪，可现在这种感觉步步紧逼、似乎就在眼前，他无法躲避。他幼稚地想绕开铁轨的连接点，尽量在狭长的铁轨上走。落日的余晖照在了停在铁轨外草地上的油罐车上，整个站台一片寂静。轨道上不见列车踪影，瓜华那华克站的信号牌已然立起，却没有迹象表明有火车曾在车站停靠，更别提从这里离开了。只有一个孤零零的站牌：

瓜华那华克站

不到一年之前，这里曾见证了他的一次别离。那次别离令他永生难忘：当时，领事、伊芙和领事同父异母的兄弟休一行三人来到他位于尼加拉瓜大街的家。初次见面，他就觉得不喜欢休，而休也同样不喜欢他。休看上去样貌古怪，恰好符合领事对他那善意的戏谑描述，不过，他之所以对休的印象不好，可能和再次见到伊芙有关系。如果他在帕里安再见到休，可能根本不会因为休的样貌奇特而立即认出他来。如此说来，休正是那个他多年前就听说过的孩子！不到半小时，他就对休有了一个大致的判断：休是一个毫无责任心的空谈理想主义者，骨子里既自负又局促不安。出于各种原因，他表面装出一副富有情调、善于交际的样子。领事并没有预先告诉休他们要见劳埃尔先生的事儿，所以休并没有思想准备。无疑，在他眼中，劳埃尔先生的形象也好不到哪去：一个无聊乏味之人，老气横秋的艺术家，公认的到处留情的单身汉，对女士大献殷勤，是个占有欲极强的人。然而，后来二人共同经历了一场劫难，他们共同度过了那三个无眠之夜，都深陷无法消解的悲痛和迷惘中，那段经历仿佛成为他们永恒的记忆，倒是拉近了二人的距离。后来，劳埃尔先生接到了休从帕里安打来的电话，对他有了更深入的了解：他了解了休的希望、恐惧、他的自欺欺人和深深的绝望。当休离开的时候,他难过得好像失去了亲生儿子一般。

劳埃尔先生爬上了护坡,一点儿也没怜惜他身上穿的那身棒球服。他爬到了坡顶,停下来喘着粗气,喃喃自语地说:"他做得对。"当时领事的尸体"被发现"(与此同时,事态发展严重,人们觉得此刻最需要英国驻瓜华那华克的英国领事主持公道,却找不到人,不过这种事并不是第一次发生了)。他做得对,是他劝说休抛开一切顾虑,利用警察们"迟疑"的机会一走了之。警察们似乎不太愿意扣留休,让他当证人,尽管按照常理来说,他们应该让休作为那件被旁人称为"一起案件"的证人。当时,他劝说休马上逃走,尽早赶到韦拉克鲁斯。如果上天保佑,他能在那儿找到等候的船只。劳埃尔先生回头看了看车站,觉得那里有休留下的一个无法弥合的豁口,好像休把他的最后一点幻想也给带走了。而休呢,虽然已经29岁了,还在做着凭一己之力就能改变世界的美梦(再也找不到别的说法了),就像劳埃尔先生,虽然已经42岁了,还没走出靠一部伟大的电影来改变世界的幻想。然而,就在今天,劳埃尔先生才意识到:他们的这些梦想简直不知天高地厚,十分荒唐。就算他拍出了一部伟大的影片,就算他的作品在众多伟大电影中有一席之地,世界也不会因此发生任何改变。不过,他找到了自己和休的某种共同之处:和休一样,他会去韦拉克鲁斯[①];同样和休一样,他不知等待他的船是否会靠岸……

劳埃尔先生穿过未经充分开垦的田地,田地与狭窄的草地相接,种植仙人掌的农民回家时经过这里踩出了一条小路。尽管是风雨过

---

① 韦拉克鲁斯:墨西哥东部一个州,临近墨西哥湾,面积7.28万平方公里。

后的小路，可是劳埃尔先生最喜欢这个步行路线了。雨后的仙人掌泛着新绿；在风中摇曳的垂柳摇身一变，变成了透着霞光的郁葱树木；远处，在秀色可餐的群山脚下，一池湖水映着霞光，水面金光粼粼，虽然美不胜收，却透出些许悲凉的意味。小镇上空乌云绵绵不绝，一直延伸到了南边的天空；阳光射下的光线像融化的玻璃罩罩在田野上空；在狂野的夕阳之下，两座火山令人望而生畏。劳埃尔先生步伐矫健，不时晃动着手中的网球拍。他穿着的网球鞋略显沉重了些，本该早点儿脱下来的。这是他在这片土地停留的最后一天。恐惧再次向他袭来：他觉得虽然自己在这里生活了这么多年，却依然只是个过客；虽然他来这里已经将近五年的光景了，却仍然觉得自己像在陌生的星球里游荡。尽管如此，他依旧觉得依依不舍，而如今他就要回到让他魂牵梦绕的巴黎。啊，好吧！对于战争，他只能用"糟糕"这个词儿来形容：有战争必然有输赢，不论在战胜国还是战败国，人们的生活都会因战乱变得艰辛。如果同盟国输了，生活会更加艰苦。不过不论国家输赢，个人的奋斗还会继续下去。

　　步移景异，令人惊叹！现在，田地里都是石头，一排枯木赫然矗立。一个废弃的犁在天空的映衬下如剪影一般——犁头向天空伸展，似乎在无声地祷告；他又开始了遐想，想到了另一个星球，那里是一个奇怪的所在，在那里，人们的视野变得开阔。你的视线可以穿越特雷斯马利亚斯群岛，领略到各色风景：科茨沃尔德丘陵[①]、温德

---

① 科茨沃尔德：位于英国牛津以西，绵延的乡村风情与科茨沃尔德群山融合在一起。该区历史悠久，在中古时期已经因羊毛的相关商业活动而发展。该地区是喜欢田园风光的游客的旅游首选地之一，素有"英国的心脏"美誉。

米尔湖①、新罕布什尔②、厄尔-卢瓦尔③的草场,还有柴郡的灰色沙丘,连撒哈拉沙漠都能看到。在这个星球上,你可以瞬间改变天气;只要你想,穿过公路就能体验三种文明;这个星球虽然奇特,却不乏美景,这一点不可否认,那些美景恰恰是灾难性的,也是涤荡人心的,那便是人间仙境应有的胜景。

然而,在这片人间仙境里,他又有何作为呢?他几乎没有朋友,找了个与他争吵不休的墨西哥情妇,还有为数众多、美丽的玛雅雕像,只可惜他不能把它们带出这个国度,他还……

劳埃尔先生不知道是否会下雨:虽然这季节不怎么下雨,不过每年的这个时候,这地方也会下雨。去年就在不应该下雨的时候下了。南边天空阴云密布,他想象着下雨的情形,好像闻到了雨水的气息。想象中,他一直向前走,雨点落在他头上,他被淋湿了,身上穿的白色法兰绒裤变得越来越湿,他无比享受这种浑身湿透的感觉。他抬头看了看天上的乌云,它们如一匹匹黑色骏马在天空疾驰,暴风雨恰逢其时地暴发。他想:这就是爱,迟来的爱。即便空气中再次弥漫着芬芳,阳光久久不愿退场,这片神奇的土地再次变得温暖,这场如爱情般热烈的暴风雨让人无法恢复理智和镇定。劳埃尔先生又加快了脚步,他心想:接受这炽烈的爱的洗礼吧!即便它打击你,让你无法言语,令你失明,使你疯狂甚至死亡,可命运终不能为你那风暴之于爱的联想所改写。这天神降下的雷鸣……这份迟来的爱,

---

① 温德米尔湖:位于爱尔兰海以东,英格兰西北部湖区以内,是英格兰最大的湖泊。
② 新罕布什尔:位于美国东北部新英格兰区域的一个州。
③ 厄尔-卢瓦尔:厄尔-卢瓦尔省,法国中央大区所辖省份。

无论如何描述，都满足不了你对爱的渴求。

M.劳埃尔先生离开赌场以后就一直沿着下坡路走，镇子在他右上方的位置。他在旷野穿行，越过树梢能看到山坡上那暗处像城堡一样的科尔蒂斯①宫。小镇广场上那徐徐转动的费里斯转轮上的灯光已经亮起，他觉得自己能从那明亮的车厢里辨识出人们的笑声，还有令人沉醉的歌声。那歌声渐渐变小，随后消散在风中。忧伤的美国蓝调音乐之类的曲子穿越旷野飘进了他的耳朵，偶有清风送来阵阵音乐，掠过树枝。那风不够强劲，没法撼动围墙和高楼。风伴着一阵凄切之声，好像被吸向了远处。劳埃尔先生发现自己正走在一条从酿酒厂通往托马林的小路上。他到了阿尔卡潘辛格公路（Alcapancingo），一辆车从他身边驶过。他扭过头，想躲避汽车卷起的尘土。

这时，他回想起和伊芙、领事一起骑着摩托车，在原是一个巨大火山口的墨西哥湖湖边行驶的情形。他的脑海里再次浮现出当时的情景：尘土使地平线变得柔和起来，卡车疾驰而过，尘土飞扬，瑟瑟发抖的孩子们紧紧地抓着车的栏杆。他们脸上缠着带子，以抵御迎面飞沙走石的侵扰（他总觉得这样的场景蔚为壮观，它象征着未来。英雄般的人民为此做出了了不起的准备工作。在墨西哥到处可见呼啸而过的卡车上载满了年轻的建筑工人。他们的裤管迎风摆动，叉开着腿笔挺地站着）。湖边圆形的山丘突出部分由于堆积了大量的尘土，在阳光下颜色渐深。在暴雨之中，它们就像是一个个岛屿。劳埃尔先生站在山谷的山坡上，能够看到远处领事家的老宅，过去

---

① 科尔蒂斯：埃尔南·科尔蒂斯（1485—1574）：西班牙军事家、征服者。

他常常在这个区域游荡,那里有三百零六座教堂,还有两家理发店,分别叫"盥洗室"和"闺房"。后来,他还爬上了破败的金字塔废墟,他自豪地称其为"巴别塔①原型"。当时,他把思想里的各种杂乱之音隐藏得多好啊!

在飘扬的尘土中,两个衣衫褴褛的印第安人走近劳埃尔先生。两人在争辩着什么,那种专注宛如两个大学教授,在夏日傍晚的索尔邦街道上一边闲庭信步,一边讨论学术问题。他们的声音和那沾满泥土的双手做出的手势都相当高贵、雅致,令人难以置信。他们温文尔雅的举止让人想起了威严的阿兹台克②的王子们,他们精致的面庞令尤卡坦废墟上的雕塑都黯然失色。

"那人肯定喝多了!"

"真令人难以置信!"

"是啊,兄弟,都是被这绝情的人生所累。"

"说得没错,兄弟。"

"千真万确!"

"晚安!"

"晚安!"

他们继续交谈,走进了暮色,转轮也渐渐从视野里消失。集市的喧嚣声、美妙的音乐并没有越来越清晰,而是暂时飘散了。劳埃

---

① 巴别塔:《圣经·旧约·创世纪》第十一章记载,诺亚的后代意图联合起来,兴建能够通往天堂的高塔。为了阻止人类的计划,上帝让人类说不同的语言,使人类相互之间无法沟通,计划因此失败,人类从此各散东西。

② 阿兹台克人:又译阿兹特克人、阿兹特卡人,是墨西哥人数最多的一支印第安人。

尔先生朝西边看，看到一位老骑士一只手拿着球拍当作盾牌，一只手拿着手电筒，他一时似乎陷入了梦境。它们在想那位骑士经历了多少次战斗方才幸存下来，今天才会在这里出现。他本想走右边的另一条小路，那条小路通向赌场放马的草场，可以直达他住处所在的街道，可他却一时兴起，沿着左边的道路走去，那条路通向监狱。他隐约地感到心中有种欲望——他想在自己驻留此地的最后一晚向马克西米连①宫的废墟告别。

南边的天空中，仿佛升腾起一位身形巨大、面带愁容的天使，从太平洋御风飞来。然而，这平静背后却酝酿着暴风骤雨……他心中再次燃起对伊芙的爱恋（伊芙是不是位优秀的演员无关紧要，他曾经向伊芙许诺：只要是自己拍的电影，就会让她的表演堪称惊艳），那种感觉他无法解释。他住在圣普莱时，第一次在那里的草地独行。那是一个宁静的法国小镇，他住处附近有水潭、水闸和废弃的灰色水磨。他看见加尔都天主教堂的双尖塔矗立在广袤的田野之上，农田已经收割了，留下众多庄稼残茬，地上还有野花在风中摇曳，那景象令人叹为观止。几百年前，同样浪迹此地的朝圣者们在这片田野上看到了相同的景象：那些高高耸立的尖塔。他对伊芙的爱曾带给他身心的宁静，只是这种宁静稍纵即逝。他好像被尖塔施了魔法、中了魔咒一样，多年前他曾经爱上尖塔附近的每个小镇，喜欢出入

---

① 马克西米连：指马克西米连诺一世（1832—1867），奥地利弗兰茨·卡特大公和巴伐利亚维特尔斯巴赫家族公主苏菲的次子。本是奥地利大公，1864年4月10日在法国拿破仑三世的怂恿下，接受了墨西哥皇位，被称为墨西哥皇帝马克西米连诺一世。1867年5月，被墨西哥军事法庭以颠覆墨西哥共和国罪名枪决。

附近的咖啡馆。他远远地望着高耸入云的尖塔,深深陶醉于尖塔的魔力中,即使深陷债务的烦恼都无法打破这种魔力。劳埃尔先生加快了脚步,向马克西米连宫的方向走去。他又想起了那种魔力:距他初见尖塔15年后,他再次来到了瓜华那华克镇,是他令领事陷入悲惨境遇,他深感悔恨,可即便是些种愧疚感也没有打破那种魔力。伊芙离开后,他和领事重聚,他并不为那段时光感到悔恨,也许是因为他和领事都渴望从对方那里得到些许慰藉,一种幻想中的慰藉,就像人们在牙疼时会幻想靠慰藉来减轻痛苦。伊芙已经离开了,二人都心知肚明,却都假装她还在他们身边。

啊,所有这些事物似乎都可以成为隔绝他和瓜华那华克镇的绝佳理由!可事实并非如此。劳埃尔先生能感到外部的压力向他袭来,好像他周围的紫色群山将它们的压力转嫁给了自己。那群山之中蕴藏着银矿,它们显得那样神秘,若即若离、岿然不动,却好像有种奇怪而忧伤的力量正试图抓住他的身体,把他留在这里。那种力量是来自山的压力,来自万物的压力,更多的还是来自悲痛的压力。

他路过一辆蓝色的福特汽车,车子已经褪色生锈,不能开了。有人把车推到了这里,停在了山坡上的篱笆下面。车的前轮底下垫了两块砖,防止溜车。劳埃尔先生看到车子上那破败的顶篷挡板被风吹乱,不禁对车子产生了一种惺惺相惜的感觉。他想问那车,你在这儿等待着什么?亲爱的,我为什么离开?你为什么让我离开?这些话是伊芙写在明信片上的,明信片迟迟没寄出去,显然这些话并不是写给他的。领事自杀的那天早上,不怀好意地把那张明信片偷偷地放在了他的枕头下面。可是谁又能知道领事究竟是在什么时候放的呢?他一定是算计好了,心神不安的休会从帕里安给劳埃尔打电话，劳埃尔会在那时发现明信片。哦，帕里安！

　　劳埃尔先生的右侧是监狱的高墙。沿着围墙向上看，隐约可见瞭望塔上有两名警察，拿着望远镜四下瞭望。劳埃尔先生走过河上的一座桥，他想抄个近道，从森林里那片用作植物园的大空地穿行出去。从东南方向飞来了一群鸟：它们全身黝黑、样子丑陋、身型过长，有些像奇特的昆虫。这种鸟的外形长得像乌鸦，它们尾巴很长、行动笨拙，飞起来很不稳定，上下乱窜、有些吃力。正值日暮，它们回巢心切，每天都如此：它们栖息在广场的树上，到了夜晚它们就会不停地尖叫。劳埃尔先生走到肮脏杂乱的广场，发现那里已经安静下来，人烟稀少。等他走到马克西米连宫时，太阳已经落山了。

　　尽管他曾经对马克西米连宫心驰神往，然而待他真正到后，便立刻感到悔不该来：昏暗的灯光下，那粉色柱子上的裂缝清晰可见，好像那柱子马上就会倒下来，砸在他身上似的；池中的水面生了一层绿色的水藻；他头顶上的横梁已经开裂，仅靠一根生锈的铁架支撑着；破败不堪的小教堂中发出一阵阵腥臊恶臭的味道，杂草丛生，墙壁摇摇欲坠、尿渍斑斑，蝎子穿行其间；还有残破的顶檐、破败的拱门和遍布着污秽之物的防滑砖。这个曾经让人心生爱意的圣地如今沦为噩梦般的存在。劳埃尔先生已经厌倦了噩梦，他觉得法式风格即使伪装成奥地利风格，都不应该传到墨西哥来。马克西米连，可怜的家伙，就算身在自己的宫殿也难逃劫难。他们为什么称他在的里雅斯特的另一所宫殿为"荒芜之地"呢？卡洛塔（Carlotta）[①]住在那里以后就变得疯癫，从伊丽莎白女皇到费迪南大公，为什么曾经

[①] 卡洛塔：马克西米连的王后，比利时列奥波德一世国王的女儿。

住过那里的人都惨遭横祸？可是，这里曾是他们眷恋之所。这两个孤独的、发紫的、被流放的建筑曾是人类流连的伊甸园，不知为何，这片昔日的乐土逐步沦为现在这脏乱不堪的人间炼狱，悲哀成了他们最后的庄严。这里有幽灵出没，就像在赌场的那些幽灵。一个幽灵还说："卡洛塔，我们来到这里是冥冥之中注定的。看看这个放眼望去是绿色原野和连绵青山的伟大国家吧，这里有群山幽谷，有美得摄人心魄的火山。想想吧，我们拥有这一切！让我们呵护它们，建设它们，这样我们才配住在这里！"或许，他还听到了两个幽灵之间的争吵：

"不，你只爱你自己，你爱你悲惨的遭遇胜过爱我！是你故意这么做的，是你毁了我们之间的关系！"

"怎么会是我呢？"

"你身边总是有人陪着，他们照顾你、爱你、利用你、诱导你。别人的话你都听，就是不听我说什么，可是真正爱你的人只有我。"

"不，你是我唯一爱过的人。"

"唯一？我看你唯一爱的人是你自己。"

"不，我爱的是你，我一直爱你，请你一定要相信我，求你了：你一定记得我们一直计划来墨西哥的。你还记得吗？……是啊，你说的没错。我们曾经有可能在一起，可是现在没有这种可能了！"此话一出，两个幽灵情绪激动地失声痛哭，一如往昔。

劳埃尔先生在宫殿里听到的并不是马克西米连的声音，而是领事和伊芙的声音。他向前走时，猛然意识到：幸好终于来到了宫殿尽头的尼拉瓜街，那天他就是在这里看到领事和伊芙深情拥抱的。那时，他们刚到墨西哥不久，那时的宫殿在他眼中是那么不同！劳埃尔先生放慢了脚步，风也停了下来。他敞开身穿的英式呢子上衣（那件上衣是伊奇里夫品牌，是在墨西哥城一家高档商场里买的），解开带有蓝色波点图案的围巾。他感到夜晚异常压抑、安静。到目前为止，除了自己那粗笨的脚步声，他什么声音都没听到……一个人影也没看到。劳埃尔先生感到有些焦躁，感觉裤带勒得很紧——他的身材有些臃肿，来到墨西哥后他发福了，有些人会因为发福而拿起武器、投入战争，这理由可够奇特的，根本无法公之于众。他对着空气挥起球拍，发球、回球，样子十分可笑，但是球拍很沉，他忘记了刚才的荒唐想法。

他穿过右侧的农场，天色愈加昏暗，建筑物、田野和群山都影影绰绰。他又看到了转轮，不过只能看到转轮的顶部静静地在高山那边发出光亮，差不多就在他正前方的位置，还有转轮上方的树木。路况不好，路面坑洼不平，而且他走的是很陡的下坡路。他走近峡谷上的小桥，桥下就是万丈深渊。他走到桥中央停下脚步，点燃了一支烟，扶着护栏向桥下望。天太黑了，根本看不到底，可是这一望却让他有终结之感，还有那深渊！瓜华那华克镇就像时间，无论你朝哪个方向去，深渊总是近在咫尺。秃鹫盘踞于此，崇拜摩洛神[①]的异教徒在此聚集！耶稣基督被钉十字架受难之时，就流传着海上僧侣们的传说[②]，世界大门洞开、都通向这里，只不过这种巧合当时并没有人注意到而已。就是在这座桥上，领事建议他拍一部有关亚

---

① 摩洛神：见《圣经·旧约·列王迦南》第十一章：古代迦南人膜拜摩洛神，其最特殊的方式是由父母把自己的子女作为祭品献上，放到火中焚烧，以求神明保佑。
② 耶稣被从十字架救下以后，又走到克什米尔的传奇故事。

特兰蒂斯的电影。是啊,当时领事就像他现在这样,倚着栏杆向下望。他虽然喝醉了,思路却很清晰,说话也很连贯,不过有些生气和焦躁不安。很多次,领事虽然喝多了,可头脑却很清醒,那只是其中的一次。当时,领事就是在这里告诉他深渊的精髓所在:那是神的风暴,"这风暴证实了大西洋两岸有所勾结",也许,他这么说是别有用意。

虽然那不是领事第一次站在桥上俯视深渊。很久以前,他们经常会这么做,现在他又怎么会忘记呢?那"地狱之堡垒",在那里发生了另一件事,这件事好像和后来他们在马克西米连宫的偶遇存在着某种联系……他在瓜华那华克镇见到领事——与这位昔日的英国玩伴重逢,真的是件好事吗?尽管领事和他住在同一个街区,并且已经在那里生活了六周的时间。他还不能把这次偶遇称为"故人重逢",因为他并不知道领事住在离自己这么近的地方,此前他们已经有25年没见过面了。也许那不算什么,也许正是这种毫无意义的联系,被贴上了"天意弄人"的标签。只是再见到领事时,在英格兰海滨度过的那个假期又一次清晰地浮现在他眼前!

劳埃尔先生出生于摩泽尔村的朗吉永,儿时常常跟父母到诺曼底过暑假。他父亲是一位富有的、脾气古怪的邮票专家,后来他们举家搬迁到了巴黎。英吉利海峡卡尔瓦多斯岛上的库尔赛绝非旅游胜地,那里的几所寄宿学校常常受到风雨的侵扰,那里的荒芜沙丘绵延不绝,且附近的海水冰冷。1911年那个闷热的夏天,著名英国诗人亚伯拉罕·塔克森一家人来到这里,同行的还有一个奇怪的英国-印第安混血孤儿,大约15岁。他身材瘦小、郁郁寡欢,羞怯却十分独立。他会写诗,老诗人塔克森(喜欢待在家里)鼓励他创作诗歌。

如果你在那孩子面前提到"父亲""母亲"的词,他就会痛哭流涕。雅克·劳埃尔年纪与那孤儿相仿,他很愿意和那孤儿待在一起。塔克森家至少有六个男孩,大多比他年纪大,而且体格更为结实,性格更为粗放。事实上,他们都是那孤儿的旁系亲属,却合起伙来孤立那孤儿,倒是雅克和那孤儿相处的时间更多一些。两个孩子经常结伴在海滨游荡,带着从英国带来的一对旧"高尔夫球棒"和一些坏掉的高尔夫球。将近日暮时,他们会骄傲地把球打进大海里。就这样,两人成了形影不离的好兄弟,劳埃尔的母亲认为儿子的朋友是"漂亮的英国青年诗人",因此很喜欢他。塔克森夫人也很喜欢法国男孩雅克。同年9月份,塔克森一家邀请雅克和他们一起回英国住一段时间,一直待到新学期开学。雅克的父亲原本打算等到儿子满18岁再送他到英国求学,可是他接受了塔克森一家的提议,那一定是因为他觉得塔克森家的孩子仪态英武……就这样,劳埃尔先生随塔克森一家来到了英国里索。

在英国西北海岸的日子是一种成人化的、文明的"库尔赛式"生活。塔克森一家住的房子很舒适,后花园与一个漂亮的高尔夫球场相邻,球场绿草如茵、连绵起伏,花园通向远处的大海。其实,那里并不是大海,而是一个宽约七英里的河口(西面那汹涌的白色浪花才是真正的海口),沿河可见威尔士群山,山体漆黑嶙峋、云雾缭绕,偶见白雪皑皑的山峰,让人联想到印度的杰夫(Geoff)雪山。平时,高尔夫球场没人玩,他们可以在那里自由玩耍。黄色的海罂粟在细长的海草间舞动,海边有片古老的森林遗迹,不过只剩下些难看的黑色树墩,再远些是一个废弃的老旧灯塔。河口处有座岛屿,岛上矗立着一个风车,看似一朵黑色的怪花。退潮时,可以骑着驴子到岛上转转。从利物浦港口始发的货轮冒出的烟在远处低悬。这里给人一种宽阔而空旷的感觉，只有在周末才能感觉这里地理位置上的不便之处：尽管打高尔夫球的旺季已接近尾声，周边灰色的水疗宾馆也宾客渐少，来自利物浦的经纪人成天在球场打四人赛，球场依然显得相当拥挤。从星期六早晨到星期日晚上，飞来飞去的高尔夫球像冰雹一样飞出界外，侵袭塔克森家的屋顶。于是，周末和杰弗里去镇上便成了乐事，他们可以在镇上看到很多开怀大笑的漂亮女孩，还可以迎着风走过洒满阳光的街巷，或者在海边观看小丑表演，最棒的是他可以坐着那艘长约十二英尺的船在海上畅游。船是杰弗里租来的，由他驾驶，而他的驾船水平绝对堪称专业。

那段时间，他大部分时间都和杰弗里待在一起，和在库尔赛时一样。那时雅克才渐渐明白：为什么在诺曼底他很少见到塔克森一家人。塔克森家的男孩们热衷于徒步，并以此为傲。他们觉得一天走上二三十英里是小菜一碟。不过更为奇特的是，虽然他们都是学生，可个个是十足的酒鬼，还自以为是。在一段只有五公里的徒步中，他们就会尽量找酒吧歇脚，每到一个酒吧就会喝上一两品脱的高度啤酒。这几个男孩最小的还没满十五岁，一下午就能喝完六品脱啤酒。如果他们中有人生病了，其他人还会喝下更多酒。雅克的胃不好，他没有酗酒的恶习，只是待在家的时候习惯小酌一点儿红酒。杰弗里也不喝酒，因为他讨厌啤酒的味道，而且他在纪律严明的卫斯理教学校[①]就读，能忍受学校恪守的古老的中世纪教义。除他们两人以外，这个家庭的成员都酗酒成性。老塔克森先生为人和善、思维敏捷，

[①] 卫斯理教：又称循道宗，是基督教新教的一个分支，由英国布道家卫斯理兄弟在18世纪创建。

唯一继承了他文学天赋的儿子不幸去世,他终日消沉,每晚都会开着书房门,在里面静坐、沉思,没完没了地喝酒。他养的几只猫趴在他的膝头,他"唰、唰"地翻动晚报,以此表示对另外几个儿子的不满。他的儿子们都围坐在餐桌边没完没了地喝酒。塔克森夫人在家里和外面表现得截然不同,她认为在家里就没必要摆出优雅姿态博人好感,于是也和儿子们一起纵情地喝酒。她面容姣好,却喝得满面红光。虽然她不太赞成儿子们小小年纪就染上酗酒的恶习,却也兴致勃勃地豪饮起来,能把儿子们都喝到桌子底下。这几个孩子比起普通人还是有些优势的,他们喝醉了不会摇摇晃晃地跑到大街上丢人现眼。他们觉得喝得越醉,越应该表现得清醒,因为这事关名誉。他们习惯了走路时总像执勤的卫兵那样站得笔直、昂首挺胸、目视前方。正是这一点让劳埃尔的父亲对这家人印象深刻。即便如此,清早发现这家人醉醺醺地睡在地板上也不足为奇了,没人会觉得有什么不妥之处。塔克森家的储藏室里总是塞满了很多桶装啤酒,随时供家人享用。家里的男孩们个个身强力壮,吃饭时狼吞虎咽,他们吃掉的炸羊肚数量惊人,还有那些被称为黑布丁或血布丁的食物(就是麦片和羊下水的混合物)。雅克不敢吃那东西,觉得那东西对身体无益,而这时他的好朋友杰弗里就会劝他:"这是血肠,吃这个对你身体好,你不知道吗,雅克?"雅克现在常常管他的朋友叫费尔明,他此时局促不安地坐在餐桌边,羞怯地想和塔克森先生搭话。

一开始,雅克很难理解费尔明是怎样跟与自己迥乎不同的家庭生活在一起的,因为他的品位和塔克森家的男孩们毫无共同点可言,他去的学校和他们的学校都不一样。不过不难看出,亲戚们把他送到那所学校绝对是出于好心。用塔克森家男孩们的话说,杰弗里"总是埋头苦读"，因此从事宗教的亚伯拉罕表兄"恰恰是能够帮助"他的最佳人选。不过，虽然费尔明和塔克森家的男孩子们一起生活，他们对费尔明的了解并不比雅克家人对他的了解多。在学校，他们的各门语言课都取得了优异成绩，得了很多奖学金；在体育方面，他们更是当仁不让地取得了全额奖学金。这些俊俏而热心的男孩们正是帮助可怜的杰弗里走出羞怯、走出对他父亲和印度"记忆的阴霾"的"最佳人选"，可是他们都把杰弗里视为异类。雅克觉得他的好朋友很可怜。杰弗里很小的时候，母亲就在克什米尔去世了。大约一年前，他的父亲再婚，后来竟无缘无故地不见了踪影。不管在克什米尔还是其他地方，都没有人知道他出了什么事情，只知道有一天他登上了喜马拉雅山，然后就失踪了，留下了杰弗里、继母和当时尚在襁褓中与他同父异母的弟弟休。谁料祸不单行，后来他的继母也去世了，留下了两个可怜的孤儿独自在印度生活。可怜的老兄啊！虽然他很古怪，可是如果有人善待他，他就会感激不已。就连别人叫他"那个费尔明"，他都会心存感动。他对老塔克森先生倾注了自己浓浓的敬爱之情，劳埃尔感到他的朋友用自己的方式热爱并忠诚于塔克森家的每位成员。他会爱护他们、守卫他们，直至死亡。费尔明身上的那种孤独无助感让人们放下了对他的戒心，与此同时他对亲人又那样忠诚。雅克初次到英国度暑假期间，虽然塔克森家的男孩们总表现出英式的虚张声势，但是他们都尽最大努力克制自己，不去排挤他，也尽可能友善地对待他，毕竟他不能在十四分钟内喝下七品脱啤酒，也跟不上他们的步伐走上五十英里不掉队。他跟他们不是一类人，不能融入他们，这不能怪那些男孩。可如今想想，也许正是因为他们冷落杰弗里，他才能来这儿陪伴他，而他们可能也从某种程度上帮助杰弗里摆脱了羞怯，至少杰弗里从塔克森家的男孩们身上学到了英国人是如何"挑逗姑娘"的，就像他逗雅克时那样。塔克森家的男孩会唱一首很滑稽的歌，如果用雅克的法国口音唱，戏谑效果更好。

雅克和杰弗里走在人行道上，就会唱起这首歌：

哦，我们走啊走，摇摇晃晃，
我们说啊说，哼哼呀呀，
我们系领带，歪歪斜斜，
漂亮姑娘啊，暗送秋波，
我们唱着歌，不会停歇，
直到天亮，
唱到我们迷迷糊糊，迷迷糊糊，
迎接上午。

如果你觉得某位姑娘对你有意，那么挑逗这位姑娘的仪式就开始了。首先你要跟她打招呼，说声"嗨！"，然后就一直尾随着她。如果她转过身来，那就说明你的挑逗成功了。如果你成功了，而且恰逢日落之后，那就把她带到高尔夫球场，就像塔克森家的男孩们说的那样，那里有很多"歇脚的好地方"。这些地方大都位于沙丘之间的坑或沟边，这些坑里全是沙子，都很深，而且还抗风，不过这些沙坑都没有"地狱沙坑"深。"地狱沙坑"是一个令人生畏的危险地带，离塔克森家很近，在第八个球道长斜坡的中间。从某种意义上说，它是这片绿地的守卫者。虽然从远处看，这里的位置比草地低了很多，还稍偏左，它仿佛张开了大口，准备吞掉杰弗里这样出色的高尔夫球手的第三次出击。杰弗里似乎是个天生的高尔夫球手，他出手漂亮、动作优雅，雅克则是个高尔夫新手，这大概是他第十五次出手。他和杰弗里觉得"地狱沙丘"是他们和女孩约会的绝佳地点。不过，不管把女孩带到哪儿都不能出什么事儿，这一点大家都已达成了共识。大体来说，"挑逗姑娘"不过是孩子气的举动。过了一段时间，杰弗里称自己还是处男，而雅克则谎称自己已然失去童贞，二人又习惯了边散步边"挑逗女孩"，他们和姑娘们走到高尔夫球场，在那里分开，约会过后还会到那里会合。奇怪的是，塔克森一家聚在一起的时间都是很有规律的。时至今日，劳埃尔先生也没弄明白，那次杰弗里和姑娘在"地狱沙坑"里发生了怎样的奇遇。那次他并没打算偷窥杰弗里和姑娘的约会，他带着一个自己已经厌烦了的姑娘，穿过第八球道朝里索道走，二人听到地狱沙丘里传来的声音都惊呆了。月光照在沙丘里，二人看到了里面的情景，他们震惊得无法移开目光。劳埃尔本应该走开的，可二人当时只是大笑起来，并没意识到沙丘里正在上演的事件给他们带来了什么冲击。劳埃尔先生只记得杰弗里在月光下流露出的尴尬表情和他的女伴笨拙地站起来的样子，他和杰弗里都表现得异常镇定。事后，他们去了一家叫"过眼云烟"的酒馆喝酒，那是领事这辈子第一次主动走进酒吧，他大声地点尊尼获加威士忌酒，不过酒吧招待问了老板的意见后拒绝给他们上酒，因为二人还是未成年人，就被轰了出来。好景不长，二人的友谊并未能持续下去，这虽然是天意，却不免让人沮丧。在小劳埃尔去英国度假期间，他的父亲打消了让儿子去英国留学的念头。就这样，劳埃尔先生的英国假期被秋日寂寥的秋风吹散了。他和伙伴在利物浦码头分别时难掩忧伤沮丧，从去多佛到回家，忧伤沮丧之情一路如影随形。少年劳埃尔感到孤独难耐，就像一个卖洋葱的小贩坐着小船、迎着猛烈的海风，从英国漂洋过海去法国加莱。

　　想到这里，劳埃尔先生挺直腰板继续前行，他的思维变得活跃而敏锐。他恰巧避开了一匹前进的马，马夫及时拉住缰绳、放慢脚步，从他旁边过了桥。黑暗降临，就像小说《厄舍古屋的倒塌》①里描写的那种恐怖的黑暗。马儿站在那儿，被车灯晃得直眨眼睛，这种情形在通向城镇的尼加拉瓜大街上十分罕见。汽车好像一艘轮船，在坑坑洼洼的路面摇晃着行进。骑马的人喝得烂醉，趴在马鞍上，连马刺都弄丢了，从他的骑马水平不难猜到他用的马刺尺寸，他连抓紧缰绳都有点儿费劲，却不止一次地把住前鞍桥，以保持身体平衡。马儿显出了叛逆、狂野的一面，迅速后退（后转），也许是出于恐惧，也许是出于对主人的鄙视，它突然向车的方向冲了过去。马背上的人似乎要翻落下马，却神奇地像一个马术运动员一样，先向侧面倒，然后又回到了马背上，滑动、侧滑、后倾，这样的动作反复上演了几次，不过每次他都能化险为夷，但在此期间，他一直紧紧地抓住缰绳，却没把鞍桥。虽然他的马刺还没找到，他用一只手抓住缰绳，另一只手抽出了刀鞘中的弯刀，朝着马的两侧侧身一顿击打。与此同时，借着车灯可以看到一家四口从小山向下走：男人和女人在哀悼亲人，两个孩子穿得整齐、干净。马飞快地驶过，女人赶忙把孩子们拉到路边，男人则背对着水沟站着。车停了下来，车主调暗车灯，

---

① 《厄舍古屋的倒塌》：爱伦坡最著名的心理恐怖小说之一。

为骑马的人行方便，又把车朝着劳埃尔先生的方向开，从他身后开车过了桥。这辆车动力十足、噪声很小，车身像是美国生产的，汽车颠簸时车身下沉，却几乎听不到发动机的噪声，马蹄声犹在耳畔，渐渐消散。汽车行驶在灯光昏暗的尼加拉瓜大街，经过了领事家的房子，领事家的窗户投射出灯光，劳埃尔先生不愿去看，亚当很早就离开了花园，他屋里的灯早就亮了。他发现领事家的大门也修整了，左侧是学校，他那天就是在这里遇到伊芙、休和领事的。他摞得如山高的行李箱只打包了一半，他想骑马的人应该是没在自己的房前停留，而是继续向前飞驰，跑到提亚拉德菲格大街穿过小镇，骑手的眼中透露出狂野之情，好像即将看到死亡之景。他突然意识到：在他脑海中勾勒出的毫无理性而疯狂的、并未完全失控的甚至有些让人羡慕的骑手形象，隐约就是领事的写照……

　　劳埃尔先生越过了山冈，他疲惫地站在了山脚下的小镇，只是还没走上尼加拉瓜大街。为了避开自家的房子，他特意从学校左边一条路面残破的陡峭小路走，小路一直通往火山。他走到革命大道时，人们都好奇地看着这个手里拿着网球拍的男人。革命大道很长，一直延伸到美国公路和赌场酒店。劳埃尔先生自嘲地笑了：照此行进速度，他可以一直沿椭圆形轨道，绕自家旅行下去。他身后的市场熙熙攘攘，不过他只顾走路，无暇顾及身后的风景。即便是在夜里，小镇也灯火通明、五光十色，不过那只是斑驳的光影，如惊鸿一瞥的港口。人影如风般掠过人行道，树木偶尔会投下影子，好像沾满煤灰，树枝都被煤灰压弯了。小公共汽车再次从劳埃尔先生身边驶过，开到了另外一条路上。在陡坡上，小车猛然刹车，没开尾灯，这是最后一班开往托马林的汽车。他路过维吉尔医生家，看到了这样一则广告：阿图罗·迪亚兹·维吉尔，外科医生兼儿科医生，毕业于墨西哥医学院及军医学院，擅长诊治各类儿科和神经系统疾病。出诊时间：中午 12 时至下午 2 时，下午 4 时至下午 7 时。听听，这些词听着多文雅啊，可不是那些街头小广告能比的！不过，有些言过其实了，至少他是这么认为的。卖《科纳瓦卡新闻报》的报童从他身边跑了过去。 听人们说，这报纸是讨厌的"军事联盟"办的，是阿尔马赞政府、罪恶轴心国的喉舌，这一点从它报道的新闻便可见一斑：一架法国战斗机遭德国歼击机击毁。澳大利亚劳动者呼吁和平。橱窗里贴着标语，仿佛在质问他：时装是欧洲和美国时尚的终极体现吗？

劳埃尔先生继续朝山下走。兵营外站着两个士兵，头戴法式军用头盔，身穿灰紫色军装，身上扎着绿色系绳，这些士兵正在巡逻。劳埃尔先生穿过街道，当他走近电影院时，突然意识到这里的一切有些不对劲儿：空气中弥漫着某种不自然的兴奋之情，这种兴奋很奇怪，几近狂热。天气清爽多了，电影院里黑漆漆的，好像今晚不放映电影似的。一大群人涌过来，场面略显混乱，其中一些人是没看完电影就提前出来的观众，他们站在人行道上，在拱廊下听着喇叭里的宣传。喇叭声是从一辆带有刺眼的"《华盛顿邮报》三月版"标识的面包车上传来的。惊雷骤响，街上的路灯瞬间熄灭，电影院里的灯光早已熄灭了。要下雨了，劳埃尔先生心想，他可不想被浇成落汤鸡。他用衣服遮住网球拍，开始奔跑。一阵狂风席卷了整个街道，把旧报纸吹得四处乱飞，把卖玉米薄饼小摊炉子的火苗吹灭了。电影院对面的酒店先是遭遇了闪电的狂轰滥炸，接着又迎来了一阵雷声的洗礼。狂风呼啸，人们笑着四下奔跑找地方避雨。劳埃尔先生能听到后山传来的雷鸣声。他刚跑到电影院门口,大雨就倾泻而下。

劳埃尔先生气喘吁吁地站在电影院入口处避雨。那个电影院的入口看似一个灯光昏暗的集市的入口。挎着篮子的农民们纷纷挤进来避雨,刚才空荡荡的售票处的门半开着,一只受到惊吓的母鸡正试图躲进去。避雨的人们纷纷打开手电筒,手电筒发出的光从各个方向投射出来,还有人点燃了火柴照明。装有高音喇叭的面包车溜走了,消失在雷声和风雨之中。电影院门口张贴的海报上赫然印着:晚六点至八点三十分放映影片:《奥莱克之手》①,主演彼得·洛里。

突然,金色的闪电从云朵里投射出雪花石膏灯般的光,却听不见雷声,只能听见火车引擎的轰鸣声,还有它经过小山丘开往群山时传来的阵阵回音:一艘带有长长桅杆的渔船映入眼帘,好像一只白色的长颈鹿,行动迅速、动作庄严,街上的路灯又亮了,电影院仍然漆黑一片。劳埃尔先生摸出了一支香烟。《奥莱克之手》……他瞬间回想起了昔日拍摄电影的那些时光,他被耽误的学生时代,他在布拉格、维内的克劳斯、卡尔格雷恩制片厂,还有那些在德国乌发制片厂学习的岁月。当时德国虽然战败,德国电影却赢得了文化界的尊重。正是在那时,电影《奥莱克之手》问世了。说来奇怪,这部特别的影片不比现在上映的这一版好到哪里。这个版本是好莱坞出品的平庸之作,他多年以前就在墨西哥城看过。他环顾四周,当时可能他就是在这家影院里看的这部影片,不过在他的印象中,这部电影口碑很差,即便是演技不俗的彼得·洛里也无法挽救这种烂片,他看过一次就再也不想看了,可是这部电影要讨论的主题却很复杂,

---

① 《奥莱克之手》:英国影片,拍摄于 1935 年。

而且没有结尾——主题有关暴政和避难所。电影的海报浮现在他眼前：杀人犯奥莱克的形象——一个杀人的艺术家，那就是电影的卖点所在。时间是象形文字，奥莱克暗指德国这个国家，或者说，如果落到某个人身上，那不就是劳埃尔先生自己吗？

电影院的经理站在劳埃尔先生面前，像维吉尔医生那样迅速而礼貌地给他点燃了一支烟，也许所有的拉美人都是这样给别人点烟的。经理的头发乌黑发亮，全身散发出浓浓的香水味，看来理发店是他每天都要到访的地方。他身穿条纹裤和一件黑色外衣，衣着品位无可挑剔，像他这类讲究仪表的墨西哥人无论发生什么自然灾害，都会仪表得体地出现在公众面前。点完烟，他扔掉了火柴，用带着敬意、近乎敬礼的动作招呼劳埃尔先生："来吧，咱们去喝一杯。"

"看来雨季没那么容易结束，"劳埃尔笑着说道。他们推开人群，走进一家小酒吧。酒吧就在电影院旁边，但是没有遮雨棚。酒吧的名字叫"二十号啤酒厂"，那是他和维吉尔医生约定的见面地方。酒吧的光源是吧台上和靠墙桌子上插在酒瓶里的一根根蜡烛，酒桌边坐满了人。

经理小声说了一句："见鬼！"接着，他若有所思，警觉地看了看周围，在吧台尽头看到了一个两人的空位，便去那儿就座了。"非常抱歉，今晚没法放电影了，电线断了。见鬼！每星期电力总要出问题，上星期情况更严重，糟糕透了。我们找了家来自巴拿马城的剧团，想在墨西哥城试演。你不介意我说这些吧？"

"不介意，老兄，"劳埃尔先生笑着说。他问巴斯塔门特先生之前是否看过这部片子，说话间酒吧的侍者过来招呼巴斯塔门特先生了。劳埃尔先生觉得如果巴斯塔门特先生看过这部片子，是不是说明这部片子被错当成新上映的影片放映了呢？巴斯塔门特先生问："您想喝点儿什么？"

劳埃尔先生迟疑了一下，脱口而出："龙舌兰酒。"可他马上改了口："还是要茴香酒吧。来杯茴香酒，不好意思先生。"

"再来杯汽水吧，"巴斯塔门特先生告诉侍者，他看起来仍是一副若有所思的样子，并且带着品评意味地用手指了指劳埃尔身穿那件干爽的呢子外衣，"同志，我们那叫重映，是那部片子回归了。前几天，我在这儿放映了最新的新闻影片，难以置信吧？西班牙战争的新闻片又回归首都了。"

劳埃尔先生嘲讽地看了看贴在吧台后边那张海报上德国演员的名字，说："不过，我看你们弄到了一些现代片。"（他婉拒了经理提出到警察包厢去看第二场放映的提议，不知是否有第二场放映。）只见海报上用西班牙语写着：魅力十足的玛利亚·兰德洛克，我们很快会在这部轰动一时的影片中，一睹这位著名德国艺术家的风采。

"稍等先生，请原谅，我出去一趟。"

说完，巴斯塔门特先生走出了酒吧。不过，他没从进来时那扇门走，而是从酒吧后的右侧门出去了。侧门那儿挂了个帘子，拉开帘子就可以进入影院。劳埃尔先生能看到影院里面的情景：影院里传来了孩子们的笑声、闹声还有商贩在兜售炸薯条和菜豆的叫卖声，就像电影放映时那样。很难相信很多观众已经离开了座位，影院里面还很热闹。流浪狗的影子不时出现在前排座位下，灯光并未全部熄灭，它们闪烁着橙黄的微光。大屏幕上有手电筒的影子在不停晃动，光线似乎是从下向上投射的，神奇地映出了"暂停放映"的致歉标语。在警察包厢里，一根火柴点燃了三支香烟，包厢后排的反射光线映出了"出口"标识。劳埃尔先生辨认出巴斯塔门特先生的身影,他焦躁地走进了办公室。酒吧外雷雨交加。劳埃尔先生的茴香酒掺了水,颜色混浊。他呷了一小口,刚喝下时觉得酒冰凉,随后就感到一阵恶心。

其实他喝的根本不是茴香酒,不过他不再感到疲惫,而是开始感到饥饿。此时已经是晚上七点。可能过一会儿,他才会跟维吉尔先生去"布理纳斯"或者"查理的餐馆"吃饭,他从一个碟子上拿起切好的四分之一个柠檬,若有所思地吸吮起来。谜一般的电影海报旁边有个日历,他开始看起了日历。酒吧吧台后面有一幅画像,画的是科尔蒂斯和蒙特祖玛二世①在特伦诺兰会面时的情景:阿兹台克的末代皇帝。画的下面还有段文字:蒙特祖玛和西班牙代表赫尔曼·科尔蒂斯面对面坐着,两人的会面是一次两个高度文明之间的交汇,而二者的交汇成就了今天的伟大民族。这时,巴斯塔门特先生正往回走,他一只手高高举起,举过门帘边那群人的头顶,手里拿着一本书。

劳埃尔先生看到那本书时着实吃了一惊。他接过那本书,翻来覆去地摆弄了一会儿,然后把书往吧台上一放,呷了一口茴香酒,说道:"非常感谢,先生。"

"不客气,"巴斯塔门特先生压低声音回答。一个表情凝重的服务生手托着一盘巧克力球,向他们走来。巴斯塔曼特先生向他摆了摆手,示意他离开。"不知道这本书丢了多久了,可能有两三年了。"

---

① 蒙特祖玛二世(1475—1520):古代墨西哥阿兹台克的特诺奇提特兰君主,曾一度称霸中美洲,最后被西班牙征服者赫尔曼·科尔蒂斯收服,阿兹台克文明就此灭亡。

劳埃尔先生又瞥了一眼书的内衬页，旋即合上了那本书，把书放回了吧台。

雨点噼里啪啦地敲打着电影院的屋顶，劳埃尔先生想起了：距离领事借给他那本已经翻看得发旧了的《伊丽莎白时期的戏剧》已经过去十八个月了。那时，领事和伊芙可能已经分开五个月了，而在此以前，距离伊芙回来也有六个月之久。那次，他和领事在领事的花园里情绪低落地徜徉于玫瑰花、蓝色茉莉和球兰之间。领事当时用凶狠的目光看着他，那眼神几乎是一种不掺杂私人感情的、公事公办的冷漠眼神，他似乎在告诉雅克："我就知道这本书你可能不会还给我了，可是也许正因如此，我才会把它借给你，为的是有一天，你会后悔当初没把它还给我。哦，那时候我会原谅你吗？即便我能原谅你，你能原谅你自己吗？你是不会原谅你自己的，不仅因为你没还给我这本书，而是因为如果这本书还在你手里，它会变成一种你挥之不去的标志，反复提醒你：你侵占了他人的财物。"

那本书的确是劳埃尔先生借的，因为那段时间，他想拍一部法国现代版的电影《浮士德》，让托洛茨基[①]当影片的主角。可是自从那本书到了他手里，他就没翻看过，直到现在他才翻开这本书。尽管领事几次向他索要那本书，可那本书在他借走的当天就被弄丢了，他当时一定是把书落在了电影院。劳埃尔先生听到酒吧外雨水哗啦啦地涌入一扇带有百叶窗的门下面的水沟里，这扇门通向偏左一隅的小巷。一个响雷把整个酒吧震得直晃，远处传来的回声像煤土从斜坡上滑落。

[①] 托洛茨基（1879—1940）：俄国无产阶级革命家，俄国十月革命领导人，第四国际的主要缔造者。1940年8月在墨西哥遭暗杀。

劳埃尔先生突然说："你知道吗？先生，这本书不是我的。"

"我知道，"巴斯塔门特先生轻声回答，像是在耳语，"我想，这是你朋友的书吧？"他咳嗽了一声，咳嗽声中带着困惑的意味，接着说："你的朋友就是那个贱人（bicho）①。"他看劳埃尔先生笑了笑，连忙轻声解释："我想说的词不是妓女，而是有趣的家伙，我是说长蓝眼睛的那个人。"他好像觉得自己还没说清楚似的，就捏了捏自己的下巴，想象自己长出了胡须，还假装捋了捋胡子，接着说："你的朋友，对了，那位费尔明先生、领事先生，就是那个美国人。"

"他不是美国人，"劳埃尔先生说话时，有意提高了一些音量，结果很尴尬。酒吧里的人都停止了交谈，劳埃尔先生注意到电影院那边也安静下来，真是奇怪。灯光完全熄灭了。他的目光越过巴斯塔曼特先生的肩膀、穿过门帘，定格在如死寂一般的黑暗之中，黑暗被如闪电一般的手电光线划破。小贩放低了叫卖声，孩子们也不再哭闹、大笑。等待看电影的观众越来越少了，他们散漫地坐在椅子上，盯着那黑漆漆的大屏幕，颇感无聊，不过他们还在等待电影开演。屏幕突然亮了一下，接着闪现出巨人、长矛和鸟的影子，然后又是漆黑一片。坐在二楼右侧包厢里的男士一动不动，他不愿挪动地方或者是下楼看看，好像是镶嵌在墙壁里的一个黑色装饰品，一个表情严肃、蓄着胡须、如勇士般的男子。他等待着影片放映，想看看凶手那双沾满鲜血的手。

"不是吗？"巴斯塔门特先生轻声反问，喝了一小口汽水，也朝黑漆漆的电影院看了一眼，又若有所思地环顾了一下酒吧，接着说，

---

① 西班牙语"滑稽的人（bicho）"，和英语中"贱人"一词（bitch）发音相似。

"可他是位领事,这我没说错吧?我记得他来这里喝过很多次酒,可怜的家伙,连袜子都不穿。"

劳埃尔先生笑了笑,说:"是啊,他曾是驻派此地的英国领事。"他们小声地用西班牙语交谈。巴斯塔门特先生又等了十分钟,依然没有来电,他感到颇为失望。在劳埃尔先生的劝说下,他喝了一杯啤酒,劳埃尔先生则喝了一杯软饮料。

然而,他并没有给这位好心的墨西哥人讲清楚领事的故事。酒吧和影院里再次亮起了昏暗的灯光,只是电影并未再次放映。劳埃尔先生独自坐在空寂的角落里,点了一杯茴香酒。他喝了这些酒,胃会受不了的。他直挺挺地坐在那儿,那本《伊丽莎白时期的戏剧》放在桌子上。他是从去年才开始酗酒的,他盯着那双斜靠在对面留给维吉尔医生的座位靠背上的棒球拍,感觉自己现在的状态就像一个躺在被放干了水的浴池里等待洗澡的人,愚笨至极、行将就木。要是他回家,现在都能把行李收拾好了,可是他刚才连跟巴斯塔门特先生告别的勇气都没有。外面还在下着雨,这时的墨西哥并非雨季,外面浑浊的雨水涨了起来,淹没了他在尼加拉瓜大街建的高塔,那没用的塔是为了抵御洪水再次侵袭而建的。普勒阿得斯星[①]位于穹顶之夜,就是大洪水再临之时!在人们的心目中,领事到底应该是怎样的形象呢?

巴斯塔门特先生看上去比实际年龄年轻,他记得波特费里奥·迪亚兹当政期间,每个与美国接壤的墨西哥边境小镇都有一位美国领事驻守。领事本应维系本国与别国间的通商利益,而这些领事则不然。一些美国亚利桑那州的城镇,与墨西哥全年的贸易总额还不足十美

---

① 普勒阿得斯星:希腊神话中提坦神阿特拉斯和普勒俄涅所生的七个女儿的统称。她们代表天上的昴星团("七姊妹")。

元！不过迪亚兹①总统还是在这些小镇驻派了领事。这些人以领事之名，行间谍之实，这些巴斯塔门特先生都知道，因为墨西哥爆发革命以前，他的父亲是一位自由党人，也是庞西亚诺·阿里雅戈组织的成员，就是在迪亚兹总统委派的领事的一纸命令下，被关押在亚利桑那州道格拉斯的监狱里足足3个月之久（尽管如此，巴斯塔门特先生在选总统时，还是给迪亚兹投了票）。难道巴斯塔门特先生对费尔明领事的一番评论是出于礼貌没有点破吗？不然的话，他么说就是话里有话，或者他认为，严格地说，费尔明算不上真正的领事，因为他和那些领事不同，是一个不太把英国的贸易利益放在心上的领事。虽然他驻派的地方不存在英国利益，甚至连个英国人都没有，而英国当时切断了和墨西哥的外交往来，他对这些事情就更不关心了。

实际上，巴斯塔门特先生对劳埃尔先生是否听进了自己的话也将信将疑。他想说费尔明先生其实是个间谍，或者用他的话说，是"情报人员"。但世界上没有哪个国家能像墨西哥这样充满人情味、如此富有同情心，即便这个国家的总统是迪亚兹。巴斯塔门特先生虽然知道费尔明领事是情报人员，可他还是很同情这个孤苦无依、常常在夜里到酒吧买醉、喝得浑身颤抖的可怜人，尤其是他还遭到了妻子的无情抛弃（尽管后来她回来了。劳埃尔先生几乎难掩兴奋之情，想高声呼喊：她回来了，真是太好了！）可是杰弗里还是不改落魄的模样：他不穿袜子、不戴帽子，四处游荡，谁也没法安慰他。他甚至被国家抛弃，还受到其他间谍的追捕。他说不上那些是什么人，有个戴着墨镜、被当地人视为闲散人员的人；还有个人终日在马路对面

---

① 迪亚兹（1830—1915）：墨西哥总统，1876年发动军事政变夺权，实行独裁，墨西哥革命中被推翻。

徘徊,他以为那个人是农民;还有个秃头少年戴着耳环,成天在"吱嘎,吱嘎"的吊床上摇晃。这些人终日把守着大街小巷的出口,连墨西哥人都不太敢出门了。劳埃尔先生说这不是实情,可实际上真有这种可能。巴斯塔门特先生的父亲曾告诉儿子,让他们充分暴露才能查清真相。父亲还告诉他,劳埃尔先生不可能坐着牛车在那些情报人员毫不知情的情况下采取措施越过边境的。巴斯塔门特先生和领事并不熟识,不过他喜欢打探消息。镇上的人只要看到领事就能认出他。他留给别人的印象,或者过去一年他给别人的印象是:他始终生活在恐惧之中(当然他醉酒时除外)。有一次,他跑到了一位老妇人开的酒吧里(那个老妇人现在成了寡妇),嘴里高喊着"避难所"之类的词儿,口口声声说有人要抓他。老妇人比他更害怕,把他藏在酒吧后的一间屋子里,藏了大半个下午。这件事并不是那老妇人告诉他的,而是老妇人的丈夫格里高利先生在临死前告诉他的,而且那老妇人的小叔子还是巴斯塔门特先生的园丁。老妇人有一半英国或美国血统,也许是出于同胞之间的情谊,她曾为此事向丈夫和他的兄弟多次争辩,费了不少唇舌:如果领事是情报人员,那可能也是陈年旧事了,他现在已经不是间谍了,理应得到原谅,毕竟他是个可爱之人,他自己不也曾亲眼看见,就在他们开的酒吧里,领事把身上所有的钱都给了一个被警察抓捕的乞丐吗?

　　劳埃尔先生打断了巴斯塔门特先生的话,他说领事绝非懦夫,可是这句话好像跟二人谈论的话题并不相关。在劳埃尔先生看来,领事绝非贪生怕死之辈,恰恰相反,他异常勇敢,堪比英雄。在第一次世界大战中,他战功赫赫,并因此得到了多少人都梦寐以求的奖章,虽然他身上有不少恶习,可内心良善。劳埃尔先生说不出原因,但他觉得领事是英勇的典范。只是，巴斯塔门特先生并没说过律师是懦夫这样的话，他几乎是怀着崇敬之情，说在墨西哥，懦夫和惜命不是一回事儿。领事不是邪恶之人，而是个高尚之人。劳埃尔先生认为，也许是因为领事拥有高贵品格和赫赫战功，才能胜任间谍这项高危的任务。

　　劳埃尔先生自问：为什么会发生这一切呢？可是，这一点谁又能说清呢？他又点了一杯茴香酒，呷了一口，脑海中便浮现出一幅图景，也许他的回忆与实际不符：劳埃尔先生在一战中曾在炮兵营服役，那段时间，纪尧姆·阿波利奈尔[①]是他的指挥官。他凭借自己的本领存活了下来。战场上一片死寂，"撒玛利亚号"如果出现，应该是在战场以北的远处。这艘汽轮往返于上海、新南威尔士[②]和纽卡斯尔[③]，一艘满载着锑、水银汞化物和钨的船却选择这样的航线，着实令人费解。为什么这艘船在驶离日本南部四国岛的丰予海峡后驶入了太平洋，而没从中国东海出发呢？如今看来，它好像一只迷途的羔羊，迷失在广袤的、如绿茵场的海面上，一直偏离航线，穿行于一个个有趣的岛屿之间，包括艾迪斯岛、阿佐比斯波岛[④]、罗萨里奥群岛[⑤]、硫黄岛、火山岛和奥古斯丁岛。当它行驶到盖伊礁和欧佛洛胥涅礁之间时，发现被人监视，于是全速前进。当它发现潜水艇潜水时，这艘船还在徘徊不前。船上并未配备各式武器，无法战斗。可是当潜艇上的

[①] 纪尧姆·阿波利奈尔：法国现代主义诗人，曾参与20世纪法国先锋派文艺运动。
[②] 新南威尔士：澳大利亚州名。
[③] 纽卡斯尔：英格兰东北部海港。
[④] 阿佐比斯波岛：位于西班牙托莱多省。
[⑤] 罗萨里奥群岛：位于卡塔赫纳附近，是加勒比海岸外的一组小岛。

人强行登船,船却一反常态、火力全开,好像中了魔法,从一只小绵羊变成了一头喷火飞龙。潜艇还没来得及下潜,艇上的船员就成了俘虏。交战过程中,"撒玛利亚"号的船长战死,而这艘船继续航行,把火光熊熊的潜水艇抛在身后,像一支在广袤的太平洋上点燃的雪茄烟。

劳埃尔先生并不清楚这件事的个中细节,只知道杰弗里在那之前并未在商船上工作过,是通过游艇俱乐部或者救援队的一位海军中尉才到达救援现场的,也许中尉当时是海军少校,谁知道呢?总之,这次救援任务的主要负责人就是领事,正因他的义举,他才能获得"大英杰出服务勋章",或"十字勋章"。

显然其中有些蹊跷,尽管"撒玛利亚"号抵达港口时,潜艇上的船员都已成了战俘("撒玛利亚"号只是这艘船的一个名字,然而领事最喜欢这个名字),奇怪的是俘房里连一个军官的影子都没有,那些德国军官肯定是出了什么事。他们听闻,这些军官被"撒玛利亚"号的船员绑架、被扔进火里活活烧死了,这一点劳埃尔先生想到了:在战争年代,战士奋勇杀敌,作为平民,只能怀有爱国情怀和对敌人的憎恶,这是平民的特权。领事热爱英格兰、憎恨敌军,可是他的荣誉感极强,也许不会有人认为是他下令把那些军官扔进火炉里烧死的。也没有人会相信这种命令会有人遵守。不过,德国军官的确是被烧死的,这是事实,说他们是罪有应得也没有意义了。这件事没法平息,必须有人站出来当这个替罪羊。

因此,领事必须先接受军事法庭的审判才能拿到勋章。不过,他在法庭上被宣告无罪释放。劳埃尔先生不明白,为什么被审判的人只有领事一个,只是领事很容易让人联想到是一个被人放逐的"吉姆爷[1]式的好人形象，虽然荣誉加身，却因此名誉受损、终日闷闷不乐，并且认为那个耻辱会挥之不去、伴随终身。然而，事实并非如此，他并没有什么无法摆脱的耻辱，而且劳埃尔先生多年以前读到《巴黎晚报》有关这一事件的文章，领事在跟劳埃尔先生谈论此事时，也没有表现出不悦，还就那件事开起了玩笑。他说："人们总是对烧死德国佬这件事耿耿于怀。"在接下来的几个月里，只有领事一两次喝醉之后，劳埃尔先生才听到他的坦白，领事对此事深表愧疚，而且还表示他为此身心备受煎熬。劳埃尔听到后大为惊愕。领事还吐露了更多内情：他不该责怪那些船员，因为他们只是奉命行事。他做了放松的动作，并带着讽刺的口气称这都是他授意的。不过，可怜的领事当时酗酒成性，分不清他说的哪句是酒话，哪句是实情。他的生活也变成了堂吉诃德[2]式的虚幻冒险。与吉姆老爷不同的是，领事越发不在乎自己的荣誉感了，德国军官的风波仅仅成了他买醉的借口。劳埃尔先生苦口婆心地劝说领事，对他直言不讳，二人因此发生了激烈争吵，再次变得疏离，而在此之前，苦难都没让他们疏远，二人直至领事去世以前都没有重归于好，到最后，他们的关系反而更加恶化了，就像二人此前从未相识一样。

  到那时，我会一头扎进大地：
  大地啊，张开嘴！却不肯将我吞下！

---

[1] 吉姆爷：英国籍波兰作家约瑟夫·康拉德于1900年创作的长篇小说《吉姆爷》中的主人公，是一个自欺欺人式的理想道德主义者。
[2] 堂吉诃德：西班牙作家塞万提斯创作的小说《堂吉诃德》的主人公，是一位沉迷于自己幻象的骑士。

劳埃尔先生随意翻了翻那本《伊丽莎白时期的戏剧》，坐在那里，一时间全然忘记了周围的环境。书的内容似乎有一种神奇的力量，把他的思想吸入了旋涡，去填充他精神上的空白，好像他被马洛[1]创作的戏剧《浮士德博士的悲剧》感染了，陷入了绝望。给作者本人带来了不小的威胁，只是浮士德博士并没有那么说。他又仔细地看了看那些文字：

"那时我会一头扎进大地里"，还有"不，我不会那么做的，事情不至于那么糟糕。这种情况下，逃跑并不像躲避那么糟糕"。书那紫褐色的皮封面上有个无脸的金色小雕像也在奔跑着，手里握着的火把像一只头颈和喙都被拉长了的张着嘴的鹦。劳埃尔先生叹息了一声，自觉惭愧。是什么让他产生了幻觉，是那摇曳的烛火，伴着不那么昏暗的灯光，或者，可能是一些信件？像杰弗里说的那样，它们是联系不太正常的世界和那异常可疑之人的纽带？领事也曾醉心于这种荒唐的游戏，一种莎士比亚式的文字游戏：我所创造的奇迹，所有德国人都可以看见，瓦格纳，你好啊……我提议，你涉水而来，汉斯，这艘小船来自甜蜜之地，承蒙上帝之恩，小船上满载着糖、杏仁、细麻纱，以及一切需用之物。劳埃尔先生合上了德克[2]创作的喜剧，吧台侍者的胳膊上搭了一条满是污渍的洗碗布，正在惊讶地看着他。他闭上眼睛，又翻开书，用一根手指在空气中划了一圈，手指落下时十分有力，落在了一段文字上，他借着灯光读起了那段文字：

---

[1] 克里斯托弗·马洛（1564—1593）：剧作家、诗人。代表作有《浮士德博士的悲剧》《帖木儿大帝》等。
[2] 托马斯·德克（1572—1632）：英国剧作家、散文家。

砍断了的，是即将舒展的树枝，
焚烧了的，是阿波罗的桂花枝。
有时长在了这博学之人的脑海。
浮士德已逝，因他已堕入地狱——

　　劳埃尔先生用颤抖的手将书放在了桌子上，一只手合上书，另一只手捡起了掉在地上的一张对折的纸。他用两个手指把纸夹了起来，展开，翻过来，发现上面写着：胜景酒店。书中的确夹着两个非常薄的便签。便签细长，正反两面都写着密密麻麻的铅笔字。乍看上去不像是一封信，虽然光线不好，可是劳埃尔先生仍然认出了便签上领事的笔迹：一半密集、一半稀疏，一定是他在醉酒的状态下写的，他用希腊体写了 e、d，出头处写得很飘逸，字母 t 就像是路边孤独的十字架，只是整个世界都钉在了上面。这些单词越写越像是向下倾斜，而个别字母并不想随波逐流，它们奋起抵抗、逆势而上。劳埃尔先生感到一阵头晕目眩，现在他看出这些便签确实是一封信，虽然这封信看似信笔写就，并无主题，写信的人也没打算把这封信寄出去。

　　……黑夜：每夜，我都会与死亡搏斗，魔鬼般的死亡交响乐撼动着房间，不断闪现的噩梦片段、窗外的说话声，想象中有些人到来，嘴里不停用嘲讽的语气重复我的名字——那是黑暗中奏响的钢琴声，好像嫌这灰白的夜色里各种噪声还不够多似的。这些噪声不同于美国城市那扰乱人心的喧哗，好似撕开浑身伤痛的巨人绷带时听到的哀号声。流浪狗在狂吠,整个夜晚,公鸡都在报晓,阵阵鼓点声,从后花园中传来的呻吟声,落在电报线上的白色鸟儿或者是栖息在苹果树上的鸟儿的鸣叫声,至于鸟是从哪儿发出的叫声要等天亮了才会知道。墨西哥城似乎洋溢着某种悲伤的情绪,这种悲伤的情绪从未止息。我更愿将自己的悲痛置于那古老寺院的阴影之中,把我的负罪感藏在回廊中和地毯之下,藏在那难以想象的酒吧里。酒吧里面无表情的侍者和喝酒的无腿乞丐那些冰冷的美,只有在死亡中才会发现。伊芙,你离开后,我去了趟哈瓦卡,我心中的悲苦无法用语言形容。伊芙,我想告诉你那次可怕的旅程:我坐在火车三等车厢里,火车在狭长的轨道上行驶,穿过沙漠。我救了一个小孩儿的命,我和那孩子的妈妈把我的龙舌兰酒擦在那孩子的肚子上,然后不停地揉搓那孩子的肚子。我住在当年我们住过的酒店里,我们曾在那里度过了一段快乐的时光。酒店楼下厨房里屠宰动物时传来的惨叫声让我心神不宁,我无法入睡,只好盯着窗外的大街。那天晚上还有一只秃鹫盘踞在水盆之上,恐惧感在精神上可以将巨人压垮。我一定会保守秘密直至死亡。有时,我想自己是一个探险家,发现了一片神奇之地,可惜我无法离开这片土地将我在那里的所见所闻告诉别人,而这片土地的名字叫作地狱。

  我说的这片土地当然不是墨西哥,而是在我心里的荒芜之地。我现在仍然在瓜华那华克镇,我从我的律师那儿得知我们离婚的消息,这在我的预料之中,我也能坦然接受。可我还收到了另一个令人沮丧的消息:英格兰与墨西哥断绝了外交往来,所有在墨西哥的英国大使都会被召回国。我认为这些领事大都是良善之人,我的名字与他们相提并论未免使他们屈尊,我是不会和他们一起回国的。我也许会回归故里,可不会回英格兰,我不会再回那儿的家了,所以我在深夜里开车去托马林看望我的印第安朋友塞万提斯,一个在"奥菲利亚"沙龙里的斗鸡人,然后,我去了趟帕里安的"白果酸浆"酒吧。此时已经是凌晨四点半,我坐在远离吧台的一个小房间里,先喝了欧查酒,又喝了龙舌兰酒,在从胜景酒店拿来的便笺上写下了这封信。我不愿用领事馆的信纸给你写信,因为它们像是炸弹,我看到了就会觉得心痛。我想,我饱受肉体的煎熬,可同时我感觉自己的灵魂正在一步步地走向死亡,这才是最让人无法承受的。不知道今夜是不是因为我的灵魂已经死去,才会在这一刻感到些许安宁。

也许是因为有条路径直通向地狱,这一点诗人布莱克[①]知道,虽然我不会走上那条道路,但是最近它却出现在我的梦境中。从律师那里得到的消息在我身上产生了奇怪的反应:我似乎能从龙舌兰酒中看到这条路,而路的尽头是奇怪的景象,好像是我们都回到了开始新生活的地方。我好像看到了我们的新生活:我们会生活在北方的国家,那里有崇山峻岭,有碧蓝的湖水。我们的房子建在一座小岛上。一天晚上,我们站在阳台上看着波光粼粼的海面,觉得很幸福。远处的锯木厂被树林掩映,在小岛的另一侧的山脚下,还有一个看似啤酒厂的厂房,从远处看,显得柔和而美丽。

---

① 威廉·布莱克(1757—1827):英国第一位重要的浪漫主义诗人、版画家、英国文学史上最重要的伟大诗人之一,也是虔诚的基督教徒。主要诗集有《纯真之歌》《经验之歌》等。

一个天空微蓝、没有月色的夏日夜晚,天色已晚,大概十点的样子。金星在空中闪烁,因此我们一定是在北方。我们站在阳台上,看到一列有很多节车厢的火车沿着海岸驶来,声音越来越近。虽然我们和火车之间隔着广袤的海水,可是我们知道火车驶向东方,而此时的风从东方来,我们面向东方,像那斯维登堡①笔下的天使,面朝晴朗的夜空,只有东北方紫色的远山上空悬着一大片几近纯白色的云彩……突然间,犹如雪花膏灯内发出了金色的光,听不到雷声,只能听见那辆长长的火车发动机鸣响的声音,还有火车穿过群山时留下的隆隆回声:一艘带着高桅杆的船突然闯入了他们的视线,它犹如一只银色的长颈鹿,迅速而优雅地向前行进,留下长长的尾流如银色扇子四散开去。它们在向岸上靠近,在岸边看不到它们的活动,可是它们正小心翼翼地向岸边、向我们的方向靠近,这些银色的扇形浪涛首先席卷了远处的海岸,然后沿着海滩铺开,火车的轰鸣声越来越小,可这些浪涛却逐渐汹涌澎湃,与火车声混在一起,在海滩发出了巨大的声响。海面上漂了一些浮板,它们慢慢聚在一起,在浪涛中摆动,在这起伏而优美的银色浪涛中推挤,漂亮地卷曲着、起伏着、翻滚着,接着又慢慢归于平静。你可以在水面上看到远处那白色积雨云的倒影。在海水中看到白色云朵之中的闪电,似乎那渔船被银色尾流旁射出的金色光束照亮。那光从船舱里射出,消失在海岬,陷入一片寂静。接着,从山那边的远处飘来了白色的云朵,又向蓝色的夜空投射了一

---

① 伊曼纽·斯维登堡(1688—1772):瑞典科学家、哲学家、神秘主义者和神学家。

束金色的光束，使这一切宛如天堂胜景。

我们站在那里静静欣赏美景时，又一波从另一只看不见的船掀起的尾流向我们袭来，那尾流犹如一艘巨轮，一艘横贯海滩的巨轮……

（几杯梅斯卡尔酒下肚后），从1937年12月，你离开我已经有几个月的光景了，转眼到了1938年春。我一直沉湎在对你的爱中，无法自拔。我不敢屈从这种感觉，我紧紧地抓住生命之树的每个树根、每个枝干，期望它们帮我脱离深渊。可是我没法再欺骗自己了，如果我想活下去，就必须得到你的帮助，否则我迟早会掉进死亡的渊薮。啊，要是你做了什么事让我恨你该有多好，那样我就不会在这种恐怖的地方、在生命即将终结之时，带着留恋回忆你。还有你寄给我的那些信！顺便问一句，为什么你开始给我写的几封信都寄到了墨西哥城的威尔士戈（Wells Fargo）呢？是不是你没想到我还会留在瓜华那华克镇？或者没想到瓜华那华克镇还是我的大本营？真奇怪，想知道这些问题的答案其实很容易。如果你离开我以后马上就给我写信，一切可能就会不同，哪怕你给我寄个明信片也好啊，以解你我分别的哀伤之情，请求我们能既往不咎，立刻停止这荒唐的分别。再说我们仍然深爱着彼此，发个电报什么的也好啊！那是轻而易举就能做到的事情啊！可是，我等了你太长时间，一直苦等到圣诞节以后！我等到了圣诞节！然后是新年，等到的却是你寄来的那些我不愿意去读的信。不，我几乎无时无刻不生活在煎熬和悲痛中，我常常喝得酩酊大醉，不愿多想这其中任何一封信的内容，可即便我不去读，也知道它们写了什么。我可以感受到它们,我身上还带着几封,可是它们只会让我陷入无尽的痛苦。我不想读那些信,它们会让我心碎,它们来得太迟了一些。我想,以后我不会再收到你的来信了。

哎,为什么我不假装读过了你的来信、接受你回心转意的恩赐呢?为什么我收到你的来信后,没立刻给你发个电报或者去个信儿呢?为什么我没那么做呢?为什么?因为我觉得,如果我开口请你回来,你迟早会回来的。即使没你的生活宛如地狱,我也不能,我决不能要求你回来,我也不会给你发电报请你回来的。我站在这里,在墨西哥城,在墨西哥电讯公司,在卡瓦纳的邮局,浑身颤抖、大汗淋漓,整个下午都在发电报。我喝了一些酒保持镇定,我的手不再那么颤抖了,只是电报一封也没发出去。我有你的电话号码,还尝试过给远在洛杉矶的你打长途电话,但是没有拨通。还有一次没联系到你是因为电话坏了。可我为什么不亲自去洛杉矶找你呢?我病得太重,不能去买车票,也无法承受在那一望无际、长满仙人掌的平原上的劳顿旅途。整个旅途,我都会被疟疾折磨得精神恍惚,为什么要去美国送死呢?也许我并不介意葬身美国,可是我更希望能葬在墨西哥。

你是否觉得我仍然在创作那本书?觉得我在追寻有关终极存在的问题?例如:是否存在着终极的现实?它是外化的,为人所知且永恒存在,它可以通过各种途径实现,而这些途径为各种宗教和信仰所接受,也被各个国家和地区认可?你是否认为,我现在的状态介于受上帝仁慈的眷顾和怜悯之间?(目前仍然受上帝仁慈的眷顾)——这二者是我的平衡状态,而平衡就是一切,但是这种平衡并不稳定,它摇摆不定,处于恐怖的、不可逾越的真空地带；上帝向人间投下闪电，循着那闪电，人们可以寻见上帝、重回天国，但那闪电几乎无迹可寻，我好像永远处于上帝的慈悲中！我更像一棵邪恶之树。我现在真该创作几首晦涩难懂的诗，给它们命名为《矮胖子的胜利》或《邓和发光的鼻子》！也许，最好像诗人克莱尔那样，"用文字织就恐怖之景象"……每个人的心里都住着一位颓废的诗人。不过，就我目前的状况而言，也许假装继续创作我的那部《不为人知的秘密》更好，因为那样的话，如果这部作品不会问世，我就可以拿书名做做文章，谎称书尚存不足之处，无法付梓出版了。

但是，我为《可怜的骑士》这部作品感到惋惜！哦，伊芙，我满脑子都是你的歌声，你给我带来的温暖和快乐、你的纯真和你我并肩作战的情谊、你在诸多方面的才能、你那天生的过分整洁、洁癖，和我们新婚时的甜蜜。还记得我们过去哼唱的那首施特劳斯创作的曲子吗？每年，逝去的人都会有一天时间获得重生。哦，在五月回到我身边吧，去诺莱弗花园和阿尔卓布拉花园，还有我们在西班牙相遇时的命运之影，格拉纳达的好莱坞酒吧。为什么叫好莱坞呢？那儿的修道院为什么会叫洛杉矶呢？还有在马拉加的公寓酒店，没有什么能够取代我们曾经的幸福生活！只有上帝知道，我们之间一定还有幸福可言，这一点在巴黎我也深信不疑，不过那是在休到来之前。难道这也是错觉吗？我仍然全心全意地相信：我们会幸福地生活在一起。没人能取代你在我心目中的地位。到现在我应该明白了。我写这封信时止不住大笑起来，我不停地问自己，到底还爱不爱你……有时，我陷入一种强烈的情感中无法自拔，那是一种令人绝望而困惑的嫉妒,喝酒时会加重,变成一种毁灭自我的冲动——宁愿被自己的想象毁灭,也不愿成为幽灵的猎物。

(又喝了几杯梅斯卡尔酒,现在已经是黄昏了)……时间并不能真正治愈伤痛。怎么会有人假装了解我的苦衷、给我指点情感上的迷津呢?你不会知道我的伤痛,不论我醒着还是在梦中,都无时无刻不在想你可能需要我的帮助,可我却无法给予;就像我也需要你的帮助,你同样无法给予一样。我在每个阴影中都能看到你的身影。我必须写这封信。不过,我不会把它寄出去,我不会去问你我们该何去何从。所有的苦痛都由我一个人来背负吧。我这么做挺了不起吧?可是,难道我们不该重新来过吗?唉,我们曾经那么相爱、心有灵犀,如今是怎么了?我们的心会归于何处?我们在这个世界上悲苦地活着,唯有爱赋予我们人生意义。恐怕这不是我自己的发现,你肯定以为我疯了,可是我对待饮酒也是同样地痴迷,好像在接受意向永恒的圣礼。哦,伊芙,我们曾经共同打造的美好生活,怎么能这样草草收场、从记忆中消亡呢?……

抬起头放眼看看那些山丘吧,我仿佛听到从那儿传来了一个声音。有时,我看到红色的小型邮政飞机早七点从阿尔普尔科飞越这些奇特的山丘。有时,我躺在床上,浑身颤抖,觉得自己死期将至,我会听到那声音——只是一个微笑的吼叫,随即就会消失。我颤抖地伸出手,想去够一杯梅斯卡尔酒。我不相信我喝到的酒是真实的,即便我的嘴唇碰到了酒杯都不相信。前一夜,我颇有远见地把酒放在了伸手可及的地方。我想,你会在那架飞机上,在每天都经过这儿的那架飞机上,回来拯救我。

就这样，早晨过去了，你却没有出现，可是我为此祈祷，祈祷你能回到我身边。我还是不明白飞机为什么从阿尔普尔科来。看在上帝的分儿上，伊芙，听我说，我已放下戒心，现在它们已不复存在。飞机又飞过来了，在那一瞬间，我听见了远处托马林以外的地方传来的飞机的声音。回来吧，快回来。我可以不再酗酒，什么事我都能答应你。没有你我就活不下去。看在耶稣基督的分儿上，伊芙，快回到我身边。听我倾诉、听我哭泣，快回到我身边，伊芙，哪怕只是一天！

劳埃尔先生慢慢地把信折起来，仔细地用拇指和食指抚平信上的褶皱。接着，他几乎不假思索地把信纸揉搓成了一团。他坐在那里，手里攥着那团纸，心不在焉地扫视着周围。过去的五分钟里，小酒吧好像完全变了模样。外面的狂风暴雨似乎停止了，可酒吧里仍不断涌入来避雨的农民，他们正朝他的方向走过来。他们并没有坐在空桌子旁边，而是挤到了吧台旁边。影院里，电影仍然没有重新放映，可观众还是鱼贯而入，静静地坐在黑暗中等待影片放映，好像预知电影会随时放映似的。酒吧里，烛光摇曳、灯光昏暗，地上有很多篮子。这些篮子都是农民们带进酒吧的，大都空空如也，歪歪扭扭地堆放在一起。一个农民领着两个小女孩，酒吧侍者给年纪小的那个小姑娘一个橘子。有人出去了，小女孩坐在了那个橘子上。软百叶门轻轻地摇晃着、摇晃着，劳埃尔先生看了看手表，维吉尔医生还得等半个钟头才能来呢。他又看了看手中那团纸。雨后清新的空气穿过百叶门、进入酒吧，他听见雨滴从屋檐滴落的声音和雨水涌入下水道的声音，还有远处传来的集市的喧闹声。他想抚平那团纸，把它重新放回书里，可又突发奇想：他把纸团放在了烛火之上，付之一炬。纸团燃烧着，火光照亮了整个酒吧。劳埃尔先生看了看酒吧里的人：除了两个小女孩儿，还有那些种植榅桲①或者仙人掌的农民（那些农民穿着宽松的白上衣、戴着阔边帽），他还看到了一些哀悼的妇女，还有一些表情阴郁的男子——他们身穿深色西服，领口没系扣，领带也解开了——这些人似乎瞬间都定住了，像一幅壁画。他们都停止交谈、好奇地打量着他，只有酒吧侍者除外。他好像想反对劳埃尔先生的做法，可是他看到劳埃尔先生把那团纸放在烟灰缸里时又作罢了。那团纸灰完美地折叠在一起，像一座燃烧的城堡瞬间分崩离析，变成了一堆滴答作响的蜂房。里面的星星点点像红色的幼虫在爬行、飞舞。纸灰上方，飘浮着细烟，躯壳已死，里面隐约传出了噼啪声。酒吧外突然传来一阵钟声："叮当——叮当！"又戛然而止。

在这黑暗的风暴之夜，小镇那发光的转轮向后转动⋯⋯

---

① 榅桲：蔷薇科植物。树木高8米；果实呈梨形，黄色、芳香、味酸，可生食或煮食，有药用价值。

2

"尸体会由特快列车运送。"

这充满活力的声音穿过胜景酒吧的吧台,飘到广场上。虽然只听其声、未见其人,伊芙觉得那声音听起来那么熟悉,就像阳台上摆满花盆的宾馆那样,虽然给人熟悉的感觉,却是那样不真实。

"费尔南多,为什么尸体要用特快列车运送呢?"他眼前的墨西哥司机刚刚帮她拎了行李,她却觉得司机也似曾相识,瓜华那华克小镇的机场小得可怜,根本没有出租车。机场客车坐起来很颠簸,客车司机执意要把她送到胜景酒吧。司机把她的行李放在人行道上,好让她放心。"我知道你为什么来这里,除了我没人会认出你的,我绝不会向别人透露你的行踪,夫人,"说完,他咯咯笑了起来,然后补充了一句,"夫人,领事夫人。"他发出叹息声,言语中流露出一些羡慕之情,转头看着酒吧的窗户,说了一句:"了不起的人!"

"该死……话说回来,费尔南多,为什么尸体要用特快列车运送?"

"绝对有这必要。"

"不过是一群该死的乡巴佬农民。"

最后这句话是另一个声音说的。酒吧整晚都会营业,看来有什么重大的事件要发生。酒吧里坐满了人。伊芙回到伤心地,自觉惭愧,怀旧和紧张情绪让她变得麻木。她不愿走进拥挤的酒吧,也不愿让司机替她进去。伊芙的思绪被旅途上遭遇的强风、气流和疲惫搅乱了,她似乎还没缓过神儿来,还停留在经过阿卡普尔科时的奇遇:当时她看到很多色彩绚丽的蝴蝶飞过来,向宾夕法尼亚号问候。一开始,她好像看到如喷泉般涌出的蝴蝶就像沙龙的躺椅上清理出来的五颜六色的信件。她戒备地扫视着广场,广场在热闹非凡的蝴蝶泉的映衬下,显得那样宁静。头顶上的蝴蝶还在盘旋,好像飞跃繁忙的不冻港,不断消失在船尾。它们的战队仿佛静止了,在清晨七点的阳光下显得那样绚丽,寂静无声却保持着镇定,满怀期待。伊芙眯起一只眼看着周围的景象:旋转木马在做着轻柔的梦,期盼着即将开始的庆典。广场中心的气氛也同样热烈,只是透露出些许滑稽的意味。旧舞池空无一人,狂暴的韦尔塔①骑马雕像在低垂的树枝下,眼神显得更为狂野。峡谷以外的地方好像什么都没发生过似的,好像时间回到了1936年11月,而不是1938年11月。在这两年之间,美丽的火山在这里不断生长、喷发,这些景象是那么熟悉。瓜华那华克镇清洌的山泉急速流淌,雄鹰在那里歇脚,就像路易斯说的那样:鹰在树林里栖息,就在这些巨大的古树深处。没有这些树,鹰怎能活下去?她深吸了一口气,空中呈现暮色之景:绿色、深紫色、金色的光线卷起珠帘,露出青色的天河,金星在那里闪耀。秃鹫懒洋洋地盘旋在砖红色的地平线上。墨西哥空军中队的小型飞机从地平线飞起,像一只红色的小恶魔——那是撒旦那长着羽翼的信使,那张开

---

① 韦尔塔(1850—1916):墨西哥政治家,将军。1913—1914年任墨西哥总统。

的风向袋是它在坚定地向人们诀别。

她进入广场,最后一次久久地注视着那没有病人的救护车。也许从上次她坐上了那辆救护车之后,这辆车就一直停在那里,停在科尔蒂斯宫的救护车车站。两棵树之间悬挂着巨幅广告牌,广告牌上面写着:1938年11月,胜景酒店将举行大型红十字慈善舞会,届时有电台艺术家到场演出,小商小贩一律不准入内。一些客人在广告牌下往家走,他们面色苍白、身心疲惫,就在这时,音乐声响起,伊芙这才想起舞会还在进行中。接着,酒吧映入了她的眼帘,悄无声息、灯光闪烁,在这短暂的、弥漫着皮革香味和酒气的暮色中显得并不真切。她带来了粗犷而纯净的海洋气息。漫长的黎明中,滚轮前行、上升、落下、滑行,淹没在沙漠上空毫无色彩的椭圆中。晨起的鹈鹕在海边觅食,它们时而低头,时而抬头,时而将头埋进海浪的泡沫之中,节奏精准。筋疲力尽的白色浪花归于平静,海滩上四处散落着杂物,她曾听到从西班牙海域那翻腾的小船上传来的、海神侍者的男孩吹响的悲怆螺号……

然而,酒吧里空空如也。

确切地说,酒吧里只有一位客人。那位客人正是领事,他西装革履,并未显得衣衫不整,一绺金发垂在额前。他用一只手摸自己的胡茬儿,侧身坐着,一只脚踩在旁边角落里的凳子上,身体微微向吧台倾斜,显然是在自言自语。酒吧的侍者是个皮肤黝黑、身形完美的小伙子,十七八岁的样子。侍者站的地方离领事稍远,他靠在玻璃隔断上,玻璃隔断把酒吧分成了两部分(伊芙想起另一侧的酒吧门在另一条街上)。侍者看上去根本没在听领事说什么。伊芙静静地站在门口,感觉自己无法移动,只能静静地看着领事。飞机的声音犹在耳畔,它们飞越海面、迎着海风,路面起起伏伏。一个个小镇掠过,镇上有圆顶教堂。拥有蓝色游泳池的瓜华那华克镇迎面而来。飞行之旅带给她无尽的喜悦,她从空中看到地上层峦叠嶂,猛烈的阳光将大地置于阴影之中。河流一闪而过,峡谷蜿蜒,两座火山在泛着晨光的东方迎面而来。此时,飞上云端那种欣喜和憧憬已消失不见,伊芙觉得自己的魂魄已飞去见领事了。她又意识到自己刚才错怪了那位侍者,他其实有在听领事说话,虽然他可能听不懂领事说的是什么意思。伊芙注意到:杰弗里没穿袜子,像是在那里等人。侍者听他说话,手拿玻璃杯,动作越发缓慢,打算伺机插话或是做些什么;随后他放下手中的酒杯,拿起了领事的香烟,那香烟已燃成烟蒂。侍者把烟蒂放在了桌角的烟灰缸里,吸了一口,闭上眼睛,露出戏谑而享受的表情,然后睁开眼,还没从鼻孔和嘴角吐出烟来,就用手指指了指酒吧吧台最上端放龙舌兰酒的酒架后面贴着的那张海报。海报上一女子穿着红色胸罩,躺在矮沙发上。他说了一句:"不可错失。"伊芙意识到:他说的是那女子,而不是海报(毫无疑问,这是领事的措辞)。不过,这句话并未引起领事的注意,于是他又闭上眼睛、戴着那副表情、睁开眼,换了个手拿香烟。他一边吞云吐雾,一边又指了指那张海报。伊芙看到海报宣传的电影是当地影院正在上映的一部影片《奥莱克之手》。侍者重复了一句:"不可错失。"

领事接着说:"不管是成人的,还是孩子的尸体,"他停顿了一下,被侍者刚才表演的哑剧逗乐了,大笑起来表示赞同,笑声中难掩悲伤,"没错,菲尔南多,不可错失。"伊芙想:领事和侍者二人之间很有默契,就像她和领事之间曾经心有灵犀一样。不过,杰弗里最终厌倦了这种默契，便开始醉心于研究红蓝相间的墨西哥火车时刻表。杰弗里猛然抬头看到了伊芙，他眯起眼看了看，认出了她。伊芙站在那儿，有些模糊，也许是她身后的阳光太晃眼了。她一只手放在腰际的红色包包带上。她一定知道他看见了自己，有点兴奋，又有点畏缩。领事手里还握着列车时刻表，他看到伊芙走过来，不由自主地站起身，说了一句："仁慈的上帝啊！"

伊芙迟疑了一下，领事并没有朝前走。伊芙静静地坐在了领事旁边的椅子上，两人并没有亲吻对方。

"惊喜！我回来了，我乘坐的飞机一小时前到的。"

"'阿拉巴马'号到达时，我们什么都没问，就马不停蹄地飞过来。"隔间那边突然传来了说话声。

"我从阿尔卡普科出发，先坐船，然后在太平洋沿岸的圣佩德罗坐飞机'宾夕法尼亚'号来的，杰佛。"

"那些愚笨的德国人，太阳把他们晒得嘴唇干裂。哦，上帝啊，真糟糕。马吓跑了，尘土飞扬，我可受不了他们，他们连马都不放过，绝不会放过的。他们先开枪再问问题。你说得太准了，说得真好。我抓了一堆该死的农民，什么都没问。对了，来根香烟提提神吧。"

"你不喜欢这么早起来的。"领事的声音很镇定，可在他放下列车时刻表后，他的手就开始微微颤抖。"来吧，听隔壁朋友的建议吧。"他说着，把头靠近隔断。"来一支吧。"领事说着，递给她一支烟。伊芙拒绝了，不过她发现烟的包装挺特别的。

领事一本正经地问："为什么从合恩角来呢？水手告诉我，船在那儿行驶可不安全。"

"……请把这些行李送到尼加拉瓜大街五十二号。"伊芙边说边把一枚硬币头像朝下地放在自己的行李上。侍者向她鞠躬,然后默默离开了。

"我要是不住那儿了呢?"领事再次坐下,他的手抖得厉害,不得不抓着酒瓶,双手颤抖地倒了一杯酒。

"……"

这酒她应该喝吗?她应该喝,虽然她讨厌一大早就喝酒,可是这酒她不该推辞。伊芙已经想好了,如果有必要,她可以和领事多喝几杯酒,可是她并没有接过酒杯,脸上的笑容也凝固了。此前,为了不让眼泪夺眶而出,她一直在克制自己,一直保持微笑。她来之前就反复告诉自己:无论如何都不能哭。她知道,自己在想些什么领事都知道。"这次我是有备而来的,我已经做好了准备。你喝吧,我跟你碰杯。"伊芙脱口而出。(事实上,她已经做好了一切准备。毕竟,她还能指望什么呢?她下了船就不断提醒自己这一点。她选择坐船是想在旅途中留出充足的时间劝慰自己,以免令自己觉得此行是草率的、欠考虑的。她乘坐飞机时才意识到自己错了,她应该事先通知他一声,就这样出其不意地出现在他面前、让他措手不及,对他来说太不公平了。)想到这儿,她接着说:"杰弗里……她不知道自己坐在那儿是不是显得可怜兮兮的,那些她预先准备好的话、她的那些计划和计策在阴郁的情绪面前都消失得无影无踪。她略微感到厌恶自己,因为她连一杯酒都不喝。"你都在忙什么啊?我给你写了那么多信,直到写得痛苦心碎。你平时都在——"

"忙什么——"隔间那头传来了回音。"生活过得一团糟!老天啊,真是耻辱!在我生长的地方,人们是不会逃避的。"

"不,我想你当然回到了英格兰,可是你并没有回复我,你都在忙什么呢？哦，杰佛，你是不是不当领事了？"

"我去了趟赛尔堡，带上马鞭、拿着勃朗宁酒，跳啊，跳啊，跳啊，就这样，明白了吗？"

"我偶然在圣巴巴拉遇到了路易，他说你还在这儿。你消失得无影无踪，可你不应该那么做，在阿拉巴马你就逃避过。"

"事实上，我只离开过一次。"领事长饮了一口酒，坐到伊芙身边，接着说，"我去了趟哈瓦卡，还记得哈瓦卡吗？"

"……哈瓦卡……？"

"……没错，哈瓦卡……"

这个词语就像一颗破碎的心，像劲风中响起的一阵沉闷钟声，像人在沙漠渴死前说出的最后几个词。她怎能忘记哈瓦卡呢？那里的玫瑰和大树、空气中的尘土和开往埃特拉和诺奇尔坦的公共汽车，还有一位骑士义务陪伴的淑女。夜里，他们对爱的呼喊升腾到古老而芬芳的玛雅空气中，唯有鬼魂才能听到。他们曾在哈瓦卡找到彼此。她看到领事慢慢放下了戒备，抚平吧台上的传单，默默在心里扮演着费尔南多[①]的角色，然后切换到了她的角色。伊芙惊讶地看着他，我们怎么会走到今天？她的内心突然崩溃，在心底呐喊，我们怎么会是今天这种关系呢？离婚，这个词儿究竟是什么意思？她坐船期间，从字典里查到这个词的真正意思是隔绝、阻断，离了婚就意味着双方斩断了情缘。哈瓦卡意味着离婚，其实他们并非在那里离婚，只是她离开那儿的时候领事就消失了，好像消失在了隔绝阻断中，可是他们曾经那么深爱彼此，只是他们的爱仿佛迷失在了某

[①] 费尔南多（1888—1935）：葡萄牙诗人、作家，葡萄牙后期象征主义的代表人物。代表作有《牧羊人》等。

个长着仙人掌的遥远平原、跌下了山涧、受到猛兽的攻击,发出了求救的呐喊,一步一步走向死亡。在弥留之际,它发出了一声叹息,叹息中带着某种疲倦的宁静:哈瓦卡……

"……伊芙,这小尸体的奇特之处在于必须有人陪着他、牵着他的手,"领事说,"不,抱歉,显然不该说他的手,只是一张一等舱的票。"他举起了那张票,微笑起来。他的右手抖得很厉害,好像他在一块想象出来的黑板上书写着粉笔字。正是这种抖动才使这样的生命不堪忍受。可是,抖动终会停止:"只要酒喝够了,手就不会抖了,只有酒喝得不够才会手抖。有了神奇的酒,一切都会好的。"伊芙又看了看领事,领事接着说:"不过,手抖是最糟糕的,过一会儿你就习惯了。我现在挺不错的,比六个月之前好多了,真的好多了,比我在哈瓦卡时的状态好。"伊芙注意到领事说话时奇怪地瞪着眼。伊芙很熟悉这种瞪眼,过去常常因此而害怕。这瞪眼如今转化成了某种内在的愤怒,好像"宾夕法尼亚"号在卸货时,从窗口发出刺眼光芒的串灯中的一只。只是那瞪眼本身就有一种破坏力,她突然感到一种莫名的恐惧,害怕领事眼中的凶光会像过去那样发泄到她身上。

"苍天可鉴,我以前见过你这副样子。"她心里默默地告诉自己,又平静地跟领事说话,她的声音穿透了音乐的酒吧,"我见过太多次了,见怪不怪了,你又在拒绝我,只是这次有所不同,这次是你最终拒绝我。哦,杰弗里,你为什么不能回心转意呢?你为什么执意要在这愚蠢的黑暗中一直前行?为什么现在还在黑暗中摸索?我找不到你,我在隔绝割裂开的黑暗中找不到你。哦,杰弗里,你为什么要那么做呢?"

"看这儿,该死的,这儿并不全是黑暗。"领事似乎在温柔地回应她。他掏出了一个装着一半烟丝的烟斗，费力点着了，然后环顾四周。伊芙一直注视着他的眼睛，却并不去看酒吧侍者。侍者见状，表情严肃，连忙躲开了。"如果你觉得我置身于无尽的黑暗，你就误会了。如果你坚持这么认为，我又为什么要告诉你我那么做的原因呢？如果你看到了那儿的阳光，就会明白了。看哪，看着阳光透过窗子缓缓落下，有何种美景堪与清晨的餐厅媲美呢？窗外的火山？你的武仙座星？东南偏南的天蝎座星吗？恕我直言，这些都不能与酒吧的阳光媲美。在我看来，这里也许算不上像样的餐厅，可想想那些逼得人发疯的恐怖餐厅吧，那儿的百叶窗很快就会拉下来，把我拒之门外，就连天堂也不会向我敞开大门接纳我，把我添入这复杂的、无望的欢欣中。这些卷帘'咔嚓'一声打开，让那些手颤抖得无法将酒送到嘴边的可怜人进来。所有神秘感、一切希望、失望，还有一切灾难都会蜂拥而至，挤到这转门之外。顺便提一句，看到坐在角落里的那个从达拉斯科来的老妇人没有？你以前没见过她，看到了吗？她的眼神迷离，正在环顾四周。"领事眼中投射出情人眼中的光芒，令人困惑、迷惘。他带着爱意问她："除非你像我一样，喝下这些酒，否则怎么能看到一个来自达拉斯科、早上七点就玩多米诺骨牌的老妇人呢？"是啊，真不寻常，她刚才没注意到这屋里还有别人，直到领事不再说话、看了看他们身后，伊芙才发现那个老妇人。伊芙的目光现在停在了她身上：她坐在一张桌子的阴影处，手杖靠着桌子放着，是钢制的。手柄像是某种动物的爪子，栩栩如生。她把一只小鸡系在绳上，把绳拴在心窝，小鸡"叽、叽、叽"地叫个不停、左右张望，露出不安的神情。老妇人把小鸡放在身边的桌上。小鸡啄着骨牌，发出微小的叫声。老妇人小心地用裙子盖住小鸡。

59

伊芙连忙朝别处看,她看到小鸡和玩多米诺骨牌的老妇人就感到绝望,那似乎是一个凶兆。

"……说到尸体……"领事一边说一边给自己倒了杯威士忌,在一个便笺上签下了自己的名字。这回他的手不像刚才那么抖了。伊芙朝门口走,听到领事说:"我个人更愿意葬在威廉·布莱克斯通①的墓旁。"他说着,把书推到费尔南多面前,还好他没向那侍者介绍伊芙。"那个诗人生活在印第安人当中,你知道他是谁,对吧?"领事站起身转向她,疑惑地看着面前那杯倒好却没喝掉的酒。

"老天,如果你愿意,就去阿拉巴马吧。把酒喝了……我不想喝,你要是想喝就拿去喝吧。"

"我一定会喝的。"

说完,领事把半杯酒喝下了肚。

酒吧外、阳光下,舞会仍在继续,音乐声却渐渐变小。伊芙再次等领事开口,还不时回头紧张地看着酒店大门。那些参加完舞会的晚归客人像一只昏昏沉沉的黄蜂,一股脑儿地涌出看不见的蜂巢。领事刚走出酒吧就立即挺直身板,手也不抖了,摸出了一副墨镜戴上。

他说:"哎呀,出租车好像都消失了,我们走走吧?"

"出租车都怎么了?"伊芙担心走路会碰见熟人,紧张得差点儿把一个戴着墨镜的陌生人当成了领事,去拉他的胳膊。那人是个衣衫褴褛的墨西哥年轻人,靠着酒店墙站着。领事拿起手杖放到手腕上,神秘地对那男人说了一句:"上午好,先生。"伊芙拉起领事往前走,催促道:"好了,咱们走吧。"

---

① 威廉·布莱克斯通(1723—1780):英国法学家,主要作品为《英国法律评论》。

领事温文尔雅地挽着伊芙的胳膊,伊芙看见那个衣衫褴褛、戴着眼镜的墨西哥人身边还站着一个戴着眼罩、光着脚的人,那人刚才也倚着墙根儿站着。领事跟他说了声:"上午好,先生。"酒店里没有别的客人走出来,只有刚才那两个男人,他们听到领事问好后相互推了推,好像在说:"那人居然向我们问好,他真风趣啊!"

他们歪歪扭扭地穿过广场,庆典还得等好一阵子才能开始呢。这些见证了多个亡灵节的街道现在空空荡荡的。色彩艳丽的旗帜和横幅在风中飘荡着,树下靓丽的大转轮一动不动。即便如此,周围和转轮下的小镇随处都能听到远处传来的刺耳噪声,像放焰火的声音。一则广告上写着:拳击比赛。1938年11月8日,星期日,让我们相约在托马林运动场斯坦克特花园前,见证一场扣人心弦的比赛吧!

伊芙虽然尽量控制自己,可还是问了一句:"你是不是又撞车了?"

"实际上,我把车弄丢了。"

"弄丢了?"

"是挺可惜的,可是你看这儿,该死,你不觉得疲惫吗,伊芙?"

"我一点儿也不累,我倒觉得疲惫的人是你。"

拳击比赛第四轮预选赛,海尔特尔科(体重52公斤)对阵埃尔奥索(体重53公斤)。

"我在船上睡了很久,补了很多觉,现在更愿意走走。"

"没什么,可能是风湿什么的,运动还能加速我腿部的血液循环。"

拳击比赛第五轮特别比赛,获胜小组出线,进入半决赛。托马斯阿古尔罗(战无不胜的瓜纳克镇本地选手,体重57公斤),托马林运动场斯坦克特花园前,不见不散。

"车丢了真可惜,要不然我们就可以开车去看拳击比赛了。"领事说着，挺直了身板，不过他挺得有些过直了。

"我讨厌看拳击比赛。"

"不过，要等下个周日呢。我听说托马林运动场今天有场斗牛比赛，你还记得吗？"

"不记得了！"迎面走过来一个看着像个木匠的人，领事和伊芙都不认识他。领事伸出一根手指，算是跟他打招呼。那人摇着头从他们身边跑过，胳膊下面夹着一个像锯子那么长的板子。他一边笑着，一边像唱歌似的吐出一个词儿，听着像"梅斯卡尔酒"。

阳光照耀着他们，照在了那辆救护车上。那辆救护车似乎一直停在那里，车灯临时改装成了一个令人眼花缭乱的放大镜，阳光照耀在那两座火山上，伊芙不想去看那两个火山。她在夏威夷出生长大，已经看惯了火山。他们在广场的一棵树下找了个长凳坐下来。领事的脚悬着，晃来晃去的，脑海中浮现出巨型打字机上飞速打出的公文：

"我正在想现在唯一的出路，"领事愉悦地传达着他大脑接收到的信号，"再见，（句号，另起一段、另起一章）世界已经改变。"

伊芙环顾周围的景象，广场周围那些商店的招牌：普柏拉那瓷器店、手工刺绣服饰店，还有那些广告："先生女士的特别洗浴中心，首屈一指，是您的不二之选！"面包师语："若想烤出好面包，多吉公主面粉不可少。"这一切伊芙似曾相识，只是她离开了一年，这些景象又和它们之前的样子大不相同。灵与肉的分离、她的存在状态，这些让她一时难以接受。想到这些，伊芙说："你本该回复我写的那些信。"

领事不以为然地问："你还记得玛利亚过去叫那小店什么来着吗？"他拿手杖指了指科尔蒂斯宫对面、树林后面的一家小杂货店，然后自问自答："皮格利·维格利。"

"不记得了！"伊芙的思绪有些混乱，她咬了咬嘴唇，提醒自己：我不能哭！领事挽起了她的手臂，轻声说："对不起，是我无礼了。"他们又回到了大街上，穿过街道时，伊芙特意找借口在图文室的橱窗前调整好自己的状态。他们又像从前那样向里面张望。图文室离宫殿很近，一条窄街将它们隔开。小店很早就营业了，二人从橱窗里的镜子中看到了一个海洋动物的画像：那家伙浑身湿淋淋的，被阳光晒成了黄铜色，被海风吹拂。伊芙觉得它在看自己，悄悄向她的虚荣心靠近。浪潮越过人类的悲伤之外，汹涌澎湃，但是将哀伤转化为毒药发光的身躯嘲弄着病态的心灵。这一点伊芙知道，那个被晒得发黑的海涛边缘却不知道。伊芙透过橱窗，看到了自己曾经的脸庞：那时的她勇敢果决，忙着发结婚请柬，是一个满脸洋溢着幸福、容光焕发的新娘。可这次，她还看到了之前未曾见过的自己的另一面。领事用手指了指，小声说了一句："奇怪！"他们靠近玻璃橱窗看了看，看到了一张放大的图片，图片画的是在马德雷山上一处消融的冰川上一块巨岩被林火劈开的情景。这幅奇怪的图片传递着哀伤的情绪，在其他作品的对比下，颇显讽刺：它贴在正在飞快工作的打字机上，标题为：别离。

他们继续向前走，穿过了科尔蒂斯宫，接着经过盲道向下坡走去。两人抄近路来到了火地岛大街，大街就在坡下。这条大街弯弯曲曲，陡坡路况很差，就像垃圾堆。他们小心翼翼地向下走，不过现在伊芙能够自如地呼吸了。二人已经穿过了小镇中心。伊芙心里想着那幅画的标题：别离。潮气和瓦砾能将岩石劈开、切碎，将其化为尘土。命运终究不可逃避，这是那幅画向我们传达清晰的信息……可事实果真如此吗？难道没有别的办法帮助那曾经坚不可摧的巨石摆脱被摧毁的命运？当它变成尘土，谁又曾想到那些尘土曾是一块完整的岩石呢？难道在它分崩离析前，就没有办法能让它逃脱被劈开的劫数吗？真的无力回天。那种力量残暴地将岩石劈开、一分为二，它也是破坏其他岩石、摧毁那些石块凝聚力的杀手。为什么这些石头碎片无法聚合到一起呢？她真想抚平那些石头的裂痕，她感觉自己就是一块石头被劈开后的一半，渴望拯救另一半，渴望他们二人都能得到拯救。她拼尽全力让自己靠近对方，向对方苦苦哀求。她留下泪水，告诉对方自己已经原谅了他，可对方却不为所动，冷漠地说："你我分开错都在你。至于我呢，与你分开是我心甘情愿！"

领事又开口说："……在陶途……"可伊芙并没听他说什么。说话间二人已经来到了火地岛大街上。这是一条狭窄肮脏的街道，坑洼不平、十分空寂，看起来有些陌生。这时，领事又开始浑身颤抖。

"杰弗里，我渴了，我们歇歇脚，喝点儿什么吧。"

"杰弗里，我们何不放纵一回，在早饭前就喝个酩酊大醉呢？"

这些话伊芙憋在心里，始终没说出口。

火地岛大街在他们的左边，大街高出路面很多，大街两侧是不平坦的人行道，人行道上有粗糙的石阶。大街并不长，中部地势略高，露天水沟里的水已经满了。右侧的防护堤陡然下降，好像在地震中发生了侧滑。这一侧有些平房，屋顶铺着瓦片，窗户是长方形、带有横梁的。这些房子与街道平齐，看上去却比街道低。地势更高的另一侧是昏昏沉沉的商店，大多都在营业：一家马具店，一家挂着"奶制品店"的奶站（有人认为这个店是挂羊头卖狗肉，实则是一家妓院）。伊芙觉得玩笑没有这么开的。店里的装潢是深色的，柜台上方挂着一串串小香肠，还有西班牙辣味肠，你还可以在这里买到羊奶奶酪或者榅桲酒，还有可可豆。领事走进了一家小店，很快就不见了踪影。随后，从小店里传来了他的声音："你先往前走吧，我很快就会追上你的。"

伊芙继续往前走了一小段路，又返了回来。他们刚来墨西哥的第一周，她没进过任何一家小店。其实在这种小店里是不太可能被人认出来的，她后悔刚才为什么不和领事一起进去看看，现在只能站在外面等他。伊芙看到一个小快艇靠岸了，感到惴惴不安，于是刚才进去找领事的想法也没那么强烈了。一种殉道士般的情绪涌上心头。她想让领事看见自己在等他，看见她一个人孤零零地站在那儿，像是被抛弃、被羞辱似的。可回望他们的来路，伊芙马上把领事抛在了脑后。真让人难以置信，她又来到了瓜华那华克镇。前面是科尔蒂斯宫吗？她看到高高的悬崖上站着一个人影，正在俯视山下。看他那勇武的气势，说不定正是科尔蒂斯本人呢！可那人影却移动了，打破了她的错觉。与其说那人像科尔蒂斯，还不如说他更像那个靠在酒店墙上、戴着墨镜的穷小子呢。

"你真是个爱酒之人，"一个洪亮的男人声音从小店传到了宁静的街道上，接着是一阵爽朗的笑声，那笑声中带着些许匪气。"你可真坏啊！"伊芙断断续续地听到了领事的声音，"坏家伙！"那爽朗的声音再次响起，"你们这两个坏蛋！三个坏蛋！"然后又是一阵笑声。"大街上那位漂亮女士是你什么人？""啊！你们这五个坏蛋！"话音刚落，领事就出现在地势较高的人行道上，面带微笑。

"在陶途，"领事又开口说，声音比刚才平稳，他一边说，一边走到伊芙身边，"那里有理想的大学，无须申请便可入学。我得到了权威消息，那里没人会干预别人酗酒的……小心！"

不知从哪儿冒出了一个为小孩儿送葬的队伍，小小的棺材上罩着蕾丝罩,后面跟着乐队:两人吹萨克斯,一人弹低音吉他,一人拉小提琴,演奏的是《柯卡拉欠》,后面的妇人面色凝重。她后面不远处,那几个随行者居然在这种场合下开玩笑似的一路小跑,掀起了一阵尘土。

他们站在一边,稀疏的送葬队伍快速从他们身边走过,朝镇子的方向走去。两人默默地向前走,都没有看对方。街道的路基渐渐模糊起来,越过人行道和那些商铺。马路左侧只有一面矮墙,后面是片空地;马路右侧的房子已经变成了低矮的煤棚。伊芙那颗备受煎熬的心突然停跳了一拍,她没想到他们正在走向住宅区,走向他们曾经的住所。

"看着点儿路,杰弗里。"伊芙提醒领事,自己却差点儿被砖角绊倒。她抬起头,迎着光看着街对面那奇怪的房子。领事看着她,面无表情。两座塔楼由一条狭窄的过道连接,屋子里有个农民转过身好奇地看着他们。

"是啊,还在那儿,丝毫没动。"领事说,他们走过了左边的房子,墙上刻着字,伊芙却并不想看。说话间,两人来到了尼加拉瓜大街上。

"不过街道看上去有点儿变样了。"说完,伊芙又陷入了沉默。实际上她是在努力克制自己。她无法解释的是:她记忆中那个瓜华那华克镇并没有这样一所房子。最近,她在勾画着和杰弗里一起走在尼加拉瓜大街上的情形,在那些可怜的幻象中,雅克住的地方一次也没有出现过。就这样,那栋房子就在那段时间消失了,没留下一丝痕迹,仿佛从未出现过,就像在一个杀人犯的记忆中,作案现场附近的明显地标都要从头脑中彻底抹去。只有这样,当他再次来到犯罪现场时,才会觉得自己从未来过这里。只是尼加拉瓜大街和以前并没有什么不同,它仍在那里,还有一个个巨大的石块,街面上布满了差不多大小、月亮形状的小坑洞。大街这种状态一点儿也不像处于修缮中的样子，不过这恰好证实了市政部门和业主们相持不下的现状。尼加拉瓜大街，这个名字在她心底触发了悲伤之情，雅克的房子就在这条街道上，这令她触景生情。

这条路路面很宽，两侧没有人行道，下坡的路变陡，大部分道路都处在绿树掩映的高墙之间。在他们右侧更多的则是小煤棚。他们沿左侧向下走，大约走了300码，再走大约这么远就是他们的房子了，不过在这个位置还看不到，因为树木挡住了他们的视线。几乎所有的居民楼都在路的左侧，远离道路的位置，面向山谷，方便居民观察对面的火山情况。伊芙透过两栋居民楼之间的间隙看到了连绵的山丘，还有一小块被铁丝网围住的田地，田地里长满了高高的细草，凌乱地堆在一起，是一阵劲风把它们吹成了这副模样，风已戛然而止。两座火山——波波卡特佩特火山和伊克斯塔奇华托火山就在那里，它们是遥远的莫纳罗火山的信使。火山上乌云笼罩，山脚变得模糊。伊芙想，雨季都要结束了，可草地并没有呈现出应有的绿色，一定是期间出现了旱季，不过道路两边的下水沟都盛满了山上流下来的水，已经满溢。

"还在那儿，没挪动地方。"领事说话时并没回头，只是冲着劳埃尔先生家的房子点了点头。

"谁……谁没有……？"伊芙有些困惑，她回头看了看，不过只看到了一个农民。那个农民停下来朝这边的房子张望，正准备走进小巷。

"雅克。"

"雅克？"

67

"是雅克,没错,实际上我俩一起度过了一段美好的时光。我们拿各种话题插科打诨,从贝克莱①主教到四点钟的地雷花。"

"你们干什么了?"

"谈谈外交工作。"领事停下脚步,点燃了烟斗,"有时候我觉得我真该说点儿什么。"

"……"

领事又不说话了,他把火柴扔进了涨满水的下水道。水是流动的,流速很快。伊芙听到自己的高跟鞋"嗒嗒"地踩在地面上的声音,感觉很好笑,还有她身旁领事那听起来轻松惬意的声音:"比如说,你1922年曾是萨德勒布②担任英国驻白俄③使馆的随行人员,我一直认为像你这样的女子会很好地胜任这份差事,真不知道那使馆是怎么维持了这么长时间。在此期间,你会获得某种——我不知道准确的术语是什么——某种仪态?某种伪装?或是某种处事的方式?不管怎么说吧,就是随时都可以表现出一副高贵却不真实的冷漠。"

"我很清楚你是怎样看待这件事的,我指的是我们之间的差异,我和雅克之间的差异。说得再下流点儿,你出了事的时候,雅克不该离你而去,我和他也不该斩断友情。"

"……"

"伊芙,没坐过"英国皇后"号吧?我一直觉得像你这样的女人

---

① 贝克莱(1685—1753):出生于爱尔兰,18世纪最著名的哲学家、近代经验主义的重要代表之一,主观唯心主义创始人。
② 萨德勒布:克罗地亚首都,位于亚得里亚海海岸和中欧的交通汇合处,是一座古老的中欧城市。
③ 白俄:指俄国"十月革命"后,沙皇俄国流亡政府。

坐"皇后"号会很惬意的。拿着望远镜看托纳托特纳姆法院路,当然我这么说只是个比喻。你日复一日地数着海浪,你总会……"

"看着点儿路!"

"要是你曾经担任过卡克德什文的领事,就会清楚那个镇子被马克西米连和卡洛塔[①]求而不得的爱诅咒了,那儿还有——"

拳击比赛。托马林运动场斯坦克特花园前。海尔特尔科(体重52公斤)对阵埃尔奥索(体重53公斤)。

"我是不是还没说完小孩尸体的事儿呢?令人感到惊讶的是,他得在美国出境站接受安检,接受真正的安检,而且费用不低,相当于两个成年人的费用。"

"……"

"虽然你看上去并不想听我说什么,可有件事儿我还是应该告诉你。"

"……"

"是别的事儿,我再说一遍,这件事非常重要,我应该告诉你。"

"好吧,是什么事?"

"有关休的。"

伊芙终于问了一句:"有休的消息啊,他现在怎么样了?"

"他跟我待在一起。"

拳击赛托马林运动场。

《奥莱克之手》,主演彼得·洛里。

"你说什么?"伊芙停下脚步,呆呆地站在那里。

"他好像去了一趟美国养牛场,"领事说话时神色凝重。他们又

[①] 卡洛塔:比利时国王列奥波德一世的女儿,后嫁给马克西米连为后。

开始向前走,不过这回走得很慢。"天晓得他为什么要去那儿,总不会是因为他想去学骑马吧?不过一星期前他来找我了,身穿一身难看透顶的服装,看上去就像电影《穿紫上衣的骑手》里的胡特·S.哈特。显然,是他把自己送出去的,或者说是被装上了牛车运到了美国,我不知道报纸是怎么报道这件事的,或许只是瞎猜的。总之,他赶着牛,最远跑到了齐瓦瓦州①,和那个军火贩一起,他叫什么来着?是韦伯吗?我不知道,反正我也没见过他。"领事在鞋跟上敲了敲烟斗,把烟斗熄灭了。接着他面带微笑说:"看来,这些天大家都坐飞机来看我。"

"可是,我不明白,休……"

"他在路上把衣服弄丢了,不是因为他粗心大意——如果你愿意相信,只是因为他们想让他在出境时支付更高的价钱,所以休把他的衣服留在了美国。不过,他并没有把护照弄丢,这件事很不寻常,也许是因为他还为《伦敦国际报》工作的原因。当然了,你也知道的,他近来算是出名了,这是他第二次出名了,可能你还不知道他已经出了一次名。"

"他知道我们离婚的事儿吗?"伊芙终于鼓起勇气,问了一句。

领事摇了摇头,他们继续慢慢向前走,最后他说:"我刚才都说了什么啊?"

"没什么,杰佛。"

"不过他现在知道了我们分居的事儿,"领事摘了一朵长在水沟边、落满灰尘的红色罂粟花,接着说,"但是他希望能在这儿看到我

---

① 齐瓦瓦州(Chihuahua):位于墨西哥西北内陆,北靠美国新墨西哥州和得克萨斯州,面积24.7万平方公里,是墨西哥最大的州。首府齐瓦瓦市。

们俩,他不想让我们对他隐瞒实情,但我却避开了这个话题。我想我成功了,我指的是我避免谈论我们离婚的事,其实他走的时候我太忙了,都没来得及告诉他。"

"这么说,他没和你待在一起了?"

领事大笑起来,笑得咳嗽了一声。"不?我们当然住在一块儿。事实上,他对我展开的救援行动令我备感压力,害得我差点儿晕死过去。他引导我改邪归正,你没看出来吗?你没认出来他的做派吗?弄了什么马钱子碱化合物,几乎马上就得逞了,只是……"领事看上去连迈步都变得困难,"说真的,他留下来要比去出演多沃·沃顿·邓恩的角色要明智,我有个斯文伯恩的角色想让他演。"领事说着,又摘了一朵罂粟,"是哑巴斯文伯恩。 他在农场度假期间听到了一些风声,像斗牛追着红布那样跟了过来,这些我以前都没告诉过你吗?我连这些都没跟你说过?这就是他为什么来墨西哥城找我的原因。"

过了一会儿,伊芙轻声问:"那我就有机会跟他见面了,对吗?"她的声音非常小,连她自己都听不清楚。

"谁知道呢?"

"可是照你的说法,他现在人就在这儿。"她连忙掩饰起了自己的真实意图。

"哦,他辞职了,也许现在还待在家里,不管他现在是否在家,今天肯定会回来的,他说想行动起来。可怜的小伙子,他那身装扮真前卫。"不管领事这么说是真心还是假意,他说这番话显得他很有同情心,"只有上帝知道,该怎么能让他明白他那浪漫的冲动会带来什么样的后果。"

"还有他会怎么想?"伊芙马上勇敢地反问,"等他见到你的时候会作何感想?"

"是啊,没什么区别嘛,没时间了,不过我正想说呢,"领事接着说,声音有些沙哑,"劳埃尔和我那些把酒言欢的快乐时光随着休的到来就要结束了。"他像盲人那样用手杖拨弄了一下灰土,画出了一个图案,"多数时间都是我一个人喝,雅克的胃不好,三杯酒下肚就会不舒服,喝下四杯就会变成老好人,喝下五杯就会像电影明星那样表演起来。所以,我非常希望我们换个打法儿。如果你见到休绝口不提我酗酒的事儿,我会不胜感激的。"

"哦。"

领事清了清嗓子:"倒不是说他不在时我就会喝多,也不是因为我现在头脑不十分清醒,你应该能看出来。"

"哦,是啊,"伊芙笑着说,头脑里早想远离这儿了。可是,她仍然在他身旁慢慢走着。她故意这么做,像一位毫无保护设备的攀岩者抬头看悬崖上的松树,聊以自慰地说:"别担心滚落下去的碎石,要是我在那棵松树上情况会更糟。"她强制自己不去想这些,或者她又想起了大街,想起了她最后那心酸的一瞥,当时她看到的景象更令人绝望:那场注定去墨西哥城旅行的开始,当时他坐在现在已经丢失的普利茅斯车上向后望,车子转弯时,刹车失灵,车滑到了一个大洞里动弹不得,然后开始慢慢往上爬、往前窜,沿洞墙上行。墙壁比记忆中的要高,壁上爬满了叶子花,一丛丛花十分茂盛。花丛中可见树冠枝干粗壮、一动不动,透过树枝,偶见水塔和帕里安旁边的高塔,这些景色在墙角下,甚至在墙上都看不到。她曾为了寻找这些房子费尽心机。房子的庭院好像都蜷缩起来,塔楼也悬在半空中,外面的隔离网让你有种置身于奥尔的感觉。情人在这些高高的铁网后幽会,这地方如此隐秘,与其说是墨西哥式的,不如说更具西班牙风情。下水沟里的水流到地下已经有一阵子了,街上那黑漆漆的煤棚让她有种不祥的感觉。家里的佣人玛利亚过去就常到这儿取煤,伊芙透过墙壁间的缝隙,在路的另一侧看到了波波卡特佩特火山。不知不觉间他们已经走过了街角,他们房子的大门映入了眼帘。

此时的大街冷冷清清,十分安静。唯有那涌动的、好像在窃窃私语的水沟,变成了两条汹涌澎湃、互相追逐着的小溪流。它们似乎在提醒她,这里的景象在她记忆之中是怎样的清净。她遇见路易前,还以为领事已经回了英格兰。那时,她也试图在记忆中还原哈瓦卡的原貌,就好像在洪水到来之前建一条高出水位线的安全通道,这样她的灵魂就可以在上面安然行走。只有它能带来些许安慰,使她孤独的身影躲过洪水之灾……

从那天以后,瓜华那华克镇似乎看起来变了样:虽然依然那样宁静,却似乎被抹去了过去的影子。杰弗里一个人留在那里,可是他现在就活生生地在自己眼前,需要她的救赎,需要她的帮助。

伊芙紧紧地抓着包,突然觉得头晕目眩,忘记了周围的景象。领事似乎恢复了精神,默默地用手杖指了指右侧的乡间小路、被改作学校的小教堂,操场上还可见坟墓和平衡木、水沟那黑漆漆的入口,两侧的高墙已消失不见,花园下方是一座废弃的铁矿。

"自学校出发,来来回回……
波波卡特佩特火山
见证你的光辉岁月……"

领事轻声哼唱,伊芙觉得她的心在融化。她突然觉得,一种患难与共、在经历了风浪之后的宁静降临到他们之间。虽然这只是虚幻,是谎言,但在那一刻,他们仿佛从市场回来,回到了家里,就像过去一样,她挽着领事的手臂大笑着走下台阶。她此时又看到了家里的墙壁,他们的车道一直延伸到大街上,那里没有尘土,晨起的人们留下了足迹。她又看到了家里的大门,大门的合页已经脱落(过去它就总是这样,所以总是被平放在入口的位置),淹没在斜坡长满叶子花的花丛里。

"我们就要到家了!"

"是啊!"

"奇怪……"领事说道。

只见一只丑陋的流浪狗尾随着他们,进了大门。

3

领事和伊芙沿着车道往上走,老宅的惨状渐渐在伊芙眼前呈现:车道上坑坑洼洼,花园里那些高大的异域植物映射在领事的墨镜片里,那些植物呈现出铁青色,毫无生气。那些植物因为饥渴即将枯萎,可还密密麻麻地挤在一起,像是垂死的好色之徒力争摆出一副姿态。这些植物也许想证明它们的生命力还很旺盛。领事漠然地想着,好像这些景象是在他身边某个人的所见所感,那人忍受着他所承受的痛苦,告诉他说:"睁开眼看看吧,看看这怪事,这些景象看起来那么熟悉,如今却那样陌生,多么悲哀!伸手摸摸这棵树吧,它曾经是你的朋友,只可惜你的老友如今却与你形同陌路!抬起头,看看那角落里的神龛吧,耶稣基督还在那里为世人受苦受难。你向他祷告,他也许会垂听,可惜你未曾向他祈求过。想想那些玫瑰花的苦痛,看看草坪上康赛塔种的那些咖啡豆吧,你曾说那是玛利亚种的,如今它们被太阳晒得奄奄一息。还记得它们那醇香的味道吗?记住:生长着怪异花朵的平原曾经生机勃勃,现在却死气沉沉。你再也不知道如何去爱这些事物了。现在,你的心里只有酒吧,你残存的对生活的热爱全变成了毒药,不过也不完全都是毒药,还有你日常的食物。你在酒馆时⋯⋯"

"佩德罗也走了吗？"伊芙紧紧地挽着领事的胳膊，可是声音听起来很平静。

"是啊，谢天谢地！"

"那些猫呢？"

"佩洛！"领事摘下了墨镜，友善地招呼紧紧跟随他们的那条流浪狗。那条狗害怕了，退到车道那边。领事接着说："不过，花园一片狼藉，我们已经几个月没请园丁打理了。休拔了些杂草，还清理了游泳池……听到了吗？游泳池应该充满水了。"车道逐渐变宽，与一条道路相连，汇成了一小块开阔地。道路横穿狭窄的草坡，草坡被玫瑰花床环绕，一直延伸到"前门"的位置，也就是白色小屋的后身。小屋屋顶是鳞状花盆色的瓦砾铺就的，看上去像一根根截断的排水管。透过树的缝隙远远望去，可以看见房间左边的烟囱。烟囱里升起一缕烟，使小屋瞬间看上去像一艘美丽的小船。"我看，讨薪的官司肯定会找上我。花园里居然有好几种蚂蚁，令人烦心。一天晚上我出门后，屋内居然遭贼了。还有瓜华那华克镇那恼人的水患：下水沟里的水时不时地来骚扰我们，流经之处就留下像臭鸡蛋一样的气味，真让人头疼。不过，别管这些了，也许你可以……"

伊芙松开领事的胳膊，把一枝挡在台阶上的牵牛花的藤蔓推到一边。

"哦，杰弗里，我种的那些山茶花怎么样了？"

"天晓得。"草地被一条干涸的水沟一分为二。水沟与房子平行，一条木板充当了独木桥，把房子和水沟连接起来。在玫瑰和月季之间，一只蜘蛛织就了一张精密的网。翔食雀一声尖叫，飞快地掠过屋子，留下了一个黑影。他们穿过通道，来到了房子的门廊。

一位看上去很睿智的老妇人，皮肤黝黑（领事一直以为她曾经是矿山饱经风霜的警卫的夫人），手里总拿着拖布或是地板擦。她用抹布擦了擦脚，拖着脚迎接他们。不过，从她擦地的动作并不能明显地看出她是拖着脚走路的，因为二者并不同步。领事介绍："伊芙，这是康赛塔；康赛塔，这位是费尔明太太。"老妇人听了，露出孩子般的微笑，正是这个微笑使她那张苍老的脸展露出少女般的纯真。她用围裙擦了擦手，领事还在犹豫要不要让二人握手，老妇人就握了握伊芙的手。她饶有兴致地看着伊芙放在领事前门廊上的行李。领事看到了那些行李，立刻觉得与伊芙之间产生了一种舒适的亲近感，这是昨晚他在迷惘状态中所不曾有的。行李包括三个包和一个帽盒，行李上那些标签，就像闪亮的、含苞待放的花朵，骄傲地向人们展示着自己丰富的旅行经历：檀香山西洛酒店、格拉纳达卡的莫娜别墅酒店、埃尔格西斯拉的德巴酒店、直布罗陀半岛酒店、加利利的纳扎斯酒店、巴黎的曼彻斯特酒店、伦敦的寰球酒店、法兰西岛的寰球酒店、利斯基酒店、墨西哥城的加拿大酒店……最新的花苞是最近贴上的标签：纽约的阿斯托酒店、洛杉矶乡村别墅酒店、宾夕法尼亚的乡村别墅酒店、阿尔普尔科的塔楼酒店，还有"墨西哥航空公司"字样。"还有别的吗，先生？""其余的会陆续送过来。"领事看到康赛塔一看那些行李连连摇头，就宽慰她。"对了，伊芙，我觉得你还想住你以前住的房间。休的房间在后面，里面有机器。"

"机器？"

"是除草机。"

"这儿没有热水，"康赛塔一边拖着两件行李，一边说。她的声音轻柔，如音乐般上下起伏。

领事接过话茬儿："所以，你能洗上热水澡就算是奇迹了！"

屋子另一侧的景色更为开阔。徐徐清风拂面，让人有置身海滨之感。峡谷之外的平原向北连绵不绝，一直延伸到云雾缭绕的火山脚下。平原上耸立着古老的波波卡特佩特火山锥，左侧延伸的伊科斯塔西夸特火山那高低不平的山峰犹如一座座在雪地中的大学城。一时间，他们只是静静地站在门廊上，既没有说话，也没有拉手。他们的手刚刚触碰到一起，好像无法确定他们是在做梦还是在现实中。分开的手在孤寂中独自哀伤，他们若即若离的手不过只是他们记忆中的碎片，害怕聚合在一起。只有听到夜晚咆哮的海浪时，它们才会触碰彼此。

突然，从他们下方的位置传来了潺潺的流水声，游泳池几乎充满了，水依然源源不断地通过一条连着水龙头的水管注入游泳池。以前他们都是自己粉刷游泳池，他们把游泳池四周和底部都涂成了蓝色（油漆的颜色现在还没有完全褪掉），水倒映出湛蓝的天空，池水则像一块深绿的绿松石。休把游泳池四周的杂草都清除干净了，站在花园的斜坡朝外看，可以看到一片杂乱的树木。领事转过头，不去看那片树丛，他和伊芙之间那种短暂的亲近感就这样慢慢消逝了……

他心不在焉地看了看门廊四周，门廊连接着左侧的房子，那里伊芙从未去过。领事在心中默默地希望康赛塔能出现，他看到康赛塔从门廊的尽头向他走过来。康赛塔的目光紧紧地盯着托盘，既不向左看，也不向右看；既不看落满灰尘、花籽掉落到矮墙上的滴水植物，也不看那锈迹斑斑的躺椅；既不看破旧的椅子、坏掉的沙发，也不看墙上挂的那幅让人觉得不舒服的堂吉诃德的画像。康赛塔走过了红色地板上那些还没来得及清扫的尘土和落叶，拖着脚慢慢向他走来。

"还是康赛塔了解我。"领事打量着托盘，托盘上放着两只玻璃杯、一瓶只剩一半的尊尼获加酒、一个苏打水吸虹器、一罐冰块,还有一个难看的瓶子,装着半瓶深红色的液体,看上去像劣质红酒,没准儿是咳嗽药水呢?"这只是马钱子碱①水。来一杯威士忌加苏打吗?……喝一杯对你身体有益,连一杯什么也不掺的苦艾酒也不要吗?"领事说完,从矮墙上拿下了托盘,把它放在了康赛塔刚才拿进来的柳条桌上。

"天啊,我不喝了,谢谢你!"

"……那就来杯什么也不掺的威士忌吧,给你,喝点儿酒有什么大碍呢?"

"……我还是先吃早餐吧。"

"……你那么多次邀请她喝酒,她总该答应一次吧?"一个声音在领事的耳畔响起,语速很快。那声音接着说:"现在,伊芙回来了,你怎么还能在这个时候喝得酩酊大醉,再次把事情搞砸呢?一切都会好起来,不会有事的,好孩子。"过了一会儿,那个声音含混地说:"她回来了,不过是你自认为比较重要的事,除此之外,还有更重要的事。为了应付那些更重要的事,你得喝下五百杯才行呢。"这声音前后矛盾,听上去像一位他熟悉的、有点儿自以为是的、慷慨陈词的诡辩家。这个声音又严肃地说:"你就是那个一到重要关头就变得软弱无助、只能借酒浇愁的杰弗里·费尔明吗?""不,你不是,你会奋起反抗!""你以为你昨晚抵制住了诱惑,滴酒未沾吗?我得提醒你:你没有,难道你没有喝醉,没有昏昏沉沉地睡了整整一个钟头才清醒过来吗?你到底有没有?你到底有没有?你得喝下足够多的

---

① 马钱子碱:医学上作为中枢神经系统的兴奋剂使用。

酒,你那颤抖的老毛病才不会犯,你才能控制好自己。她不喜欢你醉酒的样子吧?我看那是她不懂得欣赏你!"

"我看,你是觉得马钱子碱不太靠谱吧?"领事说着,得意地从酒瓶中倒了一杯翻腾着的马钱子碱(他只要看到酒瓶就会感到一种莫大的安慰)。"足足有两分半的时间,我都抵制住了诱惑,我可以得到救护了吧?我很后悔,其实我也觉得这东西不太靠谱,你要把我逼哭了,你这该死的蠢货,杰弗里·费尔明,我要打肿你的脸!"马钱子碱是另一种他熟悉的东西,领事举起酒杯,然后一口就喝下了一半,他居然往里面加了一些冰块,真是可笑!"这东西喝起来倒是很甜,味道就像黑茶甜酒。"也许这东西能带给他一种感官上的刺激,从而体察到他自身的虚弱。领事站在那里,意识到他的痛苦让他软弱无力,这着实让他羞于开口……

"你这笨蛋,难道你没看出来吗?她回来是有意和你重归于好,可你回家后首先想到的事却是喝酒!她不希望看到你喝酒,所以你现在不能喝威士忌了,就连马钱子碱也不能碰了。过一会儿,你也不能喝点儿龙舌兰酒。龙舌兰酒就在墙那边的酒柜里。好了,好了,我知道龙舌兰酒在哪儿。只要你喝了酒,你们的关系尚未开始恢复就会走向终结。你也不能喝梅斯卡尔酒了。喝了梅斯卡尔酒,你和伊芙的美好生活就结束了,不过这样结束也挺好的。或许只有威士忌酒那种醇香、古老、有益健康的饮品,就是你妻子的祖先在1820年发明出来的、那种喝下去以后让你有喉咙冒火的快感的威士忌酒,才是最好的结局。说不定喝点儿啤酒对你的身体大有裨益,因为啤酒富含维生素。你弟弟来了应该庆祝庆祝,先喝点儿威士忌再喝啤酒。你可以先少喝点儿,找找感觉,不过那样做有风险,还是谨慎一点儿为妙。快去试试吧,你喝了酒,休就会坚定信念、帮你戒酒了。你一定会这么做的!"那熟悉的声音再次在他耳边响起。领事发出一声叹息,用一种带着蔑视的手势把酒杯扣在了托盘上。

"你说什么?"他问伊芙。

"我都说了三次了!"伊芙说着,大笑起来,"想喝你就痛痛快快地喝吧,不必为了迁就我喝那东西……我就坐这儿看你喝,和你碰杯。"

"什么?"伊芙坐在矮墙上,饶有兴致地看着山谷呈现出的变幻景象:花园里一片死寂,风一定突然改变了方向。伊科斯塔西夸特火山已经从视线中消失了,波波卡特佩特火山也几乎被水平的流云遮住了,仿佛有许多平行行进的火车冒出了滚滚浓烟遮住了整个山峰。"你能再说一遍吗?"领事说着,拉起了伊芙的手。

他们看似热烈地拥抱在一起。不知从何处飞来的天鹅突然停在了半空中,然后垂直坠落到了地面上。在酒吧外,人们成群结队地挤到了阳光下,等待酒吧开张。只要百叶窗一拉开,发出"咔哒"一声响,他们就会一拥而上……

"不了,我还是继续喝药吧,谢谢!"领事几乎向后倒下,瘫倒在那只破旧的绿色躺椅上。他神色凝重地坐在那儿,看着对面的伊芙。他渴望躺在床上,睡在酒吧的角落里,或在漆黑的森林边缘,在小道上,或者在市场和监狱里。这一刻已经不复存在,但是在他身后那即将降临的夜色中,那吓人的大熊星座就真切地挂在空中。他都做了什么呢!在某处睡觉?这是毫无疑问的。"滴答滴答,救命啊,救命啊。"游泳池传来的水滴声就像钟表一样走着。他睡着了,他做了什么呢?他的手在裤兜里摸索着,突然摸到了一张边缘锋利的卡片。他掏出那卡片,借着灯光,读道:

阿图罗·迪亚兹·维吉尔
外科医生兼儿科医生
擅长诊治各种儿童疾病和精神系统疾病
出诊时间：中午12时至下午2时，下午4时至下午7时
出诊地点：革命大街八号

"——你这次是真的回来，还是只是来看看我？"领事把名片揣起来，轻柔地问伊芙。

"我不是在这儿吗？"伊芙轻快地回答，声音中有一丝挑衅意味。

"真奇怪。"领事说了一句，他想拿起酒杯，毕竟伊芙允许他喝酒了。这时，他的耳畔又响起了那个向他抗议的声音："杰弗里，你这个笨蛋，你要是再敢拿起酒杯，我就把你的脸打肿，你要是敢喝酒，我就大喊：'你这笨蛋！'""你这么做相当勇敢！可是，要是我喝酒遇到麻烦了，你就知道该怎么做了。"

"你的气色看上去不错啊,你看上去很健康。"领事听伊芙这么说，滑稽地活动起了肱二头肌，他感觉自己很壮实。"那我看起来怎么样呢？"伊芙好像也在问他，她稍微把脸侧过来，让领事看她的侧影。

"我没告诉你吗？"领事打量着她，"挺漂亮……皮肤晒成红棕色了。"他刚才没说吗？"像树莓那样的颜色，你游泳晒的吧？"他又补充道，"你肯定是没少晒太阳……不过这儿的阳光也不错，平时……阳光都挺充足的，尽管有时也会下雨……其实，我不喜欢晒太阳。"

"哦，对啊，你是不怎么喜欢！"伊芙的语气显然是在反驳领事，"我们能出去走走，晒晒太阳吗？"

"那样的话……"

领事坐在那把破旧的绿色摇椅上，面对伊芙坐着，他想，也许仅仅是灵魂慢慢地从马钱子碱混合液中抽离出来，进入一种超然的状态，去和卢克莱修[①]争论：变老时身体会无数次完成自我更新，除非这种衰老的模式无法打破。也许正是经历了这种折磨，灵魂才会得以成长。因此他施加给妻子的折磨会使妻子的灵魂茁壮成长。他在妻子身上施加的不仅仅是折磨，他假想了妻子的出轨，想出一个和妻子发生不伦之恋的鬼魂，名叫克里夫。他总是穿着一件条纹睡衣和条纹裤，睡衣总是敞着怀。他还假想两人生了个孩子，奇怪的是那个私生子也叫杰弗里。孩子是两年前伊芙第一次去雷诺期间生的。如果那孩子没死于脑膜炎，现在应该六岁了。那孩子死于1936年，也就是他们在西班牙格拉纳达结婚的三年之前。在那里，伊芙出席各种舞会，当时她的皮肤是古铜色的，焕发着青春活力（那时候，她肯定已经参演劳埃尔先生拍的西部片了。领事并没有看过那部片子，可是他猜想，即便像爱森斯坦[②]这样的伟大人物看了那部片子，也会受益匪浅的）。大家都说伊芙并不漂亮，可是她长大了就会光彩动人。她二十岁时，大家还是这么说。二十七岁那年，她嫁给领事，大家还是这样评价她。她现在三十岁了，不算惊艳，她总是走在变成美人的路上。她的五官并不出众：高高的鼻梁，精致的耳朵，热情的棕色眼睛如今充满了忧郁和哀伤，饱满的嘴唇热情而爽朗，她的脸颊略显消瘦，却和初次见到她时不一样了。她的脸色曾经那样红

[①] 卢克莱修（约公元前94—前55）：罗马共和国末期诗人、哲学家，以哲理长诗《物性论》著称于世。

[②] 爱森斯坦（1898—1948）：苏联著名电影导演、编剧、制作人。

润,如今却难掩苍老。如果休看到她这副模样,可能会说她面如土灰,不过她终会改变,她确实变了!

杰弗里不再是她的真命天子,她也不再属于他。现在伊芙穿着的这身漂亮的蓝色旅行装肯定得到了某个男人的首肯,可惜那个男人不是他。

伊芙突然不耐烦地摘下了帽子,从矮墙上跳了下来。她抖了抖黄褐色的头发,躺在了躺椅上,翘起她美丽而高贵的长腿,躺椅发出一种拨动吉他弦的声音。领事摸出墨镜,顽皮地戴上。他一想到伊芙还在等着鼓起勇气进入房间,就莫名地感到伤感。他用假声,带着领事惯用的口气说:

"如果休坐第一班公共汽车回来,这会儿早该到了。"

"第一班公共汽车是几点的?"

"十点半、十一点?有什么关系呢?"城镇那边传来了钟声,他害怕有人出现,除非他们带着酒,如果没了酒,只剩下马钱子碱,会发生什么呢?他能挺住吗?他会为了一瓶酒,步履蹒跚地穿过那肮脏炎热的街道(或者他让康赛塔帮他去买),拐进满是尘土的小巷子里、进入酒吧,把自己该做的事情抛在脑后吗?或许他一上午都会喝酒,庆祝伊芙回家(那时她在睡觉);或许他会装成冰岛来客——来自安第斯山区或是阿根廷的游客。离休回来的时间还早呢,他的步伐就像从著名的哥特教堂传来的、寻找从教堂逃出来的孩子敲的钟声一样。伊芙摆弄着手上的婚戒,她仍然戴着那枚戒指。这是因为她还爱他吗?还是为了给他俩省去不必要的麻烦?游泳池那边又传来了"滴答、滴答"的流水声,也许有个灵魂在那里洗澡,它是想洗净身上的污垢,还是想消除难耐的饥渴呢?

"现在才八点三十分。"领事说着,又摘下了墨镜。

"亲爱的,你的眼睛里透着凶光。"伊芙突然说。这时,教堂的钟声更近了,气定神闲地越过了矮墙两侧的台阶,像个小孩子那样跌跌撞撞地走过来。

"嗯,有那么点儿'炸裹面小鱼'的意思……那不过是你的感觉而已。"钟声停止了……领事(他没穿袜子并不是因为影院经理巴斯塔门特先生认为他喝醉了根本没法穿袜子,而是因为他喝得脚面肿胀,穿不进袜子了)把鞋在门廊上的一块地砖上蹭了蹭,循着地砖上的花纹蹭。因为那该死的马钱子碱混合液,他感觉脚又酸又肿,还有那戒酒带来的消沉!伊芙再次坐在矮墙上,靠着柱子。她咬着嘴唇,专注地看着花园。

"杰弗里,花园已经成了一片荒地了。"

"花园里哪来的玛利安娜呀。"领事一边摆弄着手表,一边说,"看看这儿,想象一下,你放弃了一座敌人围攻的城镇,过不了多久你又返回那里,我并不喜欢我的某些推论,不过这不要紧,假设你真的那么做了,你不再期待你的灵魂能再次进入那似曾相识、曾经草木葱郁的故地,你故地重游时,总不能指望还受到之前那种热烈欢迎吧?"

"我可没有抛弃……"

"我甚至不能说,那个城镇是不是看起来还一如往昔,或者运转得更加有序,我只能说有轨电车的运行时间还算正常。"领事紧了紧表带,问了一句,"是不是?"

"你看树枝上那个红色小鸟,杰弗里!我从没见过这么大的红衣凤头鸟。"

"才不是呢，"领事在没人注意的情况下拿了一瓶威士忌酒。他打开瓶盖闻了闻瓶中酒，然后一脸严肃地把酒放回了托盘，噘着嘴说："你不会看到的，因为那根本不是凤头鸟。"

"那就是凤头鸟，你看它的红色胸脯，红得像一团火焰。"领事很清楚，伊芙和自己一样，都害怕即将到来的重聚。她现在说的都是些言不由衷的话，只是随便找些话题掩盖内心的恐惧。她在等待着那个恐怖时刻的到来。她不会看到，那恐怖的死亡钟声会碰到她那夭折的私生子，私生子会伸出巨大的舌头、吐出恶魔般的呼吸。"快看啊，它就落在木槿树上呢！"

领事闭上了一只眼睛："我看那是一只铜尾咬雀，它没长着红色的胸脯。它是一只孤僻的小鸟，可能栖息在那边的狼谷里面。它尽可能远离那些有头脑的伙伴，为的是冥想自己为什么不是一只凤头鸟。"

"依我看，那就是一只红衣凤头鸟，而且就住在这个花园里！"

"你爱怎么叫就怎么叫吧。不过，我认为该叫它无法界定类别的咬雀，因为它本来就是一种名字模糊的鸟！不过，把两个模糊推论叠加在一起，就形成了一个肯定推论，就像这个园子里的鸟，它其实是铜尾咬雀，不是什么红衣凤头鸟。"领事伸手够刚才托盘上装马钱子碱的空杯子，但是手伸到一半就忘记了刚才想往杯子里倒什么酒，不过他能肯定自己喝的酒并不是他刚才想喝的酒。他索性闻了闻酒瓶，不过并没有拿起杯子。他放下手，把身子向前倾了倾，又开始谈论起了火山。

"看来老大力水手[1]就快爆发了。"

"看来他是忘记吃菠菜[2]的事儿了……"伊芙声音颤抖着说。

---

[1] 这里指波波卡特佩特火山，与大力水手的烟斗一样，一直冒着烟。
[2] 在《大力水手》这部漫画中，大力水手最喜欢的食物是菠菜。

他们说起了过去说的笑话。领事点了一根火柴,想点香烟,只是因为他的手抖得厉害,没法点着香烟。过了一会儿,他发现火柴熄灭了,就把香烟放回了兜里。

那一刻,二人面对面坐着,就像是两座默默无言的城堡。

游泳池仍然在注水,领事听到了流水声……上帝啊,那水流得那么慢……填补了他和伊芙之间的沉默……领事觉得他还能听到舞会的音乐,可舞会早已结束,音乐也早就该停止了,因此这种在沉默气氛中弥漫的水滴声就像静止的鼓点。那是从帕里安传来的声音。毫无疑问,鼓点毫无音乐的演奏技巧,这也使它与众不同,树木似乎都跟着鼓点的节奏摇摆起来。这种幻觉不仅笼罩着整个花园,还延伸到远处的平原。整个景象都展现在他眼前:那景象带着恐惧,那种恐惧是因无法忍受现实而产生的。他告诉自己:这肯定和一些疯子在发病时看到的幻境没什么两样。那些疯子本来平静地待在避难所里,病症来袭,于是疯狂不再是他们的避难所,而是幻化成了摇摇欲坠的天空和周围的一切景物,令他们避之不及,他们本就因疯狂哑口无言,现在只能低头认输。那些疯子在发病时,疯狂的想法就像一个个加农炮一样在头脑中、在疯人院美丽的花园中、在那些恐怖的烟囱之外的群山中炸响,他们会因此找到些许慰藉吗?领事觉得不会。他所熟悉的美已然消亡,正如他的婚姻一样,被人恣意宰割。在他面前,阳光普照着大地,映射出波波卡特佩特火山那巨大的线条。火山锥像一头浮出水面的巨鲸,从云端探出头,可是这些美好的景象没法让领事高兴起来,那阳光并不愿分担他的思想负担和那毫无缘由的痛苦。在领事的左侧,那些车前草之外的地方,是阿根廷大使的花园。大使一家在周末会来这里度假。园丁正忙着清理长得很高的草，腾出一块空地作为大使的羽毛球场。领事觉得园丁这种无害的职业对他构成了一种可怕的威胁；车前草那宽大的、温柔低垂着的叶子对他来说也有种原始的威胁，它们就像鹈鹕突然抖动的翅膀——那意味着它们马上要收起翅膀了。花园里有些红色的小鸟在跳来跳去，像活动的玫瑰花蕾。这些景物给他带来一种莫名的紧张感，这种紧张与他的神经紧紧相连，令他无法忍受。屋子里突然传来电话铃声，领事吓得心脏差点儿停止了跳动。

实际上，电话铃一直响个不停，领事走出门廊，去餐厅接电话。他有些害怕那响动的电话。他拿起话筒时还惊魂未定，汗水都滴落到话筒上，他的语速很快……那是个长途电话……他并未意识到自己在说什么，只听到电话那端汤姆那沉闷的声音。领事说话时语调平淡，好像在自言自语。他神情紧张，生怕那声音像沸腾的油倒进他的耳膜或嘴里。"我说汤姆，你知道昨天报纸报道的那些小道消息的来源是什么吗？那些消息已经被华盛顿方面否认了，我想知道风声是怎么走漏的。好的，汤姆，是啊，没错，我知道，我看到了，真可怕，毕竟报社都是他们开的……不是吗？再见！他们可能会那么做。是啊，没错，对，再见！再见！……天啊，他这么早就给我打电话想干什么啊？现在美国是几点？"

天啊……他太紧张了，把电话话筒都放错了。他回到了门廊，却没看到伊芙。过了一会儿，他听见屋里传来了伊芙洗澡的声音……

领事满怀愧疚地走上了尼加拉瓜大街，好像他在攀爬房子之间那无穷无尽的台阶，也许他在爬波波卡特佩特火山，不过从山底到山顶似乎永远也爬不到头。这条路是碎石铺就的，一直延伸到远方，就像人生永远充满痛苦。他想：九百比索能买一百瓶威士忌酒、九百瓶龙舌兰酒。可是阿尔戈说过，不应该喝龙舌兰酒，不应该喝威士忌，应该喝梅斯卡尔酒。天气闷热，像火炉一样。领事走了一会儿就汗流浃背了。雅克房前有一条向左的林荫小道，一开始路很窄，仅容一人通过，然后是一个上坡路，沿着这条小路向右走不超过五分钟就能看到一个满是灰尘的角落，里面有家门可罗雀、毫无名气的小酒馆。有匹马拴在酒吧外，一只大白猫在柜台上睡觉，一个满脸胡茬儿的人会告诉你："它都是夜晚工作，白天睡觉。"酒馆大门是敞开的。

那正是他要去的地方（他能看到这条路上有条狗在把守着），他想静静地喝上几杯急需的饮品，只是他还没想好要点什么……然后，他会赶在伊芙洗完之前回家，不过他也可能在路上遇到什么人耽搁了时间……

他一边想一边走，突然看到尼加拉瓜大街就在自己面前。

领事定睛看着这条荒凉的街道。

——休，是你伸出援手，来帮你的老朋友一把吗？真是太感谢你了！也许是你该伸出援手的时候了。这些日子，我始终活在你的援救之中。不是我不愿意帮你，你从阿登来巴黎找我的时候，我就很乐意向你伸出援手。当时你丢了居留证，你总是不愿意带证件旅行，我记得你的证件号码应该是 21312。能够帮助你，我也感到很快乐。有段时间，帮助你会让我暂时忘却自己的烦恼、获得片刻安宁。不过，我的一些同事从那时起就怀疑我是不是自身难保，已经厌倦生活，无心去为别人排忧解难了。我为什么要跟你说这些呢？……因为某种程度上，在你出现在我们的生活中之前，我就已经意识到伊芙和我的婚姻陷入了困境！你在听我说话吗？我说明白了吗？明白地说，我已经原谅了你，可是我不可能完全原谅伊芙。我当然还像兄弟那样爱你，像个男子汉那样尊敬你，我会帮助你，全心全意、无怨无悔。事实上，自从父亲一个人走进了阿尔卑斯山，从此再也没有回来（那时他有可能去的是喜马拉雅山），你就成了我的责任。我看到这些火山就会常常想起他，就像这个峡谷让我想起了印度河峡谷，就像卡斯科古老的树让我想起了斯里加纳，就像和其米尔科部落，你在听吗，休？我第一次来这儿的时候，就想起了那些你可能已经忘记了的沙里玛花园的船屋，还有你的母亲，就是我那死去的继母，所有那些可怕的事情仿佛就发生在昨天，仍然历历在目，这些灾祸突然就降临到我们头上。也许我当你哥哥的时间并不长，可是我却一直把你当成自己的孩子一样照看，我也尽力地扮演好父亲的角色。父母走时，你还是个婴儿呢。我们乘坐着破旧的"卡基纳达"号漂洋过海时，你还晕船呢。但是，我们回到了英格兰，身边就有了太多的守卫，我们在哈罗盖特有太多的主教代理人，要去太多学校和单位，我们还经历了战争，就像你所说的：这些战争还没有取得胜利。我真想待在一个瓶子里，我多希望你的那些想法不会毁掉你！不要像毁掉父亲的那些想法一样，也不要像毁掉我的那些想法一样毁掉你！然而仍然有这种可能性……休，你还在那儿，你会帮助我吧？……我有必要说明，我绝对未曾想过会发生的事情，未曾想过这种事可能会发生在我身上。伊芙已经不再相信我了，可这并不代表我再也不相信她了，我们对于信任的理解可能大不相同。而我始终信任你，这一点自不必说。我更想不到的是：你说我酗酒成性，并以此为借口，为你那不道德的行为辩解！只有到了末日审判，真相才会大白于天下，而那时你犯下的罪过，绝对不会比我的罪过少！然而，我却因此害怕……你在听吗，休？……那一天到来要等很久，但是你一时冲动犯了错，还残忍地想把自己的错误忘得一干二净。你在年轻时犯下的错误,会在你今后的人生中以新的形式出现,以更阴暗的方式向你报复。我为你感到惋惜,因为你是一个单纯良善之人。你的心是善良的,对道德礼教心存敬畏,而这些道德礼教会把你从堕落的边缘拉回来。当你年纪增长、是非观念渐渐成熟之后,你曾经给我造成的伤害也会深深地伤害你,到时我又如何帮助你,如何阻止这样的事情发生呢?一个杀人犯如何使自己相信他犯下的罪孽不会让他心怀愧疚呢?我们过去犯下的罪孽,可能会更快地被我们掩埋,远比我们想象的要快,可是上帝并不会那么耐心地接受我们的悔过,但悔过对我们大有裨益。我想告诉你的是:我在一定程度上把自己的痛苦加注在你身上了。也许我并没有意识到:是我把伊芙推给了你。当时我把她撇下,让你代为照顾,我本以为那样做是无可指摘的,可如今看起来,我当时的做法是那么滑稽可笑!最终导致你铸成大错,也给我的心灵造成了创伤,我真心这样认为。与此同时,老朋友,我的思维还没有完全从半个小时前服下的马钱子碱混合液的作用中恢复过来。在此之前,我还喝下了几杯能治疗我颤抖的酒;在那以前,我和维吉尔医生豪饮了很多杯酒。你一定见过维吉尔医生吧?我还跟老朋友雅克·劳埃尔先生喝了好几杯呢。出于种种原因,我并没有把他介绍给你。记得提醒我一声,再见到他时,记得要回我那本《伊丽莎白时期的戏剧》。我和他喝了两天一夜的酒,一共喝下了七百七十七杯半酒,但是说这些还有什么意义呢?我再说一遍:我的思想一定是被酒毒害了,就像堂吉诃德,看到自己曾经放纵过的城镇,就充满了厌恶之情,唯恐避之不及……对了,我跟你说过维吉尔医生吗?……

"我说,出什么事儿了?"一个英国人洪亮的声音似乎就在他耳边响起,这声音是从车子后方传来的。领事看见一辆低矮的、车身很长的汽车向他靠近,那是一辆马格纳轿车或是类似型号的车。

"没事儿,"领事立刻跳起来,头脑一下子就清醒了,他说话的口气听起来像一位法官,"什么事儿都没有。"

"怎么会没事儿呢?要是没事儿,你刚才就不会躺在路上了,对吧?"他看到了一张英国人的脸。那个英国人正在看着他。那人面色红润,带着友善、愉快的表情,同时又忧心忡忡。他系着一个条纹领结,面庞像庭院里的喷泉,让人很容易就记住了。

领事拍了拍沾在衣服上的尘土,想找找身上有没有伤,只是他并没有找到伤痕,连一个刮痕都没找到。他看到了那张脸,就像是看到了喷泉,心里想:人的灵魂可以在那里沐浴吗?那喷泉能去除身上的污垢,或者解除饥渴吗?

"没事,没什么事儿,非常感谢。"

"该死,你躺在路上很危险,可能会被车撞到或者压到,到时候你就不可能安然无恙了。"英国人的车熄火了,他接着说,"我好像没见过你。"

"……"

"……"

"三位一体,"领事发现,他说话时声音不由自主地流露出一点英国口音,"除非——"

"圣卡尤斯[①]?"

"我是说你的领带是三位一体牌儿的……"领事说话时不失礼貌,却透露出沾沾自喜的意味。

---

① 圣卡尤斯:283 至 296 年的教皇。英语中"圣卡尤斯"和"三位一体"的发音相似。

"是啊,事实上那是我表亲的。"那个英国人低下头,看看自己的领带,红润的脸庞因尴尬更显红润,"我们正前往危地马拉,那是个好玩的国家,只是石油行业有点不景气,是不是?糟糕的行业,你确定骨头没事儿吗?朋友?"

"没伤到骨头。"领事回答,他说话时浑身颤抖。

那个英国人身体前倾,仿佛在摸索着什么。他启动发动机,又问了一句:"你肯定没事吧?我们就住在胜景酒店,明天下午才会离开。我可以带你去那儿休息下,那里的酒吧不错,但是到了夜晚,整条街都非常吵闹。你是不是去参加酒会了?走错路了,是不是?我总是在车上放瓶酒,以备不时之需。不,不是苏格兰威士忌,是爱尔兰威士忌,想喝点吗?不过,我觉得你已经……"

"啊,"领事叹息一声,说了声,"十分感谢!"

"喝吧……喝吧……"

"谢谢!"领事喝完,把酒瓶还给了那个英国人,又道了声:"万分感谢。"

"好吧,那就再见了,"英国人又发动了汽车,"你这乐天派,别在路上躺着了。上帝保佑你不要被车撞到或碾压到。不要在这跑过来跑过去的。这该死的路况!不过这儿的天气不错,是不是?"英国人开着车上了山,还不忘挥挥手道别。

"你要是遇到什么'麻烦事儿'了,"领事在他身后喊着,"就到……等等,这是我的名片,再见!一路顺风!"

领事手里的既不是维吉尔医生的名片,也不是他自己的名片,来自委内瑞拉政府的致意。这是什么?委内瑞拉政府向您诚挚道谢。这东西是从哪儿来的?委内瑞拉政府外交部致以诚挚谢意,加拉加斯。委内瑞拉。加拉加斯①，对呀。

他像吉姆·塔克森那样挺直了身板，天啊，那可怜的家伙现在应该结婚了，领事想着，走下了尼加拉瓜大街。

房子里传来洗澡水的声音。领事方便了一下，然后拦住了康赛塔。之前他在康赛塔拿的托盘上放了一杯马钱子碱混合液。康赛塔端来了早餐盘，领事像一个无辜的杀人犯，又像一个桥牌里没有发牌权的"明手"。他端着餐盘走进了伊芙明亮又整洁的房间。

伊芙的床上搭着一条艳丽的彩色毛毯。她头枕着一只手，似睡非睡。

"来了？"

"来了。"

她读的杂志掉到了地上。领事身体前倾，伸手把橙汁儿和煎蛋递给了伊芙。领事露出无助的表情，冒失地问了一句："在那躺着舒服吗？"

"挺好的，谢谢。"伊芙微笑着接过了托盘。那杂志是她订阅的《业余天文爱好者》，封面是一个最大的天文台穹顶，笼罩在金色的光环下，在黑色背景的映衬下十分显眼，就像古罗马人战马上的铠甲那样熠熠生辉。领事看着那本杂志，露出滑稽的表情，他大声读了起来："玛雅人在观测天文方面成就很高，不过他们并没有怀疑过哥白尼提出的天文系统学说。"他把杂志扔回床上，毫不费力地坐在了椅子上，翘起了腿。指尖平静地触碰着，他的马钱子碱就放在旁边的地板上。他说："他们为什么没有？……我很喜欢玛雅人为古老的年代模糊命名的方式，还有他们采用了假名来命名年份，他们的做法挺了不起的。还有，他们为各个月份起的名字也很特别：多普、由欧、奇普、左慈、

---

① 加拉加斯：委内瑞拉的首都。

泽科、克鲁、雅克新……"

"还有麦克,"伊芙笑了,"是不是有个叫麦克的月份?"

"只有雅克新和泽克,还有尤阿雅布,所有的月份中,我最喜欢这个名字了。不过,这个月只有五天。"

"这五天也让你着迷了,"领事呷了一口马钱子碱,想验证一下它是不是适合调剂爱尔兰威士忌的软饮料,那瓶酒没准儿还放在胜景酒店的地窖里,"我想说的是,知识就是我为自己加注的惩罚措施,我最初的自我惩罚,就是用心去学习战争与和平中的哲学部分,把它们背诵下来,这样我就能像圣雅各的猴子那样,躲避卡巴拉①骗局了。后来我才意识到,这本书我唯一记得的,就是拿破仑长着罗圈腿……"

"你不想吃点东西吗?你一定饿坏了。"伊芙说。

"我都吃完了。"

伊芙开心地吃起了早餐,她问领事:"市场怎么样?"

"汤姆遇到了点儿烦心事儿。他们的一些财产在特拉斯卡拉州和普埃布拉州被扣押了,他还以为自己能把那些财物带走呢。不过,他们没有我的号码,不过,我也不能确定这件事我能不能帮他们,毕竟我现在辞职了。

"这么说,你——"

"顺便说一句,我现在还穿着这身衣服,我得道歉。这衣服全是灰,真是太失礼了。你来了,我至少应该刮刮胡子的。"领事说话时,控制不住自己的英国口音,他觉得很好笑,看来他真的控制不住自

---

① 卡巴拉:基督教产生以前,在犹太教内部发展起来的一整套神秘主义学说。

己的英国腔了。

"如此说来,你真的辞职了?"

"千真万确。我一直想成为一名墨西哥公民,我想生活在印第安人中间,就像诗人威廉·布莱克斯通那样,但那不过是一种谋生手段而已,难道不是吗?赚钱的手段对你来说都很神秘,我猜这就是所谓的'外行看热闹、内行看门道'。"领事一边说,一边无精打采地打量起墙上的那些画。那些画大多是水彩画,是他继母笔下的克什米尔景物:一块灰色的小石头被许多白桦树和一棵高大的杨树环绕,好像拉拉露哈[1]的陵墓。还有一幅是暴风雨中的景色,像极了模糊的苏格兰峡湾;画中的沙里玛[2]看起来更像是剑桥。从信德山谷远观南迦帕尔巴特峰[3],很可能会被当成这里的波波卡特佩特火山呢……他反复说:"从表象上看,正是忧虑、沉思、远见、领主特权过多的产物……"

伊芙放下了早餐盘,从放在床边的包里掏出了一支香烟。领事想帮她点烟,可是伊芙先点着了烟:"人们可能已然这么做了。"

伊芙躺在床上,吸着烟……最后,领事有点儿听不清她说了什么……伊芙的语调是那样镇定,充满了理性,却那样果敢。领事意识到自己头脑中正发生着一件异乎寻常的事情:他仿佛看到在海平面出现了一艘小船,背景是黑色的天际。他们在孤注一掷地、无所顾忌地庆祝着。也许只有他在庆祝,不过这都没关系,他们的狂欢渐

---

[1] 拉拉露哈:爱尔兰诗圣托马斯·摩尔著名东方史诗《拉拉露哈》中的主人公。
[2] 沙里玛:梵文,原意为"爱的神殿",国王沙杰罕为爱妃姬蔓·芭奴所建。
[3] 南迦帕尔巴特峰:位于巴基斯坦境内,主峰海拔8125米,是世界第九高峰。

渐退去。与此同时，那景象近了，更近了！天啊，他的救赎者来了！

"现在我们该怎么办呢？"领事轻柔地问，"总不能一走了之吧？现在，你和我、你和休、我和休之间的事剪不断、理还乱，你不觉得吗？不能一走了之，是不是？"他感觉到，如果那瓶爱尔兰威士忌酒的瓶口没在他不经意间封住，他的救赎也不会面临这么大的威胁。他感觉这种威胁似乎持续不断的。"不是吗？"他重复着。

"我觉得休会理解的……"

"可那不是问题的关键！"

"杰弗里，我觉得这个屋子有点不吉利。"

"哦，天哪……"领事渐渐露出轻松的表情，这种表情有些打趣的味道，不过他想拿出领事应有的理智解决这件事，"事实正是如此。"哥特式教堂的钟声响起，那钟声好像就在他们正前方。幸运的是，他已有所准备。"我记得在纽约帮助过一个家伙。"这些话显然跟他们讨论的问题无关，"事实上，他是个过气的演员，他说：'费尔明先生，这好像不太对劲儿，'他就是这么说的，这是他的原话，'不对劲儿。'他抱怨着。你无法预知会发生什么。在这里，所有的街道看起来都是一样的。第十大街、第十一大街都和费城的大街一样。"领事说着，好像又感到自己的英国口音慢慢消失了，被美国口音所取代。"可是，在纽卡尔索，在特拉华州，就另当别论了。那里有古老的鹅卵石道路。还有查尔斯敦，完全是古老的南方城市的风情。我的上帝呀，但这座城市如此喧嚣、混乱，我真想逃之夭夭。可是，要是我知道你去哪儿就好了。"领事讲述着，言语中带着热情，却略显焦虑，他的声音在颤抖。实际上，他并没有见过那样一个过时的美国演员。他编造的这个故事是汤姆跟他讲的。他切身感受到了那位落魄演员的悲情,身体又剧烈地颤抖起来。

"逃跑有什么用?逃离有什么用?想逃离我们自身的命运是徒劳的。"这是他从这个故事中得到的感悟。

伊芙躺在床上,耐心地听领事讲。她往前探了探身,把烟蒂放在了那个高高的天鹅形灰色锡制烟灰缸里。天鹅的颈部略显松散,不过整体姿态优雅,在伊芙的触碰下恭敬地低下头来。

伊芙说:"好吧,杰弗里,我们先忘了这件事儿吧。等你感觉好点儿了,等你清醒的时候,我们再去想怎么解决这件事。"

"老天啊!"

领事静静地坐在那里,盯着地板,他感觉心灵受到了莫大的羞辱。好像,好像他的状态并不清醒似的。不过,伊芙的话带着些许责备的意味,这一点领事并没有听出来,因为他并不清醒。不,他并不清醒,至少现在他并不清醒。可是,他现在的状态和一分钟前,或者半小时之前有什么关系呢?伊芙凭什么认为他现在不清醒,得过一两天才会清醒过来?这就更糟了,即便他现在不清醒,他的思想就像犹太神秘哲学的教义那样令人费解,但是就像她说的那样,他能独自应付这个阶段,因为这阶段虽然危险,却十分宝贵,因为这种在醉酒中保持清醒的状态很难维持。她凭什么?当领事承受着那种疯人院般的折磨和煎熬时,她凭什么能静静地坐在那儿二十五分钟,却滴酒不沾?她还暗示领事并不清醒。女人根本不会明白醉酒的危险和纷繁复杂。她们无法理解一个醉汉的生命有多么重要。她只凭她认为正确的观点,就能够判断出她来之前都发生了什么吗?他最近都经历了什么,她也不知道,她不知道他在尼加拉瓜大街的经历。他当时沉着冷静,甚至勇敢。还有那爱尔兰威士忌酒。这世界多么混乱啊!可问题是,她现在完全毁了这些,领事觉得他想起了伊芙的那句话:"或许我吃完早餐会喝一杯的。"还有这句话背后的含义。这句话就是在告诉他:等一会儿(这是她的原话,别去管什么救赎不救赎的事儿了),"无论如何你都是对的,我们走吧"!可是如果她认为你到明后天才能清醒过来,你怎么会同意她的观点呢?尽管这不是表面化的东西,也不是谁都能清楚。没有人会知道他什么时候醉了。就像没人知道塔克森一家什么时候喝醉、什么时候清醒一样,上帝保佑他们。不会有人看到他在大街上烂醉如泥的,除非他醉得走不动,非得躺在大街上不可。即便如此,他也会像一个绅士那样,他不会满地打滚的。这世界多么混乱啊!如此轻贱地看待醉酒的人,认为所有的酒鬼都一个样子,如此不尊重事实!这世界充满了嗜血的人。嗜血?我刚才听您说嗜血这个词儿了,费尔明长官。

"我的天哪,伊芙,你应该很了解我的。你应该知道不管我喝多少酒都不会醉的。"他哀伤地说,说完就喝下了一大口马钱子碱,"你认为我喜欢这种令人作呕的东西吗?或者是休让我喝的那些东西?"领事举着空杯子站了起来,然后在房间里踱着步。他并没有意识到他犯了一个致命错误(他并没有意识到他这样做可能毁掉自己的生活),只觉得自己做了件蠢事。此时,他看起来甚为悲伤,似乎他的人生有必要得到挽救,也许他在心里是这么想的,也许他说了出来:

"那样的话,明天我可能只喝啤酒,没有哪种酒能像啤酒那样令我神清气爽,然后我再多喝点马钱子碱,后天我只喝啤酒。我敢说如果我只喝啤酒,没有人会反对的。墨西哥啤酒富含维生素,我会逐渐恢复清醒的。我认为这是一个好契机,我们大家又聚在一起,也许等我的精神状态恢复正常了,我就能戒酒了。谁能说得准呢?"他走到门口突然停住了,接着又说,"那时候,也许我会再找个工作,写完我那本书。"

门仍然没开,现在是虚掩着的。他透过门可以看到门廊里有一瓶威士忌酒,孤零零地放在那儿,比爱尔兰威士忌酒的容量更少、瓶子更空。伊芙并不反对领事喝几口酒,是不是他对伊芙有些不公平了呢?可是他没有理由对那酒瓶不公平。这世界上没有什么事儿比一个空空如也的酒瓶更可怕,除非是一个空空如也的酒杯。但是他可以等待,有时他知道如何放下一件事。他走到伊芙的床边,也许是他心里想的,也许是他说出来的。

"是啊,我看到报纸上的评论了,费尔明先生在亚特兰大的约会产生了轰动效应,这是自多纳利事件后最劲爆的事件,因为他的死亡戛然而止……真是太棒了。那些关于炼金术士的故事足以把塔斯马尼亚的主教折磨得死去活来。不过他们不会这么说的,好极了,对不对?我可能写有关考克斯①和诺亚②的故事,也找到了一个感兴趣的出版商,这家出版社在芝加哥……他们虽然感兴趣,却对书的内容漠不关心。你了解我的,你知道这种书绝不会流行的。如果你想一想,人们的精神在角斗场的阴影下开出繁盛之花!……别提那些诗歌了。有人想躲避酒窖里发出的酒气,那么仅仅躲在仓房里是不够的,他们必须像布拉格的炼金术士那样躲到地窖,终日过着暗无天日的生活。是啊,浮士德与酒为伴,终日生活在那些铅黄、玛瑙、红锆石和珍珠之中。这种生活是短暂的,不可名状,像水晶,我在说什么呀?是夫妻间的鱼水之欢呢,还是炼金术士的万能溶剂?你

---

① 考克斯:墨西哥传说中在大洪水中乘船逃生的人。
② 诺亚:《圣经·旧约》中在大洪水中乘着方舟逃生,并靠着诺亚方舟救下世界上诸多生灵。

能告诉我吗？我该另找一份工作了，首先我得在《环球时报》插播一条广告：本人愿意陪同尸体去东方的任何地方。"

伊芙半坐着读杂志，她把睡衣微微地拉到一侧，刚好露出胸部由白皙转向晒黑部分的皮肤。她把胳膊放在被单上，一只手的手腕上下翻转，无力地搭在床边。领事清晰地看见她的手掌突然翻转过来。这个动作是不由自主发出的，也许是因为她感觉不舒服，可是更像是一种下意识做出的求助动作。不过这个动作有更深的含义：像是过去她那些所有恳求的缩影。看起来奇怪的哑剧体现了他们无法言说的温情，还有妻子对丈夫的忠心和鸳梦重温的期待。领事觉得自己感动得要落泪了，同时他感到了一种突如其来的、奇怪的羞耻感。他觉得自己很下流。因为他不应该在伊芙的房间里逗留！领事向门口走去，朝外面看了看，发现那瓶威士忌酒还在那儿。

不过，他并没有去拿那个酒瓶，而是戴上了他的墨镜。他第一次感到尼加拉瓜大街给他带来了新的创伤。他的脑海中闪现出一幕幕悲剧：一只蝴蝶不知从哪儿飞来，飞向海面，迷失在视野中；拉封丹的鸭子爱上了白母鸡，他们一起逃出了可怕的农场，穿过森林，到达了鸭子们栖息的湖泊，结果追随鸭子的母鸡却溺水而死；1895年11月，下午2:00—2:30，一身囚服、戴着镣铐的奥斯卡·王尔德站在克拉普顿车站站台的中央。

领事回到床边坐了下来。伊芙的胳膊还在被单下面，她把脸扭过去，面对着墙。过了一会儿，领事有些激动，嗓音变得沙哑。

"你还记得，你离开的前一天晚上，我们出去约会吗？我们坐在墨西哥城的餐馆里，像两个形同陌路的人。"

伊芙依然盯着墙说了一句："你并没有赴约。"

"那是因为我在最后一刻,把餐厅的名字给忘了。我只记得那是一家在维阿多罗萨的餐厅,是上次我们去墨西哥城发现的那家餐馆,于是我就找遍了维阿多罗萨的餐厅。我到处找你,可是却怎么也找不到你。于是我就在每家餐厅都喝了一杯酒。"

"可怜的杰弗里。"

"我从每家餐厅往我们住的酒店打电话,从每家餐馆的酒吧往我们住的酒店打电话。上帝知道我打了多少个电话。每次他们都跟我说同样的话——他们告诉我你去找我了,可是他们也不知道你去哪儿了,最后他们都厌烦了,我真不明白当时我们为什么不住在加拿大酒店,而是住在了里吉斯酒店。你记得吗?他们把我跟那个长着胡子的摔跤手弄混了。当天晚上我满大街找你,我一直在做思想斗争。我想我一定会阻止你离开的,可是我首先得找到你呀。"

(要是我能找到你就好了。那天夜里,严寒刺骨,寒风呼啸。水蒸气刚离开下水沟就凝结成了白雾。衣衫褴褛的孩子睡在旧报纸上,被迫早早安睡。我感觉自己才是无家可归的人,天色渐黑、气温骤降,我却没找到你。我好像听到街头传来了一个哀号的声音,呼喊着一个名字:维阿多罗萨、维阿多罗萨。第二天清晨,你离开了加拿大酒店,我并没去送你,而是把你的行李搬下了楼。你走之后,我独自坐在酒店的酒吧里,喝着加了冰块的梅斯卡尔酒,那冰凉的梅斯卡尔酒刺得我胃疼,我还不停地咀嚼着柠檬籽。一个长得像刽子手的家伙突然从街上走了进来,拖着两只尖叫的羊羔进了厨房,随后传来了羊羔的尖叫声。你想,最好忘了你当时都想什么了。后来在哈瓦卡之后,你回到了科纳瓦卡。你经历了回归的烦恼,在普利茅斯车上看到了猎户星,透过重重迷雾看到了星空下的城镇,你回到这里时灵魂就像是脱缰野马……你回到这儿时……)

"家里的猫都死了,"他说,"我回来的时候发现的……佩德罗坚称:它们是染上了伤寒死的。可怜的老俄狄浦斯①显然是在你离开那天死去的,它的尸体被扔下了山谷;我找到了帕索斯②时,它躺在花园里的车前草下奄奄一息,病得比我们当初在下水道里捡到它时还严重,就快死了。没有人能说清它究竟得了什么病。玛利亚说它是伤心而死的……"

"顽皮的小家伙,总能逗人开心。"伊芙回应,她的声音听起来有些迷离,有些冰冷,她说完,脸依然面对着墙。

"记得你唱的那首歌吗?我不会唱。小猫无所事事,大猫无所事事,大家都无所事事。"领事说着,眼中泛起了酸楚的泪光。他迅速摘下墨镜,把脸埋在了伊芙的肩头。

"我没忘,可是休……"她开口道。

"别管休了,"领事并无意谈论此事,他让伊芙把后背靠在枕头上,他感到伊芙的身体有些僵硬,有些冰冷。伊芙按着领事的意思做了,那并非因为她疲惫,而是一种妥协。那种分享解决问题之道的美,如同雨过天晴后瞬间吹响的胜利号角。

然而,他此刻也能感到:他妻子的感官中正在准备着念旧的词汇,他财产的影像渐渐消退,比如他镶着珠宝的废弃大门、一位新受职的修士在构想自己圣体第一千次通过天堂之门的情形,还有那家小酒馆清晨在祥和宁静中开张的样子。这些影像取代了那些模糊的财产的形象。现在是上午九点,这家小酒吧不过是众多营业的酒吧之一,奇怪的是,此刻领事仿佛就在那家酒吧里,一会儿就要说些凄惨而

---

① 俄狄浦斯:领事家雄性猫的名字,原为希腊悲剧中的人物。
② 帕索斯:领事家雌性猫的名字,原意为"令人同情的"。

愤怒的话来。他愤怒地向身后瞪着眼,不过这些影像消退了。他还在原地,浑身冒汗、环顾四周,可演出的序幕并没有停止。简单的介绍后,那无法界定类别的曲目奏响了。领事害怕从窗户看到车道上出现的休的身影,他想,休终会从车道尽头走向他们。他甚至能听到休踩在碎石路面上的脚步声。车道上还没有人,可是他现在想走了,他迫切地想离开这儿。他意识到小酒馆的宁静被高峰营业时间打破了:政治流亡者坐在角落里默默地喝着橙汁;会计进来了,一脸不悦地查账;一个彪形大汉用一只铁钩把一坨冰勾进了酒吧;一个酒吧侍者在切柠檬片,其他的服务生睡眼惺忪地整理着啤酒瓶。现在他想走了,他想离开这儿,他意识到酒吧里挤满了人。其他时候,酒吧不会有这么多客人的。人们在酒馆里打嗝、喧闹、起哄,上演一出出闹剧。他意识到酒馆里还残存着昨天狂欢的残局,酒吧里一片狼藉:丢弃的火柴盒、柠檬籽儿扔了一地,没发酵的玉米饼和污渍、痰渍混杂在一起。镜子里的时钟显示的时间是九点多。卖《新闻报》和《世界报》的小摊已经出摊了,这时街角出现了满身尘土的帮工。他穿着黑鞋,手里拿着鞋凳。现在他真想走了。只有他能理解阳光洒在酒吧里那种景象有多么美,阳光或洒在水田芥和柑橘树上,或以一道金色光束的形式投射进来,仿佛在孕育一个神明,或像一支锋利的矛直插入一块晶莹剔透的冰块中。

"对不起,担心害怕也无济于事,"领事说着,关上了身后的房门。一小撮灰掉到了他的头上。堂吉诃德的画像从墙上掉落下来,他捡起了那幅可悲的稻草人骑士的画像。

接着,他看到了一瓶威士忌酒,就抓起酒瓶,猛地喝了一口。

不过,他仍然没忘了他的酒杯。他胡乱往里面倒起了马钱子碱。

也许是他弄错了,他本想往杯里倒威士忌的。"我听说马钱子碱是一种催情剂,喝下去没准儿会立竿见影。不过现在也不迟啊。"领事猛地坐下,绿色的摇椅被他压得"嘎吱"响。

领事伸手去够左手边托盘里的酒杯。他把酒杯握在手里,掂量着那酒杯的分量,这时他又开始颤抖起来,这次他颤抖得很厉害,就像帕金森症患者或是中风发作的病人一样,根本没法把杯子送到嘴唇边上。他把酒杯放在矮墙上,过了一会儿,他整个身体都开始抖动起来。他故意站起身,然后往另一只刚才康赛塔没拿走的空平角杯里倒了四分之一品脱的威士忌。1820年出产,岁月窖藏;1896年生产,滋味平平。"我爱你。"他小声说,双手握紧酒瓶,然后把酒瓶放到了托盘上。他拿着那个空酒杯,往里面倒满威士忌酒,然后拿着酒杯回到座位上坐了下来,开始思考。他并没喝杯中酒,而是把杯子放到了矮墙上,挨着刚才那个装马钱子碱的酒杯。他身后的屋子里传来了伊芙的哭声。

"……你忘记伊芙写给杰弗里·费尔明的那些信了吗?她写那些信时伤透了心。你为什么坐在那儿浑身发抖,为什么不去安慰她呢?结局并不像你想象得那样糟糕,也许你会一笑了之,你觉得她为什么会哭呢?也许伤害她的并不只有你一个人。可是,她写给你的那些信,你不仅没有回复,连读都没读。那些信在哪儿呢,杰弗里·费尔明?你把它们弄丢了,还是藏起来了,藏在了连你自己都找不到的地方?"

领事伸手去拿那个酒杯,然后心不在焉地呷了一口威士忌酒。这时,他听到了一个声音,那声音听起来似乎很熟悉,或者——

"你好啊,早安。"

领事在看到那东西的一瞬间，就知道他是个幻影：它突然安静下来，那个像死人形状的东西仰面躺在泳池里，脸上还盖着一个大宽边帽。领事等待着那个东西消失，另一个幻影随之而来，又消失了。他想，不，它并没有完全消失，那儿还有东西。从某种程度上，它和前面出现的那些幻象相关联，也许是在他的胳膊肘旁边，或者是在他的身后，现在它又出现了在他面前。不管那幻象是什么，现在也消失了。也许，只是那个在灌木丛中鸣叫的铜尾咬雀，那名字含混的鸟。现在它飞快地离开这里，飞回它在狼谷的孤寂栖息地，从人们的脑海中消逝。

"见鬼！我感觉好极了！"他喝完了威士忌酒，突然想道。他伸手去够威士忌酒瓶，可是没够到，站起身，又给自己倒了一指高的酒。"我的手比刚才稳多了。"他喝完了酒，拿着酒杯和尊尼获加酒瓶，他没想到酒瓶里还有那么多酒，走过门廊、来到门廊尽头的酒柜前，把杯子和酒瓶放了进去。酒柜里还有两个旧的金色高尔夫球。"咱们一起玩儿吧，我还能三竿打完第八洞呢……只是我不像从前那么有劲儿了……"随后，他又说，"我在说什么呢？我又胡说八道了。"

"我该清醒点儿了。"他说着，就回到摇椅那儿，倒了更多马钱子碱，然后把装马钱子碱的瓶子拿出了托盘，放到矮墙上一个更加显眼的位置，"毕竟我在外面闲逛了一夜，还能期待什么呢？"

"我太过清醒，已经失去了熟悉的那种微醺感，失去了酒醉时的守护天使。不过，我想保持这种清醒的状态，"说着，他坐在了马钱子碱酒瓶和酒杯的对面，"从某种意义上来说，发生的事正是我忠贞、忠诚的象征，要是换成别的男人，过去一年就不会过得像我这样痛苦。不过，我没染上什么疾病，"他在心里呼喊，不过，他的呼喊声在质疑中结束，"也许，我喝些威士忌酒是件幸运的事儿，因为酒也是一种催情剂。人们不该忘记，酒也是一种食物。男人不吃饱，怎么能履行作为丈夫的义务呢？婚姻义务？不管怎么说，我的情况正在好转，虽然速度很慢，可的确在好转。我并没有像过去那样，感到难受时急忙冲进酒吧买醉。上一次，我和休因为雅各的事儿吵得很凶，我气得打碎了灯泡，那一次我就一直待在这儿。那时候，我的车还没丢，开车出去很容易，但现在我只能待在这儿，无法逃出去。不，我还是留下吧，我想看看我们重逢时如地狱般的情景，我想看看到时会发生什么事。"想到这儿，领事呷了一口马钱子碱，然后把酒杯放到了地上。

"人的意志是不可战胜的，就连上帝都无法战胜。"

他躺在椅子上，瞭望远处。伊科斯塔西夸特火山和波波卡特佩特火山犹如一对神仙眷侣，清晰地相伴出现在地平线，沐浴着清晨的阳光。他抬头看看天空，白云流动，追逐着惨白的凸月。它们告诉他，饮酒行乐才是快意人生，人生得意须尽欢。

他还在高空中看到了秃鹫，它们在盘旋、在等候。它们飞翔时姿态比鹰更优雅，像燃烧的纸张。它们的身体突然间摆动起来，直冲云霄。

领事感到身心疲惫……很快就睡着了。

4

休手里拿着一份电报，内容是昨天发给伦敦《环球时报》的一则报道稿：

> 墨西哥媒体掀起了一场声势浩大的反犹太人运动：墨西哥工会证实了"犹太小纺织厂厂主被赶出墨西哥城"的报道的真实性。今日有可靠消息称：德国驻墨西哥城的领事馆大力支持此项运动，他们向墨西哥内政部发放反犹太人宣传资料，并证实宣传资料由当地的报社负责印刷。资料中宣称："犹太人在他们生活的任何国家里都不会起好作用，因为他们坚信：为达到他们的目标可以不择手段。"作者费尔明。

休再次读了这段文字，这是他最后一次接到任务后写的报道副本（这篇报道是独立日那天上午，他从位于墨西哥城圣胡安的墨西哥电信公司主营业厅发出的）。休·费尔明踱着步，气定神闲地向哥哥的房子走去。他把哥哥的夹克衫搭在肩上，一只胳膊挎着旅行包，旅行包的双肩带几乎勒到了他的胳膊肘。他把手枪装在有格子花纹的枪套里，枪套系在了腰间，走起路来腰间的枪袋拍打着他的腿。

他暗暗提醒自己：走路时得留心点儿。想到这儿，他突然在深坑边停了一下，似乎他的心脏停止了跳动，整个世界都停止了运动，眼前浮现出一个个场景：还没跨过栅栏的马匹、司机、断头台、被绞死的人慢慢倒下，杀人者的子弹，炮火停在了西班牙或中国的上空，转轮、活塞，一切蓄势待发……

伊芙，或者是她过去的幻影在花园里忙碌着。休和伊芙之间还隔着一段距离，他觉得伊芙的整个身体都沐浴在阳光下。伊芙站直了身子……她穿着黄色的便裤，正眯着眼看他呢，她的一只手放在眼前遮挡阳光。

休越过大坑跳到草地上，然后放下肩上的背包以减轻负担。他看到伊芙颇感震惊，也觉得疑惑不解。他放下的包轻轻倒在了褪色生锈的椅子上，他从包里掉出了一把秃头牙刷、一个生锈的剃须刀、他哥哥的衬衫，还有一本二手的杰克·伦敦的小说《月亮之谷》，书是他昨天在墨西哥城一家德文书店里花十五美分买的。他看到伊芙在向他挥手。

他继续向前走（他们在埃布罗河时以退为进），他向哥哥借的那件夹克衫仍然搭在他的肩头。他一只手拿着宽边帽，另一只手拿着那份折起来的电报。

"你好，休，天哪，刚才我还以为看见西部片明星了呢。杰弗里告诉我你在这儿，很高兴再次见到你。"

伊芙掸了掸手上的灰尘，伸出手跟休握手，可是休并没有跟她握手，连她的手都没碰一下。伊芙假装漫不经心地放下了手，她这才意识到休内心所承受的痛苦，也隐约感到了他的疑惑。

"真巧啊，你什么时候到的？"

"刚到不久。"伊芙从盆栽花里摘掉了一些看上去像百叶菊的枯萎花朵。盆中的花是红白相间的,花朵散发着阵阵芬芳,花盆儿放在矮墙上。休把报纸递给她,她接过报纸放在了下一个花盆旁,问休:"我听说你去了得克萨斯,你是不是成迷幻牛仔①了?"

休把宽边帽放到脑后,笑了起来:"他们在边境扣押了我的衣服,我本想进城买点儿新衣服的,却始终没找到机会——你看上去气色不错呀!"

"你也是!"

休的衬衫没系扣,一直开到了腰间,露出了两条腰带。他的皮肤被烈日晒成了黑棕色。休系好了衬衫扣,轻轻地拍了拍腰带下的子弹袋,子弹袋正好和那手枪袋子呈斜对角。休又轻轻地拍了拍皮带,看来他对自己的这套装扮很满意。他摸了摸衬衣口袋,从里面掏出了一只松散的烟卷,想要点上。这时伊芙问他:

"这是什么?是加西亚来的新消息吗?②"

"是墨西哥工会发的,"休回头看了看那份他拿来的电报,"墨西哥工会发来一份请愿书,他们不允许这个国家出现亲德的混乱场面。我也是这么认为的,他们有权反对。"休看着花园,问了一句:"杰弗里去哪儿了?"可他心里在想:为什么她会出现在这儿?她的穿着未免也太随便了。他们不是分居或者离婚了吗?现在她跑来找杰弗里,

---

① 《迷幻牛仔》:电影名,讲述沉溺于毒品的青年因目睹同伴吸毒过量而死决定戒毒、痛改前非,过正常人的生活的故事。

② 《致加西亚的信》:阿尔伯特·哈伯德的作品,讲述了19世纪美西战争中,美方有一封具有重要战略意义的书信,亟须被送到古巴盟军将领加西亚手中,可是加西亚正在丛林作战,没人知道他在什么地方。一名年轻中尉安德鲁·罗文接下了这个任务,他历尽艰险,徒步三周,以绝对的忠诚和责任感完成了这件几乎不可能完成的任务,把信交到了加西亚手里。

到底是什么意思呢?伊芙把电报还给休,休顺手把电报塞进了夹克口袋。他翻过矮墙,现在两人都站在了阴影中。

休回答伊芙刚才的提问:"那是我发往《世界报》的最后一份报道。"

"这么说,杰弗里……"休没问下去,伊芙定睛看了休一会儿,然后从后边拽了拽夹克。她知道夹克是杰弗里的,休穿这件衣服袖子显得太短了。她的眼神里充满了哀怨,却试图保持着镇定,继续修剪花朵。她想表现出一副漠不关心的样子,可是神情中略带几分顽皮,问了一句:

"我听说你坐牛车旅行,那是怎么回事儿?"

"我是装成牛仔才混进墨西哥的,如果边境的人把我当成了得克萨斯人,我就不用交人头税了,否则情况会比那更糟。"休接着说:"英国人在那里并不受欢迎。在卡德纳斯①因为石油的事和英国发生冲突后,英国人就不受墨西哥欢迎了。不过从道义上说,我们和墨西哥是敌对国。这件事你可能并不知情……我们家那个讨厌的君主去哪儿了?"

"杰弗里还在睡觉,"伊芙言语间并没有透露出杰弗里喝醉的事情,她巧妙地换了个话题,"可是你在报道里并没写这些事情?"

"没错,因为情况比较复杂,而且我已经递交了辞呈,但是他并没有回复我——让我来吧,我帮你吧。"

休刚才并没注意到伊芙试图把一支挡在石阶前的叶子花藤蔓挪开。

---

① 拉萨罗·卡德纳斯(1895—1970):墨西哥总少将,领导了20世纪30年代的墨西哥改革。该改革基本上摧毁了封建大庄园制,使民族资本家掌握了全国主要经济命脉,为墨西哥资产阶级民主制度的确立奠定了基础。

"我想你听说了我们在瓜华那华克镇?"

"我发现这次来墨西哥是一举多得……当然了,刚来的时候没见到你,我还挺吃惊的。"

"这个花园是不是一团糟?"伊芙突然问。

"我觉得挺漂亮的,毕竟杰弗里很长时间都没有请园丁来打理了。"休挪开了那个藤蔓,接着说,"嗯,他们输掉了埃布罗河战役[①],因为我——小心台阶。"伊芙被绊了一下,做了个鬼脸。她走下台阶,然后停住脚步,检查起一棵开了花、看上去好像有毒的夹竹桃。

"你的朋友是真正的牛仔,还是假扮的?"

"依我看,他是个走私犯。看来杰弗里告诉你韦伯的事儿了。"休说着,咯咯地笑了起来,"我觉得他在走私军火。我们在半道上吵了一架,结果发现他已经安排坐牛车去齐瓦瓦州了,那主意听起来不错。他要从那里乘飞机去墨西哥城。事实上,我们确实乘了飞机,从一个名字奇怪的地方出发,那地方好像叫崔斯华科奇克?我们一路上都吵个不停,你知道吗?他是亲法西斯派的美国人,曾在什么外籍军团做过事儿?天晓得。不过,他真正想去的地方是帕里安,所以我们就在这儿住下了。真是一次漫长的旅程!"

"你们俩倒是挺像的。"

伊芙站在台阶下,冲他笑了笑。她把手插在外套的兜里,两腿岔开站着,就像个男孩一样。她穿着带有花鸟和金字塔图案的刺绣衬衫,衬衫下的胸脯在上下起伏。那件衬衫一定是她为了讨好杰弗里买的。想到这里,休心中便感到一阵刺痛,他连忙转移了视线。

---

① 埃布罗河战役:西班牙民族革命战争中的一次战役。1936 年 7 月,西班牙发生内战,同年 9 月,国际纵队加入西班牙战争。

"我真该亲手杀了那个王八蛋,不过,那个家伙还挺体面的……"

"有时候,你从这儿就能看到帕里安。"

休掏出一支香烟,问了句:"杰弗里怎么还在睡觉?英国人不是不知道疲倦的吗?"他跟着伊芙走下了小路,接着说,"这是我最后一根机器卷的烟了,给你吧。"

"杰弗里昨晚参加了红十字会举办的舞会,他累坏了,真可怜。"他们边吸烟,边并肩向前走。伊芙走几步就会停下来除除草。她突然停住脚步,盯着一个花床,那花床被绿色的藤蔓遮盖得严严实实的。"天啊,过去这个花园那么美,就像人间仙境一样。"

"要是你觉得不太累,我们就出去走走吧。"休听到了一阵响亮的鼾声,感觉心烦意乱。那是沉睡的英格兰发出的压抑声音。

伊芙急匆匆地环顾四周,好像害怕杰弗里随时都会走出屋子似的。她迟疑了一会儿,然后愉快地说:"我一点儿都不累,我们走走吧……"她的声音让人觉得很温暖。说完她就走到了休前面,抢先一步走上了小路,催促着:"我们还等什么呢?"

在此期间,休一直暗中观察伊芙:伊芙露出棕色的脖颈和手臂,还有黄色的便裤、她衣服上那些生机勃勃的花朵图案、她耳边缠绕的棕色头发、她那黄色的凉鞋,她优雅而又敏捷的动作像在跳舞或在空中飘浮,而不像走路。两人并肩向前走,一只鸟从他们身边掠过,像一只射出的箭一样,降落在地面上。

那只鸟摇摇摆摆地走在他们那坑洼不平的车道上,穿过了没有大门的入口。那里有一只红白相间的火鸡,那只强盗正试图全速逃离犯罪现场,进入满是尘土的街道。他们看到那两只鸟,不约而同大笑起来。如果环境不同、时间不同,他们也许会谈论些轻松的话题：例如，我们的自行车怎么样了？你还记得巴黎的那家咖啡馆吗？他们把咖啡桌摆在树下。不过这些轻松的话题，他们始终都没说出口。

他们向左转，走出了小镇。他们面前的下坡路很陡，路的尽头是紫色的连绵山丘。休心想：为什么我受到了她的伤害，却一点儿也不怨恨她呢？他此时才能体会到其他人或其他事物的痛苦，比如尼加拉瓜大街上那些昔日的华府豪宅如今已经沦为残垣断壁，那些高墙如今变成了乱石堆。伊芙的自行车在这儿可能派不上用场。

"休，你去得克萨斯州到底要干什么呢？"

"去追踪流动的农民工，我在俄克拉荷马州的时候就跟踪过他们。我想《世界报》应该对那些农民工感兴趣吧？后来我去了得克萨斯的一个农场，我就是在那里听说了来自这些贫困地区的家伙，我跟他们吃饭、交谈，我听说他们被禁止跨过边境。"

"你真是个好管闲事的人。"

"我在旧金山上岸就为了能及时赶往慕尼黑。"休凝视左面，远处阿尔普尔科监狱格子窗眺望塔映入眼帘。窗户里露出的小小身影正拿着双目望远镜东张西望。

"他们肯定是在玩儿呢。这儿的警察喜欢把自己弄得神秘一些，就像你一样。在那以前你在哪儿？当时我们肯定都在旧金山，不过没遇到罢了。"

一只蜥蜴消失在沿路基生长的叶子花中，叶子花长得过于繁盛，另一只蜥蜴跟在后面。路基下方有一个半支撑着的洞，也许是过去矿井的另一个出口。他们右侧的地势陡然降低，形成了陡坡，四面坡度很大。休看到远处小山丘围成的谷地里有一个旧时的角斗场，他好像又听到了韦伯的声音，他在大喊："瓜华那华克镇！在革命期间，那儿的人把女子钉在柱子上，让斗牛顶死她们。世界之大，无奇不有！她们的鲜血顺着水沟四下流淌……那些野蛮人还在市场上杀狗，烤狗肉吃……他们先开枪，再问问题，你说得太对了！……"但是，瓜华那华克镇并未发生过革命。他们眼前那些紫色的群山、原野、瞭望塔和斗牛场都透着祥和、宁静的氛围，那是真正的天堂。"中国。"他说道。

伊芙转过身，微笑着，她的眼中写满了疑惑："跟我讲讲战争吧。"

"你问到点子上了。我从一辆救护车里掉下来了，车里装了三打啤酒瓶，六个记者压在我身上。我当时就下定决心，可能去趟加利福尼亚有益于身心健康。"休不安地盯着一只公山羊，那只羊一直跟在他们身后，跟着他们走过了公路和铁丝网之间的草地，现在它就一动不动地站在那儿，用一种长辈的轻蔑眼神看着他们："不，他们是最低级的动物，除了……当心！哦，上帝啊，我就知道！"那山羊跳了起来、冲向他们，发起进攻。它没撞到目标，就转到了左边连着石桥的小路、消失在了山里。休惊魂未定，却感受到伊芙身体的温度，因此心神荡漾，他说："即使没有战争，也能想象出战争会给人们造成怎样的伤害。"经历了刚才的险情，他现在惊魂未定，但因为和伊芙共同经历了那次历险、二人互相依靠又使休感到了一丝愉悦。"我指的是记者，不是山羊。世界上不存在给羊的处罚，只有梅尔鲍治……这儿就是梅尔鲍治[①]。"

---

① 梅尔鲍治：但丁代表作《神曲》中描写的第七层地狱的名字。

休所说的梅尔鲍治是一条深谷，它环绕着整个墨西哥，在这里变得狭窄……这山涧的险峻让二人暂时忘却了刚才山羊带给他们的惊险。他们站在小石桥上，小石桥架在山涧上，桥下的树冠都长到了冲沟里。树的枝叶繁茂，恰好可以挡住一部分可怕的坠石。他们听到山涧里传来了潺潺的流水声。

"如果阿尔卡潘辛格在那边，这里就应该是贝尔纳·迪亚兹[1]和他的特拉斯卡拉人击败克纳瓦卡人的地方了。用这个名字给舞蹈团命名再合适不过，迪亚兹和他的特拉斯卡拉。对了，你在夏威夷大学上学的时候，没顺便看看普雷斯科特[2]吗？"

"嗯哼，"伊芙轻描淡写地说。她的回答可能是肯定回答，也可能是对毫无意义的问题给出的敷衍回答。她向峡谷谷底望了望，吓得浑身颤抖。

"这下我明白了，就连老迪亚兹从这儿往下看，都会头晕目眩。"

"这点我绝不怀疑。"

"你看不到的，这里遍布着那些没用的新闻人士。他们仍在四处打探消息，还在自欺欺人地宽慰自己，说他们这么做是为了国家的利益着想，但是我忘了，你说你不读报纸，是不是？新闻工作者就是出卖言论和文字的卖淫男知识分子！这一点我和施本格勒[3]的看法一致。"他听到一个声音，突然抬起头。那熟悉的声音让人感到不舒

---

[1] 贝尔纳·迪亚兹（1492—1581）：参加征服墨西哥战争的西班牙军人。
[2] 威廉·普雷斯科特（1796—1859）：美国历史学家，著有《墨西哥征服史》等。
[3] 施本格勒(1880—1936)：德国唯心主义哲学家，史学家，代表作《西方的没落》。

服,像是远处传来的同时拍打一千条地毯的声音,那声音似乎是从火山的方向传来的。火山几乎很难从地平线看到,随之而来的,是拉长的"当啷……当啷"的回声。

"是打靶声吧?"伊芙猜测,"看来他们又开始操练了。"

烟雾像飘落的降落伞,从山中飘来。他们静静地看了一会儿,休叹了一口气,又开始卷起了烟。

"我有个英国朋友在西班牙参战,我想如果他死了,也是在那儿战死的。"休舔了舔烟纸折叠的地方,把烟封好,点火,烟很快就点着了,"事实上,已经有两次关于他阵亡的报道,但是上两次他都出现了。1936年他还在西班牙,当时他们正等待进攻弗朗哥。他在大学城的图书馆里,和机枪睡在一起,读德·坤西[①]的作品。他以前从没读过德·坤西的作品,不过,他和机枪睡在一起这件事可能有点儿夸张,我觉得他们不会有机枪的。他是一名共产党员,也许是我遇到过的最好的人,他很擅长品鉴安茹的葡萄酒,以前他在伦敦时还养了一条叫哈勃的狗,你不会想到一个共产党员会养一只叫哈勃的狗吧?"

休一只脚踩在矮墙上,低头看着手里的香烟。香烟好像低下了头,就像人性那样,很快就耗尽了。

"你会吗?"

"我的另一位朋友去了中国,但是我不知道他去那干什么,也不知道他会有什么样的境遇。后来他去西班牙当了一名志愿者,可是他还没有参加任何活动就被流弹打死了。我这两位朋友在家乡的生

[①] 托马斯·德·昆西:英国著名散文家、学者、英语文体大师,著有《一个英国瘾君子的自白》。

活都还算优渥,他们没抢过银行。"说完,他就陷入了沉默,表情很痛苦。

"当然,战争爆发前一年,我们就离开了西班牙,但杰弗里曾经说过,为了效忠共和派而送死的说法未免太过感情用事。事实上,他甚至说过:他觉得法西斯赢了也许更好,那样战争就能快些结束,人们也能早日从战争中解脱出来。"

"不过,现在他的立场变了,他说如果法西斯赢了,西班牙的文化会陷入一种停滞状态——顺便问一句,上面那是月亮吗?——陷入停滞状态。只有未来某个时候人们重新发现它,它才能重新焕发生机。就像人们自愿'陷入一段不活跃的状态',你可以这样形容那段历史。那是实情,你知道吗?当时我也在西班牙。"

"不知道!"伊芙吃惊地回答。

"我确实在那儿,我从一辆救护车里掉了下来,车里装了两打啤酒瓶,我身上压着五个记者,我们都去巴黎。这事儿就发生在我上次见到你不长时间以后。马德里的政局风云变幻,战争一触即发,所以《世界报》派我去跟踪报道这件事,我就风风火火地去了。不过,过了一段时间,他们又把我调回去了,所以我去布里韦加(Brihuega)之前没去过中国。"

伊芙惊诧地看了他一眼,接着问:

"你不会想现在去西班牙吧?"

休摇了摇头、笑了笑,他小心翼翼地把烟蒂扔进了山涧。"我为什么要去那儿呢?为了加入皮条客或专家组成的高贵军队?这些人已经回国,竭尽所能诋毁共产主义阵营了。不,我不去了,谢谢你的建议。我已经厌倦报社工作,我并不是摆摆姿态。"休把大拇指放在腰带上,接着说,"这么说,既然他们在五周以前就把国际纵队①赶出了西班牙,确切地说是在9月28日张伯伦②去格斯堡的两天之前,他完美地阻挠了埃布罗攻势……最后一伙志愿者在佩皮尼昂的监狱中悲惨地死去!到了这个时候,我怎么可能去参与他们的行动呢?"

"那我怎么听杰弗里说你要'行动起来'呢?……你来这儿还有什么其他目的吗?"

"其实,我来这儿的理由挺无聊的,"休回答,"实际上,我打算回归海上生活了。如果一切顺利的话,我会在一周后从韦拉克鲁斯起航,我要当一名舵手。我当军需官的时候弄到了一张船票,你知道吧?我本可以在加尔维斯顿(Galveston)弄到条船,不过船不像以前那么容易弄到了。其实从韦拉克鲁斯出发更有意思,先去哈瓦那,也许是从拿骚,然后去西印度群岛或者圣保罗,我常常想应该去特立尼达(Trinidad)看看,以后从特立尼达出来一定会非常有意思。杰弗里帮我引荐了几个人,不过仅此而已,我不想让他为这件事费心。我只是厌倦了自己的生活,我想用行动劝说世人,不要像我一样庸庸碌碌地为了出人头地忙碌太久,慢慢地你就会明白,你的行为不过是这个苍茫世界的计划的很小一部分。我来问你,我们又怎么会参透上帝对我们的安排呢?"

休在想:他要驾驶排水量约6 000吨的"诺米朱迪阿"号,1938年11月13日或是14日,从韦拉克鲁斯港出发,满载锑和咖啡,驶

---

① 国际纵队:1936—1939年西班牙内战期间,支持共和政府的国际志愿者所组成的志愿军。后泛指为反对侵略,不同国籍的人志愿组成的军队。
② 张伯伦(1869—1940):英国政治家,时任英国首相。他因在第二次世界大战中积极主张绥靖政策而闻名。

向英属西非的弗里敦，并由此驶向更远的地方。奇怪的是，它经过了尤卡坦半岛的祖考克斯港向东北方向行驶，穿越名为向风群岛的曲折水域进入大西洋。在漂泊多日之后，它最终见到马德拉群岛的山地，由此避开利奥泰港驶向目的地：东南方向 1 800 英里以外的塞拉利昂。它会幸运地经过直布罗陀海峡，再由此顺利驶过佛朗哥，它会进入地中海，首先到达加塔角，然后是帕洛斯角、纳奥角，在船尾可见松树岛，船摇摇摆摆地驶过巴伦西亚湾，再向北行驶经过圣卡尔洛斯·德·拉腊皮塔港和埃布罗河口，届时船员们会在船尾看到怪石嶙峋的加拉夫海滩。最终，船会在巴塞罗那以南20英里的巴拉加西亚卸下货物，为四面楚歌的共和政府武装分子送去炸药，也可能在途中被炸成碎片……

伊芙一直看着山涧，她的头发垂了下来，挡住了脸。"我知道杰弗里有时候说的话显得有些愚昧，"她说，"但是有一点我认同他，就是那些有关国际纵队的浪漫说法。"

此时，休还在头脑中继续构想他的海上旅程："土豆"费尔明迎着蓝色的波涛，躺在船前甲板上，浪花通过甲板的排水孔灌到了船上，溅到了正在摇货机的水手的眼睛里。前炮塔上，守船人回应他刚刚敲响的钟声，船员们都收起工具。他紧张起来，他意识到值班军官的衣服在冬天已经从白色换成了蓝色，此时的大海无比寂静……

伊芙不耐烦地甩了甩头发，站起身，说道："如果他们能置身事外，战争早就结束了。"

休心不在焉地说："不过再也不会有什么'国际纵队'了。"他现在终于不再想着他的海上之旅，他驾驶的已经不是一艘船，而是引领整个世界走出大西洋的重重迷雾，"如果荣耀之路是通向地狱的，就像我曾经踏上的那次富有诗意的远行,那么西班牙就会成为英格兰的地狱。"

"胡言乱语!"

休大笑起来,虽然他的笑声不大,也许没有什么值得他发笑的东西。他迅速地跳上了矮墙,挺直了身子。

"休!快下来!"

"天哪,快看,是马!"休说。他张望着,尽可能地伸展身体,达到身高的最大限度:六英尺两英寸。

"在哪儿呢?"

他指了指,"在那儿!"

"当然了,"伊芙慢慢说,"我都忘了,它们是丛林赌场酒店的。酒店把马放出来吃草,我们爬上山就有条路通到那家酒店……"

……在他们左侧那平缓的山坡上,皮毛光滑的小马驹正在草地上打着滚儿,他们从尼加拉瓜大街进入了一条林荫小道,小道直通向围场的一边。马厩看上去是奶牛场的一部分,奶牛场位于平缓的地面,就在马厩后身。街道两边的草很高,种植着源自英国的树木,街道上留下了一道道车辙印。远处有几头更大的牛,然而,它们像得克萨斯长角牛那样,体型看起来更像雄鹿(伊芙打趣地说休这回又有牛可放了),躺在树下。一排奶罐放在牛圈外的地方,被阳光晒得闪闪发光。空气中弥漫着奶香味儿、香草味儿和野花的花香,这里真是个安静的地方。阳光照耀着这片大地。

"这个农场真好啊,"伊芙说,"我真希望自己能有些管理农场的经验,我真想拥有这样一个农场。"

"……也许你愿意雇佣那边几只非洲大羚羊帮你管理。"

他们以每小时两比索的价格租下了两匹马。马厩里的男孩迅速帮伊芙调整好厚重的马靴,他辗转腾挪,身手敏捷,说了一句:"就是那样!"他那友善的黑眼睛还不住地打量休的那双皮靴。不知什么原因,休看到这个马童就想起了墨西哥城。如果你清晨站在革命大街的某处,突然看到阳光下每个人都在一边跑一边笑,在经过巴斯德雕像时……"不是那样!"伊芙检查了一下自己的马裤,轻松地翻身上马,她问休,"我们以前没一起骑过马吧?"只见她在马上身体前倾,轻轻地拍了两下马的脖子,马儿便向前走了。两人骑着马在小路上慢慢走,同行的有两匹小马驹,紧紧地跟随着它们的母亲,还有农场一条忠诚的白色短毛狗。过了一会儿,他们来到一条岔路,这个岔路跟主道连接,就像阿尔卡潘奇戈那弯弯曲曲的乡间小路。从这儿看,瞭望塔离他们更近,也显得更高大,矗立在树林上方。路过瞭望塔后,他们马上认出了监狱的高墙。在左侧,他们看到了杰弗里的房子。他们现在所处的地方地势很高,所以是俯视的视角。那些树林前的平房显得更加矮小。花园长长的陡坡和处于不同高度的多个平行花园都一览无余。每个住宅楼都配有蓝色的椭圆游泳池,这些游泳池也都朝着山谷方向陡然下降。科尔蒂斯宫就矗立在尼加拉瓜大街地势最高的废弃土地上。有个白点出现了,那是杰弗里吗?为了避免走到公共花园的入口,他们必须在正对房子的地方骑马,于是他们骑着马跑到了另一条小道上,那条小道拐进右侧。休看到伊芙骑马的样子像个牛仔,觉得很高兴。她紧紧贴着马鞍,而不是以乔·塞里罗形容的那种"逛花园"式的、闲庭信步忸怩作态的方式骑马。他们走过监狱,休想象那两个用双目望远镜四处张望的狱警一定把目光聚焦到了伊芙身上,其中一个说:"看啊,美人儿!"而另一个狱警看到伊芙自然也是喜上眉梢,还哑巴哑巴嘴,赞同地说:"没错,简直是绝色美女。"和他们同行的马驹并不知道,人们走的路是有终点的,并不像它们,可以随时随地在田野里打滚,总是偏离轨迹去路两边吃草。母马冲着小马驹嘶鸣,声音中充满急切之情。马驹听到母亲的呼唤便乖乖地跑回来。不过一来二去,母马厌倦了不停地催促孩子回来,索性不再发出嘶鸣。休模仿母马的嘶鸣声吹起了口哨,代替母马看护起了小马驹,而随行的猎犬则守护着他们的队伍。这条狗肯定受过训练,它能发现哪里有蛇。一旦遇到蛇,它就会冲到队伍前面,弓起背,确保大家都安然无恙,不会踩到蛇。休观察了那条狗一会儿,他觉得如果把这条狗和他在城镇上看到的那些流浪狗放在一起,它肯定不会答应的。那些可怕的动物,无论他哥哥走到哪儿,它们都紧紧地跟在他身后。

"你吹的口哨听起来真像马的嘶鸣声,"伊芙突然说了一句,"你是从哪儿学来的呢?"

"嘘—嘘—嘘—嘘—嘘—吁,"休又吹起了口哨,"在得克萨斯州学的。"为什么他说是在得克萨斯州学的呢?他明明是在西班牙学的,是乔·塞里罗教给他的。休脱掉夹克,把它搭在马脖子上。他看见马驹一听到他的口哨,乖乖地从树丛转弯处跑了出来,又说:

"我吹的口哨只能模仿马嘶鸣尾音的降调部分。"

他们骑着马,经过了刚才袭击他们的那只山羊——从山羊高出篱笆的那两只凶恶的羊角就可以认出它来。他们笑了起来,不知道他们是应该在另一条小路上的尼加拉瓜大街那儿拐弯呢,还是在尼加拉瓜大街和阿尔卡潘奇戈公路的交会处拐弯。山羊正在一块田地边吃草，它抬起头看着他们，一只眼睛看起来很像马基雅维利[①]的眼睛，它并没有挪步，只是注视着他们，心里想：虽然我可能错过了最佳攻击时间，但是我永远随时准备着发起进攻。

他们刚刚走的这条小路树林繁茂，非常安静，道路上留下的车辙印很深。虽然现在正值旱季，地上还有很多小水坑。这些水坑映衬出天空的倒影，十分漂亮。在树丛和残破的篱笆之间，是边界模糊的田野。现在，他们的小队伍似乎成了一个商队、一个车队，这个队伍小心翼翼地承载着他们那小小的充满爱的世界。他们早前出来的时候还以为天气会很热，可是现在，和煦的阳光照耀着他们，微风拂面，两侧的乡野景象向他们微笑致意，看上去是那么纯净，却很容易让人受骗。清晨农民们哼唱起了令人昏昏欲睡的小调，马儿困得连连点头，还有尾随的小马驹和猎狗。休想，这一切不过是场该死的骗局罢了：如果我们相信了这表面的祥和景象，必然会上当受骗的，就像这一年一度的亡灵节。人们说逝去的人会在这一天复活，他坐公交车时得到了确切的消息。这一天，人们会看到种种异象和神迹，可是与这种说法相矛盾的是：我们只有一小时的时间目睹那不曾有过、也不会出现的事物，因为兄弟情谊已经受到了背叛，而眼前这些幸福景象，我们最好将其视为虚无之事。休又有了一个想法：可是，我想今生再也不会像此时这样幸福了。我不会再获得内心的安宁，我现在感觉到的内心安宁不过是饮鸩止渴罢了……

（"费尔明，你这个可怜的家伙！"这句话应该是他想象出来的车中队员说的。此时，休的脑海里出现了乔·赛里罗的形象：他高大

[①] 尼克罗·马基雅维利（1469—1527）：意大利政治思想家和历史学家，著有《君主论》。

威武，骑的那匹小马跟他的壮硕体格不太搭调。他没有马镫，双脚几乎拖到了地面，头上的帽子后面有一个大蝴蝶结。马鞍的鞍桥上放着一只盒子，盒子拴在他脖子上，里面装了一台打字机。他一只手拿着一袋钱，身旁还有个孩子跟着他跑，掀起阵阵尘土。乔·赛里罗！在西班牙，他是少见的象征墨西哥对西班牙施以慷慨援手的代表人物，他已经返回了在布里韦加的家乡。他受过药师的培训，在哈瓦卡信贷银行工作过。他骑在马背上，为偏僻的萨波特卡村庄运送资助资金；他经常会遭到那些干杀人越货勾当、嘴里却高喊"基督王万岁"的强盗的围攻；他曾经在卡德纳斯的教堂钟楼里被敌人射伤。他每天的工作都相当于冒险之旅，他还邀请休跟他一起分享这种冒险。他给休写信，把信装在盖着邮戳的气派信封里，盖上拇指大小的邮戳，邮戳的图案是一个射日的弓箭手。他在信中告诉休：他很好，又回去工作了，这次他在距离之前工作地不到一百英里之外的地方。他每次看到神秘的山，都会想起休和他们一起在商船上共同经历的历险……休仿佛听到了他的朋友在责备他，在西班牙，他曾以同样凄凉的声音讲述了被他留在奎卡特兰谷地的马的故事："我那匹可怜的马啊，成天就知道咬东西，咬啊咬。"现在，那声音又讲述起了他在墨西哥圣胡安度过的一年童年时光，乔就在那一年出生。胡亚雷斯[①]就是在那里生长、在那里死去的，然而，那里是一个言论自由的国家，在那个国家里，人们的生命、自由和追求幸福的权力都能得到保障；那个国家的学校里有令人惊叹的壁画，甚至每一个偏远而寒冷的小山村都有露天舞台；生活在那里的人民是那片土地的主

[①] 胡亚雷斯（1806—1872）：墨西哥第一位印第安人总统、民族英雄，拉丁美洲解放者之一。

人,他们可以自由地表达他们的天赋和才华!这个国家拥有诸多模范农场,人们的生活充满了希望!可过去,这里曾是奴隶国家,人民像牲畜一样被人买卖;雅基人、帕帕戈斯人、托马萨奇斯人等生活在墨西哥的土著人在遭返途中有的遭屠杀之灾,活下来的境遇连苦役都不如。他们的土地不是落入异乡人手里,就是被人管制。小乔·赛里罗就出生在哈瓦卡可怕的"纳西欧那尔村",当时他七岁,目睹了一个亲哥哥被殴打致死,另一个兄弟被人以四十五比索买去当奴隶,七个月后被活活饿死的惨剧。把奴隶活活饿死比让他吃饱、给自己干一年活儿还要省很多钱,奴隶主可以用省下的一部分钱再买一个新的奴隶、这些都是在波特费里·迪亚兹当总统时发生的惨剧:农村人、政客、杀手是自由政体的终结者,军队成了政府的屠杀机器、流放工具。这些他都知道,而且深受其害,后来他的经历更为悲惨:他的母亲被谋杀,父亲曾为胡尔塔总统奋战,后来成了叛徒,他亲手终结了父亲的生命。从此,负罪感和哀伤总是如影随形,因为乔不是天主教徒,不能通过忏悔得到救赎,可毕竟老话说得好:往者不可谏。人们的良心就是用来悔过,以后不会再犯错。乔总告诫人们,他会告诫他遇到的每个人:必须逆流而上、努力拼搏,为自己争取幸福生活。人生不就是一场战争、一段陌生的旅程吗?每个人都会因革命而热血澎湃,要获得和平,必须用生命去奋战。如果不经历地狱般的历练和抗争,是不会获得内心的平和的……)

"是这样吗?"

"是这样吗?"

他们骑马下坡,各怀心事,向一条小河的方向走——就连那条猎狗也似乎在自言自语、含混不清地说些什么,一行人都迈着沉重的步子向前走。他们来到了小河里，都小心翼翼地迈着步子，迟疑地接着往前走，慢慢地，他们步伐稳健，涉水前行似乎步履轻快。马儿在水中游泳很轻快，好似在空中飘浮，自信满满。那条狗在最前面游着，它俨然成了领队，小马驹不住地在水里点着头，摇摇晃晃地游着，水差不多没到了它们脖子的位置。阳光照在水面上，照在更远处的下流，河水在那里变窄，激起诸多小小的浪花，浪花翻滚着，在靠近岸边的黑石处卷起漩涡，给人一种浪花湍急的感觉；一只鸟从他们头上低低地掠过，以惊人的速度盘旋着、翻滚着，好像一只水虿般做着高难度的动作。对面河岸上有一片郁郁葱葱的树林，在平缓的山坡略微偏左的位置有个像洞穴一样的入口，从那里进去就是他们走的小路的延伸部分，在那儿有个双滑木门，门上挂着一块装饰过的酒吧招牌（远远看去，很像一个巨大的美军中士的臂章），色彩艳丽的丝带迎风飞舞。招牌上有"出售龙舌兰酒"字样，再看那灰白色的墙壁上，显出褪色的篮子："蛮穴"，这酒吧的名字起得让人不寒而栗！不过，也暗含幽默的意味。他们看到了一个印第安人，那人正靠着墙晒太阳，他戴的阔边帽把他的脸遮住了一半，他的马拴在了旁边的一棵树上。休看到了马屁股上有数字"7"的烙印。树上贴着当地影院的海报，是电影《奥莱克之手》的宣传海报，上面写着：《奥莱克之手》，主演：彼得·洛里。龙舌兰酒吧屋顶有一个玩具风车，在马萨诸塞州的科德角也能看到那种玩具风车，那风车在微风中不安地旋转着。休说：

"伊芙，看看你的马在水中的倒影，它并不想喝水，你不能逼迫它，别强按它的头。"

"我知道！我才没有呢！"伊芙回敬一句，脸上挂着冰冷的微笑。

他们慢慢涉水前行,路线蜿蜒,那条狗像水獭那样,游水毫不费力,几乎到达了河对岸。休意识到有个问题他一直憋在心里,他想听伊芙亲口回答他。没想到伊芙先开口了。

"……你知道的,你是我们的客人。"

"打扰了。"休说着,微微点了点头。

"……你想出去吃个晚餐,顺便看场电影吗?如果你足够勇敢,也可以尝试康赛塔做的饭。"

"什么?你说什么了?"不知为何,休刚才一直回想着自己在英国公立学校度过的第一个星期。那个星期他不知道该做些什么、该问什么问题,只是出于压力被迫跟大家一样挤进乱哄哄的礼堂参加活动、参加马拉松比赛,甚至独享了"隔离待遇":他和校长夫人同骑一匹马,还被告知那是一种奖赏,不过他自己却弄不明白,自己是做了什么了不得的事情才受到这份"奖赏"的。想到这里,他大笑着说:"不了,我讨厌看电影,不过谢谢你的好意。"

"那家电影院真是一个奇怪的所在……不过去那儿也能找到乐趣的。他们放映的新闻片都是两年以前的,好像从来就没变过。放映的影片好像也只有《壮志千秋》和《1930年的掘金者》两部。对了,去年我在那家影院看了一部旅行纪录片《欢迎来到阳光明媚的安达卢西亚》,是西班牙旅游宣传片……"

"天啊。"休啧啧称奇。

"而且电影院的光线总出问题。"

"我想我在什么地方看过彼得·洛里演的那部片子,他是个好演员,只是那电影糟糕透了——伊芙,你的马不想喝水——那部片子讲述了一个钢琴家总是被负罪感折磨,他觉得自己是个杀人犯,总是洗手,想把手上的血迹清洗干净。也许他真的是个杀人犯,剧情我有点儿忘了。"

"听着挺吓人啊。"

"是啊,但其实不吓人。"

他们骑马过了河,这会儿马想喝水了,于是他们停下来饮马。之后,他们骑马上坡,走上了小路。小路两边的篱笆高而结实,还爬满了旋花,这乡间小路让他们想起了英国,他们仿佛在德文郡或柴郡,探索少有人走的小路。这里的景象都和英格兰乡野并无二致,只有偶尔盘旋在树上的秃鹫群才让他们想起自己究竟身在何处。他们爬上林间陡坡、又走了一段坡度缓和的小路,来到了一片地形更为开阔的区域,他们让马小跑起来。天啊,这种感觉真好!他甘愿被这种闲适的假象所欺骗,沉溺其中。现在那种假象又来了,该死……他心想,如果当初犹大能有匹马,或者他跟别人借一匹,抑或是能偷一匹马,在拂晓时分他可能会后悔没把出卖耶稣基督的所得的三十块银币退回去的。那关我们什么事呢?你可能也知道,那混蛋说过,他可能想喝点儿酒了,他能喝下三十杯酒(今天早晨杰弗里很可能就喝了那么多酒,喝得烂醉如泥),他虽然醉醺醺的,却还能赊账。他循着皮革和汗水的香味、听着那动人心弦的"嗒嗒"马蹄声,心想:就像这样骑着马,在耶路撒冷那阳光刺眼的天空下,暂时把一切烦恼都抛在脑后,是多么惬意啊!他明知自己终会卖主求荣,却希望那一切都没有发生,想着如果昨天晚上他没有背叛那个人该有多好,如果他能这样自由自在地活着,而不是非得站出来认罪、落个上吊谢罪的下场该有多好——

事实上,那诱惑再次出现了!那只懦弱的毒蛇把未来毁灭了!

快踩死它，踩死那个愚蠢的东西！像个墨西哥人那样勇敢地踩死它！休的确骑着马踩死过一条蛇。那条蛇蜷缩成一团，像一条浴裤裤带一样躺在路上，或许他踩到的是一只毒蜥蜴。

　　接着，他们来到了一个看上去很大却有些破败的公园外面，公园在他们的右侧一路延伸。这里曾是一片大树林，那里树木高大，枝繁叶茂。他们勒紧了缰绳，休走在后面，他特意放慢了速度……小马驹在他和伊芙之间把他们隔开。伊芙茫然地四下张望着，不知他们身在何处。这片树林似乎是由人工筑堤的多条溪流浇灌的，这些小溪流上，都飘着一层落叶……不过树林中的树木并不都是落叶树，而且树木之下都有小水沟，这些小水沟连成了路，他们正在走的路就是其中的一条。他们左侧传来了火车转轨发出的噪声，看来他们离火车站不远了，也许火车站就藏在那个悬崖后面，悬崖上悬挂着一条好似白练的瀑布。低矮的灌木丛上铺一架铁轨，透过灌木丛的间隙可以看见他们右侧的铁轨在熠熠发光。铁路线似乎绕了这片树林整整一圈，他们骑马经过了一眼干枯的喷泉，喷泉在已经坏掉的石阶下面，喷泉里尽是些破败的枯枝和落叶。休闻了闻，他闻到了强烈的原始味道，一开始他还没辨认出那是什么味道，只是那种味道弥漫在空气中。他们进入了一处边界模糊的建筑，看上去像一座法国城堡。城堡掩映在树丛中，就在小树林尽头的一个庭院里，庭院之前有一排高大的柏木生长在高墙之后，他们面前有个大门，大门洞开，他们走了进去。从门的开口处飘来了一堆灰尘。休认出了城堡边墙上白色字体写的字迹：瓜华那华克啤酒厂。休挥了挥手，示意伊芙停下。看来这个城堡曾是一家啤酒厂，不过这个啤酒厂很是奇特，不知是一家露天酒馆还是一家啤酒花园。后院摆着两三张圆桌（也许是为偶尔来访的非官方食客准备的），桌面上落满了灰土和一层枯枝败叶。桌子就放在大树下面，那棵树木并不是常见的橡树，也不像是奇怪的热带树种，也许并不是老树，看起来却很有年代感，也许是几百年前某个皇帝用金子做的铁锹挖坑种下的。他们走到树木下，马停下了。他们看到一个小姑娘正在玩一只犰狳。

他们来到啤酒厂外近距离观察这家啤酒厂。这个啤酒厂看起来与众不同，更像一个磨坊。从狭窄的长方形房子里传出了像磨磨一样的噪声。旁边的一条小溪反射出的磨盘般大小的光飞快地掠过啤酒厂上方。他们并没看到什么酿酒的机器，只看到了一个头戴遮阳帽、身穿花布衣服的男子（那人看上去像猎场的守卫），他手里拿着两大杯褐色的德国啤酒，那啤酒还冒着泡呢。还没等他们下马，那人就把啤酒递给了他们。

"天哪，太凉了，不过挺好喝的。"那啤酒的味道很冲，有种金属和泥土混杂在一起的味道，就像经过蒸馏后的泥土一样。酒很凉，喝下去喉咙有种刺痛感。

"你好啊，小美女，"伊芙手里拿着杯子，冲那个和犰狳一起玩耍的小姑娘笑了笑。他们发现那个猎场守卫消失了，他又回到机器那边忙碌起来。他关掉了机器，噪声随之消失了。小女孩蹲在地上，弓着背，抱着那只犰狳，把它放在膝头。她局促不安地看着一条狗，不过那条狗离她很远，并不能伤到她。那条狗盯着拴在啤酒厂后面的几匹小马驹。那只犰狳好几次挣脱小女孩跑掉，它身底下好像长着一排排小轮子，跑得很快。这时小女孩就会抓住它长长的尾巴把它翻转过来。那只犰狳看上去那么柔软、那么无助。女孩把犰狳扶起来，又上演起了欲擒故纵的把戏。那犰狳的身体是经过了百万年进化才演变成今天的样子。伊芙问了句:"多少钱?"

小女孩又一次抓住犰狳,随口答道:

"五十美分。"

"其实,你并不想要那小东西是不是?"休孤芳自赏地认为自己骑马的姿势很帅,就像恩菲尔德·斯科特[①]将军走出了赛罗格罗峡谷。他把一条腿搭在了前鞍桥上。

伊芙戏谑地点了点头,对小女孩说:"它真可爱,我很喜欢它。"

"你可不能把它当宠物养,那女孩也不能,所以她想把它卖给你。"休说道。他呷了口啤酒,接着说:"我了解那动物的习性。"

"我也了解,"伊芙带着嘲讽的口气说,"几乎无所不知呢。"

"那样的话,你就应该知道:如果把那东西放在花园里,它就会在地上打个洞钻进去,再也不回来了。"

伊芙摇了摇头,表示质疑,她瞪着眼睛说:"瞧它多可爱呀。"

休向后甩腿骑在马上,把那杯啤酒放在前鞍桥上。他低头看了看那只长着大鼻子、蜥蜴尾巴、肚皮上还有斑点的小家伙。它露出无助的表情,就像是一个外星小孩儿的玩具。休斩钉截铁地说:"不,我们不会买的。"他拒绝了小女孩的出价,可是那小女孩也没有丝毫的让步。休继续劝伊芙:"那东西不仅永远不会回来了,伊芙,如果你试图阻止它打洞,它就会发起疯,把你也拉到地洞里。"他转过身,看着伊芙,挑了挑眉毛,一时间他们相对无言。说话间,一片树叶从树上落下,落到了他们身后,发出了"唰唰"的声音,像是匆忙的脚步声。"就

[①] 恩菲尔德·斯科特(1786—1866):在墨西哥战争中,指挥美军入侵墨西哥的美军将领。

像你那位朋友哈德森[①]那样,买下了就得对它负责。"休长饮了一口啤酒,问伊芙,"我就直截了当问你吧,你们到底离没离婚?"

休问的这个问题让伊芙呛了一口啤酒。她并没有抓住缰绳,而是把缰绳缠在了马前鞍桥上。她的马突然向前走了一步,还没等休拉住马笼头,马就停住了脚步。

"你是想问我,是不是回到他身边了还是什么?"休的马也向前走了一步,站在了伊芙身边,他说:"对不起,我太鲁莽了,我觉得自己现在的处境很尴尬……我只是想知道现在究竟是什么情况?"

"我也想知道。"伊芙说话的时候并没看休。

"这么说,你也不知道你和他究竟离没离婚?"

"不,我知道……我们已经离婚了。"伊芙闷闷不乐地说。

"是不是你也不知道是否要回到他身边?"

"是啊,我不知道……其实我知道,我觉得是回到他身边了,没错。"

休陷入了沉默,这时另一片树叶落了下来,在空中飘了几下,就斜着落到了灌木丛中。"要是这样的话,如果我马上离开这儿,你的处境会不会更容易些呢?"休温柔地问,"其实……我本来打算在这儿多待一段时间的……反正我也要去哈瓦卡一两天呢,就提前走吧。"

伊芙听到哈瓦卡这个词,就抬起了头。她说:"是啊,也许吧。不过,我不想这么说,休,只是……"

"只是什么?"

"在事情还没解决之前,请你不要离开,我太害怕了。"

[①] 哈德森(1841—1922):英国著名小说家,代表作《绿厦》。

休去付啤酒钱，两杯啤酒一共花了二十美分，比那只狯狳还便宜三十美分。他问伊芙："你还想再来一杯吗？"这时，工厂的机器声又响起来，"咣当、咣当"，休不得不提高了嗓音喊。

"我手里这杯还没喝完呢，你替我喝了吧。"

他们的马又开始缓缓地向前走，走出了院落，经过了大门，来到外面的路上。他们心有灵犀，一致向右转，远离了那个火车站。城里的公交车从他们身后开过来，休拉紧了缰绳，站在了伊芙旁边，那条狗把小马驱赶到了水沟边上。公共汽车上写着"托马林到佐卡罗"字样，那公共汽车在街角转了个弯，便消失不见了。

"那不是去帕里安的车吗？"伊芙转过头，避开了汽车卷起的尘土。

"那不是去托马林的公交车吗？"

"都是一样的，去帕里安走这条路最容易。有个公交车直接到那儿，但是在镇子的另一边，车走的是另一条路，是从特帕尔赞科出发的。"

"帕里安似乎是个不祥之地。"

"其实，那地方挺无聊的。当然，它过去曾是墨西哥的首都。很多年前，那里有个大修道院。我觉得这一点和哈瓦卡挺像的，就连现在的酒吧和商店都曾是僧侣们的住所，只不过那些地方现在都成了一堆废墟。"

"我不知道韦伯是怎么看待这件事的。"伊芙说。他们走过了柏树林和啤酒厂，径直来到了没有警示牌的大门前。这次，他们又向右转了，朝着回家的方向走。

他们骑着马，沿着铁轨并排走着。在树林的时候，休就看到了铁路在他们接近的公路对面。在路的另一侧，低矮的路堤坡下有一条狭窄的明沟,更远处则是低矮的灌木丛。树丛上悬着的电报线发出了"嗡嗡"的声音,像是在哀鸣。也许这种类似吉他弦的声音比机器发出的那种"咣当、咣当"的声音要动听多了。狭窄的双向铁路偏离了小树林。不知什么原因,兜兜转转地又汇聚到了一起。再往前一些,铁路好像要找回平衡似的,又偏向了小树林的方向,再向前又变得和公路平行。在远处,铁路好像突然向左来了个大转弯,那弯度看上去似乎要和托马林公路连在一起。电线杆笔直地矗立在那里,好像是很高傲的样子,电线杆很多,一直延伸到了看不见的地方。

伊芙笑着问休:"你怎么看起来忧心忡忡的呢?你可以为《环球时报》写一篇电线的报道啊。"

"我怎么知道这些该死的东西到底是什么?"

"是你们英国人建的,只有这儿的电报线是按公里数收费。"

休大笑起来:"按照你的说法,他们这么歪歪扭扭地铺设电报线,就是为了增加额外的公里数,是吗?"

"我听人是这么说的,不过我觉得这不是真的。"

"是啊,是啊,真让我失望,我一直以为这是墨西哥人奇思妙想的杰作呢。不过,他们这么做确实引人深思。"

"你说的是资本主义制度吗?"伊芙虽然面带微笑,声音中却透出了挖苦的意味。

"这让我想起了从《潘趣》里看到的一则故事。你知道在克什米尔有个叫潘趣的地方吗?"伊芙小声嘟哝了一句,摇摇头说,"对不起,我忘了刚才要说什么了。"

"你是怎么看杰弗里的呢?"她终于问出了这个问题。她身体前倾、靠在了马鞍上,侧着脸看着旁边的休,"实话实说,你觉得他还有希望吗?"他们的马小心翼翼地在这条不寻常的小路上前行,小马驹远远地在前面跑,还不时左右张望,确保妈妈就在身边。狗跑在队伍最前面,忙着嗅铁轨枕木间的蛇,还不时折回来看看后面的队伍是否有跟上。

"你是说他酗酒的事?"

"你觉得我能帮他做什么吗?"

休低下头,看了看地上那些蓝色的野花,看上去像勿忘我,它们在铁路枕木中间找到了生存的空间。可惜这些看起来无辜的花也有自己的烦恼。每隔几分钟就会出现、扑向我们眼睛的黑色影子是什么?也许不是几分钟,是几小时甚至几天……那些孤独的信号灯看起来永远矗立在那里,火车独自踏上悲伤的旅程。"我想,你已经听他说过关于马钱子碱的事儿了,那东西是新闻记者治疗酗酒的良方。实际上我是从瓜华那华克镇的一个医生那儿弄来的呢,说来也巧,你们可能认识那个医生呢。"

"你说的是古兹曼医生吗?"

"应该是吧?那人应该就叫这个名字,我曾经请他去帮杰弗里戒酒,可是他不愿意在杰弗里身上浪费时间。他告诉我,他认为杰弗里并没有什么问题,从来都没有什么问题,只不过他自己还没下定决心戒酒。如果他说的是实情,他解释的已经很明白了。"

铁轨下沉,和低矮的灌木丛平行了,接着又处在了灌木丛下面,于是路基看起来又高于地面了。

"不过,从某种程度上说,杰弗里的问题并不是酗酒,"伊芙突然说,"可是他为什么要那么做呢?"

"你现在回来了，也许他就不会再酗酒了。"

"听你这口气，也没抱什么希望。"

"伊芙，听我说，有时候我真想把所有的心里话都告诉你，可现在没有时间了，我也不知道该从哪儿说起。不过，我的确对你们的事一无所知。五分钟以前，我还不知道你们到底离没离婚。我不知道……"休冲着自己的马咂了咂舌头，然后拉住了缰绳。他接着说："我不知道杰弗里一直在忙什么，他到底喝了多少酒，因为在我和他相处的时间里，有一半时间我都分不出他是喝醉了还是清醒的。"

"如果你是他的妻子，就不会这么说了。"

"等等，我还没说完呢……我对杰弗里的看法再简单不过了，你怎么看待一个有酗酒问题的老哥呢？在墨西哥城的时候，我就一直告诉自己：你给他戒酒有什么用呢？让他清醒一两天，对他于事无补。天哪，如果我们的文明只是为了让酒醉的人清醒两天，那么第三天他一定会含恨而终的。我们的做法是徒劳的，做了又有什么意义呢？"

"你这么说真是帮了大忙了，"伊芙气愤地说，"十分感谢。"

"再说，过一阵子人们就会意识到：如果他喝醉了，还能清醒地拿住手里的酒瓶，那为什么不让他喝呢？"休把身子向前倾，轻轻地拍了拍他的马，接着说，"我可没开玩笑，你们俩为什么不出去散散心呢？离开墨西哥，你们俩留在这儿毫无意义，是不是？不管怎么说，他都讨厌继续当领事。"休看着站在路基上的一匹小马驹，在天空的映衬下形成了一个剪影。他说了一句："反正你们有钱。"

"休，我想说的是，我不是不想见你，可是今天早晨你来之前，我还劝杰弗里离开这儿。"

"可是他并没听你的，是不是？"

"也许无论我怎么努力，他都不会戒酒的。我们以前也尝试过离开伤心地，重新开始。今天上午，杰弗里说他要接着写书，说要写一本关于我们生活的书。我不知道他这辈子还能不能写出这本书了。自从我认识他以来，就没见过他费心写过什么书，他也从没让我看过他写的东西。不过，他保留了创作时的笔记。"

"是啊，关于炼金术、犹太教神秘哲学①那些事，他又了解多少呢？说这些事跟他有什么关系呢？"

"我正想问你这些问题，我一直都没弄明白。"

"天哪，我怎么会知道这些呢？"休又用一种疏远的口气说，"没准儿，他会黑魔法呢。"

伊芙心不在焉地笑了起来，又把缰绳绕在了马前鞍桥上。开阔的地方又露出了铁轨，铁轨两侧的路基向下倾斜。他们头顶着飘浮着的白云，像白色的雕塑一般，好像米开朗琪罗头脑中不断涌现的想法。一匹小马驹偏离了轨道，跑进了灌木丛。休又吹起了口哨，小马驹不情愿地跑了回来，现在他们又成了一个队列。他们沿着弯弯曲曲的铁轨一路小跑起来。伊芙说："休，我想到了一个出路，不知道可不可行。我总梦想着能找一个地方，拥有一个属于自己的农场，

---

① 犹太教哲学产生于希腊化时期前后专门论证犹太教教义的宗教神学化的哲学体系，认为人通过能动理智的活动，能与上帝建立直接联系，对上帝的认识才是最高知识，真理标准在于是否符合《圣经》，实行思想自由、容忍各种意见、重视理性和科学等。

一个真正的农场。养鸡、牛、猪,建一个红色的谷仓,还有青贮仓,再种点儿玉米、棉花和小麦什么的。"

"什么?你不养珍珠鸡吗?可能过一两周我也想拥有一个农场了。那么,你打算怎么得到这个农场呢?"

"没什么啊,杰弗里和我可以买一个农场。"

"买个农场?"

"怎么?这个想法不靠谱吗?"

"不是啊,可是你们要在哪儿买呢?"休喝下了一杯半的高度啤酒,现在酒精发挥了作用,他突然大笑起来,不过那笑声听起来更像是打喷嚏,"哦,对不起,我失礼了,不过我一想到杰弗里头脑清醒、穿着工装、戴着草帽,在紫色的苜蓿丛中穿行干农活儿,就忍不住笑出来。"

"干这些农活并不一定要保持清醒,我又不是妖怪。"伊芙说着,也大笑起来。她那深色的眼睛一直闪耀着光芒,现在却变得有些浑浊,眼神有些闪躲。

"可是,要是杰弗里讨厌农场怎么办?也许他一看到奶牛就会觉得恶心。"

"哦,不会的,他过去常常告诉我希望有一个农场。可是,你们知道怎么打理农场吗?"

"不知道,"伊芙轻描淡写地说,她看起来兴致很高,完全不去理会这种可能性。她向前探身,轻轻地拍了拍马的脖子,接着说,"我们可能会请一对失去了农场的夫妻来,让他们住在农场,代我们管理农场。"

"我觉得历史上靠当农场主没几个能发家致富的。我觉得这不是个好主意，不过谁说得准呢？那你想在哪儿买农场呢？"

"啊，你觉得加拿大怎么样？"

"加拿大？你没开玩笑吧？不过，也没什么不妥的，只是……"

"太好了！"

他们已经到了铁路向左转弯的地方。他们走下路基，把那些低矮的小灌木丛抛在了身后。在他们右侧，依然是高大茂密的树木（树林中央又一次出现了友好的地标建筑：监狱的瞭望塔。）树林的边缘有一条公路一直向前延伸，他们慢慢地走向这条公路。他们数着电线杆，穿过了一条灌木丛，看来他们选择的这条路并不好走。

"我想问的是，你为什么去加拿大，而不是去英属洪都拉斯找个农场？或者去特里斯坦达库尼亚群岛？也许那儿有点偏僻，不过正是那种与世隔绝的地方才让人羡慕呢，我听人那么说过。听说那儿的饮食对牙齿很健康。还可以去科孚岛看看，那里比特里斯坦更艰苦，可以说不适宜居住，不过你可以把那里当成殖民地。还可以考虑考虑索科特拉岛，那里过去曾经出产乳香和没药。那里的骆驼长得像岩羚羊一样，我最喜欢那岛屿了，就在阿拉伯海域。"休说这些，好像是在插科打诨，不过他丝毫没有流露出怀疑的态度，看来他并不认为这些是不着边际的幻想。只不过他说这些话像是在自言自语，因为伊芙经走在了他前面，而他还在严肃地思考着农场该不该建在加拿大的问题，与此同时，他尽力回避着眼前的事情。过了一会儿，他追上了伊芙。

"他跟你说起过在西伯利亚假装绅士的事了吗？"伊芙问，"你应该记得他在不列颠哥伦比亚省有个岛屿吧？"

"是在一个湖上吧？如果我没记错，应该是叫皮诺湖吧？不过那个岛上可没有房子啊,你总不能用冷杉球果喂牛吧?"

"那不是问题所在。

"你该不会是想在那些冰冷的土地上养牛吧?那些土地都是未经开垦的,也许你可以在那边露营,在别处建农场。"

"休,听我说……"

"假如你只能在萨斯科彻温省之类的地方买个农场。"休说着,突然想到了一首打油诗,那打油诗合着马蹄的节奏,在他耳畔响起:

> 带我回归穷鱼河
> 带我回归洋葱湖
> 你能留在瓜达尔基维尔河①,
> 还能看看科莫湖。
> 待我回归亲爱的豪斯弗莱,
> 阿诺伊德或者格拉夫堡。

"去某个叫普罗德克特的地方,或者叫傻瓜的地方。"他接着说,"世界上真有叫'傻瓜'的地方,实际上,我就知道一个地方叫这个名字的。"

"是啊,听着倒是挺荒谬的,不过去这种地方也比待在这儿无所事事好得多!"伊芙简直要哭出来了,她生气地赶着马,想跑起来。但是路太不平坦了,休一把抓住了伊芙的缰绳,两人的马都停下了脚步。

"我真诚地向你道歉!"休后悔地说,"看来我犯傻了。"

---

① 瓜达尔基维尔河:西班牙第五长河,也是安达卢西亚自治区第一长河,它是西班牙境内唯一可以通航的大河。

"那么你觉得这是个好主意吗？"伊芙又露出了笑容，说话的时候还透露出了嘲笑的口气。

"你去过加拿大吗？"休问她。

"我去过尼亚加拉瀑布。"

他们继续向前走，休依然抓着伊芙的缰绳。"我没去过加拿大，但是在西班牙，我遇到了一个说法语的加拿大朋友。他是个渔民，他曾经告诉过我加拿大是一个了不起的国度，至少不列颠哥伦比亚省是个很不错的地方。"

"过去杰弗里也这么说。"

"这一点杰弗里可没有我肯定，他有点儿模棱两可。但是麦克格夫告诉我的，他是一个皮科特人，如果你在温哥华有土地，那是再好不过的了。不过我那个朋友可没想到现代温哥华生活的便利。他告诉我，那儿的生活总体上是一种清教徒式的生活，空气中弥漫着香肠和蘑菇的味道。那里的人很快就会入睡。如果你招惹了他们，他们马上就会搬出联合王国这套话来对付你。从某种意义上说，没有人真正住在那儿，他们好像都是那里的过客。他们去那里开采矿产，然后就离开那儿；他们敲碎了那里的土地，砍伐了那儿的树木，然后把木头从巴拉德半岛滚下来运走……要说酗酒，在那儿可能会招惹麻烦的，"休说完，咯咯地笑了起来，"在那儿喝酒可是件麻烦事。顺便说一句，那儿没有酒吧，只有卖啤酒的小冷饮店，只是那些小店既不舒服又冷得要命，他们供应的啤酒味道不好，那里的服务还差，所以讲究一点儿的酒鬼是绝不会去那种地方喝酒的。他们会在家喝酒，可要是没有酒了，要跑老远去买瓶酒。"

"但是……"他们都笑了。

"等等,"休抬头看了看天空,"天气不错呀,就像乔·维努蒂的唱片。"他听着头顶上电线发出的微弱持续的嗡嗡声,在酒精的作用下,他在心里哼唱了起来。这一刻似乎是那样美好:两个人来到新的世界,展开一段新的幸福生活。可是此刻最该考虑的,还是他们的行进速度。他想起了埃布罗河战役,它就像一次准备了很久的进攻,战争最初几天可能会受未经考虑到的潜伏势力打击而一溃千里;可是现在有充分的思考时间,如果来一次破釜沉舟的突袭也许会出奇制胜。

他接着说:"你们现在要做的就是尽快离开温哥华。"

"到我说的其中一座小岛去,去一个小渔村,在那儿买一个海边小屋,并花上一百美元买下海滩的前岸权。漫漫寒冬在那儿住上六个月,过着没有电话、不交房租、不做领事的简单生活。就像我们的先辈那样,用水就去井里打、需要柴就自己去劈,那样的话,杰弗里就会身强力壮。也许到那时他才会真正地开始创作。而你会重新感知四季变换,尽管你可能在十一月末还会游泳。你们还会在那里真正地与人接触,接触那些织网捕鱼的渔民、那些老造船匠,还有用陷阱捕猎的猎人。麦克格夫说他们是世界上仅存的、真正自由自在的人。与此同时,你们还能修修你们的岛屿,在那里寻找你们的农场。在找到农场之前,农场不过是你们的一个奋斗目标,你们会为了实现自己的目标奋斗,只是不知道你们那时候会不会还想要农场……"

"休,你说得真好……"

休情绪高涨地拽了拽伊芙的缰绳,伊芙说:"我好像看见你说的小木屋了,它就在森林和大海之间。小木屋前有一个石头铺就的码头,一直通向大海。如果你要去商店,必须穿过森林。"休的脑海中浮现出商店的样子。森林潮湿，不时会有一棵树倒下，那里的雾气会结成冰晶，然后整个森林就幻化成一座水晶森林。嗯，小树枝上的冰晶会变成叶子，然后你就会在天空中看到美丽的天南星，那时春天就会来了。

他们策马奔驰……光秃秃的平原取代了低矮的灌木丛，他们轻快地跑着，小马驹跑在前面欢快地跳跃着，那条狗突然抖动起有条纹的皮毛。他们的马迈开大步，无拘无束地向前跑。休体会到了一种变化，他感到了一种原始的愉悦感。如果你坐在船的甲板上，随着船到入海口，船在惊涛骇浪中颠簸摇晃，你也会有这种感觉。远处隐约传来了钟声，时高时低，接着又沉寂下来，好像到了一天中的关键时刻。他们忘记了犹大，不，应该说，犹大已经从某种程度上获得了救赎。

他们骑着马飞奔在与公路平行的一条没有篱笆的路上。他们的马蹄儿踏着地面，发出有规律的节奏。马蹄声仿佛突然重重敲击在金属地面上，然后那声音消散。公路拐到了树林右侧边缘一块儿三角地附近，三角地深入平原。

"我们又来到了尼加拉瓜大街了，"伊芙兴奋地大声说，"就快到了！"

他们全速前进，再次接近了梅尔鲍治那条弯弯曲曲的峡谷。这次，他们来到了比上次更远的地方，他们并肩骑着马小跑，跨过了一座带有白色围栏的小桥，很快就来到了一个废墟前。伊芙还是第一次来这里，他们拉了拉缰绳，想让马停下来，可是马自行停下了脚步，它们也许想回家了，也许理解了主人的意图。他们下了马。废墟占据了他们右侧青草地的大片地方。旁边的建筑从前可能是一座小教堂，地板缝里长出了绿草，叶子上的露珠在阳光的照射下闪闪发光。远处是一个宽阔门廊的残垣断壁，低矮的栏杆已然坍塌。休不知道他们身在何处，他把马拴在了一个粉色的廊柱上。廊柱与残垣断壁分割，就像一个毫无意义的标记。

"这里以前肯定是个宏伟的建筑，是什么呢？"

"是马克西米连的宫殿，一座夏宫。我想整个酿酒厂旁边的小树林都是他的领地。"伊芙突然变得有些拘谨。

"不想在这里停下歇歇脚吗？"休问她。

"当然想啦，真是个好主意，我想抽支烟。"她犹豫不决地说，"可是我们只能在这个为了卡洛塔修建的宫殿里散散步。"

"那皇帝的塔楼肯定是个恢宏的建筑吧？"休为伊芙卷了一支烟，他心不在焉地环顾着四周。他似乎在欣赏那些残垣断壁，只是他无法体会它们的悲伤。小鸟栖息在遭破坏的塔楼和破旧的砖石建筑上。那些残垣断壁上爬满了蓝色的藤蔓。他们的马和狗就在附近休息，小马驹都在小教堂里吃着草，它们看起来没什么危险，不用担心它们。

"马克西米连和卡洛塔是吗？你说，胡亚雷斯该不该一枪结果了那个男人？"

"那是个可怕的悲剧。"

"他们应该像迪亚兹那样，先用老式绞刑工具绞死他，再给那人一枪。就那么干！"

他们来到了三角地，回首看看来路，看看平原、低矮的灌木丛，还有那铁路及托马林公路。干燥的风吹了起来，波波卡特佩特火山和伊科斯塔西夸特火山静静地躺在远处的山谷之外，是那么宁静祥和。休觉得心中突然涌起了一种刺痛感。他顺着下坡路走的时候就想抽出时间去爬波波卡特佩特火山,哪怕和胡安·塞里罗一起去爬也好啊。

休伸出手指了指天空,说:"你的月亮还在那儿呢。"那是被暴风雨吹散的夜空的宝石碎片。

"那些名字真的很好听啊,"伊芙说,"是过去的天文学家给月球上什么地方取的名字吗?"

"腐败沼泽,我只能记住这个名字了。"

"还有黑暗之海……宁静之海……"

他们并肩站着,谁也没说话。风吹散了他们香烟的烟灰,烟灰飘过了他们的肩头。从这里看,山谷就像是一片奔腾的海洋,托马林公路之外是一条起伏的道路,连绵不绝的土地打破了向各个方向延伸的沙丘和岩石组成的链条。在山麓的丘陵边缘上生长着杉树,她们就像是守卫火山的破瓶子。一片流云化成了静静的碎浪。休看到火山前聚集着一片乌云,自言自语道:"索科特拉岛啊,阿拉伯海域的岛屿,那里曾出产乳香和没药,没有人去过那里。"

这片景象中有着一种狂野的力量,好像这里曾是一个战场。这片战场似乎在向他呐喊,那种力量生成了一种存在感。他对这种呐喊声似曾相识,觉得它们很亲切。他想抓住那声音,然后把它扔到风中。那曾是他青春时的勇气和荣耀,热情却又有些虚假的掩饰。也许正是对一个人灵魂的肯定,那是对人们做善事、做好事的愿望的肯定。他的视线好像能跨过这个平原,看到更远的地方,看到火山之外、波涛汹涌的蓝色海洋之外。他在心中感受着这片海洋,依然感到一种无边无际的焦灼和一种不可估量的向往。

5

跟在他们身后的,是那条狗。那条狗是这一路伴随他们走来的唯一活物。他们慢慢走近咸水湖,他们节制自己的心灵,到达了北部地区,踌躇满志地看着那宏伟壮丽的希马瓦特山……那里的湖水被群山环绕,丁香花竞相开放,悬铃木含苞欲放,群山熠熠生辉,瀑布奔流而下,溪流碧波荡漾,白雪、蓝天相映衬。那里果木虽然繁多,却难解他的饥渴。后来,那里的白雪不再、果子稀少,喜马拉雅山笼罩在尘土之中,他愈加饥渴。狂风骤起,于是湖水荡漾、白雪飞舞、瀑布飘散、果树婆娑,四季也在风中飘逝——随风而逝——他也随风而逝,被一阵夹杂着花瓣的劲风吹到了群山中,那里正渐渐沥沥地下着雨。可是,雨降落在山间,无法消解他的饥渴,因为他并不在山中。他被风吹到了一条溪流中,他站在溪水里,周围都是马匹。他和几个小马驹一起休息,周围尽是及膝深的冰冷沼泽。他面朝下扎在湖水里,狂饮湖水,湖水映衬出白雪皑皑的山顶。在希马瓦特山后,白云堆砌在一起,足足有五英里高。桑葚丛中散落着点点紫色的悬铃木和一个小村庄。在这样一个风景如画的地方,他依然觉得饥渴,只因他喝下的并不是水,而是光明,光明的承诺。他如何能饮下光明的承诺呢?也许他喝下的并不是水,而是确定的灿烂,他又如何能饮下确定的灿烂呢?确定的灿烂、光明的承诺,来自光的承诺,光明、光明、光明!再次呼喊:光明、光明、光明、光明!

……领事感到一种不可名状的剧烈头痛。那是宿醉引起的头疼,之后他感到一群魔鬼在他的耳边乱咬。他意识到:不能让邻居看到自己这副狼狈模样,他不能去花园看那些植物了。他并没有踱步,几乎是刚清醒过来就回忆起前一天发生了什么事。他小步跑了起来,步履蹒跚。他想让自己平静下来,但无济于事,于是他垂下了手,竭尽全力想装出一副若无其事的样子。他希望自己表现得冷静一些,这样才能显示出他作为领事的风范。想到这里,他把手插在了汗涔涔的裤兜里。这时,他已顾不上自己有风湿病,大步跑了起来。人们看他这么着急,会不会以为他有什么要紧事要办呢?就像诗人威廉·布莱克斯通那样:急着远离清教徒的聚居地,跑到印第安人中间生活;或者像他的朋友威尔逊那样,自以为是地放弃了大学学业,玩起了失踪,他在失踪前也穿着一条正装裤子。他跑到了最黑暗的大洋洲丛林深处,再也没有回来。当然,他现在的做法并不理智,如果他继续按照现在的方向跑,跑不了多远,到了花园尽头就会被高不可攀的铁丝网拦下。

"不要这么愚蠢,你这么做是漫无目的的,我们已经警告过你,已经告诉过你,尽管我们苦苦哀求,你还是把自己弄得这么狼狈。"那熟悉的声音又在他耳边响起,他听那语调,立刻认出了那个声音。它显得很微弱,那是一个他熟悉的声音,而那个声音在死亡的变形和重生的幻境中苦苦求索,它像一个即将被处决的人,并不知道子弹要从背后射向自己。那个声音严肃地说:"你必须做点儿什么摆脱这种窘境，因此我们想引领你完成这件事，我们会帮你戒酒。"领事说了一句"我不打算喝酒了"，他突然停下脚步，接着说："我不会喝酒了，是吧？反正我不会喝梅斯卡尔酒了。""当然不会啦，酒瓶就在那儿呢，就在灌木丛后面，把它捡起来。""不行。"他抗议。"没关系的，就喝一小口，喝一小口没关系，或许还能治你颤抖的毛病呢，也许喝两杯更好。""天哪！"领事说，"天哪，我的上帝呀！""然后，你就可以说这不算什么，真的不算什么。这不是梅斯卡尔酒，是龙舌兰酒，你可以再来一杯。""谢谢，我会的。"领事调整了一下手里的酒杯，把杯子放在了嘴边，这时他的手开始颤抖起来，"天哪，喝酒是一种幸福，耶稣基督，酒是我的避难所……是我的恐惧！""……快停下！快放下那酒瓶，杰弗里·费尔明，你在做什么？为什么要这样作践自己？"另一个声音在他耳边响起，那声音很大，他转过身。在他面前的小路上，有一团蜷起的东西，他起初以为是树枝，其实那是一条小蛇。小蛇"嗖"地一下钻进了灌木丛，领事透过墨镜观察了那个小东西一会儿，才发现那真的是一条蛇。他并没有害怕那条蛇，那不过是个动物罢了，只是他带着一种骄傲感沉思，同时盯着那条流浪狗的眼睛。那条流浪狗看起来很眼熟。"佩罗，"领事叫了那狗几声，可是那条流浪狗站在原地没动。如果不是这个小插曲，或者说，如果这件事不在此时发生，而是在一两个小时之前发生，就不会把领事从痛苦挣扎的边缘拉回来了。那一瞬间，他想：真奇怪！他扔掉了酒瓶，发现那酒瓶是浑浊的白玻璃做的，酒瓶标志上写着"哈利斯科州出产的龙舌兰酒"字样。酒瓶滚到了灌木丛下面，不见了踪影。一切似乎又恢复了正常，不管怎么说，那条狗和那只蛇都不见了，他耳边的声音也停止了……

领事觉得现在暂时可以放松一下了,因为一切暂时恢复了正常。伊芙可能还在睡觉,现在不应该去打扰她。幸好他还记得那天喝的那瓶龙舌兰酒差不多是满的,他应该在见伊芙之前先调整好自己的状态。前一天他们在门廊的时候,他就没调整好自己的状态。像他现在这种状态,在门廊里喝酒想必会招来不少麻烦。一个男人想找个地方静静地喝上一杯、不被人打扰,是一件幸福的事儿。这些想法一股脑儿地涌上来,他郑重其事地点了点头,以最严肃的态度接纳了它们。与此同时,他抬头看了看花园。奇怪的是,他觉得花园似乎看起来并不像之前那么破败了,甚至凌乱中还平添了些许美感。他喜欢茂盛的野草,它们无拘无束地生长着;远处那些华丽的车钱草肆无忌惮地绽放着花朵;那些喇叭花的藤蔓、勇敢而倔强的梨树、游泳池周围和远处的番木瓜,还有被叶子花遮盖的白色平房,看上去就像是一艘长长的船上的柱廊,这些景象形成了一种有序的幻象。然而在他转过身的那一瞬间,这些景象混杂在一起,形成了一个水下平原和火山的景象,还有靛青色的太阳从东南方或是在西北方投射出阳光。他观察着这些景象,心中并无悲伤之情,甚至还有些窃喜。他点燃了一支香烟,发出一声叹息。他不停地重复着"可惜"这个词,宿醉让他感到不适,他的汗珠像水一样从眉间涌出。他向篱笆走去,篱笆将他的花园跟外面的公共花园隔开,公共花园的存在使他私人花园的面积变小了。

他曾在这个小小的花园里藏过酒,休来到他家之后,他还没有仔细地看过这个花园。这时他觉得这个花园似乎还有些尚待完成的工作:他能看到花园里有一些工具,那些工具并不常见,包括一把吓人的砍刀和一只奇形怪状的叉子。它们歪歪扭扭地倚在篱笆上,叉子的锯齿在阳光下闪闪发光，好像在啮咬着他的思想。还有些别的东西，那是被拔起的标志牌呢，还是新插好的标志牌呢？标志牌那椭圆形的苍白的脸正隔着铁丝网盯着他看。这是个有品位的花园吗？它仿佛在问：

> 你喜欢这个花园吗？
> 这个花园属于你吗？
> 毁灭花园者，必遭我们毁灭！

领事一动不动地盯着那块招牌上的字：你喜欢这个花园吗？这个花园属于你吗？毁灭花园者，必遭我们毁灭！这些文字很简单，却很恐怖，它们直击人的心灵。这些文字也许就是对一个人的末日审判吧，不过它们不会引发人们的情感共鸣，只会使人产生一种不带任何感情色彩的、冰冷的伤痛感，一种因心悲哀而产生的不寒而栗的感觉，就像伊芙离开加拿大宾馆那天他喝下的那杯冰冷的梅斯卡尔酒一样，让人心生寒意。

不过，这次他又喝龙舌兰酒了，他并不清楚自己如何这么快就找到了那瓶酒。啊！那美妙的松香和造船贝的龙舌兰酒香！不过，这次他不在乎别人看到他喝酒了，索性站在花园里大口喝了起来。不过，他喝酒还是被邻居发现了。他正在畅饮龙舌兰酒时，突然一怔，发现邻居坤西先生正在看自己喝酒。坤西先生站在左侧两人花园的公共栅栏边，在阴凉处浇花，他就站在欧石楠花以外，面对着他的房子。领事顿时感到一种约束感，他刚刚建立起来的生活秩序，他自欺欺人地以为自己的生活已然恢复了秩序，现在这种幻想在慢慢地消失。在他的房子上面，被忽视的幻象撕下了伪装，变成了难以维系的责任。在他身后的另一片花园里，悲剧的宿命在轻声重复着那几句话：你喜欢这个花园吗？这个花园属于你吗？毁灭花园者，必遭我们毁灭！也许，这块标语想表达的意思并不像他理解的那样，只是因为领事喝了酒，西班牙语也变得不灵光了；也许是那块标志本身就写错了，那肯定是某个阿兹台克人写的，有语法错误，不过那些文字表意已经很清楚了。他突然做出了一个决定。他放下了那瓶龙舌兰酒，再次走进灌木丛中，他转过身，迈着轻松的步子朝公共花园的方向走去。

他并不是想知道标志牌上的文字到底想表达什么意思，因为牌子上问号太多，他现在不想去验证那些文字的意思，只想要找人说说话。跟人聊天很有必要，但是他不仅想找人聊聊天，还想在此刻参与某件事情，比如抓住一个好机遇，或者更准确地说：抓住机遇成就一件事。就在这时，机会出现了：他看见坤西先生站在右边的灌木丛边上。想走到坤西先生那边必须先绕过灌木丛，其实这个机会如果抓住了，他就会变得更聪明，就会被人羡慕。他应该感谢龙舌兰酒给了他这次机会，让他能够在酒后一吐为快，让他得到别人的喜爱，尽管这个机会稍纵即逝，可是领事决心抓住这次机会。为什么他需要被人爱？其实这是另一个问题，他在问自己这个问题，也许他能回答这个问题，因为他的外表看似鲁莽，他看起来不负责任，而这种看似不负责任的外表恰恰容易赢得别人的喜爱，或者是他那不负责任的外表之下隐藏的天才头脑让他受人喜爱，尽管这种天才不容易被人察觉。他的那位老朋友亚伯拉罕·塔克森先生，就是那位伟大的诗人，在他还年轻时就洞见了他的这种天赋。

他此刻想做什么呢?他心想:向右转弯(他没看那个招牌,只是沿着铁丝网围成的篱笆的小路向前走)。此时他想做什么呢?他眺望那些平原,就在那时,他确信自己看到了一个人影,他还没来得及看清那人的衣着细节,那个人就走开了。显然那个人穿着丧服。他一直站在公共花园的位置,低着头,表情痛苦。杰弗里·费尔明,如果你想摆脱幻象的纠缠,必须喝酒才行,必须整天喝酒才行。就像天上的白云,它们再次召唤你,可光喝酒还不够,你不仅需要喝酒,还需要在一个特定的地点、在一个特定的场所喝酒。

帕里安……这个名字让人联想到古老的大理石和狂风吹过的塞克拉迪群岛。每到夜晚和清晨,那里的小灯塔就会用阴郁的声音呼唤他(领事再次右转,离开了铁丝栅栏)。他意识到:自己喝的酒还不够,恐怕没机会去那儿神游了;虽然在光天化日下,可是他稍不留意就会掉进陷阱,因为陷阱无处不在。陷阱,就是这个词儿。他几乎掉到了深谷中,他这边的栅栏无人看守,峡谷在此地猛然转向阿卡普尔科公路,并且沿着公路的方向继续向下转,将公共花园一分为二,好像在此地多划定出一条短边,而他的房子就像是在这部分增加的极窄的第五条边上。他停下脚步,面无惧色地窥视那瓶龙舌兰酒,可怕的峭壁就在他对面。那峭壁让人产生一种对对面的持久的恐惧感。那最可怕的深渊!那无法填平的沟壑、无法满足的贪婪!请你们不要嘲笑我,我不愿投入你们的怀抱!一个人总会不停地被该死的事情绊倒,连绵凶险的深沟深入这个城镇、这个国家,有些深沟深度可达 200 英尺。在雨季,深沟里会涌起一条澎湃的河流,这条沟壑深不见底,不过它可以瞬间变成凶险的地狱和雪山千斤顶。不过,这里也许没么吓人,人们可以顺坡爬下去,或者慢慢爬下去，那样会更轻松。一边下山、一边喝点龙舌兰酒，更为惬意，顺道再去探访一下隐居在山谷中的普罗米修斯。想到这里，领事放慢了脚步，他再次站到了房子对面，踏上了绕过坤西先生家花园的小路。在他左侧、公共花园之外，有一块美式草坪，草坪上有很多带旋转的喷头，现在那些喷头正在给草地浇水。这片草坪与他家里的灌木丛平行，英国的草坪可不是这般平整、这样可爱。领事可能一时兴起，也可能是因为打嗝的原因，躲到了一棵歪歪扭扭的果树后。他靠着树，屏住呼吸。这棵树的根正好在靠近他家的这一侧，树荫却伸向了坤西先生家。领事认为他用这种奇怪的方式避开了坤西先生的窥视，此时坤西先生正在花园里忙活，可是领事很快欣赏起了自家的花园，很快就把要和坤西先生交谈的事抛在了脑后……这次，他能够抓住机会让别人喜欢自己吗？这个机会能够挽救他吗？大力水手莫非比一个切特斯特勒大街上的煤渣堆或约翰逊大字典更令人厌恶？通向英格兰的道路延伸到了他灵魂的大西洋，如果真是那样，会是多么奇特的事啊！在利物浦登陆，透过散发着塑料袋和威尔士麦芽啤酒味道的迷雾是多么奇特啊！那熟悉的、吃水位深的蒸汽货轮完美启航，倔强地借着潮汐踏上了外出的行程，用铁栅栏掩藏起船员，不让码头上那些戴着黑头巾、哭泣的妇女找到他们。在战争期间，利物浦港常有大大小小的货轮进进出出。只需一声令下，那些伪装好的商船、货船和潜艇就能变成配有军备的战船，那些海中长着长长鼻子的远航者并未意识到……

"我想，是利文斯通医生吧？"

"嗝。"领事打了个嗝，他在一个密闭的空间里突然看到了一个瘦瘦高高、弯着腰的人，不禁吓了一跳。那个人穿着一件卡其色衬衫和一条灰色的法兰绒裤子，脚上穿着白色凉鞋。他的头发灰白、身材匀称，这身段可以给斯普林特苏打水打广告了。他手里拎着一个喷水壶，站在篱笆的另一边，正透过一副牛角框眼镜打量着领事。

"早上好啊。"领事向坤西先生打招呼。

"有什么好的？"这位退了休种核桃的坤西先生不耐烦地回了一句，又忙着给花浇起水来，喷壶里喷出的水都洒到了花床外面。

领事冲着坤西先生种植的欧石楠摆了摆手，也许他并没意识到龙舌兰酒瓶也在这个方向。他接着说："我在那边看到你了，你不知道吧？我只想出来看看我的丛林。"

"你出来看什么来了？"坤西先生的目光越过了喷水壶，瞟了领事一眼，那表情好像在说："你身上发生的一切都逃不过我的法眼，因为我是上帝，我洞悉一切。"上帝要比你的年纪大得多，可是他早就起来与宿醉抗争了；你起得这么晚，却还是一副醉醺醺的样子。你只知道整夜酗酒，却不知道怎么醒酒，我就会和酗酒宿醉抗争到底，我随时准备好与任何人、任何事抗争，抗争到底！

"恐怕我的花园真成丛林了。"领事接着说，"就算罗素[①]骑着虎从这花园里走出来，我也不会觉得奇怪。"

"你说什么？"坤西先生皱着眉头问，那副表情好像在说：上帝是绝不会在早餐之前喝酒的。

"骑在虎背上。"领事重复了一句。

坤西先生面无表情地盯着领事看了一会儿，他眼神冷漠，满是讽刺的意味，那种讽刺是来自物质世界的。"我觉得也是，"他酸溜

[①] 伯特兰·罗素（1872—1970）：哲学家、数学家、逻辑学家、历史学家、文学家，代表作有《西方哲学史》《哲学问题》《心的分析》等。

溜地说,"你的丛林里有很多老虎,还有大象。可是能不能拜托你,下一次视察你的丛林的时候,要吐的话,吐在你篱笆那边?"

"嗝。"领事简单地回答,"嗝。"他突然大笑起来,接着,他出其不意地猛然击打起了肾的部位,想止住打嗝。奇怪的是,这种奇特的方式竟然奏效了。"对不起,给您留下了不好的印象,都是因为这该死的打嗝!"

"我看出来了。"坤西先生说,也许他是发现了那瓶藏得很隐蔽的龙舌兰酒。

"可笑的是,我只喝了特华坎矿泉水,"领事打断了坤西先生,"昨晚我除了特华坎矿泉水以外几乎没喝别的东西……顺便问一句,昨晚的舞会上,你怎么没喝多呢?"

坤西先生面无表情地盯着领事看了一会儿,然后走到水龙头旁,给喷壶加水。

"我真的只喝了特华坎矿泉水,"领事接着说,"还喝了点儿汽水,那汽水的味道让人想起了老牌斯普林特苏打水呢,是啊,啧啧,我这些天已经滴酒不沾了。"

坤西先生又开始浇花,他动作僵硬地沿着篱笆向前走,领事看到果树下有个难看的苍老的蝗虫的壳,他迫切地想离开那棵果树,不料那虫子的躯壳竟然亦步亦趋地跟着他走了。

"对了,我想告诉你,我现在已经戒酒了,恐怕你还不知道吧?"

"依我看,你是坐着灵柩去赴死呢。"坤西先生喃喃自语。

"顺便说一句,刚才我看到了一条小束带蛇。"领事突然说了一句。

坤西先生好像咳嗽了一声,或用鼻子哼了一下,他什么都没说。

"你知道吗,坤西先生?这让我想起了一件事,我过去就常常想……那个古老的伊甸园传说中除了描述亚当和夏娃的爱情之外,就没说什么别的事了。如果亚当要是没有被赶出伊甸园呢?也就是说,如果他并没有被上帝"逐出"了乐土,是我们理解错了呢?"坤西先生抬起头,定睛看着领事,不过他的目光似乎定格在领事的肚子下边。"如果上帝对他的惩罚不是不让他继续生活在伊甸园里,而是让他独自一人生活在伊甸园里,终日与上帝隔绝,"领事情绪激昂地说,"那么他就成了第一个产权人,而上帝则成了第一位平均地权论者,就像卡德纳斯。事实上,上帝想清理门户了。"领事说着,咯咯笑了起来,他突然意识到,鉴于现在的特殊历史形势,他这个笑话似乎没那么好笑了。"这一点每个明眼人都能看明白,你不这么看吗,坤西先生?你同意我的说法吗?……原罪者居然摇身一变,变成了产权所有者……"

坤西先生冲他点了点头,那动作很细微,几乎让人察觉不到,看来他并不赞同领事的观点。他那颇具洞察力的政治家般的眼睛仍然停留在领事肚子下边的某个位置上。领事低头看了看,才发现他的裤子扣没有系好。"真失礼啊,请见谅。"他说着整理了衣衫,然后笑了笑,重新回到了刚才他谈论的那个公然挑战权威的话题上,"是啊,没错,没错……而真正的惩罚是被迫继续生活在伊甸园里,我是说那可怜的家伙私底下可能讨厌那个地方,他真的讨厌那里,一直以来都很讨厌那里,而这一点被上帝发现了……"

"我不知道是不是自己看错了,我看到你妻子在楼上。"坤西先生不耐烦地说。

"……这也不能怪他,那该死的地方,想一想那些讨厌的蜥蜴,还有那些食叶蚁……这些只是他讨厌的东西中的一小部分。您刚才说什么来着?"坤西先生重复了一遍刚才的问题,领事大声反问:"你是在园子里看到她的吗？是啊……您想问她回来了吗？没错，你看到的正是她，她这会儿睡觉了。我不想……"

"她出去有一阵子了吧？"坤西先生温和地问，他把身子向前探了探，这样他就能更清楚地看到领事家的房子了。他又问了一句："你弟弟还在这儿吗？"

"我弟弟？哦，你说的是休吧？没有，他在墨西哥城呢。"

"我想，他回来了。"

领事抬头看了看自己的房子，又打了个嗝，声音里充满了忧虑。

"我想,他应该是和你妻子一起出去了。"坤西先生又补充了一句。

"喂—喂,看看是谁来了,是—我—在—草—地—里—发—现—的—那—条—小—蛇—是—我—在—草—地—里—的—小—可—爱—"领事朝坤西先生的猫打招呼，一时把猫的主人给冷落了。那只灰色的小家伙好像在思考着什么，它拖着长长的尾巴，小心翼翼地从草丛中钻了出来。领事俯下身，拍了一下腿，说："你好哇，小猫咪,我的小俄狄浦斯,我的小可爱。"小猫认出了朋友，愉快地"喵喵"叫了起来。它穿过篱笆来到领事旁边，在他腿上蹭了又蹭，还高兴地发出"咕噜、咕噜"的声音。"我的小西科·坦克特,"领事说着，站起身，简短地吹了两声口哨，那只猫立刻把耳朵转过来，"他还以为我是树上落着的小鸟呢。"领事说。

"我看挺像的。"坤西先生说着，又走到那水龙头旁边给他的喷壶加水了。

"宠物可不是给我们吃的，是供我们消遣的。我们养宠物是一时兴起呢，还是为了满足我们的猎奇心理呢？就像威廉·布莱克斯通说的那样，你肯定听说过他的！"领事蹲下来，仿佛在和猫说话，又像是在和坤西先生说话。坤西先生不浇花了,他停下来抽了根烟。"是不是还有另外一个威廉·布莱克斯通啊?"领事这回是和坤西先生说话,不过坤西先生并没有理会他,于是领事自言自语地说:"我一直很喜欢这个人物,我记不清了,是威廉·布莱克斯通说的还是亚伯拉罕说的来着?不管了,总之,有一天他来到了今天位于马萨诸塞州的一个什么地方,他想在那里安安静静地生活在印第安人中间。过了一段时间,清教徒在河对岸定居下来,他们邀请他过去,还告诉他,和他们生活在一起才更健康。这些清教徒都是头脑灵光的家伙,可是老威廉并不喜欢他们,他并不喜欢那些人,于是他又回到印第安人中间生活了,后来那些清教徒找到了他,再后来他就永远消失了,谁也不知道他去了哪里。"领事说着,轻轻地拍了拍他的胸口,"快到这儿来,小猫咪。"那只猫鼓起脸,弓着背,向后退了退。领事指着自己的胸脯,说:"印第安人就在这儿呢。"

"确实在那儿呢,"坤西先生叹息了一声,像一位怒气冲冲的官员那样说道,"和你说的那些粉色大象、蛇,还有那些老虎生活在一起。"

领事笑了笑,笑声中透着幽默,就好像他已经意识到了他所说的、所做的,都是在模仿一位伟大而慷慨的人。他的朋友也知道,他的这种表演并不能给他带来真正的满足感。领事接着说:"我所说的并不是真正的印第安人,他们也没在花园里,他们都在这儿呢。"他说着,又拍了拍胸脯,"是的,这就是良知的最后前线,在我心里,仅此而已。真是个天才,我总喜欢这么说。"他说完就站起身,整理了一下自己的领结,然后舒展了一下肩膀,好像决意要离开那里了。领事刚才只是一时兴起,他现在觉得自己对天才的兴趣和对猫的喜爱都离他而去,他说了一句:"……天才无须费心这些琐事。"

领事听到远处某个地方传来了钟声,他依然一动不动地站在那里。伊芙,这些天来忽略了你?钟声敲响了十九、二十、二十一一下。他看了看手表,发现已经是10点45分了,但是钟声还没有敲完,又敲了两下。那两声钟响以两个干瘪、悲伤的音符结束:"叮!当!"回声传来,嗡嗡作响,钟声在空中留下的那回声仿佛在耳边细语:"哎呀!哎呀!"

"这些天怎么没看见你那位朋友啊?我总是记不住他的名字,就是那个法国人。"坤西先生问。

"你说的是劳埃尔吗?"领事的声音很缥缈,似乎从远处传来。他觉得自己头晕目眩,就疲惫地闭上了眼,抓住篱笆以稳住身体,不让自己摔倒。坤西先生的话仿佛触动了他的心灵。他好像听到有人在敲门,那声音随后消失了,过了一会儿,那敲门声又变大了。坤西先生正敲着麦克白的大门。"咚咚,快开门!""是谁在敲门?""是猫。""谁家的猫?""是灾难。""谁的灾难呢?""灾难家的灾难。""是你吗,我的小猫?你得等上一辈子,直到雅克和我谋杀了我们的睡眠,我们才能给你开门呐。我们撤退到猫的深渊,那里有黑美洲秃鹫,猫讨厌黑美洲秃鹫……当然了,这些他早就应该知道的。"那是人们的心从死亡之谷逃离的最后时刻,也是恶魔蜂拥而至的最后入口。那与世隔绝的夜晚就像真实的德·坤西(那个不折不扣的靠药物杀人的恶魔,领事想睁开眼睛——看看那瓶龙舌兰酒)——他想象的谋杀邓肯的凶手,另外一些与世隔绝、离群索居的人退到了深深的省略和暂缓的激情中……可是,现在坤西去哪儿了呢?还有那拯救世人脱离苦难的上帝这时去了哪儿?水管好像被施了魔法,突然不出水了。如果来者不是古兹曼医生,又会是谁呢?

来者应该不是古兹曼医生,不是他,一定不是他,那应该是前一天晚上古兹曼医生的那位朋友——维吉尔医生。他现在来这儿意欲何为呢？那个人影越走越近，领事越发感到紧张不安。无疑，坤西是维吉尔先生的病人，如果医生是来给他的病人看病，那他为什么不去坤西家的房子，而是朝领事家这边走呢？为什么他鬼鬼祟祟地到花园打探？只有一种可能：维吉尔医生的突然造访恰逢领事去拿那瓶龙舌兰酒（领事把酒瓶藏得很巧妙，他们还没发现呢），一定是医生盘算好了时间，来监视领事，看他喝没喝酒的。他想掌握一些领事酗酒的信息，获得那家该死报纸除那些耸人听闻的报道以外的第一手资料。听听那些报道的标题吧：什么"费尔明长官支持墨西哥"啦，"费尔明被控有罪，当堂宣判无罪，在法庭上痛哭流涕"啦，"无辜的费尔明背负了全世界的罪名"啦，"费尔明现身沙坑，烂醉如泥"啦，领事脑海中立即浮现出这些耸人听闻的标题，一定是《环球时报》的那些不实报道把维吉尔医生招来了，因为他只读《环球时报》。看来，这个劫难他是逃不掉了，可是他此时此刻不应拒绝倾听那与他良知为伴的声音。此时此刻，它们悄无声息地随着早报醒来，现在躲到了一边（医生站住，四下看了看），它们把头扭到一边、静静地听着，然后喃喃地告诉领事："你骗不了我们，我们知道你昨天晚上干什么了，可是他昨天晚上到底干什么了？"领事现在看清楚了，来者正是维吉尔医生。他也认出了领事，朝他微微一笑，合上了报纸，朝他走来。医生的诊所在革命大街上，一大早就有醉鬼去造访，他的诊所贴着一些古代西班牙的医生，看起来挺吓人的，画像上那些医生都长着山羊一般的长脸，褶皱领子上的脸让人不寒而栗，不过这些只是医生诊所的摆设，和他本人的医术和人品无关。话虽如此，可是领事还是觉得放心不下，领事看到维吉尔医生站在了刚才坤西先生站的位置上，更觉得心神不宁了。他看见医生迟疑了一下，突然朝他深深地鞠了个躬，接着他又二鞠躬、三鞠躬。领事这才意识到，昨天晚上自己酒醉以后并没有犯下什么滔天罪行，他还是值得人们尊敬的。

接下来，两人几乎不约而同地呻吟起来。

"怎么了？"领事问。

"打扰了……"另一个沙哑的声音响起，那人把指甲剪得整整齐齐，将一只颤抖的手放到了嘴唇上，告诉领事道。他忧心忡忡地看着花园。

领事心领神会地点了点头。医生大声说："当然，你看起来很健康，看来你昨晚没去参加酒会啊。"领事的目光紧紧地跟随着医生，毕竟坤西先生参加了昨晚的酒会，他的状态看起来就不像领事这么好，现在居然不见了人影，很可能是去关闭主水管的水去了。领事心想，一个突如其来的电话、医生的一次无意造访，居然被自己想成了"处心积虑的计谋"，这是多么荒谬啊！领事朝车道的方向看去，可以看到坤西先生在自家的花园里忙碌着。他放低音量问医生："我正想问问您，治疗宿醉，您可有良药？"

医生又忧心忡忡地看了看花园，然后静静地笑了起来，他笑得全身都颤抖起来，他那洁白的牙齿在阳光下熠熠发亮，就连他身穿的那堪称完美的西服似乎也大笑起来，医生回答："先生……"他咬了咬嘴唇，就像一个孩子那样用前牙咬了咬嘴唇，试图让自己平静下来。他接着说："费尔明先生，对不起，我在这儿必须注意自己的仪态。"他再次向四下看了看，深吸了一口气，然后平静地说："我必须表现得像一个使徒那样，这一点您是知道的。您今天气色不错，就像这只小猫一样精力充沛。"

领事柔声回答:"我哪有小猫那么活泼。"领事说着,用怀疑的目光向另一个方向看了看。他看到平房外有些深绿色的龙舌兰酒瓶,就像一个连队迎着敌人的机枪扫射,攻占了山坡,于是他又换了个说法:"我刚才的说法可能有些夸张了,简而言之,我想问的是:针对一种慢性的、不可控制的、无法逃避的神志不清,您可有良方医治?"

维吉尔医生的嘴角挂着微笑,他开玩笑似的将手中的报纸利落地卷成了一个纸筒,问道:"你说的,是猫吗?"他一边说,一边用手在面前做出了爬行的动作,接着说,"还是……"

领事愉快地点了点头,他放下了戒心,又瞥了一眼报纸上那些标题,看上去报纸上的报道都是关于教皇的病情和埃布罗河战役的情况。

"……向前走,"医生慢慢地重复着刚才的动作,他闭着眼睛,手指分开又弯曲起来。他的手看上去就像一只猫的爪子,他晃晃头,显得很愚蠢,猛地停下来说了一句:"有时候,没错!"他说着,噘起了嘴,可笑地拍了一下脑门儿,接着说,"没错,对极了……再多喝点儿就好了。"他面带微笑地说。

"您的医生告诉我,像我这种神志不清并不是什么致命的病,"领事看到了坤西先生,底气十足地说。这一次,他终于可以挺直腰板、义正词严地跟坤西先生说话了。

接下来,领事和维吉尔医生传递了一个信号,此前二人从未互传信号,而他们之间传递的信号很微小,外人根本无法察觉:领事抬头看了看自家的小屋时,靠近医生的手腕朝着嘴角的方向轻轻抖动了一下,而维吉尔医生则会意地轻摆了一下手臂,二人之间的信号(这是深谙"伟大的酒精兄弟会"内部暗号的人才能明白的一种暗号)

意思是:"等你办完事儿,过来喝一杯吧。""恕难从命,喝了酒就变得飘飘然了。"如果再仔细想想,医生的回答应该是:"好的,我会去的。"看来领事又回去喝那瓶龙舌兰酒了。过了一会儿,他又飘飘忽忽地出现在阳光下,向自家屋子那边走。坤西先生的那只猫跟在他后面,小猫在捕捉一只昆虫。领事看起来神采奕奕。屋子外面那些等待他解决的问题似乎已到迫在眉睫、非解决不可的紧要关头,而眼前的日子就像一个滚动的无边沙漠,虽然在沙漠中行走也算是愉快的,可终会面临迷失的危险。不过这片沙漠中不乏几处水源,或者几片龙舌兰酒绿洲,可以拯救迷失者的性命。那些军团的士兵向他挥手,可是那些人居然听不懂他说的话,他们得到补给之后就会进入荣耀的帕里安荒野。在那里,人们永远不会觉得口渴。他现在走过了那些像冰冻的电线一样的人类残骸,被慢慢消散的海市蜃楼美景所吸引,他像一头梦游的狮子一样游荡,愉快地朝着无法逃避的个人灾难走去。而最终,灾难也许含有些许胜利的意味。领事并没觉得心情低落,恰恰相反,他很少像现在这样兴致勃勃:他第一次意识到他花园周围正在上演奇妙的活动:一只蜥蜴爬上了树,一只蜥蜴从另一棵树上爬了下来;一只绿颈蜂鸟在探索着一朵花,而另一只蜂鸟在探索另一朵花;巨大的蝴蝶翅膀上的图案让人联想到市场上出售的女士衬衫,蝴蝶的翅膀优雅地煽动着,就像懒散的体操运动员的动作(就像伊芙向他讲述的,昨天在阿尔普尔科海湾中看到的那些向她致意的蝴蝶,它们就像是被撕碎的五颜六色的彩色纸屑,被从沙龙的沙发上清理出来);蚂蚁们抬着花瓣儿或是红的鲜花,在道路上来回爬。从花园的上面、下面,从天空中、从大地上传来了接连不断的口哨声,吱吱嘎嘎的声音,还有号角的声音。现在,他的那只小蛇朋友到哪儿去了？也许它藏在哪一棵梨树下，等着向你扔下戒指——那是妓女的鞋。这些梨树的枝干上挂着装有黏糊糊黄色液体的饮料瓶，这些东西是用来捕捉每月都要被当地园艺学院当成标本研究的昆虫（墨西哥人的生活是多么欢乐，园艺家们竭力创造这种欢乐的机会，他们总是创造各种各样能制造欢乐的机会。他们把家里的女眷带着，让她们聚集在树下，像跳舞一样从一棵数转到另一棵树，好像整个活动就是芭蕾舞中的一个动作，然后她们会懒洋洋地在树荫下躺上几个小时，完全无视领事的存在）。这时，领事先生又被坤西先生养的那只小猫的举动迷住了：那个小家伙终于抓到了一只蝴蝶，但是它并没有马上吞下那昆虫，而是抓住了昆虫的身体，却并不伤害它。它小心翼翼地把那只蝴蝶叼在嘴里，那只蝴蝶还在扇动翅膀，并没停止飞行，它扇动的翅膀从小猫的胡须下探出来。领事俯身，想把那只蝴蝶从小猫的嘴里救出来，可是小猫纵身一跃跳起来，领事够不到它了；他又扑了一下，结果扑了个空。那只蝴蝶在猫的嘴里扑腾、挣扎，小猫跳到了一个柱子旁边，最后伸出爪子，准备大开杀戒。它张开嘴，这时那只一直没停止扑腾的蝴蝶张开翅膀，突然从小猫的嘴里飞了出来，就好像人类的灵魂逃离了恶灵的魔掌，它一直向上飞、向上飞，飞越了树林。就在这时，领事看到了他们——他们正站在门廊上，伊芙的手里抱着叶子花，正准备放到瓷质花瓶里。她问休："如果他很坚决呢？如果他不肯走呢？小心，休，这花上有刺。你插花的时候看着点儿，确保花上没有蜘蛛。""嗨，你们都在啊！"领事招呼二人，那只猫停下脚步，回头看了看领事。领事摆了摆手，大声向两人打招呼。小猫被领事吓到了，露出一副惊恐的表情。伊芙说："反正我也不喜欢那只猫，让它走吧。"小猫觉得很委屈，"嗖"

地一下钻进了灌木丛里。领事接着说:"休,你这只藏在草丛里的蛇!"

……为什么他偏偏要这时候坐在浴室里呢,他睡着了吗?还是死了?还是昏过去了?他坐在浴室里,是现在还是半个小时以前的事儿?当时是晚上吗?其他人去哪儿了?他听到门廊上有其他人的声音,是其中的一些人吗?当然了,屋里除了他,只有休和伊芙,因为维吉尔医生已经离开了。可是,领事刚才还觉得这屋子里全是人呢。这是怎么回事儿?现在是早晨,还是中午呢?他看了看表,发现是12点15分,他觉得自己十一点的时候还在跟坤西先生说话呢。"哎哟,哎哟……"领事大声呻吟起来,他刚刚想起自己应该准备一下去托马林了,可他怎么才能说服别人让他去呢?他怎么能证明他很清醒,可以自己去托马林?他为什么要去托马林呢?

这一连串儿的想法就像小动物一样从领事的脑海中迅速掠过,他在想这些事的时候,感觉自己疾速穿过门廊,就像他一小时之前那样。这些想法都是他在观察蝴蝶从小猫嘴里逃生的那一瞬间想到的。

康赛塔刚才已经清扫了门廊地面,领事穿过门廊,朝冰柜走去。他神智清醒地朝伊芙笑了笑,还和休握了握手,然后他松开手,继续朝冰柜走。他不但知道二人刚才在讨论他,而且还无意中听到了二人对话的只言片语,模模糊糊地猜到他们对话中隐藏的意思。他管中窥豹,就好像他能从新月中瞥见新月背后有一轮满月似的,那一轮圆月可能会令人惊叹不已,只是世人只能看到它的一部分,其余的只是月影,只有地球上的光线照亮它们时,世人才能一睹它们的真容。

但是当时发生了什么呢?"哎哟……"领事又大声呻吟起来,过去一小时发生的一幕幕仿佛浮现在他眼前:休、伊芙和维吉尔医生的身影在他脑海中迅速掠过,动作略显笨拙,好像旧时无声电影里的人物。他们说的话就像他头脑中引爆的无声炸弹。大家似乎都在做些无关紧要的事情,可是一切看起来却又至关重要,例如伊芙说:"我们看见了一只犰狳。""什么?你该不会是看错了吧?"领事惊奇地问,这时休打开了一瓶冒着凉气的冰镇卡特布兰卡牌啤酒,酒沫子喷涌而出,一直喷溅到了矮墙的边缘。他看到了自己的酒杯,就放在那个装着马钱子碱的瓶子旁边,他必须承认:现在马钱子碱对他来说已经无关紧要了。

领事坐在卫生间里,他意识到自己手里还有半杯早上没喝完的啤酒,他的手很稳,但是因为一直握着那杯子有些麻木了。他小心翼翼地喝起了啤酒,过一会儿,那酒杯就会空空如也,到时候,那些问题又都会出现,他只想尽量拖住时间,尽量把被那些问题所烦扰的时间缩短一些。

"胡说!"他驳斥休,还拿出了领事般的权威口气,他告诉休,不能在这个时候离开,至少他现在不能去墨西哥城,因为今天只有一辆公共汽车去那儿。休就是坐那趟公共汽车来的,现在那辆车已经返回了墨西哥城。还有一列火车能到墨西哥城,不过直到晚上11点45分才会离开。

"可是,这不是叶子花吗,医生?"伊芙问道。他坐在卫生间里,细细地回味着这些细节,现在这些琐事在他看来变得这样可恶、这样急切,让人感到心烦意乱。"难道不是布干维尔最先发现了叶子花吗?"此时医生俯下身,闻了闻伊芙拿回来的那束花。这一问把医生问住了,他变得警觉起来,看上去有些迷惑。他什么也没说,可是他的眼神分明是在说:他碰到了"状况"。"我现在想,应该是他最早发现的叶子花,所以他才给花起了那个名字。"休坐在矮墙上,傻乎乎地回答伊芙的问题,"你可以去药店问问,那样就不会弄错了,就说请他们帮你买奎宁,如果没有,就买一份止吐药……"维吉尔医生听了,咯咯地笑了起来,回应了一句:"就是这样!"伊芙溜进了自己的房间,领事在偷听他们说话。领事又去冰箱拿了一瓶啤酒……接着说:"哦,今天早上我感到非常恶心,我得去窗口透透气。"领事回来时,医生告诉他:"……请原谅我昨晚做的蠢事,哦,过去这几天我到处做蠢事。"他说着……举起了手中的威士忌酒杯……"我不会再喝了,我必须得清醒两天,才能完全恢复状态。"……那个时候,伊芙回来了,医生再次举起了酒杯,对领事说:"再见,我希望你不要像我一样,喝得烂醉。昨天晚上,你喝得不省人事,我还以为你昏死过去了呢。我真想派个孩子今早来敲你家的门,看看你是否还活着。"

领事坐在浴室里,喝着那没滋味的啤酒。心想医生真是个怪人,虽然他有些奇怪,不过他心地很好,是个良善之人,只是缺乏人情练达的敏锐。为什么人们不能喝酒呢?他仍然在想维吉尔医生刚才站在坤西先生家花园里的位置,最终他得出了一个结论:很少有人能和你推心置腹地喝酒。这个想法让人觉得孤独,但是他丝毫不怀疑医生为人慷慨。虽然他刚才说需要清醒两天才能恢复,可还是邀请他们和他一起去瓜华那华克镇,还建议他们下午看一场网球赛,晚上开车去兜兜风……

领事又喝了一口啤酒,他打了个冷战,说:"哦,好的。"昨天晚上,他才发现医生和雅克居然是朋友,大吃一惊,而且今天上午还有人提醒他这件事……他感到颇为尴尬,好在休已经听了领事的劝告,放弃了去二百英里以外的瓜纳华托的想法。休看起来状态很不错,他穿着那身牛仔服,看起来身姿挺拔、十分潇洒。他已经下定决心要赶晚班火车,而因为伊芙的原因,领事也不好再拒绝了。

领事发现自己站在矮墙上,彷徨失措地俯瞰着下面花园里的游泳池。游泳池犹如镶嵌在花园里的一小块儿绿松石。他心想:此地乃埋葬生命与爱之坟墓。池水中倒映出香蕉树、飞鸟、流云的影子,它们的倒影在池水中游动着。水面上还漂浮着刚刚修剪的草皮。清冽的山泉涓涓流入游泳池,使本就快要充满的游泳池显得满溢。水龙头里的水,通过那条破裂的水管一直给游泳池注水。

过了一会儿,他看到伊芙和休在楼下游泳池里游泳……

"真该如此!"医生坐在领事身边的矮墙上,他神情专注地点燃了一支香烟。领事说:"是啊!"他抬起头看着火山,感觉自己的绝望飞向了火山那不可企及的高度。虽然已经将近中午,飞雪仍然在那里胡乱拍打着他的脸,他脚下的地面是一片沉睡的火山熔岩。那是一片毫无灵魂的、石化了的喷涌出岩浆的残存物,即便是生命力最顽强、最孤寂的树木也无法在那片土地生长;"我身后还有一个敌人,你们看不到它,它就是那株向日葵。我知道它在暗中监视着我、我还知道它恨我。""千真万确,"维吉尔医生说,"不过,如果你不再喝龙舌兰酒,它也许就不会那么恨你了。"领事坚定地回答:"我今天上午只喝了啤酒,今天上午你也亲眼看到了。""的确如此,老兄。"维吉尔医生答道,点了点头,他又喝了几杯威士忌酒(他又打开了一瓶威士忌酒),现在他不再避开坤西先生家的花园、不再躲躲闪闪了,而是和领事一起无所顾忌地站在矮墙旁边。领事又说:"我说起过一千种地狱般的美丽,每一种都有它特有的折磨人的方法,就像是嫉妒心极强的女子,不过她们都那样风情万种。""自然如此,"维吉尔医生说,"不过,如果你想彻底摆脱酒精的困扰,我建议你这次旅行去更远的地方。"领事把酒杯放到了矮墙上，医生接着说："我也应该戒酒了，我也应该去走走，除非我们都能控制自己、不再酗酒了。我在想，我的朋友，我们的问题不仅是身体上的，而且还有那个过去被人称作'灵魂'中的。""灵魂？""正是！"医生一边说，一边迅速地扣上了手指，然后又松开，"但是，是一张神经网，我们的神经就是一张网，就像你们说的，怎么说来着？啊，是电网吧？""啊，非常好，"领事回应，"您是把人的神经系统比作了电网。"医生接着说，"但是，如果喝下了太多的龙舌兰酒，这张电网就有点儿失灵了，然后会走向分崩离析。我说明白了吗？就像电影院里，有时候因为停电，就会暂停放映那样，听明白了吗？""有点儿像癫痫？"领事不安地问，然后绝望地点了点头，拿走了他的酒杯。这时，领事突然想到自己已经有十分钟没喝酒了，龙舌兰酒的作用似乎也消失了。他朝花园外看了看，他的眼皮在不停地跳动，眼前的景物似乎又变成了一些摇摆不定的形状和影子，这些形状和影子跳进了他的脑海中，喋喋不休地说话。可是这一次，他还没听到那些声音，不过它们快回来了；他眼前又出现了以小镇面貌出现的自己的灵魂，但是这一次，他发现那个小镇破败不堪、损毁严重，他走在一条黑色的小路上，看着那个小镇，感觉眼睛刺痛。他闭上眼睛，想象这个系统神奇的功能。人们在这个系统中变得鲜活，他们互相联通。只有在勃然大怒时，神经才会变得僵化，这里没有噩梦，只有冷静的睡眠，而不是休眠……这里是一个平静的村庄，耶稣基督啊，为什么人要经历加倍的痛苦，才能意识到这一切？（在此期间，别人完全有理由认为他生活得很惬意，并且沉醉其中），与此同时，他意识到这个看似完美的机制正在土崩瓦解：灯时明时暗，有时亮得刺眼，有时暗得可怕；电池即将耗尽，发出断断续续的光亮，最后整个城镇陷入黑暗，所有的联通都被切断，一切活动将被阻隔，人们时刻面临着炸弹的威胁，思想开始溃不成军……

领事现在喝完了那杯没有滋味的啤酒。他坐在浴室里，盯着墙，他的举动好像在拙劣模仿着古老的冥想姿势。"我对疯狂的状态非常感兴趣……"有个人想跟你喝杯酒，他却以这种奇怪的方式与你对话。可是，这正是医生前一天晚上在"胜景酒吧"里和他对话的方式。是不是维吉尔医生凭借多年的行医经验看出领事即将走向疯狂？（领事现在回想起来，他觉得医生只是猜测他即将走向疯狂，而不是依据事实判断，便觉得这件事很滑稽），就像那些毕生都在观察风和天气的人能看到万里无云的晴好天气背后潜藏着即将到来的狂风暴雨。他可以在脑海中预感到黑暗将至的情景：那并不代表风暴和晴天有什么特别的联系。可是医生怎么会对他这样一个被宇宙力量击垮的人感兴趣呢？他的灵魂有什么引人之处呢？那些科学领域的达人对这些可怕的超自然之力又能有多深入的了解呢？领事并不需要一个经验丰富的医生告诉他：他即将大难临头，或者是警示世界的"弥尼·提客勒·佩雷斯"[①]字样的墙。与这些大难临头的人相比，自己的不清醒不过是小巫见大巫。然而，谁又相信那些籍籍无名的人？他们坐在世界中心，坐在一个浴室里。哎，他们的头脑里充斥着这些孤独的、悲观的想法，他勾画着自己的末日，虽然这只是他的想法，

---

① 指"不详之兆"或"大难临头"。《圣经》中《旧约·但以理书》记载：古巴比伦国王在宫廷设宴纵情饮酒时，忽然看到一个神秘的手指在王宫墙上写了一些看不懂的文字。后来，国王叫来预言家但以理，才知道墙上的字是"大难临头"的意思。如预言所示，国王当夜被杀。

但是他觉得已经有人在幕后操纵着他。整个欧洲都陷入了火海,灾难就像现在这样一步步向他逼近,也许就在此时此刻,灾难一触即发,领事却全然不知。外面的天空已经变得黑暗。也许灾难逼近的不是一个成年人,而是一个孩童,一个年幼的孩子,单纯得就像幼年的杰弗里一样,坐在阁楼的一个角落里玩耍,他的玩具火车随意驶出所有的车站。王国分崩离析、轰然崩塌……灾难从天而降,可纯真的小孩儿就像那个婴儿一样在棺材里安眠,躺在倾斜的棺材里,棺材沿着德拉德菲戈大街行进,从他们身边经过……

领事又把杯子举到嘴边,品味着那个空酒杯的感觉,然后把它放在了洗手间的地板上。洗手间的地面湿漉漉的,有一种不可控制的神秘感。他记得上一次,他带着一瓶卡特布兰卡啤酒去了柱廊……尽管因为一些原因,回忆起来好像是许久以前的事儿了,好像他无法确切指出当时自己经过了猛烈的分裂后,从那些人物中抽离出来,回到了这个坐在洗手间的自己的身体里(那个坐在柱廊里的自己看起来更年轻一些,他的活动更加自如,他的前景也更加美好,也许那是因为他手里拿着一杯满满的啤酒)。那时的伊芙更年轻、更漂亮,她穿着白色绸缎的浴衣,踮起脚尖,在医生身边游荡,医生说:

"费尔明先生,你不能跟我一起来,我真的很失望。"

领事和伊芙看了一下彼此,心领神会。此刻,伊芙又回到了楼下的游泳池中,医生对领事说:

"瓜纳华托就在崇山峻岭中。"

"瓜纳华托,"医生说,"你不会相信我的,它所处的那个位置的地形,就像是我老祖母胸前的蜡梅老式金首饰。"

"瓜纳华托,"医生接着说,"那里的街道很神奇,他们的名字奇怪得令你无法接受：什么'接吻大街'啦，'唱歌的青蛙大街'啦，'小脑袋大街'啦……你说这些名字听起来是不是令人作呕？"

"的确令人作呕，"领事说，"可是，瓜纳华托就是那个传说中活埋人的地方吗？……我记得那儿有斗牛比赛，看场摔跤比赛会让人觉得精力无限。"领事一边说，一边走到了游泳池边上，若有所思地坐在休身边（休穿着的那条游泳裤是领事的）。"托马林离帕里安不远，你的朋友会去那儿的，我们可能也会去那儿的，"这时，他走向医生，告诉他，"或许，你可以跟我们一起去那儿……我把最喜欢的烟斗落在了帕里安，如果我运气好，烟斗还在那儿的话，也许我这次去会把它取回来。我应该是把它落在'白果酸浆'酒吧里了……"

医生突然问了一句："地狱在哪儿？"伊芙为了听清他们的谈话，特意掀开了泳帽的一角，还温柔地问道："我们是要去看斗牛吗？"领事回答："我说的是斗牛比赛，不是斗牛，如果你不太累的话，我们就去看看。"

但是维吉尔医生自然不能跟他们一起去托马林，虽然他们从未讨论过他能不能跟他们一起去那儿，他们的谈话被一个突如其来的可怕响声所打断。那响声撼动了房子，把花园里的鸟儿吓得四散而飞……那是从南马德雷山传来的实弹射击声。之前，领事在睡觉时就听到了。山谷尽头的波波卡特佩特火山下面的岩石冒出了阵阵烟雾，三只黑色的秃鹫从屋顶的树梢上低低掠过。它们的叫声很沙哑，就像叫春的声音。它们受到恐惧的驱使，飞行速度很快，似乎马上就要掉下来，但是它们靠得很近，却在不同的角度飞行，避免撞到彼此。随后它们找到了另外一棵树落在上面等待着，等待炮声停止再回到刚才栖息的地方。它们越飞越高，越来越看不清楚。不知从何处传来了钟声，敲响了十九下，应该是十二点了。领事告诉维吉尔医生："我看到了黑色魔法师的梦，就在他想象出的洞穴中。我最喜欢这个了，世界摇摇欲坠，似乎就要崩塌。黑魔法师的梦正是这个美丽世界的真正终结。天哪，你知道吗，朋友？有时，我真的会有这种末日的感觉，我觉得世界就像亚特兰蒂斯那样正在下沉。在我的脚下慢慢下沉……下沉到可怕的泰奥彭波斯①的麦若普斯大洋，那里有喷着火焰的火山。"医生表情阴郁地点了点头，说："是啊，别喝龙舌兰酒了……老兄。可以喝点儿啤酒或红酒，就是不要再喝龙舌兰酒了，也不能再喝梅斯卡尔酒了。"接着，医生小声说："但是，最好收敛点儿，你的妻子现在回来了。"（看来医生已经说了好几次，不过他每次说这句话的时候脸上都带着不同的表情。）过了一会儿，他接着说："我不想显得太好奇了，我只是想知道你是否采纳了我的建议……老兄，就像我昨天晚上说的那样，我对钱不那么感兴趣。对不起，钱对我没什么意义。"不过，医生最近发了一笔小财。接着，他又说了些"再见""永别""万分感谢""对不起，我不能来，祝你们玩得愉快"之类的话。这些话都是从泳池那边传来的，然后他又说了一句"再见"，接着就陷入了一片沉寂。

现在领事仍然坐在浴室里，他准备好去托马林了。"哦，哎哟……哎哟……"并没发生什么危险的事，可领事此时大汗淋漓，又开始颤抖了。他脱下了外套和衬衣，打开淋浴。不知什么原因，他站在了淋浴下面，痛苦地等待着冰凉的水浇到他身上，只是那凉水始终没来，他还穿着裤子……

---

① 泰奥彭波斯：古希腊历史学家。

领事无助地坐在浴室里,从不同的角度看趴在墙上的虫子。它们就像停靠在岸边的船只,一只毛毛虫正慢慢地向他爬过去,不时朝四下看看。它长着触角,四处探着路。一只大蟋蟀身体光亮,它抓着窗帘、微微摇摆,像猫那样洗着脸。它的眼睛好像长在了肉茎上,在脑袋上转来转去。领事转过身,他还以为毛毛虫会爬到自己这边来,可是那毛毛虫转身很困难,它爬到了另一个方向。它只是微微地转过身,四肢都在颤抖——领事发现一只蝎子正慢慢朝他爬过来,他突然站起身,四肢都颤抖起来,不过他害怕的并不是那只蝎子,而是屋里出现的那些细长的指甲影子,那是被谋杀的蚊子的残骸,还有墙上那些裂缝,它们都开始汇集在一起。不管领事看什么地方,都能看到有新的虫子在那一刻诞生,那些虫子刚来到世上,就立即爬向他的心脏。但最让他感到害怕的是整个虫子王国都向他爬过来,它们越爬越近,正在慢慢向他靠近、向他扑来……就在那时,他看到花园有一瓶龙舌兰酒,那瓶酒似乎在他的灵魂中发光,接着,领事跟跟跄跄地走进了自己的卧室。

卧室里不再有可怕的虫子向他靠近,可是领事躺在床上的时候,头脑里还想着那些可怕的景象。就像他之前看到那些挥之不去的死人的景象。就像高僧圆寂时不停敲响的鼓点声。还有偶尔能够辨认出的声音从那鼓点声中分离出来。

……快停下,看在上帝的分儿上,你这个傻瓜。看着点儿脚下的路。我们不能再帮你了。

……我想以朋友的身份帮助你。我愿意和你并肩作战。我在乎的根本不是你的钱。

……什么?这是你吗,杰弗里?你还记得我吗?我是你的老朋友艾比。你都做了什么呢？我的孩子。

……哈哈。准备好了吗？把身体伸直了，你就要躺进棺材了！耶！

……我的孩子，我的孩子。

……我的爱人，快回到我身边来，就像在那个五月一样。

6

……在我的漫漫人生路上,我又重新找回了自我……休一头倒在了门廊里的长沙发上。

从花园里吹来了一阵温暖的强风。休游完泳,午餐时吃了一个火鸡三明治,还抽了杰弗里给他的、现在放在墙边上的那支香烟,感到神清气爽。他躺在沙发上,看见流云匆匆地掠过墨西哥的天空。它们行进得多快呀?太快了,从我们的人生中匆匆飘过,就在我们那匆匆飘过的人生。

休数了数,一共有二十九片流云。一个男人生命中飘过了二十九片流云,就意味着他已经到了三十岁的年纪。而他现在已经二十九岁了。这种时光飞逝之感整个早上都伴随着他,他知道那是种什么样的感觉。这种感觉带来的冲击令他无法忍受。这种感觉本该在他二十二岁那年就到来,可是那年它却没有如期而至。在他二十五岁那年,这种感觉并未出现,当时他也以为这种感觉总是和那些垂垂老矣、行将就木的老者,还有通过诗歌哀叹青春易逝的A.E.豪斯曼①紧紧地联系在一起。的确,眨眼之间,青春已逝,韶

---

① A.E.豪斯曼:全名阿尔弗雷德·爱德华·豪斯曼,英国著名悲观主义诗人,作为田园式、爱国主义、怀旧的创作高手,至今仍受到英国人的欢迎。

华不再。四年的时光转瞬即逝,仿佛抽一支烟的工夫,一天就过去了。转眼间他就三十三岁了;再过七年,他就到了不惑之年;再过四十七年,他就是耄耋之年;六十七年过去,这时间似乎很长了,他就不在人世了!我已经不再是过去那个神童了,再也没有理由像现在这样不负责任地生活下去了。毕竟,我不是风度翩翩的浪荡公子,也不再年轻。可是他转念一想,我的确是一个神童,我的确很年轻,我的确是个风度翩翩的浪荡公子,难道我不是吗?"你是个骗子!"花园里摇曳的树影说,"你是个叛徒!"那些平原上的树叶"沙沙"地说;"你是个懦夫!"广场中心传来的阵阵音乐声说;看来集市活动已经开始了。"他们输掉了埃布罗河战役,全都是因为你!"风在他耳边喃喃低语,"你甚至背叛了你那些记者朋友们,你总喜欢无情地痛斥他们,而他们才是真正的勇士!承认吧,你这个懦夫!哈哈!"休有意识地想摆脱这些消极的想法,他打开收音机,来回调播,想找到安东尼奥频道(他对这些大自然传递给他的声音说:"我才不是你们所说的无能之辈呢!我的行为无可指摘,不应该背负这种罪恶感,我和其他人一样,都是光明磊落的!……)可那有什么用呢?他今天早晨才下定的那些决心现在都已烟消云散,看来没有必要和这些消极的想法继续斗争下去,还是随它们去吧,至少他可以暂时不想伊芙的事了。不过他心心念念的还是伊芙,就连乔·塞里罗他都懒得去想了,那个人以前常常会出现在他的脑海里。这里是圣安东尼奥电台,收音机里的两个不同调频传来了两个墨西哥人的声音。"到现在为止,你所做的一切都是不诚实的,"第一个声音似乎在说,"你是怎么对待那个可怜的老音乐出版商波罗维茨的?还记得他在多汗法官大道老康普顿大街上那家破旧的小音乐作坊吗?你说你是个善人，可你为自己找的托词都是你最好的一面。你说你热心帮助犹太人，可那只不过是掩饰你龌龊行为的幌子罢了！他真是宽宏大量，居然原谅了你！真是个奇迹！不过，你也原谅了他对你的控诉、对你造成的伤害，你以为这样就能引领犹太民族走出巴比伦，救他们于水火之中了……不！恐怕你过去犯下的罪恶深重，你未来的生活中也不会有什么福报的，到时候，就连那些海鸥也救不了你。"

海鸥是一种生活在空中、靠腐食为生的动物，它们捕食可以食用的海星。休小时候曾救过一只海鸥，当时那只海鸥的一只脚卡在了悬崖边的篱笆里，它拼命地挣扎着，用身体拍打着篱笆，想挣脱，结果差点儿把自己撞死。它的眼睛出现了雪盲症，虽然它不停地攻击我，我还是安然无恙地把海鸥的脚给放了出来。我用一只手将它那只卡住的脚抽出来，另一只手把海鸥托举到了阳光下。过了一会儿，海鸥展开了天使般的翅膀，飞到了空中，飞向了冰冷的峡湾。

山脚那边又传来了火炮的声音。休听到了火车声，就像一艘靠近的轮船，也许他今晚就会搭乘那辆火车离开这里。游泳池底部有缩小的太阳倒影，那个太阳影子散发着光芒，在木瓜树的倒影间频频点头。游泳池里还有秃鹫的倒影，不过它们很快就飞走了，倒影也随之消失。一架小型飞机像一只小鸟那样，低低地掠过了波波卡特佩特火山的山顶。飞机遭遇了气流，开始颠簸。事实上，风已经停了，此时正是抽烟的好时机。收音机没有了信号，休不去理会它，索性躺在了躺椅上。

当然了，就连解救海鸥的事也不能证明他并不是坏人。他总是把营救海鸥的经历描述得很夸张，结果他把这个善举给毁掉了。可是他还做过别的什么善事吗？当初他帮过那个卖热狗的小个子男人，这件事也被他给毁了吗？那个寒风凛冽的12月的寒夜，他看到了那个卖热狗的小个子男人推着一辆崭新的货车,在牛津大街上艰难地行走,那是他在伦敦见到的第一个卖热狗的货车,那个小个子男人已经推着那辆货车在伦敦街头整整叫卖了一个月,却连一个热狗都没卖出去。他还有一大家子人要养活,而且又快要到圣诞节了,他就要走投无路了。这个卖热狗的小个子男人让休联想到了查尔斯·狄更斯笔下那可怜的小说人物①。也许他当时被那辆崭新的热狗车的外表给欺骗了,所以他将那个热狗车买了下来。现在想想,当时他可真蠢啊!怎么会买下那样一辆糟糕的货车呢!可是当时他怎么会想到这一点呢?休问自己,那些可怕的骗局在他头顶时隐时现,围在骗局周围的,是那些黑漆漆的、毫无灵魂的建筑物,此时都沉浸在有关自我毁灭的冰冷梦境之中。(它们在教堂边上停下了脚步,教堂的墙面漆黑一片。圣坛上的十字架已被挪走,只剩下了一个伤痕和一个传奇人物。这些对你们来说都毫无意义吗?)当时他怎么想得到在牛津大街上会出现那样新颖的热狗车呢?也许他应该到南极卖冰激凌?只需要找一个穷居陋巷的小酒馆,站在酒馆外叫卖就好。但是也不是去随便哪个小酒馆都行,一定要去夏洛特大街的"菲茨洛伊"酒馆才行。经常有饥肠辘辘的艺术家涌到那个小酒馆,他们会到那家酒吧买醉,喝得昏天黑地,因为他们的灵魂已经日渐憔悴,每天晚上 8 点至 10 点这段时间,他们都会去那里喝酒,那些顾客一定会需要热狗这种能充饥的食物。他应该去那儿碰碰运气。

可是那个卖热狗的矮个子男子也不是他行善的证据,不过要到

---

① 狄更斯《圣诞颂歌》中描写的贫苦却闪亮的小职员一家。

圣诞节时，他一定会在那个"菲茨洛伊"酒馆赚得盆满钵满。休突然坐起来，掸了掸烟灰。——从现在开始，我要赎罪了，即使以前我没做过什么善事也不要紧，可是我过去犯下的种种罪行，我就无法弥补了吗？我就无计可施了吗？不管我做什么，都无法弥补过去我那消极、自私、虚假的生活方式了吗？我提议：坐在一艘为效忠共和国的军队运送炸药的船的顶端，虽然那样风险极大，可是为了做善事，我愿意献出自己的生命，哪怕做一件微小的善事也好啊，那样多少可以弥补我过去犯下的那些过失……可是，如果他的朋友们谁都不知道他将用余生赎罪、以求弥补他的过失，那他的善举又有什么意义呢？对此，他并不清楚，但他还能有什么期待呢？……领事如果知道他的决定，一定会认为他又要鲁莽行事了。必须承认的是，领事给了他一些委婉的建议，而这些建议更接近事实的真相，实际上领事想告诉他：此时才做出这种愚蠢的决定为时已晚，已无力回天，因为共和派的军队已经输掉了战争，即便船上的人能够毫发无损地回来，大家也不会告诉他真相——告诉他，他只是一时被支持西班牙的狂热冲昏了头脑，不应该做无谓的牺牲。就连俄国都放弃了对西班牙的支援，国际纵队也已经从西班牙撤走。可是死亡和真相都是相伴而来的。如果没有死亡、没有牺牲，怎么会换来真相？如果只告诉那些人应该远离毁灭之城，却不采取行动帮助他们，那么苦口婆心的劝告只会成为陈词滥调，那样做既是在逃避自我，也是在逃避自己的责任。休突然想到了一个关键问题：我没有任何责任的约束。我在这世上连立足之地都没有，谈何逃离？我没有家，无依无靠，就像茫茫印度洋上的一块浮木，我将自己伪装成一个不可触碰之人应该不会很难。去安达曼群岛坐上77年牢，一直到英国让印度独立为止。可是我要告诉你，如果你这么做了，会让甘地①无地自容，而他是你在这世上唯一尊敬的公众人物。不，我也尊敬斯大林和卡德纳斯，还有贾瓦哈拉尔·尼赫鲁②。这三位领袖也许都会因为我的尊崇而备感羞愧。想到这里，休又起身，去收音机旁调安东尼奥频道。

这时，电台恢复了信号，好像要寻求报复似的。得克萨斯电台播报了有关洪水的新闻。播音员的语速飞快，听众也许会以为洪水来势凶猛，播音员遭到了洪水的威胁，命悬一线。另一位播音员的音量很大，他在喋喋不休地讲述破产和灾难的话题。第三位播音员说起了受到被攻陷威胁的首都的情况：那里的人们步履蹒跚地穿过四处是残垣断壁的黑暗街道，成千上万的人们在黑暗中摸索，慌乱地寻求着躲避轰炸的避难所。他很了解这些术语："黑暗"，"灾难"！世界充斥着黑暗和灾难，并能从黑暗和灾难中得到满足。在可能爆发的战争中，这边新闻工作者冲进前线，在纷飞的战火中向公众报道有关战争的最新消息，他们拼尽全力，冒死为人们带来少得可怜的前线消息。那边奸商们囤积居奇，口口声声高喊存货减少，结果军火、棉花、谷物、金属的价格节节攀高，可惜那些统计出来的物价却持续走低。乙醚在空气中发出鬼魂般的哭嚎，那些喝彩者尽是些愚蠢之辈！休侧耳倾听格栅栏里跳动着的世界的脉搏，那声音好

---

① 甘地：全名莫罕达斯·卡拉姆昌德·甘地（1869.10.2—1948.1.30），印度民族解放运动领导人、印度国民大会领袖，被人尊称为"英雄甘地"。甘地也是印度国父，是提倡非暴力抵抗的现代政治学说——甘地主义的创始人。他的精神思想带领国家迈向独立，脱离英国殖民统治。

② 尼赫鲁（1889—1964）：印度独立后的首任总理，是不结盟运动和万隆会议的倡导者之一。

像是被恐怖的环境吓坏了，就像在最初时刻，它会被这种环境吞噬，被吞噬很久。休不耐烦地调着收音机的频道，他觉得自己突然听到了乔·维努蒂的小提琴声，小提琴那欢快的声音如云雀的鸣叫，优美的旋律飘扬在地狱般狂暴的夏日天空中。有时，他认为那种狂野、恣意的音乐是美洲大陆最令人愉悦的声音，也许他现在听到的是老唱片，其中有一张名字颇富诗意，好像是《黄油虾》或是《苹果花》，这种让人感伤的音乐似乎总不会过时，然而，那种永不过时的经典音乐现在却面临消失的窘境。休手里夹着香烟，直勾勾地盯着门廊天花板。

自从艾迪·朗①过世后，人们听到的乔·维努蒂音乐就变了味儿。艾迪·朗总会让人联想到吉他曲。休总想写一部自传（他常常扬言要这么做），他的人生或许更适合以短评的形式出现在某个杂志上，比如：他年纪轻轻，只有二十九岁的年纪，从业经历却异常丰富，曾经做过铆工、词作家、修剪工、守卫、按摩师、教练、杂耍家、乐队乐手、熏肉刷洗工、圣徒、小丑和士兵（他参军至少有五分钟），还当过属灵派的教堂礼宾员。人们都以为，这些从业经历并没有使他的人生观更为开阔，相反还使他的人生观变得更为狭隘，他还不如一个从未走出过纽尔卡索半步的银行职员见多识广。可是，休认为：如果他能写一部自传，必须在他的自传中写出吉他在他人生中的重要象征意义。

休弹过吉他，后来只花了四五年时间，他就能够游刃有余地弹奏任何种类的吉他。他的吉他很多，都和他的书一起，被扔在他位于伦

---

① 艾迪·朗 (1902—1933)：美国著名爵士音乐吉他手，死于扁桃体切除术。

敦或巴黎的家的阁楼里，或者被他落在了沃多尔大街的侯爵夜总会里，或是落在了希腊大街的"格兰比马科斯"酒吧和古老的"阿斯托利亚"酒吧里（那家酒吧后来成了修道院，他在那儿还有没付清的账单），他的吉他还在提特巴恩大街或者托特纳姆法院路的典当行里，等待着主人来赎回它们。可是它们身上渐渐落满了灰尘，连琴弦都断了，于是放弃了被主人赎回的盼望，每一根断了的琴弦都充满了对旧日友谊的回忆。最早崩断的琴弦通常都是高音琴弦，它们崩断时会发出像枪声一样尖锐的响声，或者像痛苦的嘶鸣声，那声音就像是思春的猫的叫声，或者像乔治·弗雷德里克·沃茨①的梦魇，最后只剩下无词的曲调。那惨白的、毫无表情的面孔，蜘蛛和德国蟑螂无声的洞穴，还有那些磨损的精致琴颈、已经断了的琴弦，似乎把休和他的青春割裂开来，可是昔日仍然留下了扭曲的形状、黑暗和真切的谴责态度。现在看来，他的那些吉他也许被偷了许多次，或被售卖，或被典当给他人，也许它们会落到吉他大师之手。仿佛每一把吉他都是伟大的思想或者教义。这些想法能转移注意力，也许更适合一些被流放、等待死亡的塞戈维亚②，而不适合一位曾经红极一时的吉他演奏者。然而，他的琴艺并不精湛，他不会像蒂亚戈·莱恩哈特③或者艾迪·朗那样名垂青史。

---

① 乔治·弗雷德里克·沃茨（1817—1904）：英国维多利亚时期象征主义画家、雕塑家，被誉为"英国的米开朗琪罗"。
② 塞戈维亚（1893—1987）：西班牙著名吉他演奏家、活动家。1985年获得德国最高音乐奖项——慕尼黑"西门子音乐奖"。
③ 蒂亚戈·莱恩哈特（1910—1953）：法国著名吉他手，爵士乐史上的伟大琴师。他1910年出生于比利时，18岁时因一次意外导致只能以三个健全手指进行演奏，但仍然创造了传世的音乐作品和令人赞叹的成就。1953年在法国去世。

也许上帝会怜悯他,赋予他精湛的技艺,让他像弗兰克·克鲁米特那样名噪一时。他无法忘记这两种迥然不同的演奏风格,他曾深深沉醉于才华横溢带来的盛名的幻象之中——那种感觉很奇怪,那些名誉似乎都是虚假的,就像他人生中的其他事情。他那些优秀的作品都是用次中音吉他演奏的,听起来像是用尤克里里演奏的。事实上,他的吉他被他当成了一种打击乐器演奏。这种独特的演奏风格看似离谱,却产生了神奇的效果,就像一位魔术师那样化腐朽为神奇。他能模仿各种各样的声响效果:苏格兰的快车、月光下散步的大象,还有能经受住时间考验的帕洛风①经典旋律。他认为吉他是自己音乐素养的最真实反应。无论真实与否,这些人生中的重要决定,背后都有某种东西支撑。因为吉他,他成了一名记者;因为吉他,他成了一位作曲家……他认为自己在很大程度上和吉他有种不解之缘,他觉得自己被一种缓慢而炽热的羞耻感所折磨,这种感觉在他第一次看到大海的时候就产生过。

  他还没满 17 岁,就在学校里创作歌曲,与此同时,他也失去了天真。他的两首单曲得到了伦敦新康普顿大街上的犹太人音乐出版商拉扎鲁斯·波罗维茨的青睐。为了宣传自己创作的音乐,休每逢节假日都会带着吉他到各个音乐出版人那里进行自我推销。他早期的艺术生活让他想起了另一位在艺术道路上走得颇为坎坷的人物:阿道夫·希特勒。他为钢琴改编的音乐手稿一直装在吉他盒中,或者是从杰弗里那里借来的老式手提包里。还没等姑妈知道他从事音乐创作的事,他就征得了姑妈的同意,靠着自己的音乐特长去剑桥学习,

---

① 帕洛风:华纳音乐集团旗下的一家子公司,成立于 1896 年。

还在那儿担任了杂志编辑。他讨厌剑桥大学里那种势利的风气——那里有反犹太倾向。为了推广自己的音乐，休特意与犹太人交朋友，还在杂志中设立了犹太人专栏。那时，他已进入剑桥大学学习了一年多，可他并不想继续求学。除了厌恶那儿的填鸭式教学方法，他还对自己的前途忧心忡忡。为了不让自己沦为庸才教育的牺牲品，他毅然放弃了自己在剑桥的学业。他天真地认为：离开剑桥，他的前途会一片大好。他完全可以通过创作歌曲来实现经济独立，可是四年之后，他依然靠领公共信托基金生活。

他无所依傍，也没获得学位，他的音乐创作也走了下坡路，也许因为他当时经济拮据，而如果想出版音乐作品，则需要先交一笔保险费。最终，姑妈帮他出了这笔钱，但他创作的那些歌曲要等几个月后才会出版。这件事对他打击很大，这说明他的星路坎坷，而那些他寄予很高期望的作品又如何呢？每首歌都有32小节，每首歌的歌词都乏善可陈，甚至有些愚蠢。后来，就连想起那些自创歌曲的歌名都会让休感到羞愧不已，他把那些令他蒙羞的歌曲都锁在了自己的记忆深处，那也无济于事。不过，他创作的另一些歌曲还是可圈可点，这些歌曲的名字让人眼前一亮，例如《萨斯奎汉纳的母亲河》《瓦尔巴什河静悄悄》《密西西比河上的落日》《阴沉的沼泽地》等，都发人深思。其中至少有一首歌《我因思乡情切而思乡情切·狐步舞曲》给人留下了深刻的印象，只是它带有强烈的华兹华斯[①]风格……

波罗维茨曾经暗示过他，这些歌曲未免太过前卫，他可以收下这些曲子，如果……休不想冒犯他，只是他还想把自己创作的歌曲

[①] 威廉·华兹华斯：英国浪漫主义诗人，曾获得过英国桂冠诗人，其作品常以自然为主题，文风清新自然。

再拿给别的音乐出版商看看,不过,没有多少音乐出版商给他机会。如果他的一两首歌曲出了名,就会大卖,那时波罗维茨就会大赚一笔,还会大肆为他宣传,那样他就会声名鹊起。

声名鹊起!他需要的正是能让他声名鹊起的宣传!轰轰烈烈的宣传。时代在召唤他们扬名立万!他的姑妈在春天从伦敦搬到了英国北部的奥斯瓦德推斯特,于是他去了加尔斯顿的海事办公室,申请到"菲洛克忒斯"号当海员。他当时想,在"菲洛克忒斯"号的甲板上唱歌,一定会产生轰动效应。哦,休仿佛看到了当时的自己,年轻气盛,一心想能出人头地,多么可悲啊,当时他想象自己是一个能够驾驭各种音乐风格的音乐才子,像刚刚展露音乐才华的比科斯·贝德贝克[①],当时英国刚刚能买到他的首张音乐专辑;像小小莫扎特,还有童年时代的雷利。也许,他是因为读了太多杰克·伦敦的小说《海狼号》,才会无比向往海上生活。1938年,他读了杰克·伦敦更具男子气概的小说《月亮之谷》,不过他最喜欢的作品还是《夹克》。或许,他真的热爱大海,那一望无际的大海和漂泊不定的海上生活才是他心中的挚爱,是让他未来妻子唯一嫉妒的事物。或许,这种漂泊的生活真的是年轻人向往和追求的,因为他们很可能从远方得到未来人生的某种启示,可以体会海员和消防员的互助生活,还可以到东方国家的妓院里寻欢作乐。那不过是一种幻境……这么说轻描淡写,但这个想法充斥于年轻的休的头脑,也不幸地剥夺了休建功立业的雄心。为了实现远行的目标,而且不背负"良心上的谴责和顾虑",他毅然抛下过去的生活,投入海员的生活。首先,休跑遍了方圆30英里内的各家报社,伦敦

---

① 比科斯·贝德贝克(Bix Beiderbecke, 1903—1931):音乐演奏家,幼年时期几乎自学掌握了短号的演奏方法,以演奏古典爵士乐闻名。

的每一家大报社在英国北部都设有分社。他明确告知那些报社,他打算乘坐"菲洛克忒斯"号到海上航行。他提到了自己是名门望族之后,提到了父亲神秘失踪后自己在英格兰经历的种种往事,还提到他创作的歌曲被音乐出版商相中的故事。这些故事大都是他编造出来的,他宣称自己创作的那些歌曲,波罗维茨都会出版,因此他要参加大量的宣传活动。他因为惧怕过多的宣传会扰乱自己的生活,便心生恐惧,产生了去当船员的想法,但是他的家人并不同意他出海航行,百般阻挠,不过这反倒坚定了他出海航行的决心。有些他编造的故事他自己已经忘记了。他记得当时各家报社对他的人生经历并不太感兴趣,可是他很有诚意,带着吉他去了报社。也许报社的那些记者都是如他父亲一般的长辈,他们对年轻人提携有加,愿意帮助他实现自己的梦想,因此百般迁就这个为了实现目标而丑态百出的年轻人。如今休想到这些,觉得厌恶当年的自己,可是他并不认为自己早年成才是那些长辈记者的功劳,全是因为自己才能卓著才会当上记者的。他认为自己天资聪颖,还因此收到了很多来自各地的、没有船只的海盗们给他发来的"贺信"。那些人称他们认为自己的生活悲惨无聊,因为他们从未能和兄长一道,在上一场世界大战中参与海战,而如今他们迫切期望投身下一场战役,只盼着战争能够早日打响。他们将休视为人生楷模,都想纷纷效仿休的做法,开启海上生活,而这个小插曲更坚定了休当海员的决心。想到这里,休不禁打了个寒战,如果当初听信了某个头脑发昏且不知从哪儿冒出来的亲戚的劝阻——那个亲戚和姑妈一起阻拦自己当海员的想法——如果他当初没有坚持,就不会有后来海上生活的经历了。他想起了杰弗里,那个喜欢冒险的家伙当时从拉巴特回来,他找到姑妈,极力支持弟弟的决定:"你们真无聊!应该支持休的想法,海上旅行对他大有裨益!你们应该放手,给他自由!"如果当初不是他替自己出头,那么事情就会大不一样了。杰弗里的说辞很有说服力,从此,家人不再把他的海上之旅看成逞一时英雄气的鲁莽决定,还去掉了他叛逆行为的标签。尽管他当时想竭力逃离他的亲戚们,可他还是受他们的资助。即使在向全世界宣告了自己的计划后,他还是无法忍受哪怕一时的"自己不能去海上漂泊"的想法。正因为这一点,休至今都没有完全原谅领事。

尽管遇到了重重阻力,在5月13日那天,他成了一名海员,开始了海上的生活。恰恰是在那一天,弗兰基·坦布尔[①]在3000里之外的地方录制了他创作的歌曲《C调·无缘无故》。休认为两件事在同一天发生是一个颇为讽刺的巧合。那些英国报社对他的事迹进行了报道,他也因此成了一些轻浮的亲美少年追捧的对象,这使得媒体对他的故事产生了兴趣,于是报纸上出现了这些报道:《学生作曲家跨界当海员》《本地著名市民的弟弟回应海洋之召唤》《神童的临别赠言:一定要回归奥斯瓦德·推斯特》《传奇故事:学生男歌手回忆克什米尔神秘事件》。还有一些报道的标题颇令人费解,例如《哦,去做康拉德[②]式的人物吧!》;还有些经不起推敲,例如《大学生作曲家带着尤克里里当海员》,毕竟当时他还不是一名大学生呢,他在

[①] 弗兰基·坦布尔(1901—1956):美国著名爵士音乐家。他的成名曲是《C调·无缘无故》,在这首曲子里,他吹的是特制的C调萨克斯(音高在次中音萨克斯与高音萨克斯之间)。

[②] 约瑟夫·康拉德(1857—1924):英国作家,代表作有《黑暗的心》《吉姆爷》等,1857年12月出生于波兰。康拉德有20余年的海上航行生涯,在此期间他曾航行于世界各地,积累了丰富的海上生活经验。他擅长写海洋冒险小说,有"海洋小说大师"之称。

船上的时候,一些能干的老海员们经常会粗暴地提醒他这一点;还有些报道耸人听闻,不过在当时的情况下,的确能够起到一定的激励作用,例如《姑妈说,休以后别想过好日子了!》。这些报道使他名声大噪,就连最卑贱的水手们也对他的事情有所耳闻,他们不知道当时船的航线是朝西还是朝东。休知道,他乘坐的那条"菲洛克忒斯"号的名字是希腊神话中一个人物的名字,他是波伊斯之子、大力神赫拉克勒斯的朋友。他有一把神奇的弩,就像他的那些吉他。所谓成也萧何,败也萧何,那把弩是他的骄傲,后来也为他带来了厄运。他们的船本是驶向中国,还有巨港的妓院的。休躺在船上辗转反侧,不时扭动着身体,想象着报纸上那些该死的报道会给自己带来无尽的屈辱,这种屈辱足以让一个人隐退到比大海更为令人绝望的秘境……与此同时,他觉得自己的这种反应毫不夸张(上帝啊,请你看看那些该死的报纸上写的那些东西!)。他和船员们之间的关系看似亲密,实则不然,他们对自己的态度并不像他想的那样。一开始,他们中的一些人对他似乎很友善,可是他们动机不纯,也不都是有益于他的。当然,他们认为他可以影响上层;一些船员甚至对他图谋不轨,想侵犯他;还有一些船员对他充满敌意和威胁,那些龌龊的行径让人无法和海洋联系在一起,也绝非无产阶级的做派:他们偷看他的日记,偷他的钱财、甚至连他的工装裤也偷走,然后再让他赊账,把自己的东西买回去,让他身无分文;那些人还在他的行囊中、在他睡觉的床铺上偷偷放锤子;他洗澡的时候,还曾被那些海军小军官轰出过浴室。有时,一些年轻海员会突然向他大献殷勤,神秘兮兮地说些奇怪的话:"伙计,你现在意识到了吗?你在为我们工作,事实上应该是我们替你工作!"当时休并没有意识到,因为自己的原因,他的那些海员同伴儿才会摆不清自己的位置，所以当时他听到这些话感到很反感。不过，他遭遇的种种迫害，例如来自那些海员同伴的虐待，他自己也有不可推卸的责任。毕竟，他们的恶作剧弥补了他眼中这新生活里的最大缺陷。

从一种复杂的角度说，海上生活的最大不足，就是削弱人的斗志，让人意志消沉。他并不是想说海上生活闲适而安逸，不过事实的确如此，只是他当时太年轻，没法欣赏那种安逸的生活。如今，他得到了生活的磨炼，双手因做各种活计变得粗糙、变得和甲板一样坚硬。当时他无法忍受炎热和海员的无聊生活，无法忍受在热带海域工作和给甲板刷红丹粉的枯燥工作。他几近疯狂，不过这些并不比学校的生活更糟。如果当初他被送到一所更为现代的学校，也许就不用忍受那种痛苦的求学生活了，他的人生也许就会不同，而船上的那些海员也一样。他在精神上并不抵触这种艰苦的海上生活，让他忍受不了的，是那些细微的、难以察觉的琐事。

例如，船员们不叫前甲板为前甲板，而是把它称为"男士区域"，因为它并非像惯常那样位于船的前面，而是朝着船后，在略低于船尾甲板的位置；而船尾甲板也不叫船尾甲板，因为那不是真正意义上的船尾甲板。船尾船舱的天花板顶到了最高的限度，那里也被称为"男士区域"，这是船员的专属叫法，正如它的名字一样，被分割的船舱好像马恩岛的小船那样，中间被食堂隔断，两边各有一排床铺。然而，休并不满意这些来之不易的"优越条件"。在他看来，前甲板就是一个臭气熏天、让人避之不及的地方（除了船员，谁还能忍受那里？）。桌子周围堆满了床铺，还有一盏摇摇欲坠的煤油灯。船员们在这里打架斗殴、嫖娼酗酒，甚至杀人。说到酗酒这件事，休的姑妈倒是很通达,而她对喝酒的看法也显得很浪漫,她说:"休,我没指望你坐着船、穿行黑海的时候,只喝咖啡。"她说得很好,不过休从来没接近过黑海。在船上,他多数时间都只喝咖啡,有时喝茶,偶尔会喝白水。在热带海域,他会喝酸橙汁,就像其他海员那样。茶歇是另一个让他厌烦的话题。每到钟声敲响六下和八下的时候,他就得去执勤两次。他的同伴病了,所以同伴的那次执勤就由他代劳。休必须先去水手长的房间,去取被水手长虚情假意地称为"下午茶"的食物,再把吃的东西端到船员的房间里。这些食物包括圆形小面包(圆形小面包是第二厨师做的一种精美糕点,休在吃小面包的时候,总是带着不屑的情绪),他心想,"海浪"号的船员绝不会像他们这样,每到下午四点就开始又是喝下午茶又是吃糕点的。然而,这还不是最糟。食物是海上生活最重要的一部分,船上的食物是他在英国就读的公立学校提供的餐食所无法比拟的。这里的船员要是看到学校食堂的那些食物,连5分钟都忍受不了,而"菲洛克忒斯"号堪称美食家的福地。在船上,领航员的早餐一般不会少于五样,等到航行开始时标准会比现在还高;"男士区域"的食物也不错,仅一顿饭就包括美式肉末土豆泥、腌鲱鱼、煎蛋熏肉、粥、牛排,有时候这些食物装在一个盘子里。休好像这辈子都没见过这么多种类的食物,更让他惊奇的是,他每天的职责还包括处理数量惊人的食物:船员们剩下的食物会倒入印度洋以及任何一个他们航行的海域,食物不像他们认为的那样"被回收利用"。而休对这些他费尽力气才得来的幸福生活并不满足,奇怪的是,船上的船员好像都不满意海上的生活。他们认为食物并不好吃,而且还把食物当成了一个话题:"别担心,伙计,我们就要回家了,回家后我们就能吃上一顿像样的饭菜了,到时候我们就不用再忍受这些垃圾食物了,我都不知道自己成天吃的那些是什么东西。"休不过是级别很低的船员，也十分忠心，可是每当他听到同伴们抱怨食物，就感觉自己在精神层面和这些家伙不是一个档次的人……

然而他还是觉得自己并没有逃脱生活的囹圄，尤其当他意识到海上生活和过去他想逃离的生活并无二致时，他就感觉彻底迷失了；海上生活不过是过去那种囚笼生活的另一种形式，他依然要面对同样的矛盾、同样的面孔，他可以想象当时在学校里，他因会弹吉他而受欢迎，可那不过是表象，如果他和水手们交朋友，或者跟中国的消防员交朋友，他就变得孤立无援；那艘船看上去就像是一个很棒的移动足球场地。是的，他已经抛弃了反犹太教主义，因为总体来说犹太人作为一个整体，比海上的航行更能触动他敏感的神经。如果他以为凭借海上航行的经历就能摆脱英国公立学校的那种势利风气，那他就大错特错了。事实上，在"菲洛克忒斯"号上，英国式的势利大行其道，若非休亲身经历，他都想象不到：主厨永远认为第二厨师是一个下等职位；水手长鄙视木匠，虽然他们共处一室，都住在一个杂乱的小木屋里，他3个月都不会和木匠说一句话，因为他认为木匠不过是个手艺人；而木匠同样鄙视水手长，因为他充其量也不过是一个芝麻小官；大管事在下班之后，总会脱掉条纹衬衫，他总对那位乐呵呵的二管事嗤之以鼻；而二管事也不把大管事放在眼里，对大管事的吩咐颇为怠慢，他只喜欢穿汗衫和破毛衣；最小的学徒去岸边游泳，脖子上搭着一条毛巾，他总会被那个不带领带夹的舵工训斥一番，说他让船员颜面扫地；而船长每次看到休，都会气得脸色铁青，因为在一次接受对"菲洛克忒斯"号的采访时，船长本以为休会对船说些溢美之词，没想到休说他的船是垃圾。不管这艘船是不是垃圾，整艘船都带着资产阶级的偏见,在休从未听说过的图腾中一路颠簸前行。休不想像报纸上对他评论的那样,成为康拉德式的思想家,他并没看到报纸上的类似评论,可是他依稀记得康拉德曾经说过,在某个季节,中国的沿海地区会出现台风,他们最终的目的地就是中国沿海,可是他们并没有遭遇台风,也许是"菲洛克忒斯"号小心航行,躲过了台风的洗劫。这艘船从行驶出"苦湖"之后一直停泊在横滨港那死一般单调的航线上,在此期间这艘船都平安无事。他在瞭望台上发现了铁锈,只有那铁锈不辞劳苦,好像什么事都没有发生过一样(其实那不是真正的瞭望台)。其实他不是夜间守卫,而是白班工,可是他还得自欺欺人地假装自己做的事十分浪漫,而且还要装得真切,多么可怜!他只要看看地图就会感到莫大安慰,可惜地图会令他想起学校的生活,而往日生活正是他想逃离的,因此他很是愁苦。他们经过苏伊士运河时,他并没有想到自己来到了狮身人面像、伊斯梅里亚[1]和西奈山[2]的国度;同样,在穿过红海的时候,他也没想到汉志[3]、阿西尔[4]和也门;隶属于印度的丕林岛[5]虽然距英国很远,过去却总

---

[1] 伊斯梅利亚市:阿拉伯埃及共和国伊斯梅利亚省的省会和最大城市,位于埃及东北部,被誉为"埃及最美的城市"和"运河的新娘"。
[2] 西奈山:又叫摩西山,位于西奈半岛中部,海拔2 285米,是基督教的圣山。被基督教徒们虔诚地称为"神峰"。
[3] 汉志:阿拉伯半岛人文地理名称(Hajez),位于沙特阿拉伯王国西部沿海地带。因其辖区有伊斯兰发祥地麦加和麦地那而闻名于世。
[4] 阿西尔:阿拉伯城市。
[5] 丕林岛(Perim):位于红海海口曼德海峡中的小岛,为光秃火山岛,面积13平方公里。

让他心驰神往,他们经过那儿用了一上午,休却浑然不知;他有一张印有意大利索马里的邮票,那张印着充满原始况味的牧人的邮票曾被他视为珍宝,可他们路过瓜达富伊角时,他竟然没意识到。他3岁那年就路过这里,只不过当时他们是朝相反的方向走。他也没有想起科摩林角①、尼科巴群岛②,还有暹罗湾、金边这些地方。也许,他不知道漫长旅途中自己都在想什么,只听到阵阵钟声和隆隆的发动机声响,想着在遥远的地方,也许是另一片海洋,自己的灵魂会在那片海洋中纵横驰骋……

也许索科特拉岛③后来成了他生命中的一个象征符号。在从卡拉奇回程的路上,他经过离出生地很近的地方,他本可以向自己的出生地致意,可连这个他都没有想到。他经过了香港、上海,但是很少有机会上岸,这两个城市之间的距离很远,而且他囊中羞涩。他们在横滨一个港口停靠了整整一个月,休感觉到生活无比地苦闷。然而,船员们获准下船、上岸散散心时,船员们都没有去酒吧放松自己,而是坐在船上缝缝补补、讲一些荤段子。那些荤段子休11岁的时候就听过了。有时船员们会用粗俗的方式彼此开玩笑,以解相思之苦。休并没有逃脱他那些英国长辈陷入的形式主义的怪圈。然而,船上有个很好的图书馆,在司灯水手的教导下,他获得了继续教育的机会,而这种教育是他在那昂贵的公立学校都未曾得到过的。他

---

① 科摩林角:印度泰米尔德纳邦德岩石海角,位于南亚次大陆的最南端。
② 尼科巴群岛:印度联邦的海外联合属地,处于孟加拉湾和缅甸海之间,距离印度大陆800公里。
③ 索科特拉岛(Socotra):名字来源梵语,意为"极乐岛"。

阅读了《福赛特世家》[①]和《培尔·金特》[②]。司灯水手是一位友善的亲共主义者,他通常会利用值班的时间研读一本名叫《红色的手》的小册子。正是因为司灯水手的缘故,他才放弃了逃避剑桥大学学业的想法。司灯水手告诉他:"如果我是你,就会去那个病态的鬼地方见识见识,从那种刻板的制度中学到一些东西。"

与此同时,他的名声也随着他远播到中国沿海地区。尽管新加坡《自由导报》对他的报道标题可能会是《哥哥情妇的杀手》,但如果人们没通读这些报道,只看题目,就会觉得莫名其妙。"一个长着卷发的男孩站在'菲洛克忒斯'号的前甲板上,拨弄着尤克里里的琴弦,演奏自己最新创作的曲子。"这样的新闻随时可以在日本的报纸上看到,然而正是吉他拯救了他!至少,有吉他在他身边时,他知道自己想要什么:他想要回到英格兰,那个他曾经想拼命逃离的地方现在成了他渴望回归的地方,成了他的应许之地。他总是骑在锚上,体味着这单调的海上生活、看着远处的日出、唱着蓝调歌曲,迎来日出;他梦中出现的女子是他的情人,他想的情人当然不是他在英格兰的那些情妇。他只有一两段露水情缘,虽然当时他投入了真感情,可这几段恋情最后都无疾而终,他已经忘却了这些。不过,波罗维茨太太在黑暗的新康普顿大街那温柔的笑容,却令他心中久久不能忘却。不,他想起了伦敦的双层巴士、背面音乐厅的广告和伯肯海德马戏团的表演,每晚在 6 点 30 分和 8 点 30 分各有一场表演,还

[①] 《福赛特世家》:英国作家约翰·高尔斯华绥的代表作,他凭借此部作品获得了 1932 年诺贝尔文学奖。
[②] 《培尔·金特》:挪威著名的文学家易卜生创作的一部较具文学内涵和哲学底蕴的作品,也是一部中庸、利己主义者的讽刺戏剧。

有那碧绿的网球场、网球落在青翠草坪上的声音,还有它们飞快掠过球网的"嗖嗖"声、人们躺在椅子上品茶(事实上,他常常把这些人想象成"菲洛克忒斯"号上的水手),还有,他最近爱上了喝英国的麦芽啤酒,喜欢老式奶酪的味道……

最重要的是,他创作的那些歌曲,不知道现在哪一首已经出版了?也许,下次他到马戏团看表演时,就会听到表演场上响起他创作的歌曲,在那个拥挤的表演场,每天晚上会播放两次。网球场打球的那些人,不是嘴里哼唱着他创作的歌曲,就是在谈论着那些歌曲的作者,因为他在英格兰早已名声大噪,而这次和上一次不一样。上一次他是臭名远扬,而这次他是真的出名了。他现在可以感到自己身上的名人光环,他已经经历了地狱之火的历练。休提醒自己:他已经功成名就了,这才是问题的关键。他已经靠自己的奋斗获得了应得的权力,并且获得了回报。

又到了休受烈火洗礼的时候了。一天,另一艘来自旧世界的破船——"俄狄浦斯王"号出了麻烦(这艘船名字的由来,司灯水手此前可能告诉过他),那艘船驶入了遥远的横滨海道,他认为那艘船不过是一艘遇到麻烦的希腊船只。这艘船离他们船的距离说近不近,说远不远。那天,这两艘大船在潮汐的推动下不断靠近,马上就要撞到一起了,好像有什么大事即将发生。"菲洛克忒斯"号上的船员群情振奋,大副通过扩音器向对面的船喊道:"麻烦向泰尔森船长转达桑德斯船长的问候,并转告他:他走错航线了。"

"俄狄浦斯君主"号和"菲洛克忒斯"号不同,它的船员都是一些白人消防员,这些人已经在海上漂泊了14个月之久。正是因为这个原因,那艘船的船长一听到休贬低自己的船就怒不可遏,因为他觉得船长受到了不公正的指责。直布罗陀的礁石此时又出现在了船的前甲板上，可是他们即将看到的既不是泰晤士河，也不是默西河，而是大西洋：他们开始了前往纽约的漫漫旅程，接着他们会到韦拉克鲁斯、克隆、温哥华，再踏上通过太平洋回远东的长途之旅。大家本来都很期待，因为他们就要回家了，却在这个时候再次接到去纽约的命令。船上的船员，特别是消防员都归家心切，心情烦躁至极。第二天一早，两艘船又开始行驶，它们之间保持着一定的距离。这天早餐过后，"菲洛克忒斯"号上贴出了一张通知："俄狄浦斯王"号征集志愿者，需要三名水手和四名消防员，入选志愿者的船员不能跟"菲洛克忒斯"号返回英国了。"菲洛克忒斯"号才航行3个月的时间，自离开横滨港后，一个星期以来它一直往英国的方向航行。

当一天水手，就能多挣一美元，不过这笔钱数目并不可观。在海上航行3个月已经觉得很漫长了，如果再航行14个月（休那时还没有读过梅尔维尔写的《白鲸》），那简直把一辈子的时间都搭进去了。不过，他觉得"俄狄浦斯王"号应该不会在海上再航行6个月了，因为海上航行变幻莫测，6个月的时间什么事情都可能会发生，只是当时还没人预见到这一点；但是，"俄狄浦斯君王"号征集志愿者这件事被船员们理解成那艘船需要更多吃苦耐劳的船员，这样，那艘船才能再在海上航行两年。最终，招募志愿者的效果并不理想，两天时间里只招募到两个志愿者：一个无线电监测员和一名水手。

休看着停在新泊位上的"俄狄浦斯王"号再次摇摇摆摆地靠近自己的船，他头脑中，这艘老式蒸汽船一会儿在3点的位置、一会儿在1点45的位置、一会儿又在9点、一会儿在12点，一会儿又驶向了大海。它也像"菲洛克忒斯"号那样，在他看来和其他的船并无二致。可是，这艘船油漆有其特别之处：它不是一条装备完好的平底船，因为上面有很多低矮的柱子，它的桅杆和吊杆式的起重架都是很高大的咖啡壶形。架子是黑色的铁架。船的烟囱很高，应该好好粉刷一番了。船底附着了很多海藻和贝壳；船体很脏，污渍点点、锈迹斑斑，侧面还露出了红色的铅锤，左右两侧各贴着一个行经港口的名单，船桥的状态显示：这艘船刚刚经历了一场台风，这可能吗？如若不然，就说明这艘船可能会招来台风。这艘船已经饱经风霜、老态毕现了，如果说得乐观点儿，它就要沉了，可它的外观看起来还很漂亮，青春焕发，看上去就像是一艘梦境之船，永远不会沉没，就像是出现在地平线的桅杆。据说这艘船的行驶速度可达 7 节，而且它此行的目的地还是遥远的纽约！休做着激烈的思想斗争，自己如果成了这艘船的志愿者……可是他的英格兰怎么办？他创作的那些歌曲呢？等他两年以后回来，他的声名还会持续下去吗？再说了，去当志愿者就意味着他需要重新调整自己的人生规划，一切都得重新来过……也许情况并不像他想的那样，他并不会出名，也谈不上什么名望。哎，他的哥哥杰弗里了解这些海洋、这些赋予人们丰富经验的牧场，如果他遇到这种情况会怎么做呢？

但是他没法不去当志愿者，他已经在横滨港待了整整一个月，却不能上岸。他至今都无法理解，这就像他上学时，一个学期马上就要结束，胜利在望，可是老师却告诉他暑假取消了，他八九两个月还要像平时那样继续上学。没有人告诉他暑假为什么会取消。他心中有个声音在催促他去当志愿者，成为另一个饱经大海洗礼的人。可是他比自己想的还要思乡，尽管如此，他还是成了一名"俄狄浦斯王"号的签约水手。

一个月之后,他在新加坡又回到了"菲洛克忒斯"号上,那时,他已经发生了变化。他患上了痢疾,"俄狄浦斯王"号没让他失望,只是那里的食物实在令他不能恭维,食物少得可怜,还没有冰箱,只有一个冰柜。大管事(外号叫"脏狗")整天坐在船舱里抽烟;这艘船的前甲板在船头的位置。然而,因为他的代理人弄错了,他又一次鬼使神差地违背了自己的意愿,离开了这艘船,打算去麦加,踏上朝圣之旅。去纽约的计划已被束之高阁,和他同行的船员如果当时不当志愿者,现在肯定都已经回家了。休独自一人忍受着离职的痛苦,他形单影只,感觉自己一事无成,可是他苦苦支撑着,他在心中感叹:我的人生真是一团糟啊!再坚强的人也无法忍受这种一事无成的人生!不过对坚强的人来说,没什么不能忍受的,古埃及人连奴隶制是什么都不知道,可是关于奴隶制,他也知之甚少。他们在米奇港给船加满了煤。米奇港是个煤港,可以满足所有新手船员的梦想,因为那儿的每间房子都是妓院,那儿的每个女子都是妓女,就连那些身上有文身的老妪也不例外。煤箱很快就装满了,煤炭一直装到了尾舱的地板,他也看到了煤仓工人工作好的一面,如果那算作是好的一面。能在甲板上工作不是更好吗?并非如此,那儿也没有人会怜悯你,对于生活在海上的水手来说,哗众取宠的自我宣传毫无意义,海上的生活是单调乏味的,休羞于说出:自己曾经想榨干自己水手生活的每一分钟,他无法忍受年复一年单调乏味的生活,终日面临危险和疾病的侵扰,你的生死可能系于同行水手手中,因为他可能会为你支付保险,而你的个人生活被极度压缩,每隔18个月才能和妻子一起在浴室洗个澡,这就是海上的生活!一个水手的无聊生活!他们私下里渴望被埋葬在大海,心中却因自己是海员而感到无比自豪!

　　休隐约想起那时司灯水手想告诉他的道理,为什么他在"菲洛克忒斯"号上有时被人欺负,有时得到奉承呢?那是因为,他愚蠢地自称是一个无情制度的代表。人们对这个制度既惧怕又不信任,而这种制度对水手们来说,比对消防员诱惑力更大,因为消防员很少能爬上资产阶级的上流社会。然而,休也因此备受质疑,因为他处理事情的方式让人起了疑心:他四处打探,他会用甜言蜜语诱骗别人,谁会想到他会用一把吉他作诱饵呢?出于这个原因,那些船员必须读他的日记,必须要随时留心他的动向,如果有必要,还要奉承他、模仿他、假意与他合作……那样,他就会反过来奉承船员。有时,这种制度会给你一点儿物质上的帮助,例如食物、优越的生活条件……虽然他们摧毁了人们心灵的宁静,它还会建立一些设施取悦你,比如图书馆,它们企图在你的灵魂中搭建一个绞刑架,你被现实所迷惑,变得阿谀奉承,你会发现自己说:"你知道吗?你为我们服务、为我们工作,既然你们为我们服务,那么我们什么时候来回报你们呢?"这也无可厚非,因为你们认为这个体系是在为你们谋求福祉,可你们很快就会发现,另一场战争到来之前,它会为所有人带来工作岗位,可是不要因此就以为你们永远都会被这些把戏所蒙骗。你反复在心里说:"事实上,你们尽在我们掌控之中,没有在战争或和平中受我们的服务和保护,耶稣基督的王国一定早已分崩离析。"休看到了这种逻辑思维上的漏洞,因此他在"俄狄浦斯王"号甲板上受到了同志般的待遇,既没有人侮辱他、欺负他,也没有人奉承他,虽然他没干什么活儿,却得到了其他船员慷慨的帮助。虽然他只在那艘船上待了四个星期,可正是在船上的那些日子,他才能让自己和在"菲洛克忒斯"号的那段生活

201

和解，因此他很担心自己病了这么长时间，给别人带来了额外的负担。在他养病到康复的这段时间里，他依然想回到英格兰，想着自己出名的事，但是他多数时间还是在考虑如何更好地完成工作。在这几星期艰难的时间里，他很少弹吉他。从表面上看，他似乎过得还不错，真的不错。他和大家相处得很融洽，相当融洽。在他离开之前，他的船员朋友们坚持要为他打包行李。后来他发现，他们在他的行李里塞满了变质的面包。

他们的船停在了位于泰晤士河河口的格雷普森湾，等待涨潮。他们的周围是沉沉暮霭，绵羊在柔声叫着。在昏暗的灯光下，泰晤士河和长江看起来是那么不同，突然有人在花园墙上敲打起了烟斗……

休没有等着看是不是记者喜欢在空闲时间演奏他创作的歌曲，就匆匆忙忙地跳下了船。

他不辞而别有些不仗义。那天晚上，他去了新康普顿大街波罗维茨那家简陋的小店。店铺已经关闭，夜已经深了，可是休确定橱窗里展出的那些歌谱都是他创作的；他仿佛听到从楼上传来了熟悉的歌声，那是波罗维茨太太在哼唱他创作的歌曲；他找到了一家旅馆，觉得旅馆的人也在哼唱他创作的歌曲；那天晚上，他在阿斯托利亚酒里吧哼唱那些歌，那些歌伴他入眠。可是，当他在黎明时醒来，再次去那个橱窗前一探究竟时，发现橱窗里的作品居然没有一首歌是他创作的！他感到失望……也许是因为他的歌太过流行，橱窗里根本没有足够的空间展示。九点钟，他又一次找到了波罗维茨先生，那个小老头儿见到他分外高兴。是啊，实际上他的歌曲已经发行了很长时间了，应该人人传唱了。波罗维茨先生去取他的作品，休屏住呼吸，急不可耐。他纳闷儿为什么波罗维茨先生去了那么久还没回来呢？毕竟，波罗维茨是他的音乐出版商，他找到这些音乐应该不费什么事的。最后，休看到波罗维茨和他的助手提着两大包东西回来了，他告诉休："你的歌都在这儿呢。你说说，我们该怎么处置它们呢？你想把它们带走吗？还是想让我们再替你保存一段时间？"

那些歌的确是休创作的，每首歌都出版了一千张唱片，就像波罗维茨先生所说的那样：这就是他创作的全部歌曲。看来，这个奸商根本没为他的歌曲做过什么宣传，他的歌曲也没人哼唱；马戏团演出也没有播放他的那些歌曲；因为没有人想听"一个在校学生"创作的歌。波罗维茨先生所关心的是自己能不能盈利，休在意的是他创作的歌会不会有听众，两人关注的完全是两码事儿。波罗维茨先生只负责出版这些作品，这样他就算履行了合同中的约定。出版这些歌曲花掉了他交的保证金，剩下的都是波罗维茨的纯利润了。如果有些有钱的冤大头傻乎乎地甘愿向波罗维茨支付这笔保证金，那么每年他只要签订一千份这种合同，财富便会滚滚而来，他为什么还要费力宣传那些客户的音乐作品呢？有了保证金，他就衣食无忧，这也解释了波罗维茨消极的态度。毕竟，休拿到了自己创作的歌曲，也不算上当受骗。波罗维茨语气平和地跟他解释，英国作曲家创作的歌曲在本国没有市场，市场上流行的大多都是美国风格的歌曲。经历了这场风波，休虽然没有靠歌曲创作成名，却对神秘的歌曲创作行业有了初步的了解。波罗维茨先生结结巴巴地说："所有这些唱片不就是对你最好的宣传吗？"说完，他还柔和地摇了摇头，只是在歌曲出版之前，宣传就结束了。休不解地问："可是，如果想让这些歌流行起来，会很难吗？"休似乎在喃喃自语，他想起了之前被自己踢下船的那个记者,恨得咬牙切齿,所有的善心都消失得无影无踪。接着他又感到羞愧,他想另辟蹊径……也许,一个歌曲创作者到美国发展会有更多机会?他想到了自己在"俄狄浦斯王"号的经历。可是,波罗维茨又给了他当头一棒,他不动声色地嘲讽休,说在美国,每个服务员都能创作歌曲——

不过,在此期间,休还是带着期待看了看他创作的那些作品。至少,这些唱片的封面上有自己的名字,其中一个还有一张舞蹈团的照片呢,那是伊兹·斯米加金在"大象城堡"乐队演出时拍的,他正在变换着舞步。休说不出当时的心情,波罗维茨先生已经向他透露过真相:即使伊兹·斯米加金本人在吉尔本乐队演出过,他也不会对没发行过的歌曲感兴趣的。他会对那些不知名的作者创作的歌曲进行改编,创作出轰动一时的作品,而那些不知名的作曲家创作的歌永远也不会取得那样的成功。在那一刻,休突然对这个世界有了真切的认识。

他通过了剑桥大学的入学考试,可是往事和旧日的理想仍然萦绕在他心头。离他入学的日期还有些时日,他突然想起了那个被他从"菲洛克忒斯"号赶下船的记者对他说过的话:"你真是个傻瓜!你本可以成为全城编辑所追逐的采访对象。"这名记者帮休在报社找了一份工作(那家报社写出的报道都是东拼西凑的),结果就有了他后来的经历。不过,他很快获得了一种独立的感觉,只是他的住宿费依然由姑妈支付。由于他声名狼藉,他很快就得到了提拔,只是他写的东西都是有关海上生活的。他内心深处渴望自己写的文章真实、精益求精,据说他写的一篇关于一座着火妓院的报道,体现了他渴望达到的这两个标准。他不必再拿着一把吉他,在杰弗里的旧手提包里装满自己创作的乐谱，到每家报社、每个音乐出版商那里进行自我推销了。然而，他的生活竟然与阿道夫·希特勒的人生有些相似之处。他并没有与波罗维茨先生断了联系，他暗暗决心展开报复行动。一种个人的反犹太主义思想成了他生活的一部分。深夜，他会因为种族仇恨而从噩梦中惊醒，大汗淋漓；他感觉有时自己像在船上的柴火间里，从资本主义制度的水柱上跌落下来，这种失落感如今已经与对犹太人的憎恨密不可分。这都要怪那些老犹太人，不仅仅是波罗维茨，而是所有的犹太人，他意识到自己一开始就所托非人，白费力气。也是因为犹太人，英国的商业航海才得以存在。在他的白日梦中，他成了一个声势浩大运动的煽动者，这项运动无所不包，血腥残酷。时间过去一天，他就朝着自己的目标接近了一步。有时候，他在为实现自己的目标努力奋斗的过程中，还能看到"菲洛克忒斯"号那个司灯水手的身影，还有那些"俄狄浦斯王"号上的水手，如果不是波罗维茨和他那些讨厌的犹太族人，他就不会落到今天这步田地。那些犹太人被驱逐、被剥削，到处流浪，就像他们的祖先那样，可是他自己不也是这样一个居无定所的人吗？那些和你称兄道弟的水手，居然把变了质的面包塞进你的行囊，他们算什么兄弟？然而，他应该去哪儿寻找更加纯粹、正派的价值观呢？他应该向父母求助吗？他们早就过世了吗？他的姑妈呢？杰弗里呢？他们现在身在何方？杰弗里整天不见踪影，就像这世界上自己的幽灵那样神出鬼没的，他总是待在拉巴特或提布克图，而且他已经失去了作为叛逆者的尊严。想到这儿，休躺在躺椅上，不由自主地微笑起来。还有个人，他现在想到了。也许应该在记忆中搜寻有关那个人的片段，向他求助。那段记忆提醒他：他曾经是一个热忱的革命主义者，虽然他当时只有 13 岁，现在回忆起来感觉很奇怪。他想到的那个人，就是他之前就读的预科学校的校长兼童子军负责人哥特比博士。对，正是那个人。他是特权阶级、英国教会的代言人，英国绅士的代表，趾高气扬是他们的精神图腾，"上帝拯救国王，上帝是我们的依靠"这些话常常挂在他嘴边，可谁该对他的歪理邪说负责呢？可怜的老头儿！虽然他的老师年事已高，可是仍然独立生活，他的独立精神真是让人羡慕！他每周日都会到教会宣讲种种美德，向他那些瞪大眼睛的历史班学员们宣传：那些布尔什维克主义者绝不是屠杀儿童的凶手。他的生活方式也同样很精彩，仅仅比穿过他所在的彭博尔花园城市社区的急流稍显逊色。但是，他当时已经忘记了这位年迈的精神导师，就像他早已忘记了应该日行一善的教义。还有那条教义：无论面临何种困境，都应该微笑面对，泰然处之；还有他在童子军军营时接受的教导：一日为童子军，终身为共产主义者。不过，他只记得一句：应该时刻准备着。于是，他引诱了波罗维茨的妻子。

　　他觉得他只是思想出了问题……不幸的是，波罗维茨可不这么认为，他起诉妻子不忠，要跟她离婚，还连带着起诉休为共犯。不过，更糟糕的事情还在后面：波罗维茨还控诉休在别的事上也欺骗了他，他声称休创作的那些歌曲剽窃了两首不知名的美国歌曲，这让休不知所措。这件事有可能吗？他一直生活在虚幻的世界中，他一直期待着通过那些歌曲功成名就，到头来只是自己付钱替别人出版了作品，这不是替他人作嫁衣吗？或者，这笔冤枉钱由姑妈替他出了吗？甚至，就连他破灭的幻想也是虚假的吗？不过事实证明，事情并不像他想的那么糟糕。至少指控他所作歌曲皆为剽窃未免太过分了，因为他只有一首歌是剽窃了别人的。

休躺在摇椅上，摆弄着雪茄烟，心想：万能的上帝呀，无所不能的上帝呀！这一切上帝应该都会知道的，休知道上帝知道他的一切苦难。可是上帝只在乎救赎世人。看起来，他一定是受到了吉他的蛊惑，才会相信世上的歌曲都是他自己创作的。事实上，他的确剽窃了一首美国歌曲，不过，现在承认也于事无补！休很懊悔，很痛苦。那时候，他生活在布莱克西斯，终日被剽窃他人作品和引诱波罗维茨夫人的罪名折磨着，他总是担心事情会败露，这种恐惧终日如影随形。他步行15英里进了市区，穿过莱维斯哈姆大街、新十字街，沿着肯特大路经过"大象城堡剧院"，到达伦敦的中心地区。他感到自己创作的那些可怜的歌曲，就像小调一样在追随着他，这令他惊恐万分。他真希望自己能消失在这些穷街陋巷里。这里看不到希望，却被朗费罗》①的诗歌赋予了浪漫的色彩。他真希望这个世界能把他的身体和他的耻辱一并吞噬，因为他即将面对的是无尽的屈辱。他曾因音乐创作而名声大噪，如今也会因为音乐创作而身败名裂。杰弗里会相信他吗？相信他的人一定会少之又少。休在头脑中构建的最后一个宏伟计划也付诸东流，最终，他觉得父母早逝现在看来也许是件好事，至少他们不会背负儿子的耻辱，而他那位导师也不会接收一个卷进离婚官司泥潭的学生。泥潭，那真是恐怖的词汇。他的人生前景一片黯淡，他的生命似乎就要走到终点，他的救命稻草就是马上去另一艘船去当船员。不过，即使他签约成功，也未必能在他身败名裂之前救他逃出生天。

---

① 朗费罗(1807—1882)：美国诗人、翻译家。代表作品有《夜吟》《奴役篇》《海华沙之歌》。

后来，事情峰回路转，奇迹发生了，那是他想都不敢想的。后来发生的事情很奇妙，时至今日，休也找不到合理的解释。波罗维茨突然撤销了起诉，他原谅了自己的妻子，还派人找来休，并且宽宏大量地原谅了他。他郑重其事地告诉休：他不仅撤销了离婚起诉，还撤销了对休剽窃他人作品的起诉。他说是自己弄错了。最糟糕的情况就是他不发行休创作的那些歌曲了，如果那样的话，不会造成什么损失的。他告诉休，最好早点儿忘了这事，他们之间的恩怨一笔勾销。当时，休无法相信自己的耳朵，直到现在他都无法理解这件事。之前他还以为自己输了一切，他的人生就这样无可挽回地被毁掉了。可下一刻好像什么事都没发生一样，一切又归于平静。他站起来一会儿，准备冷静地面对——

"救命！"

领事的半边脸上还有刮胡子留下的泡沫呢，他站在房间的门口，手里拿着剃须刀，浑身颤抖。他招呼休过来，帮他刮胡子。休马上站起身，把手中的雪茄烟扔进了花园。休要想回到自己的房间，必须先通过杰弗里的房间（两个房间的门是对着的，休透过领事敞开的房间门，可以看到自己房间里的除草机）。当时，伊芙正忙着收拾行李，没法过来帮领事刮胡子。房间面积很大，也很舒服，阳光穿透窗户、照进屋里，窗子正对着尼加拉瓜大街。屋子里弥漫着伊芙身上浓郁的香水味，而花园里的各种味道也通过敞开的卧室窗户飘进了屋子。

"颤抖是最糟糕的，可是你从来没颤抖过吧？"领事说着，又开始打起了冷战。休接过领事手中的剃须刀，把它放在洗手盆上的驴奶香皂上蘸了蘸。领事接着说："不对，你颤抖过，我想起来了。不过，你当时没像我抖得这么厉害。"

208

"嗯，那不可能，新闻记者是不会颤抖的。"休说着，在领事的脖子上搭了一条毛巾，问道，"你说的是像发动的车轮那样颤抖吧？"

"轮子套轮子。"

"我深表同情。一切准备就绪，我们要开始刮胡子了。站稳了。"

"你看我抖得这么厉害，怎么能站稳呢？"

"那你就坐下吧。"

领事仍然颤抖得厉害，他连坐都坐不下了。"休，真不好意思，我身子抖得厉害，没法控制自己。我就像在一个气缸里，我说'气缸'这个词儿了吗？天哪，我必须喝点儿酒了，家里都有什么酒啊？"领事随手从窗台上拿了一瓶酒，拔出月桂酒瓶的瓶塞，接着说，"你觉得这酒喝起来像是什么味道呢？像是人头皮的味道。"休还没来得及阻止他，领事就喝了一大口。"味道不错，味道真的不错。"他洋洋得意地说，说完还咂了咂嘴，"不过，酒精含量没达标啊，太浓了，喝着像法国的绿茴香酒，有那么点儿意思。不过喝了这东西，那些蟑螂就不敢靠近我了，还有整天在我头脑里烦我的蝎子也别想靠近我了。你等等，我要吐了……"

休特意把水龙头开大了一些，他听到伊芙在隔壁房间走动，她正在准备着去托马林的行李。门廊上，休刚才打开的收音机还没关上，也许伊芙根本听不到洗手间传出的噪声。

"以眼还眼，"领事说着，又颤抖起来，休扶着他回到椅子上坐好，"我曾经也给你剃过胡子。"

"是啊，老哥。"休说着，又把剃须刀在那块驴奶香皂上蘸了蘸，还挑了挑眉毛，接着说，"没错，现在感觉好点儿了吗，老哥？"

"当时你还是个婴儿呢，"领事浑身颤抖，"当时我们是在半岛和东亚航运公司的船上,从印度回英国。我们坐的那艘船是'老科坎纳达'号。"

休把搭在领事脖子上的毛巾重新整理了一下,接着好像心不在焉地,在哥哥无声的指挥下走出房间、哼着小调、穿过卧室,来到了门廊。收音机里正在播放着贝多芬的音乐,风变大了,吹到了房子这边。休回来时,手里拿了一瓶威士忌酒,他准确地猜出领事把那瓶威士忌酒藏到了酒柜里。他用眼睛扫视了一下领事整齐摆在书架上的那些书。屋子里很整洁,除此之外,看不出屋子的主人在这里工作或是思考未来的痕迹。

只是床单有褶皱的痕迹,看来领事刚才有在床上躺过。《高等魔法信条及其仪式》《中美洲之蛇和白银之崇拜》,这两类书整整摆了两大排。有些是带着精致皮质封面、有关神秘主义和炼金术的书目。这些书的皮面和边缘已经磨损,有些看起来还很新。《所罗门王的魔法钥匙》堪称这些书中的珍宝,可其他的书就五花八门、类别繁杂了,其中包括果戈理[①]的作品、《摩诃婆罗多》[②]、布莱克[③]诗歌、托尔斯泰[④]、

[①] 果戈理(1809—1852):俄国批判主义作家,代表作有《死魂灵》和《钦差大臣》。
[②] 《摩诃婆罗多》:享誉世界的印度史诗,与《罗摩衍那》并称为印度的两大史诗。现存本是在一部史诗基础上编订加工而成的,被称为"百科全书"式的史诗,该作品规模宏大、内容庞杂。印度现代学者认为《摩诃婆罗多》是印度的民族史诗,内含印度民族的"集体无意识",堪称"印度的灵魂"。
[③] 布莱克(1757—1827):英国著名的浪漫主义诗人、版画家,英国文学史上最重要的伟大诗人之一。代表作品有诗集《纯真之歌》《经验之歌》。
[④] 托尔斯泰(1828—1910):19世纪中期俄国批判现实主义作家、政治思想家、哲学家,代表作有《战争与和平》《安娜·卡列尼娜》《复活》。

彭托皮丹[①]、《奥义书》[②]、莫梅德·马斯顿[③]的戏剧、贝克莱主教、邓斯·斯科特[④]、斯宾诺莎[⑤]的作品,《反之亦然》[⑥]、《莎士比亚戏剧》《马克思全集》《西线无战事》[⑦]《逃兵役者的成功》[⑧]《梨俱吠陀》[⑨]……天哪,居然还有《彼得兔的故事》。领事总是说,《彼得兔的故事》这本书包藏着万事万物。休回来了,脸上带着微笑,像一个西班牙侍者那样,殷勤地把威士忌酒倒进了一个牙缸里,然后把牙缸递给领事。

"你是从哪儿找到这瓶酒的?你救了我一命。"

"这不算什么。以前我也是这么帮卡鲁瑟的。"休准备好为领事刮胡子了,领事喝完酒,马上就不颤抖得那么厉害了。

[①] 亨瑞克·彭托皮丹(1857—1943):丹麦现实主义作家,1917 年与另一位丹麦作家卡尔·耶勒鲁普共同获得诺贝尔文学奖。

[②] 《奥义书》:印度最经典的古老哲学著作,用散文或韵文阐释印度教最古老的吠陀文献的思辨著作。

[③] 莫梅德·马斯顿(1576—1634):莎士比亚时代英国著名的讽刺喜剧作家,代表作《荷兰妓女》《安东尼奥和梅丽达》。

[④] 邓斯·斯科特(1265—1308):苏格兰中世纪经院哲学家、神学家、温和实在论者。

[⑤] 斯宾诺莎(1632—1677):著名的荷兰哲学家,近代西方哲学的三大理性主义者之一,与笛卡尔和莱布尼茨齐名。他的主要著作有《笛卡尔哲学原理》《伦理学》《知性改进论》。

[⑥] 《反之亦然》:作家 F. 安斯蒂的作品,于 1882 年出版。

[⑦] 《西线无战事》:德国作家雷马克创作的长篇小说,1928 年发表在《福斯报》,翌年单行本出版。

[⑧] 《逃兵役者的成功》:英国作家沃德豪斯的作品,首次出版于 1924 年。

[⑨] 《梨吠俱陀》:印度最古老的一部诗歌集,内容包括神话传说、对自然现象和社会现象的描绘与解释,以及与祭祀有关的内容,是印度现存最重要、最古老、最具文学价值的诗集。

"卡鲁瑟那个老家伙,你帮他做什么了?"

"我扶着他的脑袋。"

"他肯定没喝多。"

"没喝醉,他肯定睡着了。"休挥舞着手中锋利的剃刀,接着说,"你看看能不能坐直?不错!他很尊敬你,他知道很多关于你的事情,只不过他所知道的都是同一个故事的不同版本。是你骑着马上大学的那件事儿。"

"没有,我怎么可能骑着马上大学呢?任何比羊大的动物我都害怕。"

"不过,那匹马就拴在配膳室外面,它当时脖子上系着蝴蝶结。那是一匹烈马,三十七个杂工和清洁工合力才把它给弄出学校。"

"我想象不出卡鲁瑟喝得烂醉,却能在有人看护的情况下昏睡过去。让我想想,他只是一个讲师,我敢说他对自己的书要比对我们更感兴趣。当然了,那时战争刚开始,条件很艰苦,不过他真是一个很不错的人,他真的很不错。"

"他是最好的,可我上学的时候他还是讲师呢。"

我的时代……那到底是什么意思呢?一个学生在剑桥读书,可是有谁具备像东安格利亚的西格伯特那样智慧的头脑呢?或者像约翰·康福德那么才华横溢?有谁逃过课,而且不曾为学校的划船队效力?愚弄自己的辅导员,最终害的却是自己。谁读了《经济学历史》,学过意大利语,却总是考试不及格?谁爬出学校大门,探访夏洛克大院的比尔·金雀花?是谁抱着圣凯瑟琳学院的水车睡着了?是谁像梅尔维尔那样,被从船尾丢弃出来了?剑桥的那些钟声啊!月光下的温泉、紧闭的大门和修道院,那都是谁建造的?是谁的孤傲？是谁的自信？谁持久的美丽，构成了一个支离破碎的、一个蠢人的人生碎片之梦呢？也许那里还残存着无数骗人的记忆碎片，而不是圆寂了800年的高僧撑起的奇怪的梦。他们的房子如今都不能进入，竖起了一堆桩子立在沼泽地上，就像一个曾经点亮的灯塔，摆脱了神秘的宁静和沼泽的孤寂。一个这样的梦被嫉妒之心看得很紧，那块牌子上写着"请勿践踏草坪"。可是草地那摄人心魄的美超脱凡尘，让人不禁想去领略它的魅力，一边犯错，一边祈求上帝的宽恕。一个人终日生活在充斥着令人作呕的果酱和旧鞋子味道的环境里，由一个跛脚人看管，在一个靠近火车站的小茅屋里生活。剑桥是一片颠覆之海，也是一片可怕的倒退之地。我从严格的意义上讲，不管一个人多么受欢迎、有什么天赐的良机，他在那儿仍会遭受可怕的噩梦，就好像一个成年人从美梦中突然惊醒。就像《反之亦然》中描写的那位厄运连连的巴蒂图德先生，他面临的不仅是商业上的困境，还有在30年前，自己精心准备却没有及格的几何课，还有青春叛逆期遭遇的种种折磨和痛苦。他们就像深埋在心中的文物那样需要不断挖掘。而当心灵回顾过去的种种，他会心生厌倦，那些不愉快的经历，他不愿再经历一次。回忆学校关闭时那些学生的表情，那些面孔就像溺水者漂浮在水面上，他们不断扭动笨拙而肥硕的身体，竭力逃脱大海的魔掌，却再次陷入从前试图逃避的痛苦。这种痛苦如今又以一种更为厚重、变形的姿态出现在你面前。如果事实并非如此，剑桥的学生也会感到那里的陈词滥调、那里的势利风气。在那里，才华付诸东流、真诚被当作笑柄——就像是巨桨被扔到了盐和胡椒粉的河流里，就像一个牙齿掉光的老妪徒劳地咀嚼着事物，它们毫无用武之地。它们只有在另一场战争爆发时才会大显身手。

当海员的那些经历也被时间夸大,使我始终难以适应这个社会,使我的内心世界失去平衡,因此海员永远不会在陆地上找到快乐。可是我会再弹吉他的。这次,我是认真而严肃的。我又跟那些犹太人成了朋友,就是我在学校里结识的那些犹太朋友。我必须承认:犹太人来到这里的时间比我们更早,从公元1106年开始,他们就断断续续地在这里生活。他们几乎是唯一一个和自己的民族一样拥有悠久历史的人种。他们的民族之美是慷慨的,是独立的,也许只有犹太人才配得上那些高僧梦中的完美民族。只有经历过苦难的犹太民族,才会懂得他的苦难;只有经历了孤独的犹太民族,才能理解他创作的那些可怜音乐中的真谛。所以,在姑妈的资助下,我上学的时候,买下了大学的周刊。为了躲避大学的那些繁文缛节,我成了一名坚定的犹太复国运动分子。我还当上了乐队的领导人,我的乐队成员大部分都是犹太人,我们的乐队在当地舞会上进行演出,演出服是我们自己的服装,乐队的名字是"三个能干的海员",我们靠乐队的演出挣了不少钱。一位美国访问学者的漂亮犹太妻子成了我的情妇,我也是靠吉他赢得了她的芳心。吉他之于我,就像弩之于"菲洛克忒忒斯"号,或者"俄狄浦斯王"的女儿之于"俄狄浦斯王"。吉他是我的向导,也是我的精神支柱。无论我走到哪儿,都会面无愧色、光明磊落地弹奏吉他。我没有想到艺术家菲利普在一家敌对势力的报刊上发表了一篇评论我吉他演奏的文章,并对我赞赏有加,此举令我始料未及。不过,他的赞美之辞是发自肺腑的。他说我像一把巨大的吉他,其内藏着一个看起来很熟悉的婴儿,蜷缩着身子,就像在母体里一样。

"当然啦,他一直都是位品酒的行家。"领事说。

"在我的印象里,他写的那些品鉴葡萄酒的文章和对我第一版创作音乐的评语都混为一谈了。"休熟练地刮着领事的胡茬儿,剃刀经过了领事的颈动脉和颈静脉。领事模仿着说:"服务员,给我拿一瓶最好的约翰·邓恩①酒,好吗……史密瑟?你知道的,我要的是那种纯正的1611年出品的岁月窖藏酒。"

"上帝呀,真有意思……不应该拿他开玩笑的,那个可怜的老伙计。"

"他是一个了不起的人。"

"他是最棒的。"

……我曾经在威尔士亲王面前演奏吉他,也曾经在阵亡将士纪念日那天和退伍军人在大街上演奏乞讨;还曾在阿蒙森成员会的一个招待会上表演,还曾经在法国组委举办的迎接新年的晚会中表演。很快,"三个能干的海员"乐队名声大噪,一家音乐杂志称他们"可以与维努特蓝调四重奏乐队媲美",可是对于乐手来说,最糟糕的事莫过于手受伤了。不过,我也总会想到死亡,在沙漠里被狮子咬死、干渴而死。在行将就木的时候,他们在心中呼唤着吉他,在生命终结以前,再次撩拨起吉他琴弦。我的明星之路,是我自己亲手终结的。在我从剑桥辍学不到一年以后,我们的乐队就停止了表演。最开始我不在乐队表演,后来我也不再进行个人表演了。伊芙虽然生长在夏威夷,可是她认识我这么久了,却不知道我会弹吉他。也没有人问我:"你的吉他哪去了?快给我们弹一段。"

这时候,领事突然说:"有件事我想要坦白。你不在的时候,我没有按你的要求定时、定量地喝马钱子碱。"

---

① 约翰·邓恩(1572—1631):十七世纪英国玄学派诗人。

"马钱子碱可是包治百病的神药啊,是不是?"休笑盈盈地、带着威胁的口气说,"或者是在被开除后用来恢复元气的神药。你得当心了,用墨西哥人的话说:我要绕到你的脖子后面去了。"

休先用餐巾纸擦了擦剃须刀,心不在焉地透过领事房间的门,朝房间里看了看。屋子里的窗户是敞开的,风轻轻吹起了窗帘。这时,风停了下来。屋子里弥漫着花园的气味。休听到房子的另一侧又吹起了风,那是从大西洋吹来的强劲海风,还带着狂野的贝多芬音乐的味道。在背风的一面,透过房间的窗户可以看到窗外的树纹丝不动,丝毫没有被风摇动的意思。风只是轻轻地吹起了窗帘,就像水手们在破破烂烂的巨轮甲板上晾晒的衣服那样随风飘舞。守门把洗过的衣服挂在吊杆杆式起重机间的6号仓上。在船的尾舷上,他看到一艘当地的船停靠在离他们不到一英里的地方。船在海中剧烈地摇摆,似乎在和暴风雨做斗争,好像受到了某种控制……

我怎么不弹吉他了?肯定不是因为我意识到菲利普森画的含义,可是为时已晚……我意识到话中透露出残酷的真相……那场输掉的埃布罗河战役。可是,我清楚地意识到:我不停地演奏并不是另一种自我宣传的方式,可是我想让自己留在聚光灯下,好像我在《世界新闻》周刊里发表的那些报道还不够似的。或者是我自带某种名人光环,注定要成为公众追逐的对象,或者成为一个永远的吟游诗人、一个游乐人,可是我为什么只对已婚女士感兴趣呢?因为我最终无法给予对方真爱——该死的犹太人。最终我不再想唱首歌曲了。人们把吉他作为一种实现自我价值的工具,最后会无疾而终呢。连弹吉他都不再是一种乐趣了。就好像是小孩子的玩具那样被束之高阁。

"那样对吗?"

"什么对吗?"

"你看到外面那棵可怜的、被放逐的枫树了吗?"领事问,"就是被雪松支起来的那棵树?"

"没有。"

"那你就比我幸运。"

"不过,如果某一天,风从另一个方向吹过来,那棵树就会倒下去。"休刮起了领事脖子上的胡茬儿,领事放慢了语速,接着说,"你能看到窥视我卧室的那株向日葵吗?它整天都盯着我的房间看。"

"你是想告诉我,向日葵溜进了你的卧室里,对不对?"

"它瞪着我的卧室,恶狠狠地瞪着,整天都瞪着,就像上帝那样。"

我想起了上一次弹吉他的情景:当时,我拿着一把吉他,走进了伦敦波西米亚的国王酒吧。那里卖优质麦芽啤酒。我喝了个烂醉,昏睡过去。等我清醒之后,想找像约翰那样没有伴奏就能唱巴尔干快歌的歌手。可是,到底什么是巴尔干快歌呢?应该是一些革命歌曲,就是布尔什维克歌曲。为什么我从来没听过那种歌呢?在英格兰,我还没见过什么人一唱起歌来就能马上获得无尽的快感的,那是因为在各种聚会上,人们通常会唱一些低俗的歌曲:像《我孤身一人》这种歌,一点儿都不好听,还有《我爱的人也爱我》也是。虽然,我从经验上就能判断:乐队的那些歌者并不都是布尔什维克主义者。他们做的,无非是在日落时和大家一起散散步,或是听一些坏消息,共同见证不公正的事情,可如果他们有了组织,就不会再轻信所见所闻了。他们会离经叛道、质疑权威,然后行动起来……他们就这样赢得了埃布罗河战役。可是,也许我跟他们不一样,我的一些朋友也会奋起反抗,他们有些牺牲在了西班牙。当时我还不明白,他们真的厌倦了我美国式的弹唱法吗?虽然我弹唱得很动听,他们却不喜欢我的演奏方式。他们是出于礼貌才听我的演奏的。

"再来一杯酒。"休说着,又往牙缸里添满了酒,然后把牙缸递给领事,同时从地板上捡起了一份《环球时报》。"你脖颈那儿还有些胡子没刮呢。"休一边说,一边若有所思地擦了擦剃须刀。

"你也来一杯吧。"领事说着,把牙缸递给了休,"叮当乱响的硬币让人心烦意乱。"领事的手很稳,他接过报纸,大声地读起了刊登在英国版的那些报道的标题。"'流放犯心情沮丧',我才不信呢。'政府统计流浪狗的数量',我也不信。你相信吗,休?"

"嗯,我相信。"休回答,接着又开始刮起了领事的胡子。领事接着评论:"'克莱曼斯库的树枝上放了几个鸡蛋,如果靠树的年轮计算树的年龄,那几个鸡蛋应该已经放在那儿一百年了'——现在的报纸怎么刊登的都是这种破文章?"

"差不多吧。"领事接着念:"再听听这个:'日本控制了所有通往上海的海上通道。美国人已经撤退了。'……都是这种文章。"休提醒领事:"坐直了。"

从那天起,他就没再演奏过吉他。从那天开始到现在,他就没有真正地快乐过……没有足够的自知之明是一件危险的事情。不管怎么说,如果没有了吉他,他就不会被人关注了吗?他就不会像从前那样,对已婚妇女那么感兴趣了吗?哦,还有他以前的那些行为和想法,它们都烟消云散了吗?放弃旧我就意味着再次踏上海上之旅,再写一系列文章。我的第一篇文章就是给《环球时报》写的,是关于英国海上贸易的文章。可是,如果再来一次海上之旅,对我的精神成长是不会有什么帮助的,那只是我的另一次海上旅行。可是,我当记者写的那些文章却引起了轰动——《盐块熏饼》《英国掌控海上贸易霸权》,从此以后,我找工作只从兴趣出发。可作为记者,我缺少雄心壮志,也许我从来没有克服对新闻记者的反感,那也许是因为我早年应聘新闻记者时他们没有录取我吧?而且,我也不像我的同事们那样,迫于生计,必须工作。虽然我不工作,总不至于为收入的事情发愁。我游手好闲也混得不错,现在我也是游手好闲的状态,只是我感觉自己更加孤独、更加孤立了。我也意识到我总喜欢把自己推到风口浪尖,再慢慢隐退,好像我当年因为弹吉他名噪一时,可现在已经完全抛弃了吉他。现在,我已经没有吉他在手了……也许人们也厌倦了我弹吉他。可是,谁在乎呢?正是吉他让我的生命鲜活起来。

"《环球时报》上引用了你的文章。"领事说完,大笑起来,"我看到有些时日了,我忘记了具体是写什么的。休,你听听这句是不是:'最为谦逊的牺牲,一件进口、带刺绣的、特大码的皮上衣。'"

"坐好了,别动。"

"'或者用500比索买一辆凯迪拉克车,可是车的原价只有200比索。'你再听听这句话是什么意思?'还有一匹白马。''七号盒子里的苹果。'真奇怪。还有这个,'滴酒不沾的鱼',我看不像是这个。再听听这个:'在环绕城市中心地段寻觅一处适合作为爱巢的公寓,或者换一套严肃而谨慎的独立公寓。'"

"再听听这个:'一个年轻、美丽的欧洲女性必须要结识一位文质彬彬的青年才俊,而且男方必须要有良好的社会地位。'"

领事笑得前仰后合,休也觉得这些话很可笑,跟着大笑起来,他暂时不给领事刮胡子了,高高举起了手里的刮胡刀。

"'著名歌手求拉米·亚兹的遗体仍然在忧郁地到处游走',对了,听听这个,'人们已经严正抗议瓜华那华克镇某位警长的傲慢行为'。'严正抗议'?这写的都是些什么东西?'那位警长居然在公共场合徇私舞弊。'"

我曾在威尔士一家毫无名气的攀岩小旅馆里的旅客留言簿上写下一条留言:爬上鸡屁股山只用20分钟,那儿的岩石很好攀爬。过了一天,另一个游客在下面回复了一条留言,堪称经典:爬下鸡屁股山只用20秒,却发现攀岩很难。现在我已人过中年,早就过了年少轻狂的年纪了。我的生活中没有了歌声,也没有了吉他的陪伴,我想回归海上生活。也许这些天的等待更像是无聊的下山,只是为了重复上山的过程。如果你愿意,可以在鸡屁股山的山顶上信步走走,去别人家喝喝茶。那些忘情投入表演的演员可以卸下身上背负的十字架,到酒吧喝一杯比尔森啤酒。然而在人生中,无论是走上坡路还是走下坡路,仿佛时刻置身于迷雾、寒冷、危险、陷阱和种种束缚中,你必须时刻小心翼翼。只有挣脱束缚、冲破牢笼,才能绽放笑容。然而,我很害怕……我又要踏上漫长的海上之旅了,这次航行会像第一次航行那样糟糕吗?我所经历的种种残酷现实,会不会是伊芙在农场生活的某些暗示呢?休不禁想:如果伊芙第一次看到有人杀死一头猪,她会作何感想?她会不会害怕呢?知道海上生活是什么样子,如果我再次怀揣梦想、回到大海的怀抱,我还会安然无恙地回来吗?我的梦毫无悬念、更加纯净,就像孩子的梦一样。我热爱大海,我爱那片纯净的挪威海……而我这次幡然醒悟又会成为一种姿态,我做这一切究竟是想证明什么呢?接受现实吧!我是一个多愁善感的人吗?是一个得过且过的人,一个现实主义者、梦想家、胆小鬼、伪君子,还是一个英雄?简而言之,作为一个英国人,我没法弄清自己的比喻到底想说明什么。势利小人和伪装的先锋都反对崇拜偶像者和探索者，虽然生而无畏，却被一些鸡毛蒜皮的小事毁掉。你不禁扪心自问：为什么在酒吧里连连受挫，却不去学习那些珍贵的革命歌曲呢？现在，又是什么阻止你去学习更多的革命歌曲、学习不同风格的歌呢——哪怕你那么做只是为了重拾旧日歌唱和弹奏吉他的快乐？我的人生失去了什么？和名人接触的机会吗？——例如爱因斯坦[①]问我时间那件事。那个夏日夜晚，我悠闲地朝圣约翰学院嘈杂的餐厅走，跟在我身后的人从爱因斯坦教授居住的D4楼中出来，朝波特院长的宅子走去，我们不期而遇。那个人正是爱因斯坦，那个问我时间的人正是声名显赫的爱因斯坦！我告诉他，我不知道时间，他还冲我笑了笑。可是，他就是那个伟大的爱因斯坦、那个颠覆了人们对时间和空间认知的科学家吗？他曾经斜躺在吊在白羊座和双鱼座西边小鱼位置的吊床上，问我这个昔日的反犹太主义者时间。当时，夜晚出现第一颗星斗，衣衫褴褛的大一新生都聚拢在他的长衫下。我们刚才都没注意到墙上挂着钟，我向他指了指，他看到了时间，又冲我笑了笑……

"……他们在公共场合徇私舞弊，这个我应该想到的。"休说。

"这些报道可能会戳穿某些社会现象，但是从严格意义上讲，他们想揭发的那些人从严格意义上说并不是警察，事实上，这儿的正规警察……"

"我知道，这儿的警察都在罢工呢。"

"所以，你当然认为警察应该是民主的……应该像军队那样。没

[①] 阿尔伯特·爱因斯坦（1879—1955）：科学家、物理学家，提出了相对论。

错,他们算一支民主的队伍吧……但是,有些警察到处仗势欺人,很可惜你离开新闻圈了,如果你还是个记者,很可能会报道这些事的,你听说过民兵联盟吗?"

"你指的是西班牙战前那个秘密组织吗?"

"我指的是在这个国家,在墨西哥里的秘密组织。民兵联盟隶属于武警,不过他们为了掩饰自己的身份,穿着便装。检察长也是民兵组织的成员。依我看,杰夫·贾德内罗斯也是。"

"听说他们在哈瓦卡为迪亚兹立了一座新雕像。"

"……我们说的就是同一伙儿人,"领事说,他把声音放低了一些,"就是你说的民兵联盟,他们叫什么?我是不感兴趣……如果你感兴趣,可以去看看,他们的总部过去就设在保安警察总部里,现在可能不在那儿了,搬到帕里安的什么地方了,具体我并不知情,我是听人说的。"

领事终于收拾好行李,他唯一需要帮忙的就是穿袜子。他上身穿着一件新熨好的衬衫,下身穿着一条花呢裤子,衬衫外面还套着一件夹克衫。这件夹克就是他借给休的那件,刚才休把它从门廊拿进了屋。整装待发后,领事打量着镜子中的自己。

令人惊奇的是,领事看起来精神焕发、生气勃勃,丝毫看不出之前的颓废。没错,他看起来并非是面容憔悴、疲态尽现的老者。他怎么就非得像个老者呢?实际上,他只比休大了12岁,可是命运似乎已经把他的年龄定格在了过去某个无法确定的时刻。也许,他甘愿眼睁睁地看着自己就这样颓废沉沦下去,最后完全退缩,就像一艘偷偷在夜里驶离港口的小船。他听过有关他哥哥的一些滑稽故事,也听过一些他的英雄事迹。他年轻时凭借着那诗人般的直觉,早已为哥哥的传奇故事添油加醋。休认为，自己的老哥最终可能会孤独无依，最终会被消极势力控制，而面对这样的控制，他所有的防卫都无济于事。对一只垂死的老虎来说，锋利的爪牙又有什么作用呢？在死亡的魔爪下，即便多一条毒蛇，情况又能糟糕到哪里去呢？但是，这只命悬一线的老虎现在并不想死，相反，它还想散散心，把那条毒蛇也带上，暂时装作毒蛇并不存在。事实上，休从来也没见过领事非凡力量、健康体魄和雄心壮志的一面。他既不会放弃上帝、也不会向上帝妥协，他希望用自己的方式帮助别人，他已经成功地使自己振作起来、调整好了自己的状态。而让他发生这种变化的，是墙上的照片，现在休和领事都在看那张照片，那张照片足以让他们对此前听说的有关那艘伪装成货船的战船的种种言论产生怀疑。领事突然做出了一个手势，示意休往牙缸里倒酒。

"所有有关'撒玛利亚'号的故事都是一个诡计。看看那船的起锚机和舱壁吧，那个黑色的入口看起来好像是通向前甲板的，其实也是一个伪装，那后面藏着一挺防空机枪。从那下去，就可以到达我的战区……那是我工作的地方。那个厨房可以以迅雷不及掩耳之势变成一个炮塔……"

领事走到那张照片下仔细看了看，说："不过很奇怪，照片是我从一本德国杂志上剪下来的。"休仔细看着图片下方的哥特式字体：伪装的英国蒸汽动力船，专门对付德国的U型潜艇。领事接着说："我记得在这张照片的下一页，是一张埃姆登港口的照片。上面写着：于是我离开了与自己对立的那部分世界。可能差不多是这个意思吧。还是我们的对立面？"他突然用犀利的眼光瞥了休一眼，那个眼神意味深长，"真是奇怪的民族。我发现你突然对我的那些旧书感兴趣了。真糟糕……我把博曼留在了巴黎。"

"我就是随便看看……"

"看在上帝的分儿上!"《硫黄论》,作者迈克尔·桑迪维金斯,字母重新组合后,就变成了"我爱神奇的莱奇家族"。《炼金术之凯旋和哲学知识之胜利》这本书则更全面、更系统而简明地介绍了炼丹术灵丹妙药,堪称介绍炼金术的一部奇书。《所罗门王地下宫殿的入口》,没有哪本书如此简明扼要地向人们介绍了伟大的化学财富。书的作者是一个有名望的英国人,他故意隐去真名,笔名为"宇宙中的和平爱好者"。作者23岁时读了《哲学知识》这本书,并受其启发,在1645年写成了这本书。炼金术的知识宝藏能够革新和不断地扩展,需要门徒们潜心研究,破解潜藏在医学哲学中的瑰宝。任何一样东西的应用发明创新都必须源于对化学的深入探究。《世俗》与《炼金术要略》重新印刷本来自于神秘主义的维拉修道院,插图和附录则是由魔鬼学派提供的,这个学派宣称世界上除了有人类存在,还存在着其他有理性的生物……

"是吗?"休手里握着那本非常古老的书……书散发出一种古老而遥远的味道……他反思说,"那是犹太人的智慧!"他头脑中突然浮现出波罗维茨那滑稽的形象,感觉恍如隔世:他穿着长袍,长着白色的胡子,手里拿着一个头盖骨,神情专注而热忱,他站在新康普敦大街一个类似中世纪的摊位上看着一张乐谱,乐谱都是用希伯来文写成的……

"把东西撕碎的是尤里奇亚(Erekia);拉长音尖叫的是伊里吉姆(Illirikim);使人误入歧途的是阿佩尔基(Apelki);那些动作粗野地猛击猎物的是德雷索普(Dresop);啊,那些带来痛苦的人是阿里克·索里(Arekesoli);不要忘记那释放呛人烟雾的毁灭者伯雷辛

(Burasian)；也别忘了像萤火虫一样闪着可怕光的格雷西（Gresi）；还有那身体剧烈颤抖的埃弗雷吉斯（Effrigis），你会喜欢他的……还有向后运动的马梅斯（Mames）；以一种特殊的爬行方式前进的拉米森（Ramisen）……"领事接着说，"穿着衣服的肉体和罪恶灵魂的拷问者，也许你并不能称他们是理性之人，然而他们都在我睡觉时来探望过我。"

领事、休和伊芙都急匆匆地踏上了去托马林的旅程，带着友善的幽默感。休想到自己也喝了酒，于是迷迷糊糊地听领事在他耳边的喃喃低语——他在讲希特勒的故事。他们走出家门、来到尼加拉瓜大街时，领事仍然在喋喋不休地说话……如果他还是个记者，写希特勒的报道倒是不错的选择，不过他此前对这个话题从未显示出半点儿兴趣。希特勒只希望消灭犹太人，以此获得藏在犹太人书架后面那些晦涩难懂的知识。这时，电话铃响了。

"不用管它，让它响吧，"领事看到休往回走，就把他叫了回来。电话铃继续"丁零、丁零"地在（康赛塔出去了）空荡荡的房子里回响着，像一只落入陷阱的鸟，不停地拍打着翅膀。后来，那铃声终于停下了。

他们接着往前走，这时伊芙说：

"哎呀，杰弗里，不用总是围着我转了，我已经休息好了。如果你们觉得托马林太远了，我们为什么不去动物园看看呢？"她看着他们两个人，神情忧郁而美丽，宽宽的眉毛下，一双大眼睛透着坦诚。休冲她笑了笑，可是她并没有回应休，只是微微翘了翘嘴角。也许她打断杰弗里滔滔不绝的讲话是一个好现象，这真是个好现象。不对，她没有打断领事的讲话。领事讲话时，她一直在认真听，显得很感兴趣。他发表对某些事的个人见解时,不管是什么话题,伊芙都神情专注。谈到天气的话题时,休忽然想到:怎么没有风呢?也许今天风平浪静,没有太多灰尘。伊芙游完了泳,显然状态好多了,也能更加客观地看待周围的事物了。她步态轻盈、优雅、矫健,一点儿也不显得疲惫;在休看来,她是一个人走的。可怜的、亲爱的伊芙!在长时间的离别后,再见到她,和她短暂相聚后又要再次分别。休对于她来说已经渐渐失去了利用价值,而他们的"密谋"受条件限制,也会无疾而终,他不应该继续留在她的世界里。现在他不应该再次寻求和伊芙独处的机会,试图使他们旧情重燃,他应该为杰弗里着想。休带着眷恋看了看山下,他和伊芙早上从那条路走上来,现在,那条路向身后飞驰而去。不过,上午似乎已经成为遥远的过去,好像他的童年或者上一场大战前的时光;未来就在眼前,那骗人的、愚蠢透顶的、极其美妙的、有吉他相伴的未来。休认为嘲笑未来是不可取的。他以一名新闻记者的敏锐目光观察伊芙的仪态:她光着腿,没穿上午那条黄色的裤子,而是换上了一条白色的斜纹裤,裤子很合体,腰际有一个扣子,上身穿了一件漂亮的高领衬衫,就像卢梭画里的人物;红色的高跟鞋踩在碎石路面上,发出"吱嘎——吱嘎"的声响,鞋跟不高也不低。她还背了一个颜色鲜亮的红包。从她身边经过的人,不会想到这等绝色美人会郁郁寡欢。人们不会认为她对生活失去了信心,或者迷失了方向,或是怀疑她是不是会梦游。她看起来那样快乐,那么美艳动人!也许她这样精心地打扮,是为了去胜景酒店和情人幽会。一般身高中等、体型纤细的女人,绝大多数都是离了婚的,是男性们向往或是倾慕的对象。在休看来,伊芙就像一个天使,同时她也是终结他野心的魅惑女妖。这个美国女子幼稚轻盈优雅的步态，纯洁的棕色眼睛，孩子般无邪的面容，皮肤如丝绸般柔滑、棕色的双手修长，不像是晃动摇篮的母亲的手，她那纤细的脚踝不知经历了几百年的压抑，才会出现这样一个美丽的女子！他们并不在乎输掉了埃布罗河战役，现在嘲笑约伯的战马还为时尚早。他们看不到战争的意义，只有傻瓜才会战死沙场。

"人们常说去动物园转转有益健康。墨西哥不缺少动物园……蒙特祖马二世，那个彬彬有礼的家伙，甚至带肥胖的科尔蒂斯参观了墨西哥的一个动物园。那个可怜人还以为自己生活在炼狱之中。"这时，领事发现墙上有一只蝎子。

"是蓝蝎吗？"伊芙问。

"看起来像是一把小提琴。"

"蝎子真是一种奇怪的动物。它既不关心牧师，也不关心贫农……不过它真的是一种很美丽的生物。别管它了，总之它会把自己给蜇死的。"领事说着，晃了晃手里的拐杖……

他们沿着尼加拉瓜大街往上走，一直在平行于道路的小河流之间走，走过了带有灰色墓地的学校和像绞刑架一样的秋千，走过了那些神秘的高墙，还有那布满了深红色花朵的篱笆。橘色的小鸟在篱笆上啁啾鸣叫。休很高兴自己喝了酒，他回想起自己上学时的经历：如果在假期去了什么地方游玩，那假期的最后一天更显难过，那时他真希望自己能迷迷糊糊的，好随时都能跟在领事身后溜走，就像一个追逐着游泳者的鲨鱼一样。休看到了一则广告，广告上写着：拳击比赛！托马林运动场，埃尔·巴伦对阵埃尔·雷敦迪罗。气球对阵回力球……是吗？多米尼哥……那可是周日才开始的，现在只能去看斗牛比赛了。他得找到人生的目标，而这种目的根本不值得宣传。

另一则杀虫剂的广告上写着：666。那是墙根下一则不起眼的锡质广告牌，不过领事觉得那则广告挺有意思。休自己也笑了起来。目前，领事的状态很好，看来，他那几口"必要的饮品"，不论是出于理性的角度，还是无所顾忌地喝下去的，都发挥了作用。领事身板笔直，挺胸收腹。现在看来，他永远不会倒下去，特别是当他和穿上那身帅气牛仔服的休站在一起时，领事是那个看上去更加可靠的人。领事穿的是那件合身的呢子夹克衫（休借过那件夹克，那件夹克还算平整，并没有皱皱巴巴的，后来休又借走了领事的另一件夹克）、系着一条蓝白条相间的老式领带。休帮他修剪了头发，他那头浓密的金发梳得整整齐齐的，灰褐色的胡须也修剪得很干净。他手持拐杖、戴着墨镜，这副行头，谁能说他不受人尊重呢？可是，领事说：如果看着这样一位受人尊敬的人总是摇头晃脑的，那又会是怎样一番景象呢？那又如何？谁会注意呢？也许有人注意吧。一个英国人身在异乡，总期盼见到同乡人，这也可能是他海军的本性使然。他还会发现领事走路有些跛足，那可能是某一次猎杀大象或是与帕坦人战斗留下的后遗症吧。一阵大风呼啸而起，掠过支离破碎的人行道，谁留意到风的存在？更不会有人关注它摧毁了人们脑海里的风景。休大笑了起来，哼起了歌谣：

  叮叮，咣咣，叮咣叮咣，
  摇摇晃晃，在我身旁，
  去布特尔，不慌不忙，
  复仇之旅，快意无比。

领事神秘地附和着，还带着英雄气，扫视了周围：

天气晴好，旅行最好！
明确预报，绝对不要！

伊芙一个人走，他们刚才单排走，伊芙在前面走，领事和休跟在她身后。休并没察觉他们三个人都心烦意乱，因为他已经被一阵大笑弄得心神不宁，可是领事并没有受到休那开怀大笑的感染。他们一直以这种方式向前走，一个男孩赶着几头牛从他们身边路过。那个赶牛下山的男孩一路小跑，像一个垂死的印度人在梦游那样。现在又出现了一些山羊。伊芙转过身，朝领事微微笑了笑。这些山羊看起来温顺可爱，它们脖子上系着的铃铛"丁零当啷"作响。天父正在等着你们呢，天父并没有忘记你们。羊群后面跟着一个皮肤黝黑的女人，那女子步履蹒跚，从他们身边经过，胳膊上还挎着满满一篮子煤炭。在煤筐的压力下，她紧绷着脸。女子身后的山脚下走着一个大步流星的农民，头上顶着一大桶冰激凌，大声叫卖，显然是在招徕顾客。不知道他的冰激凌到底能不能卖出去，因为看上去他负担很重，既不能向两边看，也不能停下来歇歇脚。

"的确，在剑桥大学，"领事说着，轻轻拍了拍休的肩膀，"你可能学到了教皇派之类的知识……可是你知道吗？长着六只翅膀的天使都是其他天使变化而来的！"

"我好像学到过，没有鸟儿只靠一只翅膀就能飞翔的……"

"对了,还有那个托马斯·伯内特[1],就是《有关地球的神圣理论》一书的作者,他的言论居然成了基督教教义的一部分,了不得!圣母玛利亚!万福的玛利亚!燃烧吧!熊熊烈火!把他们通通杀光!"

一架飞机从他们头顶掠过,发出了震耳欲聋的噪声,接着,那飞机飞过惊恐的树木,渐渐飞远了,差点儿撞上一个观景台,可是一会儿就不见了踪影。它朝着那两座火山的方向飞去了,火山那边传来了一阵单调的炮火声。

"真是绝了!"领事一声叹息。

休注意到一个高个儿男子(那人一定是从旁边的小路过来的,刚才伊芙看他们要走那条路,似乎显得很紧张),他斜着肩、仪表堂堂、皮肤黝黑,不过从相貌判断,那人肯定是个欧洲人,应该是被流放到这儿的。他朝他们走过来,休好奇地想象着,好像眼前这个人的身高有他举起的巴拿马礼帽帽尖那么高。休觉得那下面的空隙被什么东西所填满,可能是类似于某种光环,或是他精神光晕之类的东西,也许是什么不可告人的秘密被他藏到了帽子下面。那东西在帽子里扑腾着,可是它一刻也没有暴露自己。这人慢慢接近他们,他看上去笑容可掬,可他似乎只冲伊芙一个人微笑,他那凸出的蓝色眼睛流露出一种令人难以置信的哀伤之情,他那黑色的眉毛似乎凝固了,像喜剧演员弓起的背。他迟疑了一下。这个男人穿着敞怀外衣、裤子一直提到肚子上,这身打扮可能是想掩盖他的大肚腩,可实际上这种打扮让他的下身看起来更加臃肿。他走上前来,眼中闪烁着光芒,一撇小胡子下,嘴角挤出了一丝微笑。不过,他的表情看上去多少

---

[1] 托马斯·伯内特(1635—1715):英国神学家。他在解释《圣经》中的大洪水时,认为是地壳破裂使水从深渊中涌出。

有点儿自我保护的意味,他的神色渐渐变得凝重,好像受某种机械的驱使走上前来,伸出手,做出一副不自然的讨喜姿态:

"哎呀,伊芙,没想到能在这儿见到你,真是惊喜!我的老天啊,我还以为,哦,你好啊,老朋友!"

"休,这位是雅克·劳埃尔先生,"领事介绍,"你可能经常听我跟你提起他。雅克,这位是我的弟弟休,我也常跟你提起我弟弟……近来怎么样啊,雅克?我看你的样子,就知道你急需喝一杯。"

"……"

"……"

过了一会儿,劳埃尔先生挽起伊芙的胳膊,和她一起站在马路中间,朝山上走去。休觉得劳埃尔这个名字一点儿都不亲切。休见他和伊芙格外熟络,不过这也不能说明什么。然而,领事向自己最好的朋友和弟弟介绍彼此的方式未免太过生硬,多少显得无礼,就连休都觉得自尊心受到了伤害。领事和休渐渐被伊芙和劳埃尔落在后面,这时休发觉一种可怕的紧张感突然袭来,与此同时,他听劳埃尔说:

"为什么大家不顺便去我那'精神病院'坐坐呢?一定会很有趣的,杰弗里,你说是不是啊?哈……哈……休,你说呢?"

"不去。"领事站在休的身后,轻声说了一句。可是休忍不住想笑出来,因为领事还跟他轻声说了一些不堪入耳的笑话,而且他反复说那些笑话。他们跟着伊芙和他的朋友穿过了一阵尘土,一阵风吹过来,刮走了那尘土,那尘土又被风吹着,跟随着他们一起上了公路,接着像雨水那样在水沟上打转。风停了,那些灰尘随着水沟里的水冲进了下水道,好像在相反方向上有一种力量把它们拽进了深渊。

劳埃尔走在他们前面,他转过身,神情专注地对伊芙说:

"是啊……说得没错……可你们的班车得两点半才能出发呢,你们至少还得等一个多小时。"

"可是,你俩的重逢听起来简直像是一个该死的奇迹,"休说,"毕竟,过了这么多年……"

"是啊,我们能在这里重逢,真是一个巧合,"领事改变了口气,用平静的语调说,"但是,我真的觉得你们俩应该好好认识一下,你们有共同之处。说真的,你可能会喜欢这栋房子的,这里总是很有趣儿。"

"那是再好不过了。"休说。

"哎呀,那不是邮差吗!"伊芙在前面大声喊道,她并没有完全转过身,却顺势把胳膊从劳埃尔的臂弯中抽了出来。她指了指左边山顶的一个角落,尼加拉瓜大街和中心广场在那里汇合。"那邮差人真好,"伊芙很健谈,"有趣的是,瓜华那华克镇的邮差看起来长得都一个样,显然他们都来自一个家族,这个家族世代是邮差。我想这位邮差的祖先曾是麦克西米连时期的邮差。想象一下,邮差们搜集信鸽等一些小家伙,这样他们就可以随时送信了,这多有趣啊!"

为什么伊芙突然这样健谈?休觉得很纳闷,嘴上却礼貌地附和:"那样的话,对邮局可是好事一桩啊。"他们都看着那位邮差,等着他慢慢走过来。在此之前,他还没见过这么特别的邮差。那个邮差的身高不超过 5 英尺,从远处看,像是一只人无法辨识出是什么种类的爬行动物。那邮差穿着一身颜色发白的工作服,戴着一顶破旧的邮差帽。现在,休能看清他的容貌了:他长着一撇山羊胡,在他风风火火地穿过街道朝他们走来时,瘦小的脸上起初表情冷漠,接着转变为惹人喜爱的神色,而后又变成最为友善的表情。邮递员看见他们,停下了脚步,拿下了肩膀上的邮差包,然后把包打开了。

"这儿有您的一封信,一封信,一封信!"邮差看见他们朝自己走过来,连声说,还向伊芙鞠了个躬,好像昨天刚见到她那样,接着,他对领事说,"先生,这儿有您一封信,"说着抽出了两个包裹,一边拆包裹,一边露出了调皮的微笑。"怎么?到底有没有领事先生的信?"

"啊!"邮差一边回应,一边翻了翻另一个邮差包,他从侧面看了看包里的信,与此同时还用胳膊肘紧紧地夹住刚才翻看的那个邮包,生怕把那邮差包掉在地上。"没有。"他回答,同时把两个邮差包都放到了地上,把里面的信都倒了出来,疯狂地找了起来。很快,地上就铺满了一封封信件。"肯定是在这儿呢,不,在这儿,嗯,嗯,嗯,嗯。"

"别麻烦了,亲爱的朋友,"领事说,"请你别费心找了。"

可是邮差又试着找了找,嘴里还念叨着:"寄给巴德罗纳的、迪奥士多德的……。"

休也盼望着能有自己的信,毕竟现在还没收到《环球时报》给他的回复,如果报社对他工作的事情有了回复,一定会发来电报的,不过他看到了邮差,心里还是希望报社能给他来信,或者是另一封来自奥克斯奎那的信、贴着色彩艳丽的射手射日图案的邮票的信,是乔·塞里罗写给他的信。他静静地聆听:不知从什么地方,也许是从墙的后面,传来了谁弹吉他的声音……那人弹得太糟糕了,他感到失望。这时候,突然传来了狗的狂吠声。

"寄给菲石班克的、费格罗特的、戈麦斯的,在哪儿呢……还有金赛的、桑多瓦的,还是没找到。"

最后,那个和善的邮差把地上所有的信件都捡了起来,带着歉意向他们鞠了一躬,然后怅然若失地沿着街道跑去,他们的目光都追随着那邮差。休觉得纳闷儿,刚才邮差上演的一幕送信戏,是不是他跟大家开的一个大玩笑的一部分呢?虽然这解释不通,可如果是真的,那个邮差肯定一整个过程中都在嘲笑他们,不过那嘲笑是善意的。他看到那个邮差停下了脚步,又一次在一个邮差包里翻了翻什么东西,转过了身,小步跑了回来,还发出了胜利的呐喊声。他跑过来,把一张类似明信片的东西递给了领事。

这时,伊芙站在靠前的位置,她回头朝领事莞尔一笑,点了点头,好像在跟他说:"很好,你也算收到了一封信。"然后她迈着轻盈的、如舞蹈般的舞步走在劳埃尔先生身边,缓缓地向山上走。

领事把那张明信片翻来覆去地看了两次,然后把那张明信片递给了休。

"真奇怪……"休说。

——这张明信片是伊芙寄来的,而且显然是至少在一年前写的。休意识到,这张明信片应该是伊芙离开领事不久以后寄的,而且她当时还不知道领事已经决心留在瓜华那华克镇。奇怪的是,这张明信片居然在错误的地址游荡了许久之后,最终到达了收信人的手里:它最初是寄往墨西哥城的威尔士法戈的,转发时出了错,被寄往了国外,事实上,它偏离目的地太远了,明信片上盖着巴黎的、直布罗陀的,甚至还有被法西斯占领的西班牙阿尔吉希拉地区的邮戳。

"并不奇怪,读读上面都写了什么吧。"领事微笑着说。

明信片上伊芙潦草的字迹写着:"亲爱的,我为什么会离开你呢?你为什么允许我离开你呢?我应该明天就会到美国,两天以后,我会到达加利福尼亚。希望我到那儿时会收到你的回信。爱你的伊芙。"

休把那张明信片翻过来,看到那明信片的图片是埃尔帕索市雄伟的西格诺峰,卡尔斯巴德巨穴高速公路通向一座带有白色栅栏的小桥,连通了两个沙漠。在远处,这条路转了个弯,从视野中消失了。

7

世界喝得烂醉,天旋地转,房子就在这烂醉的世界的一侧,面对着大力神赫拉克勒斯的蝴蝶星团,朝下午 1 点 20 分猛冲过去。领事心想:去雅克家恐怕不是什么好主意……

雅克家有两个塔楼:房子左右两侧各一个,这两个塔楼由房顶上一个狭窄的通道联通。通道外用玻璃密封,雅克的工作室就在通道下面。这两个塔楼好像披上了迷彩服的伪装(就像伪装成商船的"撒玛利亚"号那样):蓝色、灰色、紫色、朱红色,这些颜色呈斜斑马条纹形状间隔地涂在塔楼上。年深日久、风吹日晒,塔楼上曾经色彩斑斓的外衣渐渐褪去,从近距离观察塔楼,就会觉得它们是沉闷的淡紫色。两个相同的木梯通向连接塔楼的狭窄通道,从屋子里可以通过两个旋转体上下塔楼。雅克还做了两个瞭望台,瞭望台上有雉堞,看起来不太结实,比教堂的角塔大不了多少,就像缩小版的岗楼:它们是另一种无棚瞭望台,在这里可以全方位地将瓜华那华克镇谷地风光尽收眼底。

领事和休站在房子对面,他们左侧是瞭望塔的墙垛,右侧面对的尼加拉瓜大街一直延伸到山脚下。从他们站的位置能看到两个花哨的天使雕塑,雕塑由粉色石料雕刻而成。雕像侧身面对面呈跪姿,它们头顶上的天空在纵横交错的墙垛之间清晰可见。雕像后面是一些大小相同的城齿，城齿上矗立着两个说不出名字的东西，它们也是用雕刻天使的石料做的，看上去像杏仁色的炮弹。

另一座塔楼的外表很朴素，只有垛口处稍有些装饰。领事想：把天使雕像和炮楼放在一起形成强烈的对比，这倒像是雅克的风格，因为这种对比在他身上体现得淋漓尽致。他还别出心裁地把自己的卧室改造成了工作室，而一楼的工作室则被他改造成了厨师和亲戚们的室内露营地。

如果你走近那两座塔楼，就会发现左边的塔楼比右边那个稍大一些。卧室的两扇窗户下边（那两扇窗户像是两个坏了的垛口，歪歪扭扭的，又像是"V"字型图案的两边）……一个粗石做成的板子稍稍嵌入墙壁，嵌板在巨大的金箔字母之后，把那些字母衬托出了浮雕的效果。这些金色的字母虽然很厚，却连在一起，让人觉得很混乱。领事在此之前就注意到来小镇的游客都会抬头看那些字母，驻足研究上半个小时，有时劳埃尔会出面向游客解释那些都是什么字母，它们组合起来是"弗雷·路易·德莱昂"。不过，领事现在无心回忆这些细枝末节了。他也没问自己为什么感觉这里比自己家还要熟悉。这时，劳埃尔先生就站在他身后，笑嘻嘻地捅了捅他。领事跟随休和伊芙走进了劳埃尔先生的工作室，发现那里居然很整洁，并不像平时那样堆满了东西。接着，他们走上了左手边的旋转楼梯，上了塔楼。领事提议："我们何不一醉方休呢？"看来，他刚才那种与这里格格不入的情绪已经不见了，这时他又想起，就在几个星期之前，他还发誓再也不进劳埃尔家了。

"你脑袋就不能想点儿别的事吗？"这句话好像是雅克问的。

领事并没有回答，他走出工作室，走进雅克那凌乱的房间，这个房间他很熟悉。现在，他看到了房间里那两扇斜着的窗户，它们好像坏掉的堞口。他静静地穿过房间，走到后面的阳台上。在阳台上可以看到洒满阳光的山谷和火山，山谷和火山投下的影子飞快地掠过了平原。

此时，劳埃尔已经局促不安地走下了楼梯，为大家准备酒去了。"我可不喝！"其他人纷纷抗议，表示不想喝酒。"一群傻瓜！"领事心想。劳埃尔下了两三级台阶后，他也跟着劳埃尔先生走下了楼梯。他的这个举动并没有什么意义，不过多少有些威胁的意味。领事的目光从房间游移到头顶通向塔楼的旋转楼梯上，然后他又回到了阳台，和伊芙、休待在一起。

"各位，你们可以去屋顶看看，也可以待在门廊上。请不要拘束，就把这儿当成你们的家吧。"楼下传来了雅克的声音，"那边的桌子上有个双目望远镜，嗯……休，我一会儿就上楼。"

"我想去屋顶上看看，你们不反对吧？"休问领事和伊芙。

"去吧，别忘了带上双目望远镜！"

现在，露天阳台上只剩伊芙和领事两个人了。从他们站的地方向下望，可以看到深不见底的峡谷。劳埃尔的房子好像建在了悬崖上，悬崖好像从那峡谷深处横空而出。他们向前探身、四下环顾，觉得整个瓜华那华克镇就建在这峭壁之上，悬在他们头顶上。飞行器的铁棒在他们头顶的屋檐上旋转着，无声无息，铁棒的动作就像人在痛苦中做出的手势。这时，他们清晰地听到了从集市传来的音乐声和喧闹声。领事看到远处的一个绿色角落，辨认出那里是一个高尔夫球场。有一些小人儿就在高尔夫边缘的悬崖边，好像在攀岩……那是一群打高尔夫的疯子。领事想起了揣在他兜里的明信片,他靠近伊芙,想把明信片的事情告诉她,跟她说一些甜言蜜语,想让她转过身、面对自己,这样他们就可以亲吻了。可是领事转念一想,如果不是今天早上多喝了一杯酒,他会因为早上发生的事情而感到羞愧,甚至不敢正视伊芙的眼睛。领事觉得自己在问伊芙:"以你天文学家的角度,您是怎么看待这些的……"这是他说的话吗?这是他跟伊芙说话的方式吗?在这个时间、这种场合,他会这样跟伊芙说话吗?当然不会了!他只是在做梦罢了。他指了指他们头上的小镇,重复着刚才心里的问题——"用你天文学家的头脑",不过,他并没有说出口。"你是怎么看待那边的转坡和陡坡的呢?你觉得它们是不是一场前所未见的行星之旅留下的痕迹呢?或者是某个向后反扑的未知星体留下的?"这些只是他想问伊芙的话,实际上他什么也没说。

"杰弗里,求你了……"伊芙抓着领事的手臂,苦苦哀求他,"求求你了,请你相信我,我不想卷进这件事,我不想和他扯上什么关系,我们还是随便找个理由尽快离开这儿吧……只要能离开这儿,你喝多少酒我都不会介意的。"她补充道。

"我觉得我没说过要去喝酒,在这儿没说,离开这儿也不想喝。是你让我想起喝酒的,也许是雅克提醒我的,我听到他正在敲冰块儿……应该换个说法,他正在破冰……他正在楼下破冰呢。"

"难道你心里就没剩下一丝对我的爱和温存吗?"伊芙突然言辞恳切地问,她转过身面对着领事。领事心里在回应伊芙:"我当然爱你!我怎么会不爱你呢?我想把我在这世上仅存的爱全给你,只是那份爱对于我来说太遥远、太陌生了,好像我一想到那份爱,就会听到一种喃喃低语或者低声抽泣的声音,还有一个悲伤而迷失的声音,我说不清楚那声音是在慢慢靠近还是在渐渐远去。"伊芙接着问他:"难道你每天除了想着喝多少杯酒以外,就不考虑别的事了吗?"

"不,"领事回答(刚才不是雅克也问了他这个问题吗?),"不,我当然会考虑别的事了——哦,上帝啊!伊芙,你怎么能问出这种问题呢?"

"求求你了,杰弗里……"

然而,他没法面对伊芙。他用余光看了看那飞行器上的铁棒,那东西好像正朝他打过来。他说:"听我说,你是想让我把我们从这个尴尬的环境中解救出去,还是又想劝我不要再喝酒了?"

"不,我不想劝你别再喝酒了,我不会再劝你了。不管你提什么要求,我都会答应你的。"

"哦,如果是那样的话……"领事气愤地说。

可是,领事看到伊芙的脸上露出了温柔的表情,又一次想起了他口袋里的那张明信片。这应该是一个好兆头,也许那张明信片会成为拯救他们、即刻带着他们逃出升天的护身符。也许,明信片本身就是一个好兆头,如果他在昨天或者今天早晨收到那张明信片的话,那才算是真正的好兆头。可惜他现在没法假装自己是在别的时间收到的这张明信片。如果他不喝酒,怎么能知道那张明信片是不是个好兆头呢?

"但是,我回来了。"显然伊芙又在跟他说话了,"难道你看不出来吗?我们现在又在一起了,我们,你难道看不到吗?"伊芙的嘴唇在颤抖,她好像要哭了。

接着,伊芙向领事靠近,躺在了他的怀里,但是领事的目光却始终停留在伊芙头上的位置。

"不，我看到了。"领事说。他虽然嘴上这么说，其实什么都没看到，只能听到那喃喃低语和低声哭泣声，感受到那些不真实的东西。"我真的爱你，只是……我永远不会完完全全原谅你的。"这难道就是真心想对伊芙说的话吗？

……然而，他又一次想起了伊芙离开他的那段时间，他忍受着深切的痛苦，那痛苦好像和他第一次经历时一样真切。事实上，过去没有伊芙陪伴的一年里，他一直沉浸在这种深切的悲痛中。那种悲痛的感觉就像失去了至亲。不过，他的人生中还未曾那样深切地体会那种悲痛。只有在他母亲去世时，他才有那样的感觉。不过，伊芙离去的那种悲痛要比他母亲去世时的悲痛更为强烈。那种强烈的悲伤情绪促使人产生一种欲望：一种迫切想伤害别人、惹怒别人的欲望。这时候他只要原谅别人，就可以从那些昏暗的痛苦中解脱出来，可是他并没有选择原谅和解脱，而是选择伤害别人。那种伤害人的欲望始于他和继母一起生活的那段日子。当时，他就是用这种欲望折磨继母的。当时，继母被他折磨得终日哭泣，她向杰弗里哭诉："杰弗里，我吃不下东西，食物好像卡在了我的喉咙里！"那时，想要宽恕真的很难，然而更难的是决口不提"我恨你"这几个字。即便是现在，即便在任何时候，他都很难宽恕、原谅别人。现在是天赐良机，现在他就应该原谅伊芙，他应该掏出那张明信片，极力挽回他们的关系，因为再不挽回这份感情就来不及了……可是一切都太迟了。领事极力控制着自己不去说话，但是他感到内心在剧烈地斗争，他的思想就像是一个从中间断裂开的吊桥，只允许有害的思想通过。最终，他说："只是我的心……"。

"你的心怎么了，亲爱的？"伊芙紧张地问。

"没什么……"

"哦,我可怜的爱人,你一定是累坏了。"

"等会儿再说吧。"领事说着,抽身走开。

领事信步来到雅克的房间,把伊芙一人留在了阳台。他听到楼下传来劳埃尔的声音。领事环顾那间屋子,心想:他们就是在这间屋子里背叛自己的吗?伊芙就是在这间屋子里向雅克倾诉衷肠的吗?他看了看散落在地板上的那些书(他并没有在那些书中找到自己那本《伊丽莎白时期的戏剧》)。靠墙的沙发旁边堆了一摞书,那摞书堆得很高,几乎要堆到了棚顶。如果劳埃尔喝醉了,大步流星地向这堆书冲过来,一定会把这堆书弄倒的,那些书会像雪崩一样坍塌下来。领事看到墙上挂着一些奥罗兹珂[①]的恐怖的炭笔画,那些画真是他见过的最恐怖的画作了:那些画似乎想从墙上挣脱下来,在冲他咆哮。其中一幅画毫无争议地出自这位天才画师之手。画的内容令人匪夷所思:在破碎的龙舌兰酒瓶中,几个鸟身女妖在一个打破的床头上扭打在一起,她们张牙舞爪、表情狰狞,周围都是一些破碎的龙舌兰酒瓶。领事靠近了一些,仔细观察那幅画,他想在那幅画中找到一个完好的酒瓶,但那是徒劳的。他想在雅客的房间里找点儿酒喝,不过他只看到了两瓶鲜红色的里维拉酒,并没找到他想喝的酒。接着,他看到了一幅面无表情的亚马孙女战士的画,那个女战士的脚长得像羊腿一样,那是在向世人证明:在土地上辛勤劳作的人和土地是一体的。从"V"字型的窗户可以看到德拉德菲戈大街。窗户上面悬挂着一幅令人毛骨悚然的画。领事之前并未见过这幅画,它乍

[①] 奥罗兹珂:全名琼斯·克里门特·奥罗兹珂(1883—1949),生于墨西哥,和迪亚哥·里维拉一起被视为现代墨西哥绘画的鼻祖。

看上去像是挂毯。这幅画的名字是《醉汉》,为什么不叫它《酒鬼》呢?那幅画的风格介于原始派和禁酒主义者的招贴画之间,深受米开朗琪罗画风的影响。事实上,他觉得那幅画应该算是禁酒主义的招贴画,尽管这幅画差不多有十年,或者有一百年的历史了,天晓得那幅画是什么时候创作的。画中有一个醉鬼一头扎进了地狱,他脸上流露着自私的表情。画中人脸色通红,坠入喷射着火星的炼狱。喷火怪物美杜莎吞噬着那些堕入地狱的人。那些醉鬼或俯冲,或笨拙地向后跳,他们惊声尖叫,躲避不断落下的酒瓶和破碎希望的标志,纵身向下跳。他们无力地朝天空飞翔,朝天空投下的光亮飞去。他们拍打着翅膀,成双结对地飞翔。男人保护女人,天使保护男人。天使们放弃了翅膀,飞速穿过清醒的人群。领事注意到:那些飞翔的人并非都是成双结对的,其中有几个形单影只的女子由天使庇护。他觉得画中的女子在向下看,用嫉妒的目光看着迅速坠落的丈夫。那几个男人脸上露出了因解脱而释然的表情。领事大笑起来,他的身体微微颤抖起来。他觉得,这幅画很好笑,可是没有很好地解释:为什么在现实生活中善与恶没法像画中那样简单地区分开呢?在雅克房间的其他地方,他看到了一些楔形石偶,那些石偶就像球茎一般的婴儿,蹲在房间的一侧。有一排这样的石偶被锁在了一起。看到这些石偶,领事又笑了起来,不过他并不是在嘲笑那些石偶,而是在笑他自己。这一切都证明了那些被荒废的才华!他想着伊芙在被激情冲昏了头脑、纵情狂欢之后,一起身就会被那些石像婴儿吓到。

"你在屋顶怎么样了,休?"领事朝着楼顶大喊。

"我想,我通过望远镜清楚地看到了帕里安。"

领事看到伊芙正在阳台上读书,又回头看了看《醉鬼》那幅画。

他产生了一种前所未有的感觉,这种感觉十分令人震撼,而且十分坚定。他觉得自己就在那地狱之中,可是他却变得十分平静,这真是奇怪。他内心的骚动,他的紧张、焦躁的情绪就像潮汐那样,曾经汹涌澎湃,现在退却了,一切又归于平静。他听见雅克朝楼下走,很快他又会喝一杯酒。喝酒会让他平静下来,然而他并不是因为想到喝酒才平静下来的。"是帕里安!……'白果酸浆'酒吧,"他小声说,一想到这些,他感觉自己渐渐平静下来。是那灯塔,那座灯塔引来了暴风雨,并将暴风雨照亮!毕竟,他可以在斗牛比赛期间抽点儿时间去灯塔、去酒吧,哪怕只去那儿待一会儿,哪怕只待五分钟,哪怕只去酒吧喝上一杯酒。这种憧憬让他心中爱意满满,那种感觉具有治愈力,而这种情感恰恰构成了他内心宁静的一部分,也让他产生了一种前所未有的向往。"白果酸浆"酒吧!那是一个让他心驰神往的地方,那家酒吧很奇特,只属于黑夜和晨曦——对于营业时间,每家酒吧都有自己的规矩:就连瓦哈卡那间糟糕的小酒馆都有特定的营业时间,那家酒吧只在凌晨四点才会开门。不过,今天是亡灵节,酒吧在这个时候应该不会打烊。一开始他觉得"白果酸浆"酒吧太小了,后来他慢慢熟悉了那家酒吧,才意识到那间酒吧有多大:酒吧里有数不清的小隔间,每一个小隔间都比上一个小隔间更小、更暗,这些隔间彼此联通;其中最后一间,也是最暗的一间,面积和一个牢房差不多。领事认为:这些小隔间是策划谋杀等邪恶计划的绝佳地点。这是土星陨落在摩羯宫、人生到达了谷底的地方。同时,这里也是孕育梦想的地方,是奇思妙想诞生之地。那些陶匠和木工早出晚归、终日劳作,只能在这小小的酒吧休息片刻,憧憬他们的未来……而领事在这里看到了一切:酒吧一侧位于一个深入峡谷的巨大陡坡上,而看到峡谷就会想到成吉思汗的没落;酒吧的老板是雷蒙·迪奥斯达多,人称"大象"。听说他为了治疗自己的神经衰弱,谋杀了他的妻子。那些在战争中伤痕累累、心中满是伤痛的乞丐跪在酒吧门口。一天晚上,领事怀着慈悲之心,请其中一个乞丐喝酒。那个乞丐喝下四杯酒就醉了。他把领事当成了上帝,跪倒在领事面前,向他忏悔。他迅速地在领口下方的位置别了两枚勋章,勋章连着一个流血的心形,看上去像是别针的针垫儿,上面有圣女瓜德鲁普的画像。他说:"向我主致敬!"所有这一切,领事都看到了,他感觉小酒吧里那深深的哀伤和邪恶的气氛已经将他包围,他确信自己忽略了别的什么东西,而那东西已经逃跑了。领事知道:那是内心的宁静、祥和。领事透过酒吧敞开的大门,怀着一种孤独惆怅的心情再次看到了曙光。在那绛紫色的晨光中,一个炸弹缓缓地在马德雷山上炸开……发出"轰隆"一声巨响……那犁地的牛已经套上了有木轮车的轭,在门外等待着农民驱赶。这时,苍穹之下是一片纯净清爽的空气。领事站在那里,对这片土地产生了一种强烈的皈依感,他的灵魂好像已经和"白果酸浆"酒吧融为了一体,锁在了他站立的地方。他又产生了那些挥之不去的想法,好像海员在经历了漫长的海上航行之后,再次看到从他们出发地传来的微弱灯光,就会知道他们马上就会回到家里和妻子团聚了。

然后,他就感觉自己突然回到了伊芙身边。领事想知道自己是不是忽略了伊芙?他又环顾了一下那个房间——啊,他得从多少个房间、从多少个工作室的沙发上、从多少本书之间,才能找回他们的爱、他们的婚姻、他们共同的生活?尽管他们的婚姻生活经历了重重磨难(事实上,他们的婚姻简直是一场灾难)。对于伊芙来说，这段婚姻一开始就有些虚假的成分——她的婚姻有一部分是对过去的献祭，与过去紧紧地捆绑在一起——她把这段婚姻献祭给他之前已经结束的那段婚姻，献祭给她那些盎格鲁-苏格兰的祖先，献祭给她想象中空空荡荡、鬼魂萦绕的萨瑟兰城堡，献祭给他那些每天六点就起来做面包的叔叔们——即便如此，他们的婚姻也曾幸福、甜蜜过，只不过那幸福甜蜜太过短暂，也许，他们的婚姻太过短暂，又太过美好，一想到失去就会使他害怕，一旦失去就让他无法承受：是啊，也许这段婚姻本身就成了一种无法持久的预兆，这种预兆像是一种身临其境的预言，驱使他再次向小酒馆走去。一个人的婚姻失败了，他终日借酒浇愁。如今他的妻子回到了自己身边，他能彻底戒酒，和妻子破镜重圆、重新来过吗？好像那"悔恨"酒馆和"白果酸浆"酒吧从未出现在他生命中一样？或者，他从此不会再踏进酒吧半步？那些酒吧在召唤他，他怎么能视而不见、充耳不闻呢？他怎么能既赢回伊芙的爱，又能继续喝酒，同时忠于二者呢？……天哪，如果一个人盲目地信奉世界上的灯塔，凭借着那些灯塔的指引，历尽千辛万苦，经历了上百次可怕的觉醒，每一次都比上一次更让人心生恐惧，这个人就不会在艰难而漫长的路途中迷失自我了吗？如果他来自一个连爱都无法到达的地方，除了在熊熊的火焰中，在其他的地方都找不到勇气，他还会找到回家的路、回归正常的生活吗？就像挂在雅克房间墙壁上的那幅画中所描绘的那样：那些酒鬼会永远堕入地狱。他房间里一个小玛雅人偶分明是在哭泣……

"哎，哎，哎……"劳埃尔先生在招呼他们，他说话的语气倒有点儿像那个小个子邮差。他拖着沉重的步子走上了楼梯，手里端着鸡尾酒和一些难吃的食物。领事不动声色地做了一件奇怪的事情：他拿出自己刚收到的、伊芙寄给他的那张明信片，偷偷地把它塞到了雅克的枕头下面。这时，伊芙从阳台走进屋，雅克跟她打起了招呼："你好啊，伊芙，休去哪儿了？对不起，刚才怠慢了。我们去阳台找他好不好？"

事实上，领事只用了不到 7 分钟的时间就完成了整个思考过程，而房子的主人劳埃尔先生离开的时间似乎更长一些。领事一直看着劳埃尔和伊芙，他看到他们喝完了酒，走上旋转楼梯。劳埃尔拿上楼的除了酒、鸡尾酒的摇杯和玻璃酒杯外，还有薄饼和橄榄。虽然他刚才极力克制着自己内心的冲动，装出一副镇定自若的样子，可他依然感到很恐惧，所以特意躲到楼下，让自己平静下来。他所有这些精心的准备不过是想把伊芙诱骗到手罢了。领事心想：也许那个可怜的家伙才真正爱伊芙。"上帝呀……"领事说着，走上了瞭望塔，与此同时，休也走上了那个瞭望塔。他们沿着楼梯往上走，走上了狭窄木制楼梯的最后一段。"上帝呀，我梦到了在幻境中出现的那个山洞里，黑魔法师的手在即将走向衰亡的时候颤抖了起来……我就喜欢这个片段……这就是这个肮脏世界的终结……"想到这儿，领事说："雅克，我们真不该叨扰你。"

说着，领事接过休手中的双目望远镜，把酒杯放在了空城齿上。接着，他专注地用望远镜观察着这个国家。奇怪的是，他虽然没碰那杯酒，但是头脑却异常冷静。他们好像置身于某个高处的高尔夫球座上，面前是一个多么完美的高尔夫球洞啊！从这里到那些郁郁葱葱的树木，再到另一边的峡谷对面，大自然将这片土地打造成了一个天然的球洞，足足有 150 多码宽。在那里，你可以打一个漂亮的高飞球。高尔夫球会飞翔、飞转，然后进洞；或者从高处干净利落地俯冲直射入一个球洞中。把当地的高尔夫球场建在这远离峡谷的地方，真是缺乏想象力。高尔夫加上洞，不就是深渊这个单词吗[①]？普罗米修斯会在这里找到丢失的高尔夫球。在山谷的另一侧，可以设计一些奇怪的通道。通道之间可以铺设一些纵横交错的铁路线，再立一些电线杆，电线杆会发出"嗡嗡"的声音，和路基上的铁轨一起闪闪发亮，它们越过山谷、延伸到远处，就像青春一样，就像人生一样。高尔夫球场遍布整个平原，一直延伸到远处的托马林，它会穿过丛林，一直延伸到"白果酸浆"酒吧，一直到第十九洞……直到"时过境迁"酒吧。

"不了，休，"领事说着，调整了一下焦距，可是他并没有转身，"雅克说的是他去好莱坞之前拍摄的那部叫《复仇女神》的影片。他是坐在浴缸里拍摄的那部影片，这一点你也能做到——显然，他把拍摄其他旅行片时没用到的废片剪下来，然后把它们拼凑在一起，结果令人大失所望：丛林是从《奇妙的非洲》里抠的图，结尾的天鹅则是从科林·格里菲斯和莎拉·伯恩哈特演的老电影里抠的图，他甚至没把伯恩哈特剪掉。我的那位诗人就一直站在海边。交响乐团也拿出了最好的演奏状态，演奏了《春之祭》。我想，他忽略了必要的雾。"

他们爽朗的笑声让气氛顿时变得轻松了一些。

"不过在拍摄这部影片之前，我的确做了一些功课，我的一位德国导演朋友告诉我，在拍摄一部影片之前，导演应该知道自己想拍出什么样的影片，"雅克在他们身后天使雕像上的楼梯上说，"不过

[①] 英语单词"高尔夫球"（golf）和法语单词"峡湾"（gouffre）合成了"深渊"（gulf）这个词。

后来发生了一些事,那就是另一个故事了……至于雾嘛,那是任何工作室都能做出来的最廉价的玩意儿。"

休问雅克:"你去好莱坞以后,没拍什么影片吗?"他刚才跟劳埃尔先生的争执,差点儿就升级为一场激烈的政治辩论。

"没有,我才不会看好莱坞拍的电影呢。"

但是,他真实的自己是什么样的呢?领事心想。他借助雅克的双目望远镜继续远眺那些高低起伏的平原。曾经那个热爱高尔夫这种简单、有益于身心健康却有一点儿愚蠢的运动的他,只不过是他虚构出来的自己吗?他喜欢爬坡,藏在那些沙坑里面。是啊,过去他不是喜欢和雅克一起做那些事情吗?他们曾经爬上山坡,然后登高远望,看着从地平线升腾起的海上云雾,然后下山在靠近标志球杆的草地上休息,看着他崭新的球杆在阳光下闪闪发亮。球进了!可是领事现在没法再打高尔夫球了,其实这几年,他也尝试了几次打高尔夫球,只是他的球技一塌糊涂,简直可以用灾难来形容……至少,我应该成为多恩①那样的诗人,用诗歌来称颂那些未经更换的草皮。我的三杆轻推入洞时,谁为我摇旗呐喊呢?谁在海边跑,帮我追黄道宫呢?是谁在我四推入洞、在最后一局,尽管我犯规了还承认我进的13分呢?……最后,领事摘下了墨镜、转过身,他仍然没有碰那杯酒。

"《复仇女神》,《复仇女神》,"休踱步走到了领事身边,"那么,《复仇女神》的剧本是谁创作的?为什么会创作这个剧本呢?"

---

① 约翰·多恩(1572—1631):英国著名玄学诗人,代表作有《日出》《歌谣和十四行诗》《神圣十四行诗》等。

"是帕西·比希·雪莱①创作的,"领事靠在休倚着的塔楼上说,"他是一个拥有奇思妙想的家伙。我是因为他的一件事喜欢他的:他带了许多本书,沉到了湖底。他只想待在那儿,却不承认自己不会游泳。"

"杰弗里,你不觉得我们应该去看看那些节日庆典活动吗?"伊芙站在房间的另一侧问,"今天是休最后一天待在这儿了,我们应该带他看看这地方的特色活动,尤其是民族舞蹈。"

伊芙的这个提议可以"把他们全都解脱出来",可是当时领事刚想提议大家留下来。领事为难了,他说了句:"我不知道,可是我们为什么不去托马林看民族舞和其他庆祝活动呢?休,你说呢,你想去看吗?"

"太想去了!不过看什么都无所谓,客随主便!"休说着,笨拙地从矮墙上跳了下来,"毕竟,公共汽车还得等将近一小时才开呢,是吧?"

伊芙急不可耐地说:"我肯定,如果我们现在离开,雅克是不会怪我们的。"

"既然你们去意已决,我就送你们下楼吧。"雅克尽量控制着自己的音量,"不过,你们现在去看庆典活动太早了,可以先去看一看里维拉②的壁画。休,你是不是还没看过那些壁画?"

"你不来吗,杰弗里?"伊芙走到楼梯边上,转过身问他,她的

---

① 帕西·比希·雪莱(1792—1822):英国著名作家、浪漫主义诗人,代表作有《解放的普罗米修斯》《西风颂》等。
② 迪亚哥·里维拉(Diego Rivera, 1886—1957):墨西哥著名画家、20世纪最负盛名的壁画家之一,与大卫·西盖罗斯、奥罗兹珂并称为"墨西哥壁画三杰"。

眼神仿佛在哀求他,"快跟我们走吧。"

"哎呀,我不怎么喜欢看节日庆典,你们先去吧。到时候,我会去公共汽车终点站跟你们会合的,我想留在这儿跟雅克说说话。"

其他人都走下了楼梯,领事独自一个人留在了塔楼上。其实,他并不是一个人,因为伊芙在天使塑像旁的一个城齿上给他留下了一杯酒。当时,可怜的雅克正在一个雉堞里,休坐在旁边的护墙上。鸡尾酒的摇杯里并没有空,领事也没碰他酒杯里的酒。领事用他的右手摸了摸他左臂的二头肌,这让他感到了一种力量,可是他怎么才能给自己勇气呢?怎么才能拥有雪莱那种奇怪的勇气?那是一种傲骨。就是那种傲骨支撑着人们继续前进,要么继续生活下去,要么就自行了断,要么苟且偷生、自甘堕落,就像他之前那样。他以前经常会一个人喝上十几瓶啤酒,然后就躺在那里盯着天花板发呆、等死。可是,这一次不同了。如果,这一次勇气意味着:他必须承认自己一败涂地,承认自己不会游泳,接受去疗养院戒酒的提议(在那一瞬间,他想其实这主意挺不错的)——他会不会那么做呢?不会的,因为不管结局会怎样,这都不仅仅是一个"如何离开"的问题。这一次,没有天使会帮他了,伊芙和休也不会再帮他了。至于那些魔鬼,它们还在领事的身体里。现在那些魔鬼默不作声,也许它们此刻正在小憩。那些魔鬼将他围住,把他的思想据为己有,在支配他。领事看了看太阳,至少他还没有失去太阳,可是太阳并不是他的。就像真理一样,太阳是很难正视的。他不想靠近太阳,但他最不想做的就是坐在阳光下正视太阳。"是的,我会去面对的。"怎么面对太阳呢?他不仅自欺欺人,而且对自己的谎言深信不疑,还重新回到了那些说谎者之间,那些满嘴谎话的人毫无荣誉感可言。他想自欺欺人，却没有一个持久的基础，他又怎么能努力做一个诚实的人呢？"可怕，真可怕，"他说，"可是我不会放弃的。"可我到底是谁？我要如何寻觅自我？又该去哪儿寻觅呢？"不管我做什么事，都会深思熟虑的。"深思熟虑不假，领事仍然没有碰那杯酒。"人的意志是不可战胜的。"吃点儿东西吗？我应该吃一点儿。想到这里，领事吃了一半薄饼。劳埃尔先生送走客人回来的时候，领事仍然坐在那里，眼睛盯着某处、没有喝酒。可是他在看什么地方呢？他自己也不知道。他问："还记得我们去过的乔鲁拉吗？那儿尘土飞扬……"

　　两人面对面地坐着，相对无言。过了一会儿，领事说："我根本不想和你说话，即便这是我最后一次见你，我也不想跟你说话……你听见了吗？"

　　"你疯了吗？"劳埃尔先生沉默良久，终于忍不住喊出来，"你一直在心里默默祈祷，祈求妻子回来、回到你身边，可如今她回来了，你却对她这样冷淡。你在意的只是去哪儿喝下一杯酒，我说得没错吧？"

　　劳埃尔的这个问题令他措手不及，这么问显然有失公允，他也没法回答。领事并没说什么，而是伸手去拿他的鸡尾酒杯。他把酒杯端在手里闻了闻，却没喝。不过，只闻酒香并不能缓解他心中对酒的渴望。他愉快地冲劳埃尔先生笑了笑，心想：如果你不想喝这杯酒，现在拒绝会比一会儿拒绝要好；如果你想喝这杯酒，现在喝也比一会儿再喝要好。还是等会儿再喝吧。

　　这时电话铃响了，劳埃尔先生跑下楼接电话，领事用双手捂着脸，静静地坐了一会儿。他的酒杯还放在一边，他并没有喝那杯酒。过了一会儿，他仍然没有喝那杯酒。他走下楼梯，走进了劳埃尔的房间。

劳埃尔先生挂断了电话,说:"好啊,我不知道你们两个还认识。"他说着,脱掉了外套、解开了领带。"刚才的电话是我的医生打来的,他向我打听你,想知道你是否还活着?"

"哦,是吗?刚才的电话是维吉尔医生打来的,是不是?"

"阿图罗·迪亚兹·维吉尔,外科医生兼儿科医生……等一会儿!"

"啊!"领事警觉地说,他把手指放在衣领边摸了摸,接着说,"是啊,我昨天晚上第一次见到他。实际上,今天早上他一路追踪到了我家。"

劳埃尔先生先脱掉上衣,然后脱掉了衬衫,接着若有所思地把衬衫丢到了一边,最后说:"他休假以前一直和我切磋球艺来着。"

领事坐下来,在头脑中想象着:在炽热的墨西哥阳光下,一场网球赛在奇怪的大风中进行着。网球飞来飞去、场上错误频出,维吉尔医生在费力地向前奔跑,可是他在意什么呢?(维吉尔又是谁呢?……他觉得这个好人的形象现在看起来是那么不真实,就像是那些你见到却不敢打招呼的人,因为你害怕错把他们当成了早上你结识的熟人;又像那天下午,你以为自己遇到了大屏幕上的著名影星,结果你看到的不过是那位明星的替身而已。)这时,劳埃尔先生准备洗澡了,他走进了淋浴间。淋浴间位于一个隐秘位置,地方很小,在阳台两端和楼梯顶端都能看见。一个平日里极其看重行为得体与否的人,在家里却表现得如此失礼,这未免有些说不过去。

"他想知道你是否改变了主意,你和伊芙会不会骑着马跟休一起去瓜纳华托……这主意不错啊,你们为什么不去呢?"

"他怎么知道我在你家里呢?"领事猛然坐起来,身体又微微颤抖起来,但他觉得自己能审时度势,颇感惊奇。不过听雅克这么说,他想起来的确有个叫维吉尔的人邀请他去瓜纳华托。

"怎么知道的?还能怎么知道?……他告诉我的呗。你们之前不认识真是可惜,如果你早点儿认识他,他一定会帮你戒酒的。"

"你有可能会发现……今天你能帮他戒酒。"领事说着,闭上了眼睛,他好像清晰地听到耳边传来了维吉尔医生的声音:"现在既然你的妻子已经回来了,但是你的妻子已经回来了……我会帮助你的。""你说什么?"领事睁开了眼睛……但是此时,他一想到在那个热气腾腾、毫无意识的胃以下,那一堆可恶的、细长的蓝色神经管正在他妻子的身体中寻欢作乐就心生厌恶,现实就是那样令人厌恶。领事一想起这些,就气得浑身颤抖,从头抖到脚。现实真是令人憎恶啊!他开始在房间里来回踱步,每走一步,他的膝盖就会抽动一下。书、书,这儿的书太多了,到处都是!不过领事并没有看到他那本《伊丽莎白时期的戏剧》。他倒是发现了其他的东西,从《温莎的风流娘们儿》①到阿格里帕·欧比涅②的作品,还有科林·德哈维兰③的作品,从雪莱的诗歌到图沙拉福④和特里斯坦·莱米特的作品。这世上有太多毫无意义的聒噪之声!希望这些书能涤荡一个人的灵魂、减轻他思想中的负担,或许还能……可是,这些书中没有一部写出了他的苦难,也没有一部作品告诉他如何能逃离苦难。"可是,如果你不知道他认识我的话,为什么要告诉维吉尔医生我在你这儿

---

① 威廉·莎士比亚创作的一部喜剧。
② 欧比涅:法国作家,出身于信奉新教的贵族家庭,从小就会多国语言。代表作有诗集《悲歌集》《写给孩子们的自传》《弗奈斯特男爵奇遇记》等。
③ 科林·德哈维兰:戏剧家,代表作有《三个逃亡者》《艺术家》等。
④ 图沙拉福(1601—1655):戏剧家、诗人,法国古典戏剧的创始人之一。代表作有《耻辱之页》《塞内纳之死》等。

呢?"领事几乎带着哭腔问。

劳埃尔先生受不了水蒸气的包围了,他用手指堵住了耳朵,看来他应该没有听见领事的问题,他反问领事:"你们两个人,找到了什么共同话题?你和维吉尔?"

"喝酒、精神失常、驼背对脊椎管的压迫。在这些话题上,我们俩的看法多多少少都能达成一致。"这时,领事的身体剧烈地颤抖起来,他就像平常那样,毫不加掩饰。他透过阳台开着的门向外张望,看到火山上再次喷出了浓烟,还听到了火山那边传来的射击声。他又一次用热切的眼神看了一眼那个塔楼,那杯他还没喝的酒就放在塔楼上。他接着说:"但是大众的惯性思维是:只有听到枪炮才会想到死亡。"领事说,他同时注意到从集市传来的喧嚣声也越来越大。

"你在说些什么呀?"

"如果当时他们两个留下来了,你打算怎么招待他们呢?"领事几乎无声地尖叫了起来,因为他记起了那些有关淋浴的可怕记忆,淋浴器在他的身上喷得到处都是水,他身上滑溜溜的,就像是从他颤抖的指尖溜出来的肥皂泡似的,"你打算让他们洗淋浴吗?"

这时,侦察机飞过来了。哦,上帝啊,那东西不知从何处飞来,飞到了这儿,飞到了阳台的上方,飞过了领事的头顶,也许那东西是在找他呢,领事拉近了镜头,哈哈!"砰!"

劳埃尔先生看到了领事的举动,摇了摇头。他什么都没听到,一句话也没说。他走出了淋浴室,走进了另一个隐蔽的地方。那个地方用帘子挡住了,他把那个地方当成了更衣室。

"天气不错呀,是不是?我还以为会打雷呢!"

"不!"

领事突然走到电话旁,电话也放在了一个隐蔽的地方(今天在这个房子里隐蔽的地方似乎比平时更多)。他打开了电话本,浑身颤抖起来。电话本里没有维吉尔医生的名字,不,那里没有维吉尔这个名字。领事感到紧张、恐慌。他开始神经兮兮地胡言乱语起来:"是古兹曼什么的。"他开始出汗、大汗淋漓。这小隔间突然变得闷热起来,像热浪席卷纽约时,密闭的电话亭里一样的感觉。领事的身体颤抖得厉害。他的眼睛胡乱地搜索着电话本上的号码:666、阿司匹林咖啡馆、古兹曼医生:埃里克森大街34号。这个号码他也有,不过他已经忘记了。他搜索着电话本中姓名栏的那些名字:佐佐戈依提、亚佐佐戈依提亚,萨纳布里亚,他把那个号码忘记了、忘记了,3435666:领事一直把电话本向前翻,一滴巨大的汗珠滴落在电话本上,这时他觉得自己看到了维吉尔这个名字,于是他马上把话筒拿了下来,准备给维吉尔先生打电话。可是由于紧张,他把电话筒都拿反了,他朝听筒的位置说话,用另一端接听,可他什么都没听到。电话另一端能听见自己说话吗?"喂,能听到吗?"看来听筒又犯了老毛病。怎么办呢?"你想找谁呀?上帝呀!"他大声吼着,然后挂断了电话。他必须喝一杯酒才能打电话。领事跑上了楼梯,但是刚上到一半就浑身颤抖起来。他颤抖得很厉害,于是他又朝下走。他想起自己已经把托盘拿下楼了。不,那杯酒应该还在上面,应该还在塔楼上。他来到了楼上,把能看到的酒都喝了下去。接着,他听到了音乐声,突然间他看到了三百头冻死的牛。那些牛都僵在那里,它们是被冻僵的,却保持着活着时的姿态,零零散散地站在那之前的斜坡上,可瞬间又都不见了。领事喝掉鸡尾酒摇杯里的酒,然后静静地走下了楼梯。他拿起放在桌子上的一本书,坐下来,打开书,长叹了一声。那本书是让·考克托[1]的《地狱机器》。"是啊,我可爱的孩子。"他大声读了起来,"我好像变成人人畏惧的东西,如果你知道,如果我住在哪儿根本无关紧要。""我们可以去广场喝杯酒。"他说着,合上了那本书,然后又打开了,"存在神灵,不过他们是魔鬼。"有点莎士比亚的文风,波德莱尔[2]告诉他。

他已经全然忘记了古兹曼。而《醉酒之人》却永远掉进了熊熊的火焰中。劳埃尔先生并没有注意到领事刚才那奇怪的举动。这时他又出现了,穿了一身白色的法兰绒衣服,他从书架顶端拿下了一只网球拍,看上去容光焕发。领事找到了他的手杖和墨镜,他们一起走下了铁质的旋转楼梯。

"绝对有这个必要。"领事说着,走到屋外,停了脚步,转过身来……

没有爱,怎么生存?那是领事在劳埃尔家的墙壁上看到的。现在,大街上没有一丝风,二人走了一会儿,谁也没有开口说话。一路倾听着节日庆典的喧嚣声,他们离城镇越来越近,那喧嚣声也越来越大。火地岛大街666号。

也许M·劳埃尔先生本身就比领事高,也许是因为他站的地方地势比领事站的地方更高,所以劳埃尔先生看上去比领事高一截儿,相比之下,领事则显得更为矮小,更像个孩子,这令领事感到不舒服。

---

[1] 让·考克托(1889—1963):法国诗人、小说家、戏剧家、画家、设计师、法兰西学院文学院士、电影导演。他多才多艺,几乎涉及了那个时代所有的现代艺术,惊人的创作能力令他获得世界性的声誉。

[2] 波德莱尔(1821—1867),法国19世纪著名的现代派诗人,象征派诗歌先驱,代表作有《恶之花》。

很多年以前,在他们还是孩子的时候,他总是占上风。那时,他比劳埃尔高,和现在正好相反。领事十七岁时,身高到了五英尺八九英寸后就不再长个儿了,而劳埃尔则后来居上,现在他的身高是领事难以企及的。领事还记得劳埃尔儿时的一些趣事,现在回想起那些事依然觉得很亲切:小劳埃尔的发音很奇特,居然能把英语单词"词汇"(vocabulary)和"蠢事"(foolery)押上韵,或者把"《圣经》"(Bible)和"带三个尖头的叉子"(runcible)押上韵。后来,虽然他长大了,可以自己刮胡子、穿袜子了,却还不像领事做事那么独立、出色,总是亦步亦趋地效仿领事。过了那么多年,虽然劳埃尔的身高已经长到了六英尺三四英寸,但是他仍然无法摆脱领事对他的影响:他身穿的斜纹上衣和领事的衣服很相似;还有,他还经常穿着的价格不菲的英式网球鞋亦是领事常穿的;他还穿着英国男士穿的腰围是21英寸的白裤子;像英国人那样,穿衬衫时领口不系扣;他的着装还有一点很特别,你从他系领巾的方式就能看出他曾在巴黎大学网球队当过替补球手。虽然他现在身材有些发福,动作却有着像前任领事那种英国人特有的灵巧。为什么雅克喜欢打网球呢?雅克,你忘记了吗?还是我教会你打网球的呢!那是在多年以前的一个夏天,在塔克森家的后花园边上那个新建的公共网球场,也是一个下午。领事想,虽然他和雅克之间的友谊那么短暂,可是这份友谊深入人心、持续多年,影响了雅克生活的方方面面,甚至影响雅克读的书、做的工作。雅克为什么会到瓜华那华克镇来?难道他不是像领事那样,由于一种个人的、无法言说的理由,很早就产生了来这里的愿望吗?18个月之前,领事与雅克在这里重逢,尽管雅克因为艺术之路和人生旅途都屡屡碰壁,备感失落,可是这个中年男子依然是他见过的最真诚、最坦诚的法国人。现在，他面前的劳埃尔站在两栋房子之间，他脸上严肃的表情和相信人性本恶的弱点很不搭调。难道不是他认为受到了领事的欺骗，自己的生活才会充满羞辱和痛苦，才会决意背叛领事这个朋友的吗？

劳埃尔先生突然轻声问了领事一句："杰弗里，她真的回来了吗？"

"看起来是回来了，难道不是吗？"他们都停下了脚步，点燃了各自的烟斗。领事注意到，雅克的手指上戴着一枚戒指，他以前没见过雅克戴这枚戒指：那是一个设计简洁的玉髓戒指，玉髓被切割成了圣甲虫的形状。领事不知道雅克打网球时会不会摘下这枚戒指，他看到雅克的手在颤抖，而自己的手反而很稳。

"我想问的是，她是不是真正地回到你身边了？"二人往德拉德菲戈大街走时，劳埃尔先生继续用法语问，"还是她只是出于情谊，或是出于好奇，回来看看你？你不介意我这么问吧？"

"实际上，我介意……"

"那我不妨说得明白点儿，全心全意地挂念伊芙的人是我，不是你。"

"那我不妨说得更明白点儿，你全心全意牵挂的人只有你自己。"

"可是，今天……我看出你们的关系很冷淡……我想可能是你在舞会上表现得太拘束了。既然她回来了，你为什么不感谢上帝，然后带她回家、让她好好休息休息，你也清醒一下头脑，好好和她团聚呢？为什么非得拉上大家去托马林呢？伊芙看上去已经筋疲力尽了。"

这些话在领事的脑海中留下了浅浅的沟壑，这些沟壑时时刻刻被那些幻想所填满。然而，领事也用流利的法语，语速很快地向雅克发问：

"你说你觉得我在舞会上表现得拘束，可那明明是今天你跟维吉尔通电话的时候，他告诉你的。你为什么要那么说呢？刚才不是你建议我、伊芙和休去瓜纳华托的吗？去瓜纳华托的路程是去托马林路程的 50 倍！也许，你觉得你能巧妙地混到我们中间来，跟我们一起去，那样伊芙就会神奇般地恢复体力、不会感到疲惫了？"

"可是我建议你们去瓜纳华托的时候，不知道她今天早上才到啊！"

"嗯，我忘了是谁提议要去托马林了，"领事说。他心想：有没有可能我和雅克谈论伊芙，像现在这样谈论我俩的事儿呢？不过话说回来，他们以前也不是没那么做过。想到这儿，领事又说："可是我还没解释休是怎么加入我们的队伍的呢，你……"

"鸡蛋！卖鸡蛋！"快乐的杂货店老板站在他们右侧下方的路面上，叫卖鸡蛋。

"梅斯卡尔酒！"另一个小贩手里拿着一块木板，飞快地从他们身边经过。领事觉得这个人眼熟，也许是他在酒吧里结识的酒鬼，也许是他今早见到的那个人？

"……我又考虑了一下，觉得没必要那么做了。"

很快，他们就看到了小镇。两人来到了柯蒂斯宫入口处。他们身边有些孩子，（这些孩子受到一个戴墨镜男子的鼓动，那男人看起来面熟，领事向他挥了挥手，算是打招呼）。孩子们绕着电线杆疯跑着、转着圈，模仿着山上广场的旋转木马。在更高处的宫殿台阶上（那宫殿也是政府大楼的所在地），有一个扛枪的士兵正在稍作休息；在更高的平台上,有些游客在闲逛:穿着拖鞋的游客假装在欣赏壁画,实则在搞破坏。

领事和劳埃尔居高临下,可以看到里维拉壁画的全貌。"你在高处领略到的风景是那些游客看不到的,他们离壁画太近了,只见树木,不见森林。"劳埃尔说着,举起手中的网球拍,指了指那些游客,"如果你从右至左欣赏那些壁画,就会发现壁画的颜色逐渐变深,颜色的渐变代表西班牙的征服者逐渐加重印第安人身上的苛捐杂税,你知道我想表达的意思吗?"

"如果你站得更远一些,从左至右观察那些壁画,就能发现美国侵略者打着友谊的幌子逐渐剥削墨西哥人,"领事微笑着说,同时摘下了墨镜,"他们的苛捐杂税都转嫁给了那些来看壁画的游客,他们应该记住这些苛捐杂税由他们买单。"

他知道,自己正在看的这些壁画描绘了特拉瓦卡人为了守护他们居住的山谷与敌人奋战、最终战死的故事。壁画艺术家把特拉瓦卡人描绘成穿着战衣、戴着用狼皮和虎皮做的面具的勇士。领事欣赏那些壁画的时候,觉得壁画里的人物都无声地集结在一起、汇成了一个形象,一个巨大而凶恶的怪物形象。那个怪物正在盯着他看。突然,这个怪兽好像向前扑了一下,接着猛地动了起来。毫无疑问,那怪物应该是在告诉领事"走开"。

"看到了吗?伊芙和休在那儿向你挥手呢。"劳埃尔先生说着,举起网球拍挥了挥,"你知道吗?他们俩站在一起,真是相当出众的一对儿啊!"他说着,挤出了一个微笑,那微笑中既有不怀好意的成分,也有痛苦的成分。

领事看到,劳埃尔先生说的那"出众的一对儿"就站在壁画旁边。

休的脚站在宫殿阳台的栏杆上,他仰起头,也许是在看那两座火山吧。伊芙背对着他们。她靠着栏杆、面对壁画,接着她侧身对休说了什么,可是他们并没有再朝领事这边挥手。

劳埃尔和领事决定不从悬崖边的小路走。他们沿着宫殿的地基一路轻步向前走,他们的对面是村社信用银行。他们向左转,走上了狭窄而陡峭的公路,公路一直向上延伸,通向广场。他们的上坡路走得十分吃力,两人都沿着路边走,走进了宫殿院墙,给一个骑马的男人让路,让那个人先走。那个骑马的人是一个相貌英俊的穷苦印第安人,他身穿着一件宽松、污渍斑斑的白衣服。他愉快地哼着歌,同时礼貌地向他们点头致意,好像要说些感谢的话,却欲言又止。他勒住了马的缰绳,马的两侧各绑着一个鞍囊,都在叮当作响。马屁股上有一个数字"7"的烙印。他们向山上走的时候,那匹马就跟在他们身边,缓步向前走。"丁零丁零——当啷当啷"。过了一会儿,那个男人骑着马,略微超过了他们,他并没有说话。他走到山顶的时候,突然跟他们挥了挥手,然后唱着歌,绝尘而去。

这时,领事感到身体一阵刺痛,啊!能够骑着马、唱着歌、绝尘而去,也许去找你的心上人,走近一个充满单纯、平和的世界中心,生活难道没有给人们提供这样一个绝佳的机会吗?当然给了,只是这种机会稍纵即逝,很难把握。不过现在看起来是一个好机会。

领事问:"歌德是怎么形容马的呢?它厌倦了自由,甘愿被人类套上马鞍、缰绳,甘愿成为人们的坐骑,直至痛苦而死。"

广场上很吵闹。他们又听不到对方说什么了。一个小男孩儿向他们冲过来,叫卖报纸:"埃布罗河的将士在浴血奋战""叛军的飞机轰炸了巴塞罗那""教皇必定会魂归西天"……领事着实吃了一惊。这次,他马上想到这些报道标题是在影射自己的现状。当然了,标题里的"教皇之死"所指的确实是教皇,好像别人的死亡就不是必然之事!在广场中央,一个男人只借助绳索和钉子,用复杂的方式爬上了滑溜溜的旗杆。安放在舞台旁边的大型旋转木马的基座上,有一些奇怪的、长着长鼻子的木马。设备启动,那些木马上下起伏,像活塞那样慢慢地旋转着,姿态威严。男孩们坐在过山车里,他们紧紧地抓着伞形结构的套索,快速转圈,开心地高喊着,他们坐的那毫无保护措施的游乐设施像蒸汽泵一般转圈,很快他们就在空中飞转起来。巴塞罗那与瓦伦西亚的背景和那些设施的碰撞声、喊叫声混杂在一起,让领事觉得头晕目眩。雅克指了指转轮内部平行布置的嵌板,那些嵌板上贴满了画,在中心的旋转柱顶端也贴着那些画。画中有一条美人鱼斜倚在海面上,迎着海浪梳理秀发,对着一艘带有五个烟囱的军舰上的水唱起了魅惑的歌。那是一幅拙劣的画,作品想突出的是美狄亚[①]献祭孩子们的悲壮故事,最终却产生了耍猴戏的喜剧效果。五只十分欢快的雄鹿摆出君王般的威严,站在苏格兰幽谷上看着他们,然后竟然从他们的视线中消失了。一位蓄着八字胡的墨西哥英雄人物紧随其后,追寻珍贵的生命。然而比这更为奇怪的是一块板子上刻画的情人形象:一男一女在河边偎依。虽然这幅的风格略显稚气,绘画手法也很粗犷,却有着梦幻般的特质,也暗含爱情易逝的道理。画中那对情侣斜着身子,形象粗犷,可是你会

[①] 美狄亚(Medea):希腊神话中的科尔喀斯国王的女儿,以巫术著称。

感觉：他们真的是在黄昏时的河边深情拥抱的情侣，他们的头顶上便是闪闪的金星。领事看到这幅画，突然满怀深情地想起了伊芙。你在哪儿，我的爱人？亲爱的伊芙……此刻他才想起，伊芙已经走失了，不，没有，这种失去爱人的感觉是昨天的事情，是属于他抛在身后的那些孤独而痛苦的往昔。也许，伊芙并没有走失，她此时就在这里，或者，相当于就在这里。领事想抬起头，快乐地呼喊，就像那个骑马的印第安人那样欢快地高喊："她在这儿呢！快醒吧！她又回来了！我的挚爱！亲爱的伊芙！我爱你！"他希望马上就能找到伊芙，带她回家（他又想起花园里还有一瓶白色酒瓶的哈利斯科龙舌兰酒，那瓶酒他还没喝完呢）。他要把伊芙带回家、结束这次毫无意义的旅行，他想和伊芙单独相处。他还有一种强烈的想法：找到伊芙，和她共度简单快乐的生活，就像生活在他们周围的良善之人那样，享受那种单纯的快乐。他们有可能过上那种生活吗？那种普通人的幸福生活适合他们吗？过去是可能的……可是那张迟来的明信片怎么办呢？现在那张明信片就在劳埃尔的枕头下面，它会证明领事那孤独、痛苦的日子都毫无意义，证明他想要那张明信片。即便他早一些收到那张明信片，一切就会因此改变吗？他觉得不会的，毕竟伊芙之前给他写了很多信他都没有回复……天啊！那些信去哪儿了？……上帝啊，如果当时他能仔细地读一读那些信，也许一切就会改变，可是他并没有仔细读那些信，很快他就会忘记该怎么处置那张明信片。不过，和伊芙过普通人的幸福生活的强烈愿望犹在……就像伊芙的回声……他要找到伊芙，现在就要找到她，扭转他们的命运，这种强烈的欲望几乎快要转变成一种决心……抬起头来，杰弗里·费尔明，说出你感恩的祷告，趁现在还为时未晚，即刻行动。但是一个沉重的大手似乎在把他的头向下压,那种强烈的欲望过去了,与此同时,一团乌云似乎遮蔽了太阳,领事觉得集市的景象好像完全变了样子:旱冰鞋发出的快乐吱嘎声、那欢快而滑稽的音乐、坐在游乐设施上的孩子们的欢笑声,还有那些奇怪的画……所有这一切仿佛在顷刻间变了模样:它们变得可悲、恐怖而遥远,它们发生了形变,好像行将灭亡之前对地球的最后感觉和印象,这些感觉和印象被带进了一个模糊的死亡区域,那里聚积着一场暴风雨,那是一场无法医治的伤痛的暴风雨。领事觉得头晕目眩,他需要喝一杯酒……

"来一杯龙舌兰。""是要一杯吗?"男孩儿尖声问。劳埃尔先生要了一杯汽水。

"好的,先生,"男孩儿擦了擦桌子,重复着客人的订单,"一杯龙舌兰,一杯汽水。"男孩儿很快就端来了劳埃尔点的厄尔尼诺牌汽水,同时端上了盐、红辣椒和一碟切好的柠檬片。这家酒吧名为"巴黎",就在广场旁边一个由篱笆围成的小花园一边。酒吧被树木环绕,其悠闲的气氛让人想起了巴黎。酒吧旁边,有一个正在喷水的喷泉。男孩儿给他们端上了一盘斑节虾,那是一种盘装的红色对虾。看来,领事得提醒男孩儿别忘了自己点的龙舌兰酒。

过了一会儿,领事终于等到了他点的龙舌兰酒。

他如释重负地叹息了一声,可是,他发现现在并不是他的手在颤抖,而是劳埃尔戴着玉髓戒指的手在颤抖。

"你真的想喝酒吗?"劳埃尔先生问他,领事吮吸了一口柠檬片,感受着龙舌兰酒带来的灼热感。那种灼热感顺着他的脊柱向下走,像一道闪电击中了一棵树。神奇的是,那棵树没有倒下,而是开出了花朵。

"你为什么发抖呢?"领事问劳埃尔先生。

劳埃尔盯着他看了一会儿,然后紧张兮兮地朝身后看了看。他滑稽地把网球拍在脚趾上弹了弹,突然想起了他随身带着球拍夹,就把球拍夹歪歪扭扭地靠在了桌子旁边。

"你到底害怕什么呢?"领事嘲笑起了劳埃尔。

"我承认,我感到很困惑……"劳埃尔先生说着,又朝后看了一眼。这次,他目光停留的时间更久。"来吧,给我点儿你喝的毒药。"说着,劳埃尔向前探身,喝了一小口领事点的龙舌兰酒。因为恐惧,他的身体已然向前弯,弯向那像套管一样的玻璃杯。

"喜欢吗?"

"像氧气,像汽油……杰弗里,你知道的,一旦我喜欢上这东西,我就完蛋了。"

"我觉得梅斯卡尔酒不是好东西……至于龙舌兰酒嘛,龙舌兰这种酒有利于身体健康……还能让人身心愉悦。就像喝啤酒有益身心健康。不过,如果我再贪杯梅斯卡尔酒,恐怕我就真的完蛋了。"领事像在说呓语。

"说出上帝的一个名字。"劳埃尔先生颤抖着说。

"你不害怕休,是不是?"领事带着嘲讽的口气问,"但是,他想起了自己在伊芙离开后经历的数月的痛苦和绝望,现在他从劳埃尔的眼中看到了那种痛苦和绝望。他接着问:"你不会嫉妒他的,对吧?"

"我为什么会嫉妒……"

"可你就是这么想的,不是吗?你我这么多年的交情,我一直没有告诉过你有关我生活的真相,"领事说完,又反问了一句,"难道不是吗?"

"不是……因为可能有那么一两次,在你自己没意识到的情况下跟我讲述过你的真实经历。不,当时我真的想帮助你,可是你就像以前那样,连机会都不给我。"

"我从未告诉过你事实,这个我自己心里最清楚了,这比恐怖还要糟糕。不过,就像雪莱说的那样:'冰冷的世界是不会知道的。'龙舌兰酒也没治好你的颤抖。"

"对,是没治好。"劳埃尔说。

"可是我还以为你从来不会害怕什么呢……来一杯龙舌兰酒。"领事招呼那个男孩儿,那男孩儿跑过来,高声问:"……一杯吗?"

那男孩儿走了,劳埃尔先生四下看了看,好像在说:"是啊。"接着,他告诉领事:"我害怕你,老伙计。"

领事的第二杯龙舌兰酒刚喝了一半,就听到劳埃尔先生叫他"老伙计",听到这个称呼,他备感亲切。劳埃尔说:"我们以两个男人的身份进行对话,我知道这话很难说出口,我不在乎你喜欢谁,除非你彻底戒酒,否则即便发生奇迹,伊芙回心转意,你们的感情也不会长久。"

领事并没有回应劳埃尔,他的目光越过劳埃尔,看他身后的那艘飞艇,飞艇就在不远处。那个飞艇一定是个女子,它飞舞的姿势很曼妙,就像一个优雅的芭蕾舞者。它穿着铁衬裙,不停旋转,越转越高,最终因为衬裙太紧,便在原地打起了转,随后它的铁衬裙又低垂下来。一会儿,周围悄无声息,只有阵阵清风吹过,撩拨起它的衬裙。多么美丽，那样美丽……

"看在上帝的分儿上，回家睡觉吧……要么就待在这儿，我把他们找来，告诉他们你不去了……"

"但是我会去的，"领事争辩着，开始扒开一只虾。他又说："不是虾，是混蛋，墨西哥人就是这么叫的。"他把拇指放在耳根上，然后上下摇了摇手指，"是混蛋，也许，你也应该……金星是一个长着角的星星。"

"那你对她造成的伤害怎么弥补呢？你对她的生活造成的伤害……你冲着她大吼大叫……如果你想让她回心转意！……如果你得到了这样的机会……"

"你这是在干预我的伟大战争。"领事说，他的目光再次越过劳埃尔，停留在了喷泉脚下的一则广告，广告上写着：《奥莱克之手》，彼得·洛里主演，晚6点30分放映。"现在我得喝上一两杯酒了……当然，只要不是梅斯卡尔酒，别的酒都行……要不然我就该变得像你一样糊涂了。"

"……事实上，我想如果你喝酒的量掌握得恰到好处，头脑反倒会变得更加清醒，看事物也会更加清晰。"过了一会儿，劳埃尔先生坦诚地说。

"我是在和死亡进行抗战。"领事轻松地靠在椅背上，"我是为人类良知的存在和死亡抗争。"

"虽然酒对我们这些酒鬼来说至关重要，我们想准确地判断人类的处境必须依靠酒精的刺激，可是那些头脑清醒的人却十分鄙视酒。杰弗里，正是因为你没有能力看清这件事，才会把酒精这种本应作为工具的东西变成了自我毁灭的灾难，而这些灾难是你自己创造出来的。就像你的本·琼森①，或者克里斯托弗·马洛②，或是你的浮士德博士③，你能看到迦太基人④在他的脚趾盖上战斗。那些你能清晰地看到的幻影让你深陷其中、无法自拔。事实上，如果你说的是脚趾盖上的征战，那它确实很真切。"

"来一只该死的蝎子吧。"领事向劳埃尔提议。他伸出手臂，把那盘虾推到了劳埃尔先生面前，接着说："来一只该死的混蛋吧。"

劳埃尔先生说："我承认，你的龙舌兰酒还是挺有效果的……不知你意识到了没有，当你和死亡抗争的时候，或者你想象自己在做什么事情的时候；当你认为自己身上神秘的东西得以释放，或者你想象出的东西得以释放的时候；当你沉醉其中、自得其乐的时候，你意识到你身边的人为了体恤你、包容你，做出了多么大的牺牲吗？是啊，你知道我现在为了包容你，做出了多么大的牺牲吗？"

领事抬起头，仰望着上方，他用梦幻般的眼神看着他们身边的那个大转轮。那转轮很大，好像是放大了的小孩子的机械玩具，上面有很多梁、支架、螺母和螺栓，今晚它就会亮起来。他的铁架会

---

① **本·琼森**（1572—1637）：英格兰文艺复兴时期剧作家、诗人、演员。他的作品以讽刺剧见长，代表作有《炼金士》《福尔蓬奈》；抒情诗也很著名。同时，他有着丰富的希腊、罗马文学知识，又博览群书，是当时学识渊博的剧作家之一。

② **克里斯托弗·马洛**（1564—1593）：英国诗人、剧作家。代表作有《浮士德博士的悲剧》《马耳他的犹太人》《帖木儿大帝》等。

③ **浮士德博士**：英国剧作家克里斯托弗·马洛创作的戏剧人物，为追求无限知识以征服自然，毅然背叛上帝，以自己的灵魂换取奴役魔鬼二十四年的权利，期满后被魔鬼劫往地狱。

④ **迦太基人**（Cararthagian）：迦太基意为"新的城市"，位于非洲北海岸与罗马隔海相望。最后因为在三次布匿战争中被罗马打败而灭亡。

悬在那如同绿宝石般树丛之上。法律之轮会不停地转动……它提醒着人们:现在进行的嘉年华活动并不是真正的节日庆典活动,过一会儿会有更精彩的节目上演。过一会儿这里会变得多么热闹啊!他的目光又落到了另一个小型的旋转木马上。那色彩鲜艳又炫目的旋转木马,是蹒跚学步的孩子们的玩具。他觉得自己好像变成了一个小孩儿,跃跃欲试地想去旋转木马寻找快乐,不过他犹豫了,失去了一个机会,又失去了一个机会,最终他失去了所有机会,直到一切都来不及了。可是,他说的那些机会到底是什么呢?不知从何处传来了收音机里的歌声:"亲爱的撒玛利亚,我亲爱的宝贝儿,我要亲吻你,漂亮的灵魂……"接着,声音戛然而止。不过那声音听上去确实像是歌曲《撒玛利亚人》。

"你忘记了,在此期间,你把什么因素排除在外了吗?我能说它是一种自觉的无所不知的感觉吗?我想,每到夜晚,在喝两顿酒之间,大致也应该是在晚上,你把什么因素排除在外了?好像那个因素讨厌被你排除在外,自己回来了……"

"我敢说,它回来了,的确回来了。"领事明白了劳埃尔先生的问题。还有其他的一些幻觉,不过它们很微小,你可以像抓一只小昆虫那样,把眼前的空气抓在手中。如果一个人有那样的幻境,就说明他离死亡不远了……但是,这只是开始,接着你会听到死亡天使的音乐骤然响起,那音乐是由蝇王①指挥的……为什么人们会看到老鼠呢?这样的

---

① 《蝇王》:英国现代作家威廉·戈尔丁创作的长篇小说,讲述了未来第三次世界大战的一场核战争中,一群六岁至十二岁的儿童在撤退途中因飞机失事被困荒岛。起初他们能和睦相处,后因邪恶本性互相残杀,引发悲剧。《蝇王》具有深刻的象征意义,借小孩的天真讨论人性本恶这一严肃主题。

问题应该引起全世界的关注。雅克,想想这些词:悔恨、内疚、啮噬、还有自责……为什么所有有关咬的词都有相同的词源呢?

"因为想下地狱很容易……应该说太容易了。"

"你想否认我那伟大的战役吗?我一定会赢的,只要我想赢,我就会赢的。"领事说,这时他意识到他们身边有个男人,那个人正踩在一个梯子上,往树上钉一块板子,板子上写着:

"我知道秃鹫善待普罗米修斯,伊克西翁①眷恋地狱生活。"

……拳击比赛!

"别说你会失去的东西了,你总是说着失去、失去,过去失去,正在失去,将要失去,你总是说这些没法挽回的事情!你真傻,老兄!……你甚至把你和应该承受苦难也隔离开来……就连你正在承受的那些痛苦,绝大多数也并非必要,它们都是冗余的。因为它缺少了痛苦应该建立的悲情根基,你不过是在自欺欺人,例如,你说你要把自己的痛苦淹死……因为伊芙和我的事。但是伊芙知道,你我也都心知肚明,伊芙是不会意识到的,如果你不是终日都喝得昏天黑地的,你就会知道她整天都做了什么事、她在意什么事,你会对她有更多的了解。你这个傻瓜,如果你不振作起来的话,同样的事情会再次发生的,会再次发生的,我能看到灾祸就要发生,快醒

---

① 伊克西翁(Ixion):希腊神话中的角色。他原是特萨利的国王,听说邻国的公主十分美丽,就要求邻国国王狄奥尼斯将女儿嫁给他。狄奥尼斯向伊克西翁索要一大笔礼金,伊克西翁虽然答应,但是假意请狄奥尼斯参加宴会,并设计把他推入火坑烧死。伊克西翁的罪行激怒了众人,他在走投无路之下逃到宙斯那里,宙斯宽恕他,让他进了天堂,不料他在天堂追求宙斯的妻子天后赫拉。宙斯愤怒至极,罚他下地狱,将他绑在一个永远燃烧和转动的轮子上。

醒吧!"

领事抬起头,发现劳埃尔并不在那儿,原来他一直在自言自语。他站起身,喝完了杯中的龙舌兰酒。可是他看到了灾难的警告,虽然那个警告并没有写在墙上。那个男人已经把木板钉到了一棵树上,木板上写着:你喜欢这个花园吗?

领事意识到,自从自己离开巴黎,就终日处在醉酒的状态,而这种状况他以前很少出现。他步履蹒跚,无法保持正确的方向,他明知道自己要去哪儿,实际上却走到了另一个方向。比如说,他想去公共汽车的终点站,却走到了车站附近那家又小又黑的酒吧,就是格里高利寡妇开的那家酒吧。那个寡妇有一半英国血统,曾经在曼彻斯特生活。领事突然想起来自己还欠店家钱呢,于是决定这次一定把欠账还给店家,可是他却没法径直走到小酒馆……就像那小调唱的那样:我们走啊走,歪歪扭扭地走……

这时,浮士德的形象又浮现在他眼前……领事看了看手表。过了一会儿,在巴黎酒吧那个恐怖的一刻,他想起了那天晚上的事:时间像跳动的瓶塞一样瞬间流逝,清晨被黑夜天使的翅膀带走了,所有事情都在那一刻发生。但是,今天似乎和那天相反:时间过得太慢,现在仍然是 1 点 55 分。他感觉这是他一生中最漫长的一天,好像是一辈子的时间。他不仅不会错过长途汽车,还有充裕的时间喝些酒。不过他已经喝醉了!领事真的很反感自己醉成这样。

孩子们跟在领事身边,他们看领事喝得醉醺醺的、走路摇摇晃晃的,都觉得他很有意思。"钱、钱、钱,"他们语速飞快、含混不清地说,"先生,您想去哪儿啊?"领事觉得,他们的喊声渐渐不那么有底气了,声音变小了一些。他们抱住了他的裤管,可领事还没掏钱,他们彻底失望了。领事真想给孩子们一些钱，可他不想惹来更多的关注。他已经看到了休和伊芙，他们正在玩投掷游戏，想试试手气。休玩游戏，伊芙看着他玩。"啪——砰——噗——"休击中了一只木鸭子。

领事跟跟跄跄地向前走，可是没人注意他。他走过了一个小亭子，人们可以在小亭子里和爱人拍张合照，只是照片的背景有些吓人：是电闪雷鸣的背景、红绿色的闪电；一只准备好向人发起进攻的公牛；还有正在喷发的波波卡特佩特火山。领事走过了那个小亭子，把脸扭转过去向前张望，他看到了一个英国领事馆。那个领事馆看起来外表残破不堪，已经关门了。领事馆大楼前悬挂着的蓝色徽章已经褪色，上面还有狮子和独角兽。那个徽章正在伤心地看着他，好像在对他说：这真是太丢人了，可是不管怎么说，我们仍然为你效劳、为上帝和上帝赋予你的权利效劳。过了一会儿，那些孩子们不再纠缠他了，可是他也迷失了方向。他来到了集市边，那里有一些神秘的帐篷，那些帐篷或立在那里；或是被折叠起来堆在地上；或是歪七扭八地躺在地上。它们看起来和人差不多：那些站立的帐篷就是清醒的人，他们满怀期待；那些瘫倒在地上的帐篷则是老者，他们都躺在地上睡觉，但即使在梦中、在毫无意识的情况下，他们也渴望伸展拳脚。再往前走一些，就来到了集市的最终边界。今天确实是亡灵节，现在那些小亭子和摊位看上去并不像是死气沉沉、长睡不醒，看起来并非无可救药、毫无复活的希望，但是领事觉得它们的生命迹象很微弱，不过是在苟延残喘。

在广场边缘之外有一个地方，一半在人行道上，还有一半有一个完全废弃的安全绕行路线。在一个带有褶边装饰的帆布金字塔装饰下面，有一些小椅子围成了圈。那金字塔慢慢地旋转，转一周需要半分钟。旋转一周之后,它们停了下来,就像百无聊赖的墨西哥人戴的帽子。在这里,他看到了波波卡特佩特火山,它远离了大飞行器和大转轮,独自矗立在那里。可是它到底为谁而矗立呢?领事在心中猜想,它既不属于孩子们,也不属于成年人。它只是独自矗立在那里,无人看管、无人理会。人们认为这里的旋转木马是孩子们的休息场所,只是现在它已经被废弃了。而年轻人则怀疑旋转木马能为他们带来的快乐毫无刺激感可言,他们也不再会把旋转木马当成休息的场所,他们更愿意选择那些广场,沉醉在某个巨大的华盖下的游乐设施中。

领事又向前走了一段路,他的步态还不稳,他觉得他清醒一些了,于是停下了脚步。就停下了脚步。这时他看到了那个广告:

这是勇敢者的游戏!

十分钟就可以体验地狱之旅。

领事读着那些文字,他觉得这些文字与他心中的想法不谋而合。那些文字对他产生了巨大的吸引力。现在,这个巨大的环形缆车上空无一人,它就藏在这个集市上一个非常不起眼的角落里,在他头顶呼啸而过。那个高空缆车好像是一个巨大邪恶的精灵,在孤寂的地狱里高声号叫着。它四肢扭曲、张牙舞爪地在空中胡乱穿梭,就像是飞舞的桨轮。随后,它被大树挡住了。领事以前并没有在集市上看过这个游乐设施,现在这个设施停了下来。"先生,钱、钱、钱。先给钱,先生,你想去哪儿?"那些可怜的孩子们又看到了他,向他跑过来。为了躲避那些孩子,领事慢慢接近了那个怪兽,虽然,在此期间他尽可能保持着自己的尊严。他决定坐上那个游乐设施,他把钱给了一个戴着网纱遮阳帽的驼背中国人,然后就毅然决然并十分滑稽地钻进了缆车上的一个小隔间。过了一会儿，那个小隔间开始剧烈摇晃，缆车运行起来。那个小隔间就在看起来十分危险的钢铁曲柄的末端。小隔间先是突然上升，接着又重重地落下。领事的那个小隔间被一种强有力的力量抛起来，接着领事大头朝下，被悬挂在了游乐设施的顶端。领事看到了另一个没坐人的小隔间在游乐设施的底部。他还没来得及弄清是怎么回事儿，就被重重地砸向了地面。不过他只在设施的底部停了一会儿，很快又被高高地抛到了缆车的顶端。他悬在高空中，缆车似乎停在那里很长时间。这段时间让他无法忍受，他必须保持一动不动的姿势。领事就像一个给全世界带来光明的傻瓜，被头朝下地吊了半空中，只有一条缆绳牵引着他。那条编织的铁链让它悬在生与死之间。他看到在他头上，有很多人都向他伸出手想拉住他，他就要头朝下地从空中跌落到地上，或是再次被抛到空中。刚才下面还没有人，不过这会儿下面站满了人，这些人无疑是跟着那群孩子来的，都围过来看他。领事模糊地意识到：他并不惧怕死亡，他的身体也不怕任何让他清醒的东西。也许他现在脑袋里想的就是这些，只是他并不喜欢这个想法。这无疑是雅克给他举的另一个例子。雅克？他没有必要承受这种折磨，他现在所处的这个位置，对于一个代表女王的前任外交官来说未免有失体面。尽管他无法隐藏的东西究竟是什么，他说不出来。不过毫无疑问，那东西只是象征性的。那个小隔间突然又砸向了地面。领事喊道："哦！"这坠落的感觉似乎如影随形，以前他并没有这种迅速下坠的经历，可以肯定的是这种快速下落的感觉并不像飞机进行的特技表演那样很快就会结束。他唯一的感觉就是自己的身体变得越发沉重。他曾经是一名水手，因此并不喜欢那种失重的感觉，但是像现在这样——"天哪，我的上帝。"他说着，兜里的东西都掉了出来，像是有什么人蛮横地从他身上夺走了他的财物，并把它们撕得粉碎。每一次他在空中翻腾、坠落、下坠、倒退，他都会觉得恶心，还有那无法言说的天旋地转的感觉令他很难受。他的笔记本、烟斗、钥匙和没有摘下来的墨镜统统掉了出来，还有那些他没有想起来给那些孩子的零钱，都一股脑儿地从兜里掉了出来，他的裤兜又一次变得空空如也，还有他的手杖和护照。护照？那个掉在地上的东西是他的护照吗？他没意识到自己还随身带着护照，过了一会儿，他才想起自己确实带了护照。他到底带没带护照呢？如果一个在墨西哥的外国人没有随身携带护照，那他的麻烦就大了，即使是领事也不会例外，更何况他现在已经不是领事了。那又怎样呢？随他们去吧。现在，他觉得无所畏惧，感觉自己天不怕地不怕。这种超脱给他带来了强烈的快感，所有东西都让它们随风而去吧，无所谓了。每一样特定的东西，特别是为那些可怕的梦提供了入口和出口的途径，都随他们去吧！这么多年来，那些噩梦成天以某种意义、特征、身份、意图的形式如影随形地追逐他，他成天背负着这些重担，以杰弗里·费尔明的身份生活。后来他摇身一变，成了一名水手，再后来他又成了被女王派驻到国外的一名英国领事。他突然意识到：那个看管游乐设施的中国人睡着了，那些孩子和围观的人都不见了，他就可以一直这样上天入地地进行游戏了，没有人能让这个设施停下来……一切都结束了。

可是一切并没有结束，地球依然在疯狂地旋转着，房屋、旋转木马、旅馆、教堂和火山都在随之旋转，想站立起来都是一件非常困难的事情。他知道，人们在嘲笑他，但是让他觉得奇怪的是：他丢失的那些财物又一件件地回到了他身边。一个孩子本来是想捉弄他，才会把他的笔记本从他的兜里抽了出来，后来那个孩子又把笔记本还给了他。不，他的手里还有什么？原来是一团弄皱了的纸。领事谢过那个孩子，并且让他把那团纸还给自己，因为那有可能是一封休发给他的电报。他的手杖、墨镜和烟斗都完好无损，只是那只烟斗并不是他最喜欢的那只。不过他的护照不见了，好吧，也许他根本就没把护照带在身上。他把其他东西放进了裤兜里，然后跟跟跄跄地走到了一个拐角的地方，一屁股坐在了一个凳子上。他又戴上了墨镜、叼起烟斗、跷着二郎腿，他周围的世界渐渐放慢了节奏，而领事又像一个百无聊赖的英国旅客，坐在了卢森堡的公园里。

他心想，孩子们的内心世界是多么迷人啊！就是这群孩子，刚才他们还缠着他、跟他要钱，可他财物散失的时候，正是那群孩子帮他找到了所有的东西，就连那些零钱都分毫不差地还给了他。他感到羞愧，同时也被孩子们的行为深深地打动了。那些孩子并没有向他索要报酬，就匆匆跑开了，领事真希望他当时能给那些孩子一些回报。还有，那个小女孩儿也不见了，也许长凳上的那个练习本就是她的，他希望刚才自己并没有对她无礼，也希望那个小女孩能够回来，如此一来，他就可以把练习本物归原主了。伊芙和他会有自己的孩子，他们本该有孩子的，他们应该要个孩子的……

想到这儿，领事打开了那个练习本，费力地辨认出了如下的字：

"艾斯克卢希是一个老头儿，他住在伦敦，独自一个人住在一所大房子里。斯克鲁奇①是一个富有的人，可是他从来也不把自己的钱财施

---

① 斯克鲁奇：英国小说家查尔斯·狄更斯的作品《圣诞颂歌》中的人物。讲述了斯克鲁奇在圣诞夜遭遇到圣诞鬼魂的感召，从一个吝啬的守财奴转变为慈善之人的故事。

舍给穷人,他是一个吝啬鬼。没有人喜欢他,他也不喜欢别人。他没有朋友,孤零零地生活在世界上。"人(西班牙语"人")、房子(西班牙语"房子")、穷人(西班牙语"穷人");他住在(西班牙语"他住在")、他给了(西班牙语"他给了"):他没有朋友(西班牙语"他没有朋友"):他爱(西班牙语"他爱");老头儿(西班牙语"老头儿");气派的(西班牙语"气派的");没人(西班牙语"没人");富有(西班牙语"富有"):谁是斯克鲁奇?他住在哪儿?他是贫穷还是富有?他有朋友吗?他的生活过得怎么样?他是一个人生活吗?世界在进行中。

最终,当那个地狱机器停止运转,大地也停止了转动。领事看到设施的最后一个隔间也停了下来,那些树叶终于不再旋转。领事看了看自己的手表,他的表现在已经是 2 点 7 分。现在他彻底清醒了。刚才的感觉真是太糟糕、太恐怖了!领事合上练习本。该死的斯克鲁奇!居然在这儿遇到了他,多奇怪呀!

……那些看起来欢快的士兵站得笔直,令人肃然起敬。他们迈着大步,从街上走过。那些长官穿着帅气的军装,看起来英姿飒爽。领事坐在凳子上,他的身体前倾、靠在手杖上,好像在思索着远方战争的军事策略。一位印第安搬运工搬了一大堆椅子,懒洋洋地沿着圭雷罗大街走着。一个疯子经过了领事身边,身上套着一个旧自行车车胎,他把那个车胎当成了一个救生圈,紧张兮兮地不停扭动着脖子上套的那个破旧车带,小声地冲领事嘟哝着什么,可是他并没有期待领事回答或者回应他。过了一会儿,他突然摘下了脖子套着的那个旧车带,并且把那个车带远远地抛了出去,抛向了一个小亭子。然后摇摇晃晃地跟着走了过去。他不停地从一个锡口坛子里掏出什么东西,往嘴里塞,然后他捡起了那个破轮胎,又一次向远处抛了出去。这套动作完成后,他又重复起刚才的动作,好像这些动作必须是完整地做出来、一气呵成。他一直在做着这些动作,一直到从领事的视线中消失为止。领事看到这个情景,感到心头一紧。不知道他看到了什么,激动得差点儿站起来。他在小亭子那边又一次看到了休和伊芙。他们从一个老妇人那儿买了一张玉米饼,就在老妇人为伊芙买的玉米饼抹奶酪和番茄酱的时候,一位衣衫褴褛的小警察走了过来。毫无疑问,他是罢工的警察,他的警察帽子都戴歪了,裤子脏兮兮的都褪了色,还鼓鼓囊囊的。他扎着绑腿,身穿的上衣对他来说大了好几号。那个小警察做出了一个举动,让人觉得很感动:他撕下了一片生菜,极力露出一个特别客气的微笑,把生菜叶递给了那个老妇人。看来休和伊芙在一块儿很开心嘛!他们一起吃玉米饼,互相看着对方,当番茄酱从他们的指尖流出来时,他们朝对方会心一笑。休掏出手绢,帮伊芙擦去了粘在她脸颊上的一块酱汁,然后他们又大笑起来,那个小警察也跟着他们一起大笑起来。他们现在想除掉自己的计划进行得怎么样了?不用去理会了。领事刚才感到的揪心现在已经变成了无法摆脱的冰冷的痛苦,还伴随着些许释然。雅克是怎样把他的紧张感传导给他的呢?他们会在这里大笑吗?谁也不知道,警察终究是警察。即使是罢工的警察,他们还很友好。只是领事惧怕警察,比起惧怕死亡,领事更加惧怕警察。领事在那个练习本上压了一块小石头,把练习本留在了长凳上,然后躲到了一个小报摊亭后面,避开了休和伊芙。他透过木板瞥见了那个仍然在爬那光滑旗杆的男人,那个男人既没有爬到杆子顶部,也没有在杆子底部,只是爬到了半路,前不着村、后不着店,所以看起来很尴尬。领事避开一家海鲜酒店前面马路上的两条平行血线,那是从一只垂死的巨大海龟身体里流出来的。他迈开坚定的步子跑了起来。他一如既往地对跑步很痴迷。他来到长途汽车车站,发现离开车的时间还有 20 分钟,甚至更多的时间。

　　长途汽车终点站附近的"森林"酒吧里漆黑一片,他摘下了墨镜、停下了脚步……我发觉自己置身于一片黑暗的森林里①,还是丛林里呢?这都不重要了。这家小酒馆的名字起得真好:森林酒吧。不过领事觉得这家小酒馆之所以黑暗,是因为它被丝绒窗帘挡得严严实实的。丝绒窗帘就在通向后面房间的入口处。那就是天鹅绒窗帘或者是天鹅绒,只不过太脏了,落满了灰尘,看起来都成黑色的了,那天鹅绒窗帘把去酒吧后面房间的路口挡住了。不知道酒吧后面的房间是不是不得擅自入内的私人房间。出于某种原因,亡灵节的庆典活动并没有传到这里。这个小酒馆是墨西哥的英国版酒吧,主要是为那些不在经营场所的人提供外卖服务。小酒馆的吧台前只有一个单薄的铁桌子和两把椅子,它们都朝向东面,虽然现在外面的太阳升得很高了,酒吧里反而变得更黑了。领事摸索着向前走,这个时间还没有多少客人来喝酒。"格里高利太太!"领事喊着,痛苦的声音中透出了不耐烦的意味,在黑暗中很难大声喊出声,所以他现在急需再喝一杯。他的声音弹到了酒吧后面,回声传来:"格里高利太太!"领事坐下来,他渐渐发现身边的那些形状正变得清晰:他看到了吧台后面的木桶和瓶子,还有那只可怜的海龟。虽然海龟和酒吧并无关系,可他一想到那只海龟,就觉得心里很难过。他看到了一只绿色的大桶,里面装着雪莉酒、哈瓦那酒、卡特鲁尼亚酒、加勒

---

① 但丁《神曲》中开篇的两行:"我在人生旅程的半途醒转,发觉置身于一个黑林里面。"

比野葡萄酒、黑莓酒、马拉加甜葡萄酒、桃酒、甜槚椊酒、一比索一升的散酒、龙舌兰酒、梅斯卡尔酒和朗姆酒。当他读出这些酒名时，好像外面变成了阴沉的黎明，领事觉得这家小酒吧变亮了，他的耳朵又能听到各种声音了，有一个声音盖过了集市上传来的喧闹声："杰弗里·费尔明，这就是即将走向死亡的感觉，就是这样，再无其他：你从梦中惊醒，发现自己置身于黑暗之中。你看，这正是你从另一场噩梦中逃脱出来的方法，但是选择权在你自己手里，我们不鼓励你采取这些逃跑手段，你自己来决断吧。如果你想获得这些手段，必须得……""格里高利太太！"领事又喊了一次，屋里传来了他的回声："格里高利太太！"

酒吧的一个角落里，显然有人开始画起了小型壁画，他们在拙劣地模仿着柯蒂斯宫的壁画。他们的仿品中只有两三个人物（其中的一些已经开始脱落），那应该是尚待完成的特拉瓦卡人的形象。领事身后传来了缓慢的、拖着脚的脚步声。

格里高利太太在窗边出现了，这个小老太太穿着一件特别长的破旧的黑色长裙，"沙沙地"走过来。在领事的印象中，格里高利太太的头发都是白色的，不过最近她好像把头发染成了红棕色或者红色。她前面的头发乱七八糟地披散着，后面的头发则挽成了一个古里古怪的结。她的脸上挂着豆大的汗珠，透过那些汗珠，领事看到了她那蜡白的皮肤。她看上去心事重重、憔悴不堪，可当她看到领事时，疲惫双眸里立刻闪现出的光芒把她整个面部表情都点亮了。她露出了开心的表情，其中似乎还掺杂着决心和些许期待。"你也许会点梅斯卡尔酒吧？"她用古怪的、拉着长音的语调揶揄领事，不过她并没有做出给领事上酒的举动，也许是因为领事还欠着她的酒钱。领事也意识到了这一点,他马上把一枚硬币放在吧台上,于是他们之间的债务一笔勾销。格里高利太太脸上露出了近乎狡诈的微笑,向装着梅斯卡尔酒的酒桶慢慢地挪了挪步子。

"不,麻烦来一杯龙舌兰酒吧。"领事说。

"怎么要一杯赠品呢?"格里高利太太一边说,一边把一杯龙舌兰酒递给了领事,还问了一句,"你在哪儿笑呢?"

"还在尼加拉瓜大街五十二号,"领事大笑着,回答了老太太的问题,"您是想问我在哪儿住吧,格里高利太太,不是在哪儿'笑'吧?恕我冒犯了。"

"看来你还记得,"格里高利太太温柔地接受了领事的纠正,慢慢地说,"看来你还记得我蹩脚的英文。没错,我就是这个意思。"她叹息了一声,然后从酒桶里给自己倒了一杯马拉加甜葡萄酒。酒桶上有粉笔标的酒名。她说:"为了你的爱情,干杯。你叫什么名字来着?"她把一只装满了盐的碟子推到领事面前,盐碟上还撒了一层橘黄色的胡椒粉。

"也为了你的爱情!"领事说着,喝下了那杯龙舌兰酒,接着回答,"我叫杰弗里·费尔明。"

格里高利太太又给领事端来了一杯龙舌兰酒,他们互相打量了对方一会儿,谁也没说话。最后格里高利太太重复着:"就这样吧,"说完又叹息了一声,她的声音中流露出对领事的惋惜之情,"就这样吧,既来之,则安之,给你的酒必须接受,不能推辞!"

"是啊,不能推辞!"

"如果你有了妻子,就会失去那份爱情中的一切。"格里高利太太说,领事这才意识到:几个星期之前他来这里时,和格里高利太太

282

谈论的正是这个话题，现在他们只是接着谈论上次没有说完的话题，那天晚上伊芙第七次抛弃了他。领事发现自己无心改变他们婚姻中那个让他们双方都备受摧残的根基。而格里高利先生在世时就已经抛弃了妻子——他告诉格里高利太太，自己的妻子已经回来了。他所言非虚，他的妻子就在不远的地方。她继续悲伤地说："如果两个人都在想着同一件事情，心心相印，这样的爱情就不应该失去。"

"说得是啊。"领事说。

"就这样吧。如果你脑袋里整天被各种事情占据，那么就会始终保持清醒。你的头脑、你的生活——和生活中的一切。我还是个小姑娘时，我的生活充满了欢声笑语。我总是对生活充满了梦想，梦想着我拥有漂亮的衣服和一头秀发……过去我生活中的一切都是美好的，那时有看不完的电影。可是现在，我每天的生活只有无尽的烦恼，麻烦事不断，麻烦、麻烦、麻烦，麻烦又来了……就这样吧。"

"所言极是，格里高利太太。"

"当然了，我没出嫁时，可是个标致的美人儿呢，"她说，"这些……"她说着，用鄙视的目光环顾了一下四周黑漆漆的小酒吧，"我从没考虑过。不过生活会改变一个人的，你知道吧？这些你都喝不到的。"

"不是'喝不到的'，格里高利太太，你是想说'想不到的'。"

"想不到的。哦，好吧。"她说着，给一个默默走进酒吧、长着扁平鼻子的贫农倒了一升酒。那个贫农站在酒吧的一个角落里，格里高利太太接着说："我曾经的生活是美好的，身边也尽是些美好的人，可是现在我过得这是什么日子？"

格里高利太太又拖着脚走到了酒吧后面的房间，把领事一个人留在了吧台。领事坐在那儿几分钟，他手里那一大杯龙舌兰酒还没喝呢。他想象着自己已经喝完了那杯酒,不想伸出手碰那杯酒,好像他以前苦苦期待着这杯酒,可是如今他期待的东西近在眼前,就失去了所有意义,不值得他再去期待了。这空空荡荡的小酒吧里,滴滴答答的响声好像是甲虫发出的声音,他开始紧张起来。他低头看了看手表,发现已是2点17分(原来是手表发出的滴答声)。他再次想象着自己已经喝掉了那杯龙舌兰酒,再次体会那愿望落空的感觉。酒吧的转门开了,有个人把头探进来,迅速地环顾了一下酒吧,然后就离开了。那人是休,还是雅克呢?不管那人是谁,看起来都长着他们的样貌,一定是他们之中的一个。又有个人进来了,领事马上觉得来者有些蹊跷:那人径直朝酒吧后面的房间走去,还鬼鬼祟祟地四下张望着。一只饥饿的流浪狗跟着那人进了酒吧,它最近好像被剥了皮。它抬头看了看领事,珠子般的小眼睛里写满了柔情,它脏兮兮的、可怜的胸脯上垂着一副干瘪的乳房。它俯下了身,向领事低头致意。啊!进入动物王国的权限!刚才他看到了昆虫,现在又出现了动物王国的入口,这些动物啊!这些没有头脑的人们啊!领事轻声对那条流浪狗说:"小狗,现在和我一起进来吧!"接着,他想说一些友善的话。他蹲下身,回想着自己在青年时期或童年时期听到过的一句友善的话:"因为上帝看到了,你是那样胆怯,又是那样美丽,愿希望像那白色的小鸟一样跟随着你……"

领事站起身,在那条流浪狗面前慷慨陈词:"今天,小狗啊,你快随我来……"但是那条狗却害怕了,它跳起来,用三条腿支撑着身体,迅速钻到了门下面。

领事将那杯龙舌兰酒一饮而尽,接着走到吧台前,大声喊道:"格里高利太太!"他静静地等待,环顾酒吧,搜索着格里高利太太的身影,他觉得那小酒吧突然变得明亮起来。过了一会儿,他听到了自己的回声:"格里高利太太!"——他看到了墙上狼的壁画!他忘记了墙上挂着的那幅疯狂的壁画,画中有六匹狼,每匹狼的身体都很长且很完整,只有作为装饰的森林成了这幅壁画上的瑕疵。画中狼的形象栩栩如生,狼身上的所有细节都得到了完美地还原。这幅壁画中的雪橇都是一样的,而每个雪橇都由同样的一群狼追逐着,那些狼在追逐着雪橇上的人,整幅壁画几乎覆盖了整个墙面,而且断断续续地出现在酒吧的四面墙上,不过壁画中的雪橇和狼都没有丝毫移动。这幅壁画是给何种野蛮人或者神秘的野兽画的呢?不知何故,领事看到了这幅壁画,居然不合时宜地想起了《战争与和平》中罗斯托夫的猎狼——啊!还有在那之后,在他的叔叔家举行的那场无与伦比的聚会、那恣意的青春、那无尽的欢乐和爱情!随后,他又想起了有人告诉他狼不是成群捕猎的。是啊,还有多少人的生活是建筑在这些类似的错误认知之上的?我们感觉自己被很多只狼追逐,可我们真正的敌人却是那些披着羊皮的伪善之人,他们让我们猝不及防。想到这里,领事又喊道:"格里高利太太!"他看到格里高利太太又出现在了那扇窗户旁,她拖着脚向这边走过来。不过,她的出现可能为时已晚,他没有时间再喝一杯龙舌兰酒了。

领事伸出了一只手,随后又放下了——天啊,他这是怎么了?在那一瞬间,他看到的明明是格里高利太太,却好像看到了自己的母亲。他竭力控制着夺眶而出的泪水,他真想拥抱格里高利太太,扑进她的怀里,像一个小孩子那样尽情哭泣,把自己的脸埋到她的怀抱里。他说了一句"永别了",与此同时,他看到吧台上放着一杯龙舌兰酒,就迅速地喝下了那杯酒。

格里高利太太拉起了领事的手,把那只手握在了自己手里,她目不转睛地看着领事,嘱咐他:"人生无常,你要记住啊,别再喝了。我想,我看到你和你的妻子很快就会团聚了!我看到了,你们在一个美丽的地方,你们一起在那里笑。""那是一个遥远的地方,在那里,你现在的所有烦恼都会……"领事听了这番话颇感震惊。"永别了!"格里高利太太用西班牙语说,"我居无定所,只有形影相吊,可是不管你何时需要我这个孤独的影子,我都会与你同在的。"

"谢谢你!"

"歇歇你!"

"不是歇歇你,格里高利太太,是谢谢你!"

"谢谢你!"

领事走出了酒吧,看到外面那片海更清晰了,可是他推开酒吧那扇软百叶窗门往外走的时候,差点儿碰到维吉尔医生。维吉尔医生穿着一身白色网球服,看起来神清气爽、面貌一新,他急匆匆地从领事身边走过,和他同行的还有坤西先生和当地电影院的经理巴斯塔门特先生。领事退了回来,他害怕维吉尔医生,害怕昆西先生,害怕他们看到自己从酒吧走出来。可是那几个人似乎没注意到他,他们迅速走过了刚刚到达终点站的去往托马林的长途汽车,他们的胳膊肘都像骑手一样弯着,不停地聊着天。领事觉得他们谈论的话题一定和自己有关。他们会问:"该拿他怎么办才好?""昨天晚上,他在舞会期间到底喝了多少酒?"是啊,他们就在那儿呢,正朝着胜景酒店的方向走,还在谈论着对他的"意见"。那几个人看起来飘忽不定,过了一会儿便消失不见了……

看来,教皇之死终究不可避免。

8

长途汽车迅速下了山……

"放开离合,踩油门儿。"领事兴致勃勃地指挥着司机。司机转过头,冲他笑了笑,说了句:"好的,麦克。"看来,司机把领事当成了爱尔兰裔美国人。他们乘坐的这辆车是1918年生产的雪佛兰牌。车在启动的时候,就像一只受惊的家禽那样,突然发出一声尖利的叫声。车里只有司机和领事一行人,并没有坐满,空座很多。显然,领事兴致很高,他在清醒和醉酒的状态之间自由切换。伊芙坐在座位上,显得很平静,看不出心情如何。就这样,他们上路了。虽然现在外面风和日丽,可之前一定刮了一阵大风,他们看到芒刺被吹得满大街都是。车子很快就开到了一个布满石子的路面,开始摇晃,就像在大海上左右颠簸的小船。车子向前行进,经过了一个个高高的六边形广告架,上面贴着的电影宣传海报就是伊芙在电影院看的那部《奥莱克之手》。这里的电影宣传海报和其他地方张贴的宣传海报一样,海报上同样有一只鲜血淋漓的杀人犯的手。

车子缓缓地向前行驶,经过了自由公共浴池、布兰德斯社(电力企业中的领军者),那家公司在这个狭窄而倾斜的街道里很扎眼,它像一个戴着宽边帽子的张扬的闯入者,与周围格格不入。车子路过市场时停了下来,他们看到了几个挎着装生禽篮子的印第安妇女站在市场前面等车。这几位乘客上了车,她们的脸庞都是深陶瓷的颜色。她们坐下时动作略显夸张,其中有两三位印第安妇女的耳朵后面还别着烟蒂,另一位妇女则叼着一个老旧的烟斗。她们看起来表情轻松愉快,阳光照进了车窗,她们一定觉得太阳光刺眼,都眯起了眼睛,脸上露出了浅浅的皱纹,却没有微笑。

"……快来看看啊!可棒了!"休和伊芙在换座位,司机邀请他们过来看看。司机从衬衫下掏出了两只美丽而温驯的白鸽。那两只象征着和平与爱的信使一直在司机的衬衫下面,贴在他的胸口上。"它们是我……对了……是我那翱翔长空的鸽子。"

伊芙和休轻轻地抓了抓鸽子头上的羽毛,那两只鸽子骄傲地弓起了背,它们洁白的羽毛在阳光下闪闪发亮,就像刚刷的白漆一样。(领事也能练就休那种本领,光是看看报纸上的新闻标题,就能知道此时此刻政府军正在输掉埃布罗河战役,用不了几天莫德斯托就会撤军吗?)司机又把鸽子放回到它们原来栖息的地方,他告诉伊芙和休:"这样它们能暖和一些。当然了,麦克。好的,先生,"然后又说,"我们出发吧!"

车子再次启动,又向前窜了一下,车上的乘客出于惯性,身体都向前倾。有人笑了起来,其他乘客的脸上也渐渐露出了欣喜的笑容。看来,这个长途汽车把那些不苟言笑的墨西哥老妇人融入了一个集体之中。市场拱门上的那个挂钟就像鲁珀特·布鲁克诗歌[①]里描写的那个挂钟那样,显示的时间也是2:50,但实际时间是2:40。他们就这样坐在长途汽车里,车子摇摇晃晃地开进了主要的大道:革命大道。首先经过了一些办公室,

---

[①] 鲁珀特·布鲁克(1887—1915):英国诗人、学者、文学评论家,写了很多著名的战争诗,代表作有五首战争十四行诗。

那些办公室的窗户外有"阿图罗·迪亚茨·维吉尔医生,外科兼儿科医生"的牌子,领事带着嘲弄的意味,冲着那些牌子点了点头,随后汽车经过了电影院。看起来,那些墨西哥老妇人并不知道埃布罗河战役的事情,其中两个在交谈着什么,她们显得忧心忡忡,应该是在谈论鱼的价格又上涨了,她们丝毫不在乎汽车底板发出的"嘎吱嘎吱"的噪声,也不关注车上的其他乘客。休关切地问领事:

"你的颤抖好些了吗?"

这么问太不人道了:领事大笑起来,他掐了掐一只耳朵,然后指了指从他们身边走过的一位入殓师,作为对休的回答。他们看到了市场大门上落着一只鹦鹉,那只鹦鹉昂着头,从路口的栖息处向下看。大门上还贴着一个标语,上面写着:

你将去往何方?

他们马上走了下坡路,车速很慢,经过了一个比较偏僻的广场,那里长着高大的古树,树上长出的鲜嫩叶子就像春天的新叶一样。树下和花园中有些鸽子,还有一只黑色的小羊羔。花园入口有块牌子,牌子上用西班牙语和英语写着:你喜欢这个花园吗?这个花园属于你吗?请不要让你的孩子破坏花园!你喜欢这个花园吗?这个花园属于你吗?请不要让你的孩子破坏花园!

……可是,他们并没有在花园里看到孩子,只看到了一个男人独自坐在石凳上。显然,那个男人是个魔鬼:他长着一张黑黑的大脸,头上长着角,嘴里还有獠牙,长长的舌头伸到了下巴以外。他的表情里透露出邪恶、淫荡和恐怖的意味。那个魔鬼揭开面具吐了一口痰,随后站起身,像跳舞那样迈开了轻盈闲适的步子,走向了一个几乎被大树掩盖的教堂。从教堂那边传来了两个砍刀碰在一起的声音。一场当地人表演的舞蹈正在教堂凉棚以外的某个地方进行着。教堂的台阶上站着两个美国人,伊芙和休之前就看到过那两个美国人。此时他们正踮着脚尖、伸长脖子,在看当地人跳舞呢。

"真是的。"休又跟领事抱怨起来,而领事看到那个魔鬼并没有显得不安,他已经接受了魔鬼的存在。休和伊芙交换了一下眼色,他们的眼神中流露出了后悔之意,因为他们在广场中心并没有看到舞蹈表演,而现在下车去看表演又为时已晚。

"无处不在、人皆崇尚之信仰。"①

他们的车开上了火山脚下的一座小桥,小桥就架设在山谷之上。从桥上向下看,就能看到下面的万丈深渊,令人毛骨悚然。如果从车上向谷底看,就像站在一艘小船的桅杆上俯视茫茫大海。虽然深谷之中生长的草木枝繁叶茂,却并不能遮盖令人心惊胆战的深渊。陡峭的崖壁上随处可见垃圾。还有些垃圾挂在了灌木丛上。休转过身,看到了谷底有一具狗的尸体蜷缩在垃圾之中。在尸骸之间,还可以看到皑皑白骨。可是从桥上抬头仰望,就可见朗朗晴空。伊芙看到了波波卡特佩特火山,感到很亲切,心情也放松了一些。现在车子在走上坡路,火山暂时成了风景的主角。过了一会儿,车子转了一个弯,火山就从他们的视野中消失了。这是一条漫长而曲折的上坡路。在半山腰的地方,有一个装潢艳丽的小酒馆。一个身穿蓝色衣服、头戴怪异帽子的男人向车子挥了挥手,示意他们停车。那人一边吃着半个甜瓜,一边等车。小酒馆名叫"爱情之爱",酒馆里传出了歌声。休看到好像有武装警察在酒吧里喝酒。车子停下了,停在了人行道

---

① 圣人文森特(St Vincent of Lerins)创造的著名教规:大意为"无所不在、所有人都崇拜的信仰。"

边的一个车站里。

司机冲进了小酒馆，把车子留在了山坡上。在此期间，那个刚才吃甜瓜的男人也上了车。车子并没熄火，还在有节奏地抖动着。司机很快就回来了，又坐到了驾驶员的位置，车子随后就启动了。司机回过头，滑稽又调皮地看了看后上车的那个男人，又看了看藏在衬衣下的那两只白鸽，就又开着车上了山路。

"当然，麦克，可棒了，孩子。"

领事回头指了指那家叫"爱情之爱"的小酒馆。

"……弗朗哥万岁……那里就是你说的法西斯的一个据点，休。"

"那又怎么样呢？"

"我敢说，后上来的那个秃头是那家酒吧老板的兄弟，不过，我能告诉你们的就这么多了……他可不是个信鸽。"

"你说他是什么……哦。"

"你们可能想不到，可他是个西班牙人。"

车上的座位是竖排的，休坐在那里，看着对面坐着的那个身穿蓝色西服的男人。刚才那个人还在粗声粗气地自言自语，现在他一定是喝多了，或者是嗑药了，或许二者兼而有之，竟然昏睡过去了。车上没有售票员，也许售票员过一会儿才会上车。显然车费是在下车之前给司机的，所以司机开车期间没有人给他车票钱。休仔细地端详起对面那位乘客的容貌，发现他的确具有西班牙人的特征：长着高高的鼻梁，下巴坚挺，身体的轮廓与西班牙人相似。他的一只手里还攥着那半个甜瓜，他的手很大，看起来很壮实、很有侵略性。休突然想到：如果单看那双手，那人倒像是西班牙征服者。只是那人的身材并不高大，不符合侵略者人高马大的特征。从那人给人的总体感觉来看,他并不是个侵略者,这种混乱的思绪最终让休暂时忘记了征服者这件事儿,他又开始打量起那个人的穿着:男子身穿的那身衣服从剪裁来看,应该价格不菲,他敞开的外衣似乎是收腰的。休注意到他穿的那条宽裤管的裤子刚好盖住了他那双昂贵的皮鞋,早上的时候,这双皮鞋应该是油光发亮的,但是后来却被酒吧的锯末弄脏了,皮鞋上布满小孔。他没系领带,衬衫是漂亮的蓝紫色,领口没系扣,露出了脖子上戴着的金色十字架。他的衬衫边儿撕破了,并没有塞到裤子里。不知什么原因他戴了两顶帽子,外面戴的是一顶便宜的红宝毡帽,非常熨帖地扣在了里面的宽檐帽上。

休问道:"司机说他是西班牙人,你怎么看?"

"他们是在摩洛哥战争以后才来到这儿进行侵略的,"领事回答,"他是个痞子。"他又补充了一句,然后露出了微笑。

这个微笑是在回应他和休因为对这个词的理解不同而产生的争辩。休不知道从什么地方看到这个词有"不穿鞋的文盲"之意,而领事认为这个词只有一个意思:"痞子"就是指那些"剥削之人",他们并不一定是富裕之人,只是他们会剥削、压榨那些穷苦的人。例如,那些混血的小政客为了当上一年官吏,就会不择手段跻身官场,这样他们就会利用这一年的时间大捞一笔,从此就会衣食无忧。他们为了积累买官的财富,什么都肯做,可以给人擦鞋,给人当"间谍"。休最终明白了:这个词的词义很模糊,例如一个西班牙人就会以为这个词是用来形容那些他们鄙视的印第安人的;而印第安人看到这个词,就会想到西班牙人。可是他们都认为这样的人是丢人现眼之人。也许,西班牙人和印第安人对这个词的理解都有失偏颇,认为那个词是形容出丑之人的。也许这个词正是那些征服者从被征服的文化中提取的。这个词一方面有小偷之意,另一方面有掠夺者的意思,这两个意思可以交替使用。这两个可以交替使用的意思正是侵略者滥用的词汇,他们用这些词汇诋毁那些被掠夺者的名誉!

长途汽车已经驶离了高山,车子对着一个大街的街口停下,大街上还有喷泉,喷泉直通一家酒店的门前。那家酒店正是席尔瓦赌场酒店。休在坐长途汽车时看到了网球场。球场上有一些白色的小人儿在活动,他们很小,辨认不清。而领事则在那群人中认出了维吉尔医生和劳埃尔先生。他看到劳埃尔先生把球高高地抛到空中,然后用网球拍猛然击球,可是维吉尔医生径直走向了那个球,正好走到了球落下的位置。不过他并没有接球,而是穿过球场,走到了球场的另一边。

那里才是美国高速公路的真正起点,车子走了一段平坦宽阔的大路,最后来到一个安静的火车站。火车站的信号灯已然立起,轨道已经铺好,一切都井然有序。列车员在卧铺车厢里打鼾,油罐枕在路基上,它们发出的银色亮光却依然醒目,还在树木之间玩起了捉迷藏的游戏。在那个孤独的站台上,今晚只有领事一个人会在那里,背着朝圣者的行囊。

瓜华那华克镇。

"你好啊!"(其实他想问再来多少?)休笑了笑,靠近伊芙。

"真是太有意思了……"

休就像个孩子一样,他希望每个人都能在旅途中开心快乐,即使他们要奔赴的目的是墓地,他也希望大家都高高兴兴的。但是,他感觉这次旅程更像是自己代表学校去参加一个重要的客场比赛,而在喝了一品脱啤酒之后,这种感觉更为强烈了。他是最后一刻才被选为主力队员的，因为他并不熟悉 25 英尺线的规则，而且他还对那些高高的白色门柱心生恐惧，觉得那些门柱异常兴奋，很想找人聊天呢。正值中午，他感到十分慵懒，那响动的轮胎和现实的场景逐渐变得模糊，渐渐接近他头脑中想象的情景。他现在觉得这次旅行简直是最棒的主意。就连领事都看起来很开心，只是他们之间的沟通变得困难了，几乎没法达成一致。美国的公路起起伏伏，通向远方。

他们的车突然驶离了美国公路，接着，眼前出现的一道粗石砌成的石墙挡住了他们的视线。现在他们的车经过了篱笆，篱笆上缠满了枝叶繁盛的藤蔓，藤蔓上开着蓝紫色的铃兰，也许那也是一种旋花吧。在低矮的茅草屋顶的房子外，矗立着一些秸秆，秸秆之间挂着晾衣绳，晾衣绳上晾着白衣服和绿衣服。在这里，那些色彩鲜艳的旋花一直爬到了树上，树上繁花点点。

在他们右侧，突然出现了一堵异常高大的石墙，石墙之后，就是休和伊芙早上去过的那家啤酒厂。啤酒的味道飘了出来，墙里面就是科瓦纳卡啤酒厂。休和伊芙围坐在领事身边，他们彼此交换了一下眼色，那眼神中充满了鼓励和友谊。啤酒厂的大门仍然敞开，他们的车"咣当咣当"地从大门驶过。车速很快，休还没来得及再看一眼那张被树叶覆盖的发黑的桌子和那个被树叶填满的喷泉。那个抱着犰狳的小女孩儿也不见了，但是他看到了那个戴着帽子的猎场守卫仍然一个人站在院子里，他背着手，看着他们经过。雪松沿着墙排成一排，它们轻柔地摇摆着树枝，忍受着汽车卷起的尘土。

车子路过了平交路口，托马林大道变得平坦了一些。清凉的微风透过汽车玻璃吹进了闷热的车里，带来了些许清爽，让车上的人备感欣慰。他们看到右侧平原上狭窄的铁轨纵横交错、接连不断，从铁路延伸出了二十一条小路,他们也许该选择那些小路的!……休和伊芙早上就是沿着这条路肩并肩、一起骑马回家的。那个电线杆似乎一直在向前延伸,似乎没有尽头,它们拒绝向左转弯走向终结……上午伊芙还忧心忡忡,担心领事不会来,她和休在广场的时候,除了领事,其他的话题一概都没谈。当她最终在车站看到领事的时候,她是如此释然、非常开心!……现在,路况又急转直下,坐在颠簸的车上,根本无法思考,更无法谈话了……

车子在乡间路上行驶,道路越来越崎岖,车子颠簸得也越来越厉害。波波卡特佩特火山再次映入他们的眼帘,像一个幽灵,飘飘忽忽地在前面引路,召唤着他们跟随。峡谷也再次出现,不过已经被他们远远地甩在了身后,耐心地跟在他们后面,努力追赶着他们。

汽车经过了个小泥坑,车子剧烈晃动起来,休吓得魂飞魄散。他惊魂未定,不想车子又陷入了更多、更深的泥坑中……

"就像在月球表面行驶……"休极力想跟伊芙说话。

可伊芙根本听不清他说了什么……休注意到伊芙的嘴角周围有几道细纹。那些细纹是疲惫的标志,他们在巴黎的时候,伊芙的脸上还没有那些细纹呢。可怜的伊芙!希望她能幸福!希望一切都能顺顺利利!希望我们都能幸福!上帝保佑我们!休想掏出兜里的那瓶哈瓦那酒,那瓶酒是他在广场买的,是为了应急用的。他觉得车子如此颠簸,领事可能会需要酒来定定神儿,可是现在领事显然不需要喝酒。他的嘴角不时地翘起,露出一丝淡淡的、平静的微笑,好像他并不在意车子的颠簸,也不在乎车里的乘客被颠得挤在一块儿。他好像正在头脑中下一盘棋,或者独自在背诵着什么。

颠簸过后,车子发出"嘶嘶"的响声,驶上了一条平坦的柏油马路。

沿路的风景是平坦的林地,火山和峡谷都不见了踪影。伊芙侧过脸,她的面部轮廓清晰地映在了车窗上。休听着长途汽车发出的那些单调的响声,头脑里却蹦出了一个非常愚蠢的三段论:我就要输掉埃布罗河战役,我就要失去伊芙,因此伊芙就是……

长途汽车里的乘客似乎更多,车上也显得更加拥挤了。除了刚才上车的那个秃头和老妇人之外,还有一些身着盛装准备去教堂做礼拜的人:他们都穿着白色裤子和紫色衬衫,还有两个穿着丧服的年轻女子,也许她们是要去墓地哀悼逝者。篮子里的家禽看起来可怜兮兮的,也许那两个女子要把这些家禽拿到墓地,用它们祭祀。这些家禽都摆出了一副听天由命的姿态——篮子里有母鸡、公鸡、火鸡——不管是篮子里的家禽还是地上的家禽,都是一副垂头丧气的样子,它们只是偶尔扇扇翅膀,证明自己还活着。大多数时间,它们都无精打采地蹲在长椅下面,那引人注目的爪子被绳子绑了起来。两只小母鸡待在手刹和离合器之间,一副担惊受怕的样子,它们的翅膀和横杆连在了一块儿,看起来可怜兮兮的。看来,这些家禽自知在劫难逃,已经签署了决定自己命运的《慕尼黑协议》,其中一只火鸡长得有些像尼维尔·张伯伦。为确保您的安全,禁止在车内点燃明火。这些字就贴在车的挡风玻璃上,似乎和车玻璃的宽度相当。休的注意力则集中在车里的其他物品上:司机的小镜子,镜子周围刻着一行字"红十字合作会",镜子旁边的车玻璃上还别着三张明信片,明信片上有圣母玛利亚的画像。仪表盘上放着两个细细的花瓶,花瓶里插着雏菊。他还注意到秃子的座位下面放着防火服和小扫帚……他们的车又拐进了另一段糟糕的路段,在此期间,他一直观察那个秃头。

车子剧烈地颠簸起来,车上乘客也跟着左右摇摆。这时,那个秃头紧闭双眼,他尝试着把衬衫塞到裤子里,然后又不紧不慢地扣起了衬衫扣子,不过他把扣子都扣错了。休判断秃头的这些举动不过是在为什么做准备,因为用这种方式整理衣衫未免有些奇怪。他觉得眼前这个人绝非等闲之辈:虽然他闭着眼睛,整个人像尸体那样一动不动地躺在那里,却好像对身边发生的事情都了如指掌。虽然他不清醒,却时刻不放松警惕:他吃剩的那半个甜瓜从他手上掉了出来,滚落到地上,甜瓜里的籽就像葡萄干那样,撒落到了座位上。秃子虽然没睁眼,不过都看到了。他意识到自己脖子上带的那个金色十字架要滑下来了,头上的那顶红宝毡帽也要掉在地上,这些那个秃头都一清二楚,不过他并没有费力去捡帽子。他十分警觉地保护着自己的财物,以防被盗。与此同时,他也在养精蓄锐,好去干更多坏事。他要去另一家不是他哥哥开的酒吧,因此他得保持清醒的头脑。看来,这个秃子还是有些先见之明的,真是令人钦佩。

映入眼帘的除了松树、冷杉球果、黑土和火山石以外,什么都没有。这片土地似乎很干旱。这里的一切景物都在验证波波卡特佩特火山的存在以及这座火山形成年代的久远,就像他们之前在普雷斯科特看到的景物一样。那该死的东西又在这里出现了!为什么火山会喷发呢?人们假装不知道这个问题的答案。他们也许会试探性地向你解释:因为地表的岩石下面是液体,受到岩石的挤压,液体压力不断上升,最后不断增强的压力使液体变成了蒸汽。石头和水分解的过程中会产生气体,而这些气体又与那些地下的熔融物结合,因为那些靠近地表的液态岩石无法承受不断增加的多重压力,火山就这样爆发了,岩浆喷发、气体四散,这就是火山喷发的原因……然而,你不会这样理解的,整个火山喷发的原因在科学领域还是一个待解之谜。在那些讲述火山喷发的电影中，人们总会在火山喷发时，站在岩浆滚滚的地面上，他们因见证了火山喷发而兴奋不已。之后，院墙倒塌、教堂崩塌，各家各户的人都在恐慌中带着财物疯狂逃命。但也不乏一些在熔融的岩浆中欢腾跳跃、抽着香烟的勇者……

天哪！他并没有意识到车子的行进速度有多快，路面崎岖不平，这辆车还是1918年生产的雪佛兰老爷车，即便在这种情况下，车子也在他短暂的思考过程中开出了很远一段距离。现在，车里的气氛变得不一样了：那些男人脸上都露出了微笑，而那些墨西哥老妇人似乎心照不宣地说着八卦，有的还"咯咯"笑起来。先上车的那两个男孩还在欢快地吹着口哨，他们身穿颜色鲜艳的衬衫，他们的口哨中飘出了五彩缤纷的彩色纸屑，有红色的、蓝色的和黄色的，挂在了车顶篷一个环状把手上，给车里增添了一些活跃的气氛。车上的人又一次感受到了节日的氛围，这种氛围之前并没有出现过。

过了一会儿，那两个男孩儿下了车，而那种欢快的气氛也像短暂的阳光一样，随之消失了。看起来凶巴巴的吊灯状的仙人掌从他们眼前呼啸而去。他们看到了一个破败的教堂，教堂里有很多南瓜，墙头爬满了野草。也许那个教堂是在革命中被人烧毁的，教堂的外墙有被火烧黑的痕迹。整个教堂也有一种被诅咒的意味。

……现在你应该加入同事的队伍，帮助那些工人，他告诉耶稣，而耶稣也同意了。毕竟，一直以来这都是上帝所主张的。上帝一直被那些伪君子关在那间被烧毁的教堂中，根本无法呼吸，后来，休救了他，还为此发表了一场演说，斯大林授予他一枚奖章，并且，在休向他解释自己想法的时候，他还带着怜悯的神情在倾听……"是啊，我没来得及挽救埃布罗河战役，不过我也尽力战斗了……"他走出教堂，翻领上挂着列宁颁发的星星勋章，兜里还揣着一张苏维埃共和国的英雄证书。他的心里有一所真正的教堂，那里有他的骄傲和他的爱……

休看了看车窗外，心想：算了，别再想这些愚蠢的混蛋了。可奇怪的是，他心中的爱是真实的。上帝啊，为什么我们不变得单纯一些呢？耶稣基督啊，为什么我们不能放下心中的顾忌，变得单纯一些，那样四海之内便皆是我们的兄弟？

旁边的路上出现了一支名字奇怪的车队，这些车一路颠簸地从对面的方向开过来，其中有从特特卡拉（Tetecala）的珠珠塔（Jujuta）开往苏特佩克（Xuitepec）的车，还有开往素齐特佩克（Xochitepec）、开往素齐特佩克（Xochitepec）的车……

波波卡特佩特火山再次映入眼帘，如金字塔般矗立在他们右侧。火山一侧呈现出美丽的曲线，就像女子曼妙的胸脯，而另一侧则崎岖陡峭，令人望而却步。浮云又集结在一起，在火山后面越积越高。在缭绕的云雾中，伊克斯塔西夸特火山隐约可见……

……素齐特佩克、苏特佩克、昆塔那露露（Quintanarooroo）、特特卡拉、蒙特祖玛、查维兹、普埃布拉、特拉姆帕（Tlampam）……这些地名和人名迅速在休视野里闪过……车子突然发出"砰"的一声响，然后又疾速向前行进。休看到路边有一群小猪沿着公路一路小跑，还看到了一个筛沙子的印第安男人和一个戴着耳环的小男孩儿。那男孩儿睡眼惺忪地挠着肚皮，然后在吊床上晃来晃去。张贴在那些破败不堪的墙壁上的海报从休眼前掠过：感冒、疲劳惹人恼，阿司匹林少不了！电影《奥莱克之手》，彼得·洛里主演。

公路上又出现了坑坑洼洼的地方，汽车又开始"咣当咣当"地响了起来,还侧滑了一下,真不吉利。这次车子滑出了公路,但是它前进的意志很坚决,乘客们最终接受了这个小插曲,都进入了梦乡——这时醒来会很痛苦的。

篱笆两侧是低矮的护堤,护堤上的树落满了灰土。车子行驶到这里,并没有放慢速度,而是开到了一条狭窄、塌陷的路面上。那段小路弯弯曲曲,让人觉得仿佛置身于英格兰,英国人会以为随时可能出现一个路标,路标上写着:公共人行道,通向洛斯瑟尔。

"跑偏了!注意看路,老兄!"

车子打了个转,轮胎发出尖锐的声音,车子迅速拐向了左侧。休看到路上躺着个男人,他们的车差点儿撞到了那个人。显然,那人躺在他们右侧的篱笆下睡着了。杰弗里和伊芙都睡眼惺忪,他们向对面的窗外张望,谁也没看到那个男人,车上的其他乘客也没发现躺在路上的那个男人。可是谁能想到,一个人居然能在大白天躺在公路的主车道这样危险的地方睡觉。

休向前探了探身,想大喊,不过他犹豫了一下,接着用手指轻轻地敲了敲司机的肩膀,几乎就在那时,车子突然停下了。

司机用一只手握住方向盘,飞快地控制住了汽车。他把头探出车窗外,看了看前后角落里的路况,就调转车头回到了狭窄的公路上。从修理厂飘出的刺鼻焦炭味和挥发的汽油味混杂在一起。他们前方的路变宽了,中间还有一条宽大的绿草隔离带。篱笆和公路之间没有人工作,工作人员可能在几个小时前就下班了。现在,那里什么都没有,只有那柔软的、靛青色的草地闪着光亮,挥发出露水。

草地在一个类似于垃圾堆地方的边缘消失了。绕行路的对面是一个石头做成的路边十字架，十字架下面放着一瓶牛奶、一个烟斗和一双袜子，还有一个旧手提箱。

现在，伊芙回看更远处的公路，看到了躺在那儿的伤员。那人的头上戴着一个宽边儿帽，他仰面躺着，十分安详，胳膊伸向了路边的十字架。十字架的影子离那儿有二十英寸远。也许他能在那儿找到一片草地躺在上面。附近有匹马，看起来很温顺，正在啃食伸出篱笆外的草。

车子突然启动，随后又停住了，那个秃子差点儿摔落在地上，不过他马上就恢复了常态：他不仅站了起来，还极力保持住了身体平衡，他脖子上戴的十字架也平稳地归位了。他一只手拉着帽子，另一只手握着剩下的甜瓜。不管谁看到他那顶破旧的帽子，都不会产生偷走的念头。他把帽子放在了靠近门的空座上，接着夸张地、小心翼翼地坐在了地上。在此期间，他的眼睛仍然处于半睁半闭的状态，尽管如此，他对周围的形势了如指掌。他扔掉手里的甜瓜，然后向那个躺在地上的男人走过去。一开始，他试探性地走了几步，好像避开了他想象出的障碍，但是他发现路上畅通无阻，便挺直了腰板径直向前走。

领事、伊芙和另外两名男性乘客都跟着秃子下了车，不过那些老妇人都没动地方。

这个荒无人烟的道路上热浪滚滚，伊芙看到躺在地上的人，紧张地大叫了一声，随后转身想跑，不过休一把抓住了她的胳膊。

"请别介意，我只是晕血，见鬼。"

休找来了领事和另外两个乘客时，伊芙已经跑回到长途汽车上。

那个秃头还没醒酒，身体轻轻地摇摆着，轻轻地越过了那个穿着一身普通而宽大的白衣服的印第安伤员。

他们并没有看到多少血迹,只在那人的帽子上看到了少量血迹。

不过那个伤员的状态并不平稳,他的胸脯上下起伏,就像一个筋疲力尽的游泳者那样。他的肚子还在迅速收放,在尘土中,他的一个手攥成了拳头,时而握紧,时而松开……

领事和休无助地站在那儿,他们都等待着对方摘掉伤者的帽子。他们都觉得那个人一定是头部受了伤,都想看看他的伤势如何。不过二人迟迟没采取行动,也许是出于礼节,因为他们都在等对方或是别的乘客采取行动。他们认为由别的乘客,哪怕是那个秃头检查伤员的伤情会更好。

休见没人行动,就有些不耐烦了。他来回踱步,用满怀期待的目光看着领事。领事来到这个国家已经很长时间了,知道什么事情该做、什么事情不该做,此外他还是乘客中仅有的权威人物的代表,然而此时领事似乎又在思考什么,一副神情专注的样子。休突然向前迈了几步,俯下身,想拿开帽子检查一下那个印第安人的伤情。这时一位乘客拽了拽他的袖子,问他:

"你手里的香烟扔了吗?"

"扔了吧,以防发生山火。"领事这时也缓过了神,提醒休。

休把烟扔了,用脚踩了踩,熄灭了。他俯下身,想去检查伤者,这时那个乘客又拽了拽他的袖子:"不,不,你不能那么做,法律不允许你触摸他。"领事现在好像想尽可能快点儿离开这个是非之地,如果有必要,他宁愿骑着那个印第安人的马离开。"出台这项法律是为了保护印第安人不受侵犯。事实上,这是一条相当明智的法律,否则事发之后,你就可能变成一个共犯了。"

那个印第安人的呼吸就像大海拍打着岸边的礁石。

天空中有只鸟,飞得很高。

"可是,如果没有人管他,他可能会死的。"休小声跟领事说,"哦,天啊,我感觉糟糕透了。"他刚才的确想采取行动,他的确想那么做了。那个秃头也期待领事出手。领事单膝跪下,动作麻利地掀开了那个印第安伤员的帽子。

大家都凑过来仔细检查伤者的伤情。他们看到伤者头部有一道比较严重的伤口,伤口周围的血迹几乎凝固了。伤者的脸涨得通红,还留着八字胡。此时,他的头扭到了一边,众人见状马上后退。休看到了一笔钱:四五个银比索,还有一些分币,那些钱都整整齐齐地叠好了,藏在了伤者宽大的领子下面,被领子盖住了。那个秃头重新戴上了帽子,站直了身子,做了一个无可奈何的手势。他的手上沾了一大片已经要干涸的血迹。

他像这样躺在公路上有多久了?

那个秃子往长途汽车的方向走,休一直盯着他,然后又看了看印第安伤员。就在他们谈话的工夫,那个印第安人的状态已经急转直下,他大口喘着粗气。休急不可耐地说:"天啊,这穷乡僻壤的,让我们上哪儿去找医生啊?"

秃头回到了车上,他做出了一个无可奈何的姿势,这个姿势既表示同情,又表示他们也无可奈何,他们能做些什么呢?他打着手势,好像在透过车窗向休传达自己的意思。可是,当他们下车的时候,怎么会知道他们面对伤员也束手无策呢?他们下车的时候什么情况都不知道。

"把他的帽子拉下来一些,这样他就可以自由呼吸了。"领事说话时表现出了他的紧张情绪,他都有些大舌头了。休依照领事的话做了,他的动作很迅速,这次他没有看到钱,同时他还把领事的手绢盖在了伤员的伤口上,并且用帽檐支撑起手绢。司机走下车,走向他们,看了一眼伤者。司机很高,穿着白色的长袖衬衫,他的裤子上满是油污,鼓鼓囊囊的,看起来像一个风箱,裤腿扎在了脏兮兮的紧腿高筒裤里。他的头发乱蓬蓬的,他大笑起来,脸上透着机智。他迈着矫健的步子,大步走了过来。这个司机看起来很招人喜欢,休曾两次见过他独自在城镇行走。

你凭直觉就会信任他。然而,遇到了这种危急的情况,他却显得很冷漠。不过他只是个司机,只对自己的车负责,他身上还带着两只鸽子,他又能做什么呢?

在云端飞行的一架孤零零的飞机发出了声音:

"可怜的贱民。"

"可怜的人,贱命一条。"

休意识到:这些话好像变成了一种副歌,逐渐在他身边流传开来……正因为这两句话的出现,还有那停下的长途车,人们对伤者的态度才渐渐淡漠。不过至少乘客已经采取了行动,至少另一位男性乘客和两个农民都凑了过来、围在伤者周围,在此之前一直都没人看到他们。他们也对整件事一无所知,只是过来看伤者,可是却没有人再碰他一下。大家都在窃窃私语,束手无策。在此期间,灰尘、高温和车上没有下来的那些老妇人,还有那些即将被当作祭品的家禽,可能都在共同密谋着什么。然而,这些密谋都悄无声息,只能听到这两句话:一句充满了怜悯之情,另一句却充斥着轻蔑。现在,除了那个印第安伤者喘的粗气,只能听到那两句话。

司机回到了车上,显然他很满意,一切都在按部就班地进行着,只不过他把车停在了错误的一侧。他按了按喇叭,提示乘客快点儿回到车上,只是这个举动并没有产生预期的效果。刚才那窃窃私语被这阵冷漠的喇叭声打断,逐渐升级为一种争论。

这起事故是抢劫还是谋杀,还是二者兼而有之?那个印第安人一定是骑着马从集市回来,他在市场卖了东西,把超过四五个比索的钱藏在了帽子里。凶手为了避免遭人怀疑,特意留了一点儿钱以掩人耳目。也许,这并不是一桩抢劫案,只是那个人从马上摔了下来。也许吧,可能吧?这绝不可能,这应该是抢劫案。

乘客中应该有人找来警察和救护车,给红十字会打电话。可是,去哪儿找电话呢?

但是不是有人去叫警察了吗?过了这么长时间还没看见警察,真是太过分了。可是警察都在罢工呢,怎么会赶来处理这件事呢?不,罢工的只有 1/4 警力。他们是坐出租车来吗?不,老兄,他们也罢工了。你听说没?救护车的服务也被叫停了,现在没有红十字了,只有绿十字。红十字的救援业务得等通知才能恢复。去找费格罗阿医生吧,他是一位医德高尚的医生。可是去哪儿找电话呢?托马林这地方以前有一部电话,后来被拆了。不过,费格罗阿医生有一部漂亮的新电话。佩德罗是佩佩的儿子,他的岳母叫约瑟芬娜,大家都说他岳母认识文森特·刚萨雷斯,冈特雷斯还带着个电话穿过大街小巷呢。

这时,休的思想混乱(他想起了维吉尔医生打网球,还想起了古兹曼医生,后来,他又想到了他兜里揣的那瓶哈瓦那酒)。他和领事也为了救援行动起了争执,可现在事实还是摆在那儿:伤者仍然无人救助……到底是谁把那个受伤的印第安人扔在了路边……为什么不把伤者抬到草地上或者十字架下面呢？……是谁在他衣领下藏了钱？因为怕人发现，他特意把钱藏在了衣领下？……或者，那些钱也许是自己滑到那儿的呢？……是谁把他的马绑到了那边的树上？那匹马正在吃草呢……不过，马不一定是伤者的，很可能是他的，不管凶手是谁，或者在哪儿……他们怀着智慧和同情心救人……不过，现在他们也需要帮助。

他们的聪明才智潜力无限。虽然救助这个伤员的最大阻碍就是，大家都觉得这件事事不关己，照顾他应该另有其人，救助他也应该另有其人。休看了看周围，发现大家是这么想的。这不关我的事情，你们应该去救他，他们都摇着头，不，也不应该你们去救，应该由别人救。他们的争论变得愈加激烈、越来越上升到理论层面，最后居然演变成一场政治争论。

这令休很不理解。他认为，如果约书亚①在此时现身，使太阳静止不动，会创造出更为绝对的时空交错，使时间静止，也无力回天。

然而时间并没有静止，只是改变了运行速度。如果那个印第安人得不到救治，很快就会死的，与之相反的是，大家七嘴八舌地争论如何救助这个人，却迟迟也不知道该如何救助伤员，最后大家得出结论：这个伤员根本救不活了。

司机不再按喇叭了，他开始修理汽车发动机。休和领事离开了那个失去知觉的伤员，走到了那匹马旁边。那匹马的缰绳完好无损、马鞍上什么都没有，沉重的马刺还在"叮当、叮当"地响。此时，

---

① 约书亚：《圣经·旧约》中的人物，是继摩西之后以色列人的领袖，带领以色列人离开旷野，进入丰饶的迦南之地。

它正安静地嚼着篱笆上的铃兰。现在，它的害人嫌疑最大，可是背负着莫大的罪名，眼睛里还能露出那种无辜的神情，这匹马也是绝无仅有的了。刚才他们向那匹马接近的时候，那匹马的眼睛是闭着的，现在，它睁开了眼睛，露出了调皮的、让人信赖的眼神。它的一处腿骨疼，马屁股上出现了一个烙印，那是数字"7"。

"这是怎么回事儿？……我的天啊……这肯定是伊芙和我早上看到的那匹马！"

"你们见过这匹马？好吧。"领事想去触摸那匹马，可是他并没有碰到马，他接着说，"真有意思，我也见过这匹马，我是说，我想我见过这匹马。"他说着，看了看躺在地上的那个印第安人。他努力地回忆，好像想从记忆中撕出一个碎片来，"你们记不记得，你们看到这匹马时，它有没有鞍囊呢？我看到这匹马的时候，它是带着鞍囊的。"

"骑马的肯定是同一个人。"

"我觉得如果是那匹马踢死了主人，它肯定不会聪明到把身上的鞍囊也卸下来，藏在什么地方吧？你们觉得呢？……"

汽车的喇叭响了几下，还没等大家上车就开走了。

不过汽车从他们身边开过了一段路，就停下了，停在了一个路面更开阔的地方，给后面两个聒噪的、名贵的车让路。休冲着那两辆不停按喇叭的车辆大喊，让他们停下来。领事跟什么人摆了摆手，那个人并不认识他，不过那辆车的后牌子都有"外交车"的标志。这些车颠簸着经过篱笆，消失在了前方的一团尘土之中。休看到第二辆车的后座上有一条苏格兰小野犬，正冲着他们狂吠。

领事去找伊芙了，其他乘客都把脸遮住，以防受到灰尘侵袭。

他一言不发，回到了车里。车子绕了一个圈儿，然后停下。随后，车子继续转圈，然后突然不声不响地停下了。休跑到了伤者身边，那个伤者呼吸渐渐变得微弱，也更加费力。休产生了一种强烈的欲望，他想再看看那个伤者的脸，于是他俯下身，与此同时，那个印第安人伤员伸出右手，盲目地摸索着，他把帽子推到了一边，可能是低声说了什么，或是发出了痛苦的呻吟声，休听到了一个单词：

"伙伴。"

"……见鬼，他们才不是你的伙伴呢。"休说，他不知道为什么自己会和领事说了同样的话。他拦下了长途汽车。现在，汽车再次启动了。不过，这次汽车的启动时间长了一些。休看到三个面带微笑的联防员穿过扬起的尘土向他们走来，他们用皮手套拍打着自己的大腿。

"休，算了，他们不会让你上车的，你只会被拉进监狱。他们会用各种繁文缛节拖住你，老天知道你要在里面待多久。"领事说，"他们可不是正派的警察，他们是我曾经告诉过你的那些坏鸟……休……"

"稍等片刻……"休几乎很快劝说了一个联防队员，另外两个联防员已经去抬那位印第安伤者了。长途汽车司机虽然感到厌倦，不过他还是很耐心，再次按了按喇叭。警察推搡休，催促他赶紧上车，而休却奋力反抗。警察放开了休的手，开始摸索枪套。警察的这个举动绝非儿戏，他又用一只手推搡了休一下，休为了保持身体的平衡，不得不把一只脚踩在车后门的台阶上。就在那时，车突然启动了。他应该跳下车的，可是领事用力推了休一把，把他留在了车舱里。

"没关系的，老弟，这本来比风车还糟糕呢。"……

"什么风车?"

车子继续向前疾速行进着,一直在颠簸着,就像一尊喝醉了的加农炮。休坐在那里,一直盯着那摇晃、吱嘎乱响的车底板。

……他们好像看到了一个树墩,树墩上放着一条止血带,那是一条军靴里面的断腿,有人把它捡起来,试图剪开带子,又放下了。靴子里散出一种令人作呕的石油和鲜血的味道,然后人们又把它像扔垃圾一样扔回了路上。他们看到了一张脸,那张脸喘着粗气,想抽支香烟,脸色变得铁灰,可是遭到了拒绝;一些没头的东西带着突出的风笛和掉下的人皮,不断出现在摩托车门闩里;孩子们排成队,有几百个孩子,他们大叫着、烧毁东西,就像动物那样。这些都是杰弗里梦中出现的情景:那些都是毫无意义的圣诗复仇[1]的道具,它们只能制造恐怖的气氛,并不能讲出什么好故事。可是,在他们下了汽车的那一瞬间,伊芙却突然想到了这些恐怖的场面。休经历过这种事,也许会被无罪释放,因为他的确出了些力,也没做什么坏事……

让伤者在黑暗的屋子里静静地躺着吧。应该给他喝些白兰地,让他有勇气面对死亡。

伤者伤情恶化,休觉得心怀愧疚,他看到了一个墨西哥老妇人的眼睛。那老妇人面无表情。这些墨西哥老妇人当时没下车是多么明智啊! 可是她们至少知道自己应该做什么,彼此达成了一种默契,不想和整个风波扯上任何关系。她们没有犹豫,没有慌乱,也没有

---

[1] 也称《泰特斯·安德洛尼克斯》,是莎士比亚创作的第一部悲剧。故事充满了激情和仇杀的情景,是英国悲剧的典范,也是莎士比亚最成功的作品之一。它是当时"血与泪"的复仇剧流行的产物。这出戏剧在制造恐怖场面上是极为成功的,受到了观众的喜爱。

大惊小怪，她们觉察到了危险，便置身事外。车子停下时，她们紧紧地抱着装家禽的篮子，或者四下看看，以防自己的财物丢失，然后就像现在那样，坐在那里一动不动。也许在谷地经历的革命时期的惨痛经历深深地印在了她们的记忆中，那些被烧黑的建筑物、被切断的通信、那些在斗牛场上被钉死或被牛顶死的冤魂、那些在集市上惨遭屠杀然后被做成烤肉的流浪狗。她们的脸上并未流露出麻木不仁的表情，也毫无残忍冷酷之情。她们对死亡的了解比对法律的了解更为深刻，而且她们的记忆也更为久远。她们整整齐齐地坐成了一排，一动不动地坐在那里，一言不发，好像变成了一个个岿然不动的石像。出了事由男人处理，这是再自然不过的事情。不过在经历了墨西哥历史的种种惨剧后，这些老妇人对那些受害者的同情、想靠近他们的冲动，还有因为恐惧而逃跑的冲动，就像人们在大学里学到的那样，最终被谨小慎微和"事不关己，高高挂起"的观念所取代。

其他乘客对于这个事件持何种态度呢？那两个穿着丧服的年轻女子……现在车上根本没有这样的女子，显然她们都下车了。在途中遇到的死亡事件绝对不能扰乱她们超度亲人的计划；可那个穿着蓝紫色衬衫的秃子很清楚发生了什么事，为什么还能淡定地待在车上呢？真奇怪！看来墨西哥人最勇敢，但是遇到事情，需要勇气站出来的时候，这些墨西哥人却选择了躲避。也许这种事情并不是考验人勇气的事件。人人皆享有食物、土地、自由和公正的法律，这些空洞的口号有什么意义呢？谁知道呢？他们唯一能够确信的就是：不要和警察扯上任何关系，特别是那些不太正派的警察。那个拽袖子的乘客就有这种想法，还有那两个围在受伤的印第安人身边、加入争辩的乘客,现在他们都以那种优雅、漫不经心的方式下了车。

对休来说,他是苏维埃共和国的英雄,也是真正的基督徒,他又如何呢?他身上缺少什么品质吗?他的品行毫无令人指摘之处,他曾当过战地记者,而且有急救经验,他在第一时间就想到应该找到急救箱、硝酸盐和骆驼毛做的刷子救助伤者。

他立刻想到:对伤者来说,"掩体"应该包括一个精心的包扎、一把雨伞或者防止紫外线照射的临时保护性设施。他马上反应过来,在周围搜索起可以利用的应急设施和可能出现伤员的标志,例如:坏掉的梯子、血迹、可以活动的机器和可供伤员休息的马匹。这些,他的确都做到了,不幸的是他做的这些并没有什么用处。

事实上,对于这样一个情况危重的伤员,做什么都无济于事,那个伤者已经不可救药了。可是正因如此,他感到更加难受。休抬起头看了看伊芙。领事握住了伊芙的手,而伊芙也紧紧地握着领事的手。

长途汽车疾速驶向托马林,车子一路颠簸,就像行驶在崎岖的路面时那样。车上又来了一些新乘客,一群男孩儿从车后面跳了上来,吹着口哨,手里攒着色彩艳丽的车票。车上的乘客更多了,他们都是从田地那边跑过来坐车的人,这些乘客看了看彼此,似乎达成了默契:车已经超载了,而且车速从未像现在这样快,那一定是因为这辆车也知道:今天是亡灵节。

这时,司机的一个熟人,也许就是回程的司机也上了车。他似乎十分在行地在车厢外辗转腾挪,从开着的车窗口收取车票钱。一次,车子发生了倾斜,他还从窗口掉了出去,滚到了左侧的公路上。他爬起来，追着车，灵巧地躲闪其他路过的车，又出现在了汽车的右侧，像一个小丑那样冲他们傻笑。

那人的一个朋友也上了车。他们蹲了下来，蹲在了那个戴着帽子的人身边，一边一个，紧挨着车的前挡泥板。他们的手常常碰到散热器的盖子，第一个人做出危险的动作：他向窗外探着身，想看看是不是车的后胎被扎了、漏了气，接着他又开始收起了车票钱。

"尘土、尘土、尘土……"尘土透过开着的车窗飘到了车里，在车厢里蔓延，一会儿整个车厢都充满了尘土。

领事用胳膊肘轻轻碰了碰休，同时把头侧向了秃头那边，示意休他要告诉他的事儿和那个秃头有关。可是休对那个秃头印象深刻：从离开那个印第安伤者到现在，那个秃头都一直直挺挺地坐着，摆弄着膝盖上的什么东西。他的外套扣好了扣子，两个帽子都戴好了，还把脖子上的十字架整理好了。他脸上的表情和以前差不多，不过刚才他在公路上的表现真是令人钦佩，现在他看上去神清气爽，头脑更加清醒。

休朝那人点了点头，笑了笑，他对这些不感兴趣了，领事又轻轻碰了碰他："你看到我看到的东西了吗？"

"你看到什么了？"

休摇了摇头，顺从地看了看那个秃头，不过他什么也没发现。他又仔细看了看，果然有了发现，不过他一开始并没明白。

秃头那一双脏兮兮的征服者似的手里攥着的半个甜瓜不见了，现在他手里攥着一摞沾满了血迹的银比索和一些分币。

看来，他偷了那个将死的印第安人的钱。

休还发现那个秃头从车窗的倒影中看到那个售票员走过来时，

竟然咧嘴笑了。他仔细地从那一小打钱中数出了几个硬币，向周围挤得满满的乘客笑了笑，好像他觉得大家都会夸赞他聪明似的，他居然用偷来的钱付车票钱。

不过，对他这种卑劣的行为，大家都没做出什么评论。只有休和领事看出了他的小把戏。

休掏出兜里揣的那瓶哈瓦那酒，递给了杰弗里，而杰弗里把酒瓶递给了伊芙。伊芙喝了一小口，呛到了。她什么也没发现，他们轮流喝了一口酒。

……现在想想，他们觉得那个秃头并不是一时冲动才偷了那个将死之人的钱，他们感到很震惊。可是，那个秃子对自己的卑劣行径毫不掩饰，还不时打开手掌向人展示他手中沾满鲜血的钱，这种明目张胆的偷窃行为未免过于放肆了！

休觉得，那个秃头根本无意掩饰他的偷盗行为，也许他还想劝说那些乘客认同自己的行为，只是大家对他的可耻行为并不知情。他甚至为其卑劣行径找到了正当的理由：他不过是拿了一个将死之人的钱财，替他保管，并且还把这种可耻的行为向别人展示。现在，不会有人认为那些钱是属于躺在马德雷山的阴影下、躺在去托马林公路上那个奄奄一息的印第安人的了。

那个秃头现在双目圆睁、几乎用警惕而调皮的眼神向众人宣告：即使有人怀疑他偷窃了别人的财物，他也会理直气壮地告诉大家："即使那个奄奄一息的印第安人活了下来，发现自己的钱不见了，那又会如何呢？"这种概率有多大呢？那几乎是不可能的，这一点大家都知道。真正的警察会受人尊重，但是那些可恶的冒充警察的人只会到处抓人，那些可恶的家伙只会从人们的身上搜刮钱财，就好像

313

这个光头从那个垂死的印第安人那里偷取钱财一样。

因此，没有人真正关心那个印第安人的钱，也不会有人出于任何理由怀疑那个秃头偷窃了别人的钱。即便他在长途汽车上，肆无忌惮地把手里的钱币"哗啦啦"地从一只手倒进另一只手，或者把一部分钱装进口袋、另一部分攥在手里。他这么做无疑是为了自己的利益。证人都是些外国人，根本不足为惧……秃头的这些行为丝毫不能证明他就是一个偷窃别人财物的小偷。也许他的初衷是好的，只不过他后来狠心偷了别人的财物，成了一个小偷。

有一点是无可争辩的事实：不管那些钱财怎么样了，现在都归秃头所有，这一点是公开的，也是光明正大的。现在全世界都知道了这件事情，就像人人都知道墨索里尼非法攻占了阿比西尼亚一样。

售票员继续收车票钱，车票钱都收完了，他把钱交给了司机。车子行进的速度更快了，道路也变窄了，路况也变得更加危险。

汽车向山下行驶……司机的手一直放在刹车上，刹车"吱吱"地响，他们沿着盘山路驶入了托马林。在他们右侧是一个完全没有防护设施的陡坡，那是一个巨大的、覆盖着灌木丛的陡坡，从下面的山涧探出来，陡坡上的树木旁生侧枝……

从侧面看不到伊科斯塔西夸特火山，但是他们沿着盘山道向下转弯时，波波卡特佩特火山时隐时现，每次出现都姿态各异：有时，它看似十分遥远；有时又显得触手可及；前一秒还仿佛遥不可及，下一秒就近在咫尺。火山上有起伏的田地，山顶云雾缭绕，冰雹和白雪飞舞。

接着，他们看到了一个白色的教堂。他们再一次进入了城镇。这个城镇有一条长长的街道、一条小巷和很多条路，这些路都汇集到前面的一个小湖泊或者水库,镇上的人在那里游泳。湖泊以外是一片森林,这片湖泊就是长途汽车站的终点了。

领事、伊芙和休下了车,又站在了尘土之中。他们被午后耀眼而炽热的阳光照得睁不开眼睛。车上的墨西哥老妇人和其他乘客也陆续下了车。一扇门后传来了吉他弦的声音,而附近就是那潺潺的泉水声或奔流而下的瀑布声。杰弗里指了指路,他们就往托马林运动场的方向走去。

可是,司机和售票员则走进了一家小酒店,那个秃头跟着他们。他走路的时候身板挺得笔直、步子抬得很高,手稳稳地扶着帽子,好像怕风把他的帽子吹跑似的。他的脸上挂着虚假的微笑,那微笑并不是胜利的微笑,而是祈求的微笑。

也许他想和他们一起去小酒馆,也许他想跟他们谈一笔生意。谁知道呢?

领事、伊芙和休一直盯着秃头一行三人,那时,那酒吧的两扇转门关上了。酒馆的名字不错——"众乐乐酒馆"。领事高尚地说:

"众乐乐,余亦乐。"

休心想,是啊,大家都很高兴,那些在他们头顶蓝天中毫不费力、优雅地盘旋着的秃鹫也很高兴,它们正在等待着死亡带给它们的饕餮盛宴。

9

托马林运动场……

……在这欢庆的时刻,每个人都那么开心、快乐!墨西哥对她那悲惨的历史、她的过往,那潜在的、无法逃避的死亡的态度就是:一笑了之。

伊芙好像被这种欢乐的气氛感染了,她感觉自己从未离开过杰弗里,从未回过美国,从未经历过一年跟杰弗里分别的痛苦煎熬。此次归来,她觉得自己又像第一次来墨西哥那样欣喜,同时她感受到了初次来墨西哥时感到的幸福感觉,那种感觉虽然强烈,却无法界定,也无法用理性思维解释:那种幸福的感觉是因为战胜了痛苦而获得的,是一种充满希望的幸福感……如果杰弗里没到长途汽车的终点站找她怎么办?杰弗里是她最重要的希望,有他才有未来可言……

一个长着胡子、面带微笑的高个子巨人,肩头搭着条白色的披肩,披肩上有钴蓝色的龙的图案。他神气十足地在运动场周围来回走,而这个运动场周日时会举行一场拳击比赛。巨人在尘土之中推出了一台推车,这台"火箭牌"推车在观众面前闪亮登场,它也许是这个牌子的第一辆手推车。

那是一台很棒的花生车。伊芙能看到推车里的那个发动引擎持续不断地运转着,机器在疯狂地磨着花生。尽管在这一天,她经历了漫长的旅程、长途汽车的颠簸,现在又坐在了拥挤的、摇摇欲坠的大看台下,身体的疲乏和精神的紧张让她觉得身心俱疲,也许她看到的是那五颜六色的披肩,也许是明媚的阳光,也许是花生车散发出的阵阵香气和赛场上的阵阵欢笑感染了她,伊芙觉得心情大好,感觉自己的身体又恢复了正常状态!

那辆花生车的汽笛不时发出鸣响,烟囱不断冒出烟,被擦得亮闪闪的哨子一次次被巨人吹响。很明显,巨人并不想卖花生,他只是控制不住自己的虚荣心,想向众人炫耀一下他的花生车,好像在向人们宣告:看啊,这是我的财产,它为我带来了欢乐,它是我快乐的源泉,是我的信仰,是我的发明(他总是喜欢这样想)!人人都爱这花生车!

他正在推那辆花生车,车子发出了一连串胜利的、最终的长音。正在这时,巨人对面斗牛场上里的门打开了,从里面冲出了一头公牛。

很明显,上场的公牛是一头心中很快活的斗牛,为什么不快乐呢?它知道自己不会被斗牛士杀死,它只是来玩玩的,参与一下这种欢乐的游戏。可是到目前为止,这头牛的快乐受到了别人的牵制,它气势汹汹地进入斗牛场后,就开始沿着斗牛场的边缘慢慢悠悠地跑,像在若有所思地巡游赛场,不过它所到之处,都是尘土飞扬。看来,这头牛做好了准备,要像观看斗牛比赛的观众一样享受这场比赛,如果观看这场比赛要付出代价,那么它就押上自己,不过首先它必须得到人们应该赋予它的认可和尊重。

然而,一些坐在靠近赛场边、被围栏围住的人们看到公牛接近,连腿都懒得收回去,而另一些观众则四脚朝天地躺在了比赛场外的地面上,他们好像把头塞进了奢侈的货物中,一点儿也没有把头缩回去的意思。

还有一些醉酒的观众误入斗牛场,比赛还没开始,他们就急不可耐地骑到了牛背上。游戏可不是这种玩法,必须用特殊的方式把牛抓住,不能玩伎俩,这些醉鬼在工作人员的"护送下"被清理出赛场,不过,他们看上去自得其乐……

观众整体上似乎对那头牛更感兴趣,对那个贩卖花生的巨人反而不太感冒。看到公牛闪亮登场,台下的观众开始欢呼起来,而新进场的观众则靠在了栅栏上,有的好像站在了栅栏上,他们巧妙地在顶端的围栏上掌握着身体平衡。肌肉结实的小贩站在围栏顶部,他用强有力的手臂将托盘高高举起,托盘上装满了五颜六色的水果。一个男孩儿站在了高高的树杈上,他远眺着远处的火山,特意遮住了眼睛,以防耀眼的阳光将眼睛刺痛。他正在看天上的飞机,不过他看的方向错了。那个飞机自己现身了,那是一架陷入蓝色深渊、偏离了航线的飞机,好像一道电流划过天际。晴空中正酝酿着一场雷阵雨,仿佛可以瞥见闪电从天空深处掠过的影子。

那头公牛一圈圈地在斗牛场跑着,它稍稍加快了速度,不过仍然保持着它那稳健、均衡的步态,直到有一条小狗冲着它的脚跟狂吠,那头公牛才一时忘了自己要干什么,偏离了跑道。

伊芙挺直了背,把帽子向下拉了拉,开始往鼻子上补妆。她朝闪亮的化妆镜里看了看,化妆镜出卖了她,提醒她就在五分钟前刚哭了一场,在化妆镜里,她觉得波波卡特佩特火山分明离自己更近了。

这个词让人们变得多愁善感！她现在就听到了"火山"这个词。不过，无论她怎么移动化妆镜，也没法把可怜的伊克斯塔奇华托火山完全收到镜子里。随着镜子的倾斜角度逐渐变大，火山的形象在镜子中渐渐变得模糊起来，最后消失了。可是，波波卡特佩特火山却在云蒸霞蔚的映衬下显得更加美丽。伊芙把一根手指放在她的脸颊上，压下了睫毛，她有些后悔刚才自己在门口那个矮个子男人的面前哭泣，那真是太愚蠢了。那个矮个子男人告诉他们，挂钟上的时间是三点半，还告诉他们现在打电话根本不可能找到菲德罗格阿医生，因为他去了休特佩克（Xiutepec）……

"……既然这样，就向前走，去该死的运动场吧！"领事粗鲁地说。他态度蛮横，惹哭了伊芙，伊芙觉得现在自己的哭泣和她今天下午不敢看事故现场一样愚蠢、丢人。当时她并没看到有血迹，只是因为害怕就做出了那样懦弱的举动。不过晕血的确是她的弱点。她还记得当年在夏威夷大街上看到那条垂死的狗的情形：那条狗躺在一个偏僻的人行道上，身下有一大摊像溪流一样的血迹。她看到那种可怕的情景，想大声呼救，却晕过去了。过了一会儿，她清醒过来，发现自己孤零零地躺在马路上，感到十分绝望……她害怕有人看到自己的惨相，就慌忙跑开了……这件事她谁也没告诉，从此以后，每当她看见血迹，就会想到那条流血垂死的狗，而一想到那条可怜的狗，她便会害怕血迹。可是，现在想这些有什么用呢？再说，当时大家已经全力救助那个人了，并没有见死不救直奔斗牛比赛现场。他们找不到电话，束手无策，哪怕当时他们找到一部电话也好啊！大家离开之前，她还特意看了一眼那个可怜的印第安伤者，显然已经有人在妥善照顾他了。伊芙仔细地想了想为什么自己还会心怀愧疚,可是她百思不得其解……哎,算了,别再想这件事了。她又看了看镜子里的自己,轻轻拍了拍帽子,又眨了眨眼。她的双眼很疲惫,她感到昏昏欲睡,就在这时她好像产生了幻觉:她产生了一种恐怖的感觉,觉得自己看到的不是波波卡特佩特火山,而是早上她在酒吧里看到的那个拿着多米诺骨牌的老妇人。那个老妇人正回头看着自己。伊芙心里一惊,"啪"地一下合上了化妆盒,然后转过头看着大家,露出了微笑。

她看到领事和休表情阴郁地盯着那个斗牛场。

从伊芙附近的大看台,传来了呻吟声、抱怨声,还有虚情假意的喝彩声。只见赛场上,那头公牛匍匐在地上,头像扫把一样在地面上扫了两边,赶跑了那条冲着它狂吠的狗,接着又开始进行场地巡演。这次观众席上并没有传来欢声笑语,也没有掌声。有些观众瞌睡连连,居然打起了盹儿;有些人把宽边帽撕成了碎片;还有些观众则尝试着把一个草帽扔给朋友,结果草帽扣在了地上。墨西哥并没有对自己的悲惨历史一笑了之,墨西哥已经厌烦了,那头公牛也厌倦了,大家都已经厌倦了。也许,大家都带着一种厌倦的情绪来观看这场斗牛比赛。而伊芙觉得,自己的情绪起伏不定不过是因为下午她在长途车上喝了酒,酒劲发作后又渐渐消退的结果。那头牛好像也觉得很无聊,它有些不耐烦了,可是仍然继续在广场巡游。而现在,它也感到厌倦了,于是坐到了广场的一个角落里。

"……就像费迪南大公……"伊芙说着,声音中仍然充满了热忱。

"是南迪,"领事温柔地提醒她(在长途汽车上,他不是还拉着伊芙的手吗？），他的目光穿透嘴里吐出的烟圈，向旁边扫视着，"我给那头公牛起的教名①就叫南迪，它是湿婆②的坐骑。正是湿婆的头发变成了恒河水，这与早期梵语中的'风暴之神鲁托多'不谋而合，墨西哥人称之为'掌管飓风之神'。"

"看在上帝的分儿上，别像老爸那样给我们恶补这些历史知识了，拜托了。"

伊芙叹了口气，心想：这真是一场无聊至极、令人作呕的表演，只有酒鬼才会喜欢这种表演。那些酒鬼手里握着梅斯卡尔酒瓶或龙舌兰酒瓶，跟跟跄跄地来到运动场，接近躺着的南迪。他们连走路都走不稳，总是撞到一起，随后被那些墨西哥牛仔们赶出了运动场。现在，那些牛仔正试图把那头可怜的公牛拽起来。

只是那头牛不想被人拖拽，它纹丝不动，牛仔们也都束手无策。最后，一个谁也没见过的小男孩儿跑上了运动场，他好像用牙咬了咬那头牛的尾巴，那头牛发狂似地挣扎着站了起来。就在那时，一个牛仔骑着一匹模样凶悍的马，气势汹汹地跑进了运动场，想用套索套住公牛。公牛踢开了那套索，它只是一只蹄子被套住了，轻而易举就摆脱了束缚。然后，它大摇大摆地离开了那个套索，还摇了摇头，又一次看到了之前那条冲它狂吠的狗。那条狗向它冲过来，

---

① 基督教用语，指基督教徒出生和受洗时获得的名字，用来区别姓氏。按照英语民族的习俗，一般在婴儿接受受洗时，由牧师或父母亲朋为其取名，成为教名。以后本人可以再取第二个名字，排在教名之后。

② 湿婆（shiva）：与梵天（Brahma）和毗湿奴（Vishnu）并称为印度教的三相神，其地位是毁灭者，兼具生殖与毁灭、破坏与创造的双重性格。传说湿婆用头承接了从天而降的恒河，以减轻河水对地球的破坏力，只允许一部分河水流入地球，保全了地球上的人类。

追了它一段距离。

这时,观众们似乎摆脱了昏昏欲睡的状态,气氛顿时活跃起来。一时间,看台上的观众都试图吸引那头公牛的注意力:他们有的自命不凡地骑在马背上,有的或跑或站,有的抖动着手里的披肩或摇着破布。

那头可怜的公牛看上去真的受到了蛊惑,被诱骗到了一场它并未真正理解的赛事之中。它以为眼前这些人并无恶意,只想和它玩玩儿,这些人鼓励它,激起了它的游戏欲望,诱骗它加入这场生死游戏。而他们的真正目的只是蔑视它、羞辱它,最终,这头公牛落入了人类设下的圈套。

……伊芙仿佛看见父亲正朝她走过来,他越过了座位,飘浮在空中,他就像小孩子一样,对每一位向他伸手致意的观众都热情地予以回应。在伊芙的记忆中,父亲的笑声是那样有磁性、那样慷慨、那样富有感染力。她依然随身带着父亲那张深褐色照片:照片中,他看起来像是西班牙战争中的一位年轻船长,高高的眉毛下是一双真诚、坦率的眼睛。他的嘴唇饱满而敏感,嘴唇上蓄着一撮黑色而柔滑的胡子。他的下巴是"V"字型的,中间凹陷下去。父亲对发明有着一种近乎痴迷的狂热之情,他曾经信心满满地去了夏威夷,想靠种植菠萝发一笔横财。不过,他最终失败了。他渴望军旅生活,在朋友的怂恿下,他把时间和精力都浪费在了一些听起来天花乱坠的项目上。伊芙听说他曾经尝试用菠萝头做成人工大麻,他甚至还尝试通过运转绞索机来控制他家房后的火山。这些项目都以失败告终,他开始消沉颓废,终日坐在游廊上品尝夏威夷本地的酿酒,嘴里哼着夏威夷那悲怆的歌曲,种植的菠萝烂在地里也不管。他在当地雇佣的那些帮他收菠萝的人也围在他身边跟他一起唱歌。到了收获的季节，他们却睡得昏天黑地。后来，父亲的种植园杂草丛生，荒废掉了，而整个种植园宣告破产。伊芙只记得这些，而对其他的事情记忆很模糊，她只记得母亲去世时的情景。当时，伊芙年仅六岁。她还记得世界大战、父亲财产抵押的期限一天天迫近；她还记得麦金泰尔舅舅：他是母亲的弟弟，是一位富有的苏格兰人，对南非的生意有浓厚的兴趣。他早就预言父亲经商会一败涂地。毫无疑问，这位舅舅对伊芙的影响很大。接着，出人意料的事情发生了：船长摇身一变，成了美国驻伊基克（Iquique）的领事。

……美国驻伊基克……或驻瓜华那华克的领事！去年一整年，伊芙都处在和杰弗里分离的痛苦煎熬中，她无数次想放下对杰弗里的爱，她试着慢慢淡化这份感情，试着靠理性让自己忘却，试着告诉自己：一切都结束了……天啊，她不停地给杰弗里写信，然后苦苦等待着回信。开始她满怀希望，全心全意地相信杰弗里会回应她的真情，后来希望变成了焦灼和疯狂，最后变成了绝望，她没有一天不望眼欲穿，盼着有一封回信……啊！过去的一年，每一天对她来说都好像被钉在绝望的十字架上，看不到一丝希望！

伊芙看了看领事，领事的脸上流露出了深沉的表情。她记得父亲脸上也曾有过那种表情，她记得很清楚：在智利连年战争的时候，她父亲的脸上就终日挂着那种表情。智利！那个国家的海岸线长得令人惊讶，但是那个国家的地势是狭长的，呈条状分布，好像所有的智者都生长在好望角地带。智利盛产硝石，不过对这一点她并没有什么深刻的印象。那些日子里，父亲终日思考的究竟是什么呢？在这片贝尔纳多·奥希金斯①开创的土地上，父亲变得更为孤立，比离这片海域几百英里之外的鲁滨孙·克鲁索②还要孤立无援。他在思考战争的结果吗？或者在思考着由他发起的、某些不确定的贸易协议？还是终日担心那些被困在加普利科恩还是被困在南回归线的美国海员的命运？不，他在思考的是一个观念、一个概念，这个概念只有在战争结束后才会成熟。她的父亲发明了一种新式烟斗，这种烟斗结构十分复杂，可以拆成若干片以便清洗。它是由十五个零部件组成的，只有她父亲知道如何把这些零件组装成一个完整的烟斗。正因为组装一个烟斗费心费力，连船长本人都不吸烟斗。不过，他又像往常一样，受了别人的怂恿……结果，父亲建在海螺岛上的烟斗厂才完工不到六个星期，就在一场大火中付之一炬。他回到了故乡俄亥俄州，并在那里的一个铁丝厂工作了一段时间。

现在，伊芙的思绪又回到了斗牛场上，那头公牛已经完全被套索缠住了。一根、两根、三根……又有四根套索向那头牛飞来，把它紧紧地缠住了，每根套索都是凶险的标志，毫无善意可言。观众们站起身，在木质的脚手架上跺着脚、有节奏地鼓掌，不过他们的掌声中毫无热情可言。伊芙想，是啊，整个斗牛比赛就像是人的一生：从出生开始，

---

① 贝尔纳多·奥希金斯·里克尔梅（Bernardo O'Higgins Riquelme, 1778—1842）：智利政治家、军事家、民族独立运动领袖，智利独立后的第一任最高执政长官。在执政期间，他发展文化教育，取消殖民统治时期的一些赋税，废除贵族爵位，并创建了海军。因其在解放智利战争中的功绩，他被称为"能干的将军、智利的解放者"。
② 鲁滨孙·克鲁索：欧洲小说之父丹尼尔·笛福创作的小说《鲁滨孙漂流记》中的叙述者和主人公。他遭遇海难，漂流到荒无人烟的孤岛上，克服了无数困难，生存下来，最终回到文明社会。

人们粉墨登场，那时，大家都站在同一起跑线上、面临着各种试探。然后，大家就开始了各自的巡场表演，这种巡场表演未免让人悲观沮丧，大家的面前都会摆着某种设定的障碍……突破这个障碍的人就会被视为成绩卓著者、得到人们的认可。然后这些人会进入人生的低谷，经历无聊、变得听天由命，最终走向崩溃。另一种人的人生更为戏剧化：一出生便开始粉墨登场，然后在充满敌意的世界里努力奋斗，漫漫求索。为了获取自己的一席之地，人们不得不察言观色、审时度势，接着，一个人的裁判会给予他鼓励，这种鼓励很明显带有欺骗性质，因为审判已经昏昏欲睡，并不能准确地判断形势，如果不假思索、鲁莽行事，就有可能落入敌人的圈套。在此之前，你无法看清周围人的真面貌，无法分辨他们是敌是友，你以为他们伤害你只是因为笨拙所致，没想到他们本就不怀好意。一旦你落入他们设下的圈套，那么灾难就会接踵而至，灾难、妥协、崩溃便会接踵而至……

一家铁丝公司破产了，其实破产带来的破坏力，远不及父亲心灰意冷、失去了对生活的希望所产生的毁灭力大。难道这些经历，就是上帝为人界定的命运或者天命吗？康斯太保船长被错觉困扰，他觉得自己已经被清出了军队，而他总是感到自己不堪忍受种种凌辱，因此再次踏上了行程，回到了夏威夷。在洛杉矶，他发现自己精神失常，而且沦为了一个酒鬼。

伊芙又看了看身边的领事，他坐在那里、噘着嘴，好像在冥思苦想，显然很投入。他对伊芙的那段人生知之甚少，他不了解她那种恐惧感，那种恐惧感现在还能在深夜让她惊醒，而那个可怕的情景也反复出现在她脑海中：她梦到周围的事物在崩塌，这种恐惧感就像她在讲述白人贩卖黑奴的电影中的情景：那只抓住她肩膀的手，压着她、拖着她穿过漆黑的门厅；或者她看到自己被困到了峡谷之中，而两百匹马正向她飞驰而来，即将把她踩在脚下，那是怎样一种深深的恐惧感啊！杰弗里就像康斯太保船长那样，也许对这一切都感到疲惫了，也许他感到羞愧。当年伊芙出道时只有十三岁，她为了供养父亲，就出演了五年西部片和系列剧。杰弗里可能会做噩梦，就像她父亲曾经做过的那些噩梦，也许他是这世上唯一做过那些噩梦的人，但是那些噩梦本应属于她……杰弗里也不知道这种当演员产生的真实的兴奋滋味实则是虚假的，他也不会知道那光彩熠熠的摄影棚实则毫无生机，不会理解那种一夜成名的成年人的骄傲感是多么的幼稚，既残酷又可怜。不过，当时她年轻尚轻，演员是一份正当且能谋生的职业。

休坐在领事旁边，他掏出一根香烟，在大拇指盖上掸了掸，这时他才发现那是烟盒里的最后一支香烟了。他把那支烟夹在上下嘴唇之间，把两只脚放在了前面椅子的靠背上，身体前倾，胳膊肘搭在膝盖上，皱着眉头朝运动场看。他仍然有些坐立不安，用大拇指指根夹着火柴划过火柴盒，火柴像是被魔术师施了魔法，"唰"地一下就点燃了。然后，他用双手罩着烟和火柴，低头把嘴里叼的香烟凑到火柴上。伊芙回想起早上看到休的情景：阳光照在他身上，他的身姿、他的步态，他摇晃着身体、迈着矫健步伐的样子。他头上戴着牛仔帽，他的枪套、手枪、子弹袋，还有他卷起的紧腿裤内侧有精心缝制的针脚。他穿着一双带有装饰图案的靴子，伊芙看到他的一瞬间，心想：这不是现实中的牛仔明星比尔·哈德森吗？伊芙在15岁那年，担任过三部比尔·哈德森电影的女主角，天啊，多么荒唐！可又是多么令人惊喜的巧合啊！她又想起了当年自己当选西部片女主角时的辉煌时刻。生长在夏威夷的女孩儿简直就是我们苦苦寻觅的女主演的不二人选，她喜欢游泳、打高尔夫球、跳舞，还是个女骑手，她真是多才多艺啊！……可是，今早她和休骑马的时候，休并没有夸赞她的骑术有多么出众，他只是巧妙而委婉地告诉她，她的马不想喝水，以此间接地评价了她的骑术很糟糕。世界上存在着我们永远也无法到达、无法探索的未知领域！……不过伊芙从未告诉过休有关自己拍电影的经历，这些事情伊芙对他只字未提，就连那天他们一起到鲁滨孙酒馆互诉衷肠时，她也没告诉休。当时休年纪太小，没法采访她，那真是一件憾事。如果不是麦金泰尔舅舅送她去大学读书，她的第一次婚姻失败、孩子夭折，她是不会重返好莱坞的。

可怕的伊芙！魅力四射的年轻姑娘们，你们可要当心了！可怕的伊芙，那个镇定自若的伊芙·康斯太保又回到了好莱坞！是啊，伊芙回到了好莱坞，可是她已经24岁了。这个昔日的小女孩儿，如今长成了一个镇定自若、举止优雅、光彩照人的窈窕淑女，她珠光宝气，头戴白玉兰花，身穿白色貂皮大衣，雍容华贵。她经历了轰轰烈烈的爱情，也遭受了生活的重击，如今她理解了悲剧和爱的真谛。就在几年前，她离开好莱坞，回归家庭，几年之间，她经历了人生的沉浮，阅尽千帆。那一天，我在夏威夷海滩采访了这位万众瞩目的女星，她像一位柔情蜜意的维纳斯女神，犹如出水芙蓉。她的肤色被晒成了古铜色，在与我谈话时，她那懒散的黑眼睛不时望着远处的大海，而柔和的太平洋海风吹起了她浓密的黑色秀发。如果你仔细端详她，很难将这个坐在你面前的伊芙·康斯太保跟去年那个狂野的驯马皇后联系起来。不过，她的身姿依然曼妙，她身上依然焕发着青春气息，这个太平洋的精灵曾经是热情讴歌战争的假小子。她热爱棒球运动、桀骜不驯，不过她只听命于亲爱的父亲，她恭敬地称父亲为"大老板"。她十四岁就成了电影明星,十五岁就成了比尔·哈德森电影中的女主角。当时,她活力四射,十五岁的年纪,身高超越了同龄人。由于她热爱游泳和冲浪,因此身体柔韧、灵巧,是啊,你可能想不到,伊芙曾是热爱冲浪的弄潮儿,在悬崖和谷底间策马奔腾、纵横驰骋,而她还是一位棒球高手。我们谈话时,她回忆起当年在片场第一次骑马的情景:当年那个胆战心惊却意志坚定的女孩儿声称自己的马术很好,当电影拍摄工作开始进行、选址工作就绪,工作人员从错误的一边扶她上马时,她大笑起来。一年之后,她就面无惧色地飞跨上马。"可是,就在那时我被迫告别好莱坞,"她面带微笑地告诉我,"当时我非常不情愿,但是我舅舅麦金泰尔先生却很坚决。当时我的父亲去世了,舅舅突然出现在我的生活中,执意坐船把我送回了故乡夏威夷。可是当时我已经习惯自己那些作为'无拘无束的狂野女孩'的生活,可舅舅想在我18岁之前将我改造成一个窈窕淑女,而当时我刚刚失去了挚爱的父亲,很难在一个毫无关爱的环境中安定下来。"伊芙承认麦金泰尔舅舅是个十分严格的人,对她的管教事无巨细。"他总是逼迫我没完没了地喝那些羊肉汤、燕麦和热茶!但是麦金太尔舅舅也很好地履行了自己作为舅舅的责任。"他先是请了一位家庭教师教伊芙,后来又把伊芙送进了夏威夷大学学习。伊芙回忆:"也许正是在大学里,她头脑中对'明星'[①]这个词的根深蒂固的认识发生了神秘的变化。"她甚至选修了一门天文学课程,当时她极力想忘记心中的创痛和内心的空虚,强迫自己对学习产生兴趣,甚至曾梦想着有朝一日能成为天文学界的居里夫

[①] 英语单词 star:本意是"星星",引申义为"明星"。

人①。上大学后不久,她就遇到了富家子弟、花花公子克里夫·莱特。他出现在伊芙生命中的时机刚刚好好,恰逢伊芙学业受挫,而且被麦金泰尔舅舅那严苛的管教弄得心烦意乱,感到孤立无援。少女伊芙在内心渴望得到别人的关怀和关爱,而克里夫·莱特年轻、幽默,能得到这样一位优秀的单身汉的钟爱,是千载难逢的好机会。克里夫轻而易举就赢得了伊芙的芳心。在夏威夷的月夜下,伊芙告诉克里夫自己爱上了他,并且愿意放弃学业、嫁给克里夫。

"看在上帝的分儿上,别再提有关克里夫的事了。"这是领事在早年写过的很少的几封信里写下的有关克里夫的文字,"虽然我未见其人,我能想象出他的形象,我已经很讨厌这个混蛋了:他目光短浅,到处留情,身高6英尺3英寸,留着胡茬儿,一副纨绔子弟的模样。他的声音低沉、富有磁性,能骗取不少女孩的芳心。"领事带着一种接近事实的态度,敏锐地评价了这个可怜的克里夫……伊芙现在很少再想起克里夫了,她也想忘记年轻时那个自以为是的自己。克里夫的不忠严重挫伤了伊芙的自尊心,"他对待婚姻的态度就像对待生意一样,极尽敷衍。他十分强势,却又显得幼稚,他像大多数美国男人那样:暴躁易怒、虚荣自负,虽然已是而立之年,行事却像个十岁的孩子。他把爱情当成了一种自我情绪的发泄……"

媒体对伊芙不幸婚姻的报道,使她深受其害,也使她的婚姻不可避免地走向了终结。她告诉克里夫:那些报道都是毫无根据的,因为她从没向媒体透露过任何有关她婚姻的事情,那些媒体却拿她的沉默

---

① 居里夫人:法国著名波兰裔科学家、物理学家、化学家,因发现元素钋和镭闻名于世,成为世界上第一个两次获得诺贝尔奖的人。在她的指导下,人们第一次将放射性元素用于治疗癌症。

做起了文章。可是误会她的不仅仅是媒体。"麦金泰尔舅舅因此和我断绝了关系。"(可怜的麦金泰尔舅舅,这件事很荒唐,事实上还有些好笑……的确很好笑。伊芙后来才彻底看清了麦金泰尔舅舅的真面目。他和一位老朋友讲述起这件事时,用这样的话形容外甥女:伊芙是彻头彻尾的康斯太保家族的人,跟她的母亲这边毫无关系!让她去重蹈康斯太保家的悲剧覆辙吧!上帝知道,这个家族有多少位成员曾经或者咎由自取,陷入毫无意义的悲惨境遇中;或者其悲惨处境就像他父亲那样。他们有的终生被囚禁在俄亥俄州的疯人院里,有的在长滩岛破旧棚户区里孤独终老。而他们辛苦一生攒下的家产都留在了废弃的家中,家禽啄食着他们的银器,破损的茶壶里装着钻石项链。康斯太保家族是大自然的败笔,他们的基因中就有问题,因此必须将其斩草除根,以绝后患。事实上,大自然有意处决他们,因为他们对于生物进化已经毫无意义可言。即使他们一开始的存在有其意义,现在这种意义也荡然无存了。)就这样,伊芙心灰意冷,毅然决然地离开了自己的故乡夏威夷。她高傲地昂起头,嘴角挂着微笑,虽然她的内心比以往更为空虚、痛苦,可她还是强颜欢笑。现在,她回到了好莱坞,那些了解她的人都说她的生命中再也没有时间留给爱情了。她的头脑中只有工作,别无其他。还有人预言:她最近拍的几部电影必将成为轰动一时的作品。那个狂野的女孩如今已经成为好莱坞最伟大的电影明星。二十四岁的伊芙·康斯太保必将再次成为一颗耀眼的明星,让我们祝福她:星途坦荡!

然而,事与愿违,伊芙·康斯太保并没有再次成为好莱坞的明星,她的星途也不坦荡。她找了一个经纪人帮她做宣传,只是宣传就需要炒作,那是她最害怕的事。她这样安慰自己:在此之前,她在好莱坞小有名气，如果她想宣传自己，就必须把自己的那些秘密曝光在聚光灯下。但这是她最害怕的事情之一。不过，伊芙觉得，既然经纪人向自己许诺宣传会成功、她会再次成为好莱坞的宠儿，也不用过分担心。不过，这些承诺只是空洞的承诺，后来就音信全无。最后，伊芙意识到自己好莱坞的明星梦终究不会实现。她独自一人走在维吉尔大街或是马里波萨那满是灰尘的、死寂的街道上。这个路边栽满了棕榈树的天使之城也丝毫不能给她些许慰藉。她的悲惨生活境遇再也无法引起人们的关注，她已经不能再次吸引观众了。作为一名女明星，她对自己的事业缺乏野心，也无意悉心经营。不过，她的失败无非是因为她身为女子的原因——她看清了这一点——看清了身为女子的宿命。她看清了这一点，与此同时，她认清了：自己的明星之路注定无疾而终，因而深感失望（毕竟她的年龄大了，已经不适合好莱坞为她设定的那些青春美少女的形象了）；她认清了：如果情况不同，她也许会成为一流的明星、甚至成长为一名伟大的艺术家。想到这里，她感到愤怒，她漫无目的地走着，气愤地开着车经过交通灯时，看到了市政厅窗户上贴的通知：在斑马厅改造成的"地狱舞厅"里将举行一场非正式舞会，或关于"消除野草的通知"已经被换成"婚礼通知"，领事在街上徘徊时，就会看到那些通知。伊芙看到那巨大的蓝色挂钟钟摆在不停地摆动着，钟面上面写着：人类对时间的询问……

可惜这一切太迟了！正因为这些机缘巧合，才使得她在瓜华那华克镇遇到雅克·劳埃尔便有了一种惺惺相惜的感觉，而这次相遇成为扰乱她正常生活秩序且无法被抹去的污点。他和雅克之所以能一见如故，并不仅仅是因为他们都认识领事，而且和领事的关系亲近，而是因为她觉得雅克跟自己有很多共同之处，很好沟通。她也可以通过雅克了解领事鲜为人知的过往，了解领事的童年，而自己也可以向雅克倾诉在好莱坞的经历，而这些经历她以前从未跟领事提及。（虽然她告诉雅克的并不都是事实。就像两个非常亲密的亲戚聚在一起，就喜欢谈论自己深恶痛绝的父亲或是母亲。在一吐为快之后，就会感到无比释然！）而且他们都对好莱坞、对电影行业充满了鄙视之情。除此之外，通过交流，两个人还发现他们都是在同一年，也就是1932年去的好莱坞发展、他们还出席过同一个舞会，参加了同一个露天烤肉游泳聚会。伊芙还给雅克看了自己在好莱坞的一些老照片。在那些照片中，狂野的伊芙身穿带着流苏的皮衣、马裤和高跟靴，戴着一顶高高的帽子。雅克看到照片中的伊芙跟站在自己眼前的伊芙风格是如此迥异，觉得既惊奇又诧异。在那个糟糕的早晨，他和伊芙重逢时，伊芙竟然分不清眼前的雅克是真实存在的，还是那一瞬间自己为感觉所欺骗，好像她和休用某种奇特的方式互换了身体……还有一次，伊芙去了雅克的摄影棚。那天，领事显然是有事去不了，雅克向伊芙展示了自己拍的几部法国影片的剧照，其中一部伊芙在纽约时曾看过。当时伊芙就要返回东部了（不过她的身体还在雅克的摄影棚里），那时正是寒冷的冬天，她待在阿斯特。她站在时代广场上，寒风刺骨，她抬起头，看着时代广场上那些屏幕里滚动的新闻——灾难的新闻、自杀的新闻、银行破产的新闻、战争迫近的新闻，或是一些无关紧要的信息。她站在人群中，抬起头看着那些滚动的字幕，可是那些字幕突然停住了，接着就陷入了一片黑暗。伊芙感觉自己仿佛置身于世界末日的情景中，那时不会再有任何消息。她到底是在世界末日的情景中，还是置身于墓地里？

她感觉自己就像是一个孤儿，无父无母、一事无成，然而她很富有，也很漂亮。她在街上漫无目的地走，并不想回到她住的旅馆。她身穿昂贵的裘皮大衣，那是她花赡养费买来的。她害怕一个人走进酒吧，却渴望进入酒吧、感受温暖。伊芙感到自己比那些流浪的人更绝望。她一个人走在大街上，身后有人跟踪她——总有人跟踪她，跟她穿过那些麻木的、闪亮的、喧嚣的城市。她反复地观看几部电影：《对少数人好》《死胡同》和《罗密欧与朱丽叶》；然后，她又看了一遍《对少数人好》。不过，就连电影也无法驱散她头脑中久久挥之不去的可怕的黑暗：那黑暗让潜藏在她富裕生活背后的孤独、她对自己失败的婚姻所怀有的愧疚之情和无助的情绪变得更加绝望，让她丝毫看不到希望。那些电流像箭一样穿透了她的心，不过她知道那些只是假象，却感到愈加害怕，那黑暗依然没有消散、依然如影随形，幻化成了那些穿透她心脏的箭，或者那黑暗本身就是箭。跛脚的人一瘸一拐、慢慢地从她身边走过。那些走近她的男人嘴里嘟哝着什么，从他们的脸上看不到丝毫希望的迹象。报童穿着肥大的紫裤子站在街上，等待着有客人买他们的报纸。黑暗似乎无处不在，那个黑暗的世界毫无意义，毫无生活的目的。她想起自己看的那部电影《对少数人好》，她觉得不管那些人的境遇有多么悲惨，不论他们如何粗野、感到多么孤独、尽管他们身体有残疾、无处为家、感到生活看不到希望，却能从地上捡起的一个烟蒂中感受到些许慰藉；也能从酒吧里，甚至钻进起重机的操作室里感受到家一般的温暖。只有她除外，看不到任何希望，得不到任何慰藉，这是为什么呢？她多想接近当时的自己，和她说说话，告诉她应该找到属于自己的人生信仰……

《伊芙·加里夫顿的悲惨命运》——她仿佛在电影中看到了自己

的身影：就在那儿，她站在那儿，依然有人跟踪她，站在十四号大街的一家小电影院门外。那家小电影院只放映外国电影。而在大屏幕上出现的剧照里的那个孤独的身影，除了她还会有谁呢？她走在黑暗的大街上，形单影只、踽踽独行，就连那个演员的装扮都和自己十分相像，只不过演员头上和周围的那些广告牌与现实中不尽相同：杜本纳酒①、亚玛·匹康②，十元、红磨坊酒……她还听到一个声音呼喊着："伊芙、伊芙！"她出现时，那个声音就在喊她。她看到了一匹模糊的马的影子，那影子很大，似乎占据了整个屏幕。接着，那匹马的影子似乎从屏幕中跳了出来，向她跑来，不过她发现那不过是电影中人物经过一个马的雕像的影子。还有那个声音，那只是想象出来的声音，那个声音追随着电影中的伊芙·加里夫顿，也追随着现实中的伊芙。好像她脱离了现实世界，来到了光影中那个黑暗的世界里，无法呼吸。即便是电影演了一半之后才入场观看这部影片的人，也会立即被这部电影的情节所吸引，并且坚信这部电影是此生看过的最棒的电影。这部电影绝对的写实风格无可比拟。而电影讲述了什么故事、主人公是谁，这些问题跟那个爆发的电影高潮相比似乎都无足轻重了。大家看清了谁是被追踪的、谁是追踪别人的人。电影中的伊芙·加里夫顿，或现实中的伊芙·康斯太保，是被追踪的人。这部电影显然讲述了出生于富贵之家、具有贵族血统的法国女子走向堕落的故事。不过主人公在被追踪的同时，也在

---

① 杜本纳酒：又翻译成杜波内酒或杜宝奶酒，产自法国巴黎。
② 亚玛·匹康：一种苦艾型开胃酒，酒精含量为21%，苦味突出，酒液似糖浆，可取少量和其他饮料混合饮用，也可以加水或做点水稀释后饮用。

追逐着他人。在那个昏暗的世界里，主人公不知道在搜索着什么。这一点伊芙一开始并没有弄清楚。她看到了一些奇怪的影子，那些影子看到她走过来，有的定格在了墙上，有些则溜进了巷子里。伊芙认得那些影子，它们都是曾出现在她过去生活中的人的影子：那些影子中有她的情人们的，其中有一个是她的真爱，不过后来他自杀了；还有她父亲的影子……伊芙好想躲避这些影子、寻求一个避难之所，于是她走进了一家教堂。接着，电影中出现了伊芙·格里夫顿在教堂里祷告的情景，此时教堂门外的台阶上出现了一个跟踪她的人，那个人正是她的第一个爱人。这时，伊芙大笑起来，笑得歇斯底里，她仿佛来到了女神游乐厅[①]咖啡馆，来到了歌剧院，乐队正在演奏莱昂卡瓦洛[②]的歌剧《扎扎》；接着，电影切换到了赌场，主角在那里赌博。转轮在飞速旋转，场景又切换到了主人公的房间。电影就此从恐怖片变成了讽刺剧：影片中闪现出了她先辈的形象，他们快速、连续地从她面前闪过，那些本来象征着自私和灾难的静态的逝者形象，被主人公的想象做了浪漫化的处理，变成了英雄人物的形象：他们有的疲惫地靠着监狱墙壁，有的站在运送死囚的木制囚笼里，被巴黎公社的成员射杀、被普鲁士人射杀。他们在战场上面对死亡依然巍然屹立，面无惧色。接着，伊芙·加里夫顿的父亲

[①] 女神游乐厅：巴黎的一家咖啡馆兼音乐厅，位于第九区。19世纪90年代至20世纪20年代，该咖啡馆曾达到鼎盛时期。咖啡馆里的演出以华丽的服装、堂皇的排场以及异域风情而出名。马奈的名作《女神游乐厅的吧台》，即是以这家咖啡馆为背景。

[②] 莱昂卡瓦洛：意大利歌剧作曲家、歌剧作词家、乐队指挥，代表作有歌剧《医生们》《查特顿》《扎扎》《埃迪波国王》等。

出现了，他被牵连进了德雷福斯的案件①。父亲在嘲笑他，在向他做鬼脸。那些聪明的观众看到这一幕，有的大笑起来，有的咳嗽了几声，有的窃窃私语，他们大多数还没等电影演完，就猜到了主人公的结局。而伊芙自己却到最后也没弄清楚：这些人物和这些事件是如何影响伊芙·加里夫顿现在的财产的？所有这些线索在早先她出演的这部影片的先导剧集里都有交代。要想弄个明白，伊芙必须首先要忍受新闻加片、名叫《非洲肺鱼的一生》的卡通片，还有电影《疤面人》的重映版。不过伊芙怀疑，就算自己耐着性子看完这几部片子，也不一定能看到自己出演的那些先导剧集了。她真想弄明白自己的命运何以会深埋在那遥远的过去，也许就像她想的那样，影片里主人公的命运有可能在她身上重演。不过，此前伊芙·加里夫顿问自己的问题，如今在影片中有了交代：事实上，屏幕上的英语字母已经再明确不过了。主人公家族有着这种沉重的过去，她又该何去何从呢？她如何摆脱亡父的纠缠呢？伊芙·加里夫顿是否注定要承受生命中无尽的悲剧呢？而这些悲剧的根源就是那些已经死去的祖先、那些长久以来被诅咒的人犯下了某些解释不清楚的罪过吗？而她却注定要背负起这些无穷无尽的惩罚吗？这些悲剧难道不是毫无意义的吗？答案是肯定的，但是她要如何承受呢？伊芙始终没弄明白，这些悲剧毫无意义，可她注定要默默承受。当然了，她总可以

---

① 指十九世纪九十年代法国军事当局对军官A.德雷福斯的诬告案。德雷福斯是名犹太人，在总参谋部任上尉军官。1894年9月，情报处副处长亨利诬陷德雷福斯向德国武官出卖军事机密，并以间谍罪逮捕了他。1894年12月，在庭审证据不足的情况下，判处他在法属圭亚那附近的魔鬼岛终身监禁。1896年3月，新任情报处处长皮尔卡在调查中发现真凶另有其人。1898年1月，经军事法庭秘密审讯，德雷福斯宣告无罪，此案件激起了社会公愤。

把那个不幸的伊芙·康斯太保的命运想象得浪漫一些。这一点观众自己也可以看到，或者假装看到：一个瘦弱、孤独的身影独自背负起因祖先们犯下罪恶而受到的惩罚，背负着祖先们的弱点和他们性格中的狂野成分（如果他们并不狂野，可以让他们变得狂野一些），承受他们天性中的放纵。她是一个黑暗势力的受害者，每个人都是如此，无可逃避……她被人们误解、命运悲惨，但她是有着坚定意志的个体。不过，假如人生中没有信仰，空有意志，又有什么用呢？现在她明白了，这正是伊芙·加里夫顿的问题所在。她也在苦苦寻求着这个问题的答案，在面对困境时，她也想找寻自己的信仰，帮她战胜一切……如果寻找信仰就像找到一顶新帽子或是找到一栋可以出租的房子那样简单就好了！她现在就要找到那信仰了，却因为事业失去了近在咫尺的信仰，不过这也比没有信仰强。想到这里，伊芙抽了一支烟，等她抽烟回来时，影片中的伊芙·加里夫顿就已经找到了自己的信仰。那是对生命本身的信仰，对旅游、对另一段恋情的信仰，在拉威尔①的音乐声中，她找到了信仰。《波莱罗舞曲》的和弦千篇一律、趾高气扬。她打着响指，高跟鞋踩在地上"咔咔"作响。伴着音乐，伊芙·加里夫顿在西班牙、意大利、阿尔及尔、塞浦路斯游历，她欣赏着海景，在沙漠中看海市蜃楼和狮身人面像。这些都意味着什么呢？伊芙想：欧洲。是啊，这些正是她想要的生活，她应该去欧洲游历一番，领略埃菲尔铁塔的胜景，这正是她一直想做的事……但是她的生活一直很富足，也算是丰富多彩，为什么她的

---

① 莫里斯·拉威尔（1875—1937）：法国著名作曲家，印象派作曲家的最杰出代表之一。代表作有歌剧《达芙妮与克罗埃》、芭蕾舞剧《鹅妈妈》、小提琴去《茨冈》和管弦乐器《波莱罗舞曲》。

生活中找不到足以支撑她生活下去的信仰呢？如果仅仅拥有信仰，就拥有了一切！……她在无私的爱中、在天上的星辰中，都找不到这种生活的信仰！也许，她应该知足了。可是，可是，她从未放弃过找寻的希望，也从未停止尝试、停止寻找，去寻找生命中的意义、生活中的节奏和答案……

那头公牛又开始反抗对面绳索拉扯的力量，败下阵来，闷闷不乐。它低下了头，摇头晃脑地扫着地面，然后把头埋在尘土中，虽然它暂时失利，却还在寻找伺机反扑的机会。它就像一只被困在巨网之中、挣扎求生的昆虫……死亡，或是类似灭亡的东西，这些生活中经常出现的场景此刻在斗牛场上演。墨西哥牛仔打着奇怪的绳结、拿着套索、慢慢接近公牛，他们都想套住那头牛，成为最终骑上牛背的骑手。不知那个征服公牛的勇士是谁，现在身在何处。

……"谢谢你。"休心不在焉地把那瓶哈瓦那酒递给了伊芙，伊芙表示了感谢。她喝了一小口酒，又把酒瓶递给了领事。领事坐在那里，表情阴郁，他手里握着酒瓶却没有喝。这不像他的风格，难道领事最终没来长途汽车终点站来跟她碰面吗？

伊芙环顾了一下大看台：她发现诺大的看台中，只有她一个女观众。还有一个卖玉米饼的墨西哥老妇人。不，她错了，她看到了一对美国夫妇，他们沿着脚手架走到了观众席靠下的位置。那个美国女子穿着一身灰白色的衣服，男子戴了一副牛角镜框的眼镜，稍稍有些驼背。他的头发很长，从后面梳了一个辫子，看起来像是一个乐队指挥。之前，她和休在市场就见过那对美国夫妇，当时，他们在购买皮凉鞋和一些奇怪的面具。后来他们在长途汽车上，伊芙在教堂的台阶也看到了他们。他们看彼此的眼神中充满了柔情蜜意，他们一定是恋人，或者是正在度蜜月的新婚夫妇，他们未来的幸福生活一定会很长久，也会很纯净，无忧无虑，就像那蓝色而平静的湖面。想到这些，伊芙突然觉得自己的心情变得轻松起来，就像个放了暑假的孩子那样开心。小孩子一放暑假，早上起来就会跑到外面疯玩，不见人影。

就在那时，休向她描述的那个林中小屋浮现在她的脑海中，但那个小屋并不是陋室……那是一个温馨的家！小屋就坐落在一片繁茂的松树林边上，它夹在一片由松树、摇曳着的高高赤杨和又高又细的白桦树组成的林海与大海之间。商店外面有一条弯弯曲曲的小路一直通向这片林海，林海中的小路两边点缀着美洲大树莓、顶针莓和野生黑莓。在晴朗的晚秋时节，凝结在这些植物上的霜花反射出了点点月光。房子后边有一株山茱萸树，每年开花两次，开花时，满树白色的花蕾，繁花点点，与天上的星辰交相辉映。他们的小花园里种植了水仙和石蒜属雪花莲。在春日清晨，他们可以坐在门廊里观赏美景。门前有一条栈道直通大海。他们会在退潮时亲手修建这条栈道，他们把木桩打到一个陡峭的海滩斜坡上，一点点修建栈道，等栈道修好，他们就可以开着车从栈道一直开到海边。他们每天都会到冰冷湛蓝的海水里游泳，每天他们都会通过一个梯子爬到栈道上，然后一直沿着栈道跑回家。现在，她可以清晰地看到他们的房子，那个房子很小，是银白色的，由饱经风霜的银白色鹅卵石搭建而成。屋子的门是红色的，窗户是平开、向阳的。窗帘是她亲手制作的，她还看到了领事的书桌和那把他最喜欢的旧椅子。他们的床上，铺着漂亮的印第安毯子，柔和的黄色光线从台灯投射出来，照亮了奇怪而漫长的蓝色六月夜晚。海棠树把露天阳台遮蔽住了一部分,每到夏天,领事就会在露天阳台上工作。在秋叶狂风大作的夜晚,风从漆黑树影上迅速掠过。海浪拍击海岸。等到风平浪静,阳光会照耀在水面风车的倒影上,就像休在瓜华那华克跟她描述的情景:狂风从房前滑过,一直滑行、滑行,越过了窗户、墙壁,还有那些在房顶和房后的倒影,把松树的树枝吹成了松软的绿色雪尼尔绒线。每到夜晚,他们会站在栈道上看天上的星座:天蝎座、三角座、牧夫座和大熊座。那时,风车的倒影与水中的月影重叠,不停地从银色重叠的鹅卵石墙面上滑过,而水面上的月影也会投射到窗棂之上,留下摇曳的、刺绣般的剪影……

这一切都是有可能的,完全有可能!这种美好的生活就在那里等待着他们。现在她要是能单独跟杰弗里待在一起就好了。戴着牛仔帽、穿着高跟靴、脚蹬在前座上的休似乎成了闯入他们幸福生活的不速之客。他们的幸福生活中并没有出现休的身影。休正在兴致勃勃地看着斗牛场上的那头公牛,可是他注意到伊芙在盯着自己看,于是,他紧张地垂下了眼睛,摸索出香烟盒。他特意用手指摸了摸香烟盒,不过只要看看,就知道那香烟盒里已经空了。

在斗牛场里,有人把一个酒瓶递给了那些骑在马背上的牛仔,而牛仔又把酒瓶递给了那些驯服公牛的人。两名骑着马的牛仔漫无目的地绕着斗牛场奔跑。观众都自带了柠檬水、水果、薯片和龙舌兰酒。领事也想买瓶龙舌兰酒喝,可是他转念一想作罢了,只是摸了摸手里的哈瓦那酒的酒瓶。

这时,更多酒鬼涌进了斗牛场上。他们都想一展身手,骑一骑那头公牛。不过,他们渐渐失去了骑牛的兴趣,又想骑马了。过了一会儿,他们连马也不想骑了,被牛仔们清出了场地。过了好一会儿,他们才不慌不忙地走出了斗牛场。

那个卖花生的巨人回来了,推着他那吱嘎作响的火箭牌花生车。不过转眼之间,他又不见了踪影,好像是被车给吸走了。这时,观众席上突然安静下来,安静得出奇,连从瓜华那华克集市传来的音乐声都能听到。

伊芙心想:沉默和欢快的气氛一样,也是会传染的。一群人如果陷入了尴尬的沉默,那么另一群人不可避免地陷入沉默,而这也会引发更为广泛、毫无意义的沉默,直到沉默传播到各个地方。世界上没有哪种事物,会像突如其来的沉默这样具有破坏性。

昏暗的灯光透过那些新发的嫩叶,在小屋上投射下斑驳的光影。雾在湖面上散开,而那些群山依然白雪皑皑,在蓝天的映衬下,它们显得更加陡峭,轮廓更为清晰。他们用浮木当柴火生火,火发出了蓝色的光,袅袅炊烟从烟囱中升腾而起。而生长在那倾斜的、用鹅卵石搭建的柴棚棚顶上的山茱萸开花了,花朵从棚顶飘落。柴棚里的木柴错落有致地堆放着。斧子、小铲子、耙子、铁锹摆放得井然有序。既深又凉的水井边矗立着一尊雕像,那雕像是守护水井的,还有个小物件:一个大海的木雕钉在了雕像上面。旧水壶、新水壶、茶壶、咖啡壶、双层锅、碟和酒柜一应俱全。杰弗里在外面工作,他喜欢书写,而伊芙则喜欢坐在床边的桌子上打字——虽然她现在还不会打字,可她会去学习的,她会把杰弗里写得歪歪扭扭的手写剧本变成工整清晰的打印版剧本。杰弗里写希腊字母 e 和字母 t 的方式都很特别,而且他的手稿也少不了勾勾抹抹的痕迹,不过伊芙已经习惯了。伊芙工作时，抬头就可以看到窗外的风景：一只海豹从海面上探出头、四下张望，又悄无声息地潜到海里。或者，她可以看到一只鹭鸟。那只鹭鸟像是纸板和线做成的。鸟儿会拍拍翅膀，拖着沉重的身子从她眼前飞过，然后麻利地降落到一块石头上。它站在那里显得很高，像一尊一动不动的雕像。翠鸟和燕子会疾速掠过她的屋檐，飞到码头栖息。也许她还能看到一只海鸥，那只海鸥在海面上飞，然后落到一块浮木上休息，它会把头埋进翅膀里，随着海浪的节奏摇晃身子。他们吃的食物是自己去采购的，就像休说的那样。他们会去森林外的那家商店采购食物。在路上，他们只会遇到几个渔民，除此之外不会碰到别的人。冬天，他们会看到那几个渔民的船停靠在海湾里。伊芙负责做饭、清洁污渍；杰弗里负责砍木材、从井里打水。他们会一直努力创作杰弗里一直想写的那本书，而待这本书创作完成后，杰弗里会蜚声国际，不过他们并不在乎名望，这很荒唐，他们出了名之后，依然会像现在这样，过着简朴、充满浓浓爱意的生活，还在这个位于林海和大海之间的小屋里继续生活。在海浪不那么汹涌时，他们会沿着栈道散步、看看风景，看清澈见底的浅水海域里那些绿松石色、朱红色和紫色的海星，还有那些身体呈棕色的天鹅绒蟹，在污渍点点的石头间快速穿梭，造型像是锦缎编织而成的心形针垫。在周末，他们会到海中的小岛上，每隔一段时间就会有渡船经过他们的小屋，把他们送到海中的小岛，他们乘着渡船逆流而上，唱着欢快的歌曲……

观众都叹了一口气，如释重负。看台上传来了细小的低语声，伊芙不知道那是什么声音。接着，那细小的低语声变成了一阵"嗡嗡"的声音。一时间，公牛和斗牛士的较量陷入了僵局，观众又开始出主意,有人发出了一连串的叫骂声,还有人机智地回应那些叫骂,好不热闹。

那头公牛背着骑手,费力地站了起来。那个骑手是一个体型肥胖、头发凌乱的墨西哥人,骑手显然对整场斗牛表演愈加不满、越加不耐烦,那头公牛也显得心烦意乱,它现在只是静静地站在那里,一动不动。

而对面看台上的弦乐队在"叽里哇啦"地演奏着曲子,他们的演奏有些走调了,"叽里哇啦、叽里哇啦",乐队的一半成员都在哼唱……"叽里哇啦。"休慢慢地发出了这个单词的每一个音阶。

低音高音,低音高音,再低些,再高些,吉他弦反复在高低音之间切换。那个骑手愤怒地瞪了乐队成员一眼,然后用一只手紧紧地抓着公牛的脖子,把套在牛脖子上的绳索拽得更紧了,并且狠狠地戳了公牛脖子。那头牛似乎领会了骑手的意思,结果可想而知:那头牛的身体猛烈地抖动起来,像一个摇摆的机器那样跳了起来,身体腾空。不过,它很快又回到了刚才那种巡场表演的状态。现在,它完全不听骑手的指挥了,在绕场一圈后,它径直朝牛圈的方向跑去。坐在栅栏上的人太多了,把牛圈的门都压开了。毫无疑问,这正合了那头牛的心意,它不声不响地小步跑回牛栏,一想到马上就能回到自己的地盘了,它突然变得积极起来,脚步也变得轻快了。

大家看到这可笑的一幕,都哄堂大笑。他们是在笑那头公牛,不巧的是,此时另一头公牛提前出现在了斗牛场上,更增添了笑料,观众们笑得更厉害了。骑手们粗野地用棍子戳着那头牛,击打它,想把它赶到斗牛场中央。第二个骑手看起来有些木讷,他在牛圈时就被那头牛甩下了牛背,还没登场就狼狈退场了,真的很丢人。他站在栅栏边上,手插在头发里,跟身边一个年轻斗牛士解释自己为什么会摔下来。那位年轻的斗牛士站在栅栏上,完美地掌握着身体平衡……如果按照印第安历法算的话,这个月算是夏末,伊芙还会站在门廊上,越过杰弗里的肩膀看着海面:她会看到一个群岛,那是几个由乳白色的泡沫和死去的蕨类植物的枝杈形成的岛屿,然而这些岛屿很美丽,非常美丽,海面上倒映出了赤杨的树影。这个季节,赤杨树的叶子几乎掉光了,它们稀稀疏疏的影子像投在带有花纹的柔滑礁石上,像针垫儿一样。在礁石上,天鹅绒蟹在水中的几片落叶之间穿梭着……

第二头公牛挣扎了两下,无力地想站起身,不过都没站起来,于是又躺在了地上。一个孤独的骑手摇着套索、绕着斗牛场跑,还用沙哑的声音喊着:"呸,起来,起来,快起来,呸,快起来!"接着,其他斗牛士也出现了,他们手里都拿着绳索,准备套住公牛。那条之前朝公牛狂吠的小狗也不知道从什么地方窜了出来,转着圈儿地胡乱跑。不过,这次它并没有起什么作用。第二头公牛躺在地上,斗牛士们不费吹灰之力,就把绳索套在了牛身上,不过,他们怎么都没办法把那头牛拽起来。

人和牛的较量再次陷入了僵局,大家又被迫等待情况出现转机,这等待漫长且无声。牛仔们在台下心怀愧疚,不过他们也无可奈何。虽然如此,他们还是心有不甘地再次用绳索套住了第二头公牛。

"看到那头不开心的老牛了吗?"领事说,"它在场上显得那么漂亮。亲爱的,我想再喝一口龙舌兰酒,你不介意吧?……不介意吗?谢谢。我们还是静静地等着那些套索能起作用吧,至少能引诱那头牛……"

……还有漂浮在海面上的那些金黄色的树叶和那些鲜红的树叶,

其中还有一片绿色的叶子,它们和伊芙的香烟一起在风中翩翩起舞。然而秋日的艳阳射出耀眼的阳光,像从石头下仰头觊觎那些在风中飘舞的落叶……

"我们还是坐在这儿等着吧,猜想这场斗牛会有什么结果?为什么不呢?毕竟,他们还可以用套索引诱那头牛站起来。斯托特·柯蒂斯接下来应该出场了,他是所有人中最狂暴的一个,他出面很快就能扭转局面……现在这场较量彻底哑火了,就像瓜华那华克的火山那样沉寂。老天啊,真是场沉闷的表演……"

"谁说不是呢?"伊芙应和着,把正在憧憬着的她和领事的林中小屋的生活暂时放下。她把头扭到了一边,看到对面有一个戴着黑眼镜的男子站在乐队下面,那个人今早站在胜景酒店的门外,后来,他又……他又站在了柯蒂斯宫旁边。这是事实呢,还是她想象出来的情景?想到这里,她问了句:"杰弗里,那个人是谁?"

"那头牛真奇怪,它太让人捉摸不透了。你们今天算是棋逢对手了,不过它今天似乎不太想和你们玩斗牛的游戏。它躺在那里……或者说,它摔倒了。看到了吧?它差不多忘记了自己是他们的劲敌,你就这么想,然后轻轻地拍拍它……实际上……下次你碰到它,根本不会认出这就是那头把斗牛士们弄得焦头烂额的公牛。"

"那是一头老迈却精力充沛的公牛。"休小声嘟哝了一句。

"好一个矛盾修辞……就像是聪明的笨蛋。"

那头公牛还像之前那样平躺在那儿。一时间,斗牛场上的牛仔也都不再理会它了。观众分成了若干小组,纷纷争辩着场上的形势会如何发展。骑手们也在争论着,然后他们继续骑着马在场上绕圈跑,不过谁都没有采取行动,也没有丝毫采取行动的迹象。谁去骑第二头牛?

大家似乎都想问这个问题，可是第一头公牛又该怎么对付呢？谁去对付那头牛圈里的该隐①，而不去斗牛场上一显身手呢？同时，伊芙听到观众席上的评论声和呼喊声也与斗牛场里的混乱场面遥相呼应。"那第一位上场的骑手并没有得到公平的机会，是不是？""不，老兄，根本不应该再给他一次机会。""老弟，你错了，应该再给他一次表现的机会。""不可能，已经安排另一位骑手上场了。""恐怕不能吧？他根本没来，或者他来不了了，或者他来了，可是根本不会上场，又或者他没来，却努力地往这儿赶，对不对？""可是，这也不能改变最初的安排。""应该再给第一位骑手一次机会，让他试试。"

一群醉汉急着冲进斗牛场，想一试身手。一个醉汉爬上了牛背，以为自己已经骑着牛走了一段距离，其实那头公牛依然原地不动站在那里。第一位骑手劝那个醉汉下来，那醉汉一脸不悦，不过好在他及时下了牛背。他刚下来，那头公牛就好像清醒了，躺在地上打起了滚儿。

第一位斗牛士即将登场，虽然观众席上骂声一片，可是他完全不予理会，不，他受到了太多的侮辱，无论如何他都不想再丢人了。想到这里，他朝着栅栏的方向走去，又想去和那个站在栅栏上面的男孩儿解释一番。

台下一位戴着大宽边帽的男人大喊一声，示意大家安静下来，同时他摇晃着手臂向众人喊话，请求大家要么保持安静，要么志愿当骑手去制服公牛。

---

① 该隐：《圣经·旧约·创世纪》篇章中的人物。是杀亲者、世界上所有恶人的祖先；而是亚当和夏娃最早生的两个儿子之一。该隐是兄长，因为憎恶弟弟亚伯而把亚伯杀害，后来受到上帝的惩罚。

就在这时，发生了一件奇妙的事情，或者说是荒唐的事情，不过这件事发生得太突然了，伊芙一时手足无措，她不知道如何是好……

是休。他脱下了外套，跳下了脚手架，进入了斗牛场，朝着公牛的方向跑去。观众们也许以为他在胡闹，也许把他当成了即将出场的骑手。场上的骑手们都再次挥动起了手中的套索。伊芙紧张得站了起来，领事也跟着站了起来，紧挨在伊芙身边。

第二头公牛并不像人们想的那样，不在乎身上是否有套索。它看到观众们突然又欢呼起来，向新来的骑手致意，被这种突如其来的变化弄糊涂了，它挣扎着站起来，低声吼着。这时，休已经骑到了牛背上。那头牛狂乱地跳起来，可休却轻松地驾驭着那头牛，在斗牛场中央表演起来。

"我的上帝啊，这个该死的蠢货！"领事咒骂道。

休用一只手紧紧地握着绳索，另一只手狠狠击打那头牛的侧面，手法娴熟。伊芙看到这一幕，感到很震惊。她觉得自己有资格判断休是一个出色的斗牛士，悬着的心终于放了下来。她和领事又坐下了。

公牛先是跳到了左边，然后它两条前腿站立起来，又跳到了右边。它的两个前腿好像被绑住了，然后跪了下来。它挣扎着站起身，被彻底激怒了。伊芙意识到领事坐在她身边，他拧开了瓶盖，想喝哈瓦那酒。

"天啊……上帝啊。"

"没关系的，杰弗里。休知道自己在干什么。"

"那个该死的傻瓜……"

"休会安然无恙的。不知道他斗牛的本事是从哪儿学来的。"

"这个浑小子……混账东西。"

那头公牛显然彻底清醒了，也彻底被激怒了，极力想把休从身上甩下来。它时而用蹄子刨土，时而像一只青蛙似的猛然跳起来，甚至躺在了地上，用肚子贴着地面。不过不管那头牛怎么折腾，休一直稳稳地抓住套索。观众们大笑起来，为休喝彩。休和那些墨西哥骑手差不多，观众已经无法分辨，他表情严肃，甚至有些可怕。他身体后倾，意志坚定地抓紧绳索，双脚张开、呈八字形，并用脚跟不时击打公牛大汗淋漓的躯体两侧。那些墨西哥牛仔在斗牛场上飞快地奔跑。

"我觉得他并不是想炫耀自己的斗牛技巧，他只是觉得有必要采取行动。"伊芙微笑着说，"而且，他觉得自己被今天这种毫无人性的比赛激怒了。他现在只想尽全力让那头可怜的公牛快点儿顺从下来。他肯定在想：你想这么玩吗？那我就陪你这么玩。你不是因为某种原因不喜欢公牛吗？好吧，我也不喜欢公牛。"伊芙觉得这些情绪有助于休坚定自己的信念，帮助他集中精力，挫败牛的锐气。不知什么原因，现在她看斗牛不像刚才那么紧张了，而且还暗暗相信休能够掌控局面，就像她相信一位特技驾驶员的车技、一个走钢丝的杂技演员和高空作业的修理工的技术，他们完全能够驾驭危险的局面。颇具讽刺意味的是：她甚至觉得这种事情对休而言是手到擒来的事，她甚至怀疑今天早上休跳上护栏的时候，自己也是这种感觉。

"干吗冒这个险呢？……这个傻瓜。"领事说着，喝了一口哈瓦那酒。

不过，休的麻烦才刚刚开始。一时间，那些牛仔、那个戴着宽边帽的男人、那个咬了牛尾巴的小男孩儿、那些醉汉都走进了斗牛场，还有那条刚才朝公牛狂吠的小狗也偷偷地从栅栏下钻进斗牛场。他们慢慢接近那头牛和休，他们的队伍还在壮大，这些人都想一显身手，加入到斗牛大军来。

伊芙意识到东北部的天空飘来了乌云，这突如其来的不祥的黑暗让天空看起来犹如夜晚。山间响起了雷声，开始是一声低低的雷声，有金属质感，接着劲风吹起，从树上掠过，吹弯了树枝。这种风雨欲来的景象本身就具有奇特的美感。穿着白裤子、戴着鲜艳披肩的男人引诱着公牛，他们靠着那些阴沉沉的树木，站在乌云密布的天空下，那些斗牛场上的马匹被骑手拿着的蝎形尾的鞭子抽打着，狂奔起来，掀起了阵阵尘土。骑手们在马背上颠簸，他们身体后倾，离马鞍越来越远，他们胡乱地向四周甩着绳索，一时间，套索乱飞。这些混乱的场面虽不利于休征服公牛，可休临危不乱，镇定自若地继续斗牛。刚才那个咬牛尾的小男孩儿，头发凌乱地挡在额头前面，现在他已经爬到了高高的树上。

风中又飘来了乐队演奏的"叽里哇啦"之歌。公牛咆哮着，它的牛角卡到了栅栏里，它仍然被那些牛仔用棍子戳着、击打着，它的肠子已经淌了一地。它被鞭打、被砍刀砍，它痛苦地挣脱出来，又被套索套住了，还被一把草叉子绊了一下。牛仔们把灰尘和粪便往它那发红的眼睛上扬。这种虐待动物的行为似乎无休止地在斗牛场上演。

伊芙突然小声对领事说："杰弗里，看着我，听我说，我已经……我们别待在这个地方了……杰弗里……"

领事脸色苍白，他没戴墨镜，可怜巴巴地看着伊芙，然后他开始出汗，整个身体都颤抖起来。"不，不行……不行。"他又说了一句，声音有些歇斯底里。

"杰弗里，亲爱的……不要颤抖了……你害怕什么呢？为什么我们不离开这儿呢？现在，明天，今天……究竟是什么在阻挡我们？"

"不行……"

"对了,你的状态一直都很好的……"

领事伸出一只胳膊搂住了伊芙的肩膀,然后像个孩子一样,把湿漉漉的头靠在了伊芙的头上。一时间,他们好像被柔情爱意包围了,那爱意在看护他们、守卫着他们。领事渐渐平静下来,最后他疲惫地说:

"为什么不呢?看在耶稣基督的分儿上,我们离开这儿吧,让我们走得远远的,伊芙,去哪儿都行,只要离开这儿就好。离开这儿的一切。上帝啊,离开这残忍的斗牛表演。"

——我们去有满天繁星的地方。日出时,天空中挂着一轮金色的月亮,中午时我们能看到蓝色的山脉,山顶上覆盖着皑皑白雪,还有甘甜清冽的蓝色湖水,如今这一切就要实现了……伊芙问:"亲爱的,你是认真的吗?"

"当然是认真的!"

"亲爱的……"伊芙马上想到了,他们达成一致未免太快了、太过容易,会不会有些草率,好像是在监狱里探监,并没多少交谈时间的敷衍式的谈话。领事拉着伊芙的手,他们坐在一起、手握在一起,相互依偎。

在斗牛场上,休还在斗牛,那头公牛也不甘示弱,它暂时摆脱了休,不过它现在怒不可遏,胡乱地用身体撞击着栅栏,因为它看到那些栅栏就想起了自己的圈,自己本该在那里多享受一会儿清静的。它一次又一次地撞击着牛圈的门,每一次的撞击都比上一次更加猛烈。不过,它愤怒的情绪在渐渐消散,那条小狗再次出现了,又冲着牛的脚跟狂吠起来……休又趁机骑上了牛背,牛开始一圈圈地在斗牛场上疯跑。

"我的意思是,这不仅仅是逃跑,而是新生活的开始。杰弗里,我们找个地方,忘掉一切,重新开始,就像浴火重生那样。"

"是啊,你说的是。"

"我都想好了,我最后终于想通了。哦,杰弗里,我终于想明白了。"

"是啊,我想我也想明白了。"

他们下方的斗牛场里,那头公牛的角又一次卡在了栅栏里。

"亲爱的……"他们可以坐火车去他们想去的地方,火车在夜色中穿过太平洋边的田地。

"伊芙?"

"怎么了,亲爱的?"

"你知道吗?我堕落了……我很痛苦。"

"没关系,亲爱的。"

"……伊芙?"

"怎么了?"

"我爱你……伊芙!你呢?"

"哦,我也爱你!"

"我最最亲爱的……我的爱人。"

"哦,杰弗里,我们会很幸福的,我们可以……"

"是啊,我们会的。"

——在遥远的海洋对岸,我们的林中小屋在等待着我们。

斗牛场外先响起了一阵雷动的掌声,接着风中飘来了吉他的声音。公牛再次跑出了栅栏,场面又一次变得有些失控。休和那头公牛在斗牛场中间的一块小圈子里纠缠了一会儿,骑手们和其他人把他们围住，场面同样混乱。很快，整个斗牛场都笼罩在一层烟雾之中。他们左边牛圈的大门再一次打开了，也许这是两头公牛共同努力撞开的。啊，在众人的欢呼下，那头牛冲了出来，一次次地发起进攻，向各个方向横冲乱撞。

休一时间失去了斗牛士的风采，他在一个远离观众席的角落里，和公牛纠缠在一起。角落里忽然有人尖叫了一声，伊芙挣脱开领事的怀抱，猛然站起身，说了一句：

"休！……出事了！"

领事也摇摇晃晃地站了起来，他喝了酒，手里还拿着酒瓶，那瓶酒差不多被他喝完了。他说："我看不清，不过我觉得是牛出事了。"

他们离那个角落很远，而且，斗牛场很乱，骑手、公牛和套索乱作一团，掀起阵阵尘土，他们很难看清对面究竟发生了什么。过了一会儿，伊芙看清楚了，确实是公牛出了事。它现在已经精疲力竭，倒在了尘土之中。休平静地绕开牛，向欢呼雀跃的观众鞠了一躬，并避开了另一头牛的攻击。他纵身越过了远处的栅栏。有人把他掉落在地上的帽子捡起来还给他。

"杰弗里……"伊芙急切地说，"我不指望你……我的意思是说……我知道我们一定会……"

伊芙说话的时候，领事喝完了那瓶哈瓦那酒。不过，他在心里有些同情休。

……他们走在托马林大街的时候，头上的天空又变得湛蓝。可是波波卡特佩特火山后面，还有乌云在集结，乌云投射出的巨大紫色阴影被夕阳的光线穿透，光线照在另一片银色的湖面上，湖面上波光粼粼。空气中弥漫着清新的味道。他们前面的景色很迷人。这些美景伊芙在旅途中并未领略过，也不记得自己见过这种盛景。

领事开口说："塔斯马尼亚主教或是在塔斯马尼亚沙漠即将因干渴而死的人也有这种类似的经历。遥远的摇篮山的景象只能带给他们些许安慰，很快，他们就会意识到：自己看到的湖水只是海市蜃楼，是阳光照射在无数破碎的、堆得如金字塔般高的酒瓶上反射出的光线形成的幻想。"

大片湖水区域有一片破败的温室，那个温室属于迈尔斯特公园的一部分，不过现在那个温室里只有丛生的杂草。

伊芙走在大街上，头脑中一直想着他和杰弗里林中小屋的生活：他们的家看起来是那样的真切，在太阳升起的时候，在西南风吹起的漫长的午后，或者在夜幕降临的星空和月光下，她都看到了他们的林中小屋。她看到他们的小屋屋顶被白雪覆盖。她从树林的高处看到了他们小屋的烟囱和屋顶。还有那个栈桥，她在海滩上看到了那个小屋，远远地从海面望去，她站在路边，看到小屋在石楠花花丛和森林的掩映下，显得那样渺小，不过，那是他们的避风港，是他们的灯塔。他和杰弗里说起的那艘小船已经被小心翼翼地停靠在了岸边。她能听到小船撞击在岩石上的声音。以后，她会把小船停靠在离岸边远一些的地方，那样会更安全。他们的房子在她的脑海中是那样真切，它就在她的脑海中央，那里还有一个歇斯底里的女子的形象：她像一个木偶那样猛然抖动起来，然后用拳头敲击着地面。这是真实的吗？

领事大喊一声："向前走，去'奥菲利亚'沙龙。"

一阵闷热的风向他们扑来，那风是雷阵雨的使者，它气势汹汹地赶来，又渐渐消散。不知从什么地方传来了一阵狂乱的钟声。

在尘土中，他们的影子在他们前边慢慢爬行着，从干渴的住宅楼的白墙面上滑下来,被一个模糊的椭圆形影子缠住了。那是一个小孩骑的自行车车轮所投射出的巨大影子。

那车轮的影子很大,懒懒散散的,从他们眼前一晃而过。

现在他们的影子又完整了,一直向沙龙门下滑去。他们的影子投射在了沙龙高高的门上,他们在门下发现了一个类似于拐杖之类的东西,看来有人离要开了,可是那个拐杖还在原地,那个拐杖的主人站在门口和别人争执起来,也许是他想再喝一杯,然后再走。很快,酒吧的门开了,有人走了出来。

一个肥胖的老印第安人弯着身子,他背上背着什么东西,被压得连连呻吟。他的额头上系着一个带子,帮助分散他背后的重量。他背着另一个印第安人,那个人的年龄比他还大,身体比他还要虚弱。这个印第安人拄着拐杖,背着年迈的印第安人,步履沉重、一瘸一拐地向前走,每走一步,都被背上的重担压得颤颤巍巍,他背负的,是两个人的负担。

他们都站在那里,看着那个步履维艰的印第安人,直到他走到街口的拐角处,走进夜色中,从他们的视野范围中消失。他拖着脚,穿着一双破旧的拖鞋,穿过了堆满灰白色尘土的街道……

10

"来杯梅斯卡尔酒。"领事心不在焉地说。他刚才说什么了？别去想了。不管他有什么烦心事，喝了梅斯卡尔酒就会好的。不过，可不能要正宗的梅斯卡尔酒啊，那酒太烈了，他这样劝说自己，于是他轻声说："不，塞万提斯先生，来一点儿口感绵柔的就好。"

然而，领事点完酒，又觉得自己不该喝酒，不仅仅因为他正在戒酒，不该喝酒，并不是那样，他好像忽略或者丢掉了什么东西，也许不该说丢失了，准确地说是错过了什么……他更像是在等待什么，不应该说他在等待……好像，他只是站在那儿（此刻他好像并没站在"奥菲莉亚"沙龙门口，而是站在游泳池边上，盯着平静的水面。过一会儿，伊芙和休就要进入那个泳池游泳了）。他好像再次置身于漆黑的、开放的站台上。站台外，长满了矢车菊和绣线菊。

他独自在站外，喝了一夜的酒，他去站台是接站的，第二天早上7：40，从弗吉尼亚州归来的李·梅特兰德坐的火车会到站，他就是来接她的。领事晃晃悠悠地走了，他感到头重脚轻、头脑浑浑噩噩的，在那种昏沉的状态下，波德莱尔创造的天使醒来了，也许他盼望着能遇到火车，但是，他遇到的火车不会在站台停靠，因为在天使的观念里，火车是永远行进的，不会有人上下火车，天使也无法上下火车，也不会有另一个天使，长着像李·梅特兰德那样金黄色头发的天使上下。……火车是不是晚点了？他为什么在站台上来回踱着步呢？即将进站的火车是从吊桥来的第二辆，或者第三辆火车吗？……吊桥！……列车长说过，那是李·梅特兰德坐的那趟火车吗？搬运工又说什么了？她会坐这列火车吗？她是谁？李·梅特兰德根本不会坐这种火车的，再说了，这些火车都是快车，火车车轨会一直延伸到远处的山上。一只孤独的鸟儿扑扇着翅膀，飞过了远处的火车铁轨。距离铁轨交叉口右侧稍远一些的地方有一棵树，看起来像喷涌矿产的花园，一动不动地矗立在那里。铁轨旁边有一家给洋葱脱水的加工工厂，好像从睡梦中醒来，接着，矿业公司也忙碌起来。矿业公司经营的是黑色产品，可是我们却要正大光明地经营业务，因为我们的公司是魔鬼矿业公司……清晨的街道上飘来了洋葱汤的香味，那香味在大街上弥漫着。工人们推着装煤的独轮车艰难地行进着，或者忙着筛选煤炭。一排排熄灭的路灯像一条条直立的蛇，沿着站台分布，摆出了攻击敌人的姿势。站台的另一侧生长着矢车菊、蒲公英，还有一个像烧得旺盛火盆一样的垃圾桶。垃圾桶周围长满了绣线菊。早晨清新的天气开始变得炎热，现在那些高处的地平线上，火车一列接着一列出现。车体闪着光芒，出现在海市蜃楼里。先是从远处传来了汽笛声，接着，滚滚的、呈纺锤形状的可怕黑烟出现在视野之中，就像一个个不知来自何处的高大柱子一样，一动不动地杵在那里。接着，圆形的车身出现了。火车好像并不在铁轨上行进，而是驶向另一个方向，或者停下了。哦，上帝啊，它们好像并没有停下，它们好像滑过了那边的田地，只是看上去像是停止了；哦，上帝啊，它们并没有停下，而是向山下开了："咔嚓"一下，"咔嚓—咔嚓"两下，"咔嚓—咔嚓—咔嚓"三下,"咔嚓—咔嚓—咔嚓—咔嚓"四下。哦,感谢上帝呀,火车并没停下,仍在全速前进,整个铁轨都在颤抖,整个车站像飞腾起来似的,那些黑漆漆的煤灰也跟着飞起来,那些像沥青一样黑乎乎的东西漫天飞舞。接着,又一辆火车出现了,"咔嚓"一下,它从另一个方向驶来,摇摇晃晃、飞速前进,在离铁轨两英寸高的空中飞舞着;"咔嚓—咔嚓"两下,火车驶过,发出一道亮光,划破了清晨的宁静;"咔嚓—咔嚓—咔嚓"三下,出现了一只没用的奇怪独眼。那独眼是金红色的。火车,火车,火车,每辆火车都由一个女妖战士驾驶,它们用尖厉的声音演奏着D小调风琴曲。"咔嚓—咔嚓—咔嚓"三下,但是这些火车中没有他等的那辆,也没有伊芙要等的那辆。然而,他们的火车一定会开过来的,列车长不是说了吗?第三辆或者第四辆火车不知道会从哪个方向来,是从北来,还是从西来呢?是从谁的北边来?从谁的西边来呢?……他必须采些鲜花,迎接天使的到来,那位来自弗吉尼亚的美丽天使会从火车上翩然降落。领事告诫自己:但是在铁轨两侧生长的鲜花我是不能采摘的,它们会喷出黏液,因为这些花生长在了花梗错误的一侧(他也站在铁轨错误的一侧),差点儿掉进了那个像火盆一样的垃圾桶。矢车菊生长在花梗中央,它们会被做成女王的蕾丝装饰吗?不,它们太长了,他采的矢车菊做成的花束真是太糟糕了。要怎么才能绕过错误的铁轨,回到正确的轨道那边呢?现在一辆火车从错误的方向驶了过来。"咔嚓"一下,那些铁轨看起来那么不真实,实际上它们并不存在,火车是在空中运行。也许这些铁轨通向某处并不是人间的地方,也许是哈米尔顿,或者是安大略这样的地方……傻瓜,他只不过是沿着直线走,就像一个男孩儿在马路上走。"咔嚓"一下,"咔嚓—咔嚓"两下,"咔嚓—咔嚓—咔嚓"三下,"咔嚓—咔嚓—咔嚓—

咔嚓"四下,"咔嚓—咔嚓—咔嚓—咔嚓—咔嚓"五下,"咔嚓—咔嚓—咔嚓—咔嚓—咔嚓—咔嚓"六下,"咔嚓—咔嚓—咔嚓—咔嚓—咔嚓—咔嚓—咔嚓"七下。火车,火车,火车,火车,火车。来自四面八方的火车似乎都汇聚到领事所在的地方,每一辆火车都发出了魔鬼般的吼叫,好像呼唤着它们的情人。生命有限,不能再浪费时间了,可他又为什么要浪费生命中其他珍贵的东西呢?白天怒放的向日葵,到了夜晚就在他面前枯萎了……下一秒钟,领事就坐在了火车站的酒馆里,他身边坐着的人正在向他贩卖自己三颗松了的牙齿。明天,他等的那辆火车就会来吗?明天他就能等到他盼望的那辆火车吗?列车长是怎么说的?领事看到快车上有个人拼命向他挥手致意,那个人会是李·梅特兰德吗?谁把一捆脏兮兮的卫生纸扔出了火车车窗?他又丢失了什么呢?他看到了一个傻瓜坐在那儿,他穿着一身脏兮兮的灰西服,他穿的裤子膝盖那里鼓鼓囊囊的,穿了一件又长又肥大的夹克衫,戴着一顶灰色的布帽,穿着棕色的靴子,还拿了一个自行车车架。他的那张肥硕的大脸面如土灰,他张开嘴,别人就能看到他上面的牙床上缺了三颗牙齿,也许正是那个人向他贩卖的那三颗牙齿呢!那个人脖子很粗,每隔几分钟,只要有人走近酒吧,他就会瓮声瓮气地说:"我看着你们呢……我能看见你们……你们休想从我这里逃跑。""快闭上嘴,安静些,克劳斯,你要是不说话,没人会知道你是个疯子。"……就在这时,乡村的风暴骤起,雷电大作,足以击垮电线杆。那个傻子咬着电线,说:"费尔明先生……过一会儿你也能尝到这味道,你能尝出水里的硫黄味道,那可是纯正的硫黄啊。"……每天下午四点,你就会在这家酒吧看到一个在附近墓地工作的掘墓人……他大汗淋漓、脚步沉重,一天的劳作让他身心疲惫,累弯了腰、无精打采、浑身颤抖,他背负着挖掘墓葬的工具……每天下午四点,他都会去同一家酒吧找夸特拉斯先生。夸特拉斯先生是一位来自巴巴多斯的黑人土著登记经纪人。"我是一个赛马行家,我在白人中间长大,因此那些黑人都恨我。"夸特拉斯先生咧嘴笑了,但是他的神情悲伤,害怕自己被遣返。……可是掘墓人赢得了与死亡的对决,也挖掘挽救了夸特拉斯先生。这也是那个晚上发生的事吗?……他的心也像那个在车站铁轨旁边的火盆形垃圾桶一样冰冷,它周围生长着矢车菊,矢车菊上挂着晶莹的露珠:这些植物虽然美丽,可也让人心生恐惧。火车投下的影子从栅栏上掠过,在月色下,这些影子穿过草地,在漆黑的橡树下的街道上留下一道道像斑马身上的条纹一样明暗相间的花纹,一个影子像是铁轨上的雨伞,越过了尖尖的栅栏。那是心脏衰竭、行将死亡的征兆……它被夜色所吞噬,过一会儿,就连月亮也看不到了。这恐怖而深邃的月夜。星光下的墓地,连掘墓者都不见了踪影。他现在喝醉了,穿过了田野,踉踉跄跄地往家走,嘴里哼着小调:"只要他们允许,我三小时就挖块儿墓地……"在斑驳的月影下,偌大的墓地只有一盏路灯照明。那高高的野草和高耸的方尖碑都迷失在银河之中。碑文上写着的:列车长是怎么说来着?那些故去的人们,他们睡觉吗?为什么这些故去的人能安然长眠,我们这些活着的人却无法入睡?他们全部都睡着了。军队,和风,还有海王星。他恭恭敬敬地将一束残破的矢车菊放在了一个无人问津的墓地上,那个墓地是奥克维尔牧师的。也可能是奥克斯卡牧师或者是奥克维尔牧师的。有什么区别呢?就像一个只在下午4:00开门的小酒馆和一个只在凌晨4:00开门、节假日除外的酒馆又有什么区别呢?……这时,那挖墓人的歌声又传来了:"我告诉你的绝非戏言,我挖一个墓穴就挣了100元，还被派去了克里夫兰……"

尸体应该由快速列车运送……

领事每个毛孔里渗透出来的汗液都是酒精味，他现在站在了奥菲利亚沙龙敞开的大门门口。这种情况下来喝杯酒是多么明智的决定啊！而在这种情况下，喝杯梅斯卡尔酒无疑是最好的选择了。此外，他不仅向自己证明了他不仅不再惧怕喝酒了，而且他喝酒以后还变得清醒了，完全清醒了，可以应付任何遇到的突发事件。可以说是一夫当关，万夫莫开。只是，他的视野范围中出现了一些微小的持续的抽动和跳动，好像眼前有数不清的沙蚤在跳来跳去。他也许会告诉自己，他已经几个月都滴酒不沾了。现在他唯一的问题就是：他感觉太热了。

一个自然形成的瀑布倾泻而下，流经一个修建成高低两级的水库之中。领事看到这奔流的瀑布并没有觉得凉爽，他觉得站在瀑布旁还没有汗水发透后感觉凉爽呢。较低的一级水库形成了一个游泳池，休和伊芙过一会儿要去那个泳池里游泳；而在水流更为湍急的更高一级的水库，奔涌的浪花溅到了人造瀑布之外，形成了一条溪流。这条溪流穿过了茂盛的丛林，在丛林尽头汇集成一个更大天然瀑布，只不过，人们是看不到那个瀑布的。领事记得瀑布散开之后，就滴落到了不同的地方，形成了平原。沿着溪流，有一条林中小路，它穿越了丛林，在某个地方分叉出一条小路，这条路通向帕里安的"白果酸浆"酒吧。走第一条林间小路也能到达那家酒吧，而且这条路上分布着很多乡间酒吧。上帝知道，人们为什么都不走那条路。也许曾经在盛行大牧场的时代，托马林对农田灌溉具有重要的地理意义。后来甘蔗种植园烧毁，人们发现这里土地丰饶、布满沟壑，就想在这里开发温泉资源，可是后来这个计划也被搁置了。再后来，这里的人又想大兴水力发电工程，让托马林富裕起来，可是这个计划也无疾而终。帕里安与托马林相比，更加神秘，很少有人了解这个地区的历史。这片土地是塞万提斯那些凶悍的祖先定居的地方。他的祖先们使墨西哥变得强大起来，即使后来特拉斯卡拉人叛变，也无法抹杀先辈们的功绩。自革命以来，这个国家名义上的首都与瓜华那华克相比一直相形见绌，没有人向他明确地解释，这名存实亡的首都存在的意义是什么。他见过不少人去瓜华那华克旅游，可是去过的人很少有人会去那儿故地重游，他现在想想确实如此，不过他是个例外，只是他回到瓜华那华克是有原因的。为什么那里的交通那么不发达呢？或者只有一个奇怪路线通到那里。这一点领事一直觉得很纳闷儿。

有一些戴着帽子的摄影师潜伏在他身边，他们站在破旧的机器旁边，等待那些出水芙蓉走出换衣服的小隔间，好拍下她们的倩影。这些摄影师穿着租来的老式服装慢慢向水边逼近，游泳池里的两个女孩儿看到他们都吓得尖叫起来，她们的监护人晃晃悠悠地沿着旁边灰色的矮墙边走过来，矮墙把游泳池和从较高地势流下来的急流分开。这些女孩的监护人显然不想跳进泳池，他们指了指一棵低垂的胡椒树旁边那个没有台阶的跳板，示意那个跳板已经废弃，不能用了，就像已经被巨浪冲毁的受害者一样，借口推脱自己的责任。过了一会儿，他们又大呼小叫，急匆匆地跑到一个通向游泳池的石阶。两个女孩儿生气了，不过她们还是踏着水，跟着监护人走了。劲风吹动游泳池的水面，大片云朵在地平线的地方越升越高，不过头顶上的天空依旧是晴朗湛蓝的。

休和伊芙出现了，他们的着装很奇特。两人站在游泳池旁边大笑起来，笑得浑身颤抖起来，他们丝毫不理会从地平线射出的、照在他们身上的火辣辣的阳光。

摄影师趁机拍下了他们的照片。

"怎么回事儿？"伊芙大喊起来，"怎么还有偷拍？就像在马蹄瀑布或是在威尔士瀑布？"

"或是尼亚加拉瀑布。"领事说，"大约1900年，坐上'雾中少女'号之旅①，感受尼亚加拉瀑布的风采怎么样？只需要七十五美分，还得带好油布防水服。"

休小心翼翼地转过身，他把双手放在膝盖上。

"好哇，去那里追寻彩虹的终点。"

"或者去风之岩洞，神奇的萨格拉达瀑布所在地。"

事实上，那里真的有彩虹，不过那个地方没有梅斯卡尔酒（当然了，这一点伊芙不会注意到），如果把梅斯卡尔酒的商机带入那个旅游胜地，一定会为那里增添神奇的色彩。那个地方的神奇之处就是尼亚加拉瀑布，它不仅是神奇宏大的自然景观，也是度蜜月的圣地。它是可爱的，还有调皮的爱意一直笼罩在这片充满念旧情怀的瀑布旅游胜地。但是，梅斯卡尔酒的出现引发了一种不和谐的音调，接着催生了一连串令人伤感的不和谐气氛。而那些迷雾似乎在这种不和谐的气氛中翩翩起舞，穿过彩虹那难以捉摸的微妙光线，飘浮在高高的彩虹碎片之间。那是灵魂做出的幽灵般的舞蹈，他们被这种搭配所迷惑，可是仍然在瞬间中寻求着永恒，或是永远失去的东西。

---

① "雾中少女"号之旅：自1846年以来美国最具有纪念性的游船之旅，是在美国境内最好的体验尼亚加拉瀑布的方式。坐上游船可以进入瀑布中心，听到耳边闪过60万加仑的瀑布的轰鸣声，感受瀑布喷涌而出的巨大力量。

也许这是追寻者的舞蹈,舞者通过舞蹈追寻着自己的。而领事只是追寻着那些欢乐的色彩,他并不知道自己想通过这舞蹈追寻一种更为美妙的景色,他也许永远不会意识到自己已经成为那美景中的一部分……

黑影蜷缩在空寂酒吧的角落里,它们扑向了领事。"再来一杯梅斯卡尔酒,就来一杯。"这声音似乎是从吧台上面传来的,那里有两个黄色眼睛,发出的狂野光芒穿透了黑暗。鲜红色的鸡冠、编条,还有铜绿色的、有金属质感的羽毛,那羽毛是从站在吧台上的某个家禽的身上掉下来的,接着,它显出了真容。塞万提斯开玩笑似地从家禽的后面站了起来,用特拉斯卡拉人快乐的打招呼方式招呼他们:"那酒真浓烈、真可怕。"说完,他就大笑起来。

就是这张脸发动了五百艘船只,然后背叛了耶稣,把他诱骗到了西半球吗?但是这只鸡看起来还十分驯服。酒吧里的时钟显示时间是三点半,另一个家伙说。再看看那只公鸡,那可是只斗鸡,塞万提斯训练这只斗鸡,让它参加在特拉斯卡拉举行的斗鸡比赛,不过领事对这种比赛一点儿都不感兴趣:塞万提斯训练的斗鸡总是输掉比赛。领事只参加过一场斗鸡比赛。那场比赛是在考特拉举行的,当时,领事喝醉了,斗鸡是一场邪恶的、人造的战争,非常残忍,而且极具破坏性。然而,在某种程度上,这种家禽之间的争斗只是点到为止,每次两只斗鸡的交锋都很短暂,总是让人觉得意犹未尽,更像是草草了事的鱼水之欢,这让他觉得这种比赛很无聊,让他厌恶。塞万提斯抱走了那只公鸡,并且补充了句:"它可是一个凶狠角色。"

瀑布呼啸的声音在这里变小了一些,不过充斥着整个房间,就像一艘船的引擎那样隆隆作响……永恒……领事感觉凉爽了一些,他靠在吧台上，盯着他点的第二杯酒，那杯没有颜色、闻起来像乙醚味道的液体。喝还是不喝？这是一个问题……但是领事觉得，如果他不喝梅斯卡尔酒，就不会体会永恒的感觉，就会忘记他和伊芙的世界之旅，忘记世界是一艘在来自合恩角的船，在海风的驱动下航行，却永远也到达不了他的目的地瓦尔帕莱索①。或者，世界就像一个高尔夫球场，像一个高尔夫球，朝着一个硕大无比的蝶形球洞飞去，却被一只从地狱疯人院窗户伸出的巨人之手拦截；也许地球就像一辆长途公共汽车，晃晃悠悠地开往托马林或其他地方；也许地球就像……他再喝一杯梅斯卡尔酒，就不会在乎地球像什么了。

然而，他的"下一杯"梅斯卡尔酒却迟迟没端上来。领事站在那里，他的手好像变成了酒杯的一部分。他在倾听着、回忆着……他突然听到有个声音高过了那些吼叫声，那声音是酒吧外面那些年轻的墨西哥人甜美而清脆的声音。他也听到了伊芙的声音，虽然很亲切，却让他无法忍受……这声音和他喝下第一杯梅斯卡尔酒后听到的声音有些不同……很快，那些声音就消失了。

为什么会消失呢？……那些声音好像和那耀眼的阳光混杂在了一起，阳光透过敞开的门，涌进了酒吧里，将道路两侧鲜红的花朵变成了如燃烧火焰一般的亮剑。那些混杂的声音好像在告诉他：即便是最苍白的诗句，也要好过现实的生活。想到这里，他喝下了半杯梅斯卡尔酒。

领事还注意到另一个咆哮声，不过那个咆哮声来自他的脑海，"咔—嚓"一下：那辆从美国驶来的特快列车摇摇晃晃地载着尸体穿过了绿色的草地。如果没有了灵魂，人不就变成了一具行尸走肉吗？

---

① 瓦尔帕莱索：南美洲太平洋西岸的重要海港，智利阿空加瓜区和瓦尔帕莱索省首府。智利第三大城市。

灵魂！伊芙不也遭受过她的特拉斯卡拉人无情而残忍的背叛吗？她的柯尔蒂斯宫，还有她那不堪回首的往事，那时她不也是终日披着愁苦的枷锁，将自己封闭起来，独自饮下苦涩的酒，形容枯槁吗？

那咆哮声变大了，然后消散了，接着又变大，吉他弦的声音与很多呼喊声混杂在一起，那些声音在呼叫着，在低吟，就像克什米尔的那些妇女在极度混乱的声音中的祷告声。"醉鬼啊……"她们哭诉着。领事觉得那黑暗的酒吧和门廊里一闪而过的大门在他脚下摇晃起来。

"……伊芙，我们找个时间去爬波波卡特佩特火山，你觉得怎么样？"

"老天呀，为什么？你的锻炼难道不够吗？"

"……也许爬爬火山能强健肌肉，爬几座小山峰还是不成问题的。"

他们在开玩笑，可是领事态度却很严肃。他喝下了第二杯梅斯卡尔酒，就变得严肃起来。不过他还没喝完第二杯酒，他把酒杯放在了吧台上，塞万提斯站在角落里，冲他招了招手，示意他过去。

领事走过去，看到了一个衣着简陋的小个子男人。他一只眼睛上带着黑色的眼罩，穿着一件黑色的外衣，戴着一顶漂亮的宽边帽，帽子上长长的流苏一直垂到了后背。领事知道，这个人虽然看起来粗野，内心却十分紧张，就像他一样紧张。这个酒吧究竟有怎样的魅力，能把这些胆战心惊、身败名裂的家伙都吸引来呢？塞万提斯在吧台后面带路，他上了两级台阶，把门帘拉到一侧，这可怜的、孤独的人啊，他想带领事去他的房间看看，可是领事步履维艰，上楼梯费了很多体力。塞万提斯的房间很小，有一张大铜床，在屋后的墙上，挂着一排生了锈的枪支。屋子的一角，在一个微小的瓷制少女雕像前面，是一个小台灯，那其实是一根圣礼蜡烛，蜡烛外面有一层玻璃罩，蜡烛透过玻璃罩，发出红宝石般的光晕，照亮了整个房间，还在棚顶投射出了一个宽大的黄色灯影。塞万提斯颤颤巍巍地指了指那个灯影，说："先生，我祖父告诉过我，绝对不能让那盏灯熄灭。"领事喝了梅斯卡尔酒，在酒精的作用下，他热泪盈眶。他想起前一天晚上和维吉尔医生一起寻欢作乐的时候，特意去了瓜华那华克镇的一家教堂。他以前没去过那家教堂，教堂里有色彩庄严的挂毯，还有奇怪的还愿图。图画中一位悲天悯人的圣母飘浮在黑暗上方。领事向圣母祷告时，他的心还在胡乱跳动着，他向圣母祈求伊芙能够再次回到自己身边。教堂周围有一些黑暗的人影，看起来那样悲惨、孤独，他们或站在教堂周围，或跪在地上……只有那些孤苦伶仃和无依无靠的人才会去教堂。"圣母是属于那些孤苦无依的人，也属于茫茫大海中漂泊的船员，"维吉尔医生告诉领事，说完他就跪倒在地，并且把随身带的枪放在地上……维吉尔医生每次去参加红十字会举办的舞会，都会带枪……他悲伤地说："没有人来这儿，只有那些孤苦无依的人会来这里，向圣母祷告。"领事把眼前这位圣母和另一位回应了他祷告的圣母弄混淆了，于是他又开始祷告。"什么也没有改变，虽然上帝依然对我仁慈，我还是孤身一人；虽然我的痛苦毫无意义，我依然生活在悲苦之中。我的生活好像没有答案。"确实没有答案，而且他的这些表述也不是他想表达的意思。"请实现伊芙的梦想吧……梦想？……她和我开始新生活的梦想……请让我相信，这一切并不是令人厌恶的自我欺骗，"他默默地祷告着，"……请让我带给她幸福的生活。请将我从这可怕的自我斗争中解救出来。我已经陷入了人生低谷，就让我陷得更深一些，这样我就能看清事实的真相。请教会我如何去爱别人，如何热爱生活。"这样祷告也不行……"真爱在何处？还是让我真真切切地承受痛苦的煎熬吧。请将我的纯洁、对神秘事物的认知还给我,我曾经背叛了它们,把它们弄丢了。请让我承受真正的孤独吧,这样我才能真诚地祷告。请让我和伊芙找到一个宁静之所,去哪儿都行,只要能和她在一起,只要能逃离这个可怕的世界。请将这个可怕的世界毁灭了吧!"他在心中哭诉着。画中的圣母低下头,用怜悯的眼神看着领事,也许她并没有垂听他的祷告吧?领事几乎没注意塞万提斯拿起了他的一杆枪,他说:"我喜欢打猎。"他说着,放下了枪,拉开衣柜最下面的抽屉。衣柜位于这个小房间的另一个角落里,抽屉里装满了书,几乎无法关上。那些书中有《特拉斯卡拉历史》十卷本。他看了一眼,立即把抽屉推了回去。"我是一个无足轻重的人,我之所以读这些书,是想证明我并非无足轻重,"他骄傲地说。"是啊,朋友。"领事附和道。他们走下楼梯,回到酒吧时,塞万提斯接着说:"就像我告诉你的那样,我遵从了祖父的意愿。他帮我挑选妻子,所以我就管我的妻子叫母亲。"他说着,从兜里掏出了一张照片,照片里是一个躺在棺材里的小孩。他把那张照片放在吧台上,说:"新婚那天,我喝了一天的酒。"

"……护目镜和登山杖。你这装备看上去棒极了……"

"……我的脸上全是润滑油。再戴一顶羊毛帽子,把帽檐一直拉到眼睛上……"

这时,领事又听到了休的声音,还有伊芙的声音,他们正在换衣服。他们隔着各自的更衣室交谈着。他们的更衣室就在离领事不到六英寸远的地方,在那堵墙后面。

"……你现在感觉饿了吧?"

"……我吃了几个葡萄干,还有半个西梅干。"

"……别忘了吃些酸橙子……"

领事把杯中的梅斯卡尔酒喝光了:当然了,这一切真是一个可悲的笑话,不过,他提议的去爬波波卡特佩特火山的计划在休到来之前就酝酿了,可是他忽略了其他的东西:是不是领事觉得,只要他和伊芙一起爬上波波卡特佩特火山,就能共度余生?此时,波波卡特佩特火山就矗立在他们面前。可是火山上险境丛生、遍布着陷阱和种种不祥之兆,就像他们认为一支香烟短暂而自欺欺人的命运就像他们的命运一样愚蠢……也许伊芙现在就感到很幸福呢?

"……我们从哪儿出发呢?阿梅卡梅卡吗?"

"为了避免高原反应。"

"……我想,爬火山更像是一场朝圣之旅,可是杰弗里和我很多年以前就有这个打算了,你还是先骑着马去特拉曼卡司吧……"

"……午夜出发,去浮士德酒店!"

"你们都想要吃什么呀?是花椰菜还是土豆饼?"领事看到伊芙和休走过来,装出一副什么都没听到的样子,他假装自己刚才滴酒未沾,皱着眉头招呼他们。他想应该在这间餐厅吃晚饭。他有意掩饰自己透着醉意的声音,仔细看了看塞万提斯递给他的那份账单,问道:"还是想要特质枫糖浆,或者洋葱蒜蓉鸡蛋?……"

来点儿甜品配牛奶怎么样?还是给我们的德国朋友点一份儿美味的香炸里脊肉?

塞万提斯给伊芙和休每人一份菜单,可是休却和伊芙共用同一份菜单,他说:"来一份莫斯·冯·施密德豪斯博士的特质汤。"伊芙则饶有兴致地读着那些德语词的发音。

领事说:"吃完了洋葱炒鸡蛋,我来份胡椒汤就行了。"

"只要一份。"领事补充了一句,他显得很紧张,因为休的笑声太大了，有可能让塞万提斯觉得不舒服。领事接着说："想顾及一下我们德国朋友的感受，他们喜欢吃菲力牛排。"

"鞑靼牛肉呢？"休问道。

"特拉斯卡拉！"赛万提斯面带微笑，他手里拿着的铅笔在不停地抖动着，加入了两人的争论，"是啊，我就是特拉斯卡拉人……女士，您喜欢吃鸡蛋吧？向您推荐白煮鸡蛋这道菜，非常美味。蛋白和蛋清分离的那种吗？可以和鱼搭配，也可以搭配牛排条和青豆。还有'为女王翻筋斗'这道菜，还有糯米蛋，就是夹在烤面包片里的糯米蛋。或者是鹿肉小牛肝配甜椒？或者帕尔玛干酪？或者'皇家幽灵鸡'？或者是烤乳鸽？红鲷鱼油炸鞑靼牛肉？三位意下如何？"

"哈哈，看来每道菜里都少不了鞑靼牛肉啊！"休打趣道。

"我对'皇家幽灵鸡'更感兴趣，你们呢？"伊芙说完，大笑起来，领事觉得刚才这些菜名不过是些调侃女性的污言秽语，不过伊芙却丝毫没有觉察出来，她现在也没觉得有什么异样。

"最好把承载它灵魂的躯壳也端上来。"

"好的，几位喜欢带墨汁的乌贼吗？或者是金枪鱼，还是精巧的小鱼？或许，几位应该点一些应季的甜瓜开开胃，来一份无花果草莓果冻如何？或者黑树莓加鱼？或者特味煎蛋？各位想来点儿金鱼酒尝尝吗？这种酒很好喝，银鱼酒也不错。"

"妈妈？"领事问，"妈妈和这道菜有什么关系呢？……伊芙，你不是想把你的母亲吃了吧？"

"这个单词的发音是'巴德尔'，先生，不是'马德尔'[1]，那是一种

---

[1] 领事混淆了西班牙语单词 Badre（一种鱼的名字）和 Madre（母亲）单词的发音，故而造成误解。

鱼的名字,这种鱼是尧特佩克出产的,味道非常鲜美。几位想尝尝吗?"

"休,你觉得呢?你想等着吃死鱼吗?"

"我想喝点儿啤酒。"

"啤酒是来查韦斯的还是蒙特祖玛的?是双车牌的,还是卡特布兰卡的?"

最终,他们点了蛤蜊肉浓汤、煎蛋、皇家幽灵鸡、青豆和啤酒。一开始,领事只点了虾和汉堡三明治,但他还是妥协了,听从了伊芙的意见:"亲爱的,你不会就吃这么点儿吧?我可是饿坏了,能吃下一头牛呢!"他们的手越过桌子,触碰到一起。

接着,他们彼此深情凝视,那是他们一天里第二次彼此深情凝视。他们的凝视中充满了渴望。领事的眼睛在一瞬间看到了伊芙身后的某个地方,越过了伊芙,他看到了格拉纳达①,他看到火车摇摇摆摆地从阿尔赫西拉斯②驶来,穿越了安达卢西亚的平原,"咔嚓—咔嚓""咔嚓—咔嚓",驶过了低矮、布满尘土的车站路,经过了斗牛场和好莱坞酒吧,进入了小镇,经过了英国领事馆和洛杉矶修道院、华盛顿·欧文③酒店(你们休想从我这儿逃走,我能看到你们,英格兰必须再次回归新英格兰,才能保存她的价值!)那辆老式的七号列

---

① 格拉纳达(Granada):西班牙地名,位于内华达山脉北麓,风景如画,建筑多姿多彩。特别是那些阿拉伯建筑,使这座安达卢西亚地区的城市别具一格。

② 阿尔赫西拉斯(Algeciras):西班牙港口城市,位于安达卢西亚自治区加的斯省,临近英国海外领地直布罗陀,气候温暖,有海滨浴场和富特圣塔矿泉,为冬季疗养圣地。

③ 华盛顿·欧文(Washington Irving)(1783—1859):19世纪最著名的美国作家,号称"美国文学之父",代表作有《见闻札记》《纽约外史》等。

车在行驶,正值夜晚,那富丽堂皇的马车穿过花园,缓缓爬上了山坡。它费力地穿过拱门,拱门旁边有一个乞丐,弹着一把破旧的三弦吉他。马车穿过了花园,到处都是花园,然后向上走,走到阿尔罕布拉宫[①]漂亮的窗花格。然而,他已经厌倦了,他走过他和伊芙相遇的那口井,然后继续向上行驶。现在,他们来到了赫内拉利菲宫[②]的花园,然后从那个花园到达山顶的摩尔人[③]的墓,他和伊芙正是在那里许下了相守一生的誓言……

最终,领事低下头。从那以后,他喝了多少酒?从那以后,他淹没在多少瓶、多少杯酒里?突然,他看到了那些酒瓶,那些酒瓶里装着白兰地、烧酒、茴香酒、雪梨酒、高地女王苏格兰威士忌,还有那些酒杯,不可胜数的酒杯堆得很高,像那天他们看到的火车里冒出的滚滚白烟,那白烟直通云霄,突然崩塌,从赫内拉利菲宫滚落到山下,酒瓶都摔碎了。其中有波尔图葡萄酒酒瓶、红葡萄酒酒瓶、白葡萄酒酒瓶、潘诺酒酒瓶、苦艾酒酒瓶,那些酒瓶被摔得

[①] 阿尔罕布尔宫(Alhambra Palace)西班牙著名宫殿,为中世纪摩尔人在西班牙建立的格拉纳达埃米尔国的王宫,为摩尔人留存在西班牙所有古迹中的精华,有"宫殿之城"和"世界奇迹"之称。由一系列庭院、天井和宫殿组成,里面错综复杂的镶嵌式墙壁和天花板设计,把宫殿衬托得极为奢华。

[②] 赫内拉利菲宫:格拉纳达的夏宫,修建于格拉纳达苏丹穆罕默德三世统治时期(1302—1309)。被认为是迄今为止保存下来的最古老的摩尔花园之一。

[③] 摩尔人:摩尔人多指在中世纪时期居住在伊比利亚半岛、西西里岛、马耳他、马格里布和西非的穆斯林。在英语文献中指摩洛哥人,过去也指11—17世纪创造了阿拉伯安达卢西亚文化、随后在北非作为难民定居下来的西班牙穆斯林居民或阿拉伯人,是西班牙以及柏柏尔人的混血后代。

粉碎、被人丢弃、"咣当"一声掉到了公园的地面上，掉到长凳、床、电影院座椅的下面，藏在领事馆的抽屉里；卡尔瓦多斯酒酒瓶被人丢弃、摔碎、或裂成了小碎片，被扔进了垃圾堆、丢到了海里——地中海、里海、加勒比海，在海面漂浮；死去的苏格兰威士忌酒瓶被丢弃在大西洋高地上，他看到了那些酒瓶、闻到了它们的气味。从一开始，他就看到了：酒瓶、酒瓶，到处都是酒瓶；酒杯、酒杯，到处都是酒杯，盛满苦涩的杜本内酒、福斯塔夫酒、黑麦啤酒、尊尼获加、上等加拿大威士忌白酒、开胃酒、餐后酒、半份酒、双份酒、将军酒、塔克骑士酒；酒瓶、酒瓶，那些装着龙舌兰的漂亮酒瓶；酒葫芦、酒葫芦、酒葫芦，数以百万装满醇美的梅斯卡尔酒的酒葫芦……领事心里想着那些美酒，却只能直挺挺地坐在那里。他的意识像是引而不发的水的咆哮声。木架周围吹起阵阵微风，它们集结着。树木上方飘来了乌云，窗户敞开着，领事看到那些乌云是成段分布的。他究竟要怎样才能找到自我、重新生活？也许这些破损或是被丢弃的酒瓶里、那些打碎的酒杯里，藏着唯一能确定自己身份的线索。他该如何回到过去，回到那些永久存在的酒吧里，回到海洋之下，从那些破碎的酒杯里翻找有关自己身份的线索呢？

停下！快看啊！听啊！你酩酊大醉，或者因为喝了酒暂时清醒，现在你究竟是醉是醒，自己能分辨得清吗？你曾经在格里高利太太开的酒吧里有过两次醉酒的经历，肯定不超过两次。那么在此之前呢？是啊，在此之前！是在此之后，他们坐在长途汽车里，他喝了休带来的那瓶哈瓦那酒，接着在斗牛比赛中，他几乎喝光了那瓶酒，正因如此他才会觉得紧张，可他并不喜欢那紧张的感觉，这比他在广场时的状态还要糟糕。那种无意识、晕船的感觉正在悄悄向他逼近，正是这种紧张的感觉。难道不是吗？他偷偷喝下梅斯卡尔酒想让自己清醒一些，可他现在才意识到：他喝完那些梅斯卡尔酒就想喝更多酒，而在梅斯卡尔酒的诱惑下，他后来又喝了多少酒已经无法计数了。很奇怪，他又有一种宿醉的感觉，而这种极端的感觉虽然有些可怕，却有一种美感，仿佛置身黑暗的大海，海面突然变得波涛汹涌，最后浪花拍打着那些即将沉没的蒸汽船上。海上刮起了阵阵狂风，很久之后才风平浪静。不过，在经历了这一切之后，没有必要再次清醒过来了，没必要再次醒过来，是啊，醒过来，才能——

"伊芙，你还记得今天早上，我们过河的时候，看见河对岸有个卖龙舌兰酒的店铺，叫'坟墓'还是什么名字来着，有个印第安人坐在店铺外面，他靠着墙、用帽子遮住了脸，他把马拴在树上，马屁股上还有数字'7'的烙印……"

"……在鞍囊上……"

……是风之谷，那是重要决策的诞生之地，那里有小爱神的童年，有永久的图书馆，是穷苦人和不名一文者的避难所，如果想找一个可以集中精力同时也可以释放自我的地方，这里是你的不二之选。领事现在当然是清醒的，但此时他的思绪早已飞到了别处，并没有和他的同伴一起吃晚饭，不过他能清楚地听到他们说话的声音。卫生间是由灰色的石头堆砌的，看上去像是坟墓，就连里面的座椅都是冰冷的石头做的。"我这是咎由自取……我自甘堕落，"领事在心里忏悔，他招呼服务员，"塞万提斯！"令人惊奇的是，塞万提斯在转角处恰逢其时地出现了，可是那个石头墓穴没有门，塞万提斯胳膊下面夹着那只斗鸡，那只鸡摆好了战斗的架势。塞万提斯咯咯地笑了起来。

"……特拉斯卡拉！"

"……或者,是在马屁股上……"

过了一会儿,塞万提斯看明白了领事的尴尬处境,就好心地帮他解围:

"石头,先生,我给您拿一块儿石头吧。"

"塞万提斯!"

"——已经烙上了记号——"

"……先生,您可以用石头洗手。"

领事现在想起来了,晚餐开局很好。过了大约两分钟,虽然气氛有些尴尬,可是咖喱汤一端上来,领事就说:"危险的咖喱浓汤。还有我们在家做的那道炒鸡蛋的菜!"难道他不同情'皇家幽灵鸡'那道菜里那死去的灵魂吗?伊芙和休一直在讨论他们在路边遇到的那个印第安伤者,还有坐长途汽车的那个小偷。过了一会儿,领事终于说出了那个词:"卫生间。"这个卫生间是最后的灰色领事馆,是为他灵魂提供避难所的富兰克林岛。它与浴室隔开,方便客人进出,客人从用餐的地方是看不到卫生间的。这无疑又是特拉斯卡拉人的奇思妙想,一定是塞万提斯的创意。这种设计能让他联想到迷雾中某个寒冷的山寨。领事并没有脱下外套,他静静地坐在那里,一动不动。他为什么要来这儿?为什么他在这里显得有些多余呢?要是有一面镜子就好了,那样他就可以对着镜子中的自己问这个问题。不过,这里看不到一面镜子,除了石头,别的什么都没有。也许,他在这个石头隔间里来不及问问题了。也许,这就是他一直在意的永恒的感觉,只不过是斯维德里盖洛夫[①]式的,而不是一个到处都是

[①] 斯维德里盖洛夫:俄国作家陀思妥耶夫斯基小说《罪与罚》中的人物。

蜘蛛的乡间浴室。这里其实是一个僧侣的小房间，坐在里面的是……奇怪了……里面坐的，不正是他本人吗？

"……坟墓……"

"……后来，那个印第安人就出现了……"

如果您想了解征服者的历史，就请来特拉斯卡拉！

领事看了看广告。（他的旁边怎么会放着一个装着半瓶梅斯卡尔酒的柠檬水瓶子呢？是谁这么快就把酒端上来了？感谢上帝，一定是塞万提斯因为刚才拿石头的事情感到后悔了，于是他把这瓶酒和旅游指南一块儿拿来了，旅游指南上还有一份当地火车和公共汽车时刻表……旅游指南是服务生拿来的，还是自己以前买的？如果是他自己以前买的，他又是什么时候买的呢？）

欢迎来到特拉斯卡拉！

这里有湛蓝的天空、清新的空气、宜人的气候，您可以在这里领略大自然的胜景，这里也是您放松身心的好去处！

如果您想了解征服者的历史，就请来特拉斯卡拉！

"……伊芙，你还记得今天早上我们过河的时候，看见河对岸那个卖龙舌兰酒的商铺……"

"……叫'坟墓'吧？"

"……有个印第安人在那儿坐着，靠着墙……"

地理位置

以墨西哥子午线为界，特拉斯卡拉介于北纬 19 度 6 分 10 秒和北纬 19 度 44 分之间、东经 0 度 23 分 38 秒与东经 1 度 30 分 34 秒之间，在西北和南部与普埃布拉州接壤，以西毗邻墨西哥州，西北邻伊达尔戈州。全州面积为 4.132 平方公里，人口约 22 万，人口密度达每平方公里 53 人。它位于谷地之中，四面为群山环抱，其中包括马尔拉克亚尔儿山和伊科斯塔西夸特火山。

"……伊芙，你肯定记得，就是那家叫坟墓的店铺……"
"……早上的天气多好啊！……"

气候

属于热带气候，同时具有高原气候特征，气候特点有规律，有益健康。该地区未发现疟疾病例。

"……对了，杰佛说他是一个西班牙人，只是……"
"……可是，他是哪儿的人有什么区别呢？……"
"所以说，躺在路边那个人有可能是印第安人！"领事突然从他的石头隐居里高喊一声。不过，好像没有人听到他说的话，真是奇怪！"为什么说他是个印第安人呢？如此一来，这件事对他来说，就具有某种社会意义，因此这件事可以被视为一种征服者的回声，如果你愿意的话，所以这整件事就可以被视为……"
"……过了河，就能看到一个风车……"
"塞万提斯！"

"石头……您想要石头吗,先生?"

人文地理情况

萨瓦潘河:发源于阿托亚克河,与特拉斯卡拉城毗邻,这条河流为特拉斯卡拉城的几家工厂输送了大量电力。阿吉特拉皮尔科湖是该地区众多泄洪湖中最为著名的一个,位于特拉斯卡拉以南两公里……该条泄洪湖中栖息着大量璞足飞禽。

"……杰佛说那个人去的那家酒吧是个法西斯分子的据点。就是那家'爱情之爱'酒吧。我觉得,他过去是那家酒吧的老板,不过后来他生活穷困潦倒,不得不把酒吧卖给别人,自己成了酒吧的工作人员……想再来杯啤酒吗?"

"好啊!再来点儿吧!"

"如果路边的那个伤员是个法西斯分子,而你说的那个西班牙人是个共产主义者呢?"领事待在石头隐居里喝了一小口梅斯卡尔酒。"没关系,我觉得那个小偷才是法西斯分子,应该是可耻的那种,或者是个间谍,监视其他间谍?或者……""休,我觉得那个伤员肯定是个穷人,他应该是骑着马从集市回来,不过他在那家店里喝了太多的龙舌兰酒,从马上摔下来了。我们到那个地方之前应该有人照顾过他,我们去了之后,他就遭了贼……不过,你知道吗?我居然都没注意到……我真觉得很羞愧!"

"把他的帽子拉低一点儿,这样他就能自由呼吸了。"

"……在'墓地'酒吧外面。"

特拉斯卡拉城

是特拉斯卡拉州的首府，有人将她比作格拉纳达，她是特拉斯卡拉州的首府，有人将她比作格拉纳达，有人将她比作格拉纳达，格拉纳达，有人将她比作格拉纳达。这里市容整洁、街道笔直，有古香古色的建筑物、宜人的气候、高效的公共设施和时尚的酒店。特拉斯卡拉城拥有美丽的中央公园"弗朗西斯科·马德罗"。公园里树木成荫，这些树木都是生长多年的树木（多为白蜡树），还有繁花锦簇的花园，随处可见供游人休息的座位，四条布局合理、整洁宽敞的主路直达公园的各个角落。白天鸟儿在树枝间啁啾歌唱，人与自然在这里和谐共生。公园整体景观气势磅礴，却不失宁静祥和。萨瓦潘河位于公园的河道宽度可达200米，两侧河堤都种植着粗壮的白蜡树。在一些水势险要的地方还修建了护墙，看似堤坝。堤道中央有一小片林地，游客可以在那里野餐，为游客后续的游览提供便利。游客还可以在这条堤道上一睹波波卡特佩特火山和伊科斯塔西夸特火山的绮丽景色。

"……或者，他在'爱情之爱'酒吧喝完酒没付酒钱，于是酒吧老板和兄弟就尾随他、向他讨债，把他打伤了。我觉得这完全有可能。"

"……休，村社信用社是什么？"

"是向乡村贷款，以资助乡村集体建设项目的银行……这些银行信使的工作危险重重。我有一个朋友在瓦哈卡，就做这种工作……有时候，他们伪装成贫农……用杰弗里的话说……东拼西凑……我想那个可怜的人应该当过银行信使……但是他和我们今天早晨看到的那个人是同一个人，不管怎么说，那匹马是同一匹马，你还记得吗？我们早晨看到那匹马的时候，马上面放没放鞍囊？"

"这个，我想我看到了……我看到的时候应该是有的。"

"……巧了，我想瓜华那华克镇应该有一家银行的，休，应该就在柯蒂斯宫旁边。"

"……很多人不喜欢信贷银行，也不喜欢卡德纳斯，你也知道的，他们痛恨他出台的农业改革法……"

圣弗朗西斯科修道院

特拉斯卡拉城里有新世界[①]最为古老的教堂之一，这个教堂正是第一个罗马教廷的所在，是为了纪念西班牙国王卡洛斯五世于1526年成为第一位唐·弗雷·朱丽安·家西亚斯主教这一历史事件而修建。人们将这所教堂命名为"卡洛兰斯"。据说，根据传统，该教堂曾经是四位特拉斯卡拉参议员受洗的地方。教堂的右侧仍然保留着他们施洗时的施洗喷泉。征服者赫尔南·科蒂斯和他的几位船长是这几位议员的教父。修道院的正门有一排气势宏大的拱门，拱门中藏着一个秘密通道。大门右侧矗立着一座宏伟的高塔，这座高塔是美洲仅有的一座高塔。修道院的祭坛建筑风格繁复，祭坛上的装饰画均出自最为著名的艺术家之手，这些艺术家包括卡布雷拉、伊沙夫和胡亚雷斯等。修道院右侧的小教堂里保存了向新世界第一次宣讲福音的著名布道坛。修道院的天花板是由华丽的雪松材质的嵌板和金星图

---

① 新世界：指西半球，美洲大陆。

案组成的。这样的天花板,在西班牙、美洲也是绝无仅有的。

"……虽然我一直关注法西斯在当地的势力,也从我朋友韦伯那儿听说了一些消息,杰弗里也跟我讲了有关民兵联盟的事情,我觉得法西斯分子在当地的影响力根本微不足道。"

"哦,休,看在上帝的分儿上……"

城区教堂

城区教堂和西班牙人修建的供奉圣母玛利亚的第一所修道院位于相同的地点。一些圣坛的装饰过于繁复,该教堂的门廊庄严而不失美感。

"哈哈哈!"

"哈哈哈!"

"你不能跟我们同行,我觉得非常遗憾。"

"因为她是那些孤苦无依之人的圣母。"

"除了那些无所依傍的人,没有人来这里。"

"……无所依傍的人……"

"……那些无所依傍的人……"

特拉斯卡拉皇家教堂

在弗朗西斯科·马德罗中央公园对面,可以看到昔日特拉斯卡拉皇家教堂的残垣断壁。正是在那个教堂里,特拉斯卡拉的参议员第一次向征服者西班牙所信奉的上帝祷告。如今这所教堂只剩下廊柱，从那里可以看到教皇的盾形徽章，还有墨西哥教皇和卡洛斯五世国王的盾形徽章。据史料记载：修建这座皇家教堂花费了20万美元……

"伊芙，一个纳粹党人不一定是法西斯分子，不过当地一定有很多法西斯分子。他们可能是养蜂人、矿工、化学家，也可能是酒馆老板。当然了，如果他们是酒馆老板，那么酒馆就成了那些纳粹分子的绝佳据点。例如，墨西哥城的皮尔森·肯德尔酒馆就是法西斯分子的据点……"

"休，别提帕里安那些酒馆了。"领事呷了一小口梅斯卡尔酒，说道。不过好像没有人听到他说了什么，只有一只唱歌的小鸟听到了他的话，那个小家伙飞进了他的石头隐居，在他头上来回盘旋着、叽叽喳喳地叫着，在入口处进进出出的，几乎撞到了征服者教子塞万提斯的脸上。塞万提斯夹着那只斗鸡，又一次从入口走过。"在'白果酸浆'酒吧……"

特拉斯卡拉的欧克特兰圣殿

欧克特兰圣殿白色的、带有装饰的尖塔高达38.7米，尖塔装饰繁复，气势庄严宏伟。尖塔正面两侧带有大天使、圣弗朗西斯和圣母玛利亚的雕像。尖塔的塔体由众多雕工精美、比例完美的雕刻作品组成，这些雕刻作品带有寓意的符号和鲜花装饰。圣殿修建于殖民地时代，中央祭坛装饰繁复、精美。最令人惊叹的是法衣室。法衣室为拱形结构，由诸多优雅的雕刻作品装饰，这里色彩斑斓，随处可见绿色、红色和金黄色。圣殿内的最高处有十二使徒雕像。整个圣殿装饰风格统一、浑然一体，这在共和国的各大教堂中也是绝无仅有的。

"……我不同意你的观点,休。让我们回忆一下几年前的情况……"

"……当然忘记了,米兹特克人①、托尔特克人②、奎兹特克人③……"

"……那也未必……"

"……哦,的确如此!你一开始也说了,西班牙人剥削了印第安人,后来印第安人有了孩子,他们又剥削印第安人第一代混血儿。接着出现了纯正血统的墨西哥西班牙人,克里奥尔人④;再然后是梅斯蒂索人剥削其他人种,包括外国人、印第安人和其他人种的人;再后来是德国人和美国人共同剥削梅斯蒂安人。现在最后的一章是:人人都在剥削其他人……"

历史遗迹:圣福阿特潘

镇里有一座堤坝,堤坝上停靠着一些船只,忆往昔,征服者正是乘着这些船,进攻诺齐特兰(也就是蒙特祖马帝国的伟大帝都)的。"

"坎塔布里亚海。"

"好吧,我听见你说什么了,征服者成立了一个组织,不过这个组织,不过有了组织必然会有剥削存在。"

"好吧……"

"……不,伊芙,我想说的是,征服存在于一种文明之中,这种

---

① 米兹特克人:阿兹台克人出现以前的印第安古代文明之一。
② 托尔特克人:公元9世纪出现的古代印第安文明之一。
③ 奎兹特克人:玛雅神话中的光明之神。
④ 克里奥尔人:出生在美洲的有纯正西班牙血统的人。

文明即使不比征服者的文明更好，至少也不比征服者的文明差，它是一种根深蒂固的文化结构。征服者并不都是野蛮人或是游牧民族，还有四海为家的民族……"

"……你的意思是说：如果没有四海为家的民族，就不会存在剥削了？"

"再来一瓶啤酒吧……卡特布兰卡牌的，怎么样？"

"蒙特祖马牌……双叉牌。"

"要蒙特祖马牌的吗？"

"要酒瓶上有蒙特祖马头像的。"

"他都作古了，只剩下头像了……"

特尔萨特兰

特尔萨特兰位于这座城镇之中，靠近特拉斯卡拉城，那里尚有马克西米连宫殿的遗址。它是西科赫坦卡特尔参议员的住所，这位议员的儿子与父亲同名，是战斗英雄。据说遗址蔚为壮观，那些石头建筑是为了向神明献祭而修建的祭坛……很久以前，这个城镇曾是特拉斯卡拉地区勇士的大本营……

"我盯着你们呢……你们休想从我这儿逃走。"

"……这不仅仅是逃脱。我的意思是，让我们忘记过去、重新开始。"

"我想，我知道你说的那个地方。"

"我能看到你们。"

"……杰弗里·费尔明，那些信在哪儿呢？就是她写给你的那些信？她写那些信的时候，伤心欲绝……"

"但是,在纽卡索、特拉华州,情况就另当别论了!"

"……你不仅没有回复她写给你的那些信,你回了,你没回,你回了,你没回,你要是给她回信了,信在哪儿呢?……"

"……可是,哦,上帝啊!这座城市真是太吵闹了!太混乱了!我要是能离开这儿就好了!要是我知道你要去哪儿就好了!"

奥科特卢科

在这个城镇靠近特拉斯卡拉的地方,是马克西米连宫殿的所在。根据当地的传统,第一位印第安基督徒的受洗仪式在这里举行。

"那就像浴火重生。"

"我想成为一名墨西哥公民,像威廉·布莱克斯通那样,生活在印第安人中间。"

"拿破仑是罗圈儿腿。"

"……可能会压到你的,肯定不会什么事儿都没有的,什么?不,咱们得去……"

"瓜纳华托……那儿的街道……那些街道的名字听起来多么奇特啊……接吻大街……"

马特拉克亚特尔山

马特拉克亚特尔依旧是供奉水神特拉洛克神龛神庙的遗址。神庙原址几乎完全被毁,现在已经没有游客去那里观光了。据称,这里曾是西克坦卡特鼓舞手下士兵的地方,当时他就是在这里对他的军队发表了激情澎湃的演说,鼓舞他们全力反抗征服者,如有必要，应甘愿为捍卫自由战死沙场。

"……从未发生。"
"马德里。"
"他们也把那些人杀了。他们先开枪，后问问题。"
"我能看到你们。"
"我监视你们呢。"
"你们休想从我这儿逃走。"
"古兹曼……埃里克森大街四十三号。"
"尸体将由特快列车运送……"

火车和公共汽车时刻表

（墨西哥—特拉斯卡拉）

线路	墨西哥城	特拉斯卡拉	票价
墨西哥城－韦拉克鲁斯线	7:30 出发	18:50 到达 12:00 到达	7.5 美元
墨西哥城－普埃布拉线	16:05 出	次日 11:05 到达 当日 20:00 到达	7.5 美元

以上两条线路的火车都在圣塔阿纳奇乌特潘转车。
红箭公共汽车，早 5:00 至晚 19:00，每小时一班。
金星卧铺列车，早 7:00 至晚 22:00，每小时一班。
以上两条线路的公共汽车都在圣马丁—特斯梅卢坎转车。

……现在,领事和伊芙的目光,再一次越过餐桌相遇了。但是,这一次与之前不同。好像他们之间隔着一层迷雾。领事透过迷雾,看到的并不是格拉纳达,而是特拉斯卡拉。特拉斯卡拉是一座美丽的以白色建筑为主的天主教城市,它在很多方面,确实与格拉纳达很相似。领事很向往到这个城市生活,只是他觉得就像在游客宣传册里那些照片上看到的,这座城市人烟稀少,这是他觉得这座城市最奇怪的地方。应该说,这座城市空无一人,是座空城,这也是这座城市最为美妙之处,这一点和陶图很相似。在这座城市里,没人干涉他酗酒,就连伊芙也不能,她不就和自己喝酒吗?装饰繁复的白色欧科特兰圣殿就矗立在他们面前:白色的尖塔上挂着白色的钟,空无一人。而那个白色的挂钟上显示着恒久的时间。他和伊芙在散步,他们拿着白色的酒瓶,转动着手中的拐杖,在天气晴好的时候,空气也更为清新。他们走在那些粗壮的榉树之间——那些树木都是多年的古树——穿过了空寂无人的公园。他们愉快地散步,快乐得像雨后的青蛙。他们挽着胳膊,走在公园那四条整洁宽敞的主道上。他们喝得醉醺醺的,站在圣弗朗西斯修道院里,站在无人的小教堂前面,那里的布道坛曾是向新世界第一次宣讲福音的著名布道坛。到了晚上,他们住在特拉斯卡拉酒店堆着的那些白色酒瓶之间,盖上冰冷的被单。城镇上还有数不清的酒吧,你可以赊账,无休止地在那些酒吧里喝酒,酒吧门是敞开的,他们能听到外面呼啸而过的风。"我们干脆直接去那儿吧,"领事说,"直接去特拉斯卡拉。或者我们可以在圣安娜的奇奥特潘过夜,先乘火车、再坐公共汽车到那儿,然后早上去维拉科鲁斯。当然了,也就是说我们去……"他低头看了看自己的手表,接着说,"我们现在就直接去……我们能赶上下一班车……还有时间喝几杯酒呢。"他又拿出了领事的语气,加上了这句。

迷雾褪去了,可是伊芙的眼中满是泪水,她的脸色看上去是那么苍白。

什么地方不对劲儿,非常不对劲儿。不知什么原因,伊芙和休看起来都非常紧张。

"就这样吧,难道你们不想现在就出发,去特拉斯卡拉吗?"领事说着,他的声音也许太粗了。

"不是这样的,杰弗里。"

幸运的是,塞万提斯及时出现了,帮他解了围。他手里端着装满活的贝类和牙签的盘子。领事喝了一些啤酒,那些啤酒一直等着他喝呢。情况是这样的:他点了一杯啤酒,而这杯啤酒他还没喝呢。而另一方面,直到刚才,他点的几杯梅斯卡尔酒才端上来(为什么不呢?这句话威胁不了他,对吧?)那几杯酒就装在一个装柠檬水的瓶子里,他点了这些酒,而这些酒他还没喝呢——在此之前,他还喝了还有两杯梅斯卡尔酒,那些酒他既该喝,又不该喝。他们起疑心了吗?他告诉塞万提斯,别把他喝酒的事说出去,是不是那个特拉斯卡拉人没抵挡住诱惑,把他给出卖了呢?他出去的时候,伊芙和休究竟都说了些什么呢?领事刚才一直低着头看那盘贝类,现在他抬起头看了看休。休和伊芙一样,也很紧张,看样子他好像生气了,也许他受到了情感上的伤害。他们俩到底在谋划什么呢?领事刚才并没有出去多久(他以为),时间肯定不超过七分钟。他去梳洗了一番,再出现时,他显得神清气爽,他为什么要去整理自己的仪态呢?他点的鸡肉还没凉,休和伊芙刚要吃完他们点的菜……你真愚蠢!领事能够感觉到自己看休的眼神是那样冰冷,还带着怨

387

恨。他的目光像锥子一样,恶狠狠地盯着休,就像早上休出现时,他看休的眼神那样。领事虽然面带微笑,却笑里藏刀,那尖锐的眼神在阳光的照射下,好像露出了剃须刀般锋利的光芒。他慢慢走近休,好像要将休斩首。接着,那景象变得昏暗,休仍然往前走,却不是朝领事的方向走,而是返回了斗牛场、骑在了公牛身上,他把剃刀换成了一把剑,然后用那把剑刺向公牛,迫使公牛跪倒在地……领事正在努力压制心里涌起的一种全面的、无法拒绝的、毫无意义的狂怒,他感到自己浑身都在颤抖。他努力抑制怒火也是一种积极的做法,可是没人会因此而夸赞他。他为了转换话题,有意用牙签插了一个蛤蜊,然后闻了闻,又把那个蛤蜊举起来送到嘴里。这时,他的上牙和下牙碰到了一起,发出了"嘶嘶"的声音,他接着说:

"休,你现在知道我们人类是多么残忍的生物了吧?我们居然吃活物。我们就是这么做的。你怎么能对人类有丝毫尊敬之情,或者对任何形式的社会斗争产生信仰呢?"

休并没理会领事的话,过了一会儿,他才平静而超然地说:"我曾经看过一部俄罗斯电影,讲的是一些渔民暴动的故事……他们用一张大网捕获了一只鲨鱼和其他鱼类,还杀了……这倒让我联想到了纳粹组织,虽然纳粹组织已经消亡了,可是它依然阴魂不散,还在继续吞噬那些挣扎求生的男男女女!"

"别的组织和制度又未尝不是这样呢……就连共产主义也不例外。"

"我说,杰弗里……"

"我说,老朋友,"领事听见自己说:"总之,去反对你说的弗朗哥、希特勒是一回事儿,但是要得到锕、氩、铍、镝、铌、钯、镁这些元素则是另一回事儿……"

"我说,杰弗里……"

"……还有钌、铑、硅、钽、碲、铽、钍……"

"我说……"

"……还有铥、钛、铀、钒、钫、氙、镱、钇、锆,更别提铕和锗了……还有铜!它们都反对你,而获得其他元素则是另一回事儿。"领事说完,喝完了他的啤酒。

外面突然传来了一阵响雷声,"霹雳"——"砰"——接着那雷声滑走了。

休并没理会领事,过了一会儿,他才平静而超然地说:"我说,杰弗里,这一次,让我们把话说清楚了:共产主义对我而言,不管它现在发展到了什么阶段,从本质上说,它不是一个体制,而是一种新的精神载体。也许有一天,它会像我们呼吸的空气那样变得稀松平常,也许它不会。我好像以前听说过那个说法。我今天说的这些话也并不是我第一次说出来的。事实上,如果过了五年我再说出这番话,不过是陈词滥调罢了。但是我知道,目前还没有人号召马修·阿诺德①来支持他们的论点,有一部分原因是你不会认为我能引用马修·阿诺德的话,这你就错了。我认为被我们称之为……"

"塞万提斯!"

"……是现代世界的一种精神支柱,其重要性可以和旧时代的基督教作用媲美,这一点马修·阿诺德在他写的关于论述马可·奥勒

---

① 马修·阿诺德(1822—1888):英国诗人、评论家。曾任牛津大学诗学教授,主张诗要反映时代的需求,需要追求道德和智力"解放"的精神。他的诗歌和评论针砭时弊,代表作有《评论一集》《评论二级》《文化与无政府主义》,诗歌《多佛海滩》《吉卜赛学者》等。

留[1]的文章中写了……"

"塞万提斯,看在耶稣基督的分儿上……"

"'绝非如此,那些皇帝想要镇压基督教徒,打击基督教,那是因为在他们的观念里,基督教若是从哲学的角度看根本不值得一提;若是从政治角度考虑,则有颠覆他们统治的危险;若是从道德的角度看,又令人憎恶。这些皇帝作为普通人,他们真诚地把基督徒视为一些生活条件优渥的人,就像我们看待摩门教徒那样;作为统治者,他们则将基督徒视为锐意革新的政治家,就像我们看待耶稣会那样,将其视为一种摩门教……'"

"……"

"'它们构成了一个庞大的秘密社团,这个社团带有模糊的颠覆政治秩序和社会秩序的意图,安东尼厄斯·皮厄斯[2]就是这样认为的……'"

"塞万提斯!"

"'毫无疑问,其表现形式的内在原因和推动其发展的因素是,基督教是罗马世界的一种新精神载体,注定要成为瓦解旧社会的力量;而如今,基督教也注定要……'"

"塞万提斯,"领事打断了休的言论,"你是瓦哈卡人吧?"

"不,先生,我是特拉斯卡拉人,特拉斯卡拉人。"

---

[1] 马可·奥勒留(121—180):罗马帝国五贤帝时代的最后一个皇帝,是罗马帝国最伟大的皇帝之一。他不但是一位有智慧的君主,也是一位思想家,以希腊文写成的《沉思录》传世。在整个西方文明史中,他算是一个少见的贤明君主。

[2] 安东尼厄斯·皮厄斯(86—161):罗马帝国五贤帝之一,其在位期间曾保护基督徒免遭迫害。

"是啊,的确如此,"领事说,"那么,朋友,在特拉斯卡拉,是不是有很多饱经风霜的老树呢?"

"有的,有的,朋友。饱经风霜的老树,有很多呢。"

"还有欧科特兰。欧科特兰圣殿,是不是也在特拉斯卡拉?"

"有的,有的,先生。是的,欧科特兰圣殿。"塞万提斯一边应和着领事,一边往后面的柜台走。

"还有马特拉克亚特尔山。"

"没错,朋友,还有马特拉克亚特尔山,也是特拉斯卡拉的。"

"还有很多泄洪湖吗?"

"是啊……有很多泄洪湖。"

"那么,在这些泄洪湖中,是不是还有很多蹼足的飞禽呢?"

"是的,先生,有很多呢……就在特拉斯卡拉。"

"很好,"领事说着,转过身面对着他的同伴,问道,"我的计划有何不妥之处呢?你们这些人都是怎么了?你到底还去不去韦拉克鲁斯了,休?"

突然有人在门口愤怒地弹起了吉他,塞万提斯又出现了,告诉他们:"这首吉他曲名字叫作《黑色花朵》。"他示意那个演奏者进来,然后接着说,"歌词是:……我很心痛,因为你的嘴唇只有谎言,你给我的吻只有死亡。"

"让他走开!"领事不悦地说,"休……一天有多少班车开往韦拉克鲁斯呢?"

那个吉他手换了一首曲子。

塞万提斯又开口了,"这是一首农家歌曲,主题是公牛。"

"公牛,我们今天看公牛已经看得够多的了,赶紧让他走开,拜托你了，"领事不耐烦地说，"上帝啊，你们这些人都是怎么了？伊芙，休……我的计划是绝妙的，是最为可行的。你们难道看不出来吗？我这个计划是一石二鸟之计。拿石头来，塞万提斯！……特拉斯卡拉恰好在去韦拉克鲁斯的路上，休，我们就在特拉斯卡拉诀别……据我所知，这是我们最后一次和你相聚了，老朋友……我们真该庆祝一下！来啊，你们可别骗我，因为我可在盯着你们呢……到了圣马丁—特斯梅卢坎转车，既能到特拉斯卡拉，又能到韦拉克鲁斯……"

门外，一声响雷在空中炸开，塞万提斯急匆匆地跑了过来，端来了咖啡。他划好了火柴，给伊芙和休点烟，面带微笑地说："掷骰子是迷信，"接着又划了一根火柴给领事点烟，"如果用同一根火柴为三个朋友点烟，最后的那个人会比其他两个人死得早。"

"墨西哥也有这种迷信说法吗？"休不解地问。

"是的，先生，"塞万提斯点了点头，"这里的说法是：如果用同一根火柴为三个朋友点烟，那么最后点着的那个人会比其他的两个人死得早。"

"柴之火，"休一边说，一边为领事挡住了另一道火光，"挪威人给火柴起的名字更为动听。"

天色更暗了，那个吉他手坐在角落里，他戴着墨镜。看来，他们错过了回去的公共汽车，不过他们本来也未必打算搭乘那辆公共汽车的。那辆车是开往特拉斯卡拉的，他们乘坐那辆车可以回家。可是，领事一边喝着咖啡，一边与同伴交谈，他觉得自己喝了咖啡之后，头脑立刻变得清醒了，谈吐得体、滔滔不绝，他的确恢复到了最佳状态。他觉得这并不是他的幻觉，而是事实，因为他看到坐在对面的伊芙又变得开心起来。柴之火，他的头脑中还想着休说的那个挪威单词。领事谈论的则是印度－雅利安人、伊朗人，还讲述了火神用他的火柴把天上的圣火召唤到人间的故事。他还讲述了可使人长生不老的仙露的故事，《梨俱吠陀》整部书都在歌颂这种琼浆玉液，也许这种神奇的液体功效和梅斯卡尔酒差不多。接着领事巧妙地转移了话题，开始谈论起挪威的建筑，或者是印度克什米尔地区的建筑物在多大程度上和挪威的建筑物相似，例如那些哈姆丹清真寺的木质高尖塔和它垂下屋檐的装饰物，跟挪威的建筑就有异曲同工之处。接着他又说起了瓜华那华克镇的博达花园，它们就在巴斯塔门特先生经营的那家电影院对面。不知什么原因，他看到那些花园就会想起尼夏特花园①。领事又谈论起了吠陀神，并称这些神明并未很好地得到拟人化处理，而人们对波波卡特佩特火山和伊科斯塔西夸特火山的拟人化就比较好……或许不好？不知为何，领事又一次说起了圣火，那献祭的圣火以蛋糕、公牛和马为祭品，在祭祀仪式上吟唱《吠陀经》中的经文。接着，祭祀活动以饮酒开始，仪式颇为简单。不过随着时间的流逝，祭祀活动变得越来越复杂。举行祭祀活动对细节要求极为严苛，必须以一丝不苟的态度对待，哪怕一个小小的失误都会铸成大错，使祭祀活动以失败告终。苏摩、琼浆玉液、梅斯卡尔酒，他兜兜转转，最后又回到了酒的话题上。不过他又像上一次那样，巧妙地转到了其他的话题上。他谈论起位

---

① 尼夏特花园：1633年，由纳尔·杰亨王妃的兄弟为其父亲设计建造的，当地人称为"快乐园"或"欢喜花园"。花园中央为水道和喷泉，两旁是对称的花圃绿地和高大茂盛的枫树。

于开伯尔山口①的塔西拉地区，人们举行献祭仪式是以妻子为祭品的。之后，如果献祭的人没有孩子，就可以签订一份协议，迎娶妻子的姐妹为妻。领事话锋一转，宣称自己有了新发现：他发现塔西拉和特拉斯卡拉这两个地方，不仅地名的发音上有些相近，还有某种其他的模糊联系。他说："伊芙，当亚里士多德那位了不起的学生亚历山大来到西塔拉的时候，他并没有像科尔蒂斯那样，事先与塔西拉国王阿努比联系。而阿努比国王也像科尔蒂斯那样力图与外国征服者结盟，因为那是瓦解敌对势力的绝佳途径。因此，这一次是'宝拉维'的统治者，而并非蒙特祖马二世统治了位于杰尔玛河和奇纳布河之间的疆域，也就是后来的特拉斯卡拉……"领事就像托马斯·勃朗宁爵士那样侃侃而谈，他先后谈起了阿基米德、摩西、阿喀琉斯、玛士撒拉②、查理五世和本丢·彼拉多③。领事又谈论起了耶稣基督或尤斯阿耶夫，因为在克什米尔的传说中，尤斯阿耶夫就是耶稣基督。基督在被人从十字架上取下之后，漫游到了克什米尔地区，去寻找迷失的以色列部族，并在那里死去，死在了斯里纳加……"

只不过，这期间出现了一个小小的失误。领事并没有讲话，显然他什么都没说，一个字儿都没说，那些侃侃而谈的自己不过是他的幻觉、一阵狂乱的语言暴动，而这场语言暴动最终划下了圆满的

---

① 开伯尔山口：位于巴基斯坦和阿富汗之间，东口距巴基斯坦白沙瓦16公里。历史上为连接南亚与西亚、中亚的最重要通道。
② 玛士撒拉：《圣经·旧约》里的族长，活了969岁，是《圣经》中最长寿的人。
③ 本丢·彼拉多：罗马帝国犹太行省的执行官。根据《新约》的记载，他曾多次审问耶稣，原本不认为耶稣犯了什么罪。但在仇视耶稣的犹太宗教领袖的压力下，最终判处耶稣被钉死在十字架上。

句号。

他说："老朋友，一个疯子或是醉鬼，或者是一个处于异常兴奋状态的人，并不像了解自己处于何种精神状态并能掌控自己行为的人那样，能够自由地控制自己的行为，"老朋友，一个疯子或者醉鬼，或者一个处于异常亢奋状态的人，他们的行为对于那些了解人们的精神状态、能够掌控自己行为的人来说更容易理解；而不容易被那些不了解人们的精神状态、无法掌控自己行为的人所理解。

在领事的记忆中，它像是在一架钢琴上演奏出的乐曲，在那些黑白键之间响起了流动的乐章。他为了记住这首曲子、将它熟稔于心，特意去了趟卫生间，打着拍子帮助记忆……也许他的做法就像休引用马修·阿诺德作品里对马可·奥勒留的描写，就像一个人在多年以前费力学过的一段小练习曲，只不过每次他想弹奏这段曲子时，总是忘记怎么弹，直到有一天他喝得酩酊大醉，而他的手指却奇迹般地弹奏出了那首小练习曲，而且弹奏堪称完美。不过，托尔斯泰在这儿可没法让他想起任何乐曲。

"怎么了？"休问了一句。

"没什么。不管我跑题多么严重，最后都能回到谈话的主题上来，而且总是能回到上次谈话中断的地方。没有这种本领，我怎么能当了那么长时间的领事呢？当我们对一种行为持完全不理解的态度，我指的是如果你的思绪偏离了你谈话的主题，一旦你谈话时心里想的是下午发生的那些事，根据托尔斯泰的说法，不管引发我们思想处于游离状态的原因是善意的、恶意的还是出于其他原因，归根结底都是我们的自由意识在起作用。依照托尔斯泰的理论，这种情况下我们应该给予这种游离的思想更多的干预,而不能像以前那样听之任之……"

"只是,凡事都有例外。我们对自由意识的概念和必要性会因为三种因素发生变化,"领事说,"而这是我们无法逃避的。"

"此外,托尔斯泰认为,"领事接着说,"在我们判断一个人是贼的时候……如果他的确是贼……我们应该问自己这样的问题:他和同伙有何种关联?他的家庭关系、他当时所起的作用,如果我们能弄清楚他与外部世界的联系,还有导致他产生偷盗行为的后果——塞万提斯!"

"当然了,在我们花费时间考虑清楚这些事情的时候,那个可怜的伤者就躺在路边,奄奄一息,"休说话了,"我们怎么变得如此麻木不仁了?在偷盗行为发生之前,没人有机会加以干预。据我所知,我们谁也没看到那个贼偷了那个伤者的钱。杰佛,那么你现在谈论的又是哪种罪行呢?如果存在其他罪行的话……那么我们没有出手制止那个小偷的偷盗行为,与我们没出手挽救那个伤者的生命,根本是两个风马牛不相及的话题。"

"完全正确,"领事说,"我想我刚才谈论的只是总体上的行为干预。为什么我们应该出手挽救那个伤者的生命呢?如果他一心求死,难道他没有选择死亡的权利吗?……塞万提斯……上梅斯卡尔酒……不,对不起……我只是举个例子,为什么要干涉特拉斯卡拉人自在自为的生活方式呢?那里有饱经风霜的老树,在第一个形成的泄洪湖中还有很多蹼足飞禽……"

"你说的这是哪儿跟哪儿啊?什么蹼足飞禽?什么泄洪湖?"

"或者,也许我说得更具体点儿,你就会明白了。休,其实我什么都没说……因为假设我们解决了什么事情……对了,诡辩论证,休,就是这个词儿。或者我们陷入了一种错觉:认为靠辩论就可以证实或否定一个议题。就像我们讨论的这些战争。我觉得这些日子几乎世界各地早已不存在对人类至关重要的议题了……哎,你们这些满脑子想法的人啊!"

"对了,诡辩论证!……例如,所有这些,有关去西班牙参战的言论……还有那可怜的、毫无自卫能力的中国的言论!难道你们不明白,各个国家的宿命存在着决定论吗?从长远看,各国之沉浮皆已注定了。"

"这个嘛……"

屋外刮起了一阵风,风发出了奇怪的声音,好像是一个北方人在英格兰的网球网之间徘徊,还有"丁零—当啷"的铃铛声。

"你的言论并不是你独创的。"

"在不久之前,你们总是谈论着那个可怜的、毫无自卫能力的小国埃塞俄比亚。在此之前,是可怜的、毫无自卫能力的佛兰德斯①。当然,更不用说那个可怜的、毫无自卫能力的小国比属刚果了。明天,毫无自卫的国家就变成了拉脱维亚或者是芬兰,或者是哪个国家,甚至还有俄国!读点儿历史吧。追溯到一千年以前,去看看干预这些毫无价值、毫无意义的愚蠢爱国保卫战有什么用处呢?就像那些填满了垃圾的峡谷、山涧,那穿越了时代的风在那些所谓的战斗过的地方逐渐消亡——以上帝的名义,由那些可怜的、毫无自卫能力

---

① 佛兰德斯:西欧一个历史地名,泛指古代尼德兰南部地区,包括今天比利时的东佛兰德省和西佛兰德省,法国的加莱海峡省和北方省、荷兰的泽兰省。

的小国人民发起的对国外侵略势力的英勇抗争,从开始就注定起不到任何作用,因为外国侵略势力的行为是一场经过精心策划的罪恶行径……"

"你好啊,我已经告诉过你了……"

"……这与人精神的存续息息相关?根本不存在这样的事儿。不值得一提。各个国家、各种文明、各个帝国,那些伟大的游牧部落,都毫无缘由地消亡了,与之共同消亡的是它们的灵魂和存在的意义。也许,你可能没听说过一位老者,而他也没听说过那些消亡的国家和文明,那个老人愤怒地坐在廷巴克图①,想用一些过时的仪器证实诡辩论证和数学紧密相关,而他的论点或许会站得住脚。"

"看在上帝的分儿上,别再说了。"休说。

"不妨让我们回到托尔斯泰生活的时代——伊芙,你要去哪儿?"

"出去一趟。"

"然后是可怜的、毫无自卫能力的小国蒙特内格罗②、西伯利亚。休,或者回到更为久远的年代,回到雪莱的年代,是可怜的、毫无自卫能力的小国希拉——塞万提斯!——当然,这种情况会再次出现的。或者在鲍斯韦尔③的年代,可怜的、毫无自卫能力的小国又成

---

① 廷巴克图:马里历史名城。位于撒哈拉沙漠南缘、尼日尔河中游北岸。
② 蒙特内格罗:位于南欧的一个已经不存在的君主立宪制国家。成立于1910年8月,国王为尼古拉一世,第一次世界大战期间被奥匈帝国占领。第一次世界大战结束后,该王国加入了塞尔维亚王国。
③ 鲍斯韦尔(1740—1795):詹姆斯·鲍斯韦尔,英国家喻户晓的文学大师、传记作家,现代传记文学的开创者。

了笼罩在泡利①和蒙博多②阴影之下的法属科西嘉岛!他们都在鼓吹着那套自由言论和故事,一如往常。还有卢梭……他不是个海关官员……他知道自己的言论不过是一派胡言……"

"我真想知道,你知不知道你自己都在胡说些什么乱七八糟的东西!"

"人们怎么就不能少管别人的闲事呢?"

"或者是说出他们的真实想法?"

"我向你保证,那绝对是另一回事。是不诚实的、实现集体动机的行为,它会驱使人们将病态的渴望视为合情合理的事情。产生干预的动机,多半时间是一种对弱势群体的同情心在作祟。还有受好奇心、经验的驱使……不过这也是自然的……但是归根结底:这种干预行为并不具有建设性,只是诱骗人们心有不甘地接受现状,觉得自己高尚或是有人需要罢了!"

"人们拥护共和派,但是上帝是不允许这种情况存在的……"

"这种情况终会招来灾祸!一定会招来祸患的,否则进行干预的人们不得不应付他们干预他人事物带来的恶果,做出改变……"

"那么就来一场轰轰烈烈的战争,看看你们这些热血青年是多么嗜血!"

"那可不行。为什么你们这些口口声声说要去西班牙为自由而战的人不应该记住托尔斯泰在《战争与和平》里写的那些话,就是志愿者们在火车里的那些对话?——塞万提斯!……"

---

① 沃尔夫冈·泡利(1900—1958):美籍奥地利科学家、物理学家。最重要的成就是泡利原理,又称泡利不相容原理。
② 蒙博多:苏格兰法官,人类学创始人。

"不过,其实那是在……"

"我的意思是:第一位志愿者其实是一个腐朽堕落、自吹自擂的家伙,显然,他确信自己喝了酒,就会做出英勇的事情——你在那儿笑什么啊,休?"

"真好笑!"

"第二位志愿者尝试过很多事,可是一事无成。第三位志愿者……"这时伊芙突然回来了,刚才领事一直在喊,现在微微放低了音量,"是一位炮兵,这是这本小说中第一个让他产生好印象的角色。可是最终他又如何呢?他只是一个没法通过考试的学员。你看,所有这些人,都是一些与主流社会格格不入的边缘人,都是些一无是处的人:懦夫、吹牛的人、温顺却充满狼性的人、社会的寄生虫,每个人都不例外,都是些害怕承担责任、不敢为自己战斗、随时准备逃避的人,托尔斯泰把这些人刻画得入木三分……"

"你是说把那些人写成了'逃兵'吧?"休问道,"我记不清是特拉马索夫,还是书里的哪个人物来着,相信那些志愿者的行为恰恰体现了俄罗斯人民精神面貌。我得提醒你:我对留在圣塞巴斯蒂安的一个外交社团心存感激,他们真心希望弗朗哥能在战争中尽快取胜,不希望他回到马德里,向英国政府汇报西班牙的现状,那些为自由而战的人不可能是一群逃兵组成的乌合之众!"

"为西班牙而战、为廷巴克图、为中国、为了一些无聊之事、为了虚伪、为了虚无、为了被一些榆木脑袋的小子称为自由捍卫自由之战的无妄之事,你们就赴汤蹈火……当然了,根本就没有什么捍卫自由之战,真的……"

"如果有呢?……"

"如果你仔细读过《战争与和平》这部小说——你可是自称读过的——那么让我再问你一次：你为什么没从中学到一些东西，或者吸取一些教训呢？"

"不管怎么说，"休不服气地说，"我确实学到了一些知识，至少我不会把它和《安娜·卡列尼娜》混为一谈。"

"好吧，你读过的是《安娜·卡列尼娜》……"领事暂时不说话了，过了一会儿，他又开始招呼服务员过来："塞万提斯！"塞万提斯又一次出现，他夹着那只惊恐的斗鸡，不过那只鸡好像在他胳膊下睡得很香。"这酒真烈，"他说，"真可怕，"他穿过了房间，说了一句，"真是个粗野的人！"……"不过刚才我也向你暗示了，你们这些该死的家伙，记住我的话，你们连本国的事情都没弄明白，为什么非要跑到外国去干涉别人的事呢？杰弗里，亲爱的，我们还是别再喝了，趁现在还不太晚，我们快走吧……这类的话。为什么？我说要回去了吗？"他这是在说什么啊？领事听到自己说的话都颇感吃惊，他的语气突然变得粗俗、残酷，而且一会儿还会变得更加糟糕。"我想，我们之间的婚姻关系已经结束了，在法律上都裁定了，只有你还在维系着这名存实亡的婚姻关系。"

"哦，杰弗里……"

这些话是领事说的吗？他必须这么说吗？……看起来，他必须这么说。"你们也都知道，现在你们意识到这一点已经太迟了，不过这个真理一直让我活下去……你们都是一个样儿，所有人，伊芙、雅克，还有你，休，你们都想干涉别人的生活，你们一直在干涉、干涉……打个比方，为什么就没有人干涉一下年轻的塞万提斯的生活呢？让他对斗鸡产生兴趣？正是这种对他人生活的干涉为世界带来了灾难,我说得明确一些:都是因为你们不够智慧、不想简单地生活、没有勇气,是啊,你们缺乏勇气,去承担任何,去承担……"

"听我说,杰弗里……"

"你又为人类做过什么贡献呢,休?你张口闭口都是一些资本主义体系的大道理,你只知道夸夸其谈,却从不采取任何行动,还以此为荣,等着你的灵魂堕落吧!"

"看在老天的分儿上!闭嘴,杰弗里!"

"刚才说错了,是你们两个的灵魂都等着堕落吧!塞万提斯!"

"杰弗里,请你坐下吧,"伊芙刚才似乎疲惫地说了这句话,"你这么闹是在出洋相。"

"不,我没有,伊芙,我是在很平静的状态下说的这些话。就像我问你那句话的时候,你的所作所为除了为你自己,还为别人带来过什么吗?"领事必须这么说吗?他刚才在说,他说过了。"我一直想要孩子,孩子在哪儿呢?你可能以为我可能想要孩子。他们都淹死了,和一千个清洗袋一起被淹死了。我来提醒你吧,别假惺惺地装出一副'悲天悯人'的慈善面孔,你一点儿都不爱别人!你甚至都不需要为人母亲的幻想,不过不幸的是,你也存在一些这样的幻想,以帮助你否认自然赋予你、而且是你身上唯一良善的功能。不过仔细想想,如果女子根本没有为人之母的功能反倒更好!"

"别这么粗野,杰弗里。"休激动地站起身。

"待在那儿别动,"领事命令他,"当然了,我都看到了,你俩在那儿眉目传情、浓情蜜意。虽然休极力利用和我们在一起的时间想挽回你的感情,可是你们俩的关系长久不了,维系不了多久。用不了多长时间他就会意识到,自己不过是你千百个情人、千百个榆木脑袋的情人之一。他们一个个都像呆头呆脑的鳕鱼,血脉贲张像赛马,性情鲁莽像好斗的公羊,脾气暴躁如猴子,贪婪好色如狼!不,只要一个就够了……"

一个酒杯掉到地上,摔得粉碎,幸好那是个空酒杯。

"你假意亲吻她,实际上是想非礼她。你们俩这些日子过得真是不同寻常啊,你们想帮我戒酒、想拯救我是假,在我的眼皮子底下眉目传情、卿卿我我是真……上帝啊,我真是可怜,居然毫无戒备之心……我只是未曾想过你们居然包藏这等龌龊之心。不过现在想想,这也完全合乎逻辑,毕竟我自己也有小小的自由保卫战要打。妈呀,与其让我成天看着你们俩卿卿我我的,还不如早点儿让我回到那迷人的烟柳巷,回到那无尽的温柔乡,让我在那里长眠不醒……"

"没错,一直以来我都受到诱骗,与你们和平相处。你们编织了一个清醒的、没有酒精侵扰的天堂的假象,借此来哄骗我。我想你们整天就是为了这件事忙碌不停吧?不过,现在我已经下定了决心,我颇具想象力,虽然现在我的想象力所剩不多,不过剩下的也够挽回我的过失了。塞万提斯!我才不想要你们口口声声宣称的美好世界,多谢了,我选择去特拉斯卡……他去哪儿?特拉斯卡……特拉斯卡……"

好像他一下子站在了那个漆黑的车站,刚才他去了哪里?他离开了吗?那天晚上他喝了一夜的酒,第二天早上 7∶40,他要去车站接从弗吉尼亚州回来的李·梅斯特兰,然后他就头重脚轻、跟跟跄跄地站在车站,等待着她乘坐的火车开过来。他要等的火车正是波德莱尔创造的天使醒来的地方,天使认为火车是不会停下的,没有人会下火车,就连天使也不会下车,连像李·梅斯特兰那样长着金发的天使也不会。……火车是不是晚点了?他为什么会在站台上来回踱步呢？他要等的那辆车，是不是从吊桥方向驶来的第二辆或者第三辆火车？……吊桥！"……特拉斯卡……"领事重复着这个词，"我要去……"

他在一个房间里，突然进了这个房间，他的记忆好像出现了空白：这个房间的门把手已经从门上脱落了一些。窗户上的窗帘没有扎起来，也没有绑在什么地方，结果飘动起来。他头脑里的想法似乎要将他勒死。吧台后面有一个小钟在"滴答、滴答"地走着，声音很大……5点半了。领事看到了那个钟，这才恢复了清醒。"因为……"他从兜里掏出了一张20比索的纸币，把钱放在了桌子上。

"我喜欢它！"他走到外面，透过酒吧敞开的窗户喊起来。塞万提斯站在吧台后面，他的眼睛里写满了惊恐的神情，他紧紧地抱着那只斗鸡。领事高呼着："我爱地狱！我等不及要回到那里了。事实上，我要跑回去，我差不多就要到那儿了。"

他真的跑了起来，尽管他浑身无力，却在众人的身后边跑边喊。奇怪的是，他向森林跑去了，可他并不想去那儿，森林变得越来越暗，森林上空也变得越来越不平静了……狂风大作，把低垂的花椒树枝吹得"沙沙"乱响。

过了一会儿，他停下了脚步。一切都恢复了平静。没有人在身后追他，那是好事儿吗？是啊，他想，是好事儿。想到这里，他的心脏激动得"砰砰"乱跳。既然一切都如此顺利，他会踏上去帕里安的路，去"白果酸浆"酒吧。

两座火山矗立在他面前，如此险峻，看上去近在咫尺。它们高高地矗立在丛林上方，高耸入云。在低低的天空背景下，即将发生一件事，这件事会引起人们极大的兴趣，好戏即将上演。

11

  日落时分。小鸟在头顶的天空上围成了绿色和橙色的旋涡，鸟儿越飞越高，那些旋涡也越变越大，好似点点涟漪在水中散开。林中，有两头小猪一路狂奔，掀起了阵阵尘土。一位妇女匆匆从领事身边走过，她头上顶着一个小而轻的瓶子，姿态优雅，宛如利百加……

  他们终于走过了"奥菲利亚"沙龙。此时，尘土褪去，前方的道路又变得笔直，路一直通向森林，穿过了水声轰鸣的瀑布，瀑布落下形成水潭。天色已晚，可是还有几个大胆的游客在水潭里游泳，他们正奋力地朝森林的方向游去。

  在他正前方的东北方向矗立着那两座火山。火山后面是层层叠叠的乌云，乌云越积越高，正在稳步搭建通往天宫的云梯。

  ……暴风雨已经派出信使向人们宣告自己的到来，不过它却姗姗来迟，一定是绕着圈儿去别处转悠了，真正的暴风雨并没有到来。与此同时，风停了，天空变得晴朗了一些，不过在他们背后，太阳已经落山了，落到了稍稍靠近他们左边的位置。在西南方向，夕阳红色的光像扇子那样散开，越过他们头顶，照亮天际。

  伊芙和休并没有在"众乐乐"酒吧里找到领事。现在，他们沐浴着温暖的阳光，继续寻找领事。伊芙在前面走，她不想和休说话，有意加快脚步，拉开她和休的距离，不过她听到了休的声音不停在耳边响起（就像那天早些时候，她耳边都是领事的声音）。休劝说伊芙放慢脚步，跟他说说话。

"你明明知道我不会抛下他一走了之的。"伊芙说。

"耶稣基督啊，如果我没来过这儿，这一切根本不会发生！"

"就算你不来，也可能会有别的麻烦事。"

他们四周都是茂密的树林，已经看不到火山了，不过天色并没有完全暗下来。他们身边有一条溪流，溪水疾速流动，水边有一道光线。黄色的花朵沿着溪流两岸生长。那些花看上去像菊花，它们在夜色中闪烁，好似天上的点点繁星。在昏暗的光线中，可以看见砖红色的野生叶子花，花丛中偶然夹杂着开着白色花朵的灌木，低垂的花枝伸出灌木丛。每隔一段距离就可以看见树上钉着一个标识——一个个木头削成的箭头，它们为旅人指示方向。那些标识经过风吹雨淋，上面的字迹模糊得几乎无法辨认了，隐约可见几个字：通往大瀑布。

他们接着向前走，看到了一些毁坏的锄头和锈迹斑斑、被丢弃在小溪边上的美国汽车的汽车底盘。在此期间，溪水一直在他们的左侧潺潺流动。

他们身后的瀑布声已经淹没在前面瀑布发出的隆隆声中。空气因瀑布溅起的水花变得潮湿。环境虽然嘈杂，但在潺潺的水流声中，还是可以听到植物生长的声音。这些植物在水流冲积的土壤中恣意生长，他们周围到处都是这样的草木。

这时，他们抬头看了看，刚才被茂林遮蔽的天空再次显现出来。云层不再是红色的，而是呈现出一种奇怪的亮蓝白色，好像照亮这些云层的并不是太阳，而是月亮。云层之间不时闪现出钴蓝色的光线，深不可测的夜空不时传来轰隆隆的午后惊雷声。

一群鸟在云层之间飞舞，越飞越高。莫非它们就是那些啄食普罗米修斯的地狱之鸟？

那些鸟是秃鹫。这群人间的飞禽嫉妒心很强，虽然在地面上，它们彼此角逐，浑身沾满了血迹和污秽之物，可是在空中，它们能够飞得很高，超越暴风雨。众鸟之中，唯有安第斯峰顶的神鹰能飞到那样的高度……

月亮在他们的西南方向，它准备追随已然落到地平线以下的太阳。透过树林，在他们左边可以看到一些低矮的山丘，那些山丘的样貌和尼加拉瓜瀑布脚下的山丘很相似，颜色发紫，看上去是那么萧索。伊芙听到"沙沙"的声音，她判断那声音是从距离山脚不远的地方传来的，原来那是牛群在倾斜的田野上行走、穿过玉米垛和带有条纹的神秘帐篷时发出的声音。

在他们前方的东北方向，波波卡特佩特火山和伊科斯塔西夸特火山仍然是景色中的主角。在这两座火山中，沉睡的女子[①]的轮廓更为秀美：火山山顶造型凹凸有致，山顶覆盖的雪看上去是红色的，在他们的视野中若隐若现。其间，有更为阴暗的岩石影子摇曳。火山的山顶初露云端，好像悬浮在半空中，飘浮于不断增高的乌云之上。

钦博拉索[②]、波波卡特佩特，这些名字读起来朗朗上口，出现在美妙的诗句中，让领事如痴如醉！在印第安人的传说中，这两座火山的命运颇为悲壮：奇怪的是，波波卡特佩特在传说中是个梦想家，

[①] 指伊科斯塔西夸特火山。
[②] 钦博拉索火山：位于南美洲厄瓜多尔中部，是一座圆锥形的死火山，海拔 6 772 米。

他那勇士般炽热的爱之火焰永不熄灭,永远为伊科斯塔西夸特点燃。只可惜身为英雄的他刚刚寻觅到自己的心上人,就和爱人阴阳两隔了。伊科斯塔西夸特永远地睡去了,而波波卡特佩特则化为她的守护者,永远驻守在爱人的身旁……

他们走到了开阔地的尽头,那里出现了岔路通向左、右两个方向。伊芙犹豫不决,不知该选择哪条路。她指了指左边那条路,因为那条路笔直地向前延伸;一棵树上出现了另一个古老的箭头和字迹模糊的标示:通向大瀑布。溪流边上的另一棵树上,也有一个类似的箭头,箭头指向了右边的那条路,标识上写着:通往帕里安。

伊芙这才知道自己身在何处,但是两个选择、两条路就摆在她面前,通向不同的方向,好像是人们张开的双臂……她感到左右为难,这时她产生了一个奇怪的想法……不过这个想法显得有些不合时宜……她觉得那两条伸展的路就像是一个被钉在十字架上的人。

如果他们走右边的路,就会更快地到达帕里安。不过,走左边的大道最终也能到达目的地,而且走左边的路还有一个好处:那条路上至少还有两家酒吧,也许能在酒吧里找到杰弗里。

就这样,二人选择了左边的大道:那些带有条纹的帐篷和玉米垛从视野中消失了,取而代之的是满眼的树丛。在夜色中,湿漉漉的、混杂着泥土气味的豆科植物的味道扑面而来。

伊芙心想:这条路在靠近一家名为"朗姆波波"或者"艾尔波波"的酒馆的主要高速公路的尽头(也可能和那条路是同一条),是一条通向帕里安的近路。从这条路走直角路线穿过丛林,就可以到达帕里安,路上还能经过"白果酸浆"酒吧,而"白果酸浆"酒吧可能就是那个钉住那个男人的阴暗的十字架,那个男人的两个手臂就是从那里垂下的。

他们向前走,离瀑布更近了一些。瀑布轰隆隆的水流声震耳欲聋,其震撼程度不亚于五千只食米鸟[①]在空旷的俄亥俄州大草原上顺风鸣唱给人的冲击力。离瀑布越近,越能感受到水流的湍急。从高处飞流而下的白练冲击着他们左侧的堤岸,却被岸边植被组成的高墙所拦截,倾泻而下的水流穿过长满旋花、高于丛林的灌木丛,又喷射到了溪水中。人的精神好像连同那些被连根拔起的树木和那些被击碎的灌木丛一起被卷进泥石流之中,冲向那瀑布落下的最后关口。

他们来到了一家名为"行囊"的酒馆。这家酒馆离嘈杂的瀑布有一小段距离,酒馆窗户中投射出的光线在晨曦的映衬下显得那样柔和。酒馆现在人满为患,伊芙在人头攒动的小酒馆里搜寻着领事的身影,她的心情陡然变得兴奋,然后是失落,接着又变得兴奋,随后又是失落,她只看到了酒吧侍者、两个墨西哥人和一些牧羊人,也许他们是种植榅桲的农民,他们都倚在吧台上,交谈甚欢……他们时而张开嘴、时而沉默不语,不过伊芙什么都听不到,而他们那棕色的手客气地在空气中比划着,好像在画着某种图案。

从伊芙站的位置来看,酒馆周边的环境就像一枚邮票上那构图精巧繁复的景象,酒吧的外墙贴着各种酒类广告:蒙特祖马二世、科里奥罗牌啤酒的广告、咖啡广告。还有薄荷膏的广告:有了薄荷膏,蚊虫躲着跑!有人告诉过领事和伊芙,这里曾是安诺奇特兰的一个富庶村落,后来被烧毁了,只留下了这个孤零零的小酒馆,这个繁盛的村落曾一直延伸到小溪另一侧以西的区域。

―――――――――
[①] 食米鸟:一种生活在北美洲的鸟,与黄莺鸟有亲缘关系,因其叫声听起来像"巴巴利、巴巴铃"(bob-o-lee, bob-o-link)而得名。

伊芙站在酒吧外等,周围依旧是瀑布嘈杂的声音。从他们离开"奥菲利亚"沙龙到现在,伊芙觉得自己再也不想和酒馆扯上任何关系,不过现在休也走进了那家酒馆……他问两个墨西哥人问题,还向酒吧侍者和那两个墨西哥人描述了杰弗里长着什么样的胡子,随后他又问了那个吧台侍者一些问题,那个侍者用两个手指做出捋胡须的姿势,伊芙这才意识到自己不自然地大笑起来。与此同时,她还有一种疯狂的想法:她觉得自己的身体里好像积郁了某种情绪,那情绪好像把她的身体都点燃了,她的身体好像随时都有可能爆炸!

她往回走,被草席附近的一个木头框架绊了一下,那木头框架似乎要扑倒在她身上。伊芙借着酒吧里窗户透出的光线才看清,绊倒她的其实是一个木笼子,笼子里关着一只大鸟。

她惊讶地发现,那只大鸟其实是一只小鹰,它被囚禁在这个黑暗而潮湿的笼子里,现在小鹰浑身发抖。鸟笼被安置在酒吧和一棵低矮粗壮的树之间,其实那是两棵抱在一起的树木:一棵榕树和一棵桧树。微风吹起,随风飘舞的瀑布水花飞溅在伊芙的脸上,瀑布还在轰隆隆作响。夫妻树互相缠绕的树根向溪流的方向延伸,它们渴求溪水的滋润,不过它们并非真的需要溪流。树根也可以在原地生长,因为它们生长的环境可以为它们提供足够的给养,让它们结出更为丰硕的果实。从较高的那棵树那边传来了一阵"噼啪"声,好像是一种叛逆的撕扯声,还有"啪嚓、啪嚓"的声音,好像是绳索断裂的声音。树枝投射下的影子在她周围僵硬地摇摆着,那些宽大的树叶丝毫没有卷曲起来。这些黑影好像都在共同谋划着什么,它们好像暴风雨前停靠在港口的船只,表面平静,内心暗潮汹涌。闪电从山上发出,穿越了这些树木,惊雷突然从树木之间响起,酒吧里的灯光摇曳了一下，随后熄灭了，又亮了一下，随即又灭了。雷声并没有再次响起，暴风雨再次迫近。伊芙焦急地等待着，心中充满了忧虑：酒吧里的灯又亮了……这些男人，居然让她一个弱女子在漆黑的夜色里等自己，天啊，真是太过分了！可是，是她自己不愿意进酒吧的，不能怪别人。休和那两个墨西哥人喝起了酒，他速战速决。笼子里的那只小鹰一动不动，长长的翅膀衬托出它愤怒的身形，小小的身体里积满了深深的绝望情绪，不过它逃跑的梦想和对翱翔于波波卡特佩特火山上空的遥远记忆并未消逝。它曾经展翅飞翔，纵身俯冲向荒野，然后鹰击长空，它在空中俯视那些山峦上犹如鬼魅的树影。伊芙用颤抖的双手急匆匆打开笼子，小鹰立即跳出了笼子，跳到了伊芙的身边。它看起来犹豫不决，最后飞上了酒吧屋顶，突然一跃飞上了天空。它并没有飞向离它最近的树木上寻求栖息之地，而是在空中盘旋。看来伊芙是对的，那只小鹰知道自己会再次获得自由，会再次翱翔天空、仰望苍穹。伊芙看到了漆黑的夜空中有一颗星，她放了小鹰，并不感到丝毫内疚，她心中有一种无法解释的胜利感和如释重负的释然：没有人知道是她放走了小鹰，可是随后，一种心碎和迷失的感觉悄悄向她袭来。

酒吧的灯光照在树根上；那两个墨西哥人和休站在了酒吧门口。他们谈论着天气，不时地点点头，指指前面那条路。在酒吧里，酒吧侍者在吧台下偷偷地喝了一杯酒。

"不！……"休冲着喧闹的酒吧里大喊一声，"他根本没去过那儿！不过我们可以去别的地方找一找！"

"……"

"开路！"

他们走过了"行囊"酒吧,向右走去。他们经过了一个狗窝,看见一只被链子拴住的食蚁兽正在拱黑土。伊芙想靠近一些,休一把拽住了她的手臂。

"你看到那只食蚁兽了吗?还记得那只犰狳吗?"

"我并没有忘记,什么都没忘!"

他们走下台阶的时候,伊芙说了这句话。不过,休并没有理解伊芙这句话是什么意思。林中的野生动物从树上跳进了灌木丛中,从他们身边溜走了。伊芙在四处搜寻着,她希望能再看一眼她放走的那只小鹰。他们往前走,林木渐渐变得稀疏,最后树木彻底消失了。他们四周都是腐烂的植物,空气中弥漫着腐朽的气息,看来峡谷应该就在不远处。空气变得温暖、甜美,道路却越发险峻。上一次伊芙来到这里时,曾经听到过夜鹰的叫声:"呜噗—呜噗,呜噗—呜噗,呜噗—呜噗",那声音孤独而凄婉,她在故乡时,春天里也曾听到过这种叫声。对她来说,所谓的故乡又在何处呢?是她父亲在俄亥俄的家吗?如今,在遥远而黑暗的墨西哥,她又听到了这"呜噗—呜噗"的声音,这究竟是为什么呢?那凄厉的鹰鸣声就像爱和智慧一样,无处为家,也许就像领事曾经说的那样,在这里定居比在卡宴定居好,因为现在卡宴是寒冷的冬季。

他们走的是上坡路,接近了小山丘山顶的一片小空地。伊芙能看到天空了,不过她迷失了方向。今晚,墨西哥的天空突然变得陌生起来,而夜空中星星给她带来的孤独感,比那凄厉的鹰叫声还要强烈。星星好像在告诉她:为什么我们会来这儿?为什么我们出现在错误的位置,组成了错误的形状?为什么我们离我们的家乡那么遥远?我们远离的家乡在哪儿呢?伊芙什么时候回过家乡呢?可是那些星星给伊芙带来了些许安慰，她继续往前走，感觉自己又恢复了那种置身事外的状态。伊芙和休爬到了山顶，他们透过那些树木，可以看到西边地平线上的星星。

天蝎座在降落……人马座、摩羯座；看啊，它们就在那儿呢，毕竟，它们还在正确的位置上，而伊芙看到它们的形状，也马上就能辨认出它们是什么星座。如此说来，它们的形状并没有错。那些星星按照规则的几何形状排列着、闪烁着，完美无瑕。今晚，它们也像在五千年前的夜晚那样照常升起、落下：摩羯座、水瓶座，还有在它们下方那颗孤独的南鱼座 α 星、双鱼座、白羊座、金牛座，还有金牛座 α 星和金牛座疏散星团。"每当天蝎座在西南方落下时，金牛座疏散星团就会从东北方升起；而当摩羯座在西方落下时，猎户座就会从东方升起。对了，忘了说鲸鱼座了，鲸鱼座还有蒭藁增二星呢。"今晚，人们看到这些星座就会这样说，多年以后人们看到它们，还会说同样的话。也许，人们看到这些星座会关上门；也许他们看到这些星座就会想起逝去的亲人，黯然神伤；也许他们会看到那些星座，会对爱人深情款款地说："那是属于我们的星星，它们属于你和我！"船员们会根据星座的位置调整航向，或者迷失在茫茫的大海中，也许他们会站在船的前甲板上，在四溅的浪花中仰望星空，船体突然倾斜，他们会将希望寄托在那些星座上，祈祷星星能保佑他们平安无恙，也许他们会彻底失去信念。在数千个天文观测站里，透过那些无力的望远镜观察那些星星。望远镜揭开了这些星团的神秘面纱，也让人看清了由那些死寂昏暗的星星组成的星云，那是灾难性的太阳黑子爆发或是巨大的天蝎座 α 星暴怒至极的结果……虽然它只是一团未燃尽的焰火，可却比太阳还要大五百倍。地球仍然进行着自转，同时也在围绕太阳进行公转，而太阳则绕着银河系闪闪发光的巨轮运转，绕着无数个镶嵌着宝石的星河巨轮旋转、旋转，气势恢宏地进入无限的宇宙空间，进入永恒的所在。在此期间，生命会不断延续。所有这一切，在伊芙百年之后依旧如此，人们还会继续观测着夜空的星星、地球自转、季节变换，人们还会看到那些星座起起落落：白羊座、金牛座、双子座、巨蟹座、狮子座、处女座、天秤座、天蝎座、摩羯座、水瓶座、双鱼座……白羊座……循环往复、生生不息！到了那个时候，人们还会不会像她那样，问那个永恒存在的、看不到希望的问题：你的努力在早已注定的命运面前，又有什么用呢？是什么力量驱动着这个天体机器不停运转呢？天蝎座落下……升起。伊芙心想：那种神秘的力量经常潜藏在火山之后，人们看不到它。还有在今天凌晨，那些在水瓶座消失以后才会升起的星座，人们看到它们，就会产生一种时光在瞬间流逝的感觉，但是同时也感到自己的灵魂被那些如钻石般璀璨的光芒所照亮。那耀眼的光束触碰到了他们的记忆深处，触碰到了那些被他们视为最为甜蜜，或者最高尚，或者最勇敢，或者最骄傲的片段，那些记忆的片段好像在他们的头顶高悬，它们轻柔地飞舞，好像一群鸟儿，飞向猎户星，飞向那仁慈的昴星团……

他们继续向前行进，森林里的树木渐渐稀少，刚才从他们视野中消失的那些山脉，现在又矗立在他们面前。然而伊芙却仍然踌躇不前。

在东南方的远处，一轮弯月挂在低空中。时间已是清晨，那些苍白的星辰现在渐渐下落。伊芙看着那些落下的星星……它们是地球夭折的孩子……因为饥饿还在乞求食物……接着，她眼前浮现出钻石形状的"丰饶之海"和五角形状的"甘露之海"，还有弗雷斯卡托里斯(Frascatorius)那轰然倒塌的北面墙、恩底迪弥翁(Endymion)那巨大的西侧在靠近月球左肢,呈椭圆形状;月球南极的莱奔尼茨山、东面的普罗克鲁斯是梦之沼泽。大力士赫拉克勒斯和擎天巨神阿特拉斯就站在那里,站在大劫难之中,而我们凡人根本无从探知神明的世界[①]……

月亮不见了,一阵炎热的风扑面而来。东北方的亮光呈炽热的白色,成锯齿状分布;雷声响起,声音并不大,不过还是引发了一场火山山顶的小雪崩……

在他们右侧,道路变得愈加陡峭蜿蜒,穿过那些像哨兵一样的树木。那些树木高大而孤独,旁边还生长着巨大的仙人掌,仙人掌侧面生长的坚硬手臂挡住了各个方向的景色。树木遮天蔽日,林中变得阴暗,这里的夜空仿佛是全世界最黑暗的。

他们走上公路,而眼前看到的一幕让他们心生恐惧:在暮色沉沉的天空中,乌云仍然在集结着,越堆越高。在高空,令人毛骨悚然的高空,飘浮着好像没有身体的黑色大鸟——看起来更像是鸟的骨骼在飞舞。伊科斯塔西夸特火山山顶卷起的一阵风雪遮蔽了火山山峰,而山顶的大部分都笼罩在积云之中,不过波波卡特佩特火山的山体似乎离他们越来越近。那山体驾着祥云向他们靠近,它向前俯身,向着山谷的方向下探,那奇怪而忧郁的光线把整个山体的轮廓衬托得格外分明。光线还照在了一个显得桀骜不驯的小山丘上,山丘上有一块小墓地。

有很多人挤在那片墓地上,从远处并不能分辨出人影,只能看

[①] 该段出现的地名均为月球地名。

到他们手里拿着的蜡烛发出摇曳的火光。

突然之间,那光束好像通过日光仪向整片狂野的景色传递信息。这时,他们终于看清楚了那些一动不动、身穿白色和黑色丧服的微小人影。伊芙和休静静地站在那里,听着雷声。在一声声惊雷之间,他们听到了那些人发出的声音:低低的哭泣声和哀悼声。是风把他们的声音传到了这里,从山上的墓地传到了他们的耳朵里。那些哀悼者站在他们逝去亲人的墓地旁低声吟唱,轻声地弹着吉他,或者祷告着。接着,他们听到了一个风铃般的声音,那悠长的铃声像鬼魅的呼号。

一声惊雷巨响淹没了其他声音,雷声在众多峡谷中传来了隆隆的回声,不过雷声并没有熄灭那些蜡烛的烛火,它们仍然摇曳着,并不畏惧。几个手持蜡烛的哀悼者随着队伍开始移动,一些哀悼者排队下了山。

伊芙走在大路上,心里满怀对脚下这坚实路面的感激之情。"艾尔波波"酒店餐馆的灯光映入他们的眼帘。餐馆旁边的车库上方,一个电子指示牌的灯光胡乱地戳向天空,指示牌上写着"乌兹卡迪"。他们听到了收音机的声音,这声音不知是从哪儿传来的,是一首风格狂野的快歌。

一些美国汽车井然有序地停靠在餐馆外面,这些车的后面是丛林边缘的一条死胡同,这让人感觉这个小餐馆所处的地理位置十分闭塞、少有访客,也许是因为时间很晚了,而且离这里不远的地方又有个边界的缘故吧。峡谷就位于这个边界地区,就在这个地区过去的行政中心郊外的右侧,那里有州界限的标志。

在刹那间,伊芙看到领事一个人坐在酒馆门廊上,静静地吃晚餐。不过只有伊芙能看到领事。伊芙和休穿过餐馆摆在外面的圆桌，走进了空旷的酒吧，在他们的位置看不出酒吧有多大。伊芙看到领事坐在酒吧的一个角落里皱着眉头，他身边还有三个墨西哥人，不过只有伊芙自己注意到了领事，因为那个酒吧的侍者根本没有看到领事，酒吧的副经理也没有看到领事。这家酒吧的副经理是一个身材非常高挑的日本人，他也是餐厅的厨师。他认出了伊芙，不过他和侍者都否认领事来过这里（虽然到了此时，伊芙觉得她确信领事就在"白果酸浆"酒吧里）。这时，伊芙发现在酒吧的各个角落都没看到领事，便走出了酒吧的大门。可是酒吧外面沿着瓷砖地面摆放的那几张酒桌也没有人，不过伊芙好像模糊地看到了领事坐在那里，看到她和休靠近自己，领事还特意站起身招呼他们。领事还把椅子推到后面，迎上来，微笑着向他们点头致意，欢迎他们。

　　事实上，来"波波酒店"的客人少得可怜，因此虽然有很多车停在了餐馆外面，但并不能说明这里的客人很多。不知什么原因，这种现象在这个地区很常见，也许是因为这里地理位置偏僻、人迹罕至吧。

　　休四下环顾了一番，寻找那音乐的出处。音乐似乎是从停靠在酒吧外的一辆车里传来的。在这样荒无人烟的地方，这样的音乐简直像是天外之音，那音乐声好像一种失了控的、如临深渊的机械力量，向着死亡俯冲，然后散开，接着纵身一跃，跳进了可怕而麻烦的泥潭。之后，那音乐声便戛然而止。

　　酒吧的后院儿是一个长方形的花园，花园里长满了花，杂草丛生。花园的游廊有一半隐没在暗影之中，拱形门搭在了两边的矮墙上，这使游廊有了一种寺院的感觉。酒店卧室的窗户正对着游廊，从餐馆投射出的灯光光线有时照在花园中的一朵红花上,有时照在绿色的草坪上,那些植物呈现出不自然的艳丽色彩。拱门之间挂着一个铁环,铁环上有两只金刚鹦鹉,它们看起来怒气冲冲的,色彩鲜艳的羽毛都竖起来了。

天空中不时出现的闪电瞬间照亮了那些窗户。树叶在风中沙沙作响,过了一会儿,风渐渐变小了,形成了一股热浪,把树枝摇得乱颤。伊芙靠在一个拱门上,她摘下了帽子。一只鹦鹉发出尖锐的叫声,伊芙连忙用手捂住了耳朵,这时雷声更大了,她把耳朵捂得更紧了。伊芙闭上眼睛、捂着耳朵,心不在焉地站在那里,直到雷声平息。这时,休要的两杯凉啤酒端上来了。

休说:"好吧,这穷乡僻壤的地方,跟瓜华纳华克的啤酒厂酿造的啤酒可比不了……真的比不了!……是啊,我想我是不会忘记今天早晨的,天空那样湛蓝,难道不是吗?"

"还有和我们同行的那条长毛狗、那些小马驹,还有那条河,还有鸟儿从我们头上疾速飞过的情景……"

"现在我们离'白果酸浆'酒吧还有多远?"

"大约还有一点五英里远。可是如果我们穿过森林,就能少走一英里路。"

"我们要摸黑穿过森林吗?"

"如果我们想赶上回瓜华那华克镇的最后一班车,就得赶时间了。现在已过6点了——这杯啤酒我喝不了,你能喝吗?"

"我也喝不了了,这啤酒有股青铜味儿……该死!上帝啊!"休咒骂了一句,接着说,"我们得……"

"点点儿别的酒吧。"伊芙提议,不过,她说这句话带着讽刺的意味。

"我们就不能打电话求助吗？"

"来杯梅斯卡尔酒。"伊芙愉快地说。

空气中充满了电流，几乎颤抖起来。

"有何评论吗？"

"来杯梅斯卡尔酒吧，有劳了。"伊芙又说了一次，然后郑重其事地摇了摇头，还带着讽刺的口气说，"我真不明白，为什么杰弗里那么喜欢喝梅斯卡尔酒呢？"

"算了，还是要两杯茴香酒吧。"

另外一个侍者端来了两杯茴香酒，可休还没回来。那个侍者觉得光线太暗了，就一只手举着托盘、另一只手按下了另外一盏灯的开关。

伊芙在白天和晚饭时都喝了一些酒，虽然相比于两个男士来说，她喝得不多，可是现在她依然觉得头昏昏沉沉的。过了一会儿，她才伸手去接过那两杯酒。

伊芙喝下了一点儿茴香酒，她觉得那酒很难喝、令人作呕，而且有一股乙醚的味道。茴香酒下肚后，她首先感到的并不是像喝啤酒那样，胃里有种温暖的感觉，而是觉得胃里发凉、冷冰冰的。不过酒精起作用了，门廊外传来了一阵吉他声，弹得有点儿走调，那是吉他弹奏的歌曲《鸽子》。有一个墨西哥人在唱歌，茴香酒的酒劲儿还没退去……说到底，这种酒算是一种烈酒，可是休去哪儿了呢？他是去酒吧找领事了吗？不，伊芙知道领事不在这里。她四下环顾了一下"波波"酒吧，这家酒吧弥漫着一种死寂的、毫无灵魂的气氛，那种气氛在滴答作响、在低吟，就像杰弗里曾经说的那样——像是美国公路旁的鬼屋一样,不过现在它看起来并不像刚才那么可怕了。伊芙从桌子上拿了一只柠檬,往酒杯里挤了几滴柠檬水,如此简单的事情,伊芙花了很长时间才做完。

她突然意识到:自己不由自主地大笑起来。她体内正在积郁某种情绪,要着火了,她的头脑中再次浮现出了一幅画面:画中的形象是一个女子,她不停地用拳头捶打着地面……

但是,着火的并不是她的身体,而是存在于她精神世界的那栋小屋;是她的梦想着了火;是她梦想中的那个农场着火了;是猎户座、昴星团着火了;是她和领事的海边小屋着火了。可火在哪儿呢?火情还是领事先发现的,这些疯狂的想法是从哪儿冒出来的呢?这些想法既没有形态,也没有逻辑性可言。伊芙伸出一只手,想去拿另一杯茴香酒喝,那杯茴香酒是休的。这时,那团火熄灭了,被突如其来的、伊芙身体中对领事那份绝望的爱和柔情浇灭了。

……海风吹起、天色变暗却十分晴朗,你看不到海浪的声音,你看不到的。她却能看到他们的海边小屋。春天,夜空深邃;夏天,抬头见星;夏去秋至,夜空晴朗、明月未升、繁星璀璨;冬日,月升水面、潜入室内,夜色深沉,浪涛拍岸,只闻其声,不见其影……

"你觉得你点的梅斯卡尔酒怎么样?"

伊芙吓得跳了起来。她发现自己几乎趴在了休的那杯茴香酒上。休摇摇晃晃地站在她旁边,胳膊下夹着一个磨损严重的、钥匙形状的长条帆布材质的盒子。

"你拿的那到底是什么东西呀?"伊芙觉得自己的声音变得模糊,听起来是那么遥远。

休把那个盒子放在了矮墙上,接着,他把一个手电筒放到桌子上,手电筒是童子军的设备,就像轮船上的通风口一样,不过是只要带上腰带就能穿过的一个铁环,并不是什么了不起的物件。休告诉她:"我在酒吧的门廊上遇到了那个吉他手,杰弗里在'奥菲利亚'沙龙对人家很无礼,所以我买下了他的手电筒,但是他想把他的吉他也卖给我,好买一把新吉他,所以我连他的吉他也一起买下来了。这两样东西只花了我八比索五十分……"

"你买那把吉他有什么用?难不成你还要回到船上当海员,在甲板上用它演奏《国际歌》吗?"伊芙不解地问。

"你觉得你点的梅斯卡尔酒怎么样?"休又问了一遍。

"就像喝下了一个九米长的带刺铁网,我的头都要炸开了。给你,这杯是你的,或者应该说,杯里剩下的酒是你的。"

休坐下了,他告诉伊芙:"我在外面的时候,和那位卖吉他的兄弟喝了一杯龙舌兰酒……"

接着,他又补充道:"我肯定不会尝试今天晚上去墨西哥城了,这一点确定以后,我们就可以想不同的办法找到杰弗里。"

"我宁愿长醉不醒。"伊芙说。

"你想要干什么?不过你说的也许是个好主意呢。"

"你为什么要说长醉不醒可能是个好主意呢?"伊芙又喝了一些茴香酒,问休,"你要那把破吉他做什么?"她又问了一次。

"唱歌的时候可以派上用场啊,或许我还能用这把吉他骗人呢。"

"你怎么突然变得这么奇怪了,休?你想骗什么人呢?你想怎么骗人呢?"

休把身体向后靠,靠在椅背上,直到椅背靠在了他身后的矮墙上,然后他就保持着那种姿势,抽起了烟,还慢慢地品尝起了放在他膝头上的那杯茴香酒。

"谎言就是沃尔特·拉雷勋爵[①]在与自己的灵魂对话时思索的那些问题：'你所追求的真理将成为你的保障。去吧，因为吾之所需必将消亡。将谎言给予世人，告诉法庭：谎言会像朽木那样发光发亮；告诉教会：谎言会分辨善恶真伪。如果法庭和教会回复你，就用谎言欺骗它们。'我会编造这样的谎言，不过会稍加修改。"

"你又在演戏了，休，比塞塔，向你致敬。"

"向你致敬。"

"向你致敬。"

休站在那里，一边抽烟，一边喝手里杯中的茴香酒，靠着黑漆漆的拱门，俯视着伊芙：

"但是，我们想做的事恰恰与之相反，我们的确想助人为乐，想行善，成为患难者的难兄难弟。甚至在某种意义上，我们甘愿献出生命，被钉到十字架上。一般而言，二十年后，我们又是一条好汉。但是对一个英国人来说，成为一个真诚的殉道者是一个糟糕的死法。我们可能有一部分思想敬佩像甘地或尼赫鲁那样无私无畏的殉道士，我们甚至可能会承认：如果我们以他们为榜样，像他们那样大公无私地生活，也许就会得到救赎。但是我们心里还高呼着'把那个该死的小个子男人扔到河里去！'或者'快把巴拉·巴斯[②]放了！''德

[①] 沃尔特·拉雷勋爵（约 1552—1618）：文艺复兴时期一位多产的学者，同时也是政客、军人、诗人、科学爱好者和探险家。他早期曾做过私掠船的船长。在听到有关黄金国的传说后，他于 1595 年率领一支探险队前往新大陆寻找黄金，后来发现了现今南美洲的圭亚那地区。
[②] 巴拉·巴斯：《圣经》中的人物，和耶稣一起被钉到了十字架上。

怀尔永存'这样的想法。上帝啊，西班牙成为殉道国家也相当糟糕，只不过这个国家是以另一种形式进行殉道……如果俄罗斯能够证明……"

在休滔滔不绝地高谈阔论时，伊芙正浏览着休带回来的一份、放在桌上的文件。那是一份脏兮兮、皱巴巴的酒店菜单，那好像是休在地上捡的，也许那份菜单被人揣在兜里太长时间了，才弄得皱皱巴巴的。伊芙带着醉意读起了那份菜单：

波波酒吧
菜单

蒜蓉汤	0.3 美元
辣味玉米馅饼	0.4 美元
咖喱馅料	0.75 美元
青椒"波波"饼	0.75 美元
香炸酱汁下水	0.75 美元
风味小牛腿	0.75 美元
香烤小牛腿	1.25 美元
香烤童子鸡	1.25 美元
香煎肉排	1.25 美元
猪排	1.25 美元
风味牛排土豆	1.25 美元
三明治	0.40 美元
土豆泥配青豆	0.30 美元
西式风味巧克力	0.60 美元

法式风味巧克力 …………………………… 0.40 美元
牛奶咖啡 …………………………………… 0.20 美元

菜单是打印的，菜单上的字体是蓝色的，伊芙仔细看了看菜单下面，发现有一个小小的圆形轮子似的标志，轮子里面写着："国家公益彩票"的字样，这些字形成了环形结构，整体图案就像是某种商标看起来就像一位幸福的母亲爱抚孩子的图景。

菜单左侧的空间都被一幅画像所占据，那是一位面带微笑的年轻女子的石印肖像画，在肖像画的上面还有一行字：本酒店管理严格，旅客的财产安全在本酒店会得到绝对保障。伊芙仔细端详着那女子的肖像画：她的身材丰腴，只是服饰寒酸，梳着类似美国人的发型。她穿着一件五颜六色的长裙，一只手做出欢迎的姿势，另一只手里拿着十张彩票，每张彩票上都有一个牛仔女孩儿的图像。那个牛仔女孩儿在骑着马，还向人挥手致意（伊芙觉得彩票上的那个牛仔女孩儿不正是她自己吗？她仿佛身临其境，忘记了自己身在何处。她挥了挥手，跟自己告别）。

"看完了。"她说。

"不，我的意思是另一面！"休说。

伊芙把菜单翻过来，然后她坐在那里，茫然地看着那份菜单。

菜单后面几乎写满了字。那是领事的笔迹，字迹很凌乱。菜单左上角写着：

账单

1 杯甜酒兑茴香酒 …………………………… 1.20

1杯沙龙香槟酒 …………………………0.60
　　1杯双份龙舌兰酒 ………………………0.30
　　　　　　　　　　　　　　　　　　2.10

　　账单上还有G.费尔明签字。这是领事在几个月之前留在这里的一份小小的账单。账单是他自己写下的、证明自己欠账的证据。"不用看了,刚才我帮他结了账。"休说着,坐到了伊芙旁边。

　　但是,在这个"账单"下面,出现了一些令人费解的词:"死亡……肮脏……大地。"这几个词下面是一长串谁也无法辨别的潦草文字。在纸的中央,还出现了这些字样:"绳子……对付……摸索①。"接着是:"一间冰冷的小牢房。"在纸的右侧是一些说明性文字,好像是即兴创作、尚未完成的诗句,也许作者想创作一首十四行诗,但是字里行间都是些混乱的符号和勾勾画画的痕迹,污迹斑斑。文字旁边还胡乱画了一些符号:有一根棍子、一个轮子,还有一个长长的黑盒子,看起来像是一口棺材。这些符号几乎无人知道是什么含义,伊芙经过仔细辨认,大致看出了诗句的模样:

　　　　多年以前,他开始逃跑,
　　　　……从此以后,逃亡不止,
　　　　追踪者已放弃,他却浑然不知,
　　　　看不到自己在绳端舞蹈,
　　　　目之所及皆是恐怖之像,听闻之声尽是恐怖之音,

---

① 英语单词:rope、cope、grope,尾韵相同。

世界之光如此炫目,他避之不及,
了解此人当回到过去,
全然失效……毫无意义,
就连……坐牢也无必要。
死去应知丑闻现,
唯望有人将其传,
荒唐身世孤独魂,
也曾北方觅安身……

伊芙读着那些文字,在心里思忖着:谁曾经要去北方呢?这时,休开口了:

"我们快走吧!"

伊芙同意了。

外面,大风呼啸,风中有一种奇怪的尖叫声。不知什么地方,有一个松了的折叶在撞击着什么东西,发出"啪啪"的响声。在夜色中,车库上悬挂着的那点子标识牌格外醒目:乌斯卡迪。

上面还挂着一个钟——那是人们询问时间的方式!挂钟显示:现在的时间是 6 点 48 分。伊芙想起了领事写的那句诗:"也曾北方觅安身。"去"波波"酒店吃饭的食客们都离开了门廊……

他们走下台阶的时候,雷声几乎伴着闪电一声紧似一声地传来,声音慢慢变小、平息,可是回音还不断传来。不断堆积的乌云吞噬了北部和东部夜空的星星,飞马座在空中上下摇摆着,可是他们却看不到;不过他们头顶上的天空依然没有被乌云遮蔽,还能看到织女星、天鹅座 α 星、牵牛星,还有透过树木、朝向西方的武仙座。是谁"也曾北方觅安身"?她重复着刚才的问题。……在他们正前方,在道路之外,有一个废弃的希腊式庙宇,天色昏暗,看不太清,只能看到两根又高又细的柱子和两个宽阔的石阶。这座庙宇最初建成时柱廊精巧,建筑比例和造型完美,曾经拥有昔日的辉煌,不过现在它已从辉煌走向落寞:那曾经宽阔的石阶已经变成了公路上的两道横梁,而精美的廊柱也沦为支撑电线的杆子。

他们走上了一条小路。休拿着手电筒照明。手电筒投射出的光束像是幻影,慢慢变大,变得无比巨大。那光束打了个转儿,变得透明,与仙人掌纠缠在了一起。小路变窄,他们继续向前走。休走在伊芙身后,两人排成一排,明亮的光线照在他们前面,形成了一个个同心的椭圆形光影,伊芙的影子,也许是一个椭圆形的巨大人影越过了那些光影。手电筒的光束照到柱子上的时候,柱子是烟灰色的,显得很僵硬,也许柱子太过敦实,它在狂风中岿然不动。他们听到了一种缓慢的起伏声,那是一种并非人类发出的、类似无数鳞片和脊骨摩擦时发出的"沙沙"声。

"也曾北方觅安身……"

伊芙在心中反复回味着这句诗,现在她渐渐清醒了:她发现仙人掌不见了踪影。路依然很窄,不过穿过那些高高树木和灌木丛似乎变得容易了一些。

"也曾北方觅安身。"伊芙思忖着这句诗,可是她和杰弗里并没打算去北方,他们想去的是"白果酸浆"酒吧。领事当时也没想去北方,他今晚可能也会去"白果酸浆"酒吧。"死去应知丑闻现,"树顶发出的声音像是倾泻而下的瀑布,落到他们头上,"*死去应知……*"

这些诗句反反复复出现在伊芙脑海中,她彻底清醒了。灌木丛突然在他们前进的道路上出现,挡住了他们的去路。看来那些灌木丛还没有清醒;那些活动的树木也没有清醒;休也不够清醒。伊芙意识到:休带着她走了这么远的路程,只是为了证明他们选择的这条路是对的。树木在手电光线的照射下投射出了可怕的影子,现在那影子好像要压到他们身上了,看来那些影子也不清醒。伊芙突然停下了脚步,她的拳头握得太紧了,她感到手指都疼了,这时她说:

"我们应该快点儿走,现在差不多要到七点了,"接着,她真的加快了速度,几乎是小跑起来。她一边跑,一边兴奋地大声说:"我告诉过你,一年以前,在我离开这里的前一天晚上,杰弗里和我约定去墨西哥城吃晚餐。他忘记了那个酒店的名字,后来他告诉我,他挨个酒店找我,就像我们现在挨个酒馆找他一样。"

"在工厂、在兵器库,"
在战争中!所有人,该干活儿了!"

休用低沉的声音唱起了歌儿。

"……我在格拉纳达第一次遇到他的时候,走的也是这种林间小路。我们约定好在阿罕布拉附近的一家餐馆吃饭,我以为他想在阿罕布拉和我碰面,就去了那儿。当时是他找不到我了,现在轮到我找不到他了,可是那天晚上,我们第一次见面的那天晚上,我又跑回去找他,就找到他了。"

"所有人,该干活儿了!

死亡,你钟爱谁的名誉?

谁又受到军火商的青睐?"

森林中又传来了阵阵雷声,伊芙再次停下了脚步。在那一瞬间,她觉得自己好像在路的尽头看到了什么东西在召唤着她走过去——正是酒馆广告册里那个手里拿着彩票、笑容僵化的女子。

"还要走多远呢?"休问道。

"我想我们差不多快到那儿了。前面得转几个弯,还得爬过一个断木。"

"年轻人,向前进,

迎着攻击,我们无所畏惧,

和帝国主义斗争到底,

我们要建立一个新秩序。"

"我想,你说对了。"休说。

暴风雨渐渐平息了,伊芙抬头看了看那黑漆漆的树顶,它们在狂风中摇摆。树林上方是风雨大作的天空,那一瞬间好像是翻腾的海浪,可伊芙还能感受到早晨和休骑马时的那种平静、他们今早惺惺相惜的感觉、在晚间体会到的真谛,带着青春时期对大海的向往,对爱和悲伤的向往。

从他们前边的什么地方传来了一声尖锐的枪响。好像是发生回火的小汽车的声音,那声音打破了摇曳树木的宁静。接着又传来一声枪响,接着又是一声。休大笑起来,说看起来民兵队又在练习打靶了。可是这些枪声只是一些平常的声音,伊芙听到那些枪声感到如释重负,但随之而来的雷声则让她感到厌倦,因为听到雷声就意味着:他们离帕里安不远了。很快,清晨的阳光就会透过树木、照进树林。手电筒发出的光束把树林照得犹如白昼,他们看到了一个毫无用处、已经废弃的箭头,那个悲伤的箭头指向了他们的来路,指向被烧毁的阿诺奇特兰。现在,周围好像变得更加昏暗。休的手电筒发出的光束落在了他们左边一棵树干的木牌上。木牌上有一个手的标志,指向了一行字。他们看到了那标识,更加确定了他们没有走错路:

通往帕里安

休在伊芙后面走。天空中下起了细雨,森林里充满了清新而甜美的空气,现在,分叉的小路又汇合到了一起。可是前面的道路被一棵倒下的、表面覆盖着苔藓的巨大树干分开了,那条路是他们之前没有选择的路。领事一定选择了那条路,去了托马林以外的地方。他们看到了一个梯子,梯子上霉渍斑斑,两个木板之间的距离很大。梯子靠在一个横在路面的树干上。伊芙不假思索地爬上了那梯子,她快爬上梯子顶的时候才意识到:休手电的光束不见了。伊芙只好摸黑在湿滑的木头上掌握着平衡,这时,手电光束又出现了。那光束有点儿偏向一侧,在树木之间来回移动。伊芙带着一种近乎胜利而自信的音调说:

"提醒你一下,休,别离开这条路,路可不太好走,你要当心落木。这边有个梯子,你可以顺着梯子爬下来,不过你得从那梯子上跳下来。"

"那就跳呗,"休说:"不过我肯定离开你说的那条路了。"

伊芙听到了吉他盒子撞击时吉他发出的声音,就喊了一声:"我在这儿呢,快上来吧。"

"被锁链束缚住的城市孩子,
不公正的事情一定存在,
如果你的存在成为世界的苦痛,
在解放之前宁愿死去,宁愿死去……"

休带着讽刺的调子唱起了歌儿。

就在此刻,风雨大作。大雨倾泻而下,疾风吹过了树林,好像一辆特快列车从身边呼啸而过;在他们前方,闪电击中了树木,野蛮地撕扯树林;隆隆的雷声撼动着大地……

打雷的时候,如果有人在心里想着你,你就会关紧思想之屋的窗户、插紧门闩,以抵御这看似并不比变形的天体更可怕的威胁。变了形的天体是天空中令人震惊的疯狂状态的体现,那是神明禁止平凡人近距离观察他们耻辱的警告。但是在人的精神世界里,永远有一扇敞开的大门,因为在基督的时代,人们就已经在暴风雨中敞开大门,让耶稣走进来……用这种方式迎接不曾见过的人和未曾经历过的事件,迎接响雷的洗礼。虽然,在此之前,他们从未经受过雷电的袭击,因为雷电经常击中闪电出现的下一条街道,而灾难又极少会在预定的时间发生。伊芙依然站在那个湿漉漉的木头上,努力保持着身体平衡,她正是通过这扇精神之门,才察觉有某种危险在向他们逼近。雷声越来越小,伊芙听到了一个声音,那声音并不是下雨声,正在向他们接近,好像是一种动物发出的声音。那个动物一定是被暴风雨吓坏了,不管那是什么动物,也许是一头鹿,或是一匹马,一定是长着蹄子的动物，这件事一定错不了。那个动物正在盲目地向伊芙靠近，它跳过了灌木丛，冲上了伊芙。这时，空中再次出现闪电，雷声渐渐变小，她听到马的嘶鸣变成了尖叫，好像那叫声中也掺杂着人的恐惧。伊芙只觉得自己的膝盖在颤抖，她一边呼喊休，一边想转过身，这样才能从那个梯子爬回去。但是她站在那棵湿漉漉的树上，想保持身体平衡都难，转身绝非易事。她滑倒了，她想重新保持平衡，不过又一次滑倒了，这次她从木头上滑了下去，一只脚扭了。伊芙感到一阵钻心的疼痛，但是她很快就尝试着再次站起来。她借着闪电的光，看到了一匹没有人骑的马。马向侧面跑去，并没有向她这边跑过来，不过伊芙看到了那匹马的一些细节：那"叮当"作响的马鞍从马身体一侧滑了下来。她还看到马屁股上有一个数字"7"的烙印。伊芙试着站起来，她看到那匹马向自己跑了过来，马上就要冲向她，就尖叫了一声。天空变得白茫茫一片，在天空的背景下，那些树木和那匹站起来的马好像定格在了树木之间……

伊芙眼前出现了一些汽车，那些汽车在集市上，从她身边呼啸而过的那些车，它们像行星，而她像是恒常不变的太阳，它们围绕着她运转。太阳燃烧着、旋转着、闪耀着，处在众多行星中心。那些行星又在这里出现了：水星、金星、地球、火星、木星、土星、天王星、海王星、冥王星，但是它们并不都是行星，它们也不是旋转木马，而是大转轮。在由星座围成的枢纽中，有一颗耀眼的星，周围的星座不停围绕着它旋转，那个枢纽就是北极星。它就像一只冰冷的眼睛：仙后座、仙王座、天猫座、大熊座、小熊座、天龙座，它们不是星座，而是许许多多美丽的蝴蝶。伊芙想起自己坐着船，在暴风雨中经过阿卡普尔科港时，就看到了那些美丽的蝴蝶，它们在她头顶盘旋着，蜿蜒地飞行着，似乎永不停歇，直到它们消失在船尾。大海汹涌而纯净，在漫长的黎明中，她乘坐的船在惊涛骇浪中破浪前行。后来，那些蝴蝶像流沙那样，在透明的椭圆形的漩涡中下沉、下沉。伊芙听到远处有人呼唤她的名字，她猛然从回忆中惊醒：她意识到自己身处昏暗的树林里，她听到了风雨声，看到了周围的点点树影、天空和那匹马。上帝呀，那匹马！难道这种景象会反复出现在她的生活里，永不消逝吗？那匹马抬起前腿，站立在他们面前。它受到惊吓，像一尊雕像那样在半空中定住了。好像有人坐在那尊雕像上，那是伊芙·加里夫顿吗？不，那是胡尔塔，那个酒鬼、杀人犯；那是领事，或者是旋转木马上的一匹机械马。喧闹声已经停止了，伊芙感觉自己身在一个山涧之中，有数以百万的马匹正在向她奔来，她必须马上逃走，穿过那友好的树林，逃往她和领事的林中小屋——他们在海边的小屋去。可是，那个小屋着火了，她从树林里就能看到，从她所在那些石阶上就能看到。她听到了"噼里啪啦"的响声，那是屋子着火的声音。一切都在燃烧：她的梦在燃烧，小屋在燃烧。但是此刻，她和杰弗里就站在小屋里，紧紧地握着对方的手。一切都看起来很正常，一切都在原地。小屋还在原地，对于他们来说，一切看起来都那么珍贵而自然，只是小屋的屋顶着火了。在风的助力下，火势还在蔓延，屋顶还在"噼里啪啦"地燃烧着。屋顶上的枯叶被风卷起，火势蔓延发出声音，他们看见橱柜、旧水壶、新水壶、守在他们清凉的水井边的雕像、铲子、耙子，还有带坡顶的柴火棚，它们统统在燃烧。还有那些生长在柴火棚棚顶的山茱萸花，燃烧着从屋顶飘落下来。以后再也不会看到飘落的山茱萸花了，因为整棵山茱萸树都着火了。火势蔓延得越来越快，还有映着倒影的墙面、水面上的阳光，它们都在燃烧。花园里的花被烧黑了，着火了，它们变得枯萎、扭曲、凋零。整个花园都着火了。他和杰弗里在春天的清晨待的那个门廊也着火了，那红色的门、平开的窗户、她亲手做的窗帘都着火了。杰弗里的旧椅子、他的桌子还有他的书都着火了，那些书页都被点燃了。火在燃烧着、燃烧着，随着火势的蔓延，那些书页在火焰中卷起来，四散开来，随风飘舞。它们燃烧着，沿着海滩飞舞，现在天色变得越来越暗，涨潮了，汹涌的潮水涨到了被火烧毁的小屋之下，浪花拍打着小屋，熄灭了火焰。他们坐的那条游船也在火焰中付之一炬。他们曾经坐着船、唱着歌，在绿色的河水中逆流而上,平静地划着船回家。现在他们的小屋在火中慢慢死去，只留下无尽的悲伤和痛苦。

　　伊芙离开了这个燃烧的梦，她感到自己突然向上升腾，飞向了天空中的星星。她穿过了星斗组成的旋涡，那旋涡越飞越高，不停地扩散着，就像水面荡漾的涟漪。在这些涟漪之中，出现了一群钻石般的鸟儿，它们坚定地飞向了猎户座，飞向了昴星团……

12

"来杯梅斯卡尔酒。"领事招呼吧台。

"白果酸浆"酒吧的大厅里空荡荡的。吧台后面有面镜子,领事从镜子里看到了自己,他还从镜子里看到了酒吧大门,酒吧大门是敞开的,朝向广场。镜子里的他默默地瞪着自己,表情严肃,让人有种不祥的预感,这个表情他很熟悉。

酒吧里虽然空空荡荡,却并不安静,有各种"滴答、滴答"的声音:他的手表在"滴答、滴答"地走,他的心"滴答、滴答"地跳,他的意识在"滴答、滴答"地活动;不知什么地方的挂钟也在"滴答、滴答"走着。除了这种"滴答、滴答"的声音,还有一个听起来十分遥远的声音,像是从遥远的地下传来的,那是水流动的声音,是远处的地下水坍塌的声音;除此之外,领事还能听见咒骂声,那是他对自己不幸遭遇的咒骂,他好像在和另一个人争吵,他的声音比另一个人的声音大。现在,他的声音和那些从远处传来的哀号声混杂在了一起:"酒鬼,酒鬼,酒……鬼!"

其中的一个声音像伊芙的,她在苦苦哀求。领事还能感受到伊芙那绝望的表情——他在"奥菲利亚"沙龙里出尽洋相之后,伊芙和休在他背后看他时露出的绝望表情。领事不想再去想伊芙了,他匆忙喝下了两杯梅斯卡尔酒,那些出现在他脑海里的声音消失了。

领事一边吮吸柠檬,一边观察周围的环境。虽然梅斯卡尔酒让他平静下来,但也使他反应迟钝,他观察每样东西都需要花费一些时间。他在酒吧的一个角落里看到了一只小白兔,那个小家伙正在啃食一根墨西哥玉米棒,每次遇到紫色或黑色的玉米粒,它就会停下来,露出一副傲慢的表情。小白兔吃玉米就好像在演奏一件乐器。吧台后面有一个漂亮的瓦哈卡大酒葫芦,被一个能转动的夹子固定住了,葫芦里装着梅斯卡尔酒。酒吧侍者从酒葫芦里舀出了两杯酒,准备给领事端上去。酒葫芦两侧各摆放着一排酒瓶,有特纳帕酒、博雷特加酒、陈年龙舌兰酒、马洛卡浓醇茴香酒,一个紫色螺旋形雕花玻璃酒瓶里装着亨利·马勒牌"美味"茴香酒,烧瓶薄荷甜酒,一个装着马诺牌茴香酒的高螺旋形酒瓶上,有一个魔鬼挥舞叉子的标志。领事面前的吧台很宽,上面放着各种碟,碟子里装着牙签、咖喱、柠檬片和草莓。碟子里装的草莓刚好与碟平齐,一个大玻璃杯中放着几把交叉的长柄勺。酒柜的一端是装着各种颜色的酒罐,酒罐里装着白兰地、不同口味的生酒,柑橘果皮漂在那些酒上面。镜子旁边贴着一则广告,是昨晚在瓜华那华克镇举行的慈善舞会的广告。这则广告引起了领事的注意:一场盛大的红十字慈善舞会将在胜景酒店举行,届时电台艺术家将亲临现场,小商小贩一律不得入内。一只蝎子趴在那则广告上。这些细节领事都观察到了。他如释重负地长叹一声,悠闲地数起了牙签。在这家酒吧里,他感觉很安全……这才是他钟爱的地方,这里是他的庇护所,是他感到绝望时寻求的天堂。

"酒吧侍者",也就是酒吧老板的儿子……人称"几只跳蚤",他长得瘦小,皮肤黝黑,看起来病恹恹的。他戴着一副牛角镜框的眼镜,近距离阅读一本名为《铁托》的青少年杂志，正津津有味地读着杂志里的连载漫画《魔鬼之子》。他吃着巧克力，看着漫画，嘴里还念念有词。他给领事的一个空杯子装满了酒，然后把酒杯递给了领事。这期间，他不小心把酒洒到了吧台上一些，可是他并没有擦干吧台上的酒，仍然读着漫画，嘴里还念叨着什么。同时，他的嘴里塞满了专门为亡灵节准备的骷髅头巧克力。巧克力，是啊，巧克力正是葬礼上的灵车。领事盯着趴在广告上的那只蜥蜴，男孩儿不耐烦地用手指弹了一下，把那只蜥蜴弹走了，原来那是一只死蜥蜴。接着，"几只跳蚤"又津津有味地读起了他的漫画书，他用低沉的声音大声朗读着："突然，达利亚出现了，他大喊大叫，引起了一个警卫的注意。'快放了我！''快放了我！'"

救救我吧，领事突然产生了这种朦胧的想法。男孩突然走出酒吧，去换零钱。"快放了我，救命啊！"也许那只蝎子并不想得到拯救，因为它就贴在那张广告上，直到死去也不肯离开。领事这样想着，站起身在房间里踱起步。他想和小白兔交朋友，可是小白兔根本不理会他，于是他索性走到窗户旁边。窗户在他右侧，是敞开的，窗外是一个陡峭的斜坡，一直通向深不见底的山涧。这里真是一个阴暗、压抑的地方啊！成吉思汗是不是在帕里安……？那里还有个悬崖，就像雪莱或者卡尔德隆①的作品，也许二者都在作品中描写了令人望而生畏的悬崖。悬崖并没有下定决心自我崩塌，它的求生欲很强，紧紧地抓住山涧的缝隙，以求生存。领事把身子探出窗外，心想：这么高的悬崖，看上去就让人毛骨悚然。他向侧边看，看到一些裂石，

---

① 卡尔德隆·德·拉·巴尔卡（1600—1681）：西班牙剧作家，代表作有《人生如梦》《爱情、荣誉和权利》。

领事极力回忆雪莱作品《钦契一家》里描写的有关巨大的石碓紧紧抓住地面的段落,它们好像在挣扎求生。其实它们害怕的并不是坠落,而是黑暗。如果它们掉下去,会去哪里呢?从这里到悬崖底部有很长的距离,他突然产生了这样的想法:如果他是自己掉下悬崖,也不会感到害怕。他在脑海里回忆起这条峡谷在墨西哥境内的蜿蜒走向:它穿过了破损的矿山,最后到达他家的花园。接着,他想起了另一块岩石,那是今天早上他和伊芙站在复印社外面时,在橱窗里看到的那幅画岩石的画,那幅画名为"别离",画中的冰山岩忽然崩塌,瞬间倾倒在了摆在橱窗里的众多婚礼请柬之中,而在它后面就是飞快旋转的摩天轮。那情景多么让人伤感!现在回想起来,那情景好像是很久以前发生的事情,好像那么遥远、那么奇怪,就像他对初恋的记忆那般久远、那般伤感,那情景甚至让他想起了母亲去世时的情景。那就像他的伤心往事,这次,他并没有费力地回避有关伊芙的记忆,伊芙又一次从他的脑海中消失了。

领事从敞开的窗户看到了高耸的波波卡特佩特火山,火山巨大的侧峰有一部分隐没在翻滚的积雨云中。火山山峰遮天蔽日,看起来就像在他的头顶上。大峡谷、"白果酸浆"酒吧就在火山之下,就在火山下!古代人把惩罚恶人的地狱设在了埃特纳火山[①]之下并非没有道理,因为火山里生长着百头巨怪[②],他不仅有一百个喷火的头,

---

[①] 埃特纳火山(Mt.Aetna):意大利西西里岛东岸的一座活火山,海拔3 200米以上,是欧洲海拔最高的活火山。埃特纳火山的名字来自希腊语Atine,意为"我燃烧了"。
[②] 百头巨怪(Typhoeus):希腊神话中的怪兽,他是盖亚和塔尔塔洛斯之子,有一百个喷火的龙头和很多舌头发出的咆哮之声。他创造了旋风,并和宙斯作战,后来被宙斯抛到了埃特纳火山下。

还有吓人的眼睛和声音!

领事转过身,把酒拿到了敞开的酒吧门口。他看到西边的天空呈现出红汞色,这景象真让人感伤。他又向帕里安的方向看了看,在一块草地之外是一个广场,广场上有一片公共花园。在广场的左侧、峡谷的边缘,一位士兵在一棵树下睡觉,在他的右侧半对着他的位置是一个斜坡,坡上有一个建筑,那建筑乍看起来像个废弃的寺院或是排水厂,实际上,那个灰色的、带炮塔的建筑就是他跟休提到的军事警察的大本营,也就是著名的民兵联盟的总部。这里还设有监狱。此时监狱就像一只独眼,那只独眼穿过了镶嵌在建筑正面墙的拱门,虎视眈眈地瞪着他:其实那是一个挂钟,现在挂钟上显示的时间是6点。拱门两侧各有一个带栏杆的窗户,那是警察局长和保安警察的办公室,他们可以从那里俯视楼下正在交谈的士兵。那些谈话的士兵肩上挂着艳丽的绿色套索,其他的士兵带着绑腿,晃晃悠悠地巡逻。拱门下面、庭院的入口处,有一位下士正在伏案工作,他的案上放着一盏并没有点亮的油灯。他正忙着在一块铜牌上刻字。领事知道:自己因为醉酒,曾经摇摇晃晃地经过那个地方,当时他的状态极为糟糕,不过并不像他之前在瓜华那华克镇广场表现得那么糟糕,不过他差点儿仰面朝天摔倒在地,真的很丢人。穿过拱门,领事可以辨认出一些围在庭院之外的地牢,地牢外还围着木栅栏,看上去像一个个猪圈。一个男人在地牢里比比划划。在他的左侧,零星地分布着带有漆黑屋顶的窝棚,这些小窝棚和林木混杂在一起,围绕着这个城镇的周围。现在,暴风雨迫近,那些小屋在不自然的青色光线的照射下,似乎熠熠生辉。

"几只跳蚤"回来了,领事去吧台换零钱。领事跟"几只跳蚤"说话,可是那男孩儿显然没听到领事说了什么,又从那个漂亮的酒葫芦里舀了一些梅斯卡尔酒,倒进了领事的杯子里,然后把杯子递给了领事,结果不小心碰倒了牙签。领事没有再提换零钱的事,然而他暗自决定:他想好下次要点什么酒了,一定要点杯超过50比索的酒,那样的话他就能慢慢地挽回自己的损失。他荒谬地和自己争论起来,他觉得为了挽回损失,应该留在这家酒吧里,不过还有一个原因让他决定留在酒吧里,但他并没弄明白第二个原因是什么。每次他费心去想第二个原因,伊芙就会出现在他的脑海中,随后他又会费心想第二个让自己留在酒吧的原因是什么。看起来,他确实应该待在这里,为了伊芙,他要留在酒吧里,不过那并不代表伊芙会来这里找他……那不可能,她已经走了,这次他彻底赶走了伊芙。也许休会来找他,不过伊芙不会来了,她一定回家了。领事一直思考着这个问题,与此同时,他还在想着别的事情:他看到自己的零钱就放在吧台上,"几只跳蚤"并没有扣除他点的梅斯卡尔酒的钱。他把零钱揣进了兜里,又朝门口走。不过,形势好像发生了逆转:那个酒吧侍者好像被安排要看紧领事,领事对这个孩子心生怜悯:他觉得为了"几只跳蚤"着想,自己不能离开酒吧。不过,他注意到那个孩子正在全神贯注地看漫画书,根本就没有在监视自己的意思,于是又露出了那副悲伤的表情,那是醉汉特有的忧郁表情——喝下两杯酒之后,他就处于半醉半醒的状态中,就会提起赊账的事。领事向外看了看那空荡荡的广场,他希望有人能来帮助他,什么样的帮助都行啊,也许他的朋友们正在来帮他的路上,一会儿就会出现。不过,最好他们能给他点儿钱,那样他就可以换一家酒吧喝酒了。只是这次,他真的不想再喝酒了。他已经被朋友抛弃,而他也抛弃了朋友们,他知道等待他的只有债主们无情的催债，他没有颜面再借更多钱、赊更多的账，也不想再去隔壁酒吧买醉了。他听到沉默说：为什么我会来这儿呢？我做了什么？空虚应声答道：我为什么要这样任性地毁了自己？抽屉里的钱大笑着问：为什么我竟沦落至此？广场哄骗他：你这些问题的唯一答案就是……可是广场并没有回答他。小镇似乎空荡荡的，然而夜幕降临，那里的人逐渐多了起来。偶尔会有一个蓄着胡须的长官晃晃悠悠地从那里经过。他步态沉重，手里的拐杖不时地打在靴子上。去墓地哀悼的那些人回来了，不过送葬队伍路过这里还得等一段时间。一队衣衫褴褛的士兵走过了广场，吹响了号角。那些警察也吹响了号角，不过他们都不是罢工的警察，也许他们是假装去墓地执勤，或者他们是代理警察，反正在人的印象中，警察和军队武装力量并不容易区分。很明显，这些人都是亲德人士。那个下士还在伏案工作，这些景象都让领事觉得很安心。两三个醉鬼推推搡搡地从领事身边经过，进入了"白果酸浆"酒吧。他们的头上戴着带有流苏装饰的宽边帽，胯上挂着枪套。外面狂风大作，暴雨欲来，两个乞丐来了，就坐在了酒吧外面。其中一个乞丐没有腿，他拖着身子在地上爬行，就像一只可怜的海豹。而另一个乞丐只有一条腿，他身体僵直地站着，露出了自豪的表情。他靠在酒吧的外墙上，好像在等待着被枪决。接着，这个一条腿的乞丐向前探身，往那个没有腿的乞丐手里投了一个硬币。被施舍的乞丐眼含泪光。领事看到在他右侧有一些奇怪的动物：它们长得像鹅，但是体型像骆驼那样大。还有一些没有皮肤的人，那些人没有头，它们踩着高跷，肠子淌了一地，在地上抽动着，沿着地面向前行进。这些东西正是从他来时的那条路过来的。领事闭上眼睛，不想看这些令人作呕的东西。等他睁开眼睛时，看到一个骑着马的警察往路上走,其他的景象都消失了。领事大笑起来,全然不顾身边站着一个警察。后来他笑不出来了,因为他看到那个乞丐的脸渐渐变成了格里高里太太的面孔,接着又变成了他母亲的面孔,那些面孔上都带着无比同情和乞求的表情。

领事站在那里,闭上了双眼。他手里拿着酒杯,静静思索。他想让自己镇定下来,让自己平静下来,从那个可怕的夜晚中超脱出来。他知道:不管自己喝不喝酒,或者喝了多少酒,都无可避免地要面对那个可怕的夜晚。他的房间会被魔鬼般的交响乐所撼动,那断断续续的睡眠会被接踵而至的噩梦所惊扰,还会被各种声音打断。他知道,那些声音其实是狗的吠叫声,或者是他想象的、总有人呼唤他的名字,那声音中充满了恶毒;还有撩拨琴弦的声音、拍打声、敲击声,好像有人正和全民公敌魔鬼撒旦搏斗,雪崩般的响声在门口响起;还有车轮声、屋外的戳扎声、哀号声,还有那可怕的音乐声、阴暗的小钢琴声……他不敢再往下想了,索性回到了酒吧里。

酒吧老板、人称"大象"的迪奥斯达多刚从后面的院子进入酒吧。领事看他脱下了黑色的外套,把衣服挂在了衣柜里。接着,他从一尘不染的白衬衫胸兜里摸出了烟斗,然后从一包"好音调乡村俱乐部烟草"盒子里取出了一些烟丝填满烟斗。领事想起自己的烟斗应该落在这儿了,他十分确信。

"是的,好的,先生,""大象"答复,他低下头,听领事的询问,"当然了。不,这烟斗是我的,不是英国的,是蒙特雷产的。你是……对了,您那天喝醉了。对不对,先生?"

"是啊!"领事问。

"一天喝醉两次。你曾经一天喝醉三次。"迪奥斯达多说,他的表情中满是鄙视、侮辱，暗示着领事的境遇一落千丈，这让领事深受刺激。"这么说，你要回美国了吧？"他又问了一句，然后在酒吧后面翻找着什么东西。

"我吗？我不回美国，为什么这么问呢？"

迪奥斯达多突然拍了拍一个厚信封袋，信封用吧台的皮套扎了起来，封住了口。"……这些信是您的吧？"他直截了当地问。

杰弗里·费尔明，那些信在哪儿？那些她给你写的信？她写那些信，直到伤心欲绝。那些信就在这儿呢，就在他的面前。这就是那些信，领事并没有看信封上写了什么，就立刻认出了那些信——伊芙些给他写的那些信。他开口说话时，都无法认出自己的声音了：

"是的，先生，非常感谢您。"他说。

"不用客气，先生。"他的恩人转身离开了。

领事几乎僵在那里，无法挪动脚步了……足足有一分钟，他都无法活动了。他没法伸手拿杯酒。过了一会儿，他才缓过神，侧身走，想去吧台拿那幅小地图。他移动时，把酒都洒出了酒杯。这时迪奥斯达多回来了，他饶有兴致地看着领事。"西班牙，"领事说了一句，就觉得他的西班牙语不灵光了，"你是西班牙人吧，先生？"

"是啊，是的，先生，没错，"迪奥斯达多看着领事，回答道。不过，这次他换了一个语调："西班牙人，西班牙！"

"你给我的这些信看了吗？这是我妻子写给我的，是我的夫人，明白了吗？我们就是在这儿相遇的，在西班牙。你认出来了，就是在你的家乡。你知道安达卢西亚吗？在那儿，就在那儿，是瓜达尔基维河那儿。在它的外面是阿尔梅里亚省的莫德雷山。"领事一边说，一边用手指在地图上循着踪迹。"它位于内华达山脉之间，在格拉纳

443

达,就是在这儿,我们就是在这里相遇的。"领事微笑着说。

"格拉纳达。"迪奥斯达多的语调和刚才又不一样了,领事的声音很低沉,而迪奥斯达多的声音就显得有些尖锐、生硬。他用怀疑的目光端详了领事一番,随后又离开了吧台。这时,坐在酒吧另一侧的那伙人议论纷纷,那些人都转过头看着领事。

领事又倒了一杯酒,他把酒杯和伊芙写给他的那些信一起拿到了里屋——那些像迷宫一样的、众多小隔间中的一个。领事不记得小隔间装了乌玻璃框,看起来就像银行里的收银台那样。而且他在这间小屋子里看到了今早在胜景酒店里遇到的那位来自特拉斯坎的老妇人,不过他并不感到奇怪。老妇人面前的圆桌中央是她点的龙舌兰酒,酒杯周围都是多米诺骨牌。她带来的小鸡正在啄食那些骨牌。领事想知道那些多米诺骨牌是不是那个老妇人自己的,为什么不管她走到哪里,都会随身带着那副骨牌呢?她手杖的手柄上是一个动物爪子的装饰,栩栩如生,手杖在她身边的桌子上。领事走近那位老妇人,他把杯中的梅斯卡尔酒喝掉了一半,然后他放下酒杯,解开了捆住信封的皮筋。

"你还记得明天是什么日子吗?"领事读起了其中一封信。不,不能出声,他在心里默默地读着那封信,信里的语句就像石头那样沉入他的脑海……他现在已经完全不知道自己身在何处了……他完全处于忘我的状态,与此同时,他清楚地意识到了这一点。他看到这些信,感到无比震惊,这从某种程度上将他从浑浑噩噩的状态中唤醒。他在想:如果这种情形只是从一种游离状态进入到另一种游离状态,该有多好啊!他醉了,他醒了,他有宿醉感,这些感觉几乎是同时发生的。现在已经过了晚上六点,他不知道这种感觉是因为自己身在"白果酸浆"酒吧里的缘故,还是在这个带有玻璃框架的小隔间里遇到了那个老妇人的缘故。小隔间里有盏电灯,灯光很亮,他好像瞬间又回到了清晨,好像又处于另一种醉酒的状态——在另一种状态下、在另一个国度里,那个自己和现在的自己有着截然不同的经历。他就像一个清晨起来、因为前一天喝醉了酒头脑变得迟钝的男人,嘴里不停地念叨:"耶稣,我就是那样的人,啊!啊!"虽然他起床时已经不早了,他还是把妻子送上了班车,回来时,他看到了餐桌上妻子留给自己的字条:"请原谅我昨天有些歇斯底里,虽然你昨晚大发雷霆,严重地伤害了我,但是不管出于何种原因,我也不应该回以如此激烈、失态的反应……别忘了把牛奶拿进来。"在这些字下面,他还发现了一些字迹,好像写信者经过一番思想斗争之后加上的:"亲爱的,我们不能再这样继续下去了,这种生活太糟糕了,我没法忍受了,我要走了……"可领事并没有看出整个事件有什么异常,而是断断续续地想起了自己昨晚详细地向酒吧侍者透露有人家里的房子着火的事情……他为什么要告诉那个酒吧侍者自己住在哪儿呢?警察会查到他的住所的,为什么那个酒吧侍者的名字叫夏洛克①呢?那是一个让人难以忘记的名字!……他喝了一杯掺水的波特酒,吃了三片阿司匹林,感觉一阵恶心。他想到,离昨天去的酒吧开门的时间还有五个小时,他必须回到昨天那家酒吧,向伊芙道歉……但是他把香烟放在哪了呢?为什么他的那杯波特酒会在浴缸下面呢?他听到的那个从房子里传来的声音会是爆炸声吗?

---

① 夏洛克:莎士比亚的喜剧《威尼斯商人》中的主要人物之一,是文学作品中有名的吝啬鬼。

领事在小隔间的镜子里看到了自己的形象,他的眼神中充满了责备和质问。他瞬间感到:自己起床以后已经做了这件事,这种感觉很奇怪,不过这种感觉转瞬即逝。他从床上一跃而起,嘴里胡乱地念叨着"克里奥兰纳斯[①]死了",或是"头脑昏沉,头脑昏沉,头脑昏沉"或是"我想是,哦,哦",或是一些毫无意义的话,像是:"木桶,木桶,千百万个木桶掉进了肥皂里。"他现在一定又昏沉沉地倒在枕头上(不过此刻他正气定神闲地坐在"白果酸浆"酒吧里),因为恐惧身体无力地颤抖着,看着那些窗帘里透出的胡须和眼睛,或是填满衣柜和天花板之间缝隙的胡须和眼睛,听到街上传来的幽灵一般的声音,那是警察轻轻地蹚着水、在大街上行走的声音……

"你还记得明天是什么日子吗?明天是我们的结婚纪念日……自从我离开后,就没有收到你的任何消息。上帝呀,正是你的沉默让我感到害怕。"

领事又喝下了更多的梅斯卡尔酒。

"正是你的沉默让我感到害怕……你的沉默……"

领事反复读着这句话、这封信,如今,所有的信都不再重要了,就像那些匆忙赶到港口的救援船对于一个在海上迷失的人一样毫无意义。领事觉得很难集中精力,信里的那些话好像变得越来越

[①] 科里奥兰纳斯(Coriolanus):莎士比亚创作的悲剧之一,讲述一位英雄因性格多疑、脾气暴躁,得罪了公众,最终被驱逐出罗马。

模糊，变得支离破碎，而他听到有人喊自己的名字。这时，是梅斯卡尔酒让他恢复了意识，让他看清了现实，他无须再去理解这些话的意义，他只知道这些话确认了他的迷失，他已经走向了自我毁灭之路，也许那是他咎由自取，在他意识到自己深深地伤害了伊芙，如今，他伤害伊芙的铁证就冷冰冰地摆在他面前，他的头脑自行将思想封存在一种痛苦的静止状态中。

"正是你的沉默让我感到害怕。我想象着各种可能降临到你身上的可怕的事情：你上了战场，而我苦苦等候你平安回来，盼望着能得到你的消息，期待收到你的来信、你发来的电报……但是没有什么能战争能让我感到害怕，使我觉得心寒。我将我所有的爱、所有的真心、所有的思念，以及所有的祷告，连同这些信寄给了你。"……领事喝着酒，这时他意识到那个带着多米诺骨牌的老妇人正想方设法引起自己的注意：她张开嘴，并且指了指她的嘴。老妇人站起身，稍稍向领事的圆桌走近了一些，领事继续埋头读信："当然了，你一定也想了很多我们之间的事、我们共同打造的生活、我们如何无心摧毁了我们共同经营的生活和那份美丽，但是我们无法摧毁深藏在记忆中的美好。正是这份记忆中的美好终日困扰着我。我转过身，就会看到我们曾经的幸福生活：我们一起游历世界各地，脸上写满了幸福的笑容；我走在大街上，就会看到你的影子；夜晚我爬上床，就会看到你在床上等我。生命中除了所爱之人，还有和爱人共同经营的幸福生活之外，还剩下什么呢？我第一次明白了人为什么会自杀……上帝啊，这个世界是多么空虚、多么无聊！……白天被无数廉价、媚俗的时刻所填满，时时刻刻，日复一日！太阳失去了光辉，月亮失去了华彩。我的心已如死灰、我的喉咙发紧，因为哭泣变得疲惫,什么是迷失的灵魂?是偏离了正轨的灵魂,只能凭借记忆在黑暗中摸索、找寻方向的灵魂……"

那个老妇人拽了拽领事的袖子,而领事呢……他在想伊芙此刻是不是正在读艾洛伊伊斯和阿伯拉尔①的信……他伸出手想去按电铃,这些在壁龛里小小的老物件总是能让他大吃一惊。过了一会儿,"几只跳蚤"又来了,一只手拿了一瓶龙舌兰酒,另一只手拿一瓶西考坦特梅斯卡尔酒。"几只跳蚤"给他们倒完酒,就把他们喝完的酒瓶拿走了。领事向那位老妇人点了点头、指了指她的龙舌兰酒,然后喝下了自己酒杯里的大部分梅斯卡尔酒,接着又读起了那些信。他想不起来自己是否付了酒钱——"哦,杰弗里,我现在多么后悔呀,我们为什么迟迟没要孩子呢?现在是不是太迟了?我想要我们的孩子,越快越好,最好马上要。我真的想要孩子。我想让你的生命填充我的身体,让我的身体鲜活起来。我心系你的快乐、感知你的忧伤,我想把你的安危掌管在我的手上……"领事没继续读信,他心想:伊芙到底在说什么呢?他揉了揉眼睛,摸索着兜里的香烟,哎呀,这些悲伤的语句在屋子里面回响,就像一颗子弹飞过了他的耳边。他抽起了烟,继续往下读……"你走在深渊的边缘上,我没法跟随你去那儿,我在黑暗

---

① 爱洛依丝和阿伯拉尔(Heloise and Aberlard):一个凄美的爱情故事。巴黎圣母院主教的侄女和导师阿伯拉尔相爱,后来一起私奔。爱洛依丝生下了儿子阿斯特莱伯斯之后,与阿伯拉尔结婚,然而,他们的关系惹怒了主教,他雇佣了一帮恶棍袭击并阉割了阿伯拉尔。后来,爱洛依丝被送到了修道院做修女,而阿伯拉尔则成了修士,二人一直以情书互诉衷情。他们的情书被保存下来,成为文学史上的经典。

中惊醒，我必须毫无止境地追随自己的内心，我讨厌那个不停追赶我、质疑我的自己。如果我们能从我们各自的不幸生活中超脱出来，再次寻找彼此，从对方的嘴唇和眼中找到慰藉，那么，谁还能阻隔我们呢？谁还能阻拦我们的幸福生活呢？"

领事猛地站起身，他想，伊芙一定是读了什么感人至深的作品，才能写出这种煽情的话来。领事走出了酒吧，他以为这时候酒吧一定挤满了人，不过现在酒吧里还是空荡荡的。伊芙说得对呀！谁能够阻隔他们的感情呢？他又站在了酒吧门口，就像以前，他会站在紫色的晨曦中，靠在门口那样。那种紫色的光具有迷惑性，让人误以为是日暮，是啊，谁能阻止他们的感情呢？他又一次朝广场的方向看。刚才他看到的那些衣衫褴褛的士兵还在广场走队列，好像一部放映时被打断的电影，反复播放着同一个片段。那个在拱门下执勤的士兵还在伏案工作，只是他案头的灯点亮了。天色渐暗，警察已经不见了踪影，不过峡谷里的那个士兵还在树下睡觉，也许他看到的不是士兵，而是其他事物？领事移开了目光，他看到天空中乌云滚滚，远处传来了雷声。领事呼吸着让人感到压抑的空气，空气中有些许清爽。是啊，即便是现在，谁能阻隔他和伊芙的感情呢？领事绝望地想。即便是现在，谁又能阻拦他们幸福的生活呢？这一刻，他迫切地想让伊芙回到自己身边，他想把伊芙搂在怀里，他比以往任何时候都想原谅伊芙，但是，他应该去哪儿找她呢？几个人晃晃悠悠地走进了酒吧，他们看上去并不像一家人，也看不出他们是什么阶层的人：祖父走在前面，他眯起眼睛，看了看军营上的挂钟，挂钟上显示的时间依然是6点，老人低下头，调整自己手表上的时间；母亲跟在后面，她开怀大笑，

449

把长围巾蒙在头上,看来她在嘲笑那可能会到来的暴风雨(那一定是群山中有两位神仙喝醉了酒,他们彼此相距遥远,却敲着神锣,进行着一场难分高下、无休无止的纸牌游戏);父亲单独走,他骄傲地微笑着,若有所思地打着响指,然后掸去了他那双闪亮的棕色靴子上的灰尘;两个漂亮孩子走在爸爸妈妈中间,她们的大眼睛乌黑清澈,两人手牵着手。年龄大的那个孩子突然放开了妹妹的手,跑到茂盛的草地上,连续做了几个侧手翻。一家人都笑了起来。领事不想看到这一家人其乐融融的场面……接着,他们不见了。感谢上帝!他们终于走了!领事觉得自己既想去找伊芙,又不想见她,内心备受煎熬。"你敬爱玛利亚吗?"一个柔和的声音在他背后响起。

一开始,领事只看到了给他引路的女孩儿那双匀称苗条的腿,现在他的身体瑟瑟发抖,他感到全身肌肉酸疼,却好像有种强烈的欲望在驱使他向前走。他的身体在发抖,仅凭肌肉收缩的力量机械地穿过了那些带有玻璃隔窗的隔间。越往里走,那些房间越小、越暗,直到他走到卫生间旁边、听到便池里传来的水声、闻到刺鼻的气味儿,领事才从行尸走肉的状态中清醒过来。"先生……"从一阵刺鼻气味中传来了一阵邪恶的"咯咯"笑声,那笑声打破黑暗,领事看到了一个漆黑一片的附属隔间。那隔间并不比橱柜大多少,有两个男人在里面。领事看不清那两个人的脸,也许他们坐在里面正一边喝酒一边密谋什么。

接着,他想到了:有一种谋杀力量正在向他步步逼近、在胁迫他,可是他仍然满怀热情地预想所有可能发生的后果,并且多少有些蒙在鼓里的感觉,一时竟没想到采取什么防卫措施和手段。他意识到自己永远也无法解除或防止这种不可避免的伤害发生，这种危机感驱使他毫不犹豫地走进了花园——花园里灯火通明。此刻酒吧外电闪雷鸣，奇怪的是，他居然想到了自己的房子，还想到了"波波酒店"。他之前本想去那家酒吧，不过"白果酸浆"酒吧更加黑暗，和灯火通明的"波波"酒吧截然相反，这里更契合他现在的心境。那黑暗带领他穿过了敞开的大门，走进黑暗的隔间，那是众多通向庭院的隔间中的一个。

这就是他对死亡最终的、软弱无力的抗拒。现在采取防卫措施，也许还能阻止灾难降临，但他无心去阻止灾祸的发生。可是，那些潜藏在他头脑中的、他曾经熟悉的声音，或是那些声音中的一个，可能会帮他出谋划策，把灾祸扼杀在萌芽状态，让他转危为安。领事四下看了看，静静地聆听：高尚的妓女。不过他没听到什么声音。他突然大笑起来：他居然愚弄了那些声音，他真是太聪明了。那些声音不知道他在这儿。小隔间里只有一个发蓝色光的电灯泡，屋子里看上去并不脏：乍一看，那像是一个学生宿舍——实际上那间屋子很像他上大学时住的宿舍，只是比当年的宿舍宽敞了许多。那房间他很熟悉，大门和书架与当年宿舍里的一样，连书架的位置都和当年的一样，书架上还有一本翻开的书。屋子的一个角落里有一把大军刀，它与这个房间的整体风格格格不入。克什米尔！他想象着自己看到了那个词，不过它随即就消失了。他很有可能真的看到了，因为那本书是西班牙语写的英属印度历史。床上很凌乱，还有脚印，甚至还有些看起来像是血迹的污渍，就连这张床也像他大学寝室里的那张床。他注意到，床边放着一瓶快喝完的梅斯卡尔酒。屋子里的地板是红色的方砖，它那冰冷而富有逻辑性的图案打消了领事的恐惧感。他将那瓶酒一饮而尽。给他带路的那个女孩儿关上了双道门,还用一种奇怪的语言招呼他,也许她说的是萨巴特克①语,她走向领事。领事发现那女孩儿年轻,貌美。灯光在窗户上投射出一个人脸的轮廓,那张面孔很像是伊芙的。"你敬爱玛利亚吗?"那女孩儿又问了一遍,接着,她用胳膊搂住了领事的脖子,把领事带到了床上。领事觉得女孩儿的身体是伊芙的,她的双腿、她的胸脯、她那砰砰乱跳的心脏,还有他的手指碰到她身体时那种触电的感觉。虽然这种血脉贲张的激情幻影在领事脑海中继续上演,可它却渐渐沉入了大海里,好像从未存在过。接着,它被汪洋大海的景象取代了:一片绝望的海面上有一艘巨大的黑色帆船,船体沉没了,消失在落日的余晖中;也许那女孩儿的躯体并非真实存在,只是一种让他分心的幻影,是一种灾难、一种勾起他灾难性欲望的邪恶工具。伊芙离开后的那些日子里,每天凌晨三点半,他都会在哈瓦卡惊醒,在深夜里逃离沉睡的法兰西酒店,那是一场灾难、一种恐怖的经历。伊芙和他曾经在那个酒店里共度了一段快乐时光。当年他们住的房间很便宜,从窗户朝外看,就能看到酒店高高的阳台,对面就是那间如"白果酸浆"般昏暗的酒吧,昏暗到想在酒吧里找瓶酒喝都得到处摸索。一只秃鹫落在洗手盆上,虎视眈眈地看着他。他的脚步悄无声息,他住的客房外则是一片死寂。时间还早,还没到楼下厨房大开杀戒的时间,所以不会听到那些待宰的动物发出的惨叫声……他沿着铺有地毯的楼梯下了楼,来到了空寂黑暗的餐

---

① 萨巴特克(Zapotecan):墨西哥哈瓦卡地区的一个农耕文明精英族群,后被阿兹台克人征服。

厅，餐厅外面曾经有个露台，如今目之所及只是一片软绵绵的地毯。领事走在这柔软的地毯上，每走一步都感到心情沉重，不确定自己是否能安全着陆……他一想到自己左边浴缸里那冰冷的洗澡水，就产生了惊恐厌恶的情绪。他只在那里洗过一次澡，不过一次够了，他再也不想尝试了……他感到那种终极的颤抖正在悄无声息地向他逼近，让他心生敬畏，使他的步伐陷入灾难之中（他和玛利亚一起承受这种灾难，现在，他身体里唯一活着的东西就是这个滚烫的、沸腾的、被钉在十字架上的邪恶器官……上帝啊，一个人所能承受的痛苦，可能会比这种灾难还要多吗？不过，一定会有什么东西从这种痛苦中生成的，从痛苦中生成的，就是他的死亡）。啊，对那些将死之人来说，他们的爱之呻吟是何其相似啊……他的脚步在下沉，沉入他的恐惧之中，沉入那冰冷的、令人恶心的恐惧，沉入餐厅那口深深的黑暗之中。领事在一个角落里看到了一盏昏暗的灯悬挂在书桌上。借着灯光，他看了看屋里的挂钟，发现时间还早……他还没给伊芙写回信，他已经无力写信了。日历上显示的日期是永恒，也显得那么苍白无力。今天是他和伊芙的结婚纪念日。经理的侄子躺在沙发上睡觉，等着从墨西哥城始发的早班车，喃喃低语的是黑暗、苍白之声。餐厅传来的声音听起来那么冰冷、孤独，惨白色的餐巾显得那么僵硬，痛苦和良心承受的煎熬远比任何活着的人所承受的担子更重（看似如此）……饥渴并非真正的饥渴，而是心碎，而欲望则意味着死亡、死亡，还是死亡。死亡在冰冷的酒店餐厅等待他，在窃窃私语，在伺机而动，因为"地狱"酒店，也就是另一家"白果酸浆"酒吧直到凌晨四点才会营业，他又不能在外面等（他现在穿

453

越的就是灾难,的确是灾难,那是他在生活中所经历的种种磨难,经历了这些磨难以后,他已看清了灾难的本质,他经历了,走过了)……他等待着"地狱"酒吧营业,用不了多久,酒吧里那带来希望的灯光就会照在那些漆黑的、敞开的下水道,照在他酒店餐厅里的餐桌上。领事看到了一只装着液体的玻璃瓶,虽然很难看清楚里面装的是什么,但领事还是用颤抖的双手拿起那瓶液体,把那瓶水送到嘴边,可是他没喝到水,因为那只瓶子太重了,就像他悲伤的重担:"你不能喝这水。"……他只能用这些水润湿嘴唇,他想……一定是耶稣给我送来了这些水,毕竟只有上帝一直在关注他……他看到放早餐的餐桌上有一瓶从萨里纳克鲁斯运来的法国红葡萄酒(领事四下看了看,发现酒吧老板的侄子并没有监视他),就用双手举起了那酒瓶,让那醇美的葡萄酒流入他的喉咙。他只喝了一点儿,毕竟他是一位英国绅士。喝完了酒,他就瘫倒在沙发上……他感觉自己疼痛、冰冷的心有一侧已经变得温暖了……而另一侧则成了一个跳动着的、孤独的、颤抖的躯壳……然而,它依然能品味醇美的葡萄酒,好像他的胸口装满了沸腾的冰块,或者有一个炽热的铁条横在了自己的胸口上。虽然那铁条是滚烫的,却透着冰冷,因为在那铁条之下,是愤怒的良心在复苏,地狱之火在灼烧他的心,他的心被烧得很严重,一条烧红的烙铁只不过给他那颗炽烈的心徒增清凉……时钟在"滴答、滴答"地走,他的心在剧烈跳动,像一个被雪蒙住了的鼓,敲不出响声,只能瑟瑟发抖,时间也在"滴答、滴答"地前进,也在瑟瑟发抖,向"地狱"酒吧的方向走,然后……他想逃跑! ……他偷偷地把从酒店房间里拿出的毯子蒙在了头上,悄悄地从经理侄子的身边爬了过去……

他要逃跑！他爬过了酒店的桌子，不敢去找自己的那些信件……"正是你的沉默让我感到害怕。"……（那封信会在那儿吗？不辞而别是我的行事风格吗？哎呀，你这个自怨自艾的可怜虫，你这个老恶棍），快爬……逃出去！……印第安守夜人在门口的地板上睡着了，领事也像印第安人那样，一把抓过了买酒剩下的几个比索，紧紧地攥在手里，来到了外面有冰冷墙壁和鹅卵石路面的城市里……他要穿过那些秘密通道逃跑！……通过街道中央的那敞开的下水道，他要走过那几盏昏暗的路灯，走进夜色之中，走进棺材似的住宅楼的奇迹中，路标还在；他要沿着残破不堪的人行道一路逃跑，一边跑，一边呻吟，呻吟……那些行将死亡的人发出的爱的呻吟是何其相似啊……路边的那些房子寂静无声，在晨曦到来之前是如此冰冷。他一直跑，直到他转过街角、看到了"地狱"酒吧的亮光，才觉得安全。"地狱"酒吧和"白果酸浆"酒吧是如此相像，他感到惊奇，自己居然能跑到这里。他站在酒吧里，背靠墙壁，头上还蒙着毯子，他和那些乞丐、晨起的工人交谈起来。那些乞丐早早就起床工作，他们是肮脏的妓女、掮客，在满是残渣的街道上攀谈着，可是领事觉得他们比自己更高贵。这些人在"白果酸浆"酒吧里喝得酩酊大醉，然后就在这里畅饮、说谎、谎称……他要离开这儿，他还在想着逃跑的事儿……直到淡紫色的晨曦降临，那晨光带来的应该是死亡，他现在本应死去了。领事心想：我都做了些什么啊！

领事把目光锁定在床后面挂着的一本日历上。他终于面对了自己的危机，这场危机无始无终，毫无乐趣可言。他看到的也许是，不，他看到的一定是一幅加拿大的风景画：一轮明亮的满月在夜空朗照，河流边有一只雄鹿。月色下，一男一女坐在一只白桦树做成的独木舟里,奋力地划船。这个日历显示的日期是未来,是下个月,十二月份:那时他会身在何处呢?借着昏暗的蓝色灯光,他居然看清了日历上标识的十二月每一天的圣人名字,那些名字就出现在它们对应的日期旁边:有圣娜塔莉亚、圣比比安娜、S.弗朗西斯科·泽维尔、圣萨巴斯、圣尼古拉斯德贝利、S.安布罗西奥。一声惊雷炸响,酒吧大门洞开,M.劳埃尔的面容出现在门口,又渐渐消失了。

小便池里散发出一股硫醇般的恶臭味道,那些刺鼻的气体像黄色的手在他脸上抽打着。他从小便池的墙壁上听到了自己头脑中不请自来的声音,那声音发出嘶嘶声,对他尖叫,向他哭诉:"现在你已经铸成大错了,你真的已经铸成了大错,杰弗里·费尔明,就连我们也救不了你!……天色尚早,你还是好好享受生命的最后时光吧……"

"你敬爱玛利亚,对吗?"他听到了一个男人的声音……那声音在"咯咯"地笑……领事辨认出那个声音是从黑暗中传来的。领事的膝盖开始颤抖,他四下张望,一开始,他借着昏暗的灯光,只看到了仿佛通体透明的墙上胡乱贴着的广告,广告上写着:维吉尔医生,为您揭开两性之谜,专治泌尿系统疾病、性功能紊乱、性功能减退、遗精、阳痿、早泄等男性疾病,666。看来,昨天晚上和今天早上,他那位多才多艺的酒伴儿可能早已带着讽刺的口吻提醒过他:他的婚姻还是可以挽回的……不过不幸的是,医生此刻可能已经在去瓜纳华托的路上了。领事看到角落里的坐便上坐着一个弓着背、肮脏不堪的男人,那人很矮,他的脚都够不到满是垃圾、脏乱不堪的地面。那个人粗声粗气地问了一句:"你敬爱玛利亚吗?"接着说:"是她派我来的,我亲爱的朋友。"他说:"我永远挚爱的英国朋友,永远。"

领事浑身颤抖，问那人："现在几点了？"这时，他才注意到水流中有一只死蝎子，他还看到了一道磷光，那道光旋即就不见了，或许是他看错了，根本就没有什么磷光。"几点了？""病了①。"那人回答。"不对，我的鸡显示现在是病半了。"领事心领神会，问道："你是想说我的表显示现在是六点半了吧？"那人回答："没错，先生。就是我的鸡显示现在是六点半了。"

606……扎甜菜根、腌甜菜根。领事整理了一下自己的着装，对那个掮客愚蠢的回答回以冷峻一笑……或者，从严格意义上讲，那人会不会是密探呢？否则他怎么知道自己是英国人？领事心里很纳闷儿。他回想着刚才是谁告诉他，他的表显示的时间是六点半来着？随后，他大笑着回到了带玻璃隔窗的房间，走过了拥挤的酒吧，又来到了门口……也许那个人是帮民兵联盟做事：他整天蹲在板凳上，偷听囚犯之间的对话，而掮客只是他的副业。领事觉得也许能从那人身上打探到有关玛利亚的事情，她是不是……不过他并不想知道这些事儿。不过，那人告诉他的时间是对的。民兵联盟总部门口挂着的那个钟闪现出并不完美的光泽，挂钟的指针好像猛然跳动了一下，上面显示的时间刚过 6 点 30 分，领事照着挂钟调整了一下自己手表的时间，他的表有点儿慢了。现在，天色已经很黑了，可是那一队衣衫褴褛的士兵还在广场上行进。不过，那位之前伏案工作的下士不再奋笔疾书了。监狱外面只有一个哨兵把守，他站在那里一动不动。他身后的拱门突然灯火闪亮。在拱门之外、监狱旁边的墙壁上，警察局里晃动着灯影。寂静的夜晚充斥着各种奇怪的声音，

---

① 此处对话墨西哥人把英语单词"生病了"（sick）和"六点钟"（six）、"钟表"（clock）和"公鸡"（cock）混淆了。

就像睡梦中发出的鼾声。不知从什么地方传来了阵阵鼓声,街上传来了哭喊声,高喊着有人被谋杀了,还有刹车声和远处传来的痛苦的呻吟声。好像有人在他头顶上弹吉他。远处的钟声狂乱地响着,看来将有什么大事情要发生。电闪雷鸣。钟显示的时间是六点半……在加拿大不列颠哥伦比亚省,在寒冷的皮诺斯湖上,有他的小岛,岛上一定长满了月桂树、水晶兰、野草莓和俄勒冈冬青。领事想起那里流传着一个奇怪的印第安传说:如果有人淹死,公鸡就会打鸣。他想起多年以前担任立陶宛驻维尔农地区的执行领事时发生的一件事:那是一个冰天雪地的二月的夜晚,他跟随救援队坐船搜救溺水人员。熟睡的公鸡突然醒来,开始打鸣,它居然啼叫了七次!当时他就想到了那个印第安传说,心里别提多害怕了!炸药似乎没有什么作用,在阴沉的暮色中,他们清醒地向岸边划船,他们突然看到水面上漂浮着一个东西,那东西乍看起来像一只手套,其实那是溺亡的立陶宛人的一只手!人们都说不列颠哥伦比亚省是温柔的西伯利亚,实际上,它既不温柔,也不像西伯利亚,它只是一片尚待探索——也许是一个无法探知的人间天堂。也许回到那儿,他的问题就可以解决了。如果不去他的岛,就去别的地方建立一个家,和伊芙开始新的生活。为什么他之前没想到这一点呢?为什么伊芙也没想到呢?今天下午,伊芙一直向他暗示,当时他是不是也朦朦胧胧地心领神会了呢?我在西方那个灰色的小屋。现在,他想起来了,他以前也会常常想起他的小屋,那小屋就在他刚刚站立的地方。不过,虽然他想重新开始新生活的愿望很清晰,但有一点已经再清楚不过:即便他想找到伊芙,和她共同经营新生活,伊芙也不会回到他身边了。即便他奇迹般地提出这种建议,这种愿望也很难在枯燥、长时间分居的情况下实现。而现在,他首要的任务就是出于某种残酷的健康原因,提出继续和伊芙分居的要求。在这种情况下,即便他有心和伊芙重新开始新生活,也很难实现。虽然所谓的健康原因尚没有可靠的根据,他也说不出什么具体原因,总之这些理由是不容置疑的。所有的出路都向他涌来,冲破了防卫它们的万里长城,而选择原谅爱人的背叛就是其中之一。他再次大笑起来,突然产生了一种如释重负的感觉,这种感觉很奇怪,它几乎像一种成就感。领事觉得自己的头脑十分清醒,身体状况似乎也好多了。好像他从极度肮脏的环境中汲取了力量,恢复了体力。他感觉能够自由地在平和状态下消耗自己的余生。与此同时,某种可怕的快乐正在渗透进这种良好的状态中,并以一种极为特别的方式出场,让人感到头晕目眩。他觉得自己产生了一种欲望,他想被人完全遗忘,想投入一场青春的纵情之中。"可惜,"他好像听到了另一个声音,"我可怜的孩子,这些美好的事物你真的感觉不到,你能感受到的,只有迷失、无家可归的迷失感。"

他猛然一惊。他并没有注意:在他面前的一棵小树上绑了什么东西,不过那棵树就在小路另一侧的酒吧对面,树上拴着一匹马,马儿正在啃食郁郁葱葱的青草。领事觉得那匹马很眼熟,就走了过去。是啊……事实和他想的一样。他看到马屁股上烙印的数字"7"和那特殊的皮马鞍,更加确信自己的判断没错:那是那个印第安人的马,今天早上他第一次看到那个印第安人时,他骑着这匹马,在洒满阳光的世界里歌唱,等他再次见到那个印第安人,那个印第安人就孤零零地躺在路边,奄奄一息。领事轻轻拍了拍那匹马,那匹马卷起了耳朵,依旧吃着青草,丝毫不受惊扰……也许不应该说它没有受到惊扰,因为它听到了一声响雷,不安地嘶鸣起来,吓得浑身颤抖。领事注意到那匹马的马鞍居然恢复了原样,真有些令人不可思议!同样令人不可思议的是:马鞍囊上的裂缝也不见了!领事不由得想起,今天下午发生的一些事也许能解释这匹马的变化。不是有个警察从始至终亲历了营救印第安人的行动吗?后来那个警察居然消失了!他看到那个警察牵着一匹马朝这个方向走?他牵走的印第安人的那匹马应该就是眼前的这匹?一定是今天下午出现的那些恶棍干了这种伤天害理的事。他告诉过休,那些恶棍的总部就在帕里安。如果休在场,他一定会觉得这件事非常值得回味!警察……啊,那些令人生畏的警察……他纠正自己:也许那些人并不是真正的警察,他们是民兵联盟的人,这些人才是罪魁祸首。他们一定用某种疯狂的、复杂的方法作恶,虽然为了策划这起伤天害理的事故颇费了一番心思,不过他们的诡计都被领事拆穿了、揪出了幕后黑手,他发现民兵联盟的人才是罪魁祸首,他们是整件事的罪魁祸首。领事好像找到了那个不太正常的世界和他精神错乱的内心世界之间的联系,在此之后,真相就呼之欲出……然而,那真相……

"你在这里做什么?"

"没做什么。"领事说着,冲那个外表看起来像墨西哥中士的人笑了笑,那个警察一把夺走了领事手里的缰绳。"没什么。我看到地球在旋转,因此我在这里等着地球带我回家。"领事机智地应对警察的盘问。警察那身警服上的黄铜扣搭反射出了"白果酸浆"酒吧门口的灯光,他转身时,徽章上的武装带[①]又映出了那灯光,这使武装

---

① 搭扣:一种肩带,于胸前交叉,是军装或欧洲警察制服的一部分。

带看上去像充满光泽的大芭蕉叶那样熠熠生辉;他的那双靴子像发乌的银器那样熠熠发亮。领事大笑起来:只需看看这位浑身散发着光芒的警察,就知道人类一定会立刻得到救赎的。他又用英语讲了一遍那个墨西哥笑话,不过不是十分准确,然后轻轻拍了拍那位警察。警察惊得目瞪口呆,茫然地看着领事的胳膊。领事接着说:"我听说地球在自转,所以我在这里等着,等地球转到我家,我就可以回家了。"说完,领事伸出了一只手,友善地说了一句,"朋友。"

那警察不屑地用鼻子"哼"了一声,推开领事的手。接着,他回过头,用怀疑的目光迅速打量了一番领事,把马拴得更紧了。领事意识到:那匆匆的打量中有很严肃的意味,他同时意识到自己处境危险,必须尽快逃离此地。他觉得有些受伤,又想起了迪奥斯达多看他的眼神。但是他转念一想,觉得事情并没有他想得那么严重,所以暂时打消了逃跑的念头。警察在他身后催促他向酒馆走的时候,他也没感觉到有什么异常。远处的闪电短暂地照亮了东边的天空,天空中集满了乌云。警察已经先他一步到了酒吧门口,领事想:警察这样做不过是想表现得礼貌一些,于是他恭恭敬敬地站到了一边,做出了让对方先进的手势,又说了一句"我的朋友",没想到警察粗鲁地把他推进了酒吧,他们走向吧台一端没有人的空位。

"你是美国人,是吗?"警察坚定地问,"你在这儿等着,明白了吗,先生?"说完,他就走到吧台后,跟迪奥斯达多说话去了。

领事想为自己不辞而别的事情向"大象"解释,可是他根本找不到插话的机会。过了一会儿,"大象"站在了吧台后面,表情严肃,好像他因为治疗自己的神经衰弱又杀死了另一位妻子。与此同时,一时被晾在一边的"几只跳蚤"非常大度地从吧台给他滑来了一杯梅斯卡尔酒。大家又把目光集中在了领事身上。这时,那个警察站在吧台的另一端质问他:"他们说你喝酒不付钱,"他结结巴巴地说,"你没有付钱给……啊……威士忌酒。也没给那个墨西哥女孩儿钱。你现在有钱了,又来喝酒了,是吗?"

"蠢货,"领事骂了一句,他的西班牙语有时不那么灵光,其实他不知道如何用西班牙语回答,"是啊,是的,我有很多钱。"他又补充了一句,然后从兜里掏出一个比索,给了"几只跳蚤"。这时他才看清那个警察的样貌:他的脖子很粗,相貌英俊,蓄着黑色胡茬儿,牙齿白亮,一副虚张声势的做派。现在,一个瘦高的美国人和他坐在了一起,那人穿着剪裁得体的呢子西服,脸型棱角分明,双手修长,很是漂亮。他低声对迪奥斯达多和警察说了什么,还不时地抬头看看领事。那个美国人看上去像是一个纯正的卡斯蒂利亚人[①],看上去很面熟,领事回想着自己以前在哪儿见过这个人。警察站起身,身体前倾,胳膊肘拄在吧台上,和领事攀谈起来:"嘿,你根本没有钱,喝酒赖账,现在又想偷我的马。"他向那个美国人眨了眨眼,接着说,"你为什么想偷我那匹墨西哥马?还想赖账,快说啊?"

领事瞪着他:"不,绝对没有。我当然不想偷您的马了,我只是看看它,欣赏欣赏它。"

"你为什么想欣赏一匹印第安人的马呢?为什么?"那个警察突然大笑起来,看来他笑得很开心,他一边大笑,一边拍打着自己的大腿。显然,他是个好人,领事觉得气氛缓和了一些,也跟着笑了起来。不过,那个警察显然也是喝醉了酒,让人无从弄清这大笑的

---

① 卡斯蒂利亚人(Castilian):西班牙主体人口,占全国人口的73%,是一个热爱红色、活力四射的民族。96%卡斯蒂利亚人信奉天主教。

真正含义。但是迪奥斯达多和那个美国人依然阴沉着脸,表情严肃。"你还画了一张西班牙地图,"那个警察还在笑,最终他控制住了自己,不再大笑了,严肃地问了一句,"你还知道西班牙吗?"

"是的。"领事说。看来,迪奥斯达多告诉那个警察他随身带地图的事了,不过他那么做也无可厚非。"是啊,这太神奇了。"不,这里不是伯南布哥①,他不应该说葡萄牙语。于是,他又改用西班牙语回答:"是的,先生。"说完,他又用英语补充了一句,"是的,我知道西班牙。"

"你还做了一幅西班牙地图?你这个布尔什维克怪人!你是国际纵队的人,你来这儿是想惹是生非吧?"

"没有,"领事义正词严地回答,不过他的语气有些急躁了,于是他又补充了一句,"绝对没有。"

"绝对没有。"警察冲着迪奥斯达多眨了眨眼,模仿起领事的一举一动。他走到领事这边,拉上那个美国人。那人表情严肃,一言不发,他并没有喝酒,只是站在那儿,一脸阴沉的表情。"大象"站在他们对面,也是一脸严肃的表情,他怒气冲冲地把杯子里的酒倒掉。警察拉长了声音说:"完全……正确!"他特意加了重音,还拍了一下领事前面的后背。"好吧,来吧,我的朋友……"警察邀请领事。"喝吧,想喝多少就喝多少。我们一直在找你呢!"他大声说,带着开玩笑似的语气醉醺醺地说,"你杀了人,曾经逃亡到七个州。我们一直在调查关于你的信息,我们已经查到了……对吧?……你把你的船抛弃在韦拉科鲁兹对不对?你口口声声说自己有钱,你到底有多少钱?"

领事掏出一张皱皱巴巴的纸币,又把钱揣回了兜里。"五十比索,

---

① 伯南布哥(Pernambuco):巴西 26 个州之一,地处东北部。

463

嘿，这点钱可不够多。你是哪国人？英国人？西班牙人？美国人？德国人？还是俄国人？你到底是哪里人？来这里干什么？"

"我英语说得不好……你叫什么名字？"有人在他旁边大声问，领事转过身，看到另一个警察，他的衣着和刚才那个警察差不多，只是个头比刚才的警察矮了一些。这个警察下巴肥厚，脸色铁青，胡子刮得很干净，一双小眼睛露出凶残的目光。虽然他侧身站着，可是领事注意到他右手的拇指和食指都没有了。他说话时，下流地朝第一个警察和迪奥斯达多扭动着屁股，不过他极力避开了那个穿着呢子西服的美国人的目光。"朝屁股这边前进。"他补充道，不过领事不知道为什么非要按照他说的做不可，也不知道为什么这个警察会扭屁股。

"这位是市政警察局局长，"第一个警察起劲儿地向领事介绍，"局长大人想知道你的名字。你叫什么名字？"

"是啊，你叫什么名字？"第二个警察大喊起来，他拿起吧台上的一杯酒，不过他并没有看领事，而是仍然在扭屁股。

"托洛斯基。"吧台一端有人打趣儿似的接过话茬儿，领事意识到自己胡子拉碴、形象不佳，顿时羞红了脸。

"布莱克斯通，"领事郑重其事地回答。他暗暗地问自己：他之所以来到墨西哥，不就是想生活在印第安人中间吗？难道他不是来寻求报复的吗？想到这儿，他又接过了一杯梅斯卡尔酒。不过，在这里生活只有一个麻烦：他非常害怕和他生活在一起的这些印第安人实际上都是一些有想法的人。他补充道："威廉·布莱克斯通。"

"你为什么会叫这个名字？"那个胖警察喊道，他的名字叫祖祖格齐什么的，"你为什么会叫这个名字？"他又将第一个警察说的那种像教义问答式的提问重复了一遍,"你是英国人,还是德国人?"

领事摇了摇头,回答:"不,我就是威廉·布莱克斯通。"

"你是犹太人?"第一个警察追问。

"不,我叫威廉·布莱克斯通。"领事又说了一遍,然后摇了摇头。警察说:"威廉·布莱克斯通,犹太人很少有酒鬼。"

"这么说……哈……你是个酒鬼了,呵!"第一个警察说,大家哄堂大笑,还有其他几个人,那些人显然都是警察的党羽,都跟着警察大笑起来。不过领事看不清那几个人的样貌,只能看清那个穿着格呢子西服、身体僵直、表情漠然的美国人的样子。"他是花园警长,"第一个警察接着说,"那位是杰夫·德·贾德内罗斯。"他的声音充满了敬重之情。"我是罗斯特姆斯警长。"他补充道,接着他好像意识到自己刚才的话有什么不妥之处,好像他想说的是:"我只是罗斯特姆斯警长。"

"我是……"领事想说。

"是一个不折不扣的酒鬼。"第一个警察结果了领事的话茬儿,大家哄堂大笑,只有那个杰夫·德·贾德内罗斯没有笑。

"你,你们……"领事结结巴巴地说,不过他想问什么呢?这些人到底是谁?哪儿来的罗斯特姆斯警长?哪儿的市政警察局局长?最重要的是,哪有什么花园警长?别看那个穿着格子西服的美国人一言不发,也许他才是这些人当中最凶险的,不过他显然是这群人中唯一没带武器的人,难道说他负责看管这一小片公共花园吗?尽管领事有种种疑问,可他还是朦朦胧胧地预感到这些官衔不过是这群乌合之众招摇撞骗时打出的幌子罢了。他还是把这些人和州立警察长,还有他之前告诉休的民兵联盟的人联系在了一起。毫无疑问,他以前一定在这家酒吧的某个房间里或是吧台见过这些人,但是他从没有这么近距离地和他们接触。一时间,那些疑问纷至沓来,让他无法招架。他一时忘记了自己对这群人的判断,不过他认定,那位受人指挥的花园警长的官职可能比市政警察局局长的官职更高,于是他用祈求的眼神看了看那个警察,向他发出了无声的求助。不过,对方只回以一个比刚才更为阴沉的表情。就在那时,领事突然想起自己在哪儿见过这位警察:这位花园警长可能正是自己年轻时的形象——当年,他很清瘦,棕色皮肤,表情严肃,没有胡须。在他职业的十字路口,他出任了格拉纳达的副领事职务。那时,他整天交际应酬,接触到了数不清的龙舌兰酒和梅斯卡尔酒,他不管那些酒是谁的,就把出现在眼前的酒喝个精光。领事听见自己在重复一句话:"现在还不能判定这些人就是在'爱情之爱'酒吧里的那些人。"……那一定是他对那些警察不断追问他下午发生的事的问题的回答,不过他自己也不清楚他为什么要回答那个问题……"现在最要紧的是必须弄清楚事故是怎么发生的。当时那个贫农……也许他并不是贫农……他喝醉了吗?还是从马上摔下来了?也许是那个小偷的同伙,还欠了小偷一些酒钱,被小偷认出来了,才被打伤的……"

"白果酸浆"酒吧外雷声大作。领事坐下了,他是奉命坐下的。酒吧里的局面变得非常混乱:酒吧里现在挤满了人,有一些酒鬼是从坟墓里跑出来的印第安人,穿着松松垮垮的衣服;还有一些衣衫褴褛的士兵,围坐在一个衣着讲究的军官身边。领事在一个带有玻璃隔窗的房间里,看到了一些活动的串珠和绿色的套索。几位舞者进了酒吧,他们穿着长长的黑色大氅,大氅上有发光的条纹,这些人扮成了骷髅架。现在那位局长就站在领事身后,罗斯特姆斯警长也站着,在他右边就是那个美国人杰夫·德·贾德内罗斯。领事发现那个人的真名叫福鲁克图索·萨纳布里亚。"你好，你好吗？"领事向他问好。这时，有人坐在了他身边。那个人背对着他，并没有完全转过身，不过那人看起来也很眼熟。他乍看上去像一位诗人，像他大学时期的某个朋友。他那金色的头发垂到了漂亮的额头上。领事递给他一杯酒，那个年轻人不仅用西班牙语拒绝了，还站起身，做出了一个推搡领事的姿势。接着，他露出了愤怒的表情，不愿以正脸示人，朝吧台走去。领事感到很伤心，于是再次向花园警长求助。警长冰冷地瞪着他，那算是最终的拒绝吧。领事第一次感觉到危险近在咫尺。他知道萨纳布里亚和第一位警长对他充满敌意，他们在讨论该怎么处置他。接着，领事看到这两个警察为了引起局长的注意，特意肩并肩朝吧台走去。刚才他并没有注意，这时，他看到吧台后面有一部电话。奇怪的是，这部电话看上去能正常使用。罗斯特姆斯警长打电话，萨纳布里亚站在他身边，表情严肃，显然在下达指令。他们两个不慌不忙，但是领事意识到：不管那个电话是打给谁的，内容一定跟自己有关。这使他感到更为焦灼，他再次感到自己是那么孤独无助，虽然自己身边围满了人，十分热闹。这时，萨纳布里亚做出了一个手势，领事觉得他身边的喧闹声稍微收敛了一些。领事感到自己的孤独感在不断地伸展着，就像是大西洋那片灰暗狂野的海面，他好像又看到了玛利亚，不过这次，他并没有看到在海上航行的船。刚才那种调皮和如释重负的情绪完全消失了，他知道：自己仍然抱着一丝希望，希望伊芙能在此刻出现，救他脱离险境。可现在他知道一切都太迟了，伊芙不会来了！哎！哪怕伊芙能像女儿那样也好啊，那样她就能理解他、安慰她，如果现在她在自己身边该有多好啊！哪怕伊芙只是像女儿那样牵着他的手，带着喝得酩酊大醉的他走过石子路面，穿过田地和森林，带他回家——他偶尔会贪杯，不过伊芙不会计较的。啊！那些在孤独中扑面而来的热风过后带来的丝丝清凉，他会想念那种感觉的。不管他要去哪里，那些可能都是他生命中最幸福的事情！就像他看见过的印第安孩子在周末领着父亲回家的情景。在那一瞬间，他有意识地再次忘记了伊芙，又想起了其他事情。他想，也许现在他可以悄悄地离开"白果酸浆"酒吧，那样他可以毫不费力地逃走，不会引起别人的注意，因为警察局长跟别人聊得正欢，那两个打电话的警察会偶尔转过身看看他，不过他们每次转过身，领事都规规矩矩地坐在那里，他用胳膊肘挂着吧台，把头埋在手里。

挂在劳埃尔家墙上的那幅画，又一次浮现在领事的脑海中，就是那幅名为《醉鬼》的画。只不过，领事这一次看到了一些之前未曾发现的场景。也许，在那些看似表达明显的象征意义的形象之外，作者无心传达给观赏者的，除了幽默讽刺之外，还另有深意。而这种深意，会被他轻易参透吗？他看到了画中那些像灵魂的人物好像变得更加自由、更加独立，他们那看上去与众不同的、高尚的脸庞变得更加与众不同、更加高尚，与此同时，他们飞升得更高，更接近光亮。这些绚丽的人物很像聚集在一起的恶魔，他们越来越相像，越来越团结，越来越像一个恶魔。越向下，他们就越接近黑暗。也许这一切并不是那么不合情理：当他迎难而上的时候，就像他和伊芙的婚姻最初的甜蜜时光，他们幸福生活的特征难道不是变得更加清晰、更加鲜活了吗？那时，是敌是友难道不是更容易区分吗？那些特殊的问题、场景都真实可感，也和他的生活场景融为一体，这让他觉得自己真实地存在，他能将现实生活和自己想象出的世界分得一清二楚，对自己的生活状态也了如指掌。后来，他的生活走向堕落，这些生活的特征变得分崩离析，变得纠缠不清，变得面目狰狞——越来越像讽刺漫画了吗？他分不清虚幻世界和现实世界，分不清真实的自我和虚幻的自我，分不清他的遭遇是生活的境遇，还是他内心的挣扎和抗争。他抗争过吗？他当然抗争过，这种抗争是他甘愿做的，可是他希望与堕落抗争、甘愿与堕落抗争吗？物质世界虽然变得虚幻，但可能成为他的战友，为他指明道路。他无法将现实从那些渐渐消退的、并不真实的声音和形态中分离出来，它们渐渐汇集成一种声音，那声音像是死亡之音，比死亡更加死寂的声音，不过那声音在不断扩大范围，不停地演变、扩张疆界：在它之中，灵魂是一个实体，完整且完美。啊，有谁知道，为什么面对种种谎言，他还会付出真心、献出真爱？但他必须面对现实，沉沦下去，不断地沉沦，直到堕入……现在，他才意识到：自己还没堕入地狱。他还没跌到谷底。好像他的坠落被一条狭窄的、突出的岩石所打断，可是他没法爬上这块突岩，也不愿继续跌落下去。他躺在那块岩石上，伤痕累累、惊愕万分。他的下面就是万丈深渊：那是深渊张开血盆大口，打着哈欠，等着将他吞噬。他眼前出现了幻觉，好像看到了出现在他周围的各种幽灵：其中有他自己、那些警察、福鲁克图索·萨纳布里亚，还有那个看起来像是诗人的陌生人、那些发光的骷髅头，甚至他还看到了那个在角落里的小白兔，还有肮脏不堪的地板上的那些烟灰和唾液……这些人和这些事物难道不是和他生命中的某个片段之间存在着联系吗？这种关联他无法理解，却能隐约感知它们的存在。同时，他还模糊看到了伊芙的到来、花园里的蛇、他和劳埃尔的争吵；再到后来，他和休，还有伊芙的争吵，还有地狱机器，他和格里高里太太的相遇，他找到伊芙写给他的那些信，还有很多其他的事情。今天发生的所有这些事就像他在下落过程中随意抓到的那些冷漠的草皮或者落石，它们仍然从高空落下，向他飘落。领事掏出了一盒蓝色的香烟，他发现烟盒长出了翅膀：可惜啊！他没有翅膀，无法逃出升天。他又抬头看了看，不，他并没有坠落，他还在原地，没法飞向任何地方。他不由自主地坐下了，好像有一只黑色的大狗趴在他背上，迫使他坐下来。

花园警长和罗斯特姆斯警长仍然守在电话边上，也许他们在等电话，等着有人向他们提供正确的电话号码。他们很有可能会给检察长打电话，可如果他们把自己给忘了呢？领事心想……如果他们打的那个电话和自己根本没关系呢？他想起自己刚才读伊芙的来信时摘掉了墨镜，居然产生了戴上墨镜、乔装逃走这种愚蠢的念头。站在他身后的市政警察局局长仍专注地和人交谈，于是他又有了一个逃跑的机会。只要戴上墨镜，就能轻而易举地逃出去，这有何难呢？他能逃出去的……不过，在他采取行动之前，他需要再喝一杯酒，喝完酒好上路。这时他才发现：自己被挤在一群人当中，更糟糕的是，那个坐在吧台旁边的人就挨着他坐，那人戴了一顶脏兮兮的宽边帽、子弹袋挂在了裤带下面，正暧昧地拽他的一只胳膊。那人是个捐客，就是坐在便池上那个密探。他猫着腰，姿势几乎和之前一样。过去五分钟，他显然都在和那个人交谈。

"我的朋友，为了我的，"他含混不清地说，"这些人对你来说什么都不是，对我来说也是如此。这些人……对你来说什么都不是，对我来说也什么都不是！这些人，都是混蛋……当然了，你是英国人!"他说着,把领事的胳膊拽得更紧了,"都是我的朋友!墨西哥同胞的朋友!你们英国人是我的朋友,是墨西哥人的朋友!我才不在乎那些混账美国人呢:他们对你不好,对我也不好,对所有墨西哥人都不好,一直都不好,一直不好,一直不好……"

领事抽回了胳膊,但是他的另一只胳膊马上被另一位不明国籍的人抓住了,那人醉得变成了斗鸡眼,看上去像个水手。他语调平和地说:"你这个英国佬儿,"他转了转凳子,接着说,"我来自教皇所在的国度,"这个陌生男人大喊起来,然后慢慢地挽起了领事的胳膊,"你是什么看法?莫扎特才是写《圣经》的那个人。你来这儿就是为了下到那儿去。这个世界应该人人平等。让这世界充满平和,因为平和就意味着和平。只有地球变得和平,所有人才会……"

领事摆脱了两个醉汉,不想那个掮客再次抓住了他。领事几乎是想求助,又四下看了看。那个市政警察局长仍然忙着跟别人交谈。罗斯特姆斯警长站在吧台后面,又打了一次电话;萨纳布里亚站在警长旁边当指挥。还有一个人靠在掮客的椅子背上,领事把那人当成了美国人,他一直在眯缝着眼睛,不时回头看看,好像在等人,同时还嘟哝着,不过并不像是跟别人说话:"温彻斯特!见鬼,那是另一件事。别告诉我,对了!黑天鹅在温彻斯特!他们是在德国军营这边抓我,就在这一边,还有家女子学校。一个女老师。这是她给我的,你们可以拿去,给你们了。"

"啊,"掮客应和了一声,依然抓着领事的胳膊,好像隔着领事跟那个水手说话呢,"我的朋友……是你的事吗?我一直在找你。我的英国朋友,我一直在找你,是啊,是啊,千真万确。这个人告诉我,我的朋友一直是你,你喜欢他吗?……这个人有很多钱,这个人……

不管对错，真的；墨西哥人是我的朋友，英国人也是我的朋友。对你或者对我来说，该死的美国人都是混蛋，什么时候都是。"

看来，领事和这些令人毛骨悚然的人搅在一起，暂时无法摆脱他们了。这次，他又四下看了看，他发现市政警察局局长那双冷酷的小眼睛此时正恶狠狠地瞪着他，觉得很紧张。他索性不去理会那个没文化的水手想表达什么了，他说的话好像比那个掮客的话更难懂。领事低头看了看手表，时间依然是6∶45，看来，时间喝下梅斯卡尔酒也醉了，开始绕着圈子走。领事感到祖祖格齐还在死死地盯着自己，觉得百无聊赖，出于自卫，他再次拿出伊芙写给他的那些信。他戴着墨镜，可眼前那封信的内容却变得越发清晰起来。

"这里有一个人会离我们而去，但愿上帝一直与我们同在。"那个水手低声吼着，"我的信仰只说出了寥寥数语。莫扎特才是写《圣经》的那个人。莫扎特写了《旧约》，你们若是承认这一点，就会平安无事。莫扎特是个律师。"

"……没有你，我就是个被抛弃、被隔绝之人，变得不再完整。我甚至被自己所抛弃，变成了一个孤独的影子……"

"我叫韦伯，他们在弗兰德斯抓住了我。你多少可能会怀疑我的身份。不过如果他们现在抓住我！……当阿拉巴马安然脱险，我们也会紧随其后安然脱险的。我们不会问任何人问题，因为在那里，我们是不会跑的。上帝啊，如果你们想带走这些人，就带走吧，可是你们想带走阿拉巴马，那是痴心妄想！领事抬头看了看那个叫韦伯的男人，他唱起了歌："我只是一个乡下小子，我对外面的世界一无所知。"他向镜子中的自己敬了个军礼，恭敬地说："向外籍军团士兵致敬！"

"……我在那儿遇到了一些人,我必须告诉你有关他们的事情,因为这些人的出现好像是上帝在回应我们的祷告,上帝会赦免我们的罪,他会再次赋予我们力量,让我们精心呵护那永不熄灭的火焰,虽然现在那生命之火并未熄灭,火苗却微弱得可怕。"

……"是啊,先生,莫扎特是个律师,这件事你就别再跟我争辩了。让我们敬上帝想消灭的那个人吧。我无法理解的东西,我也会争辩的!"

"……外籍军团的士兵。你没有国籍,法国是你的祖国。从丹吉尔①30英里以外的地方传来阵阵巨响。杜邦特上尉的勤务兵……他是来自得克萨斯州的一个浑小子,别再提他的名字了。那个地方叫'坚定之堡'。"

"……坎塔布里亚海!……"

……"你是一个生来就注定要行走在光明之中的人。你一头扎进了光明的天空之外,你在黑暗的环境中不知所措。你觉得自己迷失了,但事实并非如此,即使你甘愿堕入深渊,即使你百般反抗,光明的使者也会帮助你,会成为你的精神支柱。我说的这些听起来像疯话吗?有时候我觉得自己一定疯了。你身体中潜藏着巨大的能量,足以和黑暗抗争到底,你需要发掘那些蕴藏在你身体里的能量,而隐藏在你灵魂中的力量更为强大。如果你忘记我,我会走向疯狂,请你不要忘记我,请帮我找回那个理智的自我;如果你我分道扬镳,或者形同陌路,或者

---

① 丹吉尔(Tangier):摩洛哥北部古城。

你踏上一条陌生的道路,我都会走向疯狂……"

"他冲出了这里的地下塔楼,那些法国外籍军队团第五中队的队员们被人五马分尸,这些可敬的外籍军团的士兵们就此壮烈牺牲。"韦伯又一次向镜子中的自己敬了一个军礼,然后把鞋跟并在一起。"阳光灼烧他们,把他们的嘴唇照得干裂。哦,兄弟呀,那真是耻辱。马儿们都跑开了,掀起阵阵尘土。我不会同意他们那么做的。他们还用乱枪扫射那些士兵。"

"……我也许是上帝眼中最为孤寂的凡人。我不像你,不管你的处境有多么不如意,你总能在酒精中找到慰藉。我的悲惨境遇则被我深深地锁在了心底。你曾经向我哭诉,请求我帮助你。如今我向你发出的呼救更为绝望。快来救救我吧,是的,快来救救我,救我脱离这些把我紧紧包围住的孤独感,它们时刻威胁着我,在我身边瑟瑟发抖,它们随时都有可能把我淹没。"

"……是写《圣经》的那个人。你得深入研究一番,才会知道《圣经》其实是莫扎特写的,不过我要告诉你:你我的想法绝不会一样。我的脑子里装的可都是大智慧,"那个水手告诉领事,"希望你也能像我这样有智慧,希望你能走运,霉运我一个人来背,我一个人下地狱就好了。"水手说完这些话,突然变得消沉起来。他站起身,踉踉跄跄地走出了酒吧。

"美国人对我不好,不好,美国人对墨西哥人都不好。那些蠢驴,那些恶人。"捕客若有所思地说。他盯着领事看了一会儿,又看了看那个战士，那个人正在仔细地检查手上拿的枪，他将枪视为珍宝。"我所有的墨西哥同胞们，你们英国人是我们墨西哥人的朋友。"他叫来了"几只跳蚤"，接着又点了一些酒，并且指了指领事，示意由领事埋单，"我才不在乎那些混账美国人对你们好不好呢，我也不在乎他对我好不好。我的墨西哥同胞们，所有，所有的，所有人，对不对？"他大声宣告。

"你们想让墨西哥得到救赎吗？"从吧台后面的某个地方，突然传出了收音机的声音，"你们想让耶稣基督在这里称王吗？"领事看到罗斯特姆斯警长不再打电话了，不过他仍然和花园警长一起，还站在刚才他们打电话时站的位置。

"不想。"

……"杰弗里，你为什么不给我回信呢？你不回信，我只能认为你没收到我写给你的那些信。我放下了骄傲和自尊，祈求得到你的原谅，我也原谅了你。我不能，也不愿相信你不再爱我了、你已经忘记了我。也许你误会了，认为我离开你，才会过上更幸福的生活？你牺牲了自己的幸福，你离开我是为了成全我，让我和别人过幸福生活吗？亲爱的，我的爱人，难道你没意识到那是不可能的吗？我们能给予对方的一切远比大多数能给予我们的要多得多。我们可以再结一次婚，我们可以共同打造属于我们的……"

……"你一直是我的朋友。既然我们请你喝酒了，你就应该请我喝酒，你也应该请这个人喝酒。他是我的朋友，也是他的朋友。"那个掮客一边说，一边重重地拍了领事后背一下。领事正在喝酒，被这一巴掌吓坏了。掮客问道："想认识认识他吗？"

……"如果你不再爱我、不希望我再回到你身边了，能不能写信告诉我？正是你的沉默让我无法忍受，正是这种沉默引发的悬念终日搅扰我的身体和我的精神。给我写信，告诉我你现在的生活正是你想要的生活，告诉我你过得很快乐，或者你过得很悲惨；告诉我你是满足还是不安。如果你不再爱我了，就跟我聊聊天气或者是我们都认识的人、你漫步的街道，描述一下你生活的环境。……你在哪儿啊，杰弗里？我连你在哪儿都不知道。哦，这真是太残忍了！我真的想知道曾经恩爱的我们去哪儿了。将来，我们还会去遥远的地方，手挽着手一起散步吗？"……

领事现在清楚地听到了那个密探的声音，那声音高过了周围的喧嚣声……那是杂乱之音，领事觉得那是巴别塔的声音，他听到了各种语言。水手那遥远的声音又在他耳畔回荡，这次，他回忆起了去乔卢拉的旅程："是你讲，还是我来讲呢？日本可打不过美国，因为美国……不，朋友，美国人对我们不好，对墨西哥人不好，而墨西哥却总为美国打仗。当然了……是啊，给我支烟，给我一根火柴，不然我怎么点烟啊。墨西哥同胞也总帮英国人打仗……"

……"你在哪儿啊，杰弗里？如果我知道你在哪儿就好了，如果我知道你仍然想着我，想让我回到你身边，我早就会去找你，和你在一起，我的生命早就和你的生命紧紧地捆绑在了一起，这一点已经无法改变。不要认为你让我离开，自己就得到了自由。你这样做是在诅咒我们的生命，让我们两个人都生活在人间的炼狱之中，只会释放别的什么东西，这东西会把我们两人的生活都毁掉。我害怕极了，杰弗里。你为什么不告诉我出了什么事？你需要什么呢？我的上帝啊，你还在等什么呢？有什么救赎，能与爱的救赎相提并论呢？我真的希望能抱紧你。我急切地渴求你的拥抱。我希望得到你的吻，我希望听听你对我们的关系到底有什么意见。如果你做出什么傻事伤害自己，那你就是在伤害我的身体和心灵。现在,我就把自己全然托付给你。快来救救我吧……"

"墨西哥人要工作，英国人要工作，墨西哥人要工作，当然了，法国人也要工作。为什么要说英语呢？我的墨西哥人同胞们，墨西哥合众国，他看到的是黑人……我明白了，这些地方都有黑人，包括底特律、洪都拉斯、德拉斯……"

"你们想让墨西哥得到救赎吗？你们想让耶稣基督在这里称王吗？"

"不想。"

领事抬起头，把那些信揣了起来。有人站在他身边，大声地拉起了小提琴，演奏者是一位牙齿都掉光了的、老族长似的墨西哥老人，他的胡须稀疏而坚硬。颇具讽刺意味的是：市政警察局局长就站在他身后，竟然鼓励他表演。那位老者几乎就在领事的耳边演奏着美国国歌《星光灿烂的旗帜》。不过，那位老人在演奏的空当儿趴在领事耳边，悄悄问他："你是美国人吗？你不应该待在这儿的，这儿不是什么好地方,这些都是野蛮人,这些人都是坏人、小偷。他们都是坏人、恶棍,无一例外,明白了吗? 我是个陶匠,"他急切地说,他的脸都快贴到领事的脸上了,"我会带你去我家,一会儿我在外面等你。"说完这些话,那个老人仍然疯狂地演奏小提琴,不过有些走调了。过了一会儿,他要走了,人们都为他让出了一条路,让他通过。但是那老人刚才站的位置,就是在领事和那个捐客之间的位置,被一位老妇人占据了。虽然那个老妇人衣着得体,肩上披着一件精美的大披肩,看起来倒是令人尊敬,可她的行为却让人大跌眼镜。她把手伸进领事的兜里乱掏一气。领事以为那老妇人要抢夺自己身上的财物,所以紧张地避开她。不过,过了一会儿,领事才意识到:那老妇人只是想帮助自己。她小声告诉领事:"你不该来这儿的,这不是什么好地方,这地方非常糟糕。这些人不是墨西哥人民的朋友。"她说着,还冲吧台点了点头,罗斯特姆警长和萨纳布里亚还站在吧台里。"这些人根本不是什么警察,他们是魔鬼,是杀人犯。这边这个杀死了10个老人,那边那个杀了20个。"她紧张地朝身后看了看,看看市政警察局局长有没有监视自己,然后从披肩里拿出了一个钟表框,放在了"几只跳蚤"前面的吧台上。"几只跳蚤"定睛看了一会儿,嘴里嚼着一颗棺材形状的杏仁糖。"快走吧。"她小声对领事说,而那个钟表框竟然动了起来,在吧台上蹦了起来,然后散了架子。领事只是举起了酒杯,面无表情地说了声:"谢谢,我的朋友。"随后,那老妇人也不见了。与此同时,有关领事的对话变得越来越荒唐可笑。那个捐客越来越没有规矩了,他站在领事对面,就站在水手刚才站的地方,胡乱地抓着领事。迪奥斯达多给客人端来了"欧查酒",那是一种加入草药的生酒,那种酒冒着气,酒具室里散发出一阵刺激的、类似大麻一样的气味。"啊,我的客人,我的客人……""这些人告诉我他们都是你的朋友。啊,我的贵客、贵客、贵客……你喜欢我吗?我总替这些人付酒钱,"军团士兵正想递给领事一杯酒,那个掮客责备起他,"我的朋友是英国人!是所有墨西哥人的朋友!美国人对我们不好,不,美国人对墨西哥人不好。他们是蠢驴,这些混账美国人!你不是美国人,你是英国人。好的,那就抽起烟斗,真正享受生活吧!"

"不,谢谢了。"领事自己点了一支香烟,意味深长地看了看迪奥斯达多,他衬衣上的另一个口袋里还有一个烟斗,领事不耐烦地驳斥那个掮客:"凑巧的是,我是美国人,而且我已经厌倦了你们对美国人的侮辱。"

"你们想让墨西哥得到救赎吗?你们想让耶稣基督在这里称王吗?"

"不想。"

"这些蠢驴。天杀的混账东西!"

"一、二、三、四、五、十二、六、七……从这儿到蒂帕雷里①要走好远、好远、好远的路。"

"另一个哈瓦那人……"

"……布尔什维克分子……"

"下午好,先生们。"领事看到花园警长和罗斯特姆斯警长打完电话回来了,便向他们问候。

两个警察站在领事身边。很快,他们又开始毫无缘由地谈论起荒谬的事情。领事觉得自己已经回答了他们的问题,只是警官们好像没问过他什么问题,不过那些问题好像就悬在空气中。还有其他

---

① 蒂帕雷里(Tipperaire):爱尔兰中南部的内陆郡。

479

人在回答问题,可是领事转过身的时候却没看到任何人。因为到了吃饭的时间,酒吧的人渐渐少了,可是还有几个神秘人已经走进了酒吧,占据了其他人的位置。领事现在不再想逃跑的事情了。他的意志,还有他的时间观念好像都被麻痹了。他觉得距离自己上次看表不过只过去了五分钟而已。领事看到后走进酒吧的几个酒客中有个自己认识的人,就是下午那个长途车司机。司机走进酒吧时已经喝醉了,逢人就握手。领事也和那个司机握了握手,他问那个司机:"你的鸽子在哪儿呢?"这时,萨纳布里亚突然冲罗斯特姆斯警长点了点头,警长把手伸进领事的口袋里搜索了一番,厉声说:"你该付墨西哥威士忌酒的钱了。"他掏出了领事的钱包,还冲迪奥斯达多眨了眨眼。市政警察局局长又开始下流地扭起了屁股,说:"向屁股这边走……"罗斯特姆斯警长抽出了伊芙的那些信。他从侧面看了看这些信,并没有拆开领事绑在上面的皮套。"好个酒鬼、流氓。"他看了看萨纳布里亚,想看看他是什么意见,而后者表情严肃,只是默默点了点头。警长从领事的夹克兜里翻出了另一张纸,还有一张卡片。领事不知道那张卡什么时候揣进了自己的兜里。三个警察站在酒吧后,交头接耳地讨论起来。领事不知如何是好,索性读起了报纸:

"日报……伦敦媒体正在搜集墨西哥报业反犹太人运动的证据……援引纺织品制造商的话结束……幕后黑手是德国……目标是国内。这是什么?……新闻……犹太人……国家信仰……权利终结意识……引文结束。作者费尔明。"

"不,是布莱克斯通。"领事说。

"你叫什么名字？你叫费尔明。这儿都明明白白地写着呢：费尔明。上面写着呢，你是犹太人。"

"我才不在乎在哪儿写了什么内容呢。我就叫布莱克斯通，我不是什么记者。不过，也差不多。我是个作家，也是舞文弄墨的人，不过我只写经济方面的文章。"领事想瞒天过海，骗骗那些警察。

"你的证件呢？为什么不把证件待在身上呢？"罗斯特姆斯警长一边问，一边把那封休给领事发的电报揣进了兜里，"你的护照呢？你为什么要伪造自己的身份？"

领事摘下了墨镜。花园警长颇具讽刺意味地把名片夹在拇指和食指之间，默默地递给了领事，名片上写着：伊比利亚无政府主义联盟，休·费尔明。

"我不明白，"领事接过那张名片，把它翻过来看了看，"我叫布莱克斯通，我是个作家，不是什么无政府主义者。"

"作家？你就是个无政府主义者，没错，你这个无政府主义的怪人。"罗斯特姆斯警长一把抢过领事手里的名片，然后把名片揣进了兜里，接着说，"还是个犹太人，"他拆掉了绑在伊芙信件上的皮套，沾湿了拇指，又从侧面看了看那些信封，接着说，"你这个酒鬼。为什么要说谎呢？这些信上写得清清楚楚：你叫费尔明。"领事想起那个叫韦伯的士兵还在酒吧里，不过他离自己有段距离。此时，他正在用一种冷漠、猜测的眼神打量着领事，不过很快又转移了视线。市政警察局局长看了看领事的手表，他用那只残疾的手拿着那块表，另一只手则在大腿之间使劲儿抓痒。"嘿，大伙儿看看这个。"罗斯特姆斯警长从领事的皮夹里抽出了一张十比索的纸币，抖了抖，然后扔到吧台上，说了句，"酒鬼。"他朝迪奥斯达多眨了眨眼睛，然

481

后把领事的皮夹子连同他的其他物品都揣进了自己兜里。这时，萨纳布里亚第一次开口对领事说话了：

"恐怕你得坐牢了。"他用英语简单地说。然后就转身走向了那部电话。

市政警察局局长又扭起了屁股，接着他一把抓住领事的胳膊。领事用西班牙语冲迪奥斯达多大喊，拼命想挣脱警察的束缚。他极力把手伸向吧台，可是迪奥斯达多击打领事的手，想让领事放手。"几只跳蚤"大喊大叫。角落里突然传来了声音，大家都大吃一惊：领事以为伊芙和休来救他了，迅速转过身，挣脱了警长，这时他才发现，不是伊芙和休，而是酒吧地板上不受人控制的小东西发出的声音：那只兔子因为紧张浑身抽搐，它皱着鼻子，拖着脚挪动着。领事看到了那个披着披肩的老妇人，她很忠诚，一直在酒吧里等他。她朝领事摇了摇头，神情哀伤地皱起了眉头。领事意识到：她就是那个带着多米诺骨牌的老妇人。

"你为什么要说谎？"罗斯特姆斯警长情绪激动，他又问了领事一遍，"你说你叫布莱克，可你根本不叫这个名字。"他一边质问领事，一边用力把领事朝门后推。他又推了领事一下，接着说："你口口声声说自己是个作家，其实你根本不是作家，"说着，他又用力地推了领事一下。可是领事只是站在原地，纹丝不动。"你不是作家，而是间谍。在墨西哥，我们抓到间谍就会枪毙。"一些武装警察忧心忡忡地看着他们。新到酒吧的客人都大笑起来。两只流浪狗在酒吧里绕着吧台跑，一位妇女被眼前的景象吓坏了，把婴儿抱得更紧了。"你不是作家，"警长一把抓住领事的脖子，"你是个黑帮分子，你是个犹太酒鬼。"领事又挣脱了。警察又补充了一句："你是个间谍！"

萨纳布里亚打完了电话，收音机又响了起来，收音机里传来了西班牙语广播。迪奥斯达多把收音机调到了最大音量，领事立即听懂了广播里传达的信息，那声音好像一阵狂风中的命令，唯有这个命令能救风雨飘摇中的船："文明带给我们的益处不可估量，科学发明赋予各个阶级无穷无尽的生产力；而和谐的夫妻生活又带给男士无与伦比的幸福感、自由和完美的生活。然而，这种不可比拟的纯净和丰饶的新生活之甘泉，依然无法滋润那些终日受哀怨和野蛮的生活压迫的人们那干渴的嘴唇。"

突然间，领事觉得自己看到了一只大公鸡，那只公鸡正在朝他拍打翅膀，它用爪子刨地，同时打鸣。领事举起手，那只鸡就把粪便甩到他的脸上。领事伸手打那只鸡，可此时恰逢杰夫·德·贾德尼罗斯回来，领事那一巴掌不偏不倚地打在了杰夫的两眼之间。"快把那些信还给我！"他听到自己冲罗斯特姆斯警长大声吼叫，可他的吼叫声被淹没在收音机的广播里，而外面的阵阵雷鸣声又淹没了收音机的声音。"你这个败类、人渣！就是你杀了那个印第安人。你企图谋杀他，然后伪造了事故现场，让人误以为他死于一场交通事故，"领事咆哮着，"这一切都是你精心策划的。然后你的人出现了，你们偷走了他的马。快把我的证件还给我！"

"证件？你这个人渣，你根本没有证件。"领事挺直了腰板，罗斯特姆斯警长的表情让他想起了 M.劳埃尔先生，他就又出手打了警长；接着，他看到了那个花园警长，便出手打了那个警长；他看到市政警察局局长变成了休的模样，他下午一直控制着自己，没出手打休，现在他无所顾忌了，又打了那个局长。酒吧外的钟声快速地敲了七下。那只公鸡飞到领事眼前，迅速地拍了拍翅膀，领事什么都看不见了。罗斯特姆斯警长趁机抓住领事的外衣,另一个人从领事身后抓住了他,尽管领事极力挣脱,还是被拖向了门口。那个金色头发的人这时出现了,他帮警察推搡领事;迪奥斯达多费力地走向了吧台;"几只跳蚤"恶狠狠地踢了领事的肋骨。情急之中,领事慌忙抓起了门口桌子上的一把大砍刀,挥刀乱砍一阵。他一面砍,一面大喊:"快把那些信还给我!那只该死的公鸡去哪儿了?我真想把它的头剁下来!"他跟跟跄跄地走出酒吧,退到了路上。躲避暴风雨的行人坐在摆满汽水的桌边,他们都惊奇地看着领事的疯狂行为。路边的乞丐都无精打采地扭过头看着领事。兵营外面那些站着一动不动的步兵都朝他这边看。领事不知道自己胡说些了什么:"只有穷人,只有通过上帝,只有那些被你踩在脚下、那些精神上的贫瘠之人、那些背着父亲的老者和那些在尘土中哭泣的哲学家,也许就是美国,堂吉诃德……"他依然在挥舞着手中的砍刀,那其实是一把马刀,领事想在玛利亚的房间……接着,他又大喊道:"如果你们不再干涉别人的事,不再梦游,不再和我妻子睡觉该有多好,只有那些乞丐和被诅咒的人。"他手中的大砍刀"噹啷"一声掉在了地上。不是感到自己的身子向后倒,直到他跟跄着倒在了一片草丛中。他嘴里还反复念叨着:"是你偷了那匹马。"

罗斯特姆斯警长低头看着他。萨纳布里亚站在警长旁边,一言不发、神色凝重地搓了搓自己的脸颊。"不是美国人,是吧?"警长质问道,"你自称是英国佬儿,其实你是个犹太人。"他眯着眼睛,接着说:"你来这儿到底想干什么呢?你这个无耻之徒!你的所作所为可能会让你的小命不保!我打死过20个人。"他这么说,有威胁领事的意思,并且觉得领事不会泄密。"我们已经查清楚了……我们都打电话确认了,是不是?……你是一个犯罪分子,你想当警察吗?我能让你当上墨西哥的警察。"

领事慢慢地站了起来,身体还左右摇晃。他看到了那匹马,就拴在离他不远的地方。现在,他能看清那匹马,也能看到它的全貌:缰绳穿过了马嘴,木马鞍在前面,马鞍上缠着皮带、鞍囊,皮带下有个垫子,马髋骨上皮毛虽然光滑,却生了疮,马屁股上有数字"7"的烙印,马鞍扣带在酒吧灯光的照射下,像黄玉那样闪闪发亮。领事跟跟跄跄地朝着那匹马走了几步。

"再往前走,我就把你膝盖以上的部分打烂,你这个犹太酒鬼,"罗斯特姆斯警长一把抓住了领事的衣领,威胁他。花园警长站在他们旁边,神色凝重地点了点头。领事挣脱了警察的束缚,疯狂地向马的方向跑,想去抓住缰绳。罗斯特姆斯警长走到一边,把手伸进枪袋,取出手枪。他的另一只手摆了摆,示意路人离开,又威胁领事:"再往前走,我就把你膝盖以上的部分打烂,你这个人渣,你这个痞子!"

"不,我不会那么做的,"领事一边平静地说,一边转过了身,"你手里的枪是一把柯尔特手枪吧,对吗?那枪能打透钢板。"

博斯特姆斯警长把领事推到了暗处,向前两步,开了一枪。光线像尺蠖那样从天上坠落。领事跟跄了几下,他仿佛在瞬间看到了波波卡特佩特火山的轮廓出现在自己上方,火山上飘着绿宝石色的雪,光彩熠熠。警长又开了两枪,有意隔开一段时间开枪。惊雷在山间炸开,然后在附近响起。被放开的马抬起前腿站立起来,它摇晃着头,转了几圈,嘶鸣几声,随后冲进了森林。

一开始,领事感到一种莫名其妙的释然感。过了一会儿,他才意识到自己中枪了。子弹好像打在了他的膝盖上,他单膝跪地,然

485

后扑倒在草地上，呻吟起来："耶稣啊，"他感到迷惑，说了句，"这么死可有失体面啊。"

一阵钟声敲响：

"叮当……叮当！"

天空下起了细雨。领事看到他身边有一些人影在盘旋着，握着他的手，也许他们只是想偷他兜里的财物，也许他们想帮助他，也许他们只是出于好奇来围观的。领事能感到自己的生命正在渐渐离他而去，就像他的肝脏，渐渐隐退到柔软的草地之中。他独自躺在草地里，大家都去哪儿了？还是刚才他身边根本没有人呢？接着，黑暗之中浮现出一张面孔：那是怜悯的面具。是那个在酒吧里演奏小提琴的老者，他俯下身，看着领事。"我的朋友……"他说了一句，就消失了。

接着，"痞子"这个词就占据了他的全部意识。那正是休形容那个小偷用的词，现在有人用这个词来羞辱他。好像他瞬间变成了痞子，变成了小偷……是啊，他偷窃了一些毫无意义、模糊混乱的思想，正是这些思想让他变得更加厌世，是谁带着他那两三个小板球帽？在这些抽象的意象中，最为真实的意象慢慢接近他。有人称他为"朋友"，这种感觉更好，这让他觉得好多了，让他感动、开心，这些想法飘进他的脑海中，还有一些音乐作为伴奏。他只有仔细听，才能听到那音乐声。那是莫扎特的音乐吗？还是西西里舞曲？是摩西创作的《D小调四重奏》的最终章吗？不，那是葬礼音乐，也许是格鲁克[①]创作的《阿

[①] 克里斯托弗·威利巴尔德·冯·格鲁克（Christoph Willibald von Gluck，1714—1787）：德国作曲家，对歌剧进行了改革，代表作品有《奥菲欧与优丽狄茜》《阿尔希斯特》等。

尔斯蒂斯》①里的音乐,但那曲子听起来像巴赫作品的风格,那是巴赫的作品吗?是古典钢琴在演奏,音乐声好像从远方飘来,来自于17世纪的英格兰。他还听到了吉他和弦,不过那声音已经模糊不清,和远处的瀑布声,还有听起来像爱的呼喊声混杂在一起。

他知道:自己回到了克什米尔,此刻他就躺在溪流旁的草地上,躺在紫罗兰和三叶草之间。喜马拉雅山就在远处,这使得周围的一切变得更加美好。很快,他就会和休还有伊芙共同商量攀登波波卡特佩特火山的事情。他们俩已经走在了他的前边,他听到了他们的对话:"你能采些叶子花吗?""当心点儿,"伊芙说:"上面有刺,小心扎到手。你得仔细看看,免得上面有蜘蛛。"这时,领事又听到了另一个声音在他耳边小声说:"在墨西哥,我们抓到间谍就会枪毙。"这个声音一出现,休和伊芙就不见了。领事怀疑这两个人不仅去爬了波波卡特佩特火山,而且还早就走远了。他忍着疼痛,独自艰难地从山脚的斜坡向阿美卡迈加的方向爬。他戴着护目镜、登山手杖、手套和一个羊绒帽。他把羊绒帽向下拉了拉,遮住了耳朵。他兜里揣着梅子干、葡萄干和坚果,外衣的一个兜里还装了一罐米,另一个兜里装着浮士德酒店的信息。他感觉身子越来越沉重,再也爬不动了。他觉得精疲力竭、孤独无助,瘫倒在了地上。他这种状态,即使有人有心帮助他,也不会采取实际行动的。现在,他只能躺在路边等死,没有好心的撒玛利亚人停下来帮助他。他的耳边响起了大笑声,还有很多人在说话,这让他觉得很困惑。啊,终于有人来拯救他了。他坐上了一辆救护车,救护车呼啸着穿过森林,爬上山坡,

---

① 阿尔斯蒂斯(Alcetis):费拉亚国王的妻子,她非常爱丈夫,代替丈夫赴死,被大力神赫拉克勒斯救活,她的故事被改编成了歌剧。

到达山顶……要到达山顶，这是其中的一条路！……他身边的声音都是友善的，他听到了雅克，还有维吉尔医生的声音，他们会体恤他的心情，会让伊芙和休放心的。他们会说："没有爱，怎么生存？"这句话就是一切问题的答案，他大声地重复着这句话。救赎一直就在他身边，为什么他还觉得这个世界如此邪恶？现在，他已经到达了山顶。啊，伊芙，我的爱人，请你原谅我！粗壮的手将他举起，他张开双眼向下看，以为会看到壮观的森林奇景、高耸的山峰——奥利萨巴峰、马林峰、佩洛特峰，那些山峰好像他人生中的一个个高峰。征服了一座高峰，还有更高的山峰等待他去攀登；而这些高峰，他都成功地攀登了，尽管可能并非用常规的方式，但他都成功了。可是，攀登完这些人生的高峰，他的生命没剩下什么：没有了攀登的山峰，没有了生命，没有了征服。这个山峰也不是真正的山峰，它没有实质的峰顶，没有牢固的根基。它摇摇欲坠，走向分崩离析，不管它是什么，它都在坍塌，而他则在坠落，从火山上坠落。不过，他一定爬上过那座火山。现在他耳畔响起了那些奔腾的岩浆的声音，那些声音真可怕，火山爆发了！不，那不是火山爆发的声音，而是世界爆炸的声音，那些黑色的喷发物射向空中、投向村庄，他也跟着那些喷发物一起坠落，穿过不可想象的、数以百万计的躁动的箱子，穿过千万个燃烧的尸体，坠落，落入森林，坠落……

突然，他尖叫起来，尖叫声好像从一棵树上被扔到了另一棵树上。山谷中不时传来他凄惨的回声，好像那些树木向他围拢过来，离他越来越近、将他遮盖，那些树木在怜悯他……

在他跌落之后，有人把一条狗的尸体扔进了山涧。

版权专有　侵权必究

图书在版编目（CIP）数据

火山下 /（英）马尔科姆·劳瑞著；刘晓丹译. —北京：北京理工大学出版社，2021.4
（20世纪百大英文小说）
ISBN 978-7-5682-9598-7

Ⅰ.①火… Ⅱ.①马… ②刘… Ⅲ.①长篇小说—英国—现代 Ⅳ.①I561.45

中国版本图书馆CIP数据核字（2021）第042328号

出版发行 / 北京理工大学出版社有限责任公司	
社　　址 / 北京市海淀区中关村南大街5号	
邮　　编 / 100081	
电　　话 /（010）68914775（总编室）	
（010）82562903（教材售后服务热线）	
（010）68948351（其他图书服务热线）	
网　　址 / http：//www.bitpress.com.cn	
经　　销 / 全国各地新华书店	
印　　刷 / 保定市中画美凯印刷有限公司	
开　　本 / 880毫米×1230毫米　1/32	责任编辑 / 田家珍
印　　张 / 15.625	朱　喜
字　　数 / 326千字	文案编辑 / 朱　喜
版　　次 / 2021年4月第1版　2021年4月第1次印刷	责任校对 / 刘亚男
定　　价 / 58.00元	责任印制 / 王美丽

图书出现印装质量问题，请拨打售后服务热线，本社负责调换

"十二五""十三五"国家重点图书出版规划项目
第五届、第八届中华优秀出版物奖获奖作品

神话学文库
叶舒宪 主编

叶舒宪 ◎ 著

河西走廊
西部神话与华夏源流
（修订本）

THE HEXI CORRIDOR

陕西师范大学出版总社

图书代号　　SK23N1153

图书在版编目(CIP)数据

河西走廊：西部神话与华夏源流／叶舒宪著. —修订本. — 西安：陕西师范大学出版总社有限公司，2023.10
(神话学文库／叶舒宪主编)
ISBN 978-7-5695-3670-6

Ⅰ. ①河… Ⅱ. ①叶… Ⅲ. ①河西走廊—文化史 Ⅳ. ①K294.2

中国国家版本馆 CIP 数据核字(2023)第 110345 号

河西走廊：西部神话与华夏源流（修订本）
HEXI ZOULANG：XIBU SHENHUA YU HUAXIA YUANLIU

叶舒宪　著

出 版 人	刘东风
责任编辑	刘存龙
责任校对	王文翠
出版发行	陕西师范大学出版总社
	（西安市长安南路199号　邮编　710062）
网　　址	http：//www.snupg.com
印　　刷	中煤地西安地图制印有限公司
开　　本	720 mm×1020 mm　1/16
印　　张	15.5
插　　页	4
字　　数	206 千
版　　次	2023 年 10 月第 1 版
印　　次	2023 年 10 月第 1 次印刷
书　　号	ISBN 978-7-5695-3670-6
定　　价	98.00 元

读者购书、书店添货或发现印刷装订问题，影响阅读，请与营销部联系、调换。
电话：(029)85307864　85303635　　传真：(029)85303879

"神话学文库"总序

叶舒宪

神话是文学和文化的源头，也是人类群体的梦。

神话学是研究神话的新兴边缘学科，近一个世纪以来，获得了长足发展，并与哲学、文学、美学、民俗学、文化人类学、宗教学、心理学、精神分析、文化创意产业等领域形成了密切的互动关系。当代思想家中精研神话学知识的学者，如詹姆斯·乔治·弗雷泽、爱德华·泰勒、西格蒙德·弗洛伊德、卡尔·古斯塔夫·荣格、恩斯特·卡西尔、克劳德·列维－斯特劳斯、罗兰·巴特、约瑟夫·坎贝尔等，都对20世纪以来的世界人文学术产生了巨大影响，其研究著述给现代读者带来了深刻的启迪。

进入21世纪，自然资源逐渐枯竭，环境危机日益加剧，人类生活和思想正面临前所未有的大转型。在全球知识精英寻求转变发展方式的探索中，对文化资本的认识和开发正在形成一种国际新潮流。作为文化资本的神话思维和神话题材，成为当今的学术研究和文化产业共同关注的热点。经过《指环王》《哈利·波特》《达·芬奇密码》《纳尼亚传奇》《阿凡达》等一系列新神话作品的"洗礼"，越来越多的当代作家、编剧和导演意识到神话原型的巨大文化号召力和影响力。我们从学术上给这一方兴未艾的创作潮流起名叫"新神话主义"，将其思想背景概括为全球"文化寻根运动"。目前，"新神话主义"和"文化寻根运动"已经成为当代生活中不可缺少的内容，影响到文学艺术、影视、动漫、网络游戏、主题公园、品牌策划、物语营销等各个方面。现代人终于重新发现：在前现代乃至原始时代所产生的神话，原来就是人类生存不可或缺的文化之根和精神本源，是人之所以为人的独特遗产。

可以预期的是，神话在未来社会中还将发挥日益明显的积极作用。大体上讲，在学术价值之外，神话有两大方面的社会作用：

一是让精神紧张、心灵困顿的现代人重新体验灵性的召唤和幻想飞扬的奇妙乐趣；二是为符号经济时代的到来提供深层的文化资本矿藏。

前一方面的作用，可由约瑟夫·坎贝尔一部书的名字精辟概括——"我们赖以生存的神话"（Myths to live by）；后一方面的作用，可以套用布迪厄的一个书名，称为"文化炼金术"。

在21世纪迎接神话复兴大潮，首先需要了解世界范围神话学的发展及优秀成果，参悟神话资源在新的知识经济浪潮中所起到的重要符号催化剂作用。在这方面，现行的教育体制和教学内容并没有提供及时的系统知识。本着建设和发展中国神话学的初衷，以及引进神话学著述，拓展中国神话研究视野和领域，传承学术精品，积累丰富的文化成果之目标，上海交通大学文学人类学研究中心、中国社会科学院比较文学研究中心、中国民间文艺家协会神话学专业委员会（简称"中国神话学会"）、中国比较文学学会，与陕西师范大学出版总社达成合作意向，共同编辑出版"神话学文库"。

本文库内容包括：译介国际著名神话学研究成果（包括修订再版者）；推出中国神话学研究的新成果。尤其注重具有跨学科视角的前沿性神话学探索，希望给过去一个世纪中大体局限在民间文学范畴的中国神话研究带来变革和拓展，鼓励将神话作为思想资源和文化的原型编码，促进研究格局的转变，即从寻找和界定"中国神话"，到重新认识和解读"神话中国"的学术范式转变。同时让文献记载之外的材料，如考古文物的图像叙事和民间活态神话传承等，发挥重要作用。

本文库的编辑出版得到编委会同人的鼎力协助，也得到上述机构的大力支持，谨在此鸣谢。

是为序。

目录

壹　河西走廊的文化镜像

想象的边关：锁阳城的薛仁贵铜像　　　　　　　　001
想象的西部：冥水与西天　　　　　　　　　　　　012
想象的西部：瑶池、瑶母与玉门　　　　　　　　　021
美玉神话：丝绸之路以前的玉石之路　　　　　　　030

贰　西部观念：中原人的建构

"西游"模式与想象的地理——从《楚辞》到《山海经》　037
食玉：中国式复乐园神话　　　　　　　　　　　　043
从"玉英"到"玉精"——食玉神话的历史实践　　052

叁　"西游"的文化范式及其转换
　　——从《穆天子传》到《西游记》

《穆天子传》：昆仑玉乡朝圣史诗　　　　　　　　060
《西游记》对上古"西游"范式的转换　　　　　　070
"西部"想象的谱系：绝、远、荒、怪　　　　　　084

肆　"河西""陇右"考
　　——中原建构西部观念的语词解析

符号、方位与支配性观念　　　　　　　　　　　　095
河西、河右、河陇——以黄河为坐标的命名规则　　100
冀州与河岳："中国为冀"　　　　　　　　　　　102

01

	龙头、陇头、《陇头吟》——以陇山为坐标的西部命名	112
	命名与遮蔽："敦煌"别解	122

伍 沉寂五千年，柳湾闻蛙声
——马家窑蛙纹彩陶解读

柳湾见证"唯陶为葬"	131
蛙人造型的奥秘	138
再释"阴阳人"彩陶壶	143

陆 蛙神信仰及神话源流

百变蛙神：从图像叙事到文本叙事	154
辛店陶器"蛙人－太阳"图式解	156
蛙神八千年	166
女神变形与性别象征	169
蛙神信仰：蛙图腾与蛤蟆创世	173
蛙文化传播带：从西北到西南	186

柒 齐家文化与玉器时代

玉器时代的"齐家古国"	193
玉璧、玉琮：齐家文化与良渚文化的对应	204
夏文化寻源：冶金的东向传播	207
农业考古的证据：小麦的东向传播	213
寻找夏文化源：以玉礼器为新证据	217
齐家古国的覆灭	223

我的"西游"经历（代后记）   231

壹　河西走廊的文化镜像

想象的边关：锁阳城的薛仁贵铜像

　　2006年12月1日，我和佛教学者桑吉扎西、摄影师苗光粼及李军相聚首都机场，搭上飞往银川的班机，去参加一个临时组建的西夏文化考察组。到银川后，我们会同企业家王爱卿和敦煌学家杨雄等，先考察了位于贺兰山大水沟的西夏离宫旧址，然后于12月2日从银川乘夜车前往兰州，3日清晨在兰州转乘一辆包租的依维柯汽车，背着朝阳踏上了河西走廊的漫漫之途。

　　按照我们从教科书中学到的知识，这是李陵、霍去病、张骞等曾经仗剑骑马走过的路，也是《西游记》里唐僧一行取经曾经走过的路。所不同的是，现代工业早已把这段绝域荒漠变成了中华版图上横贯东西的大通途：陇海铁路及新修成的连霍高速，从东海之滨的连云港直通新疆边境的霍尔果斯口岸，俨然实现了欧亚大陆桥的亘古梦想。

作者2007年9月再访西夏王陵

连霍高速进入河西走廊段（2006年12月摄于西夏考察之旅）

壹 河西走廊的文化镜像

放眼中华版图，如果把西安作为古丝绸之路的起点，那么当我们的目光从西安向西移动，跨越陕西边境后，就进入著名的河西走廊之省份——甘肃。扫视甘肃在整个亚洲版图上的形状，它非常类似一只中间细长而两头大的哑铃。那又细又长的中间一段被北边的内蒙古自治区和南边的青海省紧紧地夹挤着，狭窄得几乎不可思议。这是为什么呢？

如果把一幅中国行政区划图换成一幅中国地形图，我们就会明白：所谓河西走廊的狭长地带，原来是由自然地形地貌所决定的——青藏高原北端的祁连山，内蒙古高原西南端的乌鞘岭，绵延上千公里，几乎是平行地排列在两个"哑铃"的球体之间；而所谓的"走廊"，就是由两大山脉之间留下的狭长的类似天然通道的部分所构成。我曾经在1991年陪同澳洲的朋友第一次进入河西走廊，那次是为了游览敦煌，从西安乘飞机到达酒泉再转车，所以并未真正领略古丝绸之路的山川形势。这次驱车跋涉，总算弥补了缺憾。

考察组先后参观了武威天梯山石窟、西夏博物馆、文庙碑石、张掖大佛寺和嘉峪关长城，于12月6日到达了河西走廊西端的瓜州（原安西县），当天下午便领略了与莫高窟齐名的榆林窟壁画和雕塑，次日专访以西夏壁画著称的东千佛洞，下午回程时顺道观赏了锁阳城遗址。

锁阳城被誉为"中国目前保存最为完好、规模最大、历史延续时间最长的古城遗址"。它也是由绿洲变成大沙漠的经典案例。其最早建城应在西汉时期，经历了东汉、三国、魏晋南北朝、隋、唐、宋、元，直到明代正德年间废弃，从公元1世纪至16世纪，长达一千五百年。

锁阳城原来叫"苦峪城"。相传当年唐太宗李世民命太子李治和大将军薛仁贵征伐西域，不料在苦峪城中了埋伏，被哈密国元帅苏宝同的大军包围。在粮尽援绝的危急情况下，薛仁贵听从军医的高见，让士兵们就地采挖一种叫"锁阳"的野生植物充饥，随后出现奇迹，全体将士居然体力充沛，一直坚守到老将程咬金率军前来解围。结果不仅保全了唐军，还里

河西走廊——西部神话与华夏源流

隐藏在大漠河谷之中的敦煌榆林窟（2006年12月摄于西夏考察之旅）

应外合击败了哈密国军队。这件奇事传到长安朝廷，天子喜出望外，下令将苦峪城改名为"锁阳城"。锁阳的美名就这样随着中原政权的胜利而传播开来，直到明朝时国力有所衰退，将西疆防御线收缩到嘉峪关，这座用黄土铸塑成的千年古城堡才彻底废弃；之后，又经过四百多年的风沙和雨雪，繁华的大唐边城变成了大片破败荒凉的废墟。历史啊，历史，通过书本学到的和身临其境体会到的，居然会有天壤之别！

锁阳城一隅

　　我们一行人在这座大漠之中的古代军事堡垒流连忘返，随手就能够捡到汉、唐、宋、元各代遗留下来的陶瓷碎片。这座古城至今还没有经过正式的考古发掘，隐藏其间的历史之谜等待人们去破解。

　　在通往锁阳城故址的一个岔路口处，矗立着一尊新落成的薛仁贵铜像，在空旷的荒野之中格外显眼。大家不由得下车来参观和拍照。

　　读中文专业的人，大都在小说和戏曲《薛仁贵征西》中就熟悉了这位唐朝名将。据《新唐书》记载，他生于绛州龙门（今山西河津），贞观末年应募从军。大唐军队攻打高丽之际，在安市城（今辽宁海城南）阻击高丽援军一战，薛仁贵身着白盔白甲横扫敌阵取胜，受到唐太宗的赏

薛仁贵铜像

识，先授游击将军，后又被提拔为右领军中郎将。唐高宗显庆年间，他辅助营州都督在辽东一带屡破高丽、契丹军，被授左武卫将军。龙朔初年，他率兵至天山平定铁勒九姓的袭扰。"将行，宴内殿，帝曰：'古善射有穿七札者，卿试以五甲射焉。'仁贵一发洞贯"。铁勒聚众十余万，选出数十骁骑到阵前挑战。薛仁贵张弓三箭就射杀三将，其余铁勒军落荒而逃，唐军大胜。不过薛仁贵也有不胜的时候。咸亨元年（670），吐蕃进扰，唐高宗命薛仁贵为逻娑道行军大总管率军阻击。因辎重被吐蕃军截获，薛仁贵退屯大非川（今青海共和西南），被迫与吐蕃私下议和。因这次败绩，他被免官为民。不久高丽起兵，薛仁贵再次被任用征东，后又因罪被流放。直到开耀元年（681），68岁的薛仁贵受到大赦，率军抗击突厥。突厥军听说薛仁贵挂帅领军，吓得四处逃散，唐军大胜。永淳二年（683），薛仁贵病死，享年七十。

在文学作品中，关于这位"薛家将"的第一主人公，不仅有和史书记载类似的"白衣破高丽""三箭定天山"等传奇故事，而且还增添了不同的结局：在征西凉之时，他被敌将杨凡设计包围，又被自己的亲儿子薛丁山误射而死。好一个中国式的无意识弑父故事。后来的评剧《汾河湾》等围绕着有弑父娶母嫌疑的主题做文章，创作出俄狄浦斯情结的中国版叙事。在京剧、秦腔、豫剧、晋剧等各种地方剧种中，都少不了薛仁贵与薛丁山的戏。

我们到访的时候，恰逢当地将安西县名重新改为"瓜州"。出于旅游经济的考虑，政府提出"挖掘瓜州历史文化内涵""拓展和提升瓜州的知名度"的振兴口号，初衷很不错。不过，今天在瓜州铸造薛仁贵铜像，铜像下方的基石上题写着"将军三箭定天山，将士长歌入汉关"诗句，更加增添了中原本位的对西部边关想象的色彩，其文化政治的味道何其浓厚！记得顾颉刚先生曾通过秦陇方言和巴蜀方言中的"瓜子"（傻子）一词重新解释过"瓜州"得名，认为那是出于大汉族主义优越感的一种对少数

安西的旅游广告

民族的蔑称，而且瓜州的位置不在河西走廊西端，而在秦岭的西侧。顾先生这样别出心裁的解释，很难和现实中以盛产蜜瓜而得名的瓜州相对应。如今瓜州还获得了"中国蜜瓜之乡"和"中国锁阳之乡"两块金字招牌。在一般人心目中，瓜州自然是瓜的最好产地；在受过传统文学熏陶的人心目中，瓜州又是文化的圣地，是中原王朝大军反败为胜的纪念地。

西域特有的野生植物锁阳，由于被人为赋予了文化的附加值，成为一种西部文化的符号。如今替代蜜瓜成为瓜州旅游首选品牌的，正是可以和酒泉夜光杯齐名的一系列锁阳产品——锁阳春酒、锁阳茶、锁阳咖啡等等。

读李时珍《本草纲目》可知："锁阳出肃州……大补阴气，益精血，利大便……润燥养筋，治痿弱。"再看陶九成《辍耕录》还会明白：锁阳是以"藏药"或者"蒙药"为中介进入"中药"知识谱系的。这种来自文化借用的地方性知识，甚至能催生出汉文化中光怪陆离

壹 河西走廊的文化镜像

五千年前的葫芦纹彩陶壶，马家窑文化半山类型（摄于甘肃省博物馆）

葫芦瓜形彩陶瓶（2007年12月摄于柳湾彩陶博物馆）

的锁阳起源神话。

> 鞑靼田地，野马与蛟龙交媾，遗精入地，久之发起如笋，上丰下俭，鳞甲栉比，筋脉连络，其形绝类男阳。名曰锁阳，即肉苁蓉之类。……土人掘取，洗涤去皮，薄切晒干，以充药货。功力百倍于苁蓉也。

从"鞑靼田地"和"土人掘取"八个字，不难体会汉文化中想象的锁阳神话是怎样以非汉族的地方性草药知识为建构基础的。西域少数民族的草药一旦进入汉语书写系统之后，其归宿难免落入以中药知识的药用价值尺度来获得评判——大补或者壮阳。至于其神效（功力百倍）是否源于野马与蛟龙交媾的神话，理性的判断就无法企及了。合理的推测应该是：在薛仁贵的随军中医认识到锁阳的食用价值之前，当地"土人"已拥有关于草药锁阳的知识。

敦煌特产市场的锁阳产品

甚至是唐朝军队的敌手们——吐蕃人或突厥人实际充当着锁阳知识的原初主人。

历史也好，传统也好，我们过去总是天真地理解为客观形成的东西，而晚近的学者却认为是主观"发明"（invent）或建构（construct）出来的东西。20世纪后期以来较为激进的新历史主义学派认为，历史叙事和小说神话一类的文学叙事并没有实质的区别。要想多少了解一些被叙事话语所遮蔽的真相，只有带着高度警觉的批判反思精神，通过剥洋葱一般层层深入的修辞分析。

从《唐书》史籍到评书文学，薛仁贵父子均被建构为中原帝国政权"征东"和"征西"的楷模，成为汉语文献中建构的中国西部文化史的标志性符号。此类符号不仅支

壹　河西走廊的文化镜像

云南普洱市的诸葛亮塑像

配着一切用汉语思维和汉字书写的后人，而且给非汉族人群带来中原中心模式的历史想象。

　　正像我们在云南边境的茶城普洱也能看到纪念诸葛孔明的塑像一样，和薛仁贵平定西域的故事相似，支撑云南边疆民族对诸葛亮圣明想象的，不仅有他七擒孟获的故事，还有其兴茶的故事。好像没有这位代表汉室刘皇叔的智慧军师，当地百姓还不知道饮茶。

　　按照鲍德里亚的看法，在后现代的消费社会，符号本身就足以充当经济的原动力。因为当今的消费者所消费的不只是自然商品，也消费着文化。有朝一日我们或许会看到由文化传统再造的商品符号，就像敦煌"李广杏"、梅州"东坡肉"那样的"仁贵锁阳"和"诸葛亮普洱"。

河西走廊——西部神话与华夏源流

想象的西部：冥水与西天

如果说锁阳城的薛仁贵铜像代表的是中古时期唐朝以来中原中心主义的边关想象，那么和锁阳城联系在一起的"冥水"和"玉门"这两个古汉语地名，代表的则是上古以来的中原文化对于"死和永生"的两极想象，值得做一番较为细致的话语修辞分析，进而充实我们对中华西部想象图景的体认。

面对眼前黄沙一片的锁阳城，无论怎样也难以想象它当年是繁茂的绿洲。绿洲变成沙洲的原因只有一个：疏勒河改道，这里水源逐渐枯竭。从石器时代以来的人类生活经验可知，傍河流而居是先民选择生态宜居环境的首要条件。尤其是在干旱少雨的西域戈壁地区，所有的绿洲都是凭借稀缺的水流才得以存续下来的。锁阳城一带在汉唐时代受惠于水量充沛的河流浇灌，形成养育数万人口居住的生命绿洲。那条河流就是河西走廊西端的生命之河——疏勒河。它发源于终年积雪的巍巍祁连山，出酒泉南山向西北曲折而去，绵延千里流出敦煌玉门关外，古代水大时一直流入新疆的罗布泊。清代文豪赵翼的诗《张甥圣时宦新疆之奇台尉五年俸满告归喜赋》中有这样两句："疏勒泉清禾满野，祁连山迥雪弥天。"诗句所描绘的就是戈壁绿洲的奇妙景致。公元前121年，汉武帝设立敦煌郡，下辖渊泉、冥安、广至三县。前二者的得名均来源于水。瓜州之所以在西汉时称冥安，就因为疏勒河当时叫冥水，又称籍端水。《汉书·地理志》敦煌郡冥安县条班固原注云：

南籍端水，出南羌中，西北入其泽，溉民田。

《太平寰宇记》："籍端水一名冥水。"引《汉书·地理志》"西北入其泽"作"西北入冥泽"。据此可知由"冥"字命名的一组称谓：河称

锁阳城一景

冥水，地称冥安，泽称冥泽。一般的解释是按照《说文》《尔雅》以窈训冥之例，以为该名号来自冥水浑浊不清明的状态。而别称"籍端"当是本地民族对该水的称名。我们知道，在西汉建立统治政权以前，这里曾是羌人的居住地。此外也曾活跃着塞种人、乌孙、匈奴、月氏等不同的游牧民族。所以"籍端"可能是羌人对冥水——疏勒河的称名。汉武帝为强化西汉帝国对西域地区的统治，采取"屯田戍边"政策，造成"天下人皆直戍边三日"的局面。大规模的军垦民屯带来了大量的汉人，此前的"籍端"也就被后来的汉人名称"冥水"所取代。史书上同一河流多种名称的现象多由此而来。

冥水到了唐宋时期又称独利河，元明时代改称布隆吉尔河，清代才叫疏勒河。疏勒本是古西域诸国之一，西汉时与内地保持着紧密的贸易往来关系。王莽时称世善，唐名佉沙。疏勒国位于今新疆维吾尔自治区喀什一带。其治疏勒城，即今疏勒县。《后汉书·班超传》："臣见莎车、疏勒田地肥广，草牧饶衍，不比敦煌、鄯善间也。"明梁伯龙《念奴娇序·拟出塞》曲："北接莎居，西通疏勒，班超原是一书生。"为什么清人将西域古国的名称挪用来重新命名冥水呢？此种张冠李戴的命名现象，究竟是出于什么原因，至今还没有考证清楚。

在我看来，疏勒虽是异国的名称，但是听起来比汉语中的冥水要好一些。过去的注释家解说冥水得名，以为那是浑浊不清的河流。可是这样的理解和赵翼诗中的"疏勒泉清禾满野"完全对不上号。检索文献记载，冥水、冥安、冥泽一类以"冥"为词根的合成词到后来大都废弃不用，原因似乎是汉文化中"冥"字潜含的不吉利联想。

从敦煌到瓜州、嘉峪关一线，是著名的雅丹地貌分布区。放眼望去，在寸草不生的大戈壁上，旅行者的印象不外乎如下的感叹："脚下只有碎石，耳畔只有风鸣，没有绿色，没有生命。'上无飞鸟，下无走兽'大概就是这样的吧！"西部戈壁大沙漠自古被中原人设想为"死亡之海"，那

雅丹地貌中的西夏古塔

是绿色和生命的反面。"冥"字所特有的"死神"和"阴间"的联想在这里出现应该是顺理成章的。古人把阴间地域称为"冥间""冥中",把那里的统治者称为"冥王",通往那里的路途上有"冥河""冥水"。"冥王"又称"阎罗",俗称"阎王爷"。叶圣陶《四三集·冥世别》:"白髯皂袍的冥王坐在上面,说:'你们为什么又要到阳世去呢?'"冥间即阴间,是与阳世相对的。

冥间(冥中、冥司、冥界等)即阴间的神话想象,和印度佛教在我国的传播密切相关。佛教将地狱、饿鬼、畜生总称为"冥界"。此类措辞在民间的讲唱文学中流行甚广。《敦煌变文集·目连变文》:"汝母生前多悭誑,受之业报亦如斯,常在冥间受苦痛,大难得逢出离期。"宋赵叔向《肯綮录·赵清真高士入冥》:"赵清真先生者,

丰都鬼城的"地狱之门"

有道之士也，能入冥间，观世间所谓地狱者。"由此可见冥间是地狱的代名词。宋岑象求《吉凶影响录》："治平中，黄靖国死，见冥中数狱吏指一所曰：此唐武后狱。"清昭梿《啸亭杂录·蔡必昌》："蔡太守必昌任四川重庆守，云能过阴间，预知冥中事。"《敦煌变文集·妙法莲花经变文》："生前不曾修移，死堕阿毗地狱。永属冥司，长受苦毒。"清蒲松龄《聊斋志异·章阿端》："君诚多情，妾当极力。然闻投生有地矣，不知尚在冥司否？"这些以"冥"命名的地域称谓还可以简化为"冥冥"，也同样指神秘莫测的阴间世界。《汉书·外戚传上·孝武李夫人》："去彼昭昭，就冥冥兮；既下新宫，不复故庭兮。"鲁迅《朝花夕拾·二十四孝图》："《文昌帝君阴骘文图说》和《玉历钞传》，都画着冥冥之中赏

壹　河西走廊的文化镜像

丰都鬼城的判官（2006年3月摄于丰都）　　佛教神话想象的畜生地狱

善罚恶的故事"。

　　从地理空间上确认冥间的所在，一般习惯于和西、北、西北方位相联系，因为那些是太阳落下地平面和太阳不出现的方位。如《敦煌变文集·王昭君变文》所说："何期远远离京兆，不忆冥冥卧朔方。"如果突出荒远凄凉，还有更富于文学性的说法，如"冥漠""冥漠之都""冥漠之乡"等。

　　佛教神话认为地狱中有一条奈河，称"冥津"，语义上和"冥水"大体接近。南朝齐王融《净行诗》之一："冥津殊复晓，高听亦能卑。"由于生死有别的缘故，活人常驻阳界，只有死者或者魂灵才会越过冥津前往冥界，这一过程自然就被想象成鬼怪狰狞、凶险万分的旅途。如《敦煌变文集·大目乾连冥间救母变文》："魂魄飘流冥路间，若问三涂何处苦？咸言五道鬼门关。"明姚茂良《精忠记·冥途》："只为生前没善缘，死归冥路受熬

河西走廊——西部神话与华夏源流

丰都鬼城奈何桥

丰都鬼城内的鬼门关

煎。"这些感叹都是针对佛教关于死后世界的观念而发的,其中渗透着因果报应和积德行善的教义。

了解到"冥"这个专名在我国文化地理上的丰富联想,自然容易和"西"的方位联想形成相似的对比。比如"西天"一词,既可以实指印度、阿富汗一带,又可以虚指西方极乐世界或者死神阎罗王主宰的世界。印度古称天竺,因在中国之西,故称西天。唐代的皇甫曾《锡杖歌送明楚上人归佛川》诗云:"上人远自西天至,头陀行遍南朝寺。"宋代晁冲之《以承宴墨赠僧法一》诗云:"王侯旧物人今得,更写西天贝叶书。"这里的"西天",用的是实指意义。《三宝太监西洋记通俗演义》第六回所说的"这个非幻化身虽在东土,心神已自飞度在西天之上了"用的则是虚指意义。民间俗称死亡为"上西天",沿袭发展了这种虚指意义。洪深《赵阎王》第一幕就有这样粗俗的叫骂台词:"咱们白刀子进去,红刀子出来,送他妈的一条

018

壹　河西走廊的文化镜像

甘肃山丹出土的唐代印度人像（2007年12月摄于甘肃省博物馆）

混蛋狗命上西天。"

　　以上语言材料，大致说明了"冥水""冥泽"一类古汉语名称的联想背景，也间接表明了中原汉族人西部想象中所特有的宗教和神话的基因之一。

　　另一个关于西部重要想象的基因则与此相反，喻示着神话时代以来关于不死或者永生的联想。该联想落实到一种在中国文化中推崇备至的形而下的物质——玉。河西走廊上的"玉门"地名，就是在这样的文化背景中产生的。

敦煌壁画中的西天极乐世界

壹　河西走廊的文化镜像

想象的西部：瑶池、瑶母与玉门

如果我们关注河西走廊的历史地理，就会看到一个有趣的现象：叫"玉门"的地名不止一个，从新疆到甘肃沿线有多个"玉门"。有作为古代交通要道关口的玉门，也有作为行政区划的玉门。这些不同的"玉门"，东西相距数百公里之遥。为什么会有这种重复命名的现象呢？原来也和中原中心想象的地理观有关。自汉武帝开河西，"列四郡，据两关"以来，阳关和玉门关就成为西域叙事中的主题词。前者位于今敦煌市西南七十公里处，后者在敦煌市西北八十八公里处。二者同为丝绸之路南北两道上的必经关隘，可以比喻为中外交流的瓶颈或者咽喉，其对中原王朝的重要性可想而知。昔日读书人信奉"熟读唐诗三百首，不会作诗也会吟"的佳话，所以对王维《送元二使安西》中的诗句"劝君更尽一杯酒，西出

敦煌西北的玉门关遗址（小方盘城）

阳关无故人",王之涣《出塞》中的诗句"羌笛何须怨杨柳,春风不度玉门关"等,自幼已背诵得滚瓜烂熟。阳关与玉门关的边塞想象情景,对于所有没有到过河西走廊的人,照样有如身临其境,栩栩如生。但是要从学理上弄明白玉门得名的深远神话背景,就是到过玉门的人也未必人人都能说得清楚、明白,基本上只知其然,而说不出其所以然。

在上古的中原想象里,西部的昆仑山是神圣的仙境,掌握着世间永生秘方的西王母就常住在昆仑山上。而神山或者仙山昆仑与西王母的非凡标志,就是古人心目中象征永生不死的最美物质——玉。根据先秦的文献记载,西王母所住的地方就叫"玉山"或者"群玉之山"。《山海经·西山经》:"又西三百五十里,曰玉山,是西王母所居也。"郭璞注:"此山多玉石,因以名云。《穆天子传》谓之'群玉之山'。"对神话题材情有独钟的李商隐写过一首《玉山》诗:"玉山高与阆风齐,玉水清流不贮泥。"玉山的水流似乎由液体状态的玉构成。清代戏曲

玉门市新地标仿古建筑——汉白玉拱楼（2017年6月摄）

壹　河西走廊的文化镜像

玉门市博物馆藏清代洒金皮和田白玉扳指（2017年6月28日摄于该馆文物库房）

作家洪昇所写《长生殿·偷曲》，也描绘到玉山的想象景观："珠辉翠映，凤翥鸾停。玉山蓬顶，上元挥袂引双成。上元挥袂引双成，萼绿回肩招许琼。"徐朔方注："玉山，西王母住的仙山。"

又由于昆仑山常年积雪，"玉山"作为修辞用语，也可以用来比喻雪山。苏辙《放闸》诗："渊停初镜净，势转忽云崩。脱隘尚容与，投深益沸腾。玉山纷破碎，阵马急侵陵。"传说昆仑山生长着一种大木禾，名叫"玉山禾"。诗人们用此典故来暗示西王母的存在。如鲍照《代空城雀》诗云："诚不及青鸟，远食玉山禾。"李白《天马歌》云："虽有玉山禾，不能疗苦饥。"二位诗人所用的典故都出自玉山禾的神话。相传西王母的居处既有玉山，还有瑶台。如李白《寓言》诗之二："往还瑶台里，鸣舞玉山岑。"王琦注："瑶台、玉山，皆西王母之居。"

如何理解这个"瑶台"呢？原来"瑶"也是美玉之名称。从《诗经·大雅·公刘》"何以舟之，维玉及瑶"的诗句看，瑶是玉的同义词。再依据江淹《齐故司徒右长

陕西绥德四十里铺出土的汉画像石西王母戴胜形象　　重庆出土的东汉西王母陶灯（摄于三峡博物馆）

史檀超墓铭》的说法"惟金有铣，惟玉有瑶"，可知瑶是玉中的上品，相当于金子之中最富有光亮的"铣"。由此可以推知，瑶台也就是玉台。晋潘尼《赠陆机出为吴王郎中令》诗："昆山何有？有瑶有珉。"《尚书·禹贡》："厥贡惟金三品，瑶、琨……"孔安国传："瑶、琨皆美玉。"以上所见古汉语中一大批从王旁的字——瑶、珉、琨等，其实都是从玉旁，是古代不同种类和颜色美玉的专有名称。经过文人墨客不断再造，神话和传说中西部的昆仑山和西王母，就这般地和神秘的美玉联想到了一起。如刘禹锡《送李策秀才还湖南》诗云："油幕似昆丘，粲然叠瑶琼。"

昆仑与"瑶"的联系表现在诸多关于美玉的典故中。追溯"琼瑶""瑶琼""瑶环"的来源就可看出这一点。《诗经·卫风·木瓜》的名句就有"投我以木桃，报之以琼瑶"。汉代秦嘉《留郡赠妇诗》之三也说："诗

壹　河西走廊的文化镜像

瑶环出自西极：成都金沙遗址出土的玉璧

人感木瓜，乃欲答瑶琼。"那么古人珍视的瑶琼类美玉究竟出产在什么地方呢？葛洪《抱朴子·君道》："灵禽贡于彤庭，瑶环献自西极。"清唐孙华《观宴高丽使臣》诗："早闻西国贡瑶环，又见南蛮献铜鼓。"这些说法均确认瑶的原产地在西极或者西国。瑶之类的美玉看来是自古以来西域各国向中原王朝进贡的贡品。因为内地不出产，所以其更显得稀罕和珍贵。据王嘉《拾遗记·周》记述："（成王）四年，旃涂国献凤雏，载以瑶华之车，饰以五色之玉，驾以赤象，至于京师。"好一个奇妙无比的朝贡景象。难怪以"瑶""玉"为原型的大批语词反过来又强化了内地文人对昆仑神山的特色想象。

　　古代神话认定在昆仑仙山之上有一仙池，名为"瑶池"，那里就是群仙之母西王母居住之处。《史记·大宛列传》转述《禹本纪》记载："昆仑其高二千五百余里，日月所相避隐为光明也。其上有醴泉、瑶池。"今天由科学测量学测定的世界最高峰珠穆朗玛峰为八千余米，合八九公里。而神话想象中的昆仑山高二千五百余里，也就是一千二百多公里，是珠穆朗玛峰的百倍以上。那上面的瑶池也好，醴泉也好，显然是世间的凡人根

山东沂南汉墓画像石中的西王母

本无法企及的。相传西周时代的周穆王有幸亲临瑶池。《穆天子传》提到穆王拜会西王母的具体地点，正是"瑶池之上"。《文选·王融〈三月三日曲水诗序〉》："至如夏后两龙，载驱璇台之上；穆满八骏，如舞瑶水之阴。"刘良注："瑶水，瑶池也。"对于企求仙界长生的秦皇汉武来说，周穆王的那一段神话游历，肯定是心向往之的吧。到了唐太宗李世民，他力图以现实世界中建功立业的宏伟志向取代神话世界的长生幻想，于是在《帝京篇》诗序中写下了这样两句豪言壮语："忠良可接，何必海上神仙乎？丰镐可游，何必瑶池之上乎？"

尽管现实之中的英雄可以怀疑仙界瑶池的存在，但是文学想象却总是依照神话原型而展开。戏曲大家关汉卿的《裴度还带》第四折就有"瑶池谪降玉天仙，今夜高门招状元"的巧妙用典。当代诗人郭小川作《昆仑

壹　河西走廊的文化镜像

行》诗，也不忘记追忆那一段美妙神奇的神话场景："据说，西王母兴建瑶池，一股脑用尽山中的流泉。"

山东嘉祥汉画像西王母戴胜

由于从神话到诗词，再到戏曲和小说，瑶池、瑶水的魅力不减当年，甚至居住在瑶池上的西王母本人也被改称"瑶母"。元代文人汤瀫的《登瀛洲赋》有句为证："约瑶母以商略，挟子晋以夷犹。"北周的文学家庾信作《道士步虚词》，有"停鸾宴瑶水，归路上鸿天"的丽句。

如果把瑶池理解为玉池，那么瑶木也就相当于玉树。此类超现实的另类景物出现在文学作品中，往往喻示着超现实的神仙境界。按照此隐喻规则，瑶池、瑶水、瑶木等等，不妨理解为仙池、神水、仙树……下面就是此类表现的例子。《文选·严忌〈哀时命〉》："擥瑶木之橝枝兮，望阆风之板桐。"王逸注："言己既登昆仑，复欲引玉树之枝，上望阆风、板桐之山，遂陟天庭而游戏也。"李白《古风》之四三："瑶水闻遗歌，玉杯竟空言。"

027

红山文化玉璧一组（2007年摄于辽宁省博物馆）

山东嘉祥汉画像西王母

徐积《管春风》诗："春风消息苦不远，瑶台瑶水冰霜浅。"将瑶水与瑶台相互对应，不妨看作是彰显美玉想象特征的文学词语。

瑶台，指美玉砌的楼台，也来自先秦神话。《楚辞·离骚》："望瑶台之偃蹇兮，见有娀之佚女。"注家徐焕龙曰："瑶台，砌玉为台。"高明《琵琶记·牛相奉旨招婿》："小娘子是瑶台阆苑神仙，蔡状元是天禄石渠贵客。"再如，瑶圃指产玉的园圃，比喻超凡脱俗的仙境。《楚辞·九章·涉江》："驾青虬兮骖白螭，吾与重华游兮瑶之圃。"皮日休《扬州看辛夷花》诗："一枝拂地成瑶圃，数树参庭是蕊宫。"元周巽《梨花曲》诗："仙妃下瑶圃，靓妆乘素鸾。"此外还有神话地理名称的瑶琨，不仅出产美玉，还出产美酒。汉郭宪《洞冥记》卷二："瑶琨去玉门九万里，有碧草如麦，割之以酿酒，则味如醇酎。"该书中还说到主人公"酌瑶琨碧

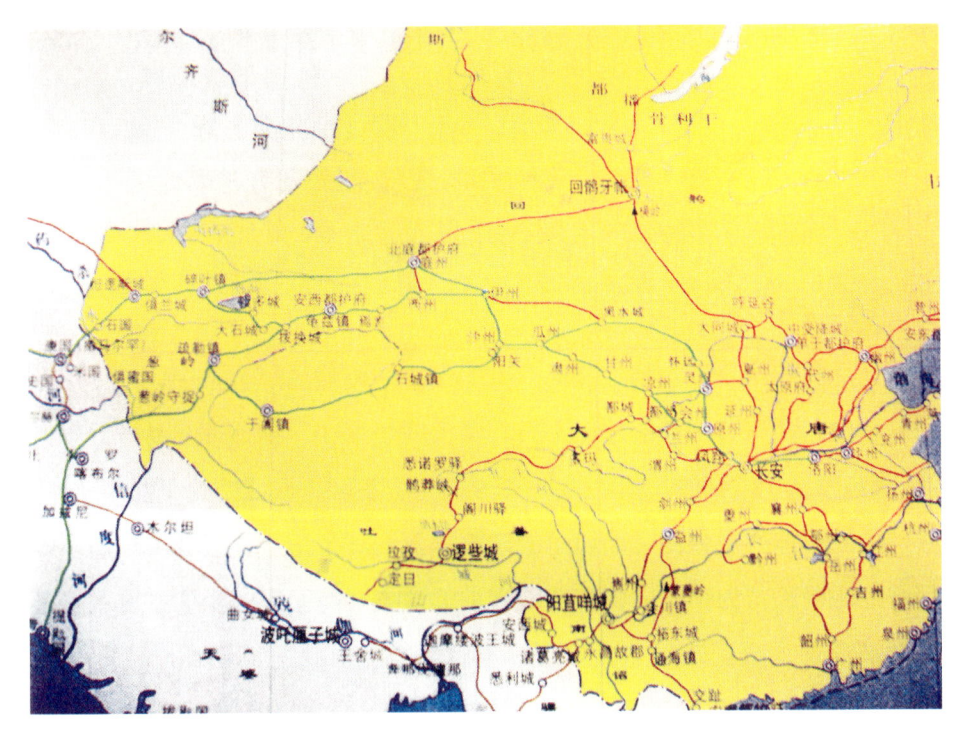

酒，炮青豹之脯"的奇妙饮食品级。把两种美玉的专名"瑶"与"琨"合为一个地名，再将该地方设想为"去玉门九万里"的西极，这突出表达了中原的西部想象中美玉所扮演的核心角色。

唐宋时期丝路示意图（2007年9月摄于银川回族博物馆）

也许有人会有疑问：美玉成为古人西部想象特色的原因何在呢？

初步的解答方案是：还原一段由神话所传达的失落的文化记忆。原来，今人所熟知的丝绸之路在成为丝绸之路以前的神话时代，就曾经充当玉石之路的角色。当时新疆的和田美玉，也就是神话中的"昆山玉""瑶""琨"，以及玉产品"瑶环"等，一部分通过河西走廊向东不断输送到中原地区，还有一部分通过中亚地区输送到西亚和欧洲。河南安阳殷墟出土的商代玉器就大量使用了和田玉做材料，古代美索不达米亚遗址也出土了新疆的和田玉[①]。

美玉神话：丝绸之路以前的玉石之路

正是在这条早于丝绸之路而存在的玉石之路的深远背景中，与神话中的昆仑山和西王母相关的层出不穷的美玉联想和美玉神话才容易被理解，河西走廊上层出不穷的"玉门"名称也同样容易获得根源性的理解。

例如，神话中将昆仑仙境里的建筑想象为"玉馆"，或者"瑶馆"，那曾经是以玉膏为美食的黄帝会饮诸神的地方。陶弘景《水仙赋》："若夫层城瑶馆，缙云琼阁，黄帝所以觞百神也。"如果要问昆仑山为什么会如此频繁地涉及玉与瑶，其答案在古书中是现成的。《淮南子·墬形训》："掘昆仑以下地……绛树在其南，碧树、瑶树在其北。"唐代诗人陈子昂《感遇》诗之六："昆仑有瑶树，安得采其英。"看来神话中昆仑山的基本特色就是生长着各种象征不死的玉树。成语"琳琅满目"也能够追溯其源头到昆仑山。《尔雅·释地》："西北之美者，有昆仑虚之璆琳、琅玕焉。"郭璞注："璆琳，美玉名。"《魏书·西域传·大秦国》："其土宜五谷桑麻，人务蚕田，多璆琳、琅玕、神龟、白马朱鬣、明珠、夜光璧。""琳"与"琅"合起来，也作"琳琅"，仍然指罕见的美玉。张衡《南都赋》："琢琱狎猎，金银琳琅。"司马光《奉和济川代书三十韵寄诸同舍》："琳琅固无价，燕石敢沽诸。"前者把琳琅和金银相提并论，后者干脆明说琳琅是无价之宝。

《顾颉刚读书笔记》中有"酒泉玉山"条，引录的是光绪年间甘肃籍

[①] 中国社会科学院考古研究所编：《考古学参考资料》第3—4辑，文物出版社1980年版，第174页。

壹 河西走廊的文化镜像

的举人慕寿祺《山水调查记》的说法：

> 在酒泉县西七十里，山之西麓即嘉峪关，一名嘉峪山。土人相传新疆和田玉未发现以前，中国所称为"汉玉"者皆酒泉所产，盖美石之次于玉者也。雍州"贡球、琳、琅玕"即此。又云：嘉峪山今已无玉，而雪山（即古祁连，在玉门县南百二十里南山之阳）之麓有石似玉，酒泉人采以制器，行销内地，殆即球、琳、琅玕之类欤？[①]

今天的酒泉出产夜光杯，随着唐代边塞诗名句"葡萄美酒夜光杯，欲饮琵琶马上催"，作为旅游纪念品的夜光杯不胫而走。十五年前我第一次到河西走廊时还买过一对夜光杯。2005年到甘肃天水、武山一带考察，发现制作酒泉夜光杯的原材料并不出自酒泉，而是武山。这种碧绿暗色的石料在材质和硬度上无法和新疆的和田玉相比，只能大略地称之为美石。其因边塞诗的顺风广告作用，声誉甚广，让许多到河西和敦煌的游客争相收藏。而懂得鉴别玉质和产地的真正收藏家，却对此不屑一顾。顾颉刚引用甘肃学者慕寿祺的推测，将酒泉产夜光杯的原材料看成雍州向中原进贡的"球、琳、琅玕之类"，似有张冠李戴之嫌。古人辨别玉质的能力远非今天的一般人士可比，他们心目中无价的美玉怎么可能是这种大批量出产的假玉呢？

在屈原写作的年代，内地文人就已经很熟悉以"瑶"为质地的仙界花朵，并称之为"瑶华"或者"瑶花"。如《九歌·大司命》："折疏麻兮瑶华，将以遗兮离居。"王逸注："瑶华，玉华也。"洪兴祖补注："说者云：瑶华，麻花也，其色白，故比于瑶。此花香，服食可致长寿，故以

[①] 《顾颉刚读书笔记》第四卷，联经出版事业公司1990年版，第1972页。

浙江余杭瑶山出土的良渚文化三尖冠玉饰（2009年摄于首都博物馆"早期中国展"）

为美。"究竟是因为吃了可以长寿呢，还是本来就属于不死的奇物？陈子昂《东征至淇门答宋参军之问》诗："碧潭去已远，瑶花折遗谁？"元代王恽的《平湖乐·寿李夫人》曲有句："洞里瑶华自高韵，八千春，枭烟已报长生信。"美玉所构成的"瑶华"就这样和长生不老药的神秘想象紧密联系在了一起。

自然而然，生长着不死仙药的地方，也就是诸神、群仙出没的地方，并被定名为"瑶华""瑶华圃""瑶界"。汤显祖《紫箫记·巧探》："一自残云飞画栋，蚤罢瑶华梦。"而《紫箫记·边思》中也有台词云："流照伏波营，飞入瑶华境。"元张翥《苏武慢·对雪》词："趁湖山晴晓，吟魂飞上，玉峰瑶界。"此处的"瑶界"，仍然指以美玉为自然背景的仙境。仙界与人间的最大差别就在于永生的有无。而永生的获得方式之一即食用玉英的神话信念与实践。《尸子》卷下："清水有黄金，龙渊有玉英。"《楚辞·九章·涉江》："登昆仑兮食玉英，与天地兮同寿，与日月兮同光。"难怪玉山、瑶池、瑶母、琳琅之类被古人津津乐道，审美还在其次，根本在于对永生的信仰与追求。姚鼐《核桃研歌为庶子叶书山先

壹　河西走廊的文化镜像

生赋》:"或言天上陨星精,下入渊谷为玉英。"恐怕昆仑的瑶华也有类似的神秘来源吧。

有了关于昆仑山西王母与玉神话的背景知识,再审视河西走廊上的地名"玉门"之起源,就有顺理成章的效果。"玉门"本来也和玉山、瑶台、瑶馆之类一样,是神话文学想象中的仙界景观。如《楚辞·刘向〈九叹·怨思〉》:"背玉门以奔骛兮,塞离尤而干诟。"王逸注:"玉门,君门。"《楚辞·刘向〈九叹·远游〉》:"回朕车俾西引兮,褰虹旗于玉门。"王逸注:"玉门,山名也。"曹操《陌上桑》诗:"驾虹霓,乘赤云,登彼九疑历玉门。"天上仙界的玉门是怎样挪到地上人间来的呢?这首先要归功于追求长生又贪恋昆仑美玉的西汉帝王——汉武帝。他在位期间大肆经营西域的交通,在河西走廊西端设置了玉门关。

年少时习唐诗,记得最牢的莫过于李白的"秋风吹不尽,总是玉关情"和王之涣的"羌笛何须怨杨柳,春风不度玉门关"。当时只知道玉门关是西部边塞的重要关口,

嘉峪关魏晋墓出土的彩绘牧羊画像砖(2006年摄于嘉峪关长城博物馆)

作为丝绸之路象征的唐三彩胡人骆驼俑（2007年9月摄于银川回族博物馆）

壹　河西走廊的文化镜像

那一带生活着牧羊的古羌人。如柳中庸《征人怨》诗所歌咏的："岁岁金河复玉关，朝朝马策与刀环。"凄恻的情调中透露着征战杀伐的气息。但怎么也弄不明白古人何以对此关口如此痴情，写出那么多千古名句来。

按照《辞海》的解说：玉门关，"汉武帝置。因西域输入玉石取道于此而得名。故址在今甘肃敦煌西北小方盘城。关城方形如盘，北、西两面有门，北门外不及百公尺即疏勒河。和西南的阳关同为当时通往西域各地的交通门户。出玉门关的为北道，出阳关的为南道。"我们知道汉武帝时开河西四郡，"通西北国"，派张骞出使西域，打通的是所谓"丝绸之路"。那么在该路线上设立的关口为什么不叫"丝门""帛门"，却叫玉门呢？《汉书·西域传序》："（西域）东则接汉，厄以玉门、阳关，西则限以葱岭。"显而易见，上古时代经过河西走廊运输的最重要的东西不是丝，而是玉！丝绸是当时的出口货物，而玉石则是进口货物。明吴骐《塞下曲》："四牡骈骈出玉门，诏持缯帛赐乌孙。"说的是从中原向西域的乌孙国出口丝绸的情景。骆宾王《在军中赠先还知己》诗："魂迷金阙路，望断玉门关。"鲍照《建除》诗："成军入玉门，士女献壶浆。"说的是玉门关为兵戎军旅重地。历代封建王朝为了确保和田玉石和内地丝绸的进出口贸易，在多民族混杂的西北边塞集结重兵，护卫往来的商旅和官方使团。在帝王将相和豪门贵族极度欣赏和大肆享用和田美玉制品的现象背后，不知遮盖了多少次边关征战，增添了多少孤魂野鬼，诱发了多少征夫和闺妇之怨。这或许就是玉门关在古代诗文中获得极高表现频率与咏叹之原因吧。

如今，我国玉器收藏界盛传和田玉矿接近枯竭的消息。而我们在经过玉门市时，听说该市（1955年以石油矿区设立玉门市）因为石油被开采枯竭而整体搬迁，市民分别迁至嘉峪关和酒泉。人的贪欲能够让自然的贮备面临枯竭。石油的危机是世界性的，而和田玉矿的危机则会使最具中国特色的数千年玉文化传统面临釜底抽薪的困局。现代工业城市玉门可以随着

胡人骆驼俑（摄于甘肃省博物馆）

　　自然资源的枯竭而不复存在，而没有了和田的玉料供给，我们只能改唱唐诗为"羌笛何须怨杨柳，美玉不过玉门关"了。

　　玉门，玉门，这个传播了两千多年的玉石之路的美名，由于没有了玉的输送，恐怕要变得徒有虚名了。

贰　西部观念：中原人的建构

"西游"模式与想象的地理——从《楚辞》到《山海经》

由于西部是华夏种族与文化的双重根脉所在，所以在夏、商、周三代建立中原政权之后，从中原到西部进行寻根问祖式的朝圣、封禅、求神、巡狩一类活动，自古就形成了一种"向西部游历"的传统，再加上猎奇式的探索与发现之母题成为文学表现的一种"西游"原型模式数千年相延续，对建构汉文化的西部观念发挥着支配作用。

梳理汉语言文学的这种"西游"叙事模式，最为脍炙人口的作品莫过于明代小说《西游记》及后续之作《西游补》等，而追溯其原型的产生，则要诉诸先秦文学的"西游"叙事模式，从《山海经》《楚辞》到《穆天子传》，对后世文人的想象发挥着巨大的牵引和模式作用。

《山海经·西山经》讲到昆仑山，说是"帝之下都"，有虎身人面九尾的大神陆吾守卫在那里，还有多种吃人或杀戮生命的奇异鸟兽。什么叫

中印度寻法伽寺（元本《西游记》图，蔡铁鹰提供）

"帝之下都"呢？注家说，"天帝都邑之在下者"。换成现代的讲法，就是彼岸世界的天神在此岸世界的都市。虽在此岸世界，却不是凡夫俗子们所能够企及的神圣地方。因为这样的圣山，对于神明来说是不死的乐园，而对于俗人来说却是致命的凶险之地。唯有得到神明特殊嘉许的帝王或者英雄，才有可能来这里拜会神圣，领略仙境的不朽奇景。从现存文献来看，上古神话的第一大英雄——半神半人的羿来过这里，向西王母索要长生不老药；西周王朝最爱游历四方的帝王周穆王来过这里拜会西王母；最富有幻想能量的大诗人屈原在他想象之中的神幻游行中也来到过这里。除此以外，就没有太多的俗世来访者了。

上溯到神话传说时代，有不少远古神圣帝王们曾经在此留下足迹。例如，华夏人文共祖黄帝就曾居住在这里，留下"轩辕之丘"的地名，还有传说的"黄帝之宫"；画八卦的伏羲也曾在这一带活跃；农神后稷曾潜身于此；黄

贰　西部观念：中原人的建构

唐代镇墓兽陶俑（2006年摄于西安美术学院博物馆）

帝之孙，楚人的先祖颛顼也曾经在这一带经营。颛顼与共工争为帝，共工"怒而触不周之山，天柱折，地维绝"（《淮南子·天文训》）一事，就发生在这里。

不周山作为西北的"天柱"，因为共工的碰触而折断，直接的后果是"天倾西北，地陷东南"。这个神话要解释的是，东亚大陆西北高而东南低的地势为什么会有万条春水向东流的殊途同归的自然现象。不周山的具体位置如何呢？《楚辞·离骚》："路不周以左转兮，指西海以为期。"王逸注："不周，山名，在昆仑西北。"这点明了不周山在昆仑区域。《山海经·大荒西经》："西北海之外，大荒之隅，有山而不合，名

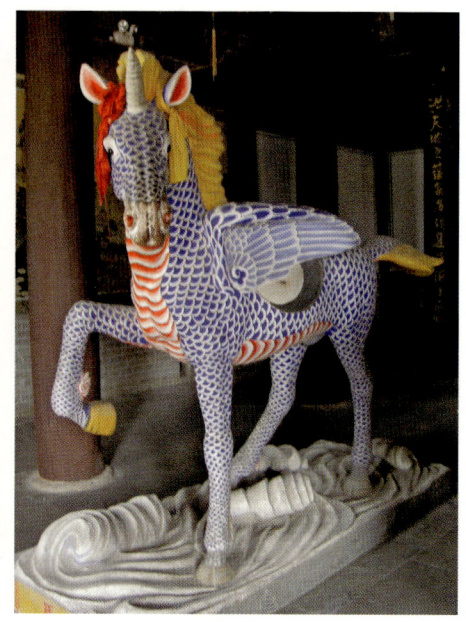

伏羲塑像（2005年摄于天水伏羲庙）　　　龙马塑像（2005年摄于天水伏羲庙）

曰不周。"（据袁珂校）这又说明了"不周"的得名原因。这样一座奇妙的山，自然能够引发文人的灵感。赵翼《七十自述》诗："不周山下头曾触，无定河边骨欲寒。"从屈原以来的"西游"想象，其落脚点不是昆仑就是不周山，因为那里不仅是中国大陆母亲河的发源地，季风的发源地，也是神话传说时代中华民族的发祥地之一。

不周，在古代也是来自西北的风名。《史记·律书》："不周风居西北，主杀生。"西北来的风主杀生，这是冬季神话观的体现。《易纬·通卦验》："立冬，不周风至。"《文选·扬雄〈校猎赋〉》："帝将惟田于灵之囿，开北垠，受不周之制，以奉终始颛顼，玄冥之统。"李善注："西北为不周风，谓冬时也。"昆仑、不周山既然是江河和季风的双重源头，很容易被联想为生命与文化的源头。这样的类比给"西游"想象增添了文化寻根的主题，也就相当于某种中国版的复乐园。

神话的"乐园"想象以《圣经·旧约》的伊甸园最为著名。比较神话学

贰　西部观念：中原人的建构

古希腊瓶画搏斗人头马（2010年摄于苏黎世大学博物馆）

家认为古希伯来人的伊甸乐园神话来自巴比伦的"空中花园"想象。我国神话与之对应的母题是《楚辞·天问》说的昆仑"悬圃"。"悬"的意思是上不着天，下不着地，悬在空中。"圃"的意思是花园。"悬圃"简直就像是"空中花园"的意译。民国时学者苏雪林等就据此认为楚辞神话来源于西亚的巴比伦神话。这个争议难平的学术公案暂且不表，这里需要说明的是中国乐园神话的本土特色。"悬圃"的基本特色仍然是以美玉为环境象征的仙界不死景致，这是西方神话和世界其他民族神话所没有的玉石信仰的体现。除了前面提到的"帝之下都"，《山海经·西山经》叙述不周山和昆仑山之间，还有一座山叫槐江之山，是"帝之平圃"，美玉和黄金为其特产，人面马身神英招是其标志。英招神的皮

河西走廊——西部神话与华夏源流

色像老虎的斑纹，身上长着大翅膀，能够飞行在四海上空，巡游宇宙。这样的形象很接近希腊神话里的森林精灵人头马（Centauri，又称马人）。英招神所守护的"帝之平圃"就是"悬圃"。《西山经》描绘其周围的景象是：

> 南望昆仑，其光熊熊，其气魂魂。西望大泽，后稷所潜也。其中多玉……

前面讲了河西地名"玉门"的得名背景，以及西部丝绸之路背后更加深远的玉石之路的存在，现在再审视中国乐园神话与玉文化的关联，也就容易理解了。在上古时期的华夏世界观中，关于西部想象的地理有其鲜明的本土特色，那就是以昆仑乐园为玉文化的神圣源头发展出的一系列"神玉"观念——将这种先民心目中世间最美的石头同神灵、神仙的不朽信仰结合起来，从而使美玉得以神化和圣化。而从天神天帝那里获得神力的古帝王和人文祖先们，当然也和神明一样，以食玉为其不朽的物质条件。

安徽凌家滩文化出土的玉神人像，距今五千三百年（2014年摄于安徽博物馆）

贰　西部观念：中原人的建构

食玉：中国式复乐园神话

玉，许慎《说文解字》以"石之美"三个字来定义，非常精当。从古汉语词汇中不难看出，古人把玉这种物质视为世间最美好的象征。玉还可以用作动词，指的是人类最美好的情感——爱。《诗经·大雅·民劳》有"王欲玉女（汝），是用大谏"的说法。《朱熹集传》："玉，宝爱之意。"玉汝，就是爱护你的意思。可见早自西周时代，玉已经被用作动词指代爱这种情感了。从可爱的对象物到爱本身，玉在中国传统文化中所受到的极度推崇确实是非比寻常的。

既然玉是石的一种，那么玉文化应该是广义的石文化的一个特殊部分，有成语"玉石不分""玉石俱焚"等为证。可以说，玉文化的基础就在于人类与石头打交道的数百万年的历史，其实也就是一整部的人类进化史。其开端应该追溯到四足动物变成两足动物的过程之中，或者是走下树的猿人打制出最初的旧石器工具那一时刻。

我们今天的词汇中还依然保留着那个异常久远的时代的痕迹。比如我们日常所说的"切磋一下"，或者"琢磨琢磨"，原来都是制玉的专用

安徽薛家岗文化出土的多孔石刀（2014年摄于安徽博物馆）

043

兴隆洼文化石器（摄于甘肃省博物馆"红山玉韵展"）

词汇。三百万年前的旧石器时代，猿人先祖们就是在"如切如磋，如琢如磨"的石器生产中度过的。换言之，没有琢磨石器的实际经历和知识经验在前，人们怎么会从满山遍野的石头材料中分别出又美又光的玉来呢？

玉文化，作为人与自然关系的一种浓缩，以及人与无机世界一种物质的特殊关联，是如何产生的呢？由于石多而玉少，就显出了玉的稀有性。在常见与罕见的自然筛选中，玉成为引人注目的一类特殊石头。又因为审美、宗教和伦理的观念联想作用，这类特殊石头才在整个无机世界中逐渐脱颖而出，从"石之美"者变成信仰中有特殊灵性乃至神性的一类。

全人类的文化都是从新石器时代过渡而来的，为什么偏偏只有我们的文化传统从石器的琢磨经验中升华出一个玉器时代，成为自石器时代到青铜时代之间的中介阶段呢？是制玉的原材料产地中国大地独一垄断吗？显然不是。世界上很多地方都有玉矿，唯有华夏将食玉同不死信仰联系在一起。这才是窥见玉文化传承奥妙的关键。

首先，玉是奉献给永生不死神灵世界的神圣食物。按照常人的想象，

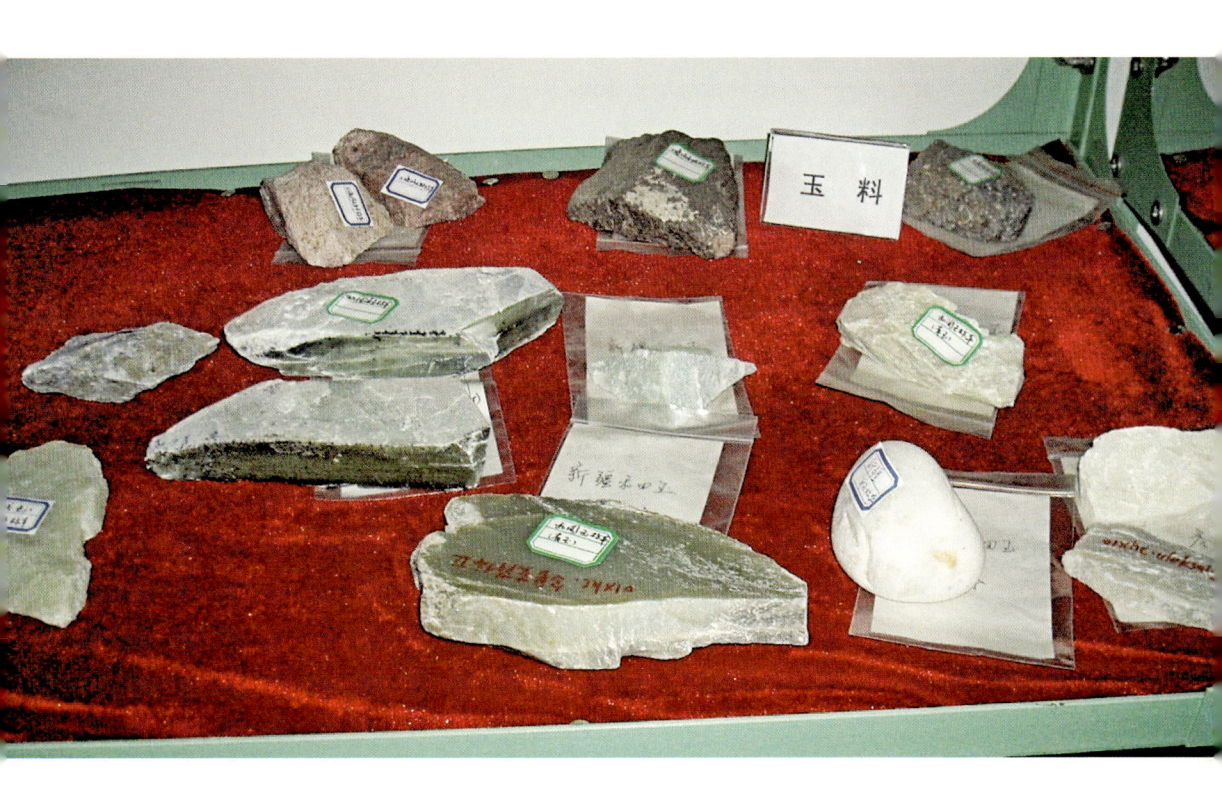

天界的神明也许会像人一样有吃有喝。神圣仪礼的功效就在于以食物祭献的方式来达成沟通神人两界。如班固《东都赋》所说："于是荐三牺，效五牲，礼神祇，怀百灵。"所谓三牺五牲，显然指用动物做牺牲。古礼又叫作少牢、太牢。这在肉食较稀有的时代是很尊贵的礼物，但更尊贵的礼物是玉。分析繁体"禮"字构成，就会有所认识。王国维等学者指出，"禮"字右边的"豊"，是祭献的容器豆盛着两串玉器！古文中还有一个"醴"字，非常形象地暗示出献给神的吃与喝。《仪礼·士冠礼》："禮于阼。"郑玄注："今文禮作醴。""醴"字左边的"酉"，以盛酒的坛子指代美酒；右边的"豊"，是礼器豆中盛着两串玉器。请神喝酒食玉，成为华夏礼仪神话的发生本义。从"禮玉"和"祀玉"的方式辨析中，可知道当初繁复精细的仪礼情况。

成都金沙遗址博物馆库房中的出土玉料（2005年摄）

河西走廊——西部神话与华夏源流

红山文化石钺（摄于甘肃省博物馆"红山玉韵展"）

安徽凌家滩文化出土的玉雕双兽首鹰，距今五千三百年（2014年摄于安徽博物馆）

赵宝沟文化石器（摄于甘肃省博物馆"红山玉韵展"）

贰　西部观念：中原人的建构

成都金沙遗址博物馆藏玉钺　　　齐家文化玉璜（2006年摄于临夏博物馆）

夏鼐《学礼管释·释礼玉祀玉》云："古者祭天地之玉，有礼玉，有祀玉。礼玉荐于神坐，祀玉执之于手，《尚书·金滕》所谓'周公……植璧秉圭'是也。"在《穆天子传》中，西周天子如何随处以玉礼神，也记载得十分详细。《礼记·表记》所言"无礼，不相见"的规则，在穆天子的起居日志中得到充分验证。

其次，玉除了礼神，还是远古圣王孜孜以求的神圣美食。《山海经·西山经》："丹水出焉，西流注于稷泽，其中多白玉，是有玉膏，其原沸沸汤汤，黄帝是食是飨。是生玄玉……瑾瑜之玉为良，坚粟精密，浊泽有而光。五色发作，以和柔刚。天地鬼神，是食是飨；君子服之，以御不祥。"[①]

---

① 袁珂：《山海经校注》，上海古籍出版社1980年版，第41页。

047

辽宁建平牛河梁出土的红山文化玉兽面（2008年摄于辽宁省博物馆）

在此，享用玉食的不只是天地鬼神，黄帝乃至贵人君子，也有效法神明的此类食玉需求。玉膏，比喻玉石的脂膏，是古人梦寐以求的仙药——不死药。郭璞注引《河图玉版》："少室山，其上有白玉膏，一服即仙矣。"汉张衡《南都赋》："芝房菌蠢生其隈，玉膏滵溢流其隅。"晋张华《博物志》卷一："名山大川，孔穴相内，和气所出，则生石脂、玉膏，食之不死。"明无名氏《金雀记·定婚》："天台有路通蓬岛，绝胜裴航碾玉膏。"从这些近似神话的叙事中，不难体会作为不死仙药的玉膏信念是如何引领以奉献玉为礼仪的华夏上古宗教传统及食玉传统的。我们有理由把这种基于神话信念的食玉传统视为中国特色的个体性复乐园实践。个人借助食玉所获得的物质上和心理上的满足，在尘世之中足以达成幻想的永生乐园圣境。

这个传统究竟有多么久远呢？一般认为黄帝时代距今约五千年。那时毕竟没有成文史的记载，今人只能靠传说去推测和理解。20世纪后期在内蒙古东部发现的兴隆洼文

贰 西部观念：中原人的建构

化八千年前的玉器，证明早在黄帝时代到来之前，这块土地上的先民已经有了三千年的崇玉礼玉之历史。20世纪新兴的甲骨学也给我们提供了出自地下三千多年前的殷商历史材料。《甲骨文合集》的一片占卜辞：

> 戊戌卜，争贞：王归，奏玉，其伐。

奏，指进献，献祭。奏玉，是把美玉当作最滋养的食物献给神明。此外，《甲骨文合集》10171亦有"我奏丝玉"的卜辞，其和后来成为惯用语的合成词"玉帛"完全对应上了。《周礼·春官·肆师》："立大祭用玉帛牲牷。"献给神明的崇高礼品也同样是人间献礼的最好选择。"禹合诸侯于涂山，执玉帛者万国。"（《左传·哀公七年》）禹是夏朝的创建者，当时所有的邦国都拿玉帛作礼物以拥戴他。这体现了黄帝时代的食玉神话和殷商时代的奏玉礼神仪式之间崇玉传统的连续性。古代诸侯会盟执玉帛，是表示和好的象征。《左传·僖公十五年》："上天降灾，使我两君匪以玉帛相见，而以兴戎。"后人有所谓"化干戈为玉帛"一说，至今流行。常建《塞下曲》："玉帛朝回望帝乡，乌孙

晋国祭祀坑出土的玉龙——献给神的礼品（山西侯马晋国古都博物馆）

河西走廊——西部神话与华夏源流

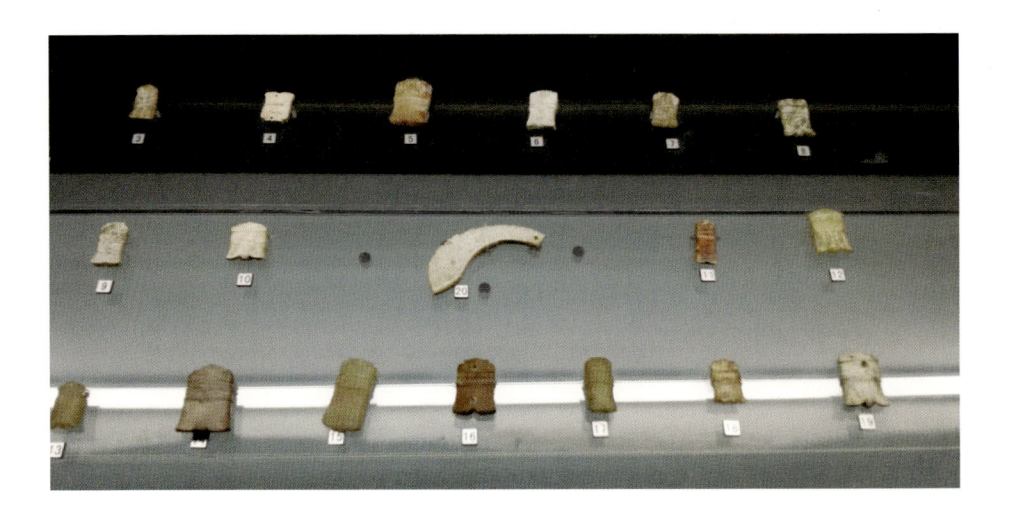

湖北天门出土的石家河文化玉蝉等，距今四千一百年（2014年摄于荆州博物馆）

归去不称王。"陆游《长歌行》："万国朝未央，玉帛来联翩。"追忆的是大禹会盟万国诸侯的盛况。王实甫《西厢记》第四本第一折："春意透酥胸，春色横眉黛，贱却人间玉帛。"说的是两情相悦而不在乎人间最宝贵的东西。后人只知道玉帛是贵重之物，却逐渐淡忘了二者分别是用于吃和穿的。

卜辞"我奏丝玉"，是把人间认为最美好的食物和衣物奉献给神灵的意思。后人所谓"锦衣玉食"，根源可追溯于此。"玉食"一说，从远古到现代不绝如缕，既可体现神话传说的不朽观念，又可作为世俗美食的比喻。《尚书·洪范》："惟辟作福，惟辟作威，惟辟玉食。"孔传："言惟君得专威福，为美食。"孙星衍疏："玉食，犹言好食。"葛洪《抱朴子·诘鲍》："崇节俭之清风，肃玉食之明禁。"陆游《秋夜读书有感》诗："太官荐玉食，野人徒美芹。"清李渔《慎鸾交·情访》："你也忒清高，撇下了朱门玉食，到这陋巷箪瓢。"鲁迅写《坟·春末闲谈》也说道："要服从

贰　西部观念：中原人的建构

祭祀用玉璧（山西侯马晋国古都博物馆）

安阳殷墟妇好墓出土的商代玉人像（2011年摄于国家博物馆）

作威就须不活，要贡献玉食就须不死。"可见玉食神话同永生不死的信仰始终联系在一起。

　　玉食的另一种表述是食玉。《周礼·天官·玉府》："王斋，则共食玉。"郑玄注："玉是阳精之纯者，食之以御水气。郑司农云：'王斋当食玉屑。'"孙诒让正义："先郑说盖据汉时神仙服食家言……然其说不经，于古未闻，殆不足据……盖王斋备盛馔，则馔具之器，亦宜备饰。食玉者，殆即以玉饰食器，若玉敦、玉豆之类皆是欤？"孙诒让是清末学者中以博学而著称者，他不相信食玉神话的真实性，把食玉解说成玉制食器。这如同孔子用现实理性解说黄帝四面神话，结果把神话消解掉了。由于孙诒让《周礼正义》的巨大影响，就连《汉语大词典》注解"玉食"都采纳了他的食器说，这就更加剧了食玉神话的现代遗忘。

051

明代白玉雕三阳开泰饰板（2009年摄于苏州博物馆）

从"玉英"到"玉精"——食玉神话的历史实践

下面列举一些与食玉神话和礼俗相关的素材，看看华夏传统中食玉观念的丰富多样性，希望通过语言的"化石"找回失落的信仰线索。

第一是"玉英"。楚国大诗人屈原在《楚辞·九章·涉江》中写道："登昆仑兮食玉英。与天地兮同寿，与日月兮同光。"屈原点明"食玉英"的背景在昆仑山，那正是古代传说中昆山美玉的产地，即历代帝王爱玉者乃至今日的收藏家们向往不已的和田玉所在。《离骚》也说："折琼枝以为羞兮，精琼爢以为粻。"王逸注："言我将行，乃折取琼枝，以为脯腊，精凿玉屑，以为储粮，饮食香洁，冀以延年也。"洪兴祖补注："琼树生昆仑西……其华食之长生。"萧兵先生的今译："折下琼树之枝充佳肴啊，细磨玉屑当干粮。"除了屈原，其他作者也讲到食物玉英，并

贰　西部观念：中原人的建构

红山文化鸮形玉牌，距今五千年（2011年摄于国家博物馆）

皆带有神秘色彩。如《尸子》卷下："清水有黄金，龙渊有玉英。"《史记·孝文本纪》："欲出周鼎，当有玉英见。"清姚鼐《核桃研歌为庶子叶书山先生赋》："或言天上陨星精，下入渊谷为玉英。"这是把玉英美食的来源从大地上的昆仑山转换到了天上。唐王湾《奉使登终南山》诗："玉英时共饭，芝草为余拾。"诗人借幻想把天上的珍贵食物放到了自己的饭桌上。

第二是"玉桃"。贾思勰《齐民要术》引《神农经》曰："玉桃，服之长生不死。若不得早服之，临死日服之，其尸毕天地不朽。"这一说法暗示出古帝王以玉敛尸习俗的观念基础。

第三是"玉草"。《十洲记·玄洲》："玄洲在北海之中……饶金芝玉草，乃是三天君下治之处。"《典术》："饵玉草长生。玉草一名通天，价值千万，阴干日服方寸七，令人得仙。"

第四是"玉液"。《汉武故事》："太上之药有中华紫蜜、云山朱蜜、玉液金浆。"洪昇《长生殿·尸解》："此乃玉液金浆。你可将去，同玉妃到坟前，沃彼原身，即得炼形度地，尸解上升了。"

第五是"玉屑"或"玉粉"。唐姚合《寄李群玉》诗："石脂稀胜

河西走廊——西部神话与华夏源流

江苏海安出土的崧泽文化玉饰（2006年5月摄于南京博物院）

乳，玉粉细于尘。"苏轼《浣溪沙·绍圣元年游大云寺野饮》词："玉粉轻黄千岁药，雪花浮动万家春。"《三国志·魏志·卫觊传》："昔汉武信求神仙之道，谓当得云表之露以餐玉屑，故立仙掌以承高露。"宋谢翱《后桂花引》："修月仙人饭玉屑，瑶鸭腾腾何处爇。"

第六是"玉屑饭"。琼靡玉屑一类食物毕竟太缥缈难求，正如长生不可求，于是有文人退而求其次，构想出吃后一生无病的"玉屑饭"。唐段成式《酉阳杂俎·天咫》："（其人）因开襆，有斤凿数事，玉屑饭两裹，授与二人，曰：'分食此，虽不足长生，可一生无疾耳。'"

第七是"玉馈"。一种神话传说中的仙酒。《神异经·西北荒经》："西北荒中，有玉馈之酒，酒泉注焉……酒美如肉，澄清如镜。"南朝陈张正见《置酒高殿上》诗："清醴称玉馈，浮蚁擅苍梧。"

第八是"玉馔"。玉食的同义语。左思《吴都赋》："矜其宴居，则珠服玉馔。"杜甫《麂》诗："永与清溪

红山文化方玉璧（2007年9月摄于辽宁省博物馆）　　清代白玉雕双龙杯（2009年摄于苏州博物馆）

别，蒙将玉馔俱。不敢恨庖厨，乱世轻全物。"《明史·乐志三》："羔豚升华俎，玉馔充方圆。"

第九是"玉沥"。庾信《周谯国公夫人步陆孤氏墓志铭》："是以天厉之疾，遂成沉痼。玉沥难开，金膏实远。"倪璠注："玉沥，玉膏也。"玉膏能够敷衍出众多别名，可知其流传广远。

第十是"玉瀣"。也是一种酒。宋陆游《鹧鸪天》词："斟残玉瀣行穿竹，卷罢《黄庭》卧看山。"元袁桷《句曲山迎真送真词》之二："山中老人年送迎，一酌寒泉过玉瀣。"

第十一是"玉髓"。道家神话美食。唐皮日休《以毛公泉一瓶献上谏议》诗："澄如玉髓洁，泛若金精鲜；颜色半带乳，气味全和铅。"李时珍《本草纲目·金石二·白玉髓》认为玉髓就是玉膏。

第十二是"玉浆"。神话传说中仙人的饮料。曹操《气出唱》诗之一："仙人玉女，下来邀游。骖驾六龙饮玉浆。"郭璞《山海经图赞·太华山》："华岳灵峻，削成四方，爰有神女，是挹玉浆。"李白《西岳云台歌送丹丘子》："玉浆倘惠故人饮，骑二茅龙上天飞。"

第十三是"玉蕊"，亦作"玉蘂"。《汉武内传》："王母曰：'昌城玉蕊，夜山火玉，有得食之，后天而老。'"晋庾阐《游仙诗》之八：

陕西长安张家坡西周贵族墓出土的玉鱼及鱼形刻刀（2011年摄于国家博物馆）

贰　西部观念：中原人的建构

良渚文化玉璧（2009年摄于苏州博物馆）

"朝餐云英玉蕊，夕挹玉膏石髓。"庾肩吾《东宫玉帐山铭》："玉蕊难移，金花不落。隐士弹琴，仙人看博。"可见玉蕊仍是理想化的仙药。

第十四是"玉尘"。《渊鉴类函·道部·仙二》引汉刘向《列仙传》："一叟曰：'君输我瀛洲玉尘九斛，阿母疗髓凝酒四钟。'"晋葛洪《抱朴子·金丹》："绮里丹法：先飞取五石玉尘，合以丹砂汞，内大铜器中煮之。百日五色，服之不死。"

第十五是"玉精"。《汉书·礼乐志》："璧玉精，垂华光。"颜师古注："言礼神之璧乃玉之精英，故有光华也。"梁简文帝《七励》："蝉鸣秋稻，燕颔玉精。"看来也是仙丹妙药一类。至于其疗效，陶弘景《真诰·甄命授》有记载："君曰：仙道有徊水玉精，服之化而为日。"如此神效的仙药，连名贵的人参也要假借它的大名，《太平御览》卷九九一引《吴氏本草》："人参，一名土精，一名神草，一名黄参，一名血参，一名久微，一名玉精。"

057

山西绛县倗伯夫人毕姬墓出土的白玉龙纹璜加红玛瑙管玉组佩（2011年摄于国家博物馆）

贰　西部观念：中原人的建构

殷墟妇好墓出土的玉牛（2011年摄于国家博物馆）　　　　　良渚文化玉殓葬（江苏武进寺墩3号墓出土）

　　看了这么多食玉神话的素材，再读《红楼梦》贾宝玉含玉而生的情节，一定会有新的领会。不妨再参看8世纪初日本的第一部古籍《古事记》，讲海神女儿丰玉毗卖如何对含玉的美男火远理命一见钟情，就明白同样的神话早就不限于在中国流行了。

059

叁 "西游"的文化范式及其转换
——从《穆天子传》到《西游记》

《穆天子传》：昆仑玉乡朝圣史诗

经过对中国式复乐园神话的透视，再来看《穆天子传》所讲述的穆王西游故事，可以获得新的理解。那既不是一般意义上的巡狩、封禅，也不是寻常的旅游、探险，而是西周帝王对华夏版图以西的西部边地所特有的神玉源头的一次朝圣之旅。

今通行本《穆天子传》共六卷，前三卷讲述西征过程，四、五两卷讲述东归及以后事，第六卷或疑为后人添加，叙述盛姬死丧之事。若将前三卷看作一个完整的穆王西征故事，那么其叙事的主干大体围绕着玉神话及玉礼仪而展开。试简化其情节分析如下：

第一卷讲穆天子北出边塞，到达犬戎之地、河宗之邦。天子举行盛大的仪式祭祀河神：天子将玉璧交给河宗邦主伯夭，伯夭将此玉璧向西沉入黄河，以祭献河神。祝官们辅佐这个盛大的仪式典礼，将牛马豕羊等作为祭献

叁 "西游"的文化范式及其转换

牺牲沉入河底。河宗告诉天子:"昆仑山有高原四处,清泉七十处。那里特产珍稀绝伦的宝玉。你应该去昆仑之丘,看看那里的宝玉。"天子接受建议,折向西方进发。在黄之山上观看图典,了解所谓"天子之宝器"的情况,主要有"玉果、璇珠、烛银、黄金之膏"。

这一卷不妨视为西征的序曲:始于以玉璧献祭河神的礼仪,引出穆天子对西方昆仑美玉的探索欲望。二事之间的联系就在于"河出昆仑"的信念。

第二卷讲述西征过程的主体。共有四个与宝玉相关的情节单元:

其一,在吉日辛酉这一天,天子登上昆仑高峰,参观黄帝之宫。备齐全套的牺牲,祭拜昆仑山。随后再度北征,住在一个名叫珠泽的大泽畔。当地人献上白玉等贡品。

其二,天子盘桓在昆仑一带以守黄帝之宫,南司赤水而北守舂山之宝,还向当地人赏赐黄金之环、朱带、贝饰等。季夏丁卯日,天子北升于舂山之上以望四野,感叹说:"舂山是唯天下之高山也。这里清水出泉,温和无风,飞鸟百兽之所饮食,是先王所谓'悬圃'。"天子在这个地方得到非常珍稀的宝物——玉荣枝斯之英。他高兴得一连五天都在这座舂山之上欣赏美景,并且在这神仙的花园"悬圃"题刻,以昭告后世。

其三,离开昆仑,天子继续西征到赤乌。赤乌之人献酒千斛,食马九百,羊牛三千。穆天子说赤乌人与周人同宗,并且"赗用周室之璧"。赤乌酋长向周天子介绍本地的名山,说那是天下最好的良山,宝玉之所在,嘉谷生长,草木硕美,并且献上美女二人。兴奋的穆天子感叹道:"赤乌氏,美人之地也,宝玉之所在也!"

其四,癸巳日,天子到了"群玉之山",容成氏之所守。"天子于是取玉三乘,玉器服物,于是载玉万只。天子四日休群玉之山,乃命邢侯待攻玉者。孟秋丁酉,天子北征,囗之人潜时,觞天子于羽陵之上,乃献良马牛羊。天子以其邦之攻玉石也,不受其牢。"

在这一卷的四个情节单元中,每个单元都围绕着穆天子获得美玉的中

陕西扶风齐家村出土的西周白玉蚕（引自古方主编《中国出土玉器全集·陕西卷》）

西周早期的交鼎（上海博物馆）

西藏昌都县卡诺遗址出土的新石器时代陶塑猴头

石峁遗址采集的白玉人头像（摄于陕西历史博物馆）

叁 "西游"的文化范式及其转换

心事件展开叙事。先是在珠泽得到白玉，接着在人间仙境的悬圃得到"玉荣枝斯之英"，随后又在赤乌的良山得到美人加宝玉，最后在群玉之山获得巨大数量的美玉——"取玉三乘，玉器服物，于是载玉万只"。如果仅从这些内容看，完全可以把穆王西征的探求目标锁定为获取大量的美玉。值得注意的是，古人对产地不同的玉料，有着非凡的鉴别能力。所以叙述者对每一地方的玉产会给予不同的名目，使之个性鲜明，决不随意混同或者马虎从事。每一次获得宝玉，或者突出其物以稀为贵的珍贵一面，或者称其色泽之白皙，或者强调玉产之丰盛，数量之惊人。中原王朝对于西域美玉的艳羡赞叹之情，早已随着叙事的进展而溢于言表。正是在这样的玉神话背景铺垫之下，下文演出了在美玉仙境之中发生的男女主人公对酒当歌的一幕神话剧。

金沙遗址出土的巨型玉琮

063

金沙遗址出土的大玉琮　　　　　　　牛河梁出土的玉瑗（辽宁省博物馆）

第三卷为西征故事的高潮：吉日甲子，天子拜见西王母。穆天子手里捧着白色的玉圭和黑色的玉璧晋见西王母，献上的中原礼物是精美的丝绸织品，共四百纯。西王母举行答谢之礼，接受这来自丝国的厚礼。次日，天子觞西王母于瑶池之上，西王母为天子谣曰：

　　白云在天，
　　山陵自出。
　　道里悠远，
　　山川间之。
　　将子无死，
　　尚能复来。

天子答之曰：

　　予归东土，
　　和治诸夏。
　　万民平均，

叁 "西游"的文化范式及其转换

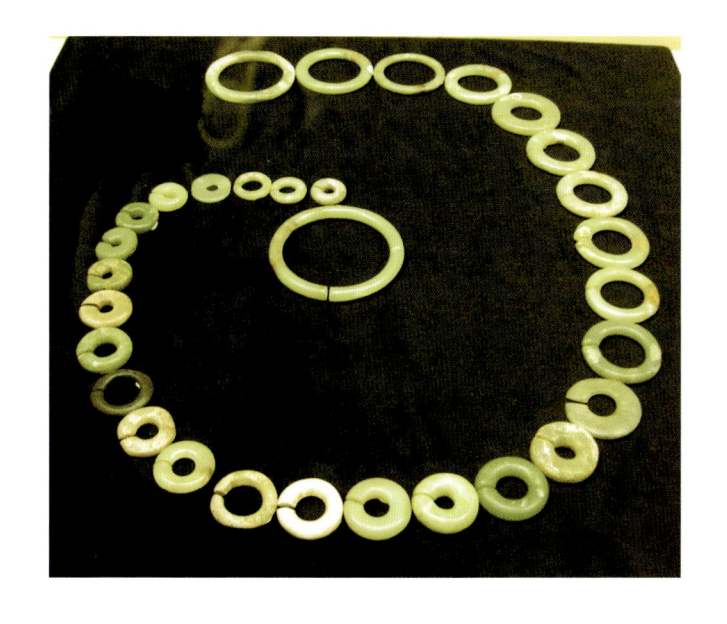

红山文化玉玦组（2007年摄于甘肃省博物馆"红山玉韵展"）

吾顾见汝。
比及三年，
将复而野。

前面已经说明，瑶池就是美玉之池，西王母又称"瑶母"，即玉母、玉女神。后来华夏道教神话的第一尊神叫"玉皇大帝"，其实都有着玉神话这个共同的信仰背景。西周王朝第五代天子，是后羿以来唯一到达昆仑仙境见到玉女神的凡人。他的西征事迹受到历代文人墨客的羡慕也就顺理成章了。陶渊明诗句"泛览《周王传》，流观《山海图》"，足以揭示《穆天子传》《山海经》两部奇书在后人心目中的特殊地位。两部书所透露的昆仑玉乡、仙乡神话景观，以及帝王玉乡朝圣历程，大体上铸就了华夏文学的西部想象范型。

陕西长安张家坡西周墓出土的白玉雕龙凤人形玉佩（引自古方主编《中国出土玉器全集·陕西卷》）

叁 "西游"的文化范式及其转换

战国双熊首玉璜（南京博物院）

我们知道神话中的后羿翻越昆仑险阻来找西王母，是为了得到不死仙药。那么周穆王来会西王母的目的又是什么呢？可惜现存的文本叙事只交代了二人在瑶台宴饮对歌的浪漫场景，却没有具体说明穆王来此地的目的。从他一路上不断赏赐金银、丝绸、贝带和"朱"，大量获取美玉的情况看，实际上有些"国际贸易"互通有无的性质。顾实《穆天子传西征讲疏》说："珠玉取之于西方，金银盖出自中国。以《穆传》但有赏赐金银于西方之人，而未有取金银于西方也。"先秦的中原王朝以本土的金银丝绸换取西域的珠玉，或许就是汉朝经营丝绸之路之前存在玉石之路的经济贸易基础。

有学者也意识到了周穆王西征取玉在华夏玉文化史上的重大意义。比如说："后人考证：这群玉山即今新疆密尔岱山（在莎车附近），以盛产美玉闻名于世。我国历代帝王所需宝玉，大多来源于此。清朝政府曾规定，当地每年要以一万斤美玉晋京呈贡。……然而在将近三千年前的周穆王，就已经亲临其境，并带回万块宝玉，这不能不说是我国悠久历史上的

067

齐家文化玉琮（2017年摄于玉门市博物馆"玉润丝路玉石文物展"）

一件旷古未有的大事。"①

值得注意的是，《穆天子传》中也讲到天子以佩玉等玉器赏赐西域之民的情况。如第一卷河宗伯夭祭祀河神用的玉璧是穆天子授予的，数量是一块。同卷末尾处讲天子在温谷乐都赏赐七萃之士"左佩玉华"，数量也是一件。第三卷讲天子在瑶池会见西王母之后，到大旷原大乌解羽的地方逗留，获得大批兽皮鸟羽，居然装满了一百辆车。随后在沙衍赏赐奔戎佩玉，数量还是"一只"。第四卷讲天子在从西域返回中原的路途中，赏赐伯夭佩玉，数量仍然只有"一只"。

总合起来看，周天子这次出行历时两年多，从西域获得美玉矿石数量无数，仅一次就"载玉万只"（卷二），所赏赐西域之人的玉璧玉佩总共四件。这种情况说明，西域出产玉石原料，却没有琢玉攻玉的文化传统；中原王朝有着玉文化的悠久传承和高级加工技术，玉璧玉佩作为

---

① 贺松如、董健身：《周穆王传奇》，上海古籍出版社1987年版，第162页。

叁 "西游"的文化范式及其转换

良渚文化玉环(摄于南京博物院)

殷墟妇好墓出土的玉熊龙(2011年摄于国家博物馆)

中原帝国的国家礼器或者王公贵族的配饰,具有高度的文化附加值,非天然状态的玉料矿藏所能够比拟。"和田自古以产美玉著称,但玉雕业出现较晚。这个采集于墨玉县库木拉巴特沙漠遗址的实心软玉瓶时代大约为唐代,是截至目前发现的和田最早的玉雕产品。"[①]以出产世界顶尖级玉料而著称的和田,古称于阗,地理位置就在昆仑山麓,正是中原想象之中的以玉山、玉乡为特色的神仙世界。可是和田迄今尚未发现唐

① 李吟屏:《和田考古记》,新疆人民出版社2006年版,前言第2页图一说明。

069

代之前的玉制器物，说明当地本没有玉崇拜传统，也不制造玉雕产品，难怪周穆王赏赐的玉佩等被当地视为珍稀贵重之礼品。用今天的话讲，似乎有点"来料加工"的意味。

以上情况表明，和田美玉是被华夏的玉文化传统所发现的。据现有考古材料判断，东亚玉文化传统始于内蒙古东部、辽宁西部的兴隆洼文化，其所制作的珠、管、玦一类玉佩早在八千年前就已经相当成熟，其形制也和夏、商、周三代以来的基本一致。不过其所使用的玉料不是出自西域，而是来自被称作地方玉的辽宁岫玉，其在硬度和密度等物理条件方面逊色于和田玉。古书中称之为"夷玉"。据出土的玉器材料分析，华夏文化使用和田玉的时间在龙山文化到夏商之际，相当于五千至四千年前（也有个别观点认为仰韶文化玉器中已经有和田玉）。从河西走廊以西的新疆地区到中原地区，在发现和输送和田玉方面有一个起到重要中介作用的史前文化，那就是分布在河西走廊东面的齐家文化。那是继北方的兴隆洼文化和红山文化、南方的良渚文化和石家河文化之后，在四千多年前大量使用玉器的一种西部文化，也是将和田美玉的重大发现传播到中原王朝的中介者，其族属当为氐羌西戎人的部落先祖，也就是中原汉文化圈之外的少数民族。对此，我们将在后面加以探讨。

《西游记》对上古"西游"范式的转换

昆仑玉山、悬圃、瑶池西王母以及黄帝之宫的神话想象，使得自古以来的历代君王莫不心向往之，历代文人莫不艳羡之。体现在《穆天子传》的"西游"范式，可以说铸就了佛教传入中国以前华夏本土神话与宗教信念之中最重要的源头地区——充满美玉的西部神山。

自汉代佛教传入以后，情况发生了很大的变化。首先是佛教发源地印

叁 "西游"的文化范式及其转换

和田青玉瑗(山西侯马晋国古都博物馆)　殷墟妇好墓出土的玉凤(2011年摄于国家博物馆)

度古国取代先秦神话的昆仑,成为建构新的西方想象的范型。小说《西游记》在这个转换过程中起到了不可替代的推动作用。它叙述的是孙悟空保唐僧西天取经,历经九九八十一难的故事。唐僧取经是历史上一件真实的事。距今一千三百多年前,即唐太宗贞观元年(627),25岁的和尚玄奘离开京城长安,只身到天竺(印度)游学。他从长安出发后,先出河西走廊,然后经今新疆、阿富汗、巴基斯坦,历尽艰难险阻,最后到达佛教圣地印度。他在那里学习了两年多,于贞观十九年(645)返回长安,带回佛经657部。玄奘远行印度,历时19年,行程几万里,是一次传奇式的走天涯大探险,世所罕见。后来玄奘口述西行经历,由弟子辩机辑录成《大唐西域记》一书,讲述西行路上见闻,介绍各国的历史、地理及交通,但文学性不足。他的弟子慧立、彦悰撰写的《大唐大慈恩寺三藏法师传》,为玄奘的西天取经故事增添了传奇色彩。此后,玄奘西游故事广为流传。南宋有《大唐三藏取经诗话》,金代院本有《唐三藏》《蟠桃会》等,这些都为《西游记》的问世开了先河。明代小说家吴承恩综合前人的多种叙事,经过再创造,贡献出引人入胜的《西游记》,遂彻底改变了国人对西部的

河西走廊——西部神话与华夏源流

体现佛教宇宙观的坛城壁画（2005年摄于拉卜楞寺）

拉卜楞寺中的《西游记》壁画

想象范式。

《西游记》从开天辟地讲起，借鉴佛教世界观，替代了自古以来的中原中心世界观：让"中国"变成"东国"，即所谓"东胜神洲"，并且同"西国""南国""北国"等四分天下："盘古开辟，三皇治世，五帝定伦，世界之间，遂分为四大部洲：曰东胜神洲，曰西牛贺洲，曰南赡部洲，曰北俱芦洲。"

《西游记》全书一百回，从总体空间上看其结构，可分成两个部分。第一回至第十二回是第一部分，场景为"东胜神洲"，内容主要是两大主人公的出场。第一回至第七回讲述了孙悟空的神奇诞生、经历和大闹天宫等；第八回至第十二回讲述的是"东胜神洲"唐僧的故事，引出取经的缘由。第十三回至最后一回是第二部分，场景随着唐僧西天取经而转向"西牛贺洲"。唐僧一路上收了孙悟空、猪八戒、沙和尚三个徒弟，历经九九八十一难，终于到达西天取到真经，修成正果。《西游记》向人们展示了一个绚丽多彩的神魔世界，作者丰富而大胆的西部想象是前无古人的。西行取经路上遇到的那些妖魔，是《穆天子传》里绝对没有的新内容。对此，现代的文学评论家一般理解为"邪恶势力的象征"，并且要从反映封建社会现实的意义上去解说。

> 他们的贪婪、凶残、阴险和狡诈，也正是封建社会里的黑暗势力的特点。不仅如此，玉皇大帝统治的天宫、如来佛祖管辖的西方极乐世界，也都浓浓地涂上了人间社会的色彩。而作者对封建社会最高统治者的态度也颇可玩味，在《西游记》中，简直找不出一个称职的皇帝；至于昏聩无能的玉皇大帝、宠信妖怪的车迟国国王、要将小儿心肝当药引子的比丘国国王，则不是昏君就是暴君。对这些形象的刻画，即使是信手拈来，也无不具有很强的现实意义。

这是20世纪崇尚文学的现实主义取向特定语境中较为典型的分析话语。而笔者这里所要着眼的，是《西游记》虚构的一面，即它对中国人西部想象的再造意义。跟随唐僧、孙悟空等的西行足迹，读者也会经历一场幻想中的冒险探奇之旅。西天取经路途上的种种凶险和奇异经历——所谓"九九八十一难"，恰是小说最具魅力的部分。在《西游记》中，华夏本土原有的神话、仙话内容被佛教、道教的世界观重新改造，保留了西王母、瑶台的传统意象，将其组合到新的男性中心的天神世界景观中。原来昆仑神话中具有中心地位的玉女神被置换为天宫中至尊的玉男神。

拉卜楞寺中的"猪八戒大战流沙河"壁画

叁 "西游"的文化范式及其转换

却表启那个高天上圣大慈仁者玉皇大天尊玄穹高上帝,一日,驾坐金阙云宫灵霄宝殿,聚集文武仙卿早朝之际,忽有邱弘济真人启奏道:"万岁,通明殿外,有东海龙王敖广进表,听天尊宣诏。"玉皇传旨:着宣来。

敖广宣至灵霄殿下,礼拜毕。旁有引奏仙童,接上表文。玉皇从头看过。表曰:

"水元下界东胜神洲东海小龙臣敖广启奏大天圣主玄穹高上帝君:近因花果山生、水帘洞住妖仙孙悟空者,欺虐小龙,强坐水宅,索兵器,施法施威;要披挂,骋凶骋势。……"

玉男神,俗名"玉皇大帝",如今已经是家喻户晓的角色。他在天庭以"朕"的口吻发号施令,连在一般民众心目中能行云布雨、神通广大、主宰丰歉的龙王爷,也要在其跟前俯首叩拜,自称"小臣"。这显然是把地上现实的国君权力投射到了虚幻天庭神界。小说所描绘的天宫"灵霄宝殿",其实也是对上古昆仑玉世界一种豪华版的置换,且看孙悟空随同太白金星缓步来到天庭时的所见所闻。

初登上界,乍入天堂。金光万道滚红霓,瑞气千条喷紫雾。只见那南天门,碧沉沉,琉璃造就;明幌幌,宝玉妆成。……明霞幌幌映天光,碧雾蒙蒙遮斗口。这天上有三十三座天宫,乃遣云宫、毗沙宫、五明宫、太阳宫、化乐宫,……一殿殿柱列玉麒麟。寿星台上,有千千年不卸的名花;炼药炉边,有万万载常青的瑞草。又至那朝圣楼前,绛纱衣,星辰灿烂;芙蓉冠,金璧辉煌。玉簪珠履,紫绶金章。金钟撞动,三曹神表进丹墀;天鼓鸣时,万圣朝王参玉帝。又至那灵霄宝殿,金钉攒玉户,彩凤舞朱门……

小说这一段描绘不避重复地使用了四个"玉"字,充分突出了"玉皇"所在的玉环境背景与尘俗世界的差别。至于"千千年不卸的名花,万万载常青的瑞草"一类夸张笔墨,无非是将昆仑仙界原有的永生不死特色照搬过来。增加的是所谓"红霓""紫雾""金光""明霞""金璧辉煌"的渲染。总之,美玉属于玉皇所统领的天神不朽世界。作为对立面,冒犯了玉皇神界权威的孙悟空,其出身则被归类到孕育美玉的石头。

按照玉石分化的逻辑,玉属于天上的神界,石属于地上的人间。天上不死,而地上的俗世生命也有获得不死的方法,那就是成仙、成佛。从小说第一回"灵根育孕源流出,心性修持大道生"开始,孙悟空一生所表演的正是石头猴如何先成仙,然后成佛的奇妙经历。按照中国玉神话的基本模式,这就好比石头状的"璞"脱胎变化成"玉"。《西游记》开篇讲到的灵石,作为主人公孙悟空的非正常孕育与出生的神话意象,其实也就是对玉神话的一种隐喻转换,是在《红楼梦》之前上演《石头记》(《红楼梦》本名《石头记》)好戏的主人公玉缘神话叙事。

> 孙悟空,东胜神洲傲来国花果山天产妖猴。出家学艺二十年,成人像,得法名,学成归山称王。东海威逼龙王贡物,阴司强销猴类户籍。惊动天庭,被玉帝招安,封"弼马温"职,不堪忍受如此卑微的官职,逃离天宫,返回花果山,自封"齐天大圣"。二度被招安,逼迫玉皇大帝封给"齐天大圣"名号。又因有职无权而大闹天宫,遭玉帝借西天如来佛之威力镇压。五百年后皈依佛门,被如来利用护送唐僧西天取经,为唐僧大徒弟。一路上历尽艰辛,杀妖降魔,辅佐有功,终被如来佛晋升为"斗战胜佛"。

从中国本土理想的"成仙"到佛教理想的"成佛",孙悟空具有如此慧根的原因就埋藏在他孕育诞生的奥秘中,也是玉帝愿意将他招安的理由。

牛河梁出土的红山文化玉凤（辽宁省博物馆）

16世纪缅甸汉白玉佛造像（2015年摄于上海博物馆"印度佛教艺术展"）

红山文化双联璧（辽宁省博物馆）

大天尊宣众文武仙卿，问曰："这妖猴是几年产育，何代出身，却就这般有道？"一言未已，班中闪出千里眼、顺风耳道："这猴乃三百年前天产石猴。当时不以为然，不知这几年在何方修炼成仙，降龙伏虎，强销死籍也。"玉帝道："那路神将下界收伏？"言未已，班中闪出太白长庚星，俯伏启奏道："上圣三界中，凡有九窍者，皆可修仙。奈此猴乃天地育成之体，日月孕就之身，他也顶天履地，服露餐霞；今既修成仙道，有降龙伏虎之能，与人何以异哉？臣启陛下，可念生化之慈恩，降一道招安圣旨，把他宣来上界，授他一个大小官职。"

如果没有印度传来的佛教理想，道教修炼的成仙一途乃是本土信仰的至高人生目标。有了"成佛"理念的参照，本土的不朽之仙难免有些被妖魔化。以孙悟空的"天地育成之体，日月孕就之身""顶天履地，服露餐霞"和"修成仙道"来看，就好比石头似的璞已经琢磨成了美玉。可是，从更加广大的佛教理念看，本土的仙远未达到修成正果的境界。仙猴王随太白金星见玉帝时，其名分就叫"妖仙"。

叁 "西游"的文化范式及其转换

太白金星领着美猴王到于灵霄殿外，不等宣诏，直至御前，朝上礼拜。悟空挺身在旁，且不朝礼，但侧耳以听金星启奏。金星奏道："臣领圣旨，已宣妖仙到了。"玉帝垂帘问曰："那个是妖仙？"悟空却才躬身答应道："老孙便是。"仙卿们都大惊失色道："这个野猴！怎么不拜伏参见，辄敢这等答应道：'老孙便是'，却该死了，该死了！"玉帝传旨道："那孙悟空乃下界妖仙，初得人身，不知朝礼，且姑恕罪。"

拉卜楞寺中的"孙悟空三打白骨精"壁画

079

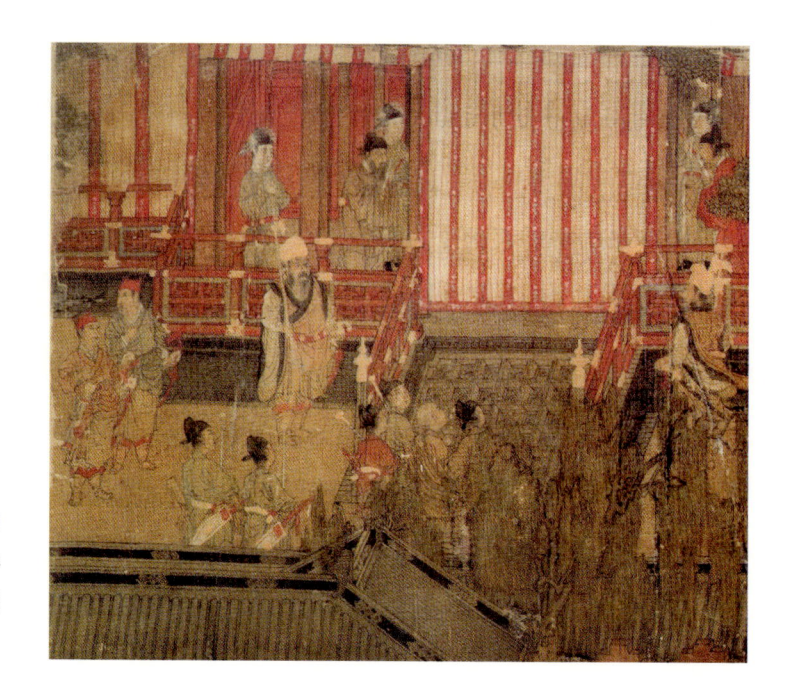

唐僧取经回国（元本《西游记》图，蔡铁鹰提供）

"妖仙"在天庭的出场，表现的是"野"。大闹天宫，是野性难驯的延续。只有如来佛的教化威力，加上五百年的时间周期，才使得妖仙野猴走上取经正途，获得成佛成圣的契机。佛教理念对华夏本土人生观的改造作用，在此显得格外分明。

小说第五回"乱蟠桃大圣偷丹，反天宫诸神捉怪"，孙悟空大闹王母娘娘蟠桃会一场，是再度体现妖仙野性的场景，也是《西游记》重现瑶台神话，依稀地回应周穆王拜见西王母的历史记忆之场景。

西王母为办蟠桃会，派七仙女到孙悟空所看管的仙桃林采桃。"先在前树摘了二篮，又在中树摘了三篮，到后树上摘取，只见那树上花果稀疏，止有几个毛蒂青皮的。原来熟的都是猴王吃了。"七仙女碰到大圣，讲明来意，孙悟空问受邀请的是谁，仙女道："请的是西天佛老、菩

叁 "西游"的文化范式及其转换

拉卜楞寺中的《西游记》壁画　　　　　拉卜楞寺中的藏传佛教护法天王壁画

萨、圣僧、罗汉，南方南极观音，东方崇恩圣帝，十洲三岛仙翁，北方北极玄灵，中央黄极黄角大仙，这个是五方五老。还有五斗星君，上八洞三清、四帝、太乙天仙等众，中八洞玉皇、九垒、海岳神仙，下八洞幽冥教主、注世地仙。各宫各殿大小尊神，俱一齐赴蟠桃嘉会。"大圣听说西王母没有邀请他，就念声咒语"住！住！住！"用定身法把七仙女固定在桃树之下，自己奔瑶池而去。他路遇奔赴蟠桃会的赤脚大仙，又化身赤脚大仙的模样，腾云先赴瑶池。只见那里：

琼香缭绕，瑞霭缤纷，瑶台铺彩结，宝阁散氤氲。凤翥鸾腾形缥缈，金花玉萼影浮沉。上排着九凤丹霞庋，八宝紫霓墩。五彩描金桌，千花碧玉盆。桌上有龙肝和凤髓，熊掌与猩唇。珍馐百味般般美，异果嘉肴色色新。

081

徐州出土的汉画像石：昆仑仙山上端坐的西王母（2011年摄于徐州汉画像石艺术馆）

上述描绘堪称自《穆天子传》以来最出彩的一幅瑶池美景图。当年周穆王到瑶池会西王母，饮酒赋诗，风光优雅。西王母作为昆仑神仙界的主人，在诗句中祝愿穆王"将子无死，尚能复来"，把长生的希望留给了远道而来的周穆王。这希望虽然不如她赐给后羿的不死药那样确凿和实在，毕竟还是光明正大的。而《西游记》里不请自来的妖仙孙悟空，是继周穆王之后来到瑶池领略永生之梦的又一个文学主人公。由于野性未尽，不懂礼节，他根本不用手执玉璧玉圭的晋见礼，而是反客为主独自大饮仙酒，又偷吃仙丹。在其他贵客还没有到场之时，他毫不客气地将永生留给自己。

这大圣点看不尽，忽闻得一阵酒香扑鼻；忽转头，见右壁厢长廊之下，有几个造酒的仙官，盘糟的力士，领几个运水的道人，烧火的童子，在那里洗缸刷瓮，已造成了玉液琼浆，香醪佳酿。大圣止不住口角流涎，就要去吃……

叁 "西游"的文化范式及其转换

从文学分析的角度看，孙悟空窃瑶台仙酒、天宫丹药的情节，其实是两个与西王母相关的著名神话情节的变相组合。这两个神话情节就是：周穆王瑶台饮酒和嫦娥偷吃不死药。换言之，孙悟空饮不死之仙酒，吃道祖之仙丹，是私下行窃的结果。这就把月仙嫦娥窃药的母题转移置换到妖仙野猴这里了。这也可以说是对玉乡朝圣主人公形象的一种妖邪化再造。这正是小说《西游记》吸收佛教世界观后，对上古神话、仙话题材的处理惯例。

《西游记》的叙事展开空间基本按照"西游"的传统路线：从长安城向西进发，沿着河西走廊出敦煌玉门，进入属于汉文化领域之外的西域地区。那也是唐朝大高僧玄奘西行印度取经的路线，经过了古丝绸之路的

过魔女国（元本《西游记》图，蔡铁鹰提供）

整个东段。同《穆天子传》相似，在《西游记》故事框架中，西天朝圣的主旨依然存在，但是其朝拜的目的地却已经超出了本土想象的西域昆仑，转移到了世界屋脊喜马拉雅山南侧的古印度文明。这体现了唐代以后外来的宗教文化逐渐深入人心，在佛教寺院林立，讲经说法成为风气的境况下，国人心目中"圣"的对象发生了置换：从本土的昆仑西王母神话置换成为佛教神话，体现在"取西天经"这四个字的说法中。

"西部"想象的谱系：绝、远、荒、怪

前面说明了《西游记》借鉴佛教世界观改造传统神话的重要机制，即把原来神圣的东西加以妖魅、贬低，给予怪异化、妖魔化的处理。这不仅表现在孙悟空的形象上，也突出表现在西部空间的一大批妖怪群像上。

可以说，从《山海经》《穆天子传》到《西游记》，改造完成了的新

石磐陀盗马（元本《西游记》图，蔡铁鹰提供）

叁 "西游"的文化范式及其转换

唐代胡人牵马俑
(2007年摄于甘肃省博物馆)

的中原王朝的西部想象图谱，其特色可以归纳为四个关键词：绝、远、荒、怪。兹分说如下：

第一是"绝"。这是对西部地理和风貌的特色想象。

从神话中的昆仑山到《西游记》中西牛贺洲黄风岭、白虎岭、翠云山、火焰山，仙山、神山虽然被置换成为妖魔精怪之山，但无不呈现非同凡俗的奇绝特色。

如踏上西天取经路的一个重要角色白龙马。唐僧"手无缚鸡之力"，他要步行走到西天，就算无灾无难也没有妖怪，还是几乎没有可能性。唐僧路经五行山，揭起如来的压帖救出悟空，为他取名孙行者。师徒同行，夜宿农舍，一道白光中，唐僧的白马消失，悟空寻到鹰愁涧，与小白龙恶战，不曾取胜。之后，悟空请动了观音菩萨，收服了白龙。观音说道："你想那东土来的凡马，怎历得这万水千山？怎到得那灵山佛地？

085

至圣仙马图（穆斯林绘画，2007年9月摄于银川回族博物馆）

须是得这个龙马，方才去得。"由此也可见，这白龙马其实是使西天之旅得以成行的神秘前提。从东土凡俗的白马到西域的神秘白龙马，在佛教幻化奇想的背后，还有传统想象的西域神马原型在发挥作用。如"汗血马"传说，特指古代西域出产的骏马。据说其流汗如血，所以得此名称。《史记·大宛列传》："得乌孙马好，名曰天马。及得大宛汗血马，益壮，更名乌孙马曰'西极'，名大宛马曰'天马'云。"《汉书·武帝纪》："四年春，贰师将军广利斩大宛王首，获汗血马来。"颜师古注引应劭曰："大宛旧有天马种，蹋石汗血，汗从前肩髆出，如血，号一日千里。"杜甫《洗兵马》诗："京师皆骑汗血马，回纥喂肉蒲萄宫。"苏轼《次韵孔文仲推官见赠》："君如汗血马，作驹已权奇。"奇绝的西域空间想象孕育出同样奇绝的生物，"西极"这样的马名充分说明了这一点。能够救唐僧性命的白龙马，显然承袭着"西极"神马的幻想能力。

第二是"远"。这是对空间和时间的想象。

叁　"西游"的文化范式及其转换

东同国捉狮子精（元本《西游记》图，蔡铁鹰提供）

唐代诗人屈同仙《燕歌行》写道："河塞东西万余里，地与京华不相似。"没有到过西域的中原人当然可以随意想象其遥远的程度，"万里"不过是修辞吧。我们到河西走廊时沿着连霍高速公路行进，在嘉峪关一带，里程牌上已经显示有五千多公里，也就相当于古人说的"万里"。

神话传说后羿到昆仑求见西王母，需要经过凡人无法完成的远程跋涉，即《山海经》所谓"非仁羿莫能上冈之岩"。古人将西王母的住处想象为西天日落之处，并且还有不断西移的过程。关于"西天""西极"的说法，表明已经将西部之辽远空间推至了"天边"。若用距离的极远来夸张其难以到达的程度，我们看《穆天子传》《海内十洲记》等书就会有所领教。比如说：

西周早期的涉鬲（上海博物馆）

> 昆仑号曰昆崚，在西海之戌地，北海之亥地，去岸十三万里。

《西游记》的绝大部分篇幅用来讲述西行路上的"九九八十一难"，更加凸显了西天之旅的遥远和艰难。尤其是后边一部分所写的地方，如狮王、象王、大鹏盘踞的西牛贺洲狮驼国狮驼岭狮驼洞，白鹿怪所在的比丘国柳林坡清华洞，地涌夫人居住的陷空山无底洞，南山大王所在的西牛贺洲灭法国隐雾山折岳连环洞，黄狮精所住的天竺国下郡玉华县豹头山虎口洞，九灵元圣占据的天竺国下郡玉华县万灵竹节山九曲盘桓洞，玉兔精藏身的天竺国毛颖山绝顶上窟，等等，其遥远的程度大大超越了上古的昆仑一带。这自然会给读者带来前所未有的惊诧效果。

除了空间的"远"，还有时间的"久远"。比如"容成氏"等远古帝王传说。

第三是"荒"。这是对四方遥远空间想象的自然联想。

上古行政区划的"五服制"把最远的外围设想为"荒服"。这恰好对应着《山海经》五方空间模式的"大荒"。汉扬雄《法言·孝至》："龙堆以

叁 "西游"的文化范式及其转换

汉画像石西王母戴胜坐像（2017年摄于陕西绥德汉画像石展览馆）

西，大漠以北，鸟夷兽夷，郡劳王师，汉家不为也。"王念孙曰："言数劳王师于荒服之外，汉家不为也。"

"荒"是中原王朝的王化不到之地，所以那里必然埋伏着对于外来者的巨大威胁。以唐僧西行所遇到的第一个妖怪为例：他名叫寅将军，是老虎精，住在大唐帝国与鞑靼交界处的河州卫双叉岭。老虎精活捉唐僧及二从人，杀二从人宴请朋友众妖魔。这显然是不折不扣食人魔王的行为，发生在大唐国境以外的"荒服"之地，理所当然。

第四是"怪"。俗话说少见多怪。遥远的地方人迹罕至，凭想象推测的结果首先是"荒"。荒则怪，荒则蛮。于是有"荒怪"一词，也有"蛮荒"一说。中原文明自认为处在四周的"野蛮"民族——蛮夷戎狄的包围之中。中原人对这些远方民族的认识和描述充满着奇异的想象。《山海经·西山经》："又西三百二十里曰嶓冢之山，汉水出焉，而东南流注于沔；嚣水出焉，北流注于汤水。其上多桃枝钩端，兽多犀兕熊罴。"古人认为兕是雌犀牛，罴是黄色的熊，所以"犀兕熊罴"实际上说的是两种陆地猛兽。犀牛角是中药里的名贵药材，据传有起死回生之

089

齐家文化多孔玉刀（2009年摄于青海省博物馆）　　良渚文化玉鸟（2009年摄于良渚博物院）

奇效；熊罴是冬眠春出的季候性大动物，成为古人心目中死而复活的神力之象征。《西游记》中出现的牛魔王和熊罴精，无非是此类远方生物想象进入完全妖魔化方向的结果。追溯其根源，怪异化的西部形象建构滥觞于《山海经》，中间经过《大唐西域记》和《异域志》等，到《西游记》完成集大成的贡献。其间共塑造出妖魔鬼怪三十余种，且大都分布在西游路线方向上。

下面是元代周致中《异域志》里的几个怪异化例子，表明给《西游记》提供灵感的西部古国形象在明代以前就早有了先例。

　　悄国——系西番，人甚狠，专食五谷过活，出牛、羊、马。与野人何异，勇战之士也，少通邻国。
　　三蛮国——其人不种田，只食土，死者埋之，心肺肝皆不朽，百年复化为人。
　　奇肱国——其国西去玉门关一万里，其人一臂，性至巧，能作飞车，乘风远行。汤王时，西风久作，车至豫州，汤使人藏其车，不以示民。后十年东风大作，乃令仍乘其车以还。[①]

无论是能够乘飞车而行的奇肱国人，还是以土为食物且能复活的三蛮

---

① 耶律楚才、周致中：《西游录　异域志》，中华书局1981年版，第48页。

叁　"西游"的文化范式及其转换

牛河梁出土的勾云玉佩
（辽宁省博物馆）

国人，虽然奇特万分，但还只是怪异，并不显得邪恶。下面关于撒母耳干人的想象，甚至还富有乌托邦化的理想色彩。

> 撒母耳干——在西番回鹘之西，其国极富丽，城郭房屋皆与中国同。其风景佳美，有似江南；繁富似中国，商人至其国者多不思归。皆以金银为钱，出宝石、珍玉、良马、狮子。①

出珍玉宝石，本是上古时期对西域想象的原有内容，不过，"风景似江南"和"极富丽"的说法充满诗意。至于在撒母耳干东面被称作"西番"的人群，就不是那么理想了，其中集合了上古中原人对西戎、鬼方的妖魔化想象。

> 西番——……又曰鬼阴类，曰鬼戎，曰犬戎。无王子管辖，无城池房舍，多在山林内住，食人肉。其国人奉佛者，皆称剌麻。②

用"无城池房舍"描述游牧民族，还不算太离谱，说他们吃人肉就成

---

① 耶律楚才、周致中：《西游录　异域志》，中华书局1981年版，第33页。
② 耶律楚才、周致中：《西游录　异域志》，中华书局1981年版，第20页。

曾侯乙墓漆棺神像

为《山海经》以来的吃人妖怪神话之翻版了。《西游记》里有那么多的妖魔都想品尝唐僧肉，使人觉得好像整个西域都充满着食人族。就连早先住在西牛贺洲流沙河中的沙悟净（原为侍奉玉帝銮舆的卷帘大将，因在天庭蟠桃大会上失手打破玻璃盏，被玉帝判斩，后经赤脚大仙说情，贬到下界为妖），也是以食人为生的。若不是观音菩萨劝化他皈依佛门，被唐僧收为三徒弟，世间还要多一个吃人的怪物。

　　沙和尚当初冒犯玉帝而被贬的命运，体现的是从圣化到妖化的转折。我们已经说了这是《西游记》改造古神话的常见手法。再看一个例子：孙悟空在火焰山大战铁扇公主——罗刹女，后者原本是与猿猴王结婚后生下藏族祖先的女仙，到汉文小说里变作女妖怪，她的魔法工具——芭

流沙河降沙和尚（元本《西游记》图，蔡铁鹰提供）

金葫芦寺过火焰山（元本《西游记》图，蔡铁鹰提供）

河西走廊——西部神话与华夏源流

蕉扇就来自原本神圣的昆仑神话。当孙悟空被铁扇公主的芭蕉扇扇到小须弥山，无奈而求助于灵吉菩萨时，菩萨说："那芭蕉扇原本在昆仑山后，自天地开辟以来混沌产成的一个灵宝，乃大阴之精叶。"开天辟地以来的昆仑灵宝竟然到了妖魔手中，成为助纣为虐的特种武器，发挥出一种战无不胜的奇效。

其他由神圣变质为妖魔的情况还很多，如太上老君的青牛变作独角兕大王，金鼻白毛的老鼠变作陷空山无底洞的地涌夫人，犀牛精变作青龙山玄英洞的辟寒大王，弥勒佛身边司磐的黄眉童子下凡变成西牛贺洲小西天小雷音寺的黄眉大王，观音菩萨坐骑下凡化作朱紫国麒麟山獬豸洞里的赛太岁，五台山文殊菩萨坐骑、峨眉山普贤菩萨坐骑、如来之舅父分别化作狮王、象王、大鹏，等等，多不胜举。

以上这些"绝、远、荒、怪"的想象发挥，借助于通俗小说的巨大传播影响力，配合边塞诗的苍凉烽烟和血腥气息，大体铸就了汉民族的西部观念。加上以讹传讹和积重难返的作用，此类"有色镜"至今仍然在相当程度上束缚着人们，制约着我们了解真实的西部。

敦煌莫高窟

肆　"河西""陇右"考
——中原建构西部观念的语词解析

只有充分意识到传统西部观念中由想象所建构的文化范式及其分量，重新理解西部文化对于华夏传统之重要性，才可能找到新的起点。

符号、方位与支配性观念

20世纪的人类学有一个重要命题：人是符号动物。人类区别于其他生物的最大特征在于符号行为方式，包括观念和思想，以及表达、交流、积累、传承的全套文化机制。人类独有的观念、思想之表达、交流主要通过两大符号意指系统——语言符号和非语言符号。符号不光是由人类所发明的交际工具，也是铸塑人的观念、思想和行为之模具。人类有些文化群体不吃猪肉或者牛肉，有42个文化群体习惯吃老鼠肉，这些饮食差别并非因为人类群体之间存在根本性的肠胃生理差异，而完全是由于观念作用支配的结果。换言之，不同的符号意指系统所决定的不同观念体系，是导致人

河西走廊——西部神话与华夏源流

华山脚下的西岳庙大门对联：庙镇三秦金城礼固，河延九畹后土无疆（2018年8月第十四次玉帛之路文化考察摄）

类彼此之间行为差异的基础。因此，要理解一种特定的文化，必须诉诸该文化的符号系统和观念体系。结构人类学家甚至把这种对于文化中个体成员来说是无意识的符号支配体系，看作有待于挖掘和发现的文化深层结构。正像每一个没有生理缺陷的个人都会讲自己的母语，却没有人会自发地意识到，该语言的语法作为深层结构实际支配着每个人讲话的方式。只有通过探索发掘，才能发现这种对表象起到支配作用的深层结构。

在每一种文化的符号观念系统中，关于中央与四方相对的符号区分以及建立在此基础上的空间方位观念，都会成为对思维和想象发挥支配作用的基础观念。用哲学的话语来说，人是生活在时空观念之中的，时空观乃是世界观的基础。

肆 "河西""陇右"考

江苏武进寺墩出土的外方内圆玉琮
(南京博物院)

标志"天下之中"的河南登封周公测景台

　　华夏文明自古以黄河流域为其摇篮。黄河在古代汉语中简称"河"，在华夏文明共同体的空间想象中发挥着重要的坐标功能。不论是古代常用的"河东""河西""河内""河外"这些概念，还是今天的省份名称"河南""河北"，都是以黄河为基准坐标的空间方位符号。放眼中华版图，在这条母亲河的中游一带，也就是今天的陕西、山西、河南三省交会地区，简称关中东部、晋南和豫西地区，是文献所记夏商周文明最活跃的帝都区，古今学者所理解的中原、中岳地区与此大体相当。在五岳体系中的四岳没有很多的争议，而对中岳的认识却存在古老的分歧，一般认为是豫西的嵩山，也有另一种看法认为是关中东部的华山。有人认为中国又称"华夏"，中国人称"华人"，均得名于华岳、华山。华山北麓华县（今华州区）太平庄出土的硕大而威严的陶鹗鼎距今已六千多年，其精美礼器性质表明，自新石器

中岳嵩山下的嵩阳书院（2017年11月摄）

嵩山千年古树

陕西华阴市西岳庙（2018年8月第十四次玉帛之路文化考察摄）

仰韶文化半坡遗址

时代这里已经是发达的文化核心区。考古发现的仰韶文化的完整大型村落遗址，如西安的半坡村、临潼的姜寨，距离华山都不过一百公里。

河西、河右、河陇——以黄河为坐标的命名规则

追溯黄河之源流，有"河出昆仑"的古老说法。这就把神秘的西部大山昆仑和母亲河黄河源的认定坐标结合为一体了。

先看"河西"。这个词在古汉语中的语义有两种。一是早期的说法，指黄河秦晋段之西。《左传·文公十三年》："秦伯师于河西。"这一意义上的"河西"是中原地区内的黄河以西，反映着先秦时期较为局限的华夏地理观，古籍中后来用例较少。二是稍晚的说法，指黄河甘肃、青海段以西，即河西走廊与湟水流域。这一意义上的"河西"随着西汉经营西域地区而流行开来，至今沿用。《汉书·霍去病传》："浑邪王以众降数万，开河西酒泉之地。"后一种意义往往伴随着种族文化方面的联想——河西等于说西戎，或者氐羌、戎狄之地。中原情结浓厚的韩愈就在《论捕贼行赏表》中说："两河之地，太半未收；陇右、河西，皆没戎狄。"

"河西"还有别称叫"河右"，泛指黄河上游以西之地，略相当于今宁夏、甘肃、青海一带。《三国志·魏志·阎温传》："河右扰乱，隔绝不通，燉煌太守马艾卒官，府又无丞。"这里的"河右"将河西走廊西端的敦煌包括在内。类似的词语还有"河陇"，指河西与陇右，大致相当于今甘肃省的西部。《后汉书·隗嚣传》："数年之间，冀圣汉复存，当挈河陇奉旧都以归本朝。"《宋书·夷蛮传论》："晋氏南移，河陇夐隔，戎夷梗路，外域天断。"宋曾巩《唐安乡开元寺卧禅师净土堂碑铭》："自河陇没于羌夷，州县城郭、官寺民庐，莫不毁废。"这些出自中原人之口的措辞，表明从汉代到宋代，始终活跃在河西地方的人口多有非汉族

肆 "河西""陇右"考

"河内"——黄河拐弯处的晋南地形图

的族群,即"戎"或"羌夷"之类。

既然表示方位的用词"河西""河陇"总是和表示非汉民族的蔑称"羌夷"或"戎夷"联系在一起,这就说明汉语中西部词汇的使用,习惯上沿袭着中原中心的文化地理想象模式。

不过与"河西"相对的"河东",却因袭着秦文化的地理观念,范围较局限,专指陕西与山西交界的黄河以东地区。《左传·僖公十五年》:"于是秦始征晋河东,置官司焉。"《孟子·梁惠王上》:"河内凶,则移其民于河东,移其粟于河内。河东凶亦然。"赵岐注:"魏旧在河东,后为强国兼得河内也。"这里的"河内"一词上古也有两种用法。一是指黄河以北的地区。《周礼·夏官·职方氏》:"河内曰冀州。"二是专指河南省黄河以

"河西"一景——宁夏六盘山

北的地区。《左传·定公十三年》："锐师伐河内,传必数日而后及绛。"宋梅尧臣《卫州通判赵中舍》诗："我久在河内,颇知卫风俗。"与此相对的词语是"河外",从位于山西的晋国人立场出发,称河西与河南为河外。《左传·僖公十五年》："〔晋〕赂秦伯以河外列城五。"杨伯峻注："河外,指河西与河南,黄河自龙门至华阴,自北而南,晋都于绛,故以河西与河南为外,包慎言《河外考》以河西为外,杜注以河外为河南,皆仅得其一偏。"秦人指河东,梁人指河西。《资治通鉴·周赧王四年》："梁效河外。"胡三省注："河外,秦盖以河东为河外,梁则以河西为河外。"

冀州与河岳:"中国为冀"

梳理了"河西"与"河外"的关系,再看《周礼》所称"河内曰冀州"。在上古的九州划分之中,冀州是居中的一州。春秋时期的古国名

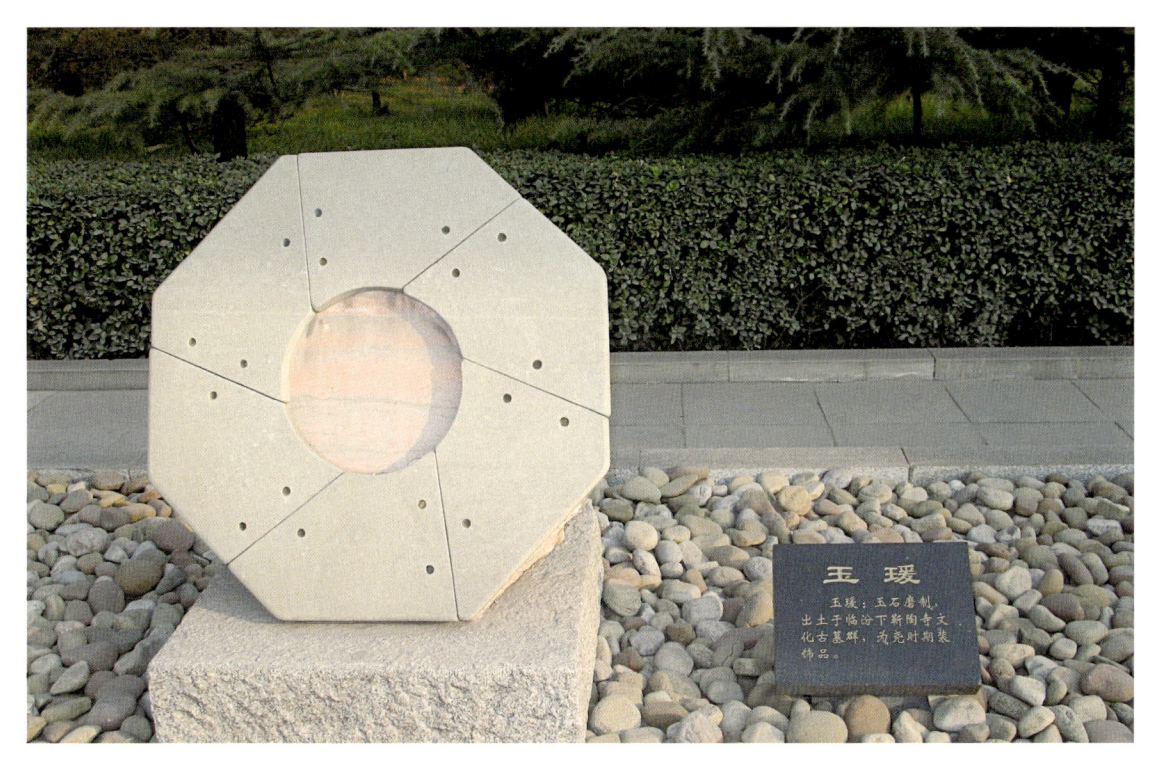

襄汾陶寺出土的玉瑗之放大模型（实为六联璜玉璧）

襄汾陶寺遗址出土的史前宫殿（2007年11月摄）

"冀"，后来被晋国所并，为却氏食邑，故地在今山西省河津市，河津地处黄河东岸。《左传·僖公二年》："冀之既病。"杜预注："冀，国名。平阳皮氏县东北有冀亭。"《国语·晋语五》："臼季使舍于冀野。"韦昭注："冀，晋邑。"《左传·僖公十年》《国语·晋语八》等记载春秋时晋国有人名冀芮、冀缺等，可知"冀"从地名到姓氏的推衍，在先秦时期大体不离晋南即"河内"一带。这和今天用"冀"作为河北省的简称显然是不同的。自西汉设置的行政区划名有"冀州"，汉武帝时为十三刺史部之一。其范围大大超出了先秦的冀，辖境大致为河北省中南部、山东省西端和河南省北部。后来辖境渐小，治所亦迁移不一，但基本延续到了清代。这才是河北简称"冀"的历史渊源。

山西襄汾尧庙

肆 "河西""陇右"考

《楚辞·九歌·云中君》："览冀州兮有余,横四海兮焉穷?"以冀州和四海相对而言,类似于说中央与四方。古史学者们多认为晋南地区是三代之前最主要的王朝都城所在地。由象征人体中央部位即肚脐的"冀"这个古字,多少能够看出史前期"中国"的大致位置。冀为中,则与四方相对,乃可称"冀方"。这个上古合成词的意思就是泛指中原地区。《尚书·五子之歌》："有此冀方。"蔡沈集传："尧授舜,舜授禹,皆都冀州。言冀方者,举中以包外也。"这就把唐尧、虞舜和夏禹的都城全部指认到了这一地区。《孔子家语·正论解》："《夏书》曰:'维彼陶唐,率彼天常,在此冀方。'"王肃注："中国为冀。"按照这些说法,当初的中国范围以传说中的史前王朝都城为轴心。

襄汾陶寺遗址出土的陶灶模型(摄于襄汾尧庙)

唐代胡人俑（甘肃省博物馆）

《尔雅·释地》："两河间曰冀州。"郭璞注："自东河至西河。"《尚书·禹贡》："冀州，既载壶口。"蔡沈集传："冀州，帝都之地，三面距河：兖，河之西；雍，河之东；豫，河之北。《周礼·职方》：'河内曰冀州。'是也。"宋罗泌《路史·后纪二·女皇氏》中女娲神话把冀州的由来追溯到大女神恢复宇宙秩序的初始年代："然后四极正，冀州宁。"罗苹注："中国总谓之冀州。"中国、河内、冀州作为一组地理方位词，就这样同河西、河右、河陇等词组形成对应。将蜿蜒千里的黄河想象为一条巨龙，那么甘肃陇山以西的上游地区就是龙头，简称"陇"；秦、晋、豫交界的黄河弯角区域是龙身的中央肚脐部位，简称"冀"；而从这里到山东的入海口一带，则可看作龙尾部分。按照中原王朝的命名规则，只有"冀"才属于"中国"，而黄河龙的龙头龙尾地区都属于由西戎西羌和东夷所盘踞的异国他乡。

与"河西"意思较为接近的地名还有"河湟"，有时也写作"河隍"。那是将黄河与湟水并称的组合命名，通常指河湟两水之间的地区。

肆 "河西""陇右"考

《后汉书·西羌传·羌无弋爰剑》:"乃度河湟,筑令居塞。"由于该地区自古就是羌或者戎的活动区域,所以对于汉族的中原想象具有特殊的文化他者意义指向。司空图诗《河湟有感》云:"一自萧关起战尘,河湟隔断异乡春。"这是把河湟一带看成中国与异国相阻隔的屏障。《新唐书·吐蕃传下》:"湟水出蒙谷,抵龙泉与河合……故世举谓西戎地曰河湟。"这样一来,同一条母亲河,在不同的语境组合中竟然可以代表截然相反的语义:说"河湟"就是特指"中国"以外的异族他乡,而说"河岳"则等于说中国。

"河岳(嶽)",是黄河和五岳的并称。语本《诗经·周颂·时迈》:"怀柔百神,及河乔岳。"毛传:"乔,高也。高岳,岱也。"孔颖达疏:"言高岳岱宗者,以巡守之礼必始于东方,故以岱宗言之,其实理兼四岳。""河岳"一词后来也泛指中国的山川。如文天祥《正气歌》

明长城贺兰山段

云:"天地有正气,杂然赋流形。下则为河岳,上则为日星。"

以"河"为词根指代中原的词语还有"河济",也写作"河泲",是黄河与济水的并称。其再与长江、淮河合称为"四渎"。《周礼·夏官·职方氏》:"河东曰兖州……其川河泲。"《史记·孙子吴起列传》:"夏桀之居,左河济,右泰华。"是说夏王朝末代皇帝夏桀的都城位于中原,东面为黄河济水,西面为华山。王闿运《珍珠泉铭》序:"昔在周公,论列河泲,以成四渎。"按照《汉书·地理志》的看法,"泲"或"济",包括黄河南北两部分。《尚书·禹贡》:"导沇水,东流为济,入于河。"孔传:"发源为沇,流去为济,在温西北平地。"以上资料表明,古人以黄河为坐标的中原命名,基本上围绕着黄河在陕西、山西、河南三地交界地带的直角形拐弯处,那里正是活跃着自仰韶文化以来,直到唐尧、虞舜和夏代君王的建都区域。地理之"中"观念的形成和史前历代帝都的位置有密切关系。

河南登封告成镇王城岗遗址博物馆的"阳城"匾

河南登封告成镇观星台的大禹像

肆 "河西""陇右"考

甘肃张掖祁连山一景（2006年12月摄）

以母亲河黄河为词根的语词既可以用于近指的中原、中国，也可以用于远指的西部代名词。例如"河源"，亦作"河原"，古代特指黄河的源头。《山海经·北山经》："敦薨之水出焉，而西流注于泑泽。出于昆仑之东北隅，实惟河原。"《汉书·西域传上·于阗国》："于阗之西，水皆西流，注西海；其东，水东流，注盐泽，河原出焉。"这两种说法表明，中原王朝早自上古时代就把黄河源头的追溯落实到了昆仑山。显然这是在地理知识不发达状态下的一种误解。类似的想象地理还有"西海"等。当时认为出于昆仑的水流注入地下暗河，流到瓜州一带又复出地面。清人吴伟业《杂感》诗之三说"日表土中通极北，河源天上接安西"就表现了这种神秘化的河源想象观念。早期的河源说虽然不准确，但是也说明上古中原早已经有了关于河西走廊以西地区——昆仑北麓和田地区

塞外景观（2006年12月摄于张掖马蹄寺）

靠近河套地区新发现的神木石峁古城，以建城时在石缝间隙穿插玉器而著称（2013年4月摄于石峁考古工地）

肆 "河西""陇右"考

（于阗）的明确认识。这样的西部远方知识或许就是自齐家文化以来到新疆获取和田玉并输送中原的长期经验积累的结果。

唐人杨炯《唐昭武校尉曹君神道碑》云："一举而清海外，再战而涤河源。"这已经将河源同遥远的海外对应起来。类似的措辞还有"河塞"，是对黄河上游同北方边境地带相互认同的说法。《史记·卫将军骠骑列传》："爰及河塞，庶几无患。"张守节正义："言匈奴右地浑邪王降，而塞外并河诸郡之民无忧患也。"

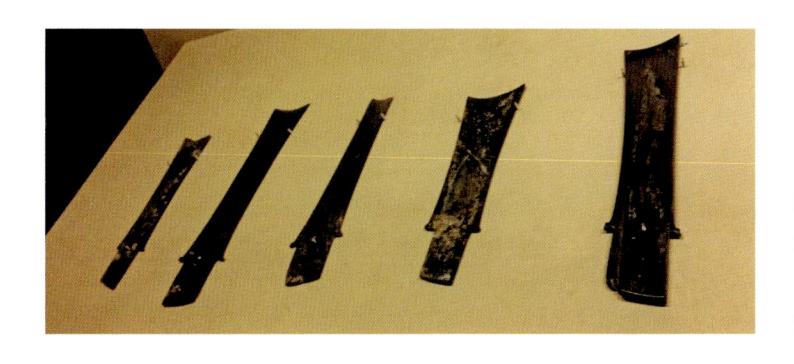

上述分析让我们明白：古人寻找黄河源头的旅程路线，恰好是周穆王西游寻找和田玉的旅程路线——从中原先北出"河塞"到达河套地区，再沿河西行，顺着河西走

石峁遗址采集的大量墨玉玉器（2017年摄于陕西历史博物馆）

石峁玉器中也有来自遥远西域的优质透闪石玉，这件白玉玉璜的玉料便是中原地区所极为缺乏的（2014年摄于良渚博物院"夏代文明特展"）

廊进入昆仑和田一带。古汉语中一系列以黄河为坐标的地理方位词语，莫非是隐藏着某种探求神话的意蕴？

相传黄河之中有水神或者水灵——河灵，那是神话传说时代东亚陆地上最重要的自然神之一，即先民信仰中的黄河水神巨灵。其又由于古人心目中最大最长的河流被推及泛指所有的河川之神灵。扬雄《河东赋》："河灵矍踢，爪华蹈衰。"庾信《燕射歌辞·羽调曲四》："河灵于是让珪，山精所以奉璧。"倪璠注："言山川之精灵出此珪璧宝物也。"如果还记得周穆王到黄河边的主要礼仪就是向河神奉献玉璧，到昆仑山拜见西王母也同样以玉圭和玉璧为神圣信物，那么我们就多少可以省悟过来，在"河出昆仑"的古老信念和"玉出昆仑"的类似信念背后，存在着吸引远古圣王西游的原因奥秘。在饮水思源的意义上，受到黄河哺育的中原人总是怀抱着穷究河源的梦想；在崇玉信仰及美玉神话的牵引之下，黄河源头之大山昆仑虽然远在"河西""河塞"之外，其中间阻隔着羌夷、西戎、匈奴等诸多异族之人，却依然魅力不减，始终充当着华夏人心目中所向往的伊甸乐园或永生乐园。

龙头、陇头、《陇头吟》——以陇山为坐标的西部命名

在中原中心的汉语命名规则中，除了以"河"为坐标的西部名称，还有以"山"为坐标的西部名称。此山就是位于甘肃、陕西交界的地方大山"陇"，今人视为六盘山的南段，古时又称陇坂、陇坻。北魏郦道元《水经注·汧江水》："陇山、终南山、惇物山在扶风武功县西南也。"张衡《西京赋》："右有陇坻之隘，隔阂华戎。"把天水的陇山一带看成华夏族与西戎族的种族分界线。《文选·张衡〈四愁诗〉》："我所思兮在汉阳，欲往从之陇阪长。"李善注："应劭曰：'天水有大坂，名曰陇

关山即陇山之雪景（2016年1月第九次玉帛之路文化考察时摄于关山翻越之旅）

陇头风光

山西侯马晋国祭祀坑出土的龙形玉璜

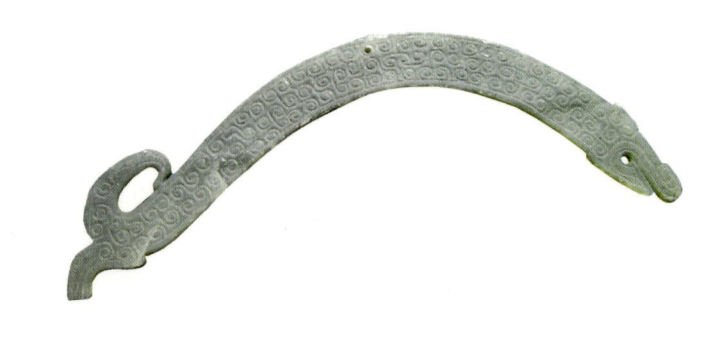

山西侯马晋国祭祀坑出土的双龙玉佩（2006年摄于侯马晋国古都博物馆）

阪。'《秦州记》曰：'陇坂九曲，不知高几里。'"《尚书·禹贡》"因桓是来"，孙星衍注引汉郑玄曰："桓是陇阪名，其道盘桓旋曲而上"。《汉书·地理志下》"陇西郡"唐颜师古注："陇坻谓陇阪，即今之陇山也。"除了以上词语，还有一个"陇头"，也是陇山的代称之一，文人也用此词来泛指整个西部边塞。南朝宋陆凯《赠范晔诗》："折花逢驿使，寄与陇头人。"苏轼《行香子》词："别来相忆，知有何人？有湖中月，江边柳，陇头云。"这给陇头的自然风物定下一种边关伤感的基调。明代徐祯卿的《送士选侍御》诗，使此基调再度得到变奏。所谓"胡天飞尽陇头云，惟见居庸暮山紫"。好像只要一涉足陇山一带，就具有了边僻荒远的无尽意味。

《史记·天官书》："故中国山川东北流，其维，首在陇蜀，尾没于勃碣。"张守节正义："渭水、岷江发源

肆 "河西""陇右"考

武威汉墓出土的"马踏飞燕"（摄于甘肃省博物馆）

出陇山，皆东北东入渤海也。"《史记》的"中国山川东北流"说，和共工怒触不周山，"天柱折，地维绝，天倾西北，地陷东南"的神话相呼应。若依照神话宇宙观的类比，把中国的山川地理视为一个整体的生物——巨龙，那么它西部的高原就是首，东部的河流入海处就是尾。司马迁所以有"首在陇蜀，尾没于勃碣"比喻之说。陇山及其西部高原，作为中国之龙的龙头，或许其得名的"陇"字就是神话类比的产物。"陇"字从阜，从龙。阜训土山、大山，还有高处的意思。陇字的造字本义，或取象于中原人想象中的西北高原之比喻——龙头。也就是说，中原是龙的身子，从陕西的关中蔓延到河南和山西，约相当于黄河中游地区；陇山以西是龙头，约相当于黄河上游地区；河南以东是龙尾，相当于山东和沿海地区。整个中国龙呈现为西高东低的腾起状，所以向西的方向说"上"，而向东的方向则说"下"。

自从秦始皇设立陇西郡,"陇"和"西"两个字就结合为一体,并以高频率出现在文献和文学中。《汉书·地理志下》:"陇西郡。秦置。"颜师古注:"此郡在陇之西,故曰陇西。"南朝梁简文帝《陇西行》之二说"陇西四战地,羽檄岁时闻"为这个地名增添了火药味。

中原的皇帝向西巡守,要越过陇山进入甘肃地界。《汉书·武帝纪》:"行幸雍,祠五畤。遂踰陇,登空同,西临祖厉河而还。"颜师古注:"应劭曰:'陇,陇阺坂也。'即今之陇山。""陇"于是可以作为甘肃地方的代称。由于向西的旅程是登高的,所以用"登"或者"上"来表示。韩愈《青青水中蒲》诗之一:"君今上陇去,我在与谁居?"如今我们说的"陇海铁路",指贯通大陆东西的交通大动脉,依然遵循着把中国山川视为一个整体的逻辑。只不过我们早已经将古人想象的陇为龙头,海为龙尾的神话类比遗忘干净了。

把甘陕交界以西地区视为中国龙的龙头,可以得到对甘肃历史地理学解说的旁证:"甘肃省简称甘;又因省境在陇山之西,旧时别称陇西或陇右,简称陇。"[①]上古以东为左,以西为右。所以河西又称河右,陇西又称陇右。刘勰《文心雕龙·檄移》中就有"陇右文士,得檄之体矣"的说法。詹锳注:"陇右,即陇西,今甘肃省陇山以西地区。"明何景明的《陇右行送徐少参》记述了自中原到陇右的大致里程:"陇右地,长安西行一千里。"去陇右的旅程要翻越陇山,古人认为山道盘旋九回,要走七天才能翻越,山顶有四道清水流出(《乐府诗集·汉横吹曲一·陇头》)。郭茂倩题解引《三秦记》:"其坂(指陇山)九回,上者七日乃越,上有清水四注下,所谓陇头水也。"这更加显得奥妙神奇。基于这种神奇,何景明写出了《送贾君博之阶州》一诗名句:"陇坂盘云上,秦城

---

① 谭其骧、王天良、邹逸麟等:《我国省区名称的来源》,载《复旦大学学报》(社会科学版)1980年第51期。

向斗看。"

　　中国版图西高东低的地势，决定了西行为上、东行为下的语言习惯。"陇上"一名，不仅包括甘肃，甚至也包括陕北、宁夏的黄土高原地区。对于中原来说，那里已是汉关边塞地区。《乐府诗集·汉横吹曲一·陇头》郭茂倩题解引唐杜佑《通典》："天水郡有大阪，名曰陇坻，亦曰陇山，即汉陇关也。"晋傅玄《惟庸蜀》诗："姜维屡寇边，陇上为荒芜。"宋蔡挺《喜迁莺》词："汉马嘶风，边鸿叫月，陇上铁衣寒早。"文人还造出"陇戍"一词，泛指戍守西部边疆。唐李益《观回军三韵》："万里将军没，回旌陇戍秋。"唐陈陶《陇西行》之三："陇戍三看塞草青，楼烦新替护羌兵。"在这一类文学语言渲染之下，陇上不再是什么龙头，不再是华夏文化的源头之一，反倒成为地地道道遥远、蛮荒和血腥征战的边地。

关山古道（2016年7月第十次玉帛之路文化考察时摄于陇县关山草原）

天水甘谷相传为伏羲故里（2005年7月摄）　　　　甘肃合作九层佛阁（2005年摄）

　　因为边塞总是争战的前线，中原人去那里自然难免感叹人生的悲壮凄凉，于是陇山、陇水、陇头、陇塞、陇树、陇笛等一大批修辞意味强烈的习语充斥在中原本位的文学史传承之中。唐代李洞的《段秀才溪居送从弟游经陇》诗有这样两句："烟沉陇山色，西望涕交零。"把向西的陇山之旅写得凄凄恻恻。源出陇山的陇水，更加容易引发文人的伤感。郦道元《水经注·渭水一》："渭水又东与新阳崖水合，即陇水也。东北出陇山，其水西流。"李白《秋浦歌》之二云："青溪非陇水，翻作断肠流。"王琦注引《陇头歌》："陇头流水，鸣声幽咽；遥望秦川，肝肠断绝。"这些诗句无异于将陇水认同为流不尽的伤心泪水。宋代苏洞写《雨

肆 "河西""陇右"考

关山古道（2016年7月第十次玉帛之路文化考察再度翻越关山时留影）

中花·怀刘改之》词，也说"陇水寂寥传恨，淮山宛转供愁"。古诗词中若用"陇头水"一词，则是指代陇山顶的神秘水流，同样充满着离愁别恨一类感情色彩。唐人于濆《陇头吟》云："借问陇头水，终年恨何事。"如果把这种模式化的哀愁转移到这一地区的植物上，就又有了泛指边塞树木的"陇树"一词。南朝齐孔稚珪《白马篇》云："陇树枯无色，沙草不常青。"一千年以后的明代皇甫涍写下一首题为《再别兄弟作》的诗，其中有"陇树三年泪，边云万里秋"一句，依旧沿袭着中原想象的西部悲愁老调子。同类的诗词语汇还有指代陇山之巅的"陇首"。李白《古风》之二二："秦水别陇首，幽咽多悲声。"在陇山陇水一带回荡着的悲声不光

119

陇头云与陇头水（2005年7月摄于甘肃康乐莲花山）

肆 "河西""陇右"考

甘肃康乐莲花山花儿会（2005年7月摄）

出自中原戍边的远征人，而且也夹杂着敌对一方所发出的乐声。"陇笛"就是"羌笛何须怨杨柳"的同义词，特指西部边塞的胡人乐声。韩愈《和崔舍人咏月二十韵》："郡楼何处望，陇笛此时听。"汉乐府中居然留下以"陇头"为题的曲名。《乐府诗集·横吹曲辞》郭茂倩题解引《乐府解题》："汉横吹曲，二十八解，李延年造。魏晋以来，唯传十曲：一曰《黄鹄》，二曰《陇头》。"后人多用《陇头吟》来代替《陇头》。如明代的练高所写《送赵将军》诗有句云："敲缺唾壶银烛短，时人不解陇头吟。"

唐代的韩鄂在《岁华纪丽》卷一记述了一个典故：南朝宋陆凯与范晔友善，自江南寄梅花一枝与长安范晔，兼赠诗曰："折花逢驿使，寄与陇头人。江南无所有，聊赠一枝春。"这首诗成为江南人想象西北风貌的典范。后人遂借"陇头音信"作为典故,泛指一切寄往遥远地方或者来自远方的书信。如高明《琵琶记·伯喈行路》就说:"叹路途千里,日日思亲。青梅如豆,难寄陇头音信。"中原人这样使用"陇头音信"之典故,若放在陇头地区乃至河西地区的非汉族语境中,其语义又会发生怎样的变化呢?

命名与遮蔽:"敦煌"别解

中国文化传统有对事物命名的特殊讲究。儒家所说的"名不正则言不顺",包含着何种文化政治意蕴,还有待于深入的反思和研讨。相传大禹治水时有伯益跟随,行使"主名山川"的职责。据传上古文献传统中最神秘难解的一部书《山海经》就是这样产生的。从刘秀写给西汉皇帝的《上

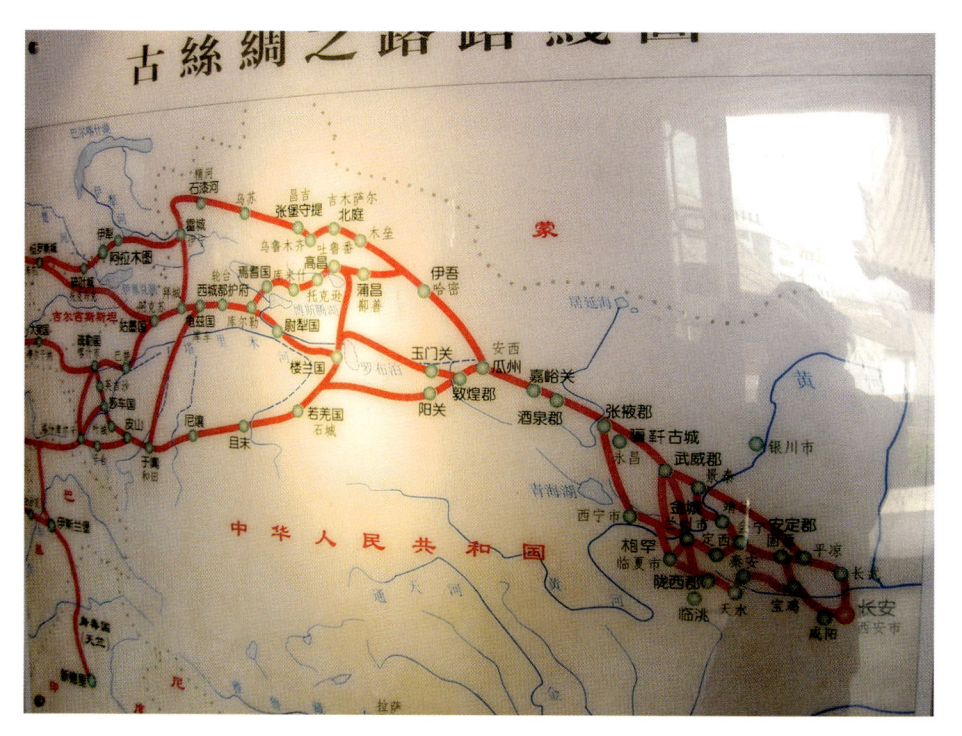

古丝绸之路路线图(2005年7月摄于秦安博物馆)

肆 "河西""陇右"考

山海经表》，我们不难看出这一类专门记录事物名目的书对古人求解未知事物的重要性。颜之推《颜氏家训·勉学》云："夫学者贵能博闻也。郡国山川，官位姓族，衣服饮食，器皿制度，皆欲根寻，得其原本。"由此可见"博闻"和"得其原本"有一定的关联。不过，古人博闻求知也有一种反思的精神，借用《荀子》书中的篇名，就叫"解蔽"，是要在认识事物方面解除遮蔽，打破蒙蔽的意思。原因很简单：语词的命名本身容易形成符号的遮蔽，即能指与所指之间的背离现象。人们往往为名称本身的误读误解所遮蔽，而忘却了命名符号背后的真实情况。

打开中国地图，扫视一下河西走廊周围的地名，其命名法则大致不外乎两种：一是充分体现中原王朝的征服和统治愿望的，如"安西""定西""武威""平凉""永靖"等；二是来自非汉语词汇发音的，如"敦煌""庄浪""古浪"等。

甘肃张掖马蹄寺（2006年12月摄）

河西走廊——西部神话与华夏源流

先看位于河西走廊中段的历史名城武威，其字面意义指军事威力。《管子·版法》："武威既明，令不再行。"《史记·秦始皇本纪》："武威旁畅，振动四极，禽灭六王。"杜甫《重经昭陵》诗："翼亮贞文德，丕承戢武威。"中原王朝要想控制河西走廊，若没有巨大的军事威力是根本无法想象的。所以西汉建"河西四郡"时得名的武威，完全符合此种符号逻辑。

"酒泉"似乎和瑶池一样，来自某种被夸大的神话信念。而"张掖"一名被中原王朝一方望文生义地解释为沿着河西走廊"张中国之臂掖"，就非常典型地体现出中央帝国的命名逻辑。和定西、绥远、靖边、定边、镇原、宁夏、伏羌、宁羌（即今陕西宁强）等地名一样，分明是一些带有咒语性质的霸权话语。其中所包含的武力征服的意蕴，至今还是一目了然的。

"敦煌"一名则另有讲究。作为河西四郡最西边

沙州送别图（嘉峪关长城博物馆）

今日敦煌沙州市场

今日敦煌市区

莫高窟最早洞窟之一——第275窟

莫高窟列入"世界文化和自然遗产"后
建立的标志碑

肆 "河西""陇右"考

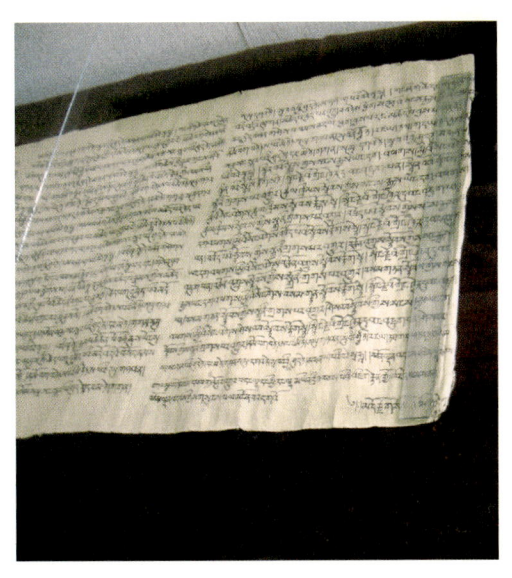

敦煌博物馆藏古藏文写经　　　唐僧取经图（摄于嘉峪关长城博物馆）

的一个郡，治所在今甘肃省敦煌市。西汉元鼎六年（前111）置郡，北魏改为敦煌镇，后复改郡。唐武德五年（622）改置西沙州，贞观七年（633）又改沙州，天宝元年（742）仍改敦煌郡，乾元元年（758）又改称沙州，大概因为其地处沙漠包围的环境吧。作为县名，也是西汉置。十六国前凉建都于此，北周改名鸣沙县，隋大业初复名，唐末废。到了清乾隆二十五年（1760），重新设置，移至今址。敦煌是古代通往中亚和欧洲的交通要站。城东南五十里的莫高窟（千佛洞）保存有4世纪至14世纪遗留的壁画、雕塑等艺术珍品，号称世界艺术宝库；城南有鸣沙山、月牙泉名胜；城西北有玉门关，西南有阳关遗址。1987年改设敦煌市。

关于"敦煌"一词的含义，《汉书·地理志》注引应劭曰："敦，大也；煌，盛也。"由于以"大""盛"解敦煌，因此唐代索性将"敦煌"二字改写为"燉煌"，让两字皆从火，以示其旺盛昌明。当代学者对此种传统解释提出质疑，认为汉语"敦煌"一词没有意义，是异族语言词汇的音译。一说是"吐火罗"的音转，即中亚古国名，亦用为地名。古代也译

127

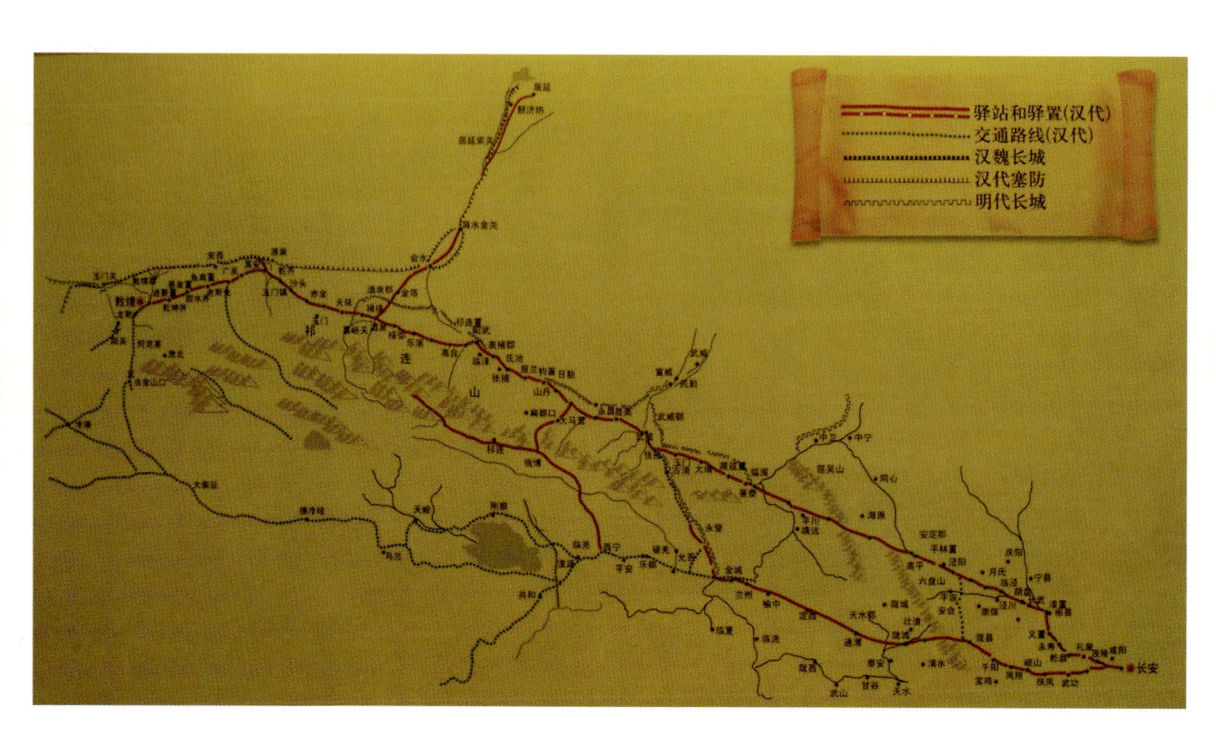

河西走廊古代交通示意图（2007年摄于甘肃省博物馆）

作兜佉勒、吐呼罗、土豁罗等。《隋书·西域传·吐火罗》："吐火罗国，都葱岭西五百里，与挹怛杂居……大业中，遣使朝贡。"《新唐书·西域传下·吐火罗》："吐火罗，或曰土豁罗，曰睹货逻，元魏谓吐呼罗者。居葱岭西，乌浒河之南，古大夏地。"若将"睹货逻"三字急读，就近似于"敦煌"。另一说敦煌为藏语词汇的发音。李文实提出，敦煌不是汉语的命名，而是古羌语名称的音译。他指出：上述四郡的名称，一般都按汉语义解释，实际上武威、酒泉是汉语，而张掖、敦煌是译名。因其地既原属羌、胡等杂处，地名也自当名从主人，这样才能通晓其得名的由来，甚有助于史事的解析。而自汉以来的注家，都望文生义，强自为说，致使两千年来，以讹传讹，失其真相。将敦煌训"大""盛"，这和解释

肆 "河西""陇右"考

反思"历史"的课堂——敦煌博物馆

张掖为"张中国之臂掖,以通西域,断绝匈奴右臂也"同样无稽。李文实还写道:"敦煌之为羌语译音,盖与庄浪、张掖、删丹等相同。我曾为此遍询深通藏语文的专家,他们根据我的提示和设想,最终由索南杰同志提出'朵航'的对音来,这在现代的藏语中是'诵经地'或'诵经处'的含义。我认为这是得实的。敦煌的名称,既在汉武帝通西域时早已存在,那么佛法东来河西走廊西端,当在汉武帝以前……"[①]

今日的藏语虽不能直接等同于古羌语,但是二者的渊源关系是不容置

---

① 李文实:《西陲古地与羌藏文化》,青海人民出版社2001年版,第116页。

考察队在东千佛洞遗址合影（左三为锁阳城文物管理站蔡壮站长）

疑的。至少从发音上看，从藏语"朵航"到汉语"敦煌"，要比从"吐火罗"到"敦煌"的可能性更大一些吧。古羌人是中原王朝打通西域的主要对手之一。在他们世代活跃的河西地区最先出现佛教传播的迹象并用"诵经处"来称呼，看来是合乎情理的。敦煌地名本义的消失，要归结为文化认同的转换：当地的名称到了外来的语言中继续沿用，但是本来意思就被遮蔽了，新的望文生义在所难免。正如地名"庄浪"在汉语一方没有意义，而用藏语读之则有意义为"牦牛沟"一样。

伍 沉寂五千年，柳湾闻蛙声
——马家窑蛙纹彩陶解读

这一部分的内容出自对青海柳湾彩陶博物馆一次考察的笔记。在多年之后直接面对国宝级文物"阴阳人"彩陶壶，获得在史前墓葬的实际情景之中重新体悟其象征意蕴的契机，还原到欧亚大陆史前女神宗教的大背景之中，追索自再生母神的蛙/蟾蜍化身到马家窑文化陶器蛙纹符号的演变过程，还原理解马家窑先民的"唯陶为葬"现象，在彩陶符号的图像叙事世界领会"唯陶为葬"风俗的整体寓意——让死者回归大地母体。

柳湾见证"唯陶为葬"

2007年12月31日，笔者借第四次到甘肃考察的机会，和兰州大学的彩陶研究者程金城教授等一起，西出兰州到达青海的民和、乐都，慕名参观了柳湾彩陶博物馆。这里是世界上出土新石器时代彩陶器最多的地方，总数达两万多件。在博物馆中展出的也有五千多件。从"格物致知"的意

村落中的柳湾彩陶博物馆

义上说，如果要研究或者了解四五千年前马家窑文化和四千年前的齐家文化，没有到过这里，那是一大遗憾。

没有料到，这样举世闻名的史前文化宝库——柳湾彩陶博物馆居然坐落在一个村落里，开车人如果没有经验是很难找到的。而且博物馆还是由一位日本人捐资修建和命名的——中国青海柳湾小岛彩陶博物馆。这多少让人感到一个文化大国的悲哀。十多年前，我在写《高唐神女与维纳斯——中西文化中的爱与美主题》一书时，讲到这里出土的人形彩陶壶的性别问题。后来写《千面女神——性别神话的象征史》一书，有一节"女蛙与女娲"[①]，探讨马家窑彩陶上的蛙人形图像。但那两次写作都没有机会到柳湾考察。后在2005年和2006年多次到甘肃，先后看过甘肃省博物馆、兰州市博物馆、临夏市博物馆、临洮县文化馆、临洮马家窑研究会等展出的

---

① 叶舒宪：《千面女神——性别神话的象征史》，上海社会科学院出版社2004年版，第136—159页。

伍 沉寂五千年，柳湾闻蛙声

柳湾M564墓

各种彩陶，对史前彩陶文化遗产的认识比以前有所深化。因此，这一次专访柳湾，实际上具有现场补课的性质。

此番考察的重要收获之一是直观地看到马家窑文化后期的两种类型——半山、马厂和齐家文化的墓葬形式，对彩陶的理解，从孤立的史前艺术品还原到彩陶在当年的功能语境之中，得到实物背景中的整合性认识。两年来，在目睹了北方红山文化和南方良渚文化的"唯玉为葬"情景之后，再度看到了西北史前先民"唯陶为葬"的奇观。特别是M564墓的复原景观：在墓主安睡处旁边，居然有91件陶器堆积如山地陪伴着他！该墓穴的展示说明词也写得很生动具体，兹照录于此：

此墓的发现带有一定的偶然性，当时考古工作者清理完一座齐家文化早期墓葬后，发现下面仍有墓坑痕迹，继续下挖二米多时，

133

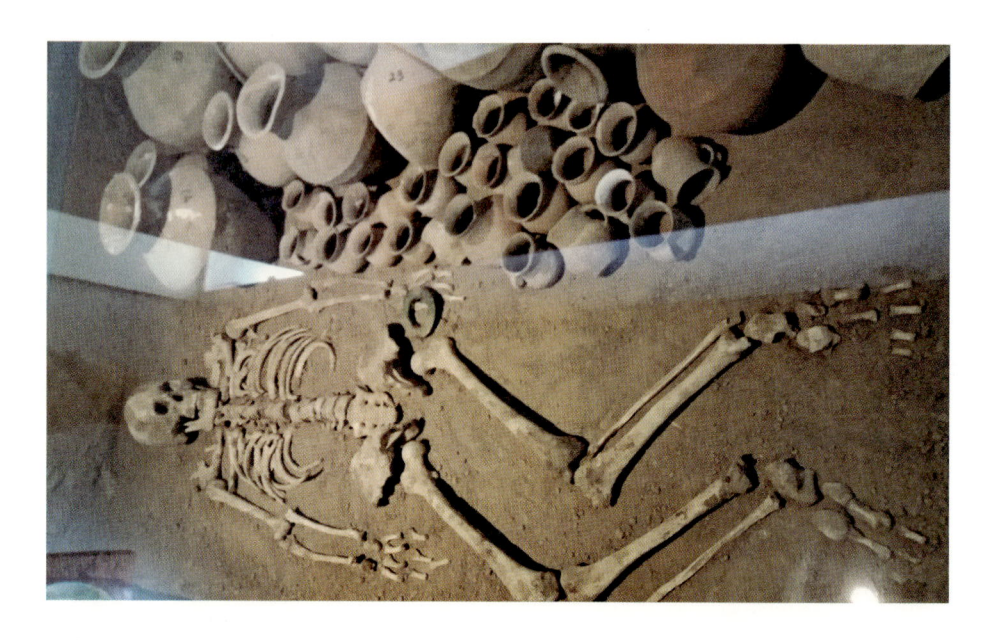

甘肃镇原县常山下层文化2米1巨人墓葬随葬的72件陶罐，距今四千九百年（2016年1月第九次玉帛之路文化考察时摄于镇原县博物馆）

墓室有四分之三露出陶器口部，经清理有三层陶器垒放。共出土随葬品95件，其中陶器91件（彩陶有86件），石斧、石锛、石凿和绿松石饰各一件。这是柳湾遗址出土数量最多的一座。

面对此情此景，一连串疑问浮上心头：墓中的彩陶好像不是为死者来世生活所使用的实用器具，否则没有必要给一个人一次准备那么多数量。而同墓陪葬品中分别只有一件的石斧、石锛、石凿和绿松石饰，似乎是来世的实用器物。相比之下，多达数十件的彩陶意味着什么呢？

史前的陶器莫非是社会财富的象征？如果答案肯定，那么墓主人的地位就非同一般。这位男性墓主是氏族社会的王者——部落酋长吗？

91件又意味什么呢？当时的部落如果由90户人家组成，那么是否每一户都要为死去酋长的来世生活奉献上一个彩陶罐呢？或者他的家族就是当时社会中主管制陶生产的，利用职业之便，近水楼台先得月一般地聚集了

伍　沉寂五千年，柳湾闻蛙声

显示神圣的蛙人彩陶壶（2005年摄于临洮马家窑文化研究会彩陶博物馆）

秦安县郭嘉乡寺咀村出土的马家窑文化人面形彩陶壶（2005年摄于秦安县博物馆）

部落中最多数量和最精美质地的彩陶？

　　结合南京博物院玉器展中的良渚文化"唯玉为葬"之景观，将长江下游和黄河上游的两种史前墓葬方式对照起来看，感触和体会将更加丰富。在1982年发掘出土的江苏武进寺墩3号墓（公元前2500年）中，我们看到120多件陪葬品中只有个别的陶器，而玉器则占了大多数，仅磨制的玉璧和玉琮就有50多件，规则有序地排列在年仅20岁的男性墓主人周围。在浙江余杭等地的高规格良渚墓葬中还有随葬100多件玉璧的情况。可见，在四千五百年前的中国，南方江浙地区的社会财富与权力标志就是玉礼器，而西北的黄河上游地区则仍然以彩陶为神圣尊贵之器。等到数百年之后的齐家文化崛起，玉礼器传统才正式登上史前的舞台。倘若将绿松石饰看作玉石器的一种，那么柳湾马厂时期M564墓中与91件陶器同在的一件绿松石，就可以视为西北地区齐家文化的玉崇拜观念与实践到来之前的一点先兆，而其所展现的"唯陶器至上"的崇拜观念与实践，应该是学习了解中

135

华文明起源线索的又一个生动课堂。

在精神分析学的象征谱系中,有一个"女性=躯体=容器"的类比公式①。根据该公式,容器的非实用意义就在于充当生命的孕育或者再生力量的象征。就此而言,我们汉语里常说的"有容乃大",实际可以还原为"有容乃生"。《庄子》创造出的具有非凡法力的寓言人物"壶子",不就是人格化容器的隐喻吗?《庄子·在宥》还告诉人们:世上的生命"皆生于土而反于土","万物云云,各复其根","无问其名,无窥其情,物故自生"。这些话对流行数千年的土葬传统来说,其实提供了信仰观念方面的极好解释。黄土之下的墓葬不是生命的终结,而是回归大地母亲体内迎接新生的准备。借用哲学家布洛赫的话,就是"把徐徐落下的一幕,一变而为慢慢开启的幕布"②。

在这样的信仰语境背景中看91件陶器堆积成的壮观景象,会产生设身处地的感受和推测性的联想,带领我们穿越历史隧道,模拟性地回到四千五百年前的柳湾先民世界。

让少量的或者大量的陶器与死者共在,这究竟代表何种观念和信仰呢?墓穴无言,现在看来较为切实的解答需要具体分析陶器本身留下的符号。对此,专业考古学者提出的见解是:"史前时期的彩陶花纹对氏族成员具有更为强烈的群体认同价值。其中,某些特殊的纹样很可能就是某一群体尊崇的神圣象征符号,如仰韶文化半坡类型的人面鱼纹、庙底沟类型的花瓣纹、马家窑文化的蛙纹等。这些不同的纹样在各个考古学文化中显然有着特殊的功能和感召力。"③马家窑彩陶的图像特征明显,以葫芦纹、四大圆圈纹、螺旋纹和蛙纹等几大符号体系为主要特色,不同于中原彩陶的鱼纹和花纹。接下来的问题是:马家窑先民所崇奉的蛙纹神圣符号是如

---

① 参见叶舒宪:《高唐神女与维纳斯——中西文化中的爱与美主题》,中国社会科学出版社1997年版,第89—96页。
② 参见叶舒宪:《庄子的文化解析》,湖北人民出版社1997年版,第387页。
③ 李水城:《半山与马厂彩陶研究》,北京大学出版社1998年版,第209页。

伍 沉寂五千年，柳湾闻蛙声

蛙人还是神人？马家窑文化马厂类型彩陶图案（2006年摄于甘肃省博物馆）

何产生的呢？是彼时彼地特有的符号呢，还是在史前信仰中具有普遍意义的符号？

西方考古学家分析归纳的新石器陶器符号，认为最突出的意义主要围绕着一个中心，那就是再生的象征。"自然界自发的一代代生命是新石器时代宗教信仰的主要关注。这样的先入之见催生出古欧洲有关再生的神圣意象的大流行。大多数的这类形象尊崇各种各样的动物：鱼、蛙、狗、山羊、豪猪、公牛头，所有那些在某个方面可以象征子宫的东西。有些意象反映了自然界：种子、葡萄藤、树、男性生殖器、植物的嫩芽、生命柱。经常也有抽象的象征物：螺旋线、弯钩形、三角形和同心圆环。我们可以看到所有这些都是再生的象征，象征着从生命的初期准备到破腹而出。这些象征通常伴随着终极性的再生象征：女神的身体和生育器官。"[①]这些观点虽然主要针对欧洲和西亚的陶器形象，却也有助于我们理解马家窑彩陶的肖生类纹饰——蛙纹和多种几何纹饰的潜在寓意。

---

① M.Gimbutas, *The Language of the Goddess*, San Francisco:Haper & Row,1989,p.26.

大地湾的生态景观

蛙人造型的奥秘

追溯彩陶上蛙纹或者蛙人形象的由来，要诉诸甘肃和陕西等地更早的新石器文化，如甘肃秦安的大地湾文化以及陕西临潼姜寨的仰韶文化。但是那些六七千年前的蛙纹图像只是在陶器上偶尔出现，还没有形成模式化表现的造型传统。相对于当时较普遍的鱼纹符号，蛙纹似乎只是辅助性的符号。陕西临潼姜寨遗址出土的一件陶盆内壁绘有一只与双鱼形象对应的黑彩蛙形，风格近似写实，也许还不能叫蛙纹吧。那只蛙有着圆形的身体和半圆形的头部，没有表现出脖子，似乎是个缩头蛙。头上画有两个圆点代表蛙眼，蛙背上充满黑点状纹，好像癞蛤蟆的皮斑。四只蛙爪均伸向上方，好像是要爬出陶盆的边沿。[1]河南陕县庙底沟遗址出土的一个陶盆腹部

---

[1] 参看叶舒宪：《千面女神——性别神话的象征史》，上海社会科学院出版社2004年版，第147页图363。

伍 沉寂五千年，柳湾闻蛙声

考古发现我国西部五千年前的最大房址（2005年摄于秦安大地湾遗址）

有蛙纹，但形象残缺，看上去像蛙也像龟。

　　两年前去大地湾考察时，看到仰韶晚期第820号房址出土的一件陶壶（编号为F820:15)上绘有一个蛙（龟）形动物，全黑彩，近似三角形的头部整体涂黑，张着大嘴，圆形的身躯上画满网纹，两只前爪向上方伸出，后肢因陶壶下部残破而无法看到。这件陶壶属于大地湾四期文化，断代为距今五千五百年到五千年之间。大约同时期的临洮和天水师赵村等地也有类似图像的蛙纹陶器，也是以网纹表示身体，且头部涂黑，所不同的是蛙身躯被人为地分为两半，更加具有图案化的趋向。地处甘肃东部的大地湾，恰好是中原彩陶符号与西北彩陶符号的交汇之地。中原彩陶上最多见的肖生类符号是鱼，而西北彩陶最常见的肖生类符号是蛙。大地湾一期文化出现的鱼纹彩陶，时间甚至早过以鱼纹和人面鱼纹符号而著称的西安半坡仰韶文化。这对于研究彩陶渊源来说是非常重要的线索。可惜学界一般受到中原中心观的制约，忽略大地湾一期文化年代上早于仰韶文化的事实，乃至将大地湾文化笼统地归并到仰韶文化之中，称之为"仰

139

马家窑类型蛙盆
（临洮彩陶博物馆）

马家窑类型蛙盆（2006年摄于临洮彩陶博物馆）

蛙纹彩陶壶（2006年摄于甘肃省博物馆）

马家窑文化马厂类型的蛙形神人（2007年摄于青海柳湾彩陶博物馆）

大地湾出土的蛙纹彩陶壶（2006年摄于甘肃省博物馆）

韶文化的甘肃类型"。这样的命名误区，就好比将太极拳看成西方拳击术的东方类型一样。

在大地湾文化和仰韶文化中初露端倪的青蛙/蟾蜍形象，到了马家窑文化中开始发达起来。在临洮的马家窑文化研究会彩陶博物馆中，可以看到一批按照年代发展出来的彩陶蛙纹系列：早期，马家窑文化马家窑类型；中期，半山类型；晚期，马厂类型。如早期马家窑类型的蛙盆，在直径20厘米的陶盆内部用黑彩画出一只巨大的蛙，舞动着四肢，在水波纹的背景中显得格外灵动。这样的表现说明了蛙在先民心目中的神圣性。

到了半山类型和马厂类型，从蛙纹演化出半蛙半人的造型模式，亦称

伍 沉寂五千年，柳湾闻蛙声

以蛙纹彩陶图案为标志图的青海柳湾彩陶博物馆

马厂类型蛙纹彩陶图案（2007年摄于青海柳湾彩陶博物馆）

"神人纹"或"人蛙纹"，还有蛙/蟾蜍类的变体形式，如蝌蚪纹、蛙卵纹等。大体而言，甘青地区的神蛙造型传统前后延续了约一千年时间，成为半山和马厂类型彩陶中最富有特色的纹饰。[①]在李水城分析的半山类型彩陶典型花纹模式中，人蛙纹是第八种，其解说如下：

> 半山时期出现的新纹样，也可能与马家窑类型蛙纹有渊源关系，出现率一般，为半山时期富有代表性的典型纹样，也是半山彩陶中唯一的像生类花纹，其构图具人、蛙双重特征，故名。[②]

半山时期的人蛙纹较为抽象，头多为圆形，躯体和四肢用红黑相间

[①] 也有学者持反对意见，如张朋川在《半山和马厂彩陶上的神人纹》中认为，半蛙半人形象不是从马家窑蛙纹发展而来的，应称为"神人纹"。见张朋川：《黄土上下：美术考古文萃》，山东画报出版社2006年版，第51页。

[②] 李水城：《半山与马厂彩陶研究》，北京大学出版社1998年版，第57页。

一身多肢爪的蛙纹彩陶壶（私人藏品，2006年摄于临夏） 　　单独肢爪纹彩陶（甘肃省博物馆）

马厂类型蛙人纹 　　用壶口代替人头的彩陶壶 　　蛙－龙纹饰的彩陶壶（2006年摄于临洮彩陶博物馆）

的带纹、折带纹表示，大多画在陶器表面的上部和盆钵的内壁。头部以圆圈代表，面部没有具体的五官，身体简化为一直线带状，四肢往往画成两节折线。到半山晚期，人蛙纹出现变异，头部变大，不表现五官，只在头上涂绘纹饰，上下肢都向上折曲，并且粗略画出指爪形态。在马厂类型的彩陶花纹谱系中，人蛙纹的数量和重要性大增，成了最有代表性的花纹之一。其画面较半山时期的又有明显变化，种类也更加多样。构图模式可以粗分为写实与简化两种，亦可分为独立人蛙纹与复合人蛙纹，前者画面由单一的人蛙纹组成，后者以人蛙纹为主，两侧配以圆圈、万字、网纹、回纹等辅助纹样。[①]值得注意的另一个变化是：蛙人造型不求完整，多以变体形式出现。如有的陶器将代表头部的圆圈变大；有的则将圆圈省略不画，

---

① 李水城：《半山与马厂彩陶研究》，北京大学出版社1998年版，第142页。

以陶壶的圆口来充当蛙人的头。蛙人的肢体也发生了各种曲折变化：有的在一个身体上画出错综复杂的反常肢爪；有的甚至不表现身体和头，只表现单独的肢爪纹；还有的甚至变化为蛙-龙的奇特造型。

再释"阴阳人"彩陶壶

在柳湾博物馆中获得的另一个启发，是对闻名遐迩的"阴阳人"彩陶壶的新理解。柳湾的这件文物由于造型奇特罕见，从两万多件器物中脱颖而出，作为国宝被征调到北京天安门广场的国家博物馆收藏。这件陶器之所以稀罕，就在于物以稀为贵。在柳湾两万多件陶器中只有一件，其出现的概率不到万分之零点五。而在全国数十万件出土陶器中也仅此一件，多少带有些空前绝后的意味。在柳湾展出的虽然是真品的替身——复制品，但依然享受单独玻璃柜陈列的特等待遇。

我以往对此文物的了解，围绕着"史前阴阳人"这样耸人听闻的命名，难究所以然。杜金鹏等称之为"男女同体瓶"。

看它的尺寸，高约33厘米许，大小适中，并不为奇。可是考古学家却视之若珍宝，只因为这件陶壶上雕塑有一个裸体"双性人"。[①]

这次参观柳湾，由于是大冬天的节假日，整个馆里只有我们三个访客，足以静下心来看个究竟——绕着玻璃柜转了几圈，从四个侧面仔细观看了它的完整图像：正面是所谓"阴阳人"塑像，也是唯一用类似浮雕方式先捏塑出人体形象再用彩绘制的；背面为典型的马厂风格蛙人（神人纹）；两侧则绘制出对称的两个网纹圆圈。找来找去，没有看到所谓"阴阳人"或"双性人"的显著特点。这是怎么一回事呢？

[①] 杜金鹏、杨菊华编著：《中国史前遗宝》，上海文艺出版社2000年版，第184页。

"阴阳人"彩陶壶正面 　　　　"阴阳人"彩陶壶反面　　　　"阴阳人"彩陶壶侧面
　　　　　　　　　　　　　　　（蛙人）　　　　　　　　　　（网纹圆圈）

　　原来，被视为"阴阳人"的是陶壶正面突出刻画的人体形象。仔细辨别，还是看不出阴阳人或男性性器的特征，能够直接观察到的是对女性性器的夸张表现。很可能这个捏塑出的女性性器被误解成了双性的性器吧。在陶器表层捏塑的浅浮雕人体造型：两臂下弯，做环抱自己下腹部的姿态，实际上为的是让人们的注意力集中到两手之间的画面焦点部位——性器。这样一种通过构图对女性人体生育部位的强烈聚焦表现，在其他文化中也不乏其例。笔者在《高唐神女与维纳斯——中西文化中的爱与美主题》和《千面女神——性别神话的象征史》两书已多次引用过。[1]看来远古女神信仰在欧亚大陆各地存在的普遍性，或许是造成这种类同图像表现模式的深层原因。

　　借用结构主义的分析工具，在陶壶图像的整体设计上可以看出多重对应的二元对立模式：正面的人形和反面的蛙人形构成一组对应（如果从人形双手的指爪看，正面的人体形象依稀隐喻着其也是一个蛙人）；两侧对称的两个网纹圆圈构成第二组对应；正反面的肖生形象与侧面的抽象几何形象构成第三组对应；反面的蛙人形只绘出身体，没有绘头部，而是让壶口的自然圆圈充当蛙人之头，头与身之间再度构成第四组对应。更加奇妙的是正面的人

---

[1] 叶舒宪：《千面女神——性别神话的象征史》，上海社会科学院出版社2004年版，第126页图303。

伍 沉寂五千年，柳湾闻蛙声

环抱姿态的指示焦点——性器

体形还可以分解出一组（第五组）二元对立，即双重的人面形：上方头部是一个自然的人面，下方身体则呈现为一个五官俱全的隐喻的人面形——双乳突和圆肚脐构成双眼和鼻子，下面用女性生殖器代表了嘴。上下对应的细节还有：上方的人面形外缘是用捏塑出来的凸起棱线表示大耳朵状，下方的躯体外缘也是用捏塑出来的凸起棱线表示双臂环抱姿势。

与后世文学中以吃比喻性行为的表达模式遥相呼应，造型艺术中这种上下对应的性器表现模式也是史前艺术常见的表达模式，我们在号称最神秘的良渚玉器神徽上已经看得十分清楚：身体上方的口与下方的女性性器形成对应。上方是神人大口，下方是呲着獠牙的女阴，比较神话学称之为"牙齿阴户"。史前艺术的这类表达模式，其根源在于神话信念中生殖器与口的类比认同。华夏神话认为大地为母性的"坤"，她能够"吐生"万物，明显将大地母亲的口等同于能够生育的女性性器。口的功能"吐"和

145

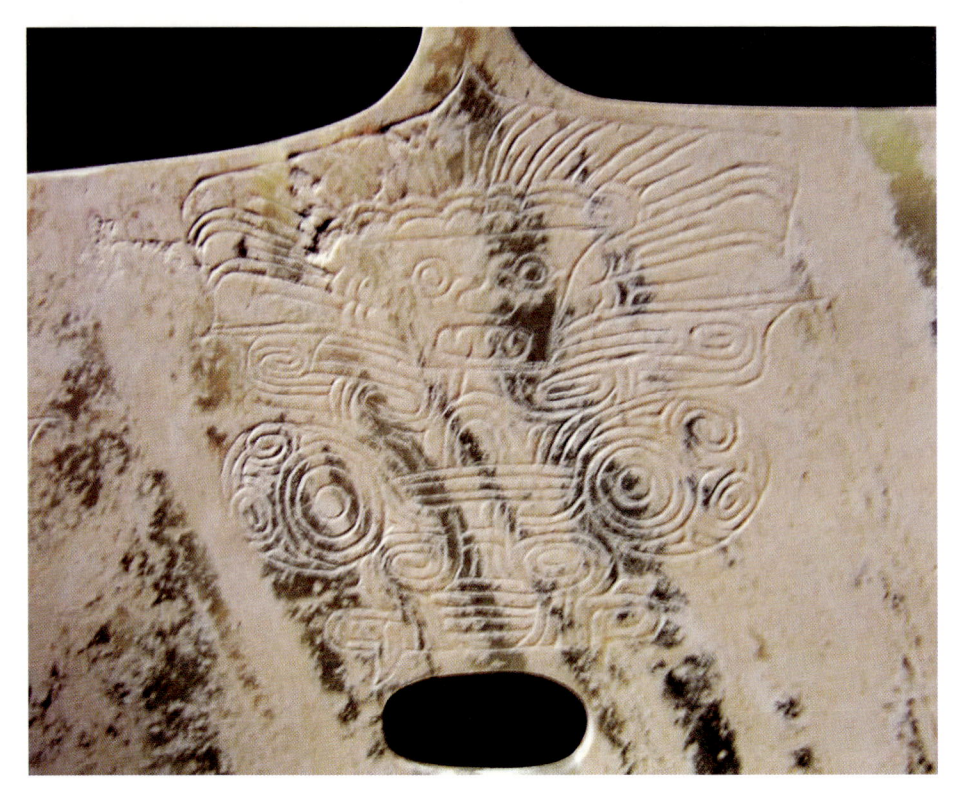

牙齿阴户——上下之"口"对应的良渚文化神徽

性器的功能"生",在"吐生"这样的神话观念语汇中得到完美的相互认同。民俗方言有将女阴称为"蛙口"的说法,这个比喻当是来源于蛙母神信仰的远古时代。类似的民间文学比喻措辞,有兰州大学武文教授采集的甘肃东乡族男性粗俗话语:"掏出我的黑麻蛇,要咬你的癞蛤蟆。"[1]以青蛙/蛤蟆比喻女性性器的用意十分明确,无须过多举例。再参照新石器时代考古专家金芭塔丝(Marijia Gimbutas)对网纹、圆圈纹为子宫象征,蛙/蟾蜍形象为再生母神象征的精辟分析[2],柳湾出土的这件国宝不妨理解为马家窑女神宗教的标志性符号。对母神生育能量的神圣化和神话化,是我们从整个欧亚大陆史前女神宗教的宏观背景中重新解读它的新视角。

[1] 武文:《东乡族蛙精故事探考》,载《民族文学研究》1994年第4期。
[2] M.Gimbutas, *The language of the Goddess*, San Francisco: Haper &Row,1989,p.206,p.253.

伍　沉寂五千年，柳湾闻蛙声

女阴纹彩陶壶（临洮彩陶博物馆）

金芭塔丝根据史前考古符号得出的结论，推论欧洲历史中始终存在蛙女神的神秘形象："那就是所谓厚颜无耻的'希拉那吉'（Sheelana-gig）。她出现在英格兰、法国、爱尔兰和威尔士的石头建筑上，呈现为裸坐状，像蛙一般双腿张开着，双手则摸着她的阴部。在12—16世纪之间，这些形象被雕刻于城堡和教堂。你经常可以在拱门的上方或在教堂的墙壁上看到它们。希拉那吉的手要么指向她的阴部，要么分开她的阴唇。"中世纪爱尔兰和英格兰的"希拉那吉"常常被供奉在老教堂（12世纪圣玛丽和圣大卫教堂，英格兰基尔派克）。从她的大圆眼和巨大的阴部看，非古代的蛙女神或蟾蜍女神莫属，那是自新石器时代留传下来的生育能力的赋予者和再生者。

金芭塔丝还指出，希拉那吉至今仍受到高度的崇敬，但是不足为奇的是，她的表现却在神秘之中被遮掩了。要寻找远古蛙女神的后裔，那就非她莫属，伟大的再生者。有关蛙与蟾蜍的许多形象和信仰继续在欧洲的青铜时代、铁器时代传播，并留在民间传说和民间艺术中。[1]

---

[1] M.Gimbutas, *The Living Goddesses*, Berkeley:University of California Press, 1999, pp. 29-30.

金芭塔丝《活着的女神》一书图21的解说词是：带有人面形和乳房的蛙/蟾蜍女神，明确刻画出女阴。这样的意象通过铜器时代一直留传到20世纪。（a）青铜时代的墓地石雕，公元前11世纪（迈扫、奥地利）。（b）画在圣母玛丽亚旁边的画像，1811年（巴伐利亚）。①

有了以上的跨文化认识，回到我们面前的马厂时期人形彩陶壶，对象没有变，可是我们的理解会变得更加透彻。

若以壶口为蛙嘴，整个陶壶是一个象征母神的完整的立体蛙人，其整体造型突出的是母体上能够"吐生"的壶口部。正面塑造的人体形象突出的是上方之口与下体之口（性器）的对应关系，两侧象征孕育生命之子宫的网纹圆圈则强化表现母神作为生命本源与再生力量之源的作用。当我们解读出这件彩陶局部符号意蕴和整体象征意蕴的对应关系时，再将彩陶壶作为墓葬用品的功能背景联系起来，就能够进一步对马家窑文化"唯陶为葬"的特色现象有新的体悟式理解。在死者入土之际，让再生母神的象征器物即绘有蛙纹、葫芦纹等符号的彩陶来陪伴，真是再好不过的送别礼物。金芭塔丝根据西文"坟墓"（tomb)与"子宫"（womb)二词的语根关联，洞察出史前墓葬的回归大地母神身体之隐意。②她对史前墓葬形制的深入观察和理解，要比精神分析根据梦幻象征将容器解读为子宫更加显得理据充分。柳湾墓地的马厂和齐家墓葬有一类带封门的凸字形洞室墓，可为金芭塔丝的观点提供呼应。如M910墓和M990墓，后者特意用一排木柱封堵墓门，较为直观地体现出回归地母腹中的类比联想特征。后来的道家圣人们竭力主张的"复归婴儿"和"复守其雌"，正可溯源于此种史前流传下来的丧礼实践。③

---

① 参见马丽加·金芭塔丝：《活着的女神》，叶舒宪等译，广西师范大学出版社2008年版，第31页。
② M.Gimbutas,*The Living Goddesses*,Berkeley:University of California Press,1999,pp.55-71.
③ 参见叶舒宪：《高唐神女与维纳斯——中西文化中的爱与美主题》，中国社会科学出版社1997年版（或陕西人民出版社2005年版），第二章第六节"母与墓"。

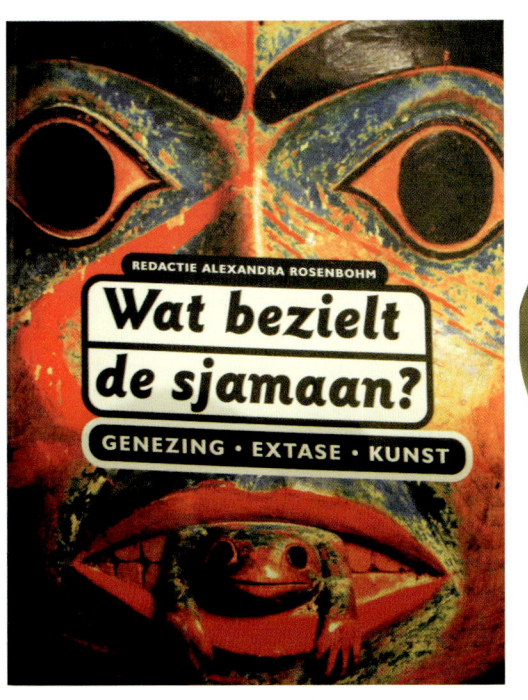

萨满面具——蛙神吐生图（Rosen Bohm 著作封面，2004年摄于荷兰）

马家窑文化马厂类型的蛙形神人（2007年摄于青海柳湾彩陶博物馆）

柳湾M990墓

如此看来，异常发达、灿烂的马家窑彩陶不仅是具有审美和艺术价值的文物，也是五千年前西北先民给后人留下的一大笔珍贵的墓葬语境中图像叙事的作品。彩陶文化不仅能够从美术史和器物进化史的角度加以解释，也需要从宗教神话史和思想观念史的角度加以释读。

比较宗教学的视角对于这种解读无疑是有启示的。如金芭塔丝所论："新石器时代的艺术以女性和蛙形形色色的结合体为一大特色。在许多新石器时代的遗址，工匠们雕刻了许多用绿色或黑色石头制成的蛙形女神小雕像，并把它们放在陶瓶和庙宇墙的浮雕中。女神阴门的显现着重强调了这些形象的再生力量。新石器时代的陶器也常常强调图式化的蛙。将蛙和蟾蜍简化成一种象形的符号——M形，可以追溯到约公元前5000年的温加文化和提萨文化的大陶瓶，瓶上就带有M形符号，位置在一尊女神人形的脖子上。虽然某些特有的把手不能认作人的胳膊，但是却十分类似于青蛙的腿。蛙腿把手成为一种传统的特征，它证明了在神人同形的陶器上出现的蛙女神。"[①]

下面是金芭塔丝书中的图像资料，同样具有重要的参照价值。

图17，再生女神的浮雕作为一只青蛙，用来装饰新石器时代的庙宇墙壁和陶瓶。这一尊来自库库特尼A2期文化，公元前4500年至前4400年（特鲁塞司提，摩尔多瓦）。

图18，这是一尊新石器时代的陶塑蛙女神像。公元前6000年中期（房址第Ⅵ5号，哈西拉，土耳其西部）。

图19，画在一个M符号之上的女神上方。M符号表示蛙或蛙腿形状。由提萨和温加文化所制造的大陶瓶。这些线描表明盛水的容器对于女神具有神圣性，因为水是生命与再生之源。曲线和延展的螺旋线更加强化了这种意蕴。陶器的把手可以代表蛙女神上扬的腿。[②]

---

① M.Gimbutas,*The Living Goddesses*, Berkeley:University of California Press,1999,p.27.
② 参见马丽加·金芭塔丝：《活着的女神》，叶舒宪等译，广西师范大学出版社2008年版，第28—29页。

伍　沉寂五千年，柳湾闻蛙声

看了欧洲和亚洲西部的这些史前蛙神形象，再反过来看我国的马家窑文化彩陶蛙纹符号，也就不再感到陌生和困惑了吧。

如果有人要问，马家窑文化盛行一时的蛙纹彩陶，为什么到了取代它的齐家文化就全然消失不见了呢？墓葬的变革也许很能说明问题：母系社会被父权制社会彻底取代，母神的权威自然要让位于父权制宗教的男性新神灵。联合国教科文组织牵头的国际合作编写项目《中亚文明史》，由中国考古学家安志敏撰写的第七章"中亚东部的新石器时代聚落"中提到了马家窑文化的女性厚葬风俗，认为是当时盛行的母系氏族社会的写照。如兰州花寨子235号墓中的成年妇女，其随葬品为18件陶器，1个石纺轮以及448颗骨珠。"这种厚葬显示了对妇女的尊重，表明当时仍处于母系氏族公社阶段。"[①]虽然柳湾的马厂墓葬已经显示出男性厚葬的极端景观，表明社会变革已经发生，但是母系社会所尊崇的神圣象征符号依然按照历史的惯性在马厂时期继续繁荣。直到亦牧亦农的齐家文化在甘青地区确立全面统治之时，蛙和葫芦、圆圈等母神符号才在彩陶绘图世界中彻底终结。齐家文化相对马厂文化，是更加

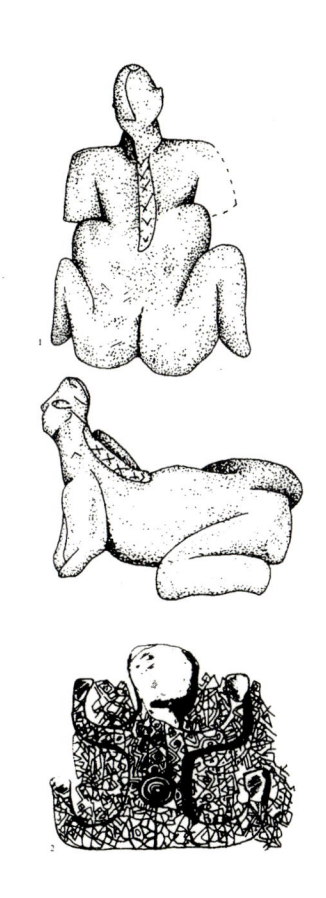

西亚安纳托利亚出土的史前蛙女神造型，距今约七千年（引自金芭塔丝《女神的语言》中译本第306页）

[①] A.H.丹尼、V.M.马松主编：《中亚文明史》（第一卷），芮传明译，中国对外翻译出版公司2002年版，第112页。

马家窑文化母系社会模拟图(2006年摄于甘肃省博物馆)

马厂彩陶单彩蛙人(柳湾彩陶博物馆)

伍　沉寂五千年，柳湾闻蛙声

柳湾M972墓

严格的父权制社会。游牧文化所崇奉的羊头羊角，成为这一时期彩陶纹饰中新的重要符号。柳湾保留下的马家窑文化到齐家文化各个时期的墓葬现场，脉络清晰地展示从女性厚葬到女性陪葬的根本转变。

柳湾彩陶博物馆内展出的M972墓葬复原景观，是一座齐家文化的三人合葬墓，男性墓主仰身直肢躺在独木棺内，两位女性紧贴着躺在棺外，显示非正常死亡的痛苦状，"有的头骨有明显的裂痕"[1]。作为男性主人的陪葬者，究竟是他的妻妾还是女奴隶，我们无从知晓。该墓陪葬器物丰厚，有31件之多。陶壶、陶盆、陶罐，加上陶纺轮和1件灰陶鸮面罐，以及串珠和绿松石饰物等，透露着男墓主身份的尊贵。但是半山、马厂彩陶上常见的蛙纹、蛙人纹等却不再出现。彩陶及其纹饰符号就这样随着母神信仰的衰落而走向衰亡。

只是在齐家文化覆灭之后出现的辛店文化中，蛙人纹再度像"回光返照"一样在史前彩陶上得到最后的表现机会。

---

[1] 青海柳湾彩陶博物馆编：《燧火的赠品——青海柳湾彩陶》，青海人民出版社2007年版，第25页。

陆　蛙神信仰及神话源流

百变蛙神：从图像叙事到文本叙事

　　如果将五千年前的世界视为史前时代，那时人类还没有建立起纯粹世俗的世界观，他们看待周围的宇宙万物都难免充斥着神与精灵的体现。换言之，初民的精神观念之中根本不存在一个不要神灵看顾的客观世界。所以考察史前艺术造型的最大益处就是可以直观地进入先民的视觉意象世界，从而洞悉其丰富多彩而又千变万化的神话世界观。从大地湾的蛙纹彩陶到马家窑文化上下千年的蛙人纹造型传统，我们看到西北彩陶文化所体现的蛙神信仰的连续性和持久性。那是一个不受文明人逻辑思维掌控的世界，是一个根本不顾，更不会讲究矛盾率和逻辑排中率的神幻空间。在蛙、蝌蚪、人、精灵的相互认同信念支配下，神灵形象以半人半兽的方式出现，或者以几何图形的象征方式出现。在彩陶图案中，信仰对象的因素要远远大于美术、装饰的因素。因此，来自史前宗教传统的图腾、巫术、

陆 蛙神信仰及神话源流

马家窑文化变形蛙人彩陶壶（2006年11月摄于兰州市博物馆）

马家窑文化变形蛙人形彩陶壶（私人藏品）

万物有灵观、咒祝心理和以出神（灵魂出窍和离体）及魂游为特质的萨满教信仰，都是今人回溯性地理解那个史前人类精神世界的基础和门径。

19世纪最博学的学人黑格尔曾经把古埃及大金字塔前的斯芬克斯形象，解读为人类自我意识诞生（以希腊艺术为起点）以前人兽不分状态的标本。20世纪的比较宗教学则揭示出，自史前期延续下来的动物造型或者半人半兽形象并不一定是动物崇拜的表现，动物可以是神明的化身，特别是女神的象征。按照这一提示，中国史前艺术中常见的蛙人形象是否也是崇拜的对象，具有宗教和神话的意蕴呢？

回答这个"中国式的斯芬克斯之谜"，最好的途径显然不在于纯文献上的探讨，不在于黑格尔式形而上的理念思辨，而是要诉诸出土和传世的各种蛙人实物图像，并且尽可能地还原出其形而下的谱系的历史。本部分的内容从图像叙事材料入手，试图为文明史上出现的文字叙事找出深远的史前源头，并且将图像叙事和文字叙事联系成为同一种神话信仰传统的不同表达方式。

为了将史前的马家窑文化蛙人造型与商周以来的蛙纹造型看成一个完整的文化传承过程，有必要找到在时间年代上和空间地域上都足以充当中介作用的一种文化，那就是取代齐家文化而存在于黄河上游地区的另一个父权制社会集团的文化——辛店文化，其年代和商代大略相当。

辛店陶器"蛙人-太阳"图式解

青海省文物考古研究所等编的《民和核桃庄》（科学出版社2004年版），报告的是黄河上游及其支流湟水、洮河等流域在公元前1000年前后辛店文化的四百多座墓葬及出土器物。半抽象的蛙人形象是陶器图案中流行的模式化表现，显示了自公元前3000年马家窑文化以来彩陶上蛙人造型的延续和变化情况。

M211墓出土的陶瓮上的蛙人图像，形象主体基本因袭了马厂彩陶的同类造型，变得更加抽象化和图案化。

M255墓的陶瓮，出现太阳与蛙人图像的对应造型。陶器被分割为上下两个绘图空间：上方颈部绘有四个太阳，下方则对应着两个头向上的蛙人。[①]

这样的图像设计，是随意画出的装饰性符号呢，还是要表达某种象征的意义？从画面上非常清晰的对称性设计和严整构图来看，这种图案显然不是出于随意性的涂抹，而是精心设计和有意为之的。于是我们可以追问：为什么在已经传承数百年的马家窑文化半山类型和马厂类型蛙人模式之上，辛店文化的先民又添加了明显的太阳符号？这样的对应符号背后有没有一种神话观念的支持呢？

[①] 参见青海省文物考古研究所、青海省文物管理处、西北大学文博学院编著：《民和核桃庄》，科学出版社2004年版。

陆 蛙神信仰及神话源流

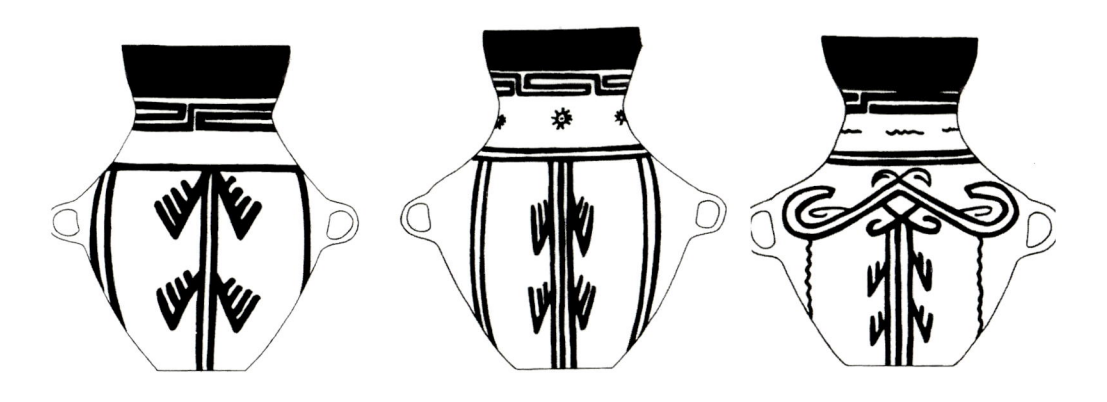

辛店M211出土的蛙纹陶瓮（引自《民和核桃庄》）　　辛店M255出土的蛙纹太阳纹陶瓮（引自《民和核桃庄》）　　辛店M243羊出土的角纹蛙纹陶器（引自《民和核桃庄》）

  从神话学常识可知道，青蛙/蟾蜍是月亮神话的重要象征物。那么蛙人与太阳的对应是否反映着辛店先民阴阳变化的观念呢？对于没有文字记录的辛店文化，此类疑问从汉语的传世文献中是难以找到答案的。可以参考的是境内少数民族关于日月出现与消失的神话。

  如在广西壮族神话中，有作为天神使者的青蛙角色。《布洛陀和密六甲》讲述了女神布洛陀帮助人类对抗雷神的意图——用屠杀老人的办法来减少地球上日益增加的人口。她教人用马皮造鼓，和雷神的雷鼓比赛，人间的马皮鼓以数量优势压倒了雷鼓的声音。雷神派他的儿子青蛙来人间探察究竟。没想到青蛙同情人类，教人造出配备着六只青蛙的大铜鼓，其声音远远超过雷鼓。从此被打败的雷神只好放弃屠杀人类的计划。

  从壮族祭祀青蛙的蚂蚓节习俗看，新春的季节性背景非常明确。而壮族观念中青蛙的神性是自古以来就一直流传的。在民间想象中，蛙神的超自然力甚至能够直接干预天体的变化。土家族流传的《张果老、李果老制天地的神话》就提供了这样的实例。

157

广西岑溪出土的西汉五
铢钱纹铜鼓

张果老去造天的时候,地上被洪水淹没。于是,张果老就造了二十四个太阳,昼夜不停地照着大地。没想到惹怒了青蛙,它跳到地上仅剩的一棵马桑树梢上,把二十二个太阳一个一个吃光了。正当它要吞食剩下的两个太阳时,被观音菩萨看见。观音很生气,拿起棒子去打马桑树。所以,才形成今天的马桑树很矮小并且扭曲着身子那样一种树种。而青蛙也就不能再去吞食太阳了。因为太阳是个姑娘,她跟观音说:"白天大家来看很感羞愧。"观音就给了她五根缝东西的针,并对她说:若是有人想来看你,就用针去扎他们好了。这样才留下两个太阳,白天出来的叫太阳,晚上出来的叫月亮。①

根据以上非汉族神话故事所体现的观念可以总结出两点:
青蛙是雷神的儿子(蛙/蟾蜍=神灵);
青蛙吃太阳(蛙/蟾蜍=太阳的对立面)。

---

① 引自百田弥荣子:《中国传承曼荼罗——中国神话传说的世界》,范禹译,民族出版社2005年版,第130页。

陆 蛙神信仰及神话源流

西晋月女神蟾蜍画像砖（敦煌博物馆）

　　神话中太阳的对立面往往就是太阴即月亮，青蛙/蟾蜍和月亮神话的关联在此由于吃太阳的情节而得到另类的旁证。朝出夕落的太阳和昼伏夜出的月亮同样是神话思维中死而复活的象征。青蛙作为神话中与水（雨）和月亮相关的生物，被视为是阴性的。由太阴的象征青蛙来吞食太阳和人格化的形象——月神嫦娥从日神后羿那里窃走不死药一样，都是对阴阳交替宇宙循环节律某种故事化的诠释。神话所要说明的就是为什么会有月出日落、昼夜交替、黑暗和光明轮转这样永恒的自然变化。由此不难推测：辛店文化出土陶器上蛙人对太阳的图形，蕴含着阴阳转化的宇宙生命节奏之意。土家族的《张果老、李果老制天地的神话》，以天灾和救世的母题演示创世神话：将二十四个太阳的宇宙异常状态作为开天辟地时的灾异场景，让青蛙行使恢复阴阳调和正常状态的救世使命。这里的青蛙其实和汉

159

族神话中炼石补天、恢复宇宙秩序的大神女娲承担着同样的神话功能角色。可以说，土家族的神话中遗留着来自远古的蛙神话记忆，隐约透露着蛙/蟾蜍一类神物同创世主题的关系。

20世纪70年代，陕西临潼姜寨出土的仰韶文化陶器上有蟾蜍图像，引起了一个重新解说女娲原型的尝试：女娲就是女蛙。按照古汉语词义同音假借的规则，这一推测当然有其合理的一面。[①]有待于深入挖掘的问题在于，如果认可"蛙"与"娲"的假借关系，那么为什么石器时代的人会崇拜蛙？对此，象征学家的著作已经有了现成的答案，足以帮助我们解读新石器时代以来屡见不鲜的蛙/蟾蜍符号的神秘底蕴。

> 青蛙有许多象征意义，其中最主要的意义与水，它生活的自然环境有关。在古代中国，人们利用或模仿青蛙来求雨。青蛙的形象出现在青铜鼓上，因为鼓声使人想到雷电，人们用铜鼓呼唤雨水。青蛙有时和癞蛤蟆区别不清，是与水和"阴"一致的太阴动物。人们认为，鹌鹑，即火鸟（属阳），会在春分和秋分时节变成水栖的青蛙（属阴）；然后，按照大自然基本的有规律的运动，它又重新变回鹌鹑。……在印度，"巨蛙"背负着整个宇宙，它是浑沌的、未分化的物质的象征。所以，人们有时把六十四格的曼荼罗称为青蛙。据说，曼荼罗是某个战败的阿修罗的遗体。在西方国家，由于青蛙的变态过程，它曾一度被看成是复活的象征。[②]

藏传佛教的神话象征图案及纳西族的巴格图中，也有类似的蛙形宇宙图模式。这究竟是受到印度文化影响的结果，还是本土自生的神话观念，有待于进一步探究。如果诉诸文字记载，则古印度的梵语文献提供了最早

---

① 叶舒宪：《千面女神——性别神话的象征史》，上海社会科学院出版社2004年版，第147页。
② 《世界文化象征辞典》编写组：《世界文化象征辞典》，湖南文艺出版社1992年版，第731页。

陆 蛙神信仰及神话源流

纳西族的青蛙宇宙图——巴格图

时期的证据：

  在吠陀教诗歌中，青蛙是因春雨滋润而受孕的土地的象征；此起彼伏的蛙鸣是感谢上天的合唱，感谢它答应给大地带来果实和财富。……青蛙是唱经班的歌手，是地母的祭司。《梨俱吠陀》中献给青蛙的赞美诗是这样结尾的：

  但愿青蛙保佑，

  在我们挤奶的时候，

  奶汁源源不断，如有成千成百的奶牛，

  但愿青蛙延长我们的生命，

  在冬季和旱季，大地沉寂萧索。突如其来的蛙鸣，是大地完全复苏的标志，是每年大自然苏醒的信号。[①]

[①] 让·谢瓦利埃等编：《世界文化象征辞典》，湖南文艺出版社1994年版，第731—732页。

甘肃永靖出土的蛙纹彩陶壶（2014年摄于永靖县博物馆）

由此可见，比较神话学揭示的青蛙、蟾蜍所拥有的季节物候的符号指示功能，是它们在神话思维时代获得普遍神性的关键。通过物候的定期出现确认季节的更替，把握农业和畜牧业生产的时节，可以大致显示出青海民和核桃庄史前文化墓地出土陶器上太阳与蛙人图案的观念背景。不仅如此，各地的史前期文化中一再出现的蛙神、蛙人一类图像的神话底蕴，也可以由此得到整体上的通观解读。再参照波罗的海民间信仰的女神拉佳娜，对此会有更加确切的认识。

拉佳娜是一个危险的巫婆，不断搞破坏。……在宇宙中，她能把满月变成半月，或者引起日蚀。拉佳娜能够预言自然的轮回，平衡宇宙之间的生命力。她怕月亮、植物永远成长，就不让他们生长、开花。拉佳娜能够控制男人的生育能力，经常让他们彻夜狂欢、筋疲力尽。她扼杀生命为的是保证生命能量的循环更替。她对一切草药的魔力了如指掌。她用草药治愈病人、重塑生命、起死回生。

她在履行死亡与再生女神的职责时，主要以蟾蜍的形象出现。但是她也会以其他形象显灵，比如鱼、蛇、豪猪、母猪、母

陆 蛙神信仰及神话源流

古埃及蛙神浮雕

马、狗、喜鹊、燕子、鹌鹑、蛾子或是蝴蝶。在早春的时候，拉佳娜变作一位美丽的裸体女性，在湖中或小溪里梳理自己金色的长发。①

死亡与再生女神拉佳娜的主要化身是蟾蜍，但也能够化为其他动物。她所拥有的巨大法力能够引起日蚀，这和青蛙吃太阳的中国神话吻合对应。两种神话叙事相互参看，表层叙事差异背后共通的象征法则就和盘托出了。

关于蛙或蟾蜍的神话象征意蕴，瑟洛特（J.E.Cirlot）是这样介绍的：青蛙代表着土元素向水元素的转换，或者是水元素向土元素的转换。这种和自然生殖力的联系是从它的水陆两栖特征引申而来的，由于同样的理由，青蛙也成了月亮的动物（a lunar animal）。有许多传说讲到月亮上有一只青蛙，它还出现在种种求雨仪式上。在古埃及，青蛙是赫瑞忒（Herit）女神的标志，她帮助伊西丝女神为奥西里斯举行复活仪式。因而小蛙出现在泛滥之前的尼罗河上，被认为是丰殖的预兆。按照布拉瓦斯基的看法，蛙是与创造和再生观念相关的一种主要生物。这不仅因为它

---

① M.Gimbutas,*The Living Goddesses*,Berkeley:University of California Press,1999,p.206.

163

是两栖动物,而且因为它有着规则的变形周期(这是所有月亮动物的特征)。古人曾将蛙神放置在木乃伊之上。蛤蟆是蛙的对偶,正如胡蜂是蜜蜂的对偶。荣格在此之外还提出他的见解说,在解剖学特征方面,蛙在所有的冷血动物中是最像人的一种。(因而可以代表进化的最高阶段:Ania Teillard在他的画《圣安东尼的诱惑》中放置一只蛙,长着老人头。)因此,民间传说中常常有王子变形为青蛙的母题。①

那么,蛙蟾类变形动物是在什么时代、怎样进入人类的神话思想的呢?限于有文字记载史料的年代界限,考察此类问题的唯一重要线索只能到书面文学出现以前的史前考古学中去寻找。金芭塔丝认为当时普遍崇奉的神灵不是男性而是女性。这种女神文明由于覆盖空间广大,持续时间久远,形成了在整个欧亚大陆通用的象征语言,表现为各种常见的象征生命赐予、死亡处置和再生复活的原型意象。后者也就是月亮"死则又育"功能的体现,其中的一种象征模式被称为"再生性的子宫"(regenerative uterus),分别以动物形象或拟人化形象出现。象征再生性子宫功能的动物形象是以下八种:牛头、鱼、蛙、蟾蜍、豪猪、龟、蜥蜴、野兔。象征同一功能的拟人化形象则主要是鱼人、蛙人和猪人三种。②蛙/蟾蜍和蛙人意象在此模式中占有较大的比重。从金芭塔丝在《女神的语言》和《古欧洲的女神与男神:6500BC—3500BC》等书中列举的图像资料来看,蛙/蟾蜍之类的造型相当普遍。对照中国考古学近年的发现,特别是甘青地区彩陶图像,相似的情形显而易见。

关于女神文明及其象征语言产生的原因,包括金芭塔丝在内的许多学者都有相当成熟的看法。一般认为,女性特有的生育功能和月经现象是使史前人类产生惊奇感、神秘感,进而导致敬畏和崇拜的主因。当代的比较神话学家鲁贝尔指出:"女阴是旧石器时代女性能量和再生能力的一种象

---

① J.E.Cirlot, *A Dictionary of Symbols*, New York:Routledge,1971,pp.114-115.
② M. Gimbutas, *The Language of the Goddess*, San Francisco:Happer & Row,1989,p.328.

陆 蛙神信仰及神话源流

古埃及蛙女神赫瑞忒

征。其时间从公元前3万年开始,它冲破各种压抑的界限,作为一种意象遗留后世。艾纹·汤普森(W.Irwin Thompson)注意到,'女阴的这种神奇的特质似乎主宰了旧石器时代人类的想象力。……但是女阴又是巫术性的伤口,它每个月有一次流血,并能自我愈合。由于它流血的节奏与月亮的亏缺相同步,因而它不是生理学的表现,而是宇宙论的表现。月亮死则又育,女人流血但是不死,当她有10个月不流血时,她便生出新的生命。我们据此不难想象,旧石器时代的人是怎样敬畏女性,而女性的神秘又怎样奠定了宗教宇宙观的基础'。对女性神圣性和其神秘性的理解,以及由此引发的高度敬畏和崇拜,贯穿于整个旧石器时代晚期、新石器时代和铜器时代。"[1]从史前进入农业文明,女神信仰时代传承下来的最重要神格,除了大地母神,就是月亮女神。巴比伦的月神辛,古希腊的阿耳忒弥斯,古罗马的狄安娜,中国的西王母等,均可视为远古女神宗教的后代遗留形象。而蛙/蟾蜍、鱼、龟、蛇、兔、蜥蜴等女神的动物化身形象也基本不变地流传后世,只是它们的原始象征意蕴逐渐变得复杂和模糊了,信仰和巫术性的色彩日渐消退,文学性和装饰性则日渐增强。

---

[1] Winifred Militis Lubell, *The Metamorphosis of Baubo:Myths of Woman's Sexual Energy*, Nashville & London:Vanderbilt University Press,1994,pp.6-7.

蛙神八千年

从藏族文化以及藏族的亲缘民族纳西族文化所特有的蛙神宇宙图、巴格图模式看,青海民和出土的辛店文化蛙人图式提示了文化源流的线索。体质人类学的头骨研究表明:"核桃庄组与藏族A、B组之间也存在不同程度的联系,其函数值无论在全部项目上,还是角度指数项目上都表现出其与核桃庄组有程度不同的接近关系。这或许有助于我们进一步了解现代藏族至少是一部分藏族居民的种族渊源问题。"[①]我们知道,构成汉藏语系中与汉族对应的藏族这个名称是现代才有的,藏族在汉族古书中叫作吐蕃,上古时期则泛称羌人、西羌或者氐羌。

考古学方面已经认定:"辛店文化居民的族属应属于羌戎系统,更具体一点说,是羌人。"[②]也就是说,三四千年以前在青海、甘肃一带生活的藏族先民古羌人,他们图像叙事中应用的蛙人以及蛙人对应太阳的图案模式,是考察汉藏语系藏语支各民族神话宇宙观来源的新素材。

如果把追溯蛙神由来的视野从彩陶图像扩展到玉石雕塑,那么迄今可以看到的最早的实物证据出自北方草原:内蒙古自治区林西县出土的兴隆洼文化"蟾蜍石雕像",距今七千八百年。这尊石蟾蜍揭开了我国图像叙事中青蛙/蟾蜍造型表现的序幕。这种诉诸视知觉的图像叙事,比汉文献叙事中大女神女娲的登场早了足足五千多年。

兴隆洼文化"蟾蜍石雕像"是1984年在内蒙古自治区林西县西山出土的,长11.5厘米,高25厘米。与之同时期的文物还有石雕女神像两尊,从

---

① 青海省文物考古研究所、青海省文物管理处、西北大学文博学院编著:《民和核桃庄》,科学出版社2004年版,第292页。
② 青海省文物考古研究所、青海省文物管理处、西北大学文博学院编著:《民和核桃庄》,科学出版社2004年版,第305页。

陆 蛙神信仰及神话源流

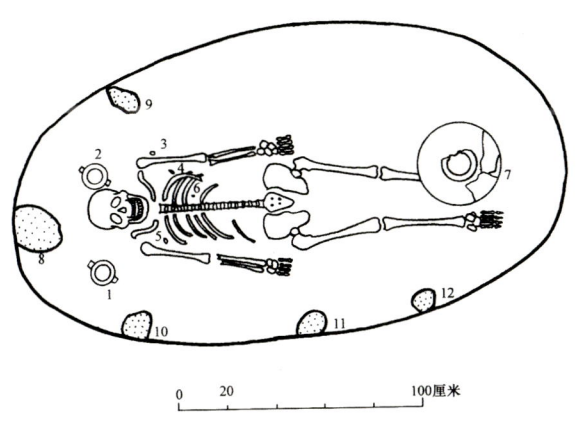

辛店M99墓剖面图（引自《民和核桃庄》）　　林西出土的兴隆洼文化女神像

造型特征看，也呈现较为明显的蛙人形。学界最早关注这个史前动物雕像的是林西县博物馆馆长王刚先生。他认为："林西县石雕人像与石雕蟾蜍是同一时间、同一地点出土的遗物，石质相同，从制作手法观察仿佛出自一人之手。兴隆洼先民对动物崇拜表现并不多，石蟾蜍的问世尚属首次。它的出土虽然罕见，但也离不开兴隆洼先民们对万物有灵这一观念为其思想根源。笔者认为兴隆洼先民们当时对蟾蜍的崇拜也是非常庄严隆重的，绝不亚于对生殖的崇拜，只不过是各有各的保佑范围罢了。无论是对女神的崇拜还是对蟾蜍的崇拜都是氏族社会中普遍流行的宗教观念之一。"[1]

把石蟾蜍解释为万物有灵的信仰表现，把女神像解释为生殖崇拜，这个观点是值得商讨的。参照考古学家金芭塔丝的研究成果，新石器时代的欧亚大陆普遍存在女神宗教信仰。女神宗教的主要造型特征是女性雕像及其动物化身同时繁荣，青蛙、蟾蜍和鱼、鸟、蛇、猪、熊等充当着女神最主要的动物化身。[2]根据这个提示，我们可以把近八千年前的兴隆洼文化石蟾蜍，六千年前的仰韶文化姜寨陶盆鱼-蟾蜍图，五千至四千年前的马家窑

---

[1] 王刚：《从兴隆洼石雕人像看原始崇拜》，载《昭乌达蒙族师专学报》1999年第3期。
[2] 参见M.Gimbutas, *The Language of the Goddess*, San Francisco: Haper & Row, 1989; M.Gimbutas, *The Living Goddesses*, Berkeley: University of California Press, 1999。

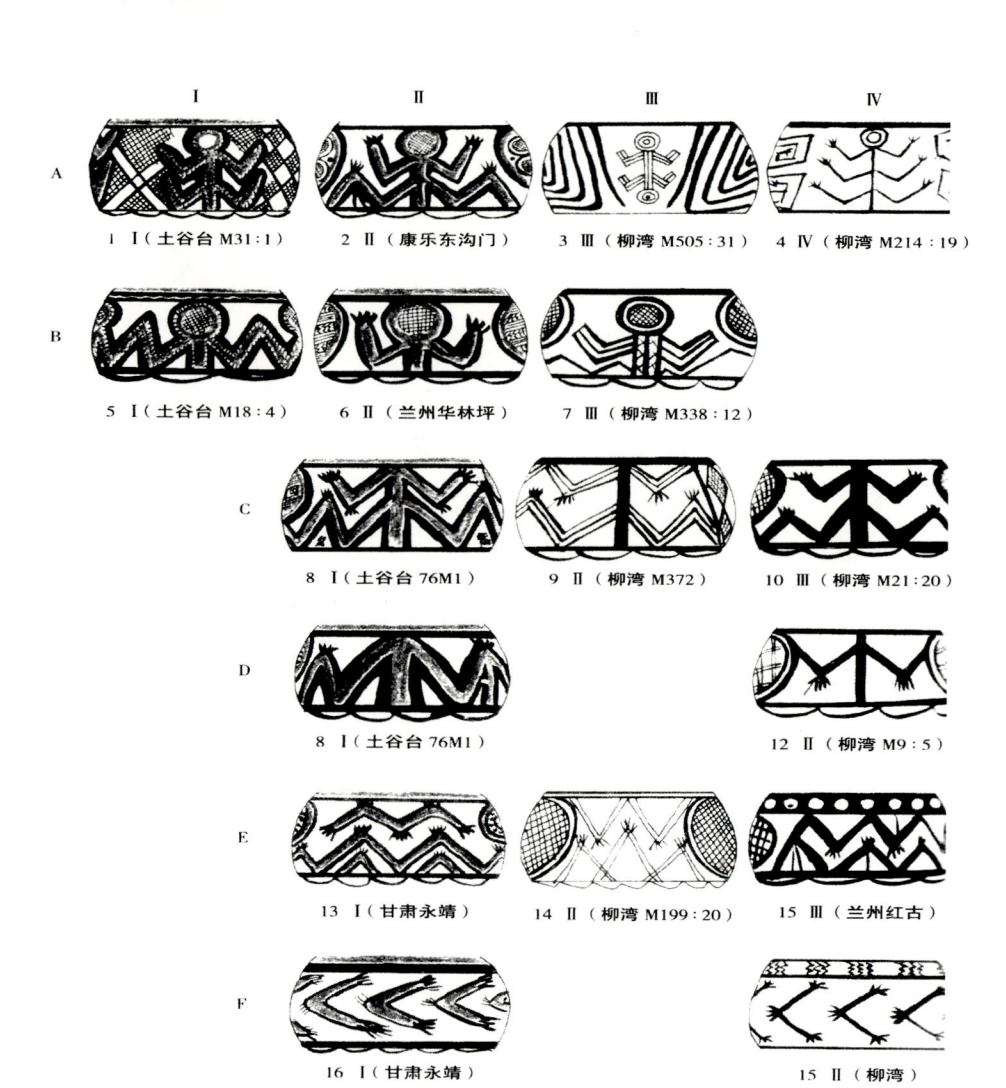

	Ⅰ	Ⅱ	Ⅲ	Ⅳ
A	1 Ⅰ（土谷台 M31:1）	2 Ⅱ（康乐东沟门）	3 Ⅲ（柳湾 M505:31）	4 Ⅳ（柳湾 M214:19）
B	5 Ⅰ（土谷台 M18:4）	6 Ⅱ（兰州华林坪）	7 Ⅲ（柳湾 M338:12）	
C	8 Ⅰ（土谷台 76M1）	9 Ⅱ（柳湾 M372）	10 Ⅲ（柳湾 M21:20）	
D	8 Ⅰ（土谷台 76M1）		12 Ⅱ（柳湾 M9:5）	
E	13 Ⅰ（甘肃永靖）	14 Ⅱ（柳湾 M199:20）	15 Ⅲ（兰州红古）	
F	16 Ⅰ（甘肃永靖）		15 Ⅱ（柳湾）	

马厂文化人蛙纹（引自李水城《半山与马厂彩陶研究》）

兴隆洼文化石蟾蜍（摄于甘肃省博物馆"红山玉韵展"）

河南殷墟出土的玉蛙

陕西汉中出土的商代蛙纹铜钺（摄于陕西历史博物馆）

文化半山类型、马厂类型蛙人纹模式，以及三千年前的辛店文化蛙人-太阳图像模式看成一个传承不衰的潜在传统。进入华夏的父权制中原文明之后，神蛙传统和女神信仰的关联逐渐模糊和淡化，表现为夏商周以来各种官方背景的蛙形铜器、玉器、陶器造型，由于历史的断裂而丧失了本义，在后代沦为纯粹的装饰性美术图式，也有顽强活跃在民间美术中的蛙与蛙人造型传统，至今绵延不绝。而在中原以外地区，特别是少数民族地区则以蚂蜗节、东巴仪式礼器、蛙神吃太阳神话和神蛙铜鼓、蛙形宇宙图、巴格图等丰富多彩的形式，变相地延续着这个八千年的古老的传统。

无独有偶，笔者2007年12月在甘肃省博物馆参观"红山玉韵展"时，看到了由海外收藏家收藏的一个兴隆洼文化的石雕青蛙形象。至于各地古玉收藏家所收藏的红山文化玉蛙，散见于各种书刊之中[①]，虽真伪有待鉴别，但仍然透露出红山玉器中的圆雕蛙形象，这应该不是个别特例。这些玉蛙形象显然是石蛙/石蟾蜍的直接后继者。而殷墟妇好墓出土的玉蛙，是否来自红山文化的同类神圣雕塑，还需要进行中介联系的发掘和分析。

女神变形与性别象征

文明的到来意味着史前女神时代的终结，蛙女神信仰在父权制社会中通常的遗留形式是和女巫/巫婆联系在一起。日耳曼民间信仰的"海尔/哈拉"（Hel/Holla）女神就是这样的例子。

> 在德国口头流传的神话中，关于古代的死亡之神和再生之神有很多种说法。例如，海尔/哈勒、哈拉（在《格林童话》中广为人知），还有哈尔达、波尔卡塔和珀卡塔等。在神话中她被描述

---

① 参见柳冬青：《红山文化》，内蒙古大学出版社2002年版。

成一个让人毛骨悚然的可怕的神，就像希腊神话中的赫卡特。她经常和她的那些狼狗一起出现，狼狗从尸体上将肉撕咬下来，作为死亡之母，她将死者送至深山和洞穴最深处的冥府。Holler, Holder, Hollunder是老树的名字。这些树是哈拉的圣树，树下住着死者。虽然她是留着魔力长发的丑陋老巫婆，但她也是再生之神。她将太阳带到世间。象征生命的红苹果在丰收之际掉到了井里，她变作青蛙把它取出来。春天，冰雪融化之时，哈拉有时也会化身成一个美丽的裸体少女在小溪或河流中洗澡。当这位危险的死神变作春天里的少女时，她也就成了严冬过后生命复苏的化身。

为什么这位"死亡之母"又是"再生之神"呢？女神和巫婆的变形化身足以给出答案：像青蛙那样能够随着季节的变换而周期性地隐没和出现。原来青蛙/蟾蜍类水生动物的标准化季节特性，使得死亡与再生在神话思维中联系成为一对相互依存的元素。《礼记·月令》"（孟夏之月）蝼蝈鸣"，汉郑玄注："蝼蝈，蛙也"。《汉书·五行志中之下》："武帝元鼎五年秋，蛙与蝦蟆斗。"这些古书记载表明，古人对生物的季节性变化非常关注。青蛙什么时节开始鸣叫，又在什么时节消失，都是农耕社会先民们意识之中的物候，其重要程度足以让史家写入史书。物候类的动物在民间信仰中保留神性身份的现象相当普遍。中国民间也不例外。辞书中就有"蛙神"条目。蒲松龄的《聊斋志异·青蛙神》中讲到清代南方民间崇奉蛙神的情况："江汉之间，俗事蛙神最虔。祠中蛙不知几百千万，有大如笼者。或犯神怒，家中辄有异兆。"

六千年前的陕西临潼姜寨遗址陶器图案"鱼-蟾蜍"，分别将女神的两种动物符号并列在一起。而大约五千年前的甘肃马家窑陶器图案则有将蛇与蛙并列展示的现象。若根据金芭塔丝归纳的女神象征物谱系，蛇在石器时代也同样是女神的重要化身。可是进入父权制文明以后，原来作为女神符号的

陆 蛙神信仰及神话源流

鱼与蟾蜍彩陶盆（陕西临潼姜寨出土）

各种动物发生了性别蕴含方面的分化，一部分仍然保留着史前期的女性、母性或阴性身份，而另一部分则转化成了男性、父性或阳性的身份。熊与蛇就是这种性别转换的突出代表。相比之下，熊先于蛇变成了阳性象征。

《诗经·小雅·斯干》云：

秩秩斯干，幽幽南山。如竹苞矣，如松茂矣。兄及弟矣，式相好矣，无相犹矣。
似续妣祖，筑室百堵，西南其户。爰居爰处，爰笑爰语。
约之阁阁，椓之橐橐。风雨攸除，鸟鼠攸去，君子攸芋。
如跂斯翼，如矢斯棘，如鸟斯革，如翚斯飞，君子攸跻。
殖殖其庭，有觉其楹。哙哙其正，哕哕其冥。君子攸宁。
下莞上簟，乃安斯寝。乃寝乃兴，乃占我梦。吉梦维何？维熊维罴，维虺维蛇。
大人占之：维熊维罴，男子之祥；维虺维蛇，女子之祥。

在西周占卜师的占梦语汇中，熊罴和虺蛇都是吉祥之兆，熊罴是男子的吉祥兆头，虺蛇是女子的吉祥兆头。这样的性别象征模式，可以视为对更加古老的女神象征谱系的父权制改造的结果。因为在漫长的史前时代，

171

河西走廊——西部神话与华夏源流

民间艺术中的
蛙与蛇

蛙、蛇、熊等都充当着女神/母神的象征物。在中国史前文化中，五千多年前的红山文化牛河梁女神庙里同时供奉着熊头和女神像，就足以说明这一点。[1]在《诗经》时代依然作为女子之祥的蛇类，到了后来的父权制社会中也逐渐被改造成为男性和男根的象征。

武文教授所调研的黄河上游地区蛙蛇祭祀礼俗，清楚地体现出古老图腾象征谱系的演变情况。

在黄河上游盛行过蛙蛇祭仪式：每年端午前夕，人们认为是蛙蛇出行之日，常常于河泉设香案表示祭祀。这一天，男女老幼有到河里洗身的习俗。其间，若男子遇蛙，女子遇蛇者，被视为吉兆。与蛇蛙祭相伴随的另一风俗是"野合"。此日，男人见到女人就说："掏出我的黑麻蛇，要咬你的癞蛤蟆。"这是两句暗语，黑麻蛇是指男根，癞蛤蟆是女具。"咬"暗示性交。这时，若女人点头不语，则可实施野合之要务。蛇蛙祭含有对蛙多子的崇拜意义。蛙腹圆大，与妇女之形态成类比；蛇体长而立，暗喻男人

---

[1] 参见叶舒宪：《神话意象》，北京大学出版社2007年版，第二章。

陆 蛙神信仰及神话源流

为强力者。西北人说："蛙栖月宫，蛇伴日室。"月为阴，日为阳。阴阳相合，则万物出。所以，蛙蛇祭象征着阴阳相合生万物的信仰。①

与此类民俗相应的民间叙事，有世代生活在甘肃的东乡族的蛙精故事。在历史上，随着"铸鼎象物"的图腾制度之沿革，图像叙事方面的蛙/蟾蜍女神传统仍然不绝如缕，只是其性别特色不再彰显。如商周青铜器上的平面蛙纹造型，包括蛙的写实造型和蛙的写意造型，后代南方民族神圣铜鼓上的立体蛙神造型，等等。与之对应的文字文本神蛙叙事也发生了根本的性别转化情况。

殷墟卣形青铜器提梁蛙纹（《殷周青铜器纹饰》第226页）

蛙神信仰：蛙图腾与蛤蟆创世

父权制社会的意识形态以男性为中心和主体，史前的蛙女神到了后代父权制文明，性别面貌发生了改变，其原初的母神、生育神身份或者依稀保留，或者逐渐模糊化，而生命再生产的神性功能却依然留存下来，转化为死而复生的神话象征，或者祖先神/图腾神（蛙神铜鼓作为祖先象征），以及创世之时的初始性神圣生物。

先看第一种转变的情况。研究古希伯来神话的英国人类学家弗雷泽在《旧约民俗》第二章"人类的堕落"中引用了西非图格兰地方的一则死亡

---

① 武文：《东乡族蛙精故事探考》，载《民族文学研究》1994年第4期。

河西走廊——西部神话与华夏源流

起源神话。

从前有个时期，人们派一只狗去告诉神当他们死的时候他们要复活生命。那只狗带着信息出发上路了。半路上狗感到饥饿，就进了一间屋子，看到里面有个男人在煮魔药。狗就坐下来，自以为是地想，他在煮食物。与此同时，一只青蛙要到神那里去说："当人死的时候，他们宁肯不要复活生命。"没有人让青蛙传达那样的信息，那完全出于它自己的爱管闲事和鲁莽。不管怎么说，它做出了冒失的事。那只狗依然充满希望地坐在那里观看魔幻汤的烹制，看到那个男人匆忙走出门，自己仍然推想着："如果我有什么东西可以吃的话，我会很快赶上那只青蛙的。"然而，还是青蛙先到了。它对神说："当人死的时候，他们宁肯不要复活生命。"随后狗也赶到了，它对神说："当人们死的时候，他们希望重新复活生命。"神被二者的话闹糊涂了，就对狗说："我真是无法理解这两个信息。因为我先听的是青蛙的话，所以我就以此为准了。我不会按照你说的去做。"从此以后，人死就不能够再复活了。假如那只青蛙只管它自己的事，而不去乱管别人的闲事，那么直到今天的人，死了也会复活过来的。每当雨季开始雷声轰鸣的时候，就是青蛙复活生命之际。它们在撒哈拉吹来的热风呼啸的旱季中一直处于死亡状态，而当雨水降落，雷声响起，你便可以听到青蛙们在沼泽中大合唱的叫声。我们就这样看到，青蛙如何通过篡改信息给自己带来好的结果。它从人类那里剥夺了永生不死，使自己获得了这个福分。[①]

[①] J.G.Frazer, *Folklore in the Old Testament*, London: Micmilan, 1925, pp.24-25.

陆 蛙神信仰及神话源流

台湾民间艺术中的蛇图腾

在此类神话故事中，死亡的起源被归因于两位信使中一位的欺骗行为。神话讲述者认为：青蛙的误传消息，使本来属于人类的复生能力转移到它自己身上。这样的叙事情节间接地表明：青蛙是如何获得神性能力——成为生命自我复活之象征的。在其他文化的死亡起源神话中，取代西非神话中青蛙充当误传消息者角色的是蛇、蜥蜴等同样体现变形特色的动物。这类象征永生的动物在许多文化的民俗信仰中获得神性，或者成为介于人神之间的精灵。

接下来再看蛙神演变成图腾-祖先神的情况。我们在讨论史前彩陶纹饰符号时已经熟悉了蛙人形象，其背后的神话基础就是以蛙为人的信念。这个信念里透露着远古图腾崇拜的信息。青蛙图腾在世界许多地方的图腾信仰中并不陌生。比如，我国台湾赛夏人有一则神话说：古时候有一个名叫SAIVALA的人在河边钓鱼，一直未获。正觉疑惑之际，突然有物上钩，结果一看是只青蛙。他不耐烦地将青蛙丢下，但蛙却化身为人。他深感讶异，遂将此人带回家去抚养长大。其后成为Taputaberasu家的祖先。[①]神话之所以要把蛙和人看成同类，主要有外形上的相似和声音上与人类婴儿

---

① 尹建中编：《台湾山胞各族传统神话故事与传说文献编纂研究》，台湾大学文学院人类学系印行，1994年版，第282页。

175

的酷似。至今我国西北方言中普遍把小孩叫作"娃",其字形结构和发音都和"蛙"极为相近,耐人寻味。

生活在云南和缅甸一带的刀耕火种民族——佤族的猎头起源神话说:

> 他们的祖先是叫作杨涛木和杨黛的夫妇。这对夫妇本来是蝌蚪,但后来变成了青蛙和妖怪,深居于洞窟之中。为了求食,他们经常从洞中出来到处捕捉鹿、猪和山羊一类动物。一天,夫妇俩远出到人们居住的村子里捕食了一个人,而且还把头盖骨带回了洞窟。
>
> 本来,这对夫妇一直没有小孩,但是自从杀人以后,生了许多孩子,这些孩子都具有人的形象。于是,他们二人把那个头盖骨放在柱子上,以示敬奉。当他们感到自己的死期迫近的时候,把子孙们都集合起来,说明了他们二人的起源,并留下遗言要子孙们为他们供献人头。从此以后,佤族忠实地执行祖先的遗言。直到近代,还盛行着猎头的习俗。

佤族人每年重复的猎头习俗是在春季农耕开始时节。猎取的人头象征着农作物的丰收。被砍下的人头要小心翼翼地安放在圣地鼓屋里。在很多地方,鼓屋里横放着用木头做的大小成双的鼓,这就是神话中始祖夫妇的体现。佤族的猎头习俗表明这样一种神话观念:死和杀害乃是生的前提。为了祈求作物的丰收,杀生是不可缺少的;死者尤其是祖先在他们的世界观念中起了很大的作用,甚至规定他们的行动。[①]

值得注意的是,这个神话确认了人类始祖夫妇为蝌蚪/青蛙,也就是说人来源于这种水生的小动物,多少透露着蛙图腾的信仰消息。始祖猎头的功绩能够保证生育后代,这是将谷穗被收割后仍然可以用来播种的农耕经

---

① 大林太良:《神话学入门》,林相泰、贾福水译,中国民间文艺出版社1989年版,第94—95页。

蛙-蝌蚪纹彩陶盆（马家窑文化）

克里特岛米诺斯文明出土的蛙纹陶壶，距今四千年（引自金芭塔丝《女神的语言》中译本，第306页）

西汉四蛙骑兽铜镇（国家一级文物，2016年摄于张家川县博物馆）

验直接类比到人类生命再生产现象的结果。佤族纪念蛙祖先的象征物为神圣鼓屋里的木鼓,这自然让我们想到西南少数民族惯用的铜鼓,鼓面上常见到多只青蛙的造型。莫非其也是类似图腾记忆的表征?

屈原的《天问》曾经问及一种月亮神话观念:月中为何有"顾菟"?旧注家认为顾菟是兔子,而现代学者多采用闻一多的观点,解释为蟾蜍。闻一多的弟子孙作云在《天问研究》中发挥此说,认为月亮与蟾蜍的联系在于图腾信仰:"我国原始社会末期,氏族社会时代,在山东有以蟾蜍(癞蛤蟆)为图腾的氏族,后来因为从事农业,而农业又与天象有关,因此,除原有的蟾蜍图腾外,又以月亮为'联合图腾'。从图腾信仰的发展上讲,蟾蜍在前,月亮在后;随着农业生产在人类生活中占据主要地位,遂以月亮为主,蟾蜍为副,这就是为什么月中有蟾蜍的原因。"[①]这种套用图腾理论解说月中蟾蜍观念的做法,在图腾说流行一时的当年看来很有道理,今天看来则难免有臆断之嫌,至少持此观点的人未能看到月中蟾蜍神话跨文化的普遍性,也未能把握月与蛙在神话思维中的象征类比关系。

神话思维中蛙与人的类比认同,出自石器时代以来的深厚信仰传统。荣格还提出他的见解说,在解剖学特征方面,蛙在所有的冷血动物中是最像人的一种。正因为如此,蛙可以代表进化的最高阶段。中世纪民间传说中常常有王子变形为青蛙的母题。

在我国的民间传说里,蛙/蟾蜍可以和创世大神女娲相联系。例如:

> 在黄河上游广泛流传着蛙神话,母题是创世与造人。其中一些还与女娲大神相联系,或成为女娲神话的变异。最典型的一则说:昔传,伏羲和女娲结婚三年,一日女娲对伏羲说:"蛙吐泡了,洪水将临。"不久,女娲生肉团于水中,取名"蛙人"。在

[①] 孙作云:《天问研究》,中华书局1989年版,第124—125页。

陆 蛙神信仰及神话源流

四川彭山东汉墓出土的蛙人陶插座（南京博物院）

这则神话中，娲与蛙表现为一种同构的意义。蛙不仅是"娲"的隐喻，而且是娲性具的象征。甘肃农谚"蛙吐泡，大雨到"，实际上包含着蛙的神话属性和自然属性双重含义。

在基诺族创世母亲神话里，蟾蜍/癞蛤蟆充当着宇宙始基的作用。

　　古时天地茫茫，一片汪洋，水面上只露出蚂蚁堆大小的星星点点的土地。这时世界上只有巨人阿摸母亲一人存在。母亲在天水之间活动时，远远看见水中有一个两眼发光的庞然大物——大癞蛤蟆。母亲向这庞然大物走去，临近时它竟突然张开大口，欲将母亲吞下。她急中生智，乘势跳进它的口内，并用双手撑、两脚蹬，把癞蛤蟆的大口撑住，它的口被母亲越撑越大，庞大的肚子也随之越胀越大，待其口和腹大到极限时，砰然一声巨响，癞蛤蟆爆裂开来，其肢体便飘落四方。它的一只眼珠飘向空中变为太阳，另一只眼珠落在水中，被母亲捞起用绳子拴挂在天上变成

179

河西走廊——西部神话与华夏源流

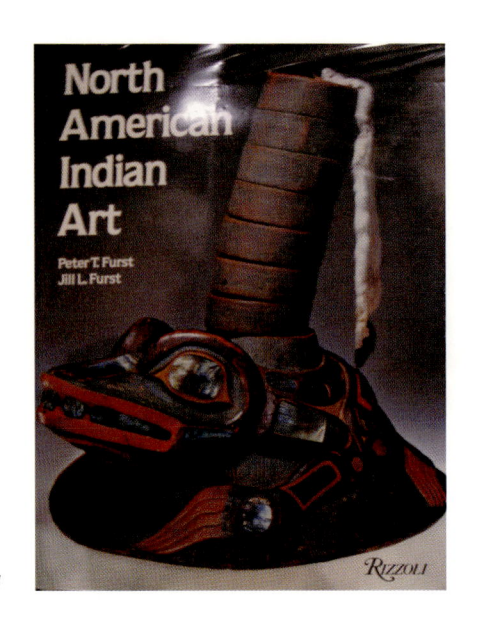

北美印第安青蛙女神

月亮（它因为落在水中所以不如太阳热和亮）。癞蛤蟆爆裂后，母亲把落在水中的细小物体集拢在一起拼凑成大地，把飘在空中的散裂物并在一起就成了天。为了维持天地之间的规整，母亲用癞蛤蟆身上的九根骨骼顶在天地之间，又用它身上的九根筋作绳拴在天地之间。母亲在造地时所挥的汗，竟变成了雨。接着母亲用身上的污垢造动物，首先造的是野牛，其次是造人，各种动物相继造出。[①]

基诺族虽然人口极少，但是其神话叙事却显示出非常古老的信息：宇宙万物的由来都要追溯到一种原初的生物——蛤蟆。这样的信念可以帮助我们理解藏族、纳西族"青蛙宇宙图"的原始构思要素。

除了以上几类神话，蛙女神崇拜还在诸多族群记忆之中保留着五花八门的印记。尤其是在曾经拥有世界上最丰富灿烂蛙纹彩陶的黄河上游地

---

① 何耀华、詹承绪、杜玉亭主编：《中国各民族原始宗教资料集成：彝族卷·白族卷·基诺族卷》，中国社会科学出版社1996年版，第879页。

陆 蛙神信仰及神话源流

模拟汉画像的伏羲女娲交尾图（2006年摄于兰州黄河公园）

区。这里略举数例，以观其变化情况。

案例一：在甘肃民间流传的伏羲女娲神话，分别将男女主人公与太阳、月亮相互认同。而月女神女娲的核心象征动物则是一只玉蛤蟆！

> 大洪水过后，伏羲和女娲结了婚，繁衍了人类。可是他们的子孙见不到光明，日子照样很艰难。一天，从天上飞来一只金鸟，从河里走来了一只玉蛤蟆，它们叫伏羲、女娲各自骑在它们的背上。想不到伏羲一跨上金鸟，女娲一跨上玉蛤蟆，都腾空飞起来了。到了天空，伏羲便化为一轮金太阳，女娲便化为一轮玉月亮，他们不停地飞，不停地跳。于是有了白天和黑夜，子孙们既看见了光明，也有了温暖。①

案例二：世代生活在陇原大地的裕固族（上古时期称为"鬼方"）创

---

① 武文：《甘肃民间文学概论》，甘肃人民出版社1996年版，第5页。

河西走廊——西部神话与华夏源流

民俗布艺蟾蜍（中央美术学院藏）　　兰州秦陇古玩城的陶蛙　　伏兆娥剪纸——蛙

世古歌《沙特》。

  金癞蛤蟆身上长着八十八根柱子支撑着天地。月亮公主和太阳王子婚配繁衍了人类。[①]

  这个细节使人联想到马家窑陶罐上特有的模仿癞蛤蟆身上耸起疙瘩的造型，猜测其是否隐喻着初民关于天柱的神幻想象。与上述裕固族神话相似的是，蛤蟆形象隐约地透露出与创世主神的关联：既然它是天地开辟之初就已经先于宇宙秩序而存在的原初动物神，那显然不属于创世以后造出的凡间动物系统，具有宇宙发生论上的生命本源之象征性。模拟"太初有道"的哲理表达方式，可以称为"太初有蛙"或"太初有蛤蟆"。此裕固族神话想象将癞蛤蟆这种神秘动物与最贵重的物质"金"相联系，显然还没有将远古的女神化身形象妖魔化。

[①]　武文：《裕固族文学研究》，甘肃人民出版社1998年版，第2页。

陆 蛙神信仰及神话源流

印第安蛙纹装饰　　　　　　　　当代艺术中的飞蛙形象

下面一个来自中原的例子恰好相反，给我们呈现一个被扭曲为反面角色的蛤蟆精形象。

案例三：河南西华县文联收集整理的民间故事《大禹转世》。

> 大禹原是天上管下雨的王，啥时下雨，下多大，都得按雨簿下，不能胡下。有一次下雨王指挥下雨劳累了，在南天门外睡了一觉，不料被癞蛤蟆精偷改了雨簿，造成凡间连年水灾。[1]

癞蛤蟆精被认为是招来水灾的祸首，这种民间故事虽然将癞蛤蟆丑化为反面形象，但也许能够促进将青蛙从再生神转向雨神。

这些出自民间的蛤蟆或蟾蜍形象各式各样，它们传达出先民的何种意识呢？跨文化的同类材料可以提供解答的线索。比较神话学研究表明，神话的角色不仅经常变化身份和职能，而且还会变化成各种不同的动物形

---

[1] 《周口神话故事》编辑委员会编：《周口神话故事》，学苑出版社2006年版，第97—98页。

河西走廊——西部神话与华夏源流

蛙神铜镶玉璧（私人藏品）　　马家窑文化蛙人神彩陶壶（2007年摄于甘肃省博物馆）

象。俄罗斯民间故事中的芭芭雅嘎（Baba Yaga）女神就是如此。她在古斯拉夫宗教中的原初身份是死亡女神和繁育女神，但后来则有了双重的身份和特征。

芭芭雅嘎住在森林深处黑暗无光远离人世的地方。民间故事对她的描述不一：有说她是一个邪恶的吃人的老巫婆，尤其爱吃小孩；也有说她是一位有智慧的女预言家。她身材高大、瘦骨嶙峋、杵形脑袋、鼻子细长、头发蓬乱。鸟是她的主要动物形象，但是她可以瞬间变成一只青蛙、蟾蜍、乌龟、老鼠、螃蟹、雌狐、蜜蜂、母马、山羊或是其他无生命的物体。[1]

现代民间信仰中死与生育女神的变形叙事，能否回溯到历史时间的深处去呢？考古的实物及图像叙事可以解答这个难题。20世纪早期，埃及学家马格瑞特·穆瑞（Margaret Murray）提出一种假说：鲍珀女神是从埃及经过克里特岛和希腊而到欧洲的。然而，在阿纳托利亚地区，早自公元前7000年就出现了暴露女阴的蛙女形象，足以证明鲍珀女神的起源要早于古埃及人的记载。金芭塔丝评价说：穆瑞生前未曾接触到新石器时代的蛙女形象，所以她只能通过神话、工艺品和其他从埃及或近

---

[1] M.Gimbutas, *The Living Goddesses*, Berkeley: University of California Press, 1999, p.207.

陆 蛙神信仰及神话源流

东地区传来的新奇事物来建立自己的观点。现在的考古证据大量积累，蛙人类的表现模式有可能上溯至旧石器时代末期，因为早在马格达林时期的骨雕上就出现了蛙女形象。语言学方面提供的证据也有利于鲍珀女神的欧洲地方起源说。有些欧洲的语言用"鲍（Bau）或"珀"（bo）的词根来命名蟾蜍、女巫或蘑菇。在立陶宛语中，baubas和bauba指称可怕的女巫或妖怪。我相信这些语词反映了死亡与再生女神尚未被妖魔化以前所用的名字。在法国，bo（在Haut Saone）、botet（在Loire）和bot都意指蟾蜍[1]。

这样的打通式眼光帮助我们超越学科专业的局限，借助广阔地域中新出土的考古实物和大量图像资料，反观语源词根中潜藏的神话信息，透视前人无法洞悉的蛙神信仰传承的整体情况。新的实物和图像资料不仅有用各种材料制作的蛙女、蛙人偶像，还有建造成为巨大蛙形的神庙图片，这有效地帮助今人体会男性主神统御的文明社会教堂出现之前，初民在什么样的人造神圣空间里崇奉他们心目中的青蛙/蟾蜍女神。评述至此，我们可以进一步发问的是：对照我国仰韶彩陶上常见的鱼纹、人面鱼一类形象，马家窑彩陶上常见的蛙纹、蛙人纹，如下一种发生学的理性解说是否也能奏效呢？

    鱼和蛙对于再生象征的重要意义来源于它们水栖的环境。它们的栖息地比得上子宫羊膜液体这一含水很多的再生得以发生的器官。蛙和蟾蜍在每年春天的定期出现，以及它们与人类胎儿的极度相似都进一步强化了它们与再生的联系。[2]

在"蛙"与"娲"之间、"蛙"与"娃"之间的语源学联系已经逐渐

---

[1] M.Gimbutas,*The Living Goddesses*,Berkeley:University of California Press,1999,p.29.
[2] M.Gimbutas,*The Living Goddesses*,Berkeley:University of California Press,1999,p.27.

明朗的条件下，对上述问题的回答也就为期不远了。透过古今中外各种现象和素材的归纳，能够清晰地看到蛙神信仰底蕴透露出人类神话思维的普遍性法则。

蛙文化传播带：从西北到西南

考察河西走廊东端的史前文化分布格局，不可避免地涉及其与长江流域及南方文化的关系问题。仅就蛙神信仰和神话遗留的情况看，西北地区以史前的彩陶图像叙事最为丰富，而西南少数民族方面则以留存至今的活态的信仰和仪式礼俗而著称。其中以纳西族的蛙神铜鼓的礼俗和壮族的蚂虫另节最为著名。而自西北到西南的文化联系中介，考虑到彝族、纳西族与藏族的亲缘性，可以从古羌人的文化传播得到合理解释。早自夏、商、周之际，河湟地区就同川北地区有密切联系。在陇南的成县、文县一带出土的陶器中有一种称为"眼睛罐"或"羊头罐"的灰陶罐，和川北地区出土的一样。而齐家文化在陇南地区的扩张，也自然波及陕西南部和四川北部。还有出土的三星堆文化的证物——石雕蛤蟆，以及金沙遗址出土的八个金蛙形象，都表明与甘肃南部接壤的川北地区是古今羌人活跃的地域，理所当然地成为西北与西南的文化传播与交流之桥梁。

正如马家窑文化、齐家文化、辛店文化的主人都是古羌人，三星堆文化的族属问题也与古羌人有相当的联系。如一号、二号祭祀坑出土的青铜人物雕像在服式上体现出文化的多样性，有左衽长袍、对襟长袍、右衽长袖短衣等。其中的左衽服式，是今天藏族、蒙古族的特征。在发式上，也有椎结、辫发、光头等区别。这些青铜人物雕像群明显地表现出不同族群的特色。若要求证史书，则非夷狄或氐羌莫属。《汉书·匈奴传赞》："夷狄之人，贪而好利，被发左衽，人面兽心。"这是从华夏立场判别异

陆 蛙神信仰及神话源流

三星堆出土的石蛙（2009年摄于三星堆博物馆）　　金沙遗址出土的金箔神蛙（2011年摄于金沙遗址博物馆）

己民族的基本标准。孔子时代所谓"被发左衽"，本来是不同的穿戴习俗，却被夸大为品性上和生物性上的低劣。今日人类学称这种偏见为"我族中心主义"。《尚书·武成》孔安国传云："冕服采章曰华，大国曰夏。"《尚书》正义引孔颖达疏云："冕服采章对被发左衽……华夏，谓中国也。"左衽既然是非"中国"的异族服式，三星堆文化的主体中有氐羌族群的成分，也就可据此得知。

陈健文博士的论文《先秦至两汉胡人意象的形成与变迁》第三章"从戎狄到胡人的北疆异己图像"第三节"东周时期的戎狄图像"中有"左衽、窄袖、著裤造型"小节，所依据的材料以文献记载为主。如果考虑到文献中根本不曾留下记载的三星堆遗址的情况，那么东周时期汉语文献中出现的对"被发左衽"的文化歧视，应该至少上溯到商周时代。

三星堆还出土了一种青铜铸造的羊头龙形象，这是否和齐家文化、四坝文化、辛店文化的羊头、羊角崇拜符号有关呢？三星堆考古所见发达的玉礼器传统，如果从地域的相关性看，其与齐家文化极为发达的玉器生产传统关联的可能性不能排除。土族学者马光星等指出：羌人崇拜公羊，湟源、湟中一带的传统社火表演中，有一位反穿羊皮袄，戴羊皮面具的角色，面具显得很原始。而三星堆出土的龙柱形器，下颌有山羊胡子一小

三星堆出土的青铜羊头龙（2009年摄于三星堆博物馆）

辛店M243出土的羊角纹陶器（引自《民和核桃庄》）

四坝文化羊头把手彩陶方杯（2007年摄于甘肃省博物馆）

陆 蛙神信仰及神话源流

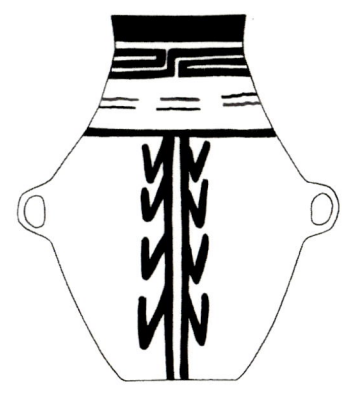

辛店M312出土的蛙纹陶瓮（引自《民和核桃庄》）

南美的青蛙木偶

青海出土的蛙人神彩陶壶（马家窑文化马厂类型，2014年摄于青海考古所文物库房）

摄。总观全像，是一条长着羊头的神龙。[①]四川考古学者林向认为，"这正是兴于西羌的夏禹的亲族——蜀王所有的羊头龙金权杖"[②]。

黄河上游的藏族和土族部落每年农历六月傩祭跳龙舞祭祀龙神时，所使用的面具有龙、蛇、蛤蟆几种神兽造型。2005年7月，笔者在临洮的马

[①] 马光星、赵清阳、徐秀福：《人神狂欢——黄河上游民间傩》，青海人民出版社2003年版，第95页。
[②] 林向：《巴蜀考古论集》，四川人民出版社2004年版，第111页。

189

河西走廊——西部神话与华夏源流

旋纹彩陶鼓（马家窑文化，2007年摄于甘肃省博物馆）

家窑文化研究会彩陶展上，看到一个马厂彩陶罐上有"蛙龙"形象。结合土族的龙、蛇、蛤蟆面具就不难明白：史前蛙龙形象来源于水陆两栖动物蛙和蛇的组合。

热贡土族在农历十一月举行"於菟"舞仪式，其中吴屯上下庄扮演蛤蟆形象，跳"蛤蟆"舞行禳灾纳吉之事，表明这些村子的人们保留着另一种图腾崇拜遗俗。跳"於菟"舞时，舞者描画的蛙形图案，也源于一种图腾崇拜。在青海大通县黄家寨乡黄西村流行的蛙舞（又称"四片瓦舞"），也具有祭祖虫王、乞愿丰年的傩祭特征。

蛙舞在社火中演出，四个男子头戴蓝布缠沿草帽，面部画上黄、白、绿几种不同颜色的青蛙形图案，两手各捏一片骆驼骨制作的瓦状片，边跳边模拟青蛙的扑跳动作，击打手中的驼骨瓦片，发出"呱呱"的蛙叫声。民间传说，当地庄稼曾遭虫害，当时出现很多青蛙消灭了蝗虫。人们为感念青蛙，同时也为了免遭虫害而跳起了蛙舞。这出舞蹈在演出时还唱"五

陆 蛙神信仰及神话源流

更调""十二月"等民间小调,民乐伴奏,载歌载舞。这显然是为了适应社火中大众欣赏心理的需要而加以补充和丰富的。但蛙舞的原始形态仍得以保留。

以蛙类动物作为崇拜对象的远古神话,见之于阿尔泰语系蒙古语族的诸民族。其中有关水生乌龟或者蛤蟆成为大地(宇宙山)背负者的神话显得非常古老。土族的一则神话叙述:一位天神想在茫茫海洋上面造就陆地,他看到一只蛤蟆浮在水面,往它身上丢下一把土,蛤蟆沉入水深处,土被水冲走了。天神于是张弓搭箭,一箭射穿了蛤蟆的躯体。蛤蟆痛得翻过身来,天神趁机又丢下一把土,蛤蟆将土紧紧抱住,阳世(地球)形成了。天神往蛤蟆的肚脐眼插上一根烧火棍,并告诫蛤蟆:"你要丢掉阳世,除非烧火棍发了芽。"蛤蟆等得不耐烦了,扭动身躯看那烧火棍,于是就发生地震。土族的婚礼歌中唱述天地形成后,"四八三十并二天,内中空虚差一天"。于是,女娲娘娘"割下金蛤蟆的舌头,补了一座黄金天"[①]。

藏族及与藏族有族源关系的一些民族,也有不少以青蛙为崇拜内容的神话故事。"青蛙女婿"的故事在藏族中流传较广。其梗概是,一对老夫妻无子嗣,他们祈祷上天后,妻子生下了一只青蛙。青蛙能帮助父亲犁地,在赛马会上夺得第一。青蛙又凭借神奇的本领,解决了国王提出的难题,使国王的公主成为他的妻子。这一故事题材,亦成为藏族英雄史诗中格萨尔的原型之一。如《阿尼·格萨尔》流传于四川省平武县境内的白马藏族地区,与"青蛙女婿"的故事大同小异。今居住在滇西北高原的普米族讲述的《冲·格萨尔》,也属于"青蛙女婿"故事类型。[②]从文化分布上看,除了四川北部之外,白马藏人还居住在甘肃陇南一带。民族学者

---

① 马光星、赵清阳、徐秀福:《人神狂欢——黄河上游民间傩》,青海人民出版社2003年版,第150—151页。
② 马光星、赵清阳、徐秀福:《人神狂欢——黄河上游民间傩》,青海人民出版社2003年版,第152页。

多认为其先民即古文献所说的"氐"人。而普米族与远古时代氐羌族群也密切关联。五代至宋以后，羌人不断分化，白狼羌、岩昌羌等部族南迁，大致为今天普米族的先民。有了这样的动态视野，就可以在中国境内的两大民族文化走廊——河西走廊和藏彝（横断山）走廊之间找到沟通联系的纽带了。

  西北的土族学者还发现，"云南楚雄一带的彝族，其先民多为羌人。他们于唐代迁徙至滇北，自称罗罗。此地女巫所击的单皮鼓，与现今青海黄南藏区民间舞蹈中所用的神鼓相似"[①]。云南彝族的单皮鼓和青海藏族的神鼓相似，还让人们联想到以蛙纹或蛙人纹为符号特色的马家窑彩陶器中本来就有乐器一类的陶鼓，那正是五千年前西北先民所用的神鼓。它们和西南民族沿用至今的蛙神铜鼓会不会有文化传承上的关联呢？

---

① 马光星、赵清阳、徐秀福：《人神狂欢——黄河上游民间傩》，青海人民出版社2003年版，第146页。

柒　齐家文化与玉器时代

玉器时代的"齐家古国"

齐家文化，以北洋政府所聘的瑞典矿政顾问安特生在甘肃广河县齐家坪考察后所提出的新石器时代文化而命名。几十年来，不断有新的齐家文化考古发现。截至20世纪末，在甘肃、青海两省发现的遗址累计达1100余处。[①]此一数字足以显示这种史前文化当年的繁盛和持久。根据在天水西山坪遗址出土木炭的树轮校正年代，齐家文化的始末时间约为公元前2140年至前1529年。这意味着，在黄河上游一带约五千年前的马家窑文化之后，出现了一个延续了约六百年的西北史前文化。其疆域广大，达数十万平方公里，包括河西走廊及其东部的大片地区。如果说齐家文化代表着一个我们尚不知道其名称的古国或古王朝，那么足以让今人吃惊的是这个齐家古

---

① 谢端琚：《甘青地区史前考古》，文物出版社2002年版，第113页。

广通河畔的齐家坪遗址外景(2014年摄于广河县)

国的文化生命接近六百年。

若用简单的类比法来表示,齐家古国的延续时间,超过了秦、汉、三国、西晋的历史总和,也超过了隋、唐、五代和北宋的历史总和,大体相当于元、明、清三代延续时间之总和。就因为没有文字记载,我们对这个史前古王朝的了解远远不及上述有史以来的任何一个朝代。换一种比较的视野,关于齐家文化,我们尚不知道的东西和已知的东西相比,完全不成比例。这一事实预示着未来极大的探索和研究空间。

根据已知考古材料判断,齐家文化的地域分布很像与北宋、辽金对峙的西夏王国:占据着甘肃、青海、宁夏境内的黄河上游及其支流地区,旁及陕西西北部、内蒙古西部的部分地方。所不同的是,西夏王国以宁夏银川(古称"兴庆")为统治中心,而齐家古国的中心地带在甘肃河西走廊东部和青海东部一带。从2002年在青海省民和县喇家遗址新出土的复原长度达六十多厘米的大玉刀的情况看,那里很可能就是齐家古国在某一个时期的统治中心区。

安特生中国考古路线图

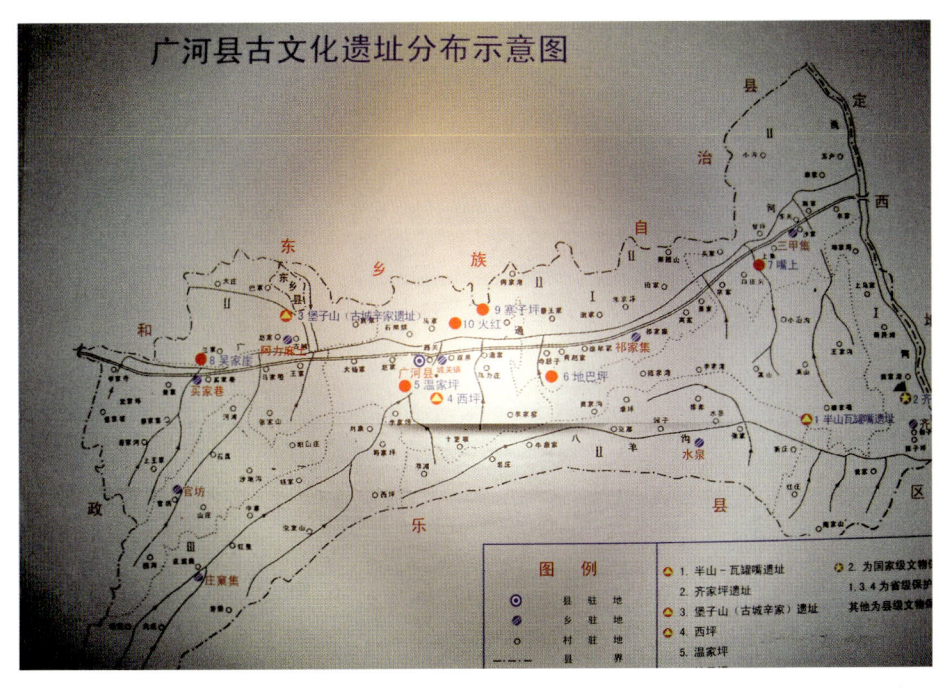

广河古文化遗址分布图

齐家古国留下的器物（2007年12月摄于广河齐家文化陈列馆）

齐家文化石器（2007年12月摄于广河齐家文化陈列馆）

齐家文化葫芦形陶器

柒 齐家文化与玉器时代

2002年喇家遗址出土的这件大玉刀为长条形，已残半，残长32.8、宽16.6、厚仅0.4厘米，复原长度约66厘米，为三孔玉刀，孔径2厘米，是目前已知最大的玉刀。系淡绿色含白色斑块纹理的布丁石玉质，用整块大玉料切割磨制而成，制作规整、精致。这个出土玉刀的位置，砂层清理后证明是土台祭坛的东南边缘部分，砂层是沉积在遗址上的灾难遗存的沉积物，是喇家遗址最后的齐家文化地层。齐家文化的多孔玉刀已经发现几件。它并不是普通的玉器，而是礼器中的"王者之器"。喇家遗址可能就是"王者之地"。[①]

大体而言，齐家文化是仰韶文化结束之后，华夏大地上足以同中原龙山文化形成东西对峙的强大王国。持续近六个世纪的齐家文化，其主要特征体现在三类器物上：一是特色鲜明的陶器体系；二是率先于中原而掌握了冶金技术，开始使用铜器——从红铜到青铜；三是有自成一体的玉文化体系，出现了大批玉制工具、礼器和葬器，其内蕴的含义之深奥，使用的玉石材料品种之丰富多样，琢磨工艺之粗犷大气，都令人叹为观止，实为西北史前文化末期最辉煌耀眼的成就之一。

从社会特征看，齐家文化出现了由神玉观念支配的巫师王迹象。所谓神玉观念，是把玉神圣化、神话化的结果，即许慎《说文解字》所说"巫以玉事神"的礼仪活动之核心观念。此外，占卜和巫术、男性中心的父权制等，也都在齐家文化遗址得到突出的体现。尤其是一男多女的合葬墓，表现出由男性主宰社会的严重不平等现象，被学界称为残酷的"妻妾殉葬制"[②]。

然而，不得不承认的是，我国学界迄今为止对齐家文化的探讨还很薄弱。之所以如此，是因为齐家文化和夏代文明一样，没有留下文字和历

[①] 蔡林海：《"王者之器"大玉刀》，载《中国文物报》2005年1月21日。
[②] 苏秉琦主编：《中国通史·第二卷·远古时代》，上海人民出版社1994年版，第461页。

河西走廊——西部神话与华夏源流

甘肃积石山县新庄坪出土的齐家文化有领玉璧（2014年10月摄于临夏州博物馆文物库房）

齐家文化墨玉斧（2017年摄于玉门市博物馆"玉润丝路玉石文物展"）

史叙事，限于专业和资料范围，考古学以外的学者很难介入相关的学术讨论。而在数量有限的专业人士中，精研齐家文化的人也寥寥无几[①]。不过，近年来我国一个新兴的学术领域——玉学、玉文化研究的崛起，给齐家文化研究的拓展带来可喜的新途径。换句话说，在专业考古工作者以外，出现了一批对齐家文化抱有浓厚探索兴趣的人，那就是高古玉收藏者和玉文化研究者。这些人既没有什么考古专业的训练，多数也没有在西北的甘青地区生活过。他们或许是不在文博单位工作的文博专家，但是手里有齐家文化遗留下来的实物——玉器，并希望从这些无言的实物之中解读那段失落的历史。

21世纪以来，先后有多部齐家玉器的彩印图册问世。如彭燕凝、仁厚编著的《齐家古玉》（天地出版社2005年版），岳龙山编著的《黄河文明瑰宝——齐家文化玉器》（中国书店出版社2006年版）等。对于这些非正式发掘的个人收藏物，我们的考古学界几乎不屑一顾。这就形成了

[①] 夏鼐：《齐家期墓葬的新发现及其年代的改订》，载《中国考古学报》1948年第三册；张忠培：《齐家文化研究》（上、下），载《考古学报》1987年第1—2期。

柒 齐家文化与玉器时代

一种平行对应的齐家文化探讨景观：一边是专业考古学的研究，以发掘出土材料为唯一的对象[1]；另一边是非专业收藏者的出版物，不讲究什么学术规范，自说自话，以个人藏品展示为主。收藏界的史前玉器图书，从红山文化玉器到齐家文化玉器，正在呈现扩散蔓延之势。出于古玉市场的暴利吸引，以及仿古玉生产的利益驱动，出现了一批自费出版的作者，他们除了向公众展示藏品，还模仿拍卖图册的模式，给自己的藏品定价。甚至对一些真伪莫辨的东西自报天价（少则几万元，多则上千万元），在业界产生了负面影响。这不能不引起重视。就目前出版的两种齐家玉器图册的情况看，至少在真伪鉴别上还不容乐观。最值得警惕的现象是，在甘肃一些地方（如临洮、康乐等）玉器厂批量生产的当代仿古齐家玉器，不仅充斥着各地的古玩市场，在市面上大量流通，而且也有不少被民间收藏者将其当成数千年前的齐家古玉收入自己的出版物中。还有些顶着收藏界、玉学界"专家"冠冕的人，以个人名义为这些古玉赝品写鉴定意见书或者推荐性的序言。这很容易误导没有古玉鉴别经验的一般读者和收藏爱好者，同时也给齐家玉器的研究带来负面影响，加大了专业考古学界与古玉收藏界之间的隔膜和对立。当前急需有专业水准的齐家玉器图册问世，使鉴别真伪的尺度有所明确，但又不宜将范围完全局限在正规的考古发掘品。因为发掘品数量毕竟十分有限，而非发掘品和传世玉器中也确实有真品存在。

由于齐家文化是继北方的红山文化、南方的良渚文化和石家河文化之后在西北兴盛起来的又一种重要的史前玉文化，其特殊的历史时段和空间位置分布，决定了它和华夏文明开端的密切关联，以及对夏、商、周三代玉文化的深远影响。学界提出我国存在一个特殊的"玉器时代"，这给齐家文化的历史定位带来有效的新坐标。不过，目前对玉器时代的探讨，虽然在考古学界、历史学界和玉学界均有热烈的讨论，但是大体以东北学

---

[1] 叶茂林：《再谈齐家文化玉器》，载《中国文物报》2006年5月10日。

兰州皇庙古玩集市上的大批仿齐家文化玉器（2007年12月摄于兰州）

兰州秦陇古玩城（2007年12月摄于兰州）

柒 齐家文化与玉器时代

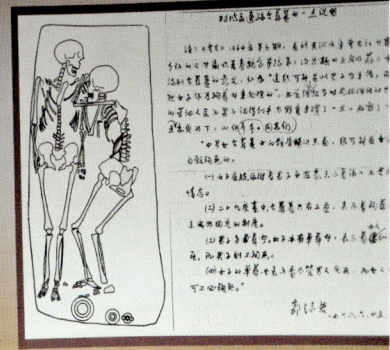

甘肃永靖秦魏家齐家文化男女合葬墓及其说明（2014年7月第二次玉帛之路文化考察时摄于永靖县博物馆）

者的红山文化研究和江南学者的良渚文化研究为主体，甚至没有包括齐家玉文化在内。如林华东的《"玉器时代"管窥》[①]、牟永抗的《玉器时代说》[②]等，都是针对良渚玉文化而言的。云希正、牟永抗合编的《中国玉器全集·原始社会卷》（河北美术出版社1993年版），居然没有给齐家玉器留下相应的篇幅。该书关于齐家玉器的文字叙述仅有可怜的四行，而图片也仅有三幅，齐家玉礼器的代表性器形——玉璧、玉琮和玉刀等毫无踪影。这样的挂一漏万式的"全集"，不仅不能提供完整的玉文化知识，还会让有心的读者感到不可思议。这种研究和思考的偏向，就熟悉南方良渚文化玉器的学人来说，似乎无可厚非。但是从史前玉文化分布的全局看，可借用刘勰《文心雕龙》中的一句话来表示，就是"东向而望，不见西墙"。倒是学院派以外的个别民间收藏者更加关注齐家文化玉器对于玉

---

① 林华东：《"玉器时代"管窥》，载《浙江社会科学》1996年第4期。
② 参见徐湖平主编：《东方文明之光——良渚文化发现六十周年纪念文集（1936—1996）》，海南国际新闻出版中心1996年版。

河西走廊——西部神话与华夏源流

甘肃临洮县李家坪出土的齐家文化
青黄色玉琮（2013年摄于定西博物馆）

河西走廊武威皇娘娘台出土的齐家文化
白玉璧（2007年摄于甘肃省博物馆）

时代的特殊意义。如诗人艾青之子艾丹根据自己的收藏品编写的以齐家玉器为主的图书《玉器时代》（中国青年出版社2006年版），突出展示各种玉礼器：璧、琮、圭、璋、笏、斧、凿、柄、瑗、璜、铲、钺、戚、戈、环、镯、锛、璇玑、箭镞、发箍、蝉形器、布谷鸟等，并试图勾勒出新石器时代晚期中国北方玉器文化遗址的分布图。不过该书展示的均为个人藏品，是否能够鉴别断代和具有学术含量，还有待于检验。

齐家文化自崛起到衰落，恰好处在中国史前玉器时代的终结期范围以内。大体说来，玉器时代的开端以新石器时代早期的兴隆洼文化为标志，其终结以铜器时代的到来和文明取代史前的分界为标志，延续了约四千五百年。齐家玉文化的时间定位就落在我国长达四千五百年的玉器时代的最后五六百年里。这也就是说，在我国现已发现的四大史前玉文化中，唯独齐家文化同上古史的三代文明最为接近。从时间上判断，齐家文化与夏代文化几乎同时同步，其间的关系非常值得探究。而从空间上判断，齐家文化的分布与夏和周的势力范围密切相连，甚至可以说是部分重合的。在夏、商、周三代文化中，只有来自东方或东北的殷商文化不可能与齐家文化发生重合、认同关系，而另外两个文化——夏文化和周文化，

柒 齐家文化与玉器时代

甘肃积石山县新庄坪出土的齐家文化三联璜玉璧（2014年10月摄于临夏州博物馆文物库房）

西周遗址出土的玉璜，与齐家文化玉璜别无二致（2016年1月第九次玉帛之路文化考察时摄于灵台县博物馆）

在来源上都和地处西北的甘肃东部地区有关，而且周人还自认为是夏人的后代。这给齐家文化的传播方向和后代遗留提示出大致的线索。

陕西扶风县召陈村遗址采集的玉璧[1]，被认定为西周玉器，现藏宝鸡市周原博物馆，从造型规格和工艺风格上，与齐家文化的玉璧并无二致，均以光素无纹为特色。这说明二者之间有明确的继承关系：要么是周人收藏的前代齐家玉璧，要么是周人依照齐家玉璧形制再造的西周玉璧。甘肃灵台县白草坡西周墓出土的玉璧和玉璜，同样是纯素风格的齐家玉器的再现。[2]陕西扶风与甘肃灵台两地相距不过一百公里，都是齐家文化兴盛时的边缘区。此地的西周人乃至更晚的后人[3]继承并延续齐家玉工的生产传统，当在情理之中。这如同今日的景德镇瓷器生产依然模仿清代的青花、粉彩等工艺风格一样。

---

[1] 古方主编：《中国出土玉器全集》（第14卷），科学出版社2005年版，第37页。
[2] 古方主编：《中国出土玉器全集》（第14卷），科学出版社2005年版，第60、61页。
[3] 甘肃礼县大堡子山秦先公墓地出土的春秋时青白玉素琮，甘肃静宁县双岘乡尤村出土的战国玉璜，甘肃陇西县西河滩遗址出土的战国玉琮等，皆为周代以后延续的齐家玉器风格。见古方主编：《中国出土玉器全集》（第14卷），科学出版社2005年版，第77、82、83页。

玉璧、玉琮：齐家文化与良渚文化的对应

从分布范围着眼，齐家文化玉器存在的空间要比良渚玉器和红山玉器更广阔。甘肃、青海、宁夏，以及陕西西部的一些地方，都发现有齐家文化类型的玉器。在这四省区中，甘肃无疑是齐家玉器最集中的中心分布区。具体说来，西起河西走廊西段的玉门、嘉峪关，经过走廊中部的民乐、武威，东到天祝、永登、古浪、永靖、广河、东乡、榆中、临洮、临夏、静宁、康乐、平凉、陇西、定西、甘谷、渭源、会宁、秦安、庆阳、泾川、天水等数十个县区。其东西距离的长度达一千多公里，几乎覆盖了整个河西走廊到陇东的黄土高原区。这个和夏代同时期的史前文化所拥有的宏大势力范围，究竟和夏文化是怎样的关系呢？非常值得探讨。

1996年，故宫博物院的玉器专家杨伯达在考察了甘肃齐家玉器后写下《甘肃齐家玉文化初探——记鉴定全国一级文物时所见甘肃古玉》一文，惊叹齐家的玉琮、玉璧与良渚同类器物的相似性。

> 这先后两支南北玉文化在璧、琮两器上的联系绝非偶发事件，其中必有未被觉察或者说根本还未想到的历史联系，现今居然展现在我们眼前，这好像天方夜谭似的，但实物俱在，是不容忽视的。[①]

其实在考察史前文化方面，常会遇到这样出乎意料的"天方夜谭"场面。这说明我们被文字记载的历史局限得日久，对于没有记载的事物完全缺乏想象力。笔者在青海柳湾彩陶博物馆考察时就看到令人百思不得其解的一幕：一个陈列橱窗里摆放着一些马厂墓地出土的贝壳，其说明是产自

---

① 杨伯达：《巫玉之光——中国史前玉文化论考》，上海古籍出版社2005年版，第177页。

柒 齐家文化与玉器时代

静宁县出土的齐家文化玉璧,以器形硕大而著称的"静宁七宝之一"(2013年3月摄于静宁博物馆)

静宁县出土的齐家文化玉琮,以器形硕大而著称的"静宁七宝之二"(2013年3月摄于静宁博物馆)

印度洋的特殊贝类。四千多年前的河湟地区先民如何得到出自印度洋的东西呢?答案只有一个,就是史前文化的远距离迁移和多向交流情况,如今已经难以想象了。无独有偶,河西走廊的史前考古成果中也有:"东灰山遗址出土的贝壳,经兰州大学唐迎秋鉴定,其中,闪蚬的产地为辽宁、陕西、湖北、湖南、广东、贵州;环纹货币的产地为台湾、海南岛、西沙群岛。表明当时贸易的存在。"[①]

如果这样的鉴定准确无误,那就意味着在齐家文化时代,河西走廊地区的文化与大陆的东北方和东南方文化都有交往。不然的话,产于辽宁的闪蚬和产于海南、西沙的海贝怎么能够出现在万里之外的河西黄土高原腹地呢?而反过来说,一旦上述物证足以证明河西走廊在史前期就与中原地区乃至沿海地区保持着某种文化交流,那么相隔千山万水的良渚玉器和齐家玉器的惊人相似之谜不也就有理由得到冰释了吗?

在良渚玉器和齐家玉器的相似性之外,还有一个同样神秘的古老文化或

[①] 甘肃省文物考古研究所、吉林大学北方考古研究室编著:《民乐东灰山考古——四坝文化墓地的揭示与研究》,科学出版社1998年版,第141、186页。

河西走廊——西部神话与华夏源流

齐家文化贝币（广河齐家文化陈列馆）

康乐出土的齐家文化鸭形陶器（2006年摄于临夏博物馆）

许充当着二者之间的传播中介，那就是山西襄汾的陶寺遗址。从地理方面判断，与江浙良渚文化区的距离，晋南的黄河中游地区相比甘青的黄河上游地区，自然要接近许多。与齐家玉器相比，陶寺墓地出土的玉璧、玉琮的形制也更加接近良渚的式样。而从年代上看，陶寺遗址的龙山文化距今四千三百年，稍晚于良渚文化，早于齐家文化，也早于被学界认定为夏文化的河南偃师二里头文化。所以在没有新的出土线索出现的前提下，判断良渚玉礼器体系影响或者移植到齐家文化的玉礼器较可靠的中介者，就是陶寺出土的玉礼器。做出这个判断的有力旁证是：晋南、关中和甘青地区一样，是远古氐羌人活跃的区域。而自马家窑文化到齐家文化的族属问题，已经大致被考古学

柒　齐家文化与玉器时代

作者2007年11月在陶寺遗址调研时听乡长述说发掘情况

界认可为古羌人。玉学界的杨伯达先生在划分中国史前玉文化八大板块时，干脆称齐家文化的玉器传统为"齐家玉文化氐羌亚板块"[①]。

的确，关于没有文字记载的历史情景，我们所知道的比我们所不知道的，不知要相差多少倍。在这片神秘的天空之下，再大胆的想象也会有充分驰骋的余地吧。重要的是在得出学术结论之前，采用何种有效的方式来验证和修正由想象支撑起来的假设。

夏文化寻源：冶金的东向传播

夏代的特殊性在于，其所处的公元前21世纪至前17世纪是我国自玉器时代向铜器时代转化的阶段，学界又称铜石并用时代。齐家文化所处的同

---

① 杨伯达：《巫玉之光——中国史前玉文化论考》，上海古籍出版社2005年版，第81页。

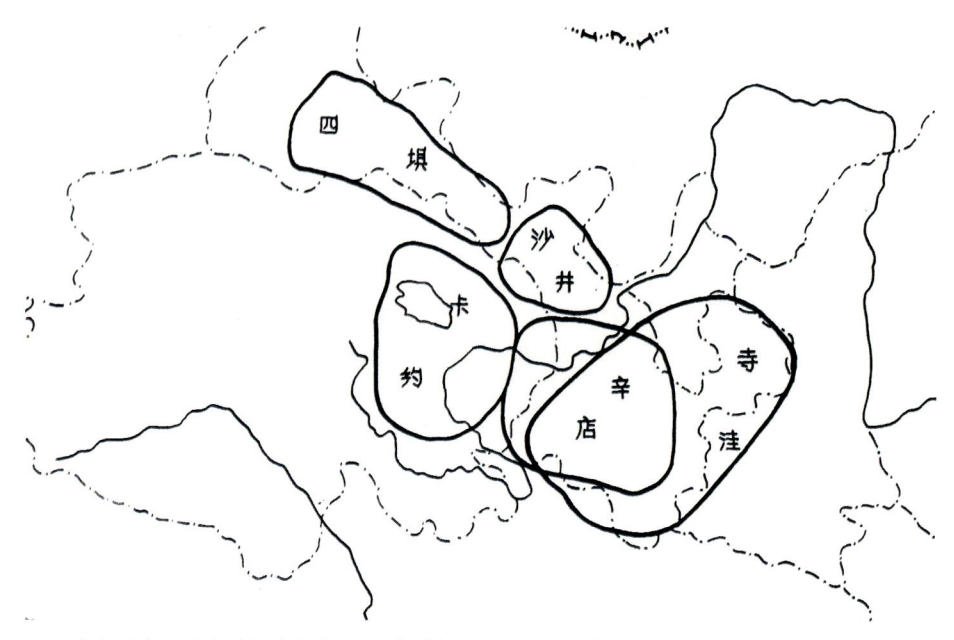

青铜时代西北羌系部落(引自石兴邦《中国文化与文明发展和形成史的考古学探讨》)

样是公元前22世纪至前17世纪,情况当然也是如此。历史传说中的夏文化和考古学命名的齐家文化,如果不能贸然看成同一个文化的话,究竟是哪一个率先进入铜器时代呢?现有的出土材料表明,正是河西走廊的齐家文化及其近亲——四坝文化充当了自西部向中原输送、传播铜器文化的历史中介角色。

东灰山四坝文化遗址位于甘肃省民乐县,地处河西走廊腹地的祁连山脚下,夏代的四坝文化居民在此留下了居址和墓地。据1987年大规模发掘的资料,可知该文化和齐家文化一样进入了阶级社会,有明显的贫富差别,陪葬品多者19件,有80座墓葬无陪葬品,约占墓葬总数的32%[1]。该遗址出土铜器16件,其中的15件经北京科技大学冶金史研究室进行了原子吸收光谱定量分析,表明大多数均为铜砷二元合金制品,且半数铜器在热锻之后又经冷锻加工。铜砷二元合金与锻造加工是东灰山四坝文化铜器的鲜

---

[1] 甘肃省文物考古研究所、吉林大学北方考古研究室编著:《民乐东灰山考古——四坝文化墓地的揭示与研究》,科学出版社1998年版,第4页。

柒 齐家文化与玉器时代

明特征,从而区别于其他文化和地点的中国早期铜器。[1]

在中国冶铜起源研究中,一个富有争议的难题是,是否存在从红铜到青铜的发展过程?目前所知中国最早的铜器是1977年甘肃东乡出土的1件五千年以前的马家窑文化青铜刀,以及数件冶炼遗留下的铜块。随后甘肃境内也出土有3件马厂文化铜器。齐家文化提供了史前最丰富的铜器实物。迄今记录在册的齐家古国出土铜器达130余件。甘肃武威皇娘娘台、永靖大何庄和岷县杏林的齐家文化早期遗址出土了红铜器物,而永靖秦魏家、广河祁家坪、青海西宁沈那、贵南尕马台等齐家中晚期遗址出土的铜器则以青铜为主,或杂有少量红铜。这大致显示出齐家文化先民学习掌握冶铜技术的渐进过程。从冶金技术发展的历史线索看,距今五千年前后西亚、南欧和北非较普遍存在砷铜制品。学界认为在青铜时代之前存在一个使用砷铜的过渡时段,因为砷铜是由红铜到青铜的过渡环节。如果不考虑东乡出土的马家窑文化青铜刀的特例,民乐东灰山出土铜器多为砷铜的事实表明,我国最早的合金铜生产始于河西走廊。我国冶铜业从砷铜、红铜到青铜的演变过程也最初发生在西北地区的齐家文化和四坝文化。若是这一重要文化成就向东传播,对于催生中原地区铜器时代的到来有显著的作用。二里头文化的青铜器铸造技术,从年代上看,晚于西北地区自马家窑文化以来的冶铜传统近千年以上。

东灰山遗址发掘报告称:"民乐东灰山遗址地处中西交通的咽喉地带——河西走廊,该遗址出土的砷铜制品,含砷量在2%—6%,全部为锻造加工制成,这与西亚及南欧、北非地区的早期砷铜制品相同。四坝文化制铜技术的出现,是否与这些地区有关?值得注意。"[2]这就明确揭示出:河西的冶金技术发生不能孤立地看成是中国西北先民的独立发明,毋宁看作

---

[1] 甘肃省文物考古研究所、吉林大学北方考古研究室编著:《民乐东灰山考古——四坝文化墓地的揭示与研究》,科学出版社1998年版,第139页。
[2] 甘肃省文物考古研究所、吉林大学北方考古研究室编著:《民乐东灰山考古——四坝文化墓地的揭示与研究》,科学出版社1998年版,第140页。

中国最早的青铜器：甘肃东乡县出土的马家窑文化铜刀（2011年摄于国家博物馆）

甘肃出土的齐家文化铜刀（2007年摄于甘肃省博物馆）

首先发明于西亚的冶铜技术，经过中亚、新疆向东传播的结果。因为世界上最早的铜器约九千年前出现在土耳其，约六千年前在中亚和西伯利亚地区传播。中国的冶金史之所以不是在中原地区而是在甘肃率先揭开序幕，原因就在于河西走廊在地理上更接近西亚、中亚的冶铜文化。而史前的玉石之路以新疆和田为中轴，西通土耳其，东连中原地区，不是恰好充当了东西方文化交流互动的桥梁吗？

除了铜器之外，我国目前发现的较早的金银器生产，也没有出现在中原地区，恰恰又出现在河西走廊一带（如玉门火烧沟四坝文化遗址出土金银器）。这充分说明了河西走廊史前文化在传播西亚、中亚先进冶金技术方面所起到的中介作用。

其实在古汉语文献中，早就有从中原中心立场上对西部族群文化冶金发明的妖魔化叙事。那就是所谓蚩尤"冶西方之金以为兵"的神话。对于这位非华夏族的文化领袖蚩尤，汉语古籍中甚至还有着"铜头铁额""食沙石"一类的恐怖传说。[1]这显然属于中原人远古文化记忆之中透露出的真相线索。金属的发明是文化史上划时代的重要事件，后代的中原观点甚至把五行（水、火、木、金、土）中的"金"与西方这个方位相互认同，

---

[1] 参看《述异记》卷上、《汉学堂丛书》辑《龙鱼河图》等。

柒 齐家文化与玉器时代

嘉峪关出土的魏晋铜独角兽,它表明西方的神话动物进入河西

成为华夏传统关于西方想象的一个重要元素,并非出于偶然和随意,而是具有充分的文化根脉依据的。《太平御览》卷八三三引《尸子》:"造冶者,蚩尤也。"这就是古人将发明冶金术的功绩归在蚩尤身上的明证。那么这位蚩尤究竟何许人也?古汉语文献一再声明:

蚩尤者,炎帝之后。(《遁甲开山图》)
蚩尤姜姓。(《路史·后记四》)
蚩尤出自羊水,……(《归藏》)

这都明确透露着蚩尤的族属与古羌人密切相关。甲骨文之中"姜"与"羌"为互换之字,而"羌"指西方牧羊人。这位率先利用冶金技术制造金属兵器的蚩尤,若不是来自西方的游牧文化给中原的定居农耕民族带来的巨大威胁与恐怖之神话象征,还能是什么呢?被设想为"铜头铁额"的

齐家文化权杖头（广河齐家文化陈列馆）

玉是永生的食物？齐家文化玉璧
（私人藏品）

姜戎集团，因为其游牧生活方式所决定的机动性和攻击性，加上率先拥有金属武器的可怕杀伤力，就这样给华夏先民神话想象留下了可怕的符号记忆①。如果不让代表华夏势力的最高首领黄帝彻底征服西来的强敌，全面消除恐惧心理，中原民族恐怕会国无宁日吧。这就是为什么会有黄帝"擒蚩尤"或"杀蚩尤"各种神话版本的根本原因。尽管近代以来不少学人希望从这个神话中找到并且还原历史的事件，但是后现代的知识、权力观和新历史主义的叙事话语分析足以启发今人，如何从战胜者话语背后的权力支配机制去解读此类中央帝国王权叙事的虚构性，并且从被"污名化"和

---

① 参见叶舒宪：《从神话、民俗看阿尔泰文化源流》，见《东方文化》（第一集），东南大学出版社1991年版；叶舒宪：《文学人类学探索》，广西师范大学出版社1998年版，第274—290页。

"丑化"的战败者一方仔细倾听"沉默的大多数"永远不能发出的声音。于是乎，蚩尤的"铜头铁额"说或许暗示着古羌人东传冶金术的功绩，而"食沙石"神话背后可能透露着齐家先民的一种信念和实践——以玉为象征永生的珍稀食物。

黄帝顺利征服异族顽敌的神话虽然应运而生，可是手执金属武器的西方凶悍之人的印象依然顽强地保留下来，那就是汉字中的"戎"字。这个字表示手拿金属大戈的人，所以其语义始终与征战杀伐相关。其中积淀着千百年来中原定居农民对来自西边的异族强敌的无意识恐惧。以至于后来又有"西戎""羌戎"等派生的称呼，总是不断地点明其文化来源和异己的族属特性。

农业考古的证据：小麦的东向传播

河西走廊的史前羌人不仅给中原输送昆山美玉和冶金技术，还很可能充当了麦子的输送者这一重要角色。套用今人比较熟悉的现代话语，可以称之为"西麦东输"。我们都知道今日中国是全球小麦产量第一的农业大国。可是很少有人了解，我们北方人多少代以来习以为常的主食麦子，其实原来并不是我们土产的国粹，而是从西亚传播过来的进口货。包括小麦种植技术在内的一整套农耕经验，中原人都是向来自西方的羌人那里学得的。去河南仰韶、西安半坡、宝鸡北首岭、秦安大地湾的史前文化遗址参观一下就立刻明白：我们史前祖先是根本不会种植小麦，也因此没有面食可吃的。那时代黄土地里所能够出产的粮食，几乎是小米的一统天下。以"兰州拉面"而著称于世的甘肃特色饮食，其实最早充当了丰富我国农作物品种的传送接力手，将起源于西亚又播迁到中亚、新疆一带的麦子生产一步一个脚印地送到中原。这主要是齐家文化和四坝文化先民的贡献。换言之，是古羌人领先一步学会了麦子的栽培技术，又从河西走廊将其输送到陇山以东的泾渭平原，逐渐推广扩散开来，最终使小麦成为中国北方首屈一指的农作物！

在古汉语的第一部字典《说文解字》里，籍贯为河南的许慎先生解释"来"这个字说：

> 周所受瑞麦来麰也。……天所来也，故为行来之来。

对于古代中原农耕民族来说，麦子被看成一种由天所来的食物。可见它不是本土的产物，正像通常把外来的马铃薯叫"洋芋"，把外来的火柴叫"洋火"，把外来的番茄叫"洋柿子"或"西红柿"一样。清代的朱骏声解释说："往来之来，其正字是麦；菽麦之麦，正字是来。三代以还，承用互易。"[①]在甲骨文中确实可见"麦"和"来"是同一个字的两种写法。《说文解字》透露的二字互相训释与通用现象，清楚地表明麦子来源于非华夏地区的事实。西周人从天上接受了"来麰"的神话，当出于发源陇东的周人与齐家文化先民在地理上和族属上的密切关系。

从农业考古角度看，揭开"麦"与"来"互训的奥秘之线索就潜伏于河西走廊的史前文化古层之中。兰州大学赵小刚教授撰文指出：周人与羌人有甥舅关系。姜姓邰部国是后稷的母舅之国。古汉语中的"来"和"麦"字发音源出自古羌语。今安多藏语把青稞麦叫"氖"（nai，上声），这就暗示出古羌语中潜藏着"来麦"的语源[②]。是活跃在河西的古羌人在东迁过程中把种麦经验带到了中原。

语源学和字源学的考察帮助今人明白了"西麦东输"的道理。剩下的问题是，当年中原华夏向氐羌人学会的种植麦子的技术是在何时先流行于

---

① 朱骏声：《说文通训定声》影印本，武汉市古籍书店1983年版，第193页。
② 赵小刚：《从〈说文解字〉看古羌族对华夏农业的贡献》，载《兰州大学学报》2001年第1期。

2017年8月第十三次玉帛之路文化考察时在敦煌三危山发现史前玉矿

齐家文化鸮面陶罐（2007年12月摄于青海柳湾彩陶博物馆） 　　永靖县出土的齐家文化玉璧（2014年7月第二次玉帛之路文化考察时摄于永靖县博物馆）

西北地区的呢？无论是藏族还是珞巴族的青稞麦起源神话，都无法揭示出此问题的真相。而在河西民乐县东灰山遗址采集到的炭化麦粒，使得疑问得到冰释。东灰山的四坝文化不仅有小麦，还有大麦、黑麦籽粒、高粱籽粒、稷和粟的籽粒。一处遗址同时发现如此多的农作物，这在我国史前农业考古中属罕见特例。据发掘报告的意见："东灰山炭化小麦标本，经北京大学考古学系技术室中子加速器的14C（碳14测年——引者注）测定，树轮校正年代为公元前2280±250年。……是中国境内年代最早的小麦标本。种植农业出现在西亚，是公元前8000年—前6000年的无陶新石器时代，主要栽培植物是小麦、大麦。黄河流域则只是粟、黍种植农业的故乡。东灰山遗址的小麦较西亚的小麦要晚约6000—4000年。鉴于其特殊的地理位置，在缺乏更多的证据时，还不能认为东灰山的小麦为独立的驯化品种。"[①]这就意味着，羌人的麦子栽培经验很可能是从西亚、中亚传播而

---

① 甘肃省文物考古研究所、吉林大学北方考古研究室编著：《民乐东灰山考古——四坝文化墓地的揭示与研究》，科学出版社1998年版，第141页。

来的。河西羌人先民栽培麦子的证据出自公元前23世纪，早于夏代初始的纪年，也早于齐家文化。所以如果要追寻自东灰山发掘的小麦标本到西周人从上天获赐麦子的神话二者之间的文化传播底蕴，离开在时间和空间上介于二者之间、历时六百年的齐家古国，也许别无更好的研究对象了吧。

寻找夏文化源：以玉礼器为新证据

　　了解到史前冶金术东传和"西麦东输"的情况，再回过来考察齐家玉文化与夏代的关系，应当有新的思路和线索。

　　限于中原中心观的束缚，目前的考古学界把寻找夏代都城的希望局限在豫西二里头文化和登封王城岗一带，这难免有刻舟求剑的嫌疑。仅从那些地方出土的玉器来判断，就可以揭示出较有力的反面证据：无论是二里头一期文化还是王城岗一期文化，乃至禹州瓦店遗址，都没有发现成规模的玉器——玉礼器。这对于被假定的夏代王都来说，显然是难以想象的。因为夏代开国君王大禹早在传说时代就和玉礼器文化有不解之缘。如《墨子·非攻》说："禹亲把天之瑞信，以征有苗。"天之瑞信，就是代表神圣天意的瑞玉符信，当为某种信仰中被神化的玉礼器。再如所谓"禹会诸侯，执玉帛者万国"的说法，表明夏代一开始就以整合、继承、发扬

齐家文化玉圭（甘肃省博物馆）

丰富多彩的各地史前玉文化为突出特色。禹的儿子启，《山海经·海外西经》说他"右手操环，佩玉璜"。《左传·定公四年》也说到"夏后氏之璜"，可知夏代是礼玉和佩玉发达的时代。东周时人们对此还津津乐道。到了夏的晚期，王室用玉达到空前绝后的境地。如末代君王桀，《晏子春秋·谏下十八》说他修筑了"璇室玉门"。对此一事，新发现的战国楚竹书《容成氏》讲述的夏代史事有更加详细的记载。

禹有子五人，不以其子为后……[启]王天下十又六年〈世〉而桀作。桀不述其先王之道，……起师以伐岷山氏，取其两女琰、琬，炊北去其邦，㚔为㚔宫，築为璇室，饰为瑶台，立为玉门。其骄泰如是状。[①]

尽管这些用美玉修筑宫室楼台和玉门的传说过于夸张，毕竟表明先秦时代关于夏文化的记忆和玉联系在一起，以至于给后人留下强烈印象，多年以后依然能具体描绘出夏朝当年玉文化的盛况。以此为尺度来判断：任何没有成套玉礼器出土的文化遗址，都不足以充当夏朝的都城。按照这样的尺度，陶寺文化之后，商代纪年开始以前，在豫西、晋西南的多个被推测为"夏都""夏墟"的考古遗址，如山西夏县东下冯（仅有非常稀少的个别小玉器出土）、河南登封王城岗、禹州瓦店、二里头一期文化等，似均不足以称夏都。

早于二里头一期文化（约公元前1800年）的晋南地区陶寺文化（或称龙山文化，约公元前2400年），甘青地区的齐家文化和南方良渚文化，都形成了类似的玉礼器体系和葬玉制度，即以玉璧、玉琮、玉璜为核心的神圣象征符号，其形制风格在三者之间出现了类同和对应现象，透露出文

---

① 马承源主编：《上海博物馆藏战国楚竹书》（二），上海古籍出版社2002年版，第276—280页。

柒　齐家文化与玉器时代

齐家文化玉琮（甘肃省博物馆）　　积石山县新庄坪出土的齐家文化玉璧半成品（2014摄于临夏州博物馆）

化交流整合的重要信息。可是在时间上晚于以上三种文化的二里头一期文化，显然没有发现玉礼器，其二期至四期文化（约公元前1700年到前1521年）才出现玉礼器，但是其时间断代晚于夏代，大致相当于商代早期的纪年。而且二里头玉礼器体系与前三者的玉礼器体系明显不同：不是以璧、琮、璜为核心符号，而是以戚、圭、牙璋、柄形器为主[1]。其纹饰工艺也明显呈现商代玉器的特征，如阳线雕琢纹饰、臣字眼等。

浙江学者陈剩勇曾经以良渚玉文化的大批礼器为证据，试图提出夏文化的东南起源说[2]，但是毕竟由于地理上的巨大差异和隔阂，该假说没有得到学界的认可。现在，如果采用时间上的排他法来重新筛选，二里头二期以后的玉器晚于夏代纪年，宜算作商代玉器。而陶寺玉器和良渚玉器都早于夏代纪年的起点数百年之久，也难以和夏代纪年吻合。唯独剩下一个齐家文化玉器传统，在年代上基本和夏代纪年相互对应。于是，根据逐渐丰富起来的齐

---

[1] 陈雪香：《二里头遗址墓葬出土玉器探析》，载《中原文物》2003年第3期。
[2] 陈剩勇：《中国第一王朝的崛起——中华文明和国家起源之谜破译》，湖南人民出版社2002年版。

江苏阜宁出土的良渚文化玉琮（2006年7月摄于南京博物院）

齐家文化不规则形石璧（2017年摄于玉门市博物馆"玉润丝路玉石文物展"）

家玉文化材料，特别是齐家玉礼器体系的成熟情况[①]，是否可以把寻找夏文化源头的目光重新转向陇山以西的黄河上游和渭河上游地区呢？

史书文献上重复许多次的"大禹出西羌"（《新语·术事》《史记》等）和"禹学于西王国"（《荀子·大略》）等说法，其实已经不仅揭示了夏文化的一支主体来自"西"的方位，而且也揭示了其族属——羌。这不是同考古学界所确认的齐家文化族属为古羌人完全吻合对应了吗？

从来源方面看，齐家的玉文化显然不是从甘青地区的马家窑文化直接继承而来的，而是来自中原仰韶文化、龙山文化的玉器制造传统，以及北方的红山文化。考古学家苏秉琦在《甘肃和"中原古文化"》中提出：

> 陇山东西两侧古文化的发展道路是有差异的：在东侧，从仰韶文化之后发展起来的，是以客省庄二期为代表的新石器晚期文化；在西侧，从仰韶文化之后发展起来的，则是马家窑文化和有关诸类

[①] 参见杨伯达主编：《出土玉器鉴定与研究》，紫禁城出版社2004版，第298页；叶茂林：《从青海喇家遗址出土资料再论齐家文化玉器》，见《海峡两岸古玉学会议论文专辑》，台湾大学出版委员会2001年版。

柒 齐家文化与玉器时代

型以及齐家文化。这一地区青铜文化的类型更加复杂。但要指出的是，这里进入青铜时代的时间并不晚于商代，可以认为它是中国又一个较早发明青铜器的地区，是周秦的老家。因此，在考虑陇山两侧古文化的渊源时，如果简单地归为同源并不妥当。

现在，根据史书的提示线索，结合新发现的大量玉文化材料，我们或许可以在苏秉琦说的甘肃为"周秦的老家"之外再加上"夏"的老家。这样就能够对夏、商、周探源研究进行换位思考，重估延续六个世纪之久的齐家古国在华夏文明起源方面的重要作用。

考古界关于齐家文化的来源和走向，主要观点为"西渐说"，即认为其来自陇东地区，逐步向西扩张，征服了原来的马家窑文化并取而代之，进而向河西走廊的纵深地区有所拓展。如李水城的推论是：

> 马家窑文化是最早对河西走廊进行开发的。在马家窑类型的中期阶段，其"先头部队"已进驻青海东部黄河上游的同德县、甘肃河西走廊东段；马家窑类型晚期再向西扩展到走廊西端的酒泉市。……到了半山晚期，随着东部地区原始文化的不断扩张，洮河流域成为角力的前沿，半山类型已无力抗衡，只能步步退守，并最终丧失了这一地区。而这股来自东部、势力强大的力量即日后称雄于西北广大地区的齐家文化。[1]

马家窑文化陶器的风格虽然经历了几个发展演变阶段，但是彼此之间的联系还是一脉相承的。可是齐家文化的陶器造型和装饰风格一看就不同了，齐家陶器和马家窑的相比，其间的差别甚至要比明代和清代的瓷器之

---

[1] 李水城：《半山与马厂彩陶研究》，北京大学出版社1998年版，第202页。

间的差别还要明显。这是否意味着一场史前文化主体民族的转换或者类似的改朝换代呢？由于这一段历史属于没有文字记载的失落的历史，所以今人只有根据无言的物质文化遗留物来做出推测性判断。掌握着新兴的玉礼器体系的齐家文化势如破竹，在一两个世纪里慢慢吞并着只有陶礼器体系的马家窑文化。

父权制社会特征明显的齐家文化，在向西推进的过程中引发了一种"骨牌效应"，迫使马家窑文化马厂类型的原有地盘被侵蚀，并且被迫不断西移，逐渐深入河西走廊的纵深处。下面一组统计数字清晰地传递出马家窑文化与齐家文化之间力量彼此消长的信息：

> 在洮河——大夏河流域，马厂类型的遗址仅发现不足20处，而齐家文化的遗址则高达96处。在青海东部黄河流经的几个县，仅发现马厂类型遗址16处，而且这些遗址的时代均属于马厂早期。在兰州左近，马厂类型与齐家文化的遗址数量比与洮河流域大同小异。与此形成鲜明反差的是，在湟水流域，仅民和一县发现的马厂时期遗址就达351处，这些遗址绝大多数分布在湟水及支流沿岸，在同属民和县境内的黄河支流河谷仅有马厂遗址不到20处。随着齐家文化不断西进，到了马厂晚期后段，兰州——湟水中下游一带的马厂居民只能委曲求全，与齐家文化的居民杂处一地，最终也未能摆脱被齐家文化吞并的结局，而远走河西的马厂类型居民，则偏安一隅。[①]

在柳湾这个中国新石器时代最大的公共墓地群，也可以看到西北史前不同时期不同文化更迭替换的清晰线索。从墓葬数量关系变化看，这里以

---

① 李水城：《半山与马厂彩陶研究》，北京大学出版社1998年版，第203页。

柒 齐家文化与玉器时代

马家窑文化的马厂类型最为发达，墓葬群的主体区域由该类型的墓葬所占据，发掘总数为1041座，距今四千三百年到四千零五十年。早于马厂类型的是半山类型，发掘墓葬265座，距今四千六百年到四千三百年。晚于马厂类型的齐家文化，发掘墓葬419座，主要分布在墓区的东西两侧，显然是在原有墓地边上后来添加的。齐家文化以独木棺为主要葬具，而且陪葬品中有琢磨精致的玉器，风俗上的这一差异表明其文化面貌与马家窑文化不同源。晚于齐家文化的墓葬属于辛店文化，位置在墓区边缘的高处，距今三千六百年，与齐家文化之间并无承继关系，出现了文化传统的断裂和某种退化迹象。发掘的辛店文化墓葬仅有5座，其虽然时间较晚，却没有葬具，随葬品数量也大为减少，且没有玉器。繁荣一时的齐家文化玉礼器传统就这样出现了中断现象，至少在本地的后继文化中是中断的。其余脉只有到夏商周三代的玉礼器传统中去寻觅。

根据齐家文化的近亲——玉门火烧沟遗址四坝文化人骨测量数据，当时河西走廊人的平均寿命只有29.56岁，男性平均寿命为32.95岁，女性为32.00岁。换言之，齐家文化中大约一半的人不到30岁便死去。[①]由此可知，其玉器开采和加工技术的传承，一定是在相当早的年龄段就开始了，比如说20岁上下，如果太晚的话恐怕还未熟练掌握基本技能就要离开人世了。

齐家古国的覆灭

关于齐家文化神秘消亡的原因，过去的研究因为资料限制而属于推测性的居多，诸如战争毁灭说、气候环境变化说等，没有令人满意的解答。

---

① 韩康信、谭婧译、张帆：《中国西北地区古代居民种族研究》，复旦大学出版社2005年版，第245页。

通渭县出土的万字纹饰齐家文化彩陶罐（2016年1月第九次玉帛之路文化考察时摄于通渭县博物馆）

积石山县新庄坪出土的齐家文化玉璧（2007年摄于甘肃省博物馆）

齐家文化单孔玉斧（2017年摄于玉门市博物馆"雨润丝路玉石文物展"）

陕西凤翔秦公一号大墓出土的玉石鞋底（陕西历史博物馆）

清水县出土的齐家文化玉璋（2016年1月第九次玉帛之路文化考察时摄于清水县博物馆）

柒　齐家文化与玉器时代

2001年由中国社会科学院考古研究所、青海省考古研究所在青海民和县喇家村的齐家文化遗址进行再发掘，得到了令人震惊的新线索：繁荣了数个世纪之久的齐家古国最终毁灭于一场突如其来的天灾。罕见规模的大地震和大洪水，让事先毫无准备的齐家先民猝不及防，顿时陷入万劫不复的毁灭绝境。哺育了齐家文化数百年的母亲河黄河，居然残酷无情地充当了文化终结者的角色。望着黄河岸边被毁灭的文化遗迹，不禁使人再度想起周穆王西游第一站的情景：他来到黄河边，毕恭毕敬地向河神奉献玉璧。如此高规格的西周的天子级仪礼，不在西周王朝的都城，偏偏要到这荒远的黄河边来举行，这或许就潜藏着古人对黄河之神摧枯拉朽神圣威力的恐惧之情，以及希望得到河神保佑的宗教虔诚。黄河泛滥所造成的洪灾，在远古初民心目中并不是今人所说的"自然灾害"，而是国人对河神礼敬不周所遭到的惩罚报应。这样的惩罚究竟有多么严重，只要看看黄河边被泥沙掩埋的喇家遗址的情形就会一目了然。

2001年，考古工作者在喇家遗址发掘清理出多处灾难场景。当时的齐家文化先民居住的是窑洞式房屋。由强震带来的垮塌将村民们活埋在窑洞土屋内的场景比比皆是。其中最为吸引媒体的一个场景是3号房址中一对相依为命的母子：母亲屈膝跪在地面，双手搂抱着一孩子。那孩儿蜷缩在母亲怀中，受到惊吓后双手紧搂着母亲的腰。母亲仰头向上，似乎是关注着垮塌下来的屋顶。这个如同舞台造型般的姿势被天灾凝固成一座雕像，有媒体渲染为"像是在祈求苍天赐年幼的孩子一条生路"，也有的文章使用了"史前灾难现场摄人心魄，黄河慈母佑子情动天"的标题。

在喇家遗址埋人最多的一处土屋里共有人骨14具，多为妇女儿童。可知当时聚族而居的大家庭已经有相当规模。在发掘现场可以看到地震塌陷遗迹和房址地基下因地震裂开的缝隙。房屋的堆积上部为黄河大洪水的堆积物红胶泥土层，下部为窑洞坍塌的黄土层，埋没于土层中的人骨遗骸呈不正常姿势，表明是土屋垮塌下来压死的。在遗址其他多处地点均发现地震裂缝、

庄浪县博物馆藏齐家文化玉器（2016年1月第九次玉帛之路文化考察时摄）

喇家遗址窑洞3号房址内实景——地震时保护婴儿的母亲向上方看塌落的房顶（2014年摄于喇家遗址博物馆）

齐家文化的灭顶之灾：喇家遗址地震加洪水灾害现场（2014年摄于喇家遗址博物馆）

柒　齐家文化与玉器时代

地面褶皱起伏等现象，表明造成当时灾难现象的元凶应是地震。种种迹象表明，那一场大地震对遗址和齐家先民的生命造成毁灭性的一击，随之而来的洪水则带来二度的灭顶之灾，使个别侥幸逃脱第一次打击的生灵遭到埋没和尘封。齐家文化的历史在这一地区就这样戛然而止，将毁灭的瞬间情景保留在黄土尘封之下。如此由自然灾变造成的具有断根性质的古文化灭亡，在世界上早有发现的先例。有人据此称喇家遗址为"东方的庞贝"。目前，当地政府正在原地筹建喇家博物馆，让数千载以前齐家文化覆亡的真实场景昭示天下。2002年以来的发掘工作还在进行之中。目前已发现具有广场性质的一大片硬土面，清理出奠基坑、人牲杀祭坑、埋藏坑、灰烬层、露天灶址等，伴出玉器、卜骨、石圭和精美陶器等。说明这片硬土面应是当时人们举行仪式活动的重要场地。[1]新清理出的第15号房址是迄今保存最好的齐家文化建筑，残存墙壁高达2—2.5米，完全可以对照今人居住的现代化楼房的层高。在20号房址内的地面清理出一些保存完好的陶器，其中有一件篮纹红陶碗略为倾斜地翻扣在地面上。发掘者拿起陶碗时，发现碗里原盛有食物，地面上留有一堆碗状遗物——一碗粗细均匀的面条。面条直径大约为0.3厘米，保存的总长估计超过50厘米。颜色为米黄色。中国科学院地质与地球物理研究所吕厚远研究员提取陶碗中的面条进行了检测。2005年10月13日的《自然》杂志发表了其研究结果，题为 Millet noodles in Late Neolithic China，认定陶碗中面条的原料是小米和糜子。《美国国家地理杂志》和路透社等著名媒体争相报道这个发现。喇家遗址乃至整个齐家文化就这样随着"世界第一碗面条"的美誉而得到迅速传扬的机会。吕厚远研究员以自然科学方法介入的这项考古研究，表明我国新石器时期的青海先民在约四千年前已经用小米和糜子混合做成了最早的面条，与后代人用小麦做面条的习惯截然不同。同时

---

[1] 中国社会科学院考古研究所甘青工作队、青海省文物考古研究所：《青海民和县喇家遗址2000年发掘简报》，载《考古》2002年第12期；中国社会科学院考古研究所甘青工作队、青海省文物考古研究所：《青海民和喇家遗址发现齐家文化祭坛和干栏式建筑》，载《考古》2004年第6期。

喇家遗址发现的"世界第一碗面条"及其说明（2014年摄于喇家遗址博物馆）

这也说明齐家古国时期已有较完善的工艺对这些农作物果实进行脱粒、粉碎和磨面，用面粉制成细长而规整的面条。如果对照今日西北黄土高原地区农民住窑洞吃小米饭的现状，还可引申出如下一种推测：由齐家先民发明的制作小米面条的文化经验，是否随着齐家古国的瞬间毁灭而失传了？不然的话，为什么今人只延续着用小麦做面条和用小米做米饭的传统，而没有延续用小米加糜子做面条的传统？

我国北方的广大地区流行至今的面食传统，还有多少成分直接来自史前西北羌人的齐家古国呢？

还有一些特殊的石器和玉器，暗示出喇家遗址在当时的齐家古国中不是一个普通的聚落村寨。如大型石磬、大玉刀和玉璧的出现，显示出当时社会首领的重要礼器体系。民和县博物馆里保存着的喇家村出土的大型玉刀和玉璧，都不是实用工具，而是象征王权和神权的神圣符号。它们的巨大尺寸透露出其主人的地位和威严非同一般。这些精心制作的巨大礼器还默默无语地透露出，围绕着其主人而展开的宗教仪式活动或许是齐家古国的地方首领们当年号令天下和祭祀神灵的隆重典礼。

柒　齐家文化与玉器时代

齐家文化玉琮（秦安博物馆）

齐家文化折肩双耳陶罐（2006年摄于临夏博物馆）

在喇家村的一个农户家里，考古工作者采集到一件大型石磬，它是早年在农田中被发现的。石磬采用一块板材制成，长96厘米，宽61厘米。其体积堪称中国史前考古之最，是目前所见出土的最大的磬，被尊称为"磬王"或"黄河磬王"。传世古书里就有"禹以五音听政"的传说。按照礼乐不分的上古惯例，夏朝君王利用鼓磬之类为处理国家朝政的道具，其礼仪功用很明确，不同于后代纯粹表演性的乐器。20世纪80年代在山西襄汾陶寺遗址3015号墓曾出土一件打制石磬，长度达到80厘米，在当时是破纪录的巨磬。学界根据陶寺大墓中与鼍鼓共存的石磬，认为那就是尧舜至夏代之间国家礼制形成的标志物，是文明起源的无上权威之象征。从喇家村遗址"黄河磬王"的超大规格看，其使用者至少也是一个地域国的酋长或圣王。这样看来，还没有结束发掘工作的喇家遗址，是否有可能是齐家古国在某一时期的政治统治中心？那些四千年前享有着糜子面条美食的喇家先民，莫非是当时的王公贵族？

喇家遗址为窑洞建筑形成的聚落，考古学家认为该地区的地质结构并不

229

齐家文化玉璧（2016年1月第九次玉帛之路文化考察时摄于通渭县博物馆）

适合建筑窑洞。地震加水灾的发现，揭示了雄霸西部数百年的强大势力——齐家古国灭亡的一个主要原因。母亲河上游地区出现的灾变，反映出当时人们在选择居住地方面的失误，没有做到生态上的防患于未然，结果付出了异常惨痛的代价，导致了文化灭绝的严重后果。这也许和齐家先民平均寿命在30岁左右，不利于积累预防灾变之经验有关。

比甘青地区更早的史前窑洞式建筑，已经在宁夏菜园遗址发现；晋南的陶寺遗址和夏县东下冯遗址同样发现了窑洞式建筑。如果将这些史前期建筑窑洞的地方联系起来，大致能够看出夏文化与西北史前文化的又一重要关联。如今豫西的黄土丘陵区有所谓"地坑院"式建筑，正在被作为一种民俗申报非物质文化遗产。窑洞式土屋以其因地制宜的经济性能和冬暖夏凉的宜人特性，至今还是黄土高原民居的一种形式。齐家古国的灾难性结局，由于地震和洪水的局部发作，或许只在华夏文明源流中终结了糜子面条的饮食传统，却没有中断窑洞居住的传统，更不可能终结早已风靡黄河中下游和长江中下游的玉文化传统。

我的"西游"经历

（代后记）

生性的缘故吧，我从小是一个爱书的人，也是一个喜欢运动和跑路的人。关于我爱书的事情，远在美国任教的康正果先生专门写过一篇杂文《书累》。这里还是交代一下爱跑路的由来，以便说明广博的田野经验对拓展学术研究的作用。

9岁时从北京西城的报子胡同小学考进了北京市外国语学校法语班。当时我们学校位于阜成门外白堆子，正对着玉渊潭公园的北门（如今是首都师范大学的教师住宅区）。由于是住校生活，自己又喜欢踢足球，每天早操时间都要在操场上练长跑，少则跑十圈，多则二三十圈。到教室上课时总是汗流浃背的，一般要等到上午的第一节课上完，身上的汗水才大致干下来。

1966年赶上"文革"，由于祖父的成分是地主，我被外国语学校扫地出门，只得迁往西北，在西安就读第四十一中学。在中学操场运动时，常有一位长辈为伴，他就是我们班主任张居礼老师。他是国民党王牌军第七十四师师长张灵甫的公子。如此出身，在"文革"时的"待遇"也就可想而知。作为"可以教育好的子女",我和张老师自然就有一种"同是天涯沦落人"的认同感。他曾送我一本亲手抄写的毛泽东语录,希望能以"任凭风吹浪打,胜似闲庭信步"的豪迈情怀伴随我们的人生旅程。那时的学校基本没有多少正规的学习,记忆中最多的就是一些"劳动改造"和"备战备荒"的活动。如挖防空洞,到长安县(今长安区)农村收麦子,到西安东郊的浐河边去用架子车拉沙子,学俄语(包括遇到苏联军队的俘虏时如何喊"缴枪不杀"的口号等)等。

第二次玉帛之路文化考察(2014年7月22日自扁都口翻越祁连山途径裕固族牧区)

若逢"罢课闹革命"时节,我们几个住在西安儿童医院家属院的同学少年就会沿着陇海铁路扒火车出去"西游"。那个年代的中国,是"革命大串联"的时代,人

我的"西游"经历

们还不讲什么"旅游"。几个十四五岁的少年结为一伙,到西安西站扒上货运火车去做冒险之游,完全没有出游的计划,也根本不知道此行的目的地,具体得看所扒上的那趟车开到什么地方停下。那完全可以称得上是随机性的漫游,或者"逍遥游"吧。只是当时还不懂这个词语,也还没有看过马克·吐温的《哈利贝克·芬历险记》一类的外国少年游记小说,只知道孙悟空护送唐僧的西游方向,所以我们总是上西去的列车,从来没有扒过东行的列车。身上既没有多少盘缠,当然也不考虑买票的事。之所以不乘客运车,偏要扒上货车,似乎有点模拟铁道游击队的风格,要寻求探险的感觉和刺激吧。这些出游,一般是在咸阳以西的一些车站停车就下去了,如兴平、武功、蔡家坡

第五次玉帛之路文化考察(2015年6月14日自额济纳旗至马鬃山探险途中穿越千里无人戈壁)

233

齐家文化玉器（平凉博物馆藏）

等，也有两次莫名其妙地被货车拉到铜川和甘肃的天水。从距离看，少年荒唐游的旅程无法和大唐和尚玄奘一行相提并论，但游者内心的体验却也居然是"心游万仞"般的豪迈。铜川是煤都，一次扒运煤车回来，又饿又冻，形容枯槁，满脸煤黑，几乎与浪荡江湖的丐帮形象相差无几。

我自1966年到西安，1993年南下海南岛，总共做了二十七年"老陕"。若除去1983年到北师大读书和1990年去澳洲访学的两年，也有二十五年"西北人"的生活经历。可是我对西北的了解，除了陕西的关中和陕北之外，大体局限在书本知识所建构的常识范围内。虽然甘、青、宁、新几个省区都跑过，但大多是走马观花一类。对陇山以西的河西走廊和丝绸之路，缺乏体悟性的亲身经验，更谈不上研究了。20世纪最后几年撰写《山海经的文化寻踪》一书时，真想顺着周穆王和张骞等圣王先贤的足迹再考察一下河西走廊。可惜那时的我已经"自我放逐"到遥远的海南

玉质蛙形器

岛,无奈只有借古人的诗句"西北望长安,可怜无数山"自叹机缘未至。

　　直到2005年6月到兰州大学兼任萃英讲席教授,住了一个来月,在讲课和交流之余,再度开启了以实地考察的"地方性知识"体验重新验证书本知识的机缘:沿着盘山公路南下东乡、广河、临夏,到素有"小西藏"之称的甘南藏族自治州考察;在合作(藏语"黑错",为羚羊之意)市的甘南师范交流,体会藏区生活;到九层佛阁(米拉日巴佛楼阁)和周边的黄教寺庙,研习藏传佛教的图像叙事;到夏河县慕名采访格萨尔讲唱艺人嘎臧智化先生,听他讲述史诗传承的感慨和独特的治病经验;观拉卜楞寺和佛学院,体察汉藏(羌)互动融合数千年的宗教文化语境,辨析藏传佛教和苯教诸神的动物象征谱系及其与古神话、萨满教的关联;和程金城教授等一起上莲花山考察农历六月的花儿会,夜半登山和各族百姓一起陶醉于活的"国风"对唱情境之中;到和政县看古生物化石,领会早已绝迹于

河西走廊——西部神话与华夏源流

作者在考察途中留影

地球的铲齿象群"侏罗纪公园"景观，见证当年的和政羊如何比今日的牛还要硕壮威武，思索进化论观念遮蔽下的生物退化轨迹；踏着安特生的足迹，到临洮、临夏等地看世界最丰富的史前彩陶文化的遗留器物，感受马家窑文化和齐家文化的千年传承脉络，针对彩陶纹饰图案，猜想从蛙神变龙神的信仰转换过程；由赵建新教授陪同到秦安县看七八千年前的先民所留下的大地湾遗址，惊叹史前"太和殿"建筑的辉煌气派，遥想其室内地画（有"中国第一幅地画"之称）的神秘意蕴；由王合义兄引导和陪同，到天水朝拜人文初祖伏羲之庙，沿着甘谷县和武山县的西去方向，在卦台山到大象山石窟一带寻访伏羲文化的遗迹，追思其仰观俯察以画八卦的风水背景；到陇西文化馆了解新石器文化遗址的分布，到定西看威远楼，体会古代中原政权"安定西边"的初衷，进而理解"武威""张掖""宁夏""宁强（羌）""伏羌"等汉语地名中潜含的中原中心主义意识形态。

2006年秋天和冬天，笔者又两度到甘肃，分别完成了一次陇南之旅和一次河西之旅。先是从兰州出发，由武文教授、张进博士陪同，驱车前往通渭、天水、成县、西和县、礼县一带调查民间文学传承，寻觅若隐若现的一部"伏羲史诗"，并了解考古新发现的情况。在西和县沿着西汉水考察以女性节庆为特色的古代七夕文化传承，登荣华山远眺古仇池国的山川形势，在西和县博物馆的库房看出土器物。在西和至礼县的路上，根据王合义兄的提示找到长道镇的一家小古玩店，买到汉绿釉熊形灯台；随后看大堡子山秦先公墓和宫殿建筑的发掘现场，请教甘肃考古所王辉队长和北大考古系赵化文教授，根据他们的介绍专程找到不对外开放的礼县博物馆，参观大批秦文化出土文物，拍到坐熊形象的青铜车形器等珍稀图片，给我当年的"熊图腾"研究找到有趣的物证。陇南之行的回兰州途中，还在陇西等地收集到几件齐家文化玉器。那年冬天的河西之旅，是加入宁夏一个民间组织的西夏文化考察队，从贺兰山的西夏文化遗址开始，南下兰州，西去武威、张掖、嘉峪关、瓜州（安西）、敦煌，一路寻访相关的博物馆和西夏文物遗迹。于是有了本书开篇叙述的锁阳城的薛仁贵铜像场景。此次西夏文化考察的一些体会和研习心得，构成本书前半部分的主要内容。如何根据阅读山川大地这部大书的经验重新进入历史，理解古人用汉字书写的小书，是我探讨"西部神话"问题的方法起点。

2007年12月至2008年元月初，是我近三年内第三次到兰州大学和第四次到甘肃考察。随西北师范大学的冯玉雷兄及临夏县马正华副县长、哈九清兄再度到广河、临夏考察齐家文化。到广河参观了新开张的齐家文化博物馆，并通过各种渠道亲眼查看和搜集齐家文化玉器实物。又在2007年的最后一天，与程金城教授、刘文江讲师同去青海考察史前文化遗址，参观民和县博物馆未成（没有看到喇家遗址新出土的史前大玉刀等文物），继续驱车西行，到乐都县柳湾遗址，终于叩开了柳湾彩陶博物馆的大门（当日已提前放元旦假）。张成志副馆长得知程教授是《中国彩陶艺术论》的作者，如遇知音，不仅全程陪同讲解，而且回答我们的各种问题。该馆中的马家窑文化和齐家文化的墓葬情况实景，由于就保留在原地点，比起我们在甘肃省博物馆看到的同类墓葬复原景观更能给人以身历其境的感受，多少获得一些重新进入四五千年前史前先民世界的直观感觉。可以说，对于那样一个早已逝去的先民世界，光靠读书得来的文字知识，是无论如何也难以入门的。本书的后面几部分内容，算是尝试进入无文字时代西部社会与神话观念世界的努力。

为了摸清史前玉文化的传承脉络及其在夏、商、周中原政权礼制建构中的奠基性作用，探究华夏玉神话发生的

2016年9月7日昆仑河源道考察（摄于新疆帕米尔高原红其拉普中巴边界）

我的"西游"经历

现实根源，我在第四次到甘肃之前，还专门到上海、常熟、无锡、南京等地博物馆看良渚文化玉器，到沈阳的辽宁省博物馆看红山文化玉器，到山西襄汾陶寺遗址考察先夏文化，到侯马博物馆看西周、东周的出土玉器，赴河南登封考察王城岗遗址，到告成镇参观王城岗遗址博物馆，特别注意那里出土的四千多年前的二里头系统玉器情况，还到河南禹州的博物馆库房里去看瓦店遗址出土文物。总的印象是，从史前时期玉器生产的发端和规模看，都是中原以外的文化更胜一筹。也许是由于所发现的玉材产地限制，目前能够看到的中原史前玉器大都是零星的发现，直到二里头文化的二三期之后方形成一定的规模和形制特征。从断代上看，二里头文化三期已经接近或者进入商代了。如此看来，要探索夏代玉文化的来源线索，齐家文化玉器成为首选的对象。齐家玉器所用玉材中有没有和田玉，也是一个关键的问题。根据多年的经验，探讨玉文化源流需要以鉴识玉质及原产地的能力为技术基础。这方面需要长期学习、积累、感觉乃至把玩的经验。古人在这方面要比今人强得多。儒家圣人所说的"君子温润如玉"这

白玉雕双童子荡舟摆件（摄于苏州博物馆）

239

句名言，对于懂玉的人和不懂玉的人，是完全不同的体会。这种对玉的感知经验中潜藏着华夏文化传统最持久也最具特色的一面。非常可惜的是，习惯从书本到书本的学院派师生们基本上与此种文化经验隔膜着。只有在文物收藏界，这种经验依然在不绝如缕地传承着。我第四次到甘肃，希望对齐家文化玉器的取材问题有直观的体认。这些年来，除了和各地古玩城的收藏家们交流，我也在研习如何分辨成色和硬度都十分接近的甘肃马寒山（学名也叫"马衔山"，位置在榆中和广河之间，海拔高度3670米）玉与新疆和田玉。这次终于在广河县三甲集的一家古玩店里觅得一枚齐家文化小玉璧的芯子，其玉质明显呈现和田白玉独有的雪花纹状特征。这使我基本打消了关于齐家文化够否充当昆仑美玉进入中原的中介角色的疑问，并给本书最后一部分的写作带来了重要灵感。

  本书的写作，既没有按照学术专著的通常写法，也不想写成游记或旅行感想。对学术问题的考据和讨论，多有不成熟之处，期望专家批评指教。之所以选择了大量的图片，不是为了阅读上的轻松，而是要进一步尝试我所期盼的那种"四重证据"的文史研究路径，希望有助于从直观感觉入手重新进入历史文化情境之中。至于是否能够达到预期的效果，只有请读者诸君做判断了。

  最后，衷心感谢几年来对我西行考察给予帮助的同人和朋友们，特别感谢兰州大学，感谢"西游"过程中提供各类帮助的朋友们！